经以济世

科技兴未

贺教育部

科技司项目

心主主编

李敬抹
研究方八

教育部哲学社會科學研究重大課題攻關項目

西方文论中国化与
中国文论建设

SINICIZATION OF WESTERN LITERARY THEORY AND
CONSTRUCTION OF CHINESE LITERARY THEORY

王一川

等著

经济科学出版社

Economic Science Press

图书在版编目（CIP）数据

西方文论中国化与中国文论建设/王一川等著 . —北京：经济科学出版社，2012.12

（教育部哲学社会科学研究重大课题攻关项目）

ISBN 978 - 7 - 5141 - 2617 - 4

Ⅰ.①西…　Ⅱ.①王…　Ⅲ.①文学理论 - 研究 - 中国　Ⅳ.①I206

中国版本图书馆 CIP 数据核字（2012）第 258236 号

责任编辑：龚　勋
责任校对：徐领柱
责任印制：邱　天

西方文论中国化与中国文论建设

王一川　等著

经济科学出版社出版、发行　新华书店经销

社址：北京市海淀区阜成路甲 28 号　邮编：100142

总编部电话：88191217　发行部电话：88191537

网址：www.esp.com.cn

电子邮件：esp@ esp.com.cn

北京中科印刷有限公司印装

787 × 1092　16 开　33.25 印张　640000 字

2012 年 11 月第 1 版　2012 年 11 月第 1 次印刷

ISBN 978 - 7 - 5141 - 2617 - 4　定价：83.00 元

课题组主要成员

（按姓氏笔画为序）

王一川　　王向远　　王柏华　　方　珊
石天强　　李春青　　李正荣　　何　浩
刘耘华　　邱运华　　吴泽霖　　杨乃乔
陈太胜　　陈雪虎　　周荣胜　　胡亚敏
胡继华　　胡疆锋　　陶东风　　钱　翰
梁　刚

编审委员会成员

主 任　孔和平　罗志荣

委 员　郭兆旭　吕　萍　唐俊南　安　远
　　　　文远怀　张　虹　谢　锐　解　丹
　　　　刘　茜

总　序

哲学社会科学是人们认识世界、改造世界的重要工具，是推动历史发展和社会进步的重要力量。哲学社会科学的研究能力和成果，是综合国力的重要组成部分，哲学社会科学的发展水平，体现着一个国家和民族的思维能力、精神状态和文明素质。一个民族要屹立于世界民族之林，不能没有哲学社会科学的熏陶和滋养；一个国家要在国际综合国力竞争中赢得优势，不能没有包括哲学社会科学在内的"软实力"的强大和支撑。

近年来，党和国家高度重视哲学社会科学的繁荣发展。江泽民同志多次强调哲学社会科学在建设中国特色社会主义事业中的重要作用，提出哲学社会科学与自然科学"四个同样重要"、"五个高度重视"、"两个不可替代"等重要思想论断。党的十六大以来，以胡锦涛同志为总书记的党中央始终坚持把哲学社会科学放在十分重要的战略位置，就繁荣发展哲学社会科学做出了一系列重大部署，采取了一系列重大举措。2004 年，中共中央下发《关于进一步繁荣发展哲学社会科学的意见》，明确了新世纪繁荣发展哲学社会科学的指导方针、总体目标和主要任务。党的十七大报告明确指出："繁荣发展哲学社会科学，推进学科体系、学术观点、科研方法创新，鼓励哲学社会科学界为党和人民事业发挥思想库作用，推动我国哲学社会科学优秀成果和优秀人才走向世界。"这是党中央在新的历史时期、新的历史阶段为全面建设小康社会，加快推进社会主义现代化建设，实现中华民族伟大复兴提出的重大战略目标和任务，为进一步繁荣发展哲学社会科学指明了方向，提供了根本保证和强大动力。

高校是我国哲学社会科学事业的主力军。改革开放以来，在党中央的坚强领导下，高校哲学社会科学抓住前所未有的发展机遇，紧紧围绕党和国家工作大局，坚持正确的政治方向，贯彻"双百"方针，以发展为主题，以改革为动力，以理论创新为主导，以方法创新为突破口，发扬理论联系实际学风，弘扬求真务实精神，立足创新、提高质量，高校哲学社会科学事业实现了跨越式发展，呈现空前繁荣的发展局面。广大高校哲学社会科学工作者以饱满的热情积极参与马克思主义理论研究和建设工程，大力推进具有中国特色、中国风格、中国气派的哲学社会科学学科体系和教材体系建设，为推进马克思主义中国化，推动理论创新，服务党和国家的政策决策，为弘扬优秀传统文化，培育民族精神，为培养社会主义合格建设者和可靠接班人，做出了不可磨灭的重要贡献。

自 2003 年始，教育部正式启动了哲学社会科学研究重大课题攻关项目计划。这是教育部促进高校哲学社会科学繁荣发展的一项重大举措，也是教育部实施"高校哲学社会科学繁荣计划"的一项重要内容。重大攻关项目采取招投标的组织方式，按照"公平竞争，择优立项，严格管理，铸造精品"的要求进行，每年评审立项约 40 个项目，每个项目资助 30 万～80 万元。项目研究实行首席专家负责制，鼓励跨学科、跨学校、跨地区的联合研究，鼓励吸收国内外专家共同参加课题组研究工作。几年来，重大攻关项目以解决国家经济建设和社会发展过程中具有前瞻性、战略性、全局性的重大理论和实际问题为主攻方向，以提升为党和政府咨询决策服务能力和推动哲学社会科学发展为战略目标，集合高校优秀研究团队和顶尖人才，团结协作，联合攻关，产出了一批标志性研究成果，壮大了科研人才队伍，有效提升了高校哲学社会科学整体实力。国务委员刘延东同志为此做出重要批示，指出重大攻关项目有效调动各方面的积极性，产生了一批重要成果，影响广泛，成效显著；要总结经验，再接再厉，紧密服务国家需求，更好地优化资源，突出重点，多出精品，多出人才，为经济社会发展做出新的贡献。这个重要批示，既充分肯定了重大攻关项目取得的优异成绩，又对重大攻关项目提出了明确的指导意见和殷切希望。

作为教育部社科研究项目的重中之重，我们始终秉持以管理创新服务学术创新的理念，坚持科学管理、民主管理、依法管理，切实增强服务意识，不断创新管理模式，健全管理制度，加强对重大攻关项目的选题遴选、评审立项、组织开题、中期检查到最终成果鉴定的全过程管理，逐渐探索并形成一套成熟的、符合学术研究规律的管理办法，努力将重大攻关项目打造成学术精品工程。我们将项目最终成果汇编成"教育部哲学社会科学研究重大课题攻关项目成果文库"统一组织出版。经济科学出版社倾全社之力，精心组织编辑力量，努力铸造出版精品。国学大师季羡林先生欣然题词："经时济世　继往开来——贺教育部重大攻关项目成果出版"；欧阳中石先生题写了"教育部哲学社会科学研究重大课题攻关项目"的书名，充分体现了他们对繁荣发展高校哲学社会科学的深切勉励和由衷期望。

创新是哲学社会科学研究的灵魂，是推动高校哲学社会科学研究不断深化的不竭动力。我们正处在一个伟大的时代，建设有中国特色的哲学社会科学是历史的呼唤，时代的强音，是推进中国特色社会主义事业的迫切要求。我们要不断增强使命感和责任感，立足新实践，适应新要求，始终坚持以马克思主义为指导，深入贯彻落实科学发展观，以构建具有中国特色社会主义哲学社会科学为己任，振奋精神，开拓进取，以改革创新精神，大力推进高校哲学社会科学繁荣发展，为全面建设小康社会，构建社会主义和谐社会，促进社会主义文化大发展大繁荣贡献更大的力量。

教育部社会科学司

摘　要

本书运用马克思主义原理，尤其是马克思主义中国化三大理论成果，从体制、理论和应用三个层面，对百余年来西方文论中国化进程作出全面而深刻的历史性反思，在此基础上探索中国文学理论现代形态的新发展。本书由三篇共十二章组成。

本书上篇探讨中国现代文论的发生与定型，包含四章内容。第一章中国现代文论的发生，拟考察清末民初时期中国文化在西来学术的刺激和模范效应下出现的文化分化和传统新变的进程，涉及梁启超、王国维、章太炎、早期周氏兄弟和胡适等人的文化和文论思想。第二章中国现代文论的构型，拟考察"五四"新文化运动至 20 世纪 30 ~ 40 年代西方范型启发下的知识制度在中国现代文论构型过程中的作用，着重反思来自西方的现代学科体制在中国的建立和演变，如何对中国现代文论发生影响。现代大学、文艺学学科、大众传媒、文学社团和执政党文艺政策，构成了文论创造的"生产场"和"空间"。第三章中国现代文论的多元范式，论述"过渡时代"的多元文论范式格局，涉及李健吾、梁宗岱、李长之、朱光潜和宗白华五位文论家。第四章中国现代文论的主范式，拟考察 20 世纪 20 ~ 40 年代乃至新中国成立后初步定型的中国化的马克思主义文论主潮。来自西方的马克思主义文论在中国获得了持久而深入的传播并取得丰硕成果，逐渐地演变成为中国现代文论的主范式，直到成为国家文学理论法典。不仅有毛泽东这样的中国化马克思主义文论的集大成者，还涌现出瞿秋白、周扬、胡风、陈涌等代表性理论家。

中篇分析中外对话与汇通中的中国现代文论，包含三章内容。第五章欧美文论在中国，依次描述 11 种文论思潮（即德国古典美学、精神分析理论、阐释学与接受美学、法兰克福学派、存在主义、结构主义、新批评、女性主义、新历史主义、西方马克思主义和文化研究）在中国的传播与影响。第六章俄苏文论在中国，回顾俄罗斯文论、特别是以社会主义现实主义为代表的苏联文论范式以及其他文论思潮（如俄国形式主义、巴赫金、历史诗学、塔尔图学派等）在中国的传播。第七章日本文论与中国文论，借助日本文论这面特殊的镜子，揭示西方文论在中国的传播与影响状况。

下篇中国现代文论建设与转变，包含五章内容。第八章中国现代文论中的古典传统，探讨西方文论中国化过程中被重新植入的中国古典文论传统维度，以及这种传统维度对中国文学理论现代性的价值。第九章近 30 年中国文学批评，考察新时期以来西方文学批评在中国文学界的旅行状况，在跨文化语境中揭示中国文学批评的发展演变踪迹。第十章中国现代文论中的比较诗学，在梳理中国现代比较诗学发展史的基础上，阐述比较诗学在中国现代文论中的地位和作用，并结合具体个案考察中国现代比较诗学范畴、人物。第十一章中国当代文论中的"文化研究"/批评，聚焦于世纪之交"文化研究"在中国的影响状况，探讨中国现代文化诗学和文化批评的发展状况，对于当前西方文论的接受与变形、影响与创造等情形及中国现代文论的走向提出新观察。第十二章中国文论现代性传统，探讨中国文学理论的现代性传统问题，着重从文学理论与文化语境的特定关联角度，在梳理当前有关研究的基础上，考察中国文论现代性传统的形成及特征，进而立足于当下中国文化语境，在现代与古典、中国与西方的对话中提炼出体现古今承续和中西汇通意味的现代文论新概念——兴辞。

最后是全书结语。回顾百余年中国现代文论既往历程，在中西文论对话与汇通中总结中国现代文论建设的经验与教训，分析中国现代文论的成果与不足。

Abstract

This project, frameworked in Marxist principles, especially in the perspective of the three theoretical achievements on the sinicization of Marxism, makes a comprehensive examination of and profound reflection on the process of the sinicization of western literary theory in the past over one hundred years.

Part I, consisting of four chapters, discusses the occurrence and development of modern Chinese literary theory. Chapter One "The Occurrence of Modern Chinese Literary Theory" explores the period of Late Qing and early republican China when Chinese culture underwent a process of being divided into different layers in which the tradition faced the new challenges of western knowledge that was viewed as a stimulus and a new model. This chapter involves the cultural and literary thinking of some important individuals such as Liang Qichao, Wang Guowei, Zhang Taiyan, Zhou Brothers in early age and Hu Shi. Chapter Two "The Construction and Shaping of Modern Chinese Literary Theory" makes a survey on how the modern knowledge institution helped to construct and shape modern Chinese literary theory. This knowledge institution was formed under the influence of western paradigms from May Fourth New Culture Movement to 1930s and 1940s. The study lays an emphasis on the rethinking of how the modern knowledge discipline from the West was implanted, constructed and developed in China. Modern universities, literary theory as a subject, mass media, literary organizations, the policy on literature and art by the ruling party and etc. formed a "Production Field" or "Space" for the creation of literary theory. Chapter Three "The Multiple Paradigms of Modern Chinese Literary Theory" discusses the multiple paradigms and patterns of modern Chinese literary theories in "transitional time" concerning the six representative theorists such as Li Jianwu, Liang Zongdai, Li Changzhi, Zhu Guangqian and Zong Baihua. Chapter Four "The Main Paradigm of Modern Chinese Literary Theory" examines the main trend of sinicized Marxist literary theory which was tentatively patterned from 1920s to 1940s, and even after the foundation of PRC. Marxist literary theory which came from the West was deeply disseminated in China in an everlasting manner and gained broad and substantial achievements. It gradually evolved to be the dominant paradigm of modern Chinese literary theory and even became the canon of the State literary theory. A list of such Marxists includes not only Mao Zedong who was the chief representative of the sinicized Marxist literary theory but also some other significant theorists like Qu Qiubai, Zhou Yang, Hu Feng and Chen Yong.

Part Ⅱ investigates modern Chinese literary theory in the dialogue and communication with Western counterpart. This part includes three chapters. Chapter Five "Euro-American Literary Theory in China" depicts the dissemination and influence of eleven schools or trends of literary thoughts (German Classical Aesthetics, Psychoanalysis, Hermeneutics and Aesthetics of Reception, Frankfurt School, Existentialism, Structuralism, New Criticism, Feminism, New Historicism, Western Marxism and Cultural studies). Chapter Six "Russian and Soviet Literary Theory" in China reviews the dissemination of the literary theory of Russia, especially of Soviet Union's Socialist Realism as a representative and of other significant trends such as Russian Formalism, M. M. Bakhtin, Historical Poetics, Tartu School and etc. Chapter Seven "Japanese Literary Theory in China" focuses on the mediation of Japan in the sinicization of Western literary theory.

Part Ⅲ, consisting of three chapters, discusses the construction and transformation of modern Chinese literary theory. Chapter Eight "The Classical Tradition in Modern Chinese Literary Theory" explores the re-embedded Chinese classical literary theory in the process of sinicization of Western literary theory to value the role of tradition in modernity. Chapter Nine "Chinese Literary Criticism in the Past Thirty Years" probes into the travel of literary theory from the West to Chinese literary circles, and reveals the track of the development and evolvement of Chinese literary criticism in the transcultural context. Chapter Ten "The Comparative Poetics in Modern Chinese Literary Theory" elaborates the status and role of comparative poetics in modern Chinese literary theory in the light of reviewing modern Chinese comparative poetics developing history, and further investigates the catalogues and individuals with specific case studies. Chapter Eleven "The Cultural Studies in Modern Chinese Literary Theory" focuses on the influence of cultural studies at the turn of the 20th century to see how modern Chinese cultural poetics and criticism develops. This chapter brings new insights into the review of the acceptance, transformation, influence and creation of western literary theory and the direction of Chinese contemporary literary theory. Chapter Twelve "The Modern Tradition in Chinese Literary Theory" discusses the tradition of modernity in Chinese literary theory. Reviewing related studies to date, this chapter places much emphasis on exploring the forming and characteristics of modern tradition in Chinese literary theory in terms of the complex interaction of literary theory and cultural contexts. By doing so this study puts forward a new concept of Xing Ci (namely expression-discourse) based on contemporary cultural contexts. This concept embodies elements that can bridge the pre-modern and the modern, the West and the East.

The last section is dedicated to concluding remarks of the whole book. It traces the past hundred years' process of modern Chinese literary theory, summarizes the experiences and lessons in the dialogue and interaction between Chinese literary theory and the western counterpart, and finally, analyzes its achievements and insufficiencies.

目　录

Contents

Contents

Part II
Dialogue and Interaction   167

3

西方文论中国化与中国文论建设

前　言

本书为教育部哲学社会科学重大课题攻关项目 2005 年度招标项目 "西方文论中国化与中国文论建设" 的结项报告。本书尝试以西方文论中国化与中国文论建设问题为核心，对中国现代文论的发展历程及相关问题展开分析。在进入分析之前，不妨就一些问题作必要的说明。

一、理解 "西方文论中国化"

"西方文论中国化"，是必须首先说明的一个事关本书总体思路的术语问题。应当讲，采用这一表述并非出自我们的主动意愿或选择，而是来自这个招标课题的标题本身，这一标题采自一些学者的曾引发争议的主张①。他们的界说如下：

> 所谓的西方文论中国化，即是将西方文论新知的有关理论与中国文论传统以及中国文学实践相结合，将西方文艺理论置于中国文艺实践的现实土壤中，在实践中运用、检验，以确证其有效性的途径和方法，也是将西方文论在中国文艺实践的现实语境中进行改造、加工，以产生新的文艺理论的策略，是实现西方文论中国转换的具体途径和方法。在此，我们主张将转换理解为通过比较研究和分解诠释，使潜藏在不同文论思想里的因子互相转化，同时，我们还主张将转换同时理解为发展、改造、翻新。当然，发展并不只限于在既定的框架里扩充和延伸，改造和翻新也不同于另起炉灶，而是让其

---

① 　曹顺庆、周春：《误读与文论的他国化》，载《中国比较文学》2004 年第 4 期。

生长出一个新的理论新知。①

这里的界说看起来对西方文论体现出了积极的开放姿态，正如论者自己主张的"以宽阔的学术心态，以平等求实的精神来对待西方丰富的系统的文学理论资源"。不过，从这个表述的构词方式本身看，论者在根本问题上实际上悄然发生了一种逻辑与历史错位：错把中国现代文论发展的要害规定为西方文论的中国化上，而没有看到根本问题在于中国文论在中西对话中对于自主性的不懈追求。

考虑到"西方文论中国化与中国文论建设"已被采纳为教育部哲学社会科学重大课题攻关项目 2005 年度招标项目这一事实，我们在这个课题竞标准备、申报陈述和答辩过程中，在不改变项目名称的必要前提下，努力尝试以我们自己的特定方式去变通而有效地理解和使用这个表述。而我们课题组最终竞标成功的事实，等于表明教育部评审专家组对我们的独特理解和使用予以了确认。在接下来的课题研究中，我们在原有基础上继续探索，进一步形成了如下两点基本认识：

第一，从构词形态看，"西方文论中国化"这个表述有可能为论者模仿或套用"马克思主义中国化"这一经典表述而成。因为，上面作者曾这样论证说："值得我们反复咀嚼、深思的成功例子是马列文论的中国化过程。马克思主义文论思想是随着马克思主义思想在我国的传播而传入的。正如马克思主义思想与中国革命的具体实践结合在一起，马克思主义文论思想也是与中国革命的具体文艺实践紧密结合在一起的。……我国社会主义文艺及其理论的繁荣发展，正是在马克思主义文论思想的哺育下发展起来的。可以说，现在我们所讲的马列文论，它既是一种西方外来思想，更是我们本土化了的一个重要思想理论资源。……因此，可以说，马克思主义文论在中国已经完全演变成一种非常重要的文论新知。"这样的论证表面看似合理，但其实不合适，存在明显的逻辑与历史混乱。因为，"马克思主义"确实中国本土没有，仅仅来自外国，而外来的思想到了中国，要展开新的生命，就必然有"中国化"问题。正如毛泽东所说，"十月革命一声炮响，给我们送来了马克思列宁主义"②。因此说"马克思主义中国化"，在逻辑和历史上不仅没有问题，而且准确地和深刻地揭示了我国现代革命与文化和外来文化的历史渊源关系及特质。

而文学理论就不同了。它在中国不仅古已有之，而且形成了自身的绵延不绝的独特传统。特别是这种古典性传统虽然在现代随着西方文论的引进而受到巨大

---

① 李夫生、曹顺庆：《重建中国文论话语的新视野：西方文论中国化》，载《理论创作》2004 年第 4 期。

② 毛泽东：《论人民民主专政》，《毛泽东选集》第 4 卷，北京，人民出版社 1991 年版，第 1471 页。

冲击，但仍在执著地寻求现代性道路。这样，如果把中国现代文学理论看成"西方文论中国化"的产物，虽然不无道理地体现了西方文论的影响的作用，但却容易忽略中国古典文论传统的传承问题，特别是中国现代文论家们在西方冲击下的自主创新一面，因而很有可能犯民族虚无主义的错误。中国现代文论归根到底是中国现代文论家们主动利用西方文论的影响，并且激活自身古典性传统而建设自己的新文论的过程，绝不仅仅只存在把"西方文论"加以"中国化"这一面。说得更明确一点，如果把中国现代文论完全看作是所谓"西方文论中国化"的结果，无论你对"西方文论中国化"一词赋予何种积极内涵，都容易落入以偏概全的逻辑与历史双重陷阱，无视中国现代文论界的自主探索与建设这一事实，抹杀中国现代文论的民族自主性和独特品格。

第二，不过，尽管如此，"西方文论中国化"这一表述的主张者，想必在其主观意念中并无上述意图，而主要地属于一种因急于概括西方文论在中国的强大影响力而必然导致的逻辑混乱与历史失误。如果这个推断大体合理和成立，那么，我们不妨对这个表述采取一种宽容与变通态度，并且尝试注入新的内涵，这就是把它更宽泛地和更灵活地理解为西方文论的中国旅行，具体地说，就是西方文论在中国的传播、影响及其变异过程，特别是这种过程中的中西文论对话及中国现代文论建设。如此，它还是能在一定程度上体现出合理性的，有助于从外来影响这一特定角度揭示中国现代文论的发展状况及其特质。[①]

如果这两点认识成立，那么，对于"西方文论中国化与中国文论建设"这个课题的内涵，就应当在这里做出新的完整理解：西方文论的中国旅行与中国现代文论建设的关系。这就是说，本课题的探讨重心在于，从西方文论的中国旅行与中国现代文论建设的关系这一特定角度，对中国现代文论发展状况做出新的阐明。

二、理解"西方文论中国化与中国文论建设"

"西方文论中国化与中国文论建设"问题，按我们的理解，既不是简单地仅仅属于"处处以我为主，以中国文化为主，来'化西方'，不是处处让西方'化中国'"的具体策略问题，也不属于有关"以西方为主来实现中国文论重建"还

[①] 在这个意义上，对于"西方文论中国化"论者的积极探讨姿态和错位本身，都应当同时予以必要的理解和同情。

是"以中国文化与文论为主来重建中国文论"的策略之争，而是更宽泛和全面地特指百余年来西方文论在中国传播的历史性进程，以及中国文论界在这种中西对话进程中独立自主地开展自身的现代形态建设的问题。如果我们的这种理解成立，那么，这个问题显然是中国文论建设的一个重大问题，尤其是当前新世纪条件下中国文论建设的一个关键问题。

西方文论中国化，是百余年来中国文论界一种客观的历史性现象。西方文论在中国的传播及其流变过程，持续了一个多世纪，积累了丰富的经验和教训，需要我们站在新世纪基点上回头进行系统的整理与研究。中国人如何译介、引进和应用西方文论，西方文论在中国发生了什么影响，其中发生何种正解、误解与变形等复杂情形，都可以纳入西方文论中国化这一表述的范围。西方文论中国化进程同时呈现出两方面的历史效果：一方面借助外来文化的影响力有力地推动了中国文学和文论的现代性进程；另一方面也促进了中国人对自身古典性文论传统的重新认识。借助西方文化语境中生成的异质理论的烛照，中国文论走上了自身的与文学发展相适应的现代性道路。今天来回头考察西方文论中国化进程，必然意味着对这个进程中出现的影响与抵抗、接受与变形、理解与误解、模仿与创新等多种复杂情形及其经验教训，作一次全面而深入的历史性反思，而这恰恰是在当前条件下开展中国文论建设的一项重要的基础性同时也是建设性的工作。

与此相适应，中国现代文论建设只能在对西方文论中国化加以深入的历史反思基础上进行。百余年来的中国现代文论建设，由于中国在世界上的具体历史条件的限制，必然地处处离不开西方文论的中国化过程，即西方文论在中国的影响与抵抗、接受与变形等；与此同时，立足于现实的中国现代文论界对自身古典传统的重新阐释，也只能紧密地结合有关西方文论中国化历程的反思进行。西方文论中国化，既构成中国现代文论建设的基础，又构成它的内容的重要组成部分。在西方文论中国化所奠定的基础上从事中国现代具有独立自主品格的文学理论的建构，正是中国文论建设的一项基本任务。中国文论建设，意味着在中西对话语境中寻求中国自身的现代文论形态的建构。

这表明，西方文论中国化与中国文论建设问题，直接关系到在当前全球化语境中如何积极地推进我国文学理论自主创新的问题，尤其是如何继承和创建属于中国的现代的和民族的独立自主的原创性文学理论的问题，这对于当前我国各种文学活动（如文学创作、文学批评、文学阅读、文学理论、文学传播以及文学教育等）的进行，都应具有参照、指导与启迪意义，因而具有重要的学术价值和实践意义。

关于西方文论中国化与中国文论建设，近10多年来学术界诚然已经和正在从事若干有意义的研究，提出了一些有价值的见解，但全面、系统和集中的研究尚不多见。尤其是对新中国成立后、新时期以来当下西方文论在我国的传播,还缺乏冷静而深入地回头反思,空洞口号较多而具体的扎实研究较少。在此情形下,只有全面、系统和完整地梳理这个持续了一个多世纪的历史性进程,在缜密、细致的事实分析与实例研究基础上重新反省这份宝贵的文化遗产,才有可能推动中国当代文论建设走向新的坦途。本课题研究正希望弥补这一缺憾。

三、本课题的复杂性

考察本课题研究现状,首先应看到如下事实:无论是"西方文论中国化"还是"中国文论建设",抑或是"西方文论中国化与中国文论建设"问题,在长期的文论研究历程中都交织着种种不同见解,而这些见解又与学者各自的学术背景、主张、立场和观点等紧密地缠绕在一起,从而难免呈现出众说纷纭、莫衷一是的复杂格局。①

单就上述问题的近期探讨与争鸣来说,比较集中的提出并加以论述而又屡受争议的是曹顺庆教授。他的主张可以简要地概括为"失语症"与"重建"论。

---

① 相关论著主要有:曹顺庆:《文论失语症与文化病态》,载《文艺争鸣》1996 年第 2 期;李思屈、曹顺庆:《重建中国文论话语的基本路径及其方法》,载《文学评论》1996 年第 2 期;曹顺庆、李思屈:《再论重建中国文论话语》,载《文学评论》1997 年第 4 期;陶东风:《全球化、后殖民批评与文化认同》,载王宁、薛晓源主编《全球化与后殖民批评》,北京,中央编译出版社 1998 年版;董学文:《中国现代文学理论进程思考》,载《北京大学学报》(哲社版)1998 年第 2 期;高楠:《中国文艺学的转换之根及其话语现实》,载《社会科学辑刊》1999 年第 1 期;王宁:《西方当代文学批评在中国》,天津,百花文艺出版社 2000 年版;王一川:《通向中国现代性诗学》,载《北京师范大学学报》2001 年第 3 期;童庆炳:《关于文学理论、文艺学学科的若干思考》,载《文艺理论研究》2002 年第 4 期;童庆炳:《中国文学理论现代性转型的标志与维度》,载《社会科学辑刊》2003 年第 1 期;童庆炳:《在"五四"文学理论新传统上"接着说"》,载《文艺研究》2003 年第 2 期;熊元良:《文论"失语症":历史的错位与理论的迷误》,载《中国比较文学》2003 年第 2 期;童庆炳:《文艺学创新:以 20 世纪中国现代传统为起点》,载《北京师范大学学报》2003 年第 3 期;王一川:《中国诗学现代 2 刍议》,载《北京师范大学学报》2003 年第 3 期;季广茂:《现状·生长·期待——关于文学理论摆脱危机的思考》,载《北京师范大学学报》2003 年第 3 期;曹顺庆、支宇:《在对话中建设文学理论的中国话语——论中西文论对话的基本原则及其具体途径》,载《社会科学研究》2003 年第 4 期;曹卫东:《认同话语与文艺学学科反思》,载《文艺研究》2004 年第 1 期;李炎:《走出"失范"与"失语"的中国美学和文论》,载《文学评论》2004 年第 2 期;李春青:《谈谈文学理论的转型问题》,载《新疆大学学报》2004 年第 3 期;童真:《西方文论话语的"中国化"——可能性与现实性》,载《湘潭大学学报》(哲社版)2004 年第 3 期;李夫生、曹顺庆:《重建中国文论话语的新视野——西方文论的中国化》,载《理论与创作》2004 年第 4 期;曹顺庆、谭佳:《重建中国文论的又一有效途径:西方文论的中国化》,载《外国文学研究》2004 年第 5 期;陶东风:《关于中国文论"失语"与"重建"问题的再思考》,载《云南大学学报》(社会科学版)2004 年第 5 期;李春青:《文化研究语境中的文学理论建设》,载《求是学刊》2004 年第 6 期。

他于 1995 年在《东方丛刊》第 3 辑发表论文《21 世纪中国文论发展战略与重建中国文论话语》首次提出后来引起争议的"失语症"说；接着在《文艺争鸣》1996 年第 2 期发表论文《文论失语症和文化病态》。此后，他和李思屈、支宇、李夫生、代迅、童真等陆续作进一步探讨。他的具体阐述是：

> 在五花八门的时髦西方理论面前，我们失去了民族传统中特有的思维和言说方式，失去了我们自己的基本理论范畴和运思方式，中国现当代学术只能照搬和套用西方的理论，扮演学舌鸟的角色，结果既未形成当代具有民族创造性的理论，同时在自己传统文论的研究方面也难以取得真正有效的进展，因而患有严重的"失语症"，难以完成建构本民族生存意义的文化任务。①

他提出："西方文论中国化是解决'失语症'，'重建中国文论话语'的必然要求和又一条有效路径"。这具体地意味着"西方文论话语需要与中国传统话语、中国独特的言说方式相结合，以中国的学术规则为主来创造性地吸收西方文论，并能切实有效于当代文学创作和批评的实践中，能推动中国文论话语的发展，这样才是真正的西方文论中国化，也只有这样才能从根本上解决'失语症'的文化困境"。②

曹顺庆教授等的上述主张，受到了一些学者的质疑和批评。③ 我们认为，作为一家之言，这种主张应当有助于人们的进一步探讨，具有无可争议的合理性。不过，平心而论，曹顺庆教授等"失语症"与"重建"论者的不足，不在于探讨西方文论中国化与中国文论建设问题的积极态度本身，这种积极态度恰恰是可贵的和值得倡导的；而在于探讨这个问题的基本立场存在某种偏差，由此出发对

---

① 曹顺庆：《文论失语症和文化病态》，载《文艺争鸣》1996 年第 2 期。

② 曹顺庆：《重建中国文论的又一有效途径：西方文论的中国化》，载《外国文学研究》2004 年第 5 期。

③ 主要批评意见如下：(1)"失语症"论者的根本错误在于无视和否认马克思主义文学理论在中国传播的事实（董学文：《中国现代文学理论进程思考》，载《北京大学学报》1998 年第 2 期）；(2) 中国文论从古代到现代只是发生了"转换"而非"断裂"，所以"失语症"无从谈起（高楠：《中国文艺学的转换之根及其话语现实》，载《社会科学辑刊》1999 年第 1 期）；(3)"失语症"论体现出一种"本真性幻觉"和"全盘西化幻觉"（陶东风：《全球化、后殖民批评与文化认同》，载王宁、薛晓源主编《全球化与后殖民批评》，北京，中央编译出版社 1998 年版）；(4)"失语症"论带有"文化原教旨主义"特点（周宪：《中国当代审美文化研究》，北京，北京大学出版社 1997 年版）；(5)"失语症"论属于"文化保守主义"范畴（王宁：《西方当代文学批评在中国》，天津，百花文艺出版社 2000 年版）；(6)"失语症"论者是"文化复仇情绪的典型代表"（熊元良：《文论"失语症"：历史的错位与理论的迷误》，载《中国比较文学》2003 年第 2 期）。

这个问题作了片面的理解。他们的基本立场的偏差在于，一方面，未能"听"到和认可马克思主义文论中国化或中国特色马克思主义文论的自主发展及其在世界马克思主义文论界发出的独特"声音"，从而才做出所谓"失语症"这一带有虚无主义色彩的偏颇判断；另一方面，仅仅看到西方文论在中国的旅行这一面，而没有看到中国文论在中西对话中展开的自身的现代性进程，也就是片面地把中国现代文论建设仅仅看作西方文论单方面移植入中国语境的结果，而无视中国自身存在数千年文论传统以及这种传统在中西对话语境中必然寻求现代化的现实，从而以单方面的西方文论中国化去忽略中国现代文论自身在此过程中勃发的主体性，进而看不到中国现代文论传统的存在及其巨大意义。这种偏差立场导致了他们在"失语症"和"重建"论上的片面和偏激：一方面忽略西方文论中国化过程应有的远为宽泛、丰富与复杂的内涵，以及中国现代文论界在此过程中的积极主动性，从而仅仅把其规定为"西方文论话语需要与中国传统话语、中国独特的言说方式相结合"这一狭窄界说；另一方面又对中国现代文论界在中西对话中对中国现代文论自身独立品格的艰苦追求和独创性努力缺乏起码的了解、肯定和尊重，尤其是对王韬、黄遵宪、梁启超、王国维、胡适、陈独秀、鲁迅、钱钟书、胡风、梁宗岱、李健吾、李长之、王元化等在中国现代文论与批评发展中的卓越贡献严重估价不足，从而必然地引导出中国现代文论"患有严重的'失语症'"这一悲观结论。同时，如果满足于仅仅把"西方文论中国化"当作未来形态的"应该"或者发展"目标"，试图走向"真正的西方文论中国化"，这就会把这一命题简单化，使其丧失应有的学术研究与实践价值。

四、研究目标、思路与方法

　　本课题的研究目标不在于所谓"真正的西方文论中国化"，而在于在对"西方文论中国化"的历史反思中，努力探索中国文论现代形态在当前新语境中的新发展，由此出发进而探讨中国文论现代形态所具有的与西方文论传统和中国古典文论传统不同的新传统品格。

　　本课题研究首先需要明确总体思路。研究"西方文论中国化"不是目的，而只是手段；加强当前"中国文论建设"，为其提供可资借鉴的方案或示范，才是目的。而如果以有的学者所谓"真正的西方文论中国化"为目的，本身就会遭遇严正质疑：尽管西方文论影响中国是一种无法回避的现实，但毕竟一直以来中国本身就有着自己的文论，形成了拥有数千年深厚历史渊源并至今仍充满魅力的独特的文论传统；更为重要的是，在现代条件下，这种古典传统本身就一直在而且至今仍在西潮激荡中独立自主地寻求自身的现代化变革，在这种变革中形成自身的独特品格。显然，如果把"真正的西方文论中国化"当作目的，就会把"中国文论建设"引往错误方向，闹历史笑话。有鉴于此，本课题需要在澄清上述理论迷误的基础上，确立如下思路：通过反思百余年来"西方文论中国化"进程的种种经验和教训，显示中国现代文学理论的历史发展脉络，为当前中国文论建设提供可资借鉴的方案和示范，进而叩探中国文学理论现代性传统及其独特品格。

本课题的研究方法是：以马克思主义原理、马克思主义中国化的三大理论成果为指导，运用辩证唯物主义和历史唯物主义的方法，借鉴当代包括语言学、哲学、心理学、政治学、文化学、传播学等学科方法在内的跨学科研究手段，对西方文论中国化的历史进程作全面而深入的历史反思，由此入手进而探索中国文学理论现代形态的新发展。在具体研究层面上，注重中西比较、古今对立与汇通，强调个案分析，突出关注当下文学新现象、新形态、新问题。

五、研究的重点、难点及其他

本课题拟探讨的重点在于：运用马克思主义原理，尤其是马克思主义中国化三大理论成果，从体制、理论和应用三个层面，对百余年来西方文论中国化进程作全面而深刻的历史性反思，在此基础上探索中国文学理论现代形态的发展状况。着重回答如下问题：马克思主义文论在中国传播和发展的历史必然性和作用、中国具体历史文化语境和个体在西方文论中国化过程中的主体性作用、中国文学理论现代性传统所具有的与古典文论传统和西方文论传统不同的新特征与新品格等。

上述重点问题规定了拟突破的难点所在：运用马克思主义原理，尤其是马克思主义中国化三大理论成果去辩证地把握西方文论中国化过程中"西化"与"现代化"、影响与抵抗、接受与变形、模仿与创新等多种错综复杂的关系，以及准确地分析西方文论在中国的应用与中国文学理论现代形态建设之间的关系。同时，拟突破的难点还在于，如何冷静地和全面地总结百余年来西方文论中国化过程中的成败得失、经验教训，例如分清哪些是成功的和哪些是失败的，哪些应当被吸纳和哪些应当被纠正或拒斥等。

在如上研究重点和难点顺利实现突破的基础上，本课题的主要创新之处将清晰地显示出来：超越现成的"失语症"论与"重建"论的虚无主义迷误以及其他偏颇，在全面而完整地重新把握西方文论中国化与中国文论建设的科学内涵的基础上，通过展示中国文学理论现代性传统的生成与发展轨迹，显示当前全球化语境下中国文学理论现代形态的新发展及其未来发展趋向，确立并弘扬中国文学理论现代性新传统。

六、本书的结构及内容

本书由上、中、下三篇共十二章组成。上篇探讨中国现代文论的发生与定型，包含四章内容。第一章中国现代文论的发生，拟考察清末民初时期中国文化在西来学术的刺激和模范效应下出现的文化分化和传统新变的进程，涉及梁启超、王国维、章太炎、早期周氏兄弟和胡适等人的文化和文论思想。第二章中国现代文论的构型，拟考察"五四"新文化运动至20世纪30~40年代西方范型启发下的知识制度在中国现代文论构型过程中的作用，着重反思来自西方的现代学科体制在中国的建立和演变，如何对中国现代文论发生影响。现代大学、文艺学学科、大众传媒、文学社团和执政党文艺政策，构成了文论创造的"生产场"和"空间"。第三章中国现代文论的多元范式，论述"过渡时代"的多元文论范式格局，涉及李健吾、梁宗岱、李长之、朱光潜和宗白华等文论家。第四章中国现代文论的主范式，拟考察20世纪20~40年代乃至新中国成立后初步定型的中国化的马克思主义文论主潮。来自西方的马克思主义文论在中国获得了持久而深入的传播并取得丰硕成果，逐渐地演变成为中国现代文论的主范式，直到成为国家文学理论法典。不仅有毛泽东这样的中国化马克思主义文论的集大成者，还涌现出瞿秋白、周扬、胡风、陈涌等代表性理论家。

中篇分析中外对话与汇通中的中国现代文论，包含三章内容。第五章欧美文论在中国，依次描述11种文论思潮（即德国古典美学、精神分析学、阐释学与接受美学、法兰克福学派、存在主义、结构主义、新批评、女性主义、新历史主义、西方马克思主义和文化研究）在中国的传播与影响。第六章俄苏文论在中国，回顾俄罗斯文论、特别是以社会主义现实主义为代表的苏联文论范式以及其他文论思潮（如俄国形式主义、巴赫金、历史诗学、塔尔图学派等）在中国的传播。第七章日本文论与中国文论，借助日本文论这面特殊的镜子，揭示西方文论在中国的传播与影响状况。

下篇中国现代文论建设与转变，包含五章内容。第八章中国现代文论中的古典传统，探讨西方文论中国化过程中被重新植入的中国古典文论传统维度，以及这种传统维度对中国文学理论现代性的价值。第九章近 30 年中国文学批评，考察新时期以来西方文学批评在中国文学界的旅行状况，在跨文化语境中揭示中国文学批评的发展演变踪迹。第十章中国现代文论中的比较诗学，在梳理中国现代比较诗学发展史的基础上，阐述比较诗学在中国现代文论中的地位和作用，并结合具体个案考察中国现代比较诗学范畴、人物。第十一章中国现代文论中的"文化研究"，聚焦于世纪之交"文化研究"在中国的影响状况，探讨中国现代文化诗学和文化批评的发展状况，对于当前西方文论的接受与变形、影响与创造等情形及中国现代文论的走向提出新观察。第十二章中国文论现代性传统，探讨中国文学理论的现代性传统问题，着重从文学理论与文化语境的特定关联角度，在梳理当前有关研究的基础上，考察中国文论现代性传统的形成及特征，进而立足于当下中国文化语境，在现代与古典、中国与西方的对话中提炼出体现古今承续和中西汇通意味的现代文论新概念——兴辞。

发生与定型

第一章

思想的遗踪：中国现代文论的发生

导论：西来刺激下的传统新变与现代文论的发生

中国现代文论的发生，从过程的角度看，其实是自晚清经清末民初到"五四"运动时期，在西来刺激和影响下，中国文化和文论传统经过种种激荡、崩解、调适和新变而实现转型的过程。此中清末民初是中国文化和文论发生最为剧烈变化的时代，而"五四"新文化运动及其引发的文教制度激变，乃是此前晚清以来文化和文论发生长期转型的结果。这样讲，强调了文化转型的基本条件、文化土壤以及新生因素的基本模态，都不是在"五四"时期骤然出现的，而是自晚清以来就在西方文化和学术的刺激、影响乃至典范效应下逐步地发生的；并且这种发生、转型和变革并不是全然西来的横向移植，而是在其刺激和影响下的中国文化自身传统的新变。或者说，西方文化东渐中土，本土文化自然是既内在地抗拒，又不得不与时变化。文化和文论的转型不过是中国文化内部自身诸传统在外来刺激和模范下的激荡、调适和变化。

这里先尝试检视在西方影响和模范效应下，作为中国文论古今转型的基础的文化语境和思想条件方面的情况及其变化。其一是传媒事业、文教制度和报章文体的变化，以及这种形势下传统文学和文论的衰微。这是西方文化产生西来刺激和巨大影响的基本条件，也是中国文化在近现代发生转型和新变的土壤。其二讨论中国文化和文论近代转型中的新兴因素，以辨析推动现代文论生成的主要几种模式。只有通过对近现代文化与文论转型的新变土壤、正统衰变和新兴模式的把握，才有可能获得对中国现代文论新变诸家的思想状况及其现实影响或潜质的更好理解。

（一）西来刺激与社会转型的文化土壤

总体而言，近代中国的现代化经历了一个从物质层面到制度层面、进而到思想文化层面的痛苦的变革过程。随着维新变法、辛亥革命和新文化运动的发展，志在革新的人们从西方取来了进化论和民主、平等各项思想武器，用它批判日益僵化的传统儒学，批判旧的纲常伦理。进化论和民主、平等思想成为文化各个领域的指导思想，文化的各个领域为宣传民主、自由、平等服务。传统文化越发失去原有信用，文化各领域都在西方范型的刺激和影响下发生剧烈变化和转型。

近代中国逐渐发展起现代文化事业，如学校、报刊、出版机构、图书馆和文化团体等，这对于中国文化和文学的发展有着极为重要的影响。在鸦片战争至甲午战争期间，现代性质的文化事业大都由外人借传教发端并受其支配。中国自办的第一份近代报纸，是 1858 年在香港出版的《中外新报》。到中日甲午战争以前，先后在香港、广州、上海、汉口等出版的此类报刊总共不过 10 余家，且影响很小。中国人自办报刊的盛行，始于戊戌维新运动时期。1895 年康有为、梁启超先后在京沪两地分别刊行《中外纪闻》和《强学报》，结果遭清政府取缔。1896 年 8 月，梁启超等人在上海再创《时务报》，获得更大成功。此后各地竞相效尤，一时兴起办报热，短短 3 年间新增报刊数十家，全国报刊总数较 1895 年增加了 3 倍。著名的有上海的《时务报》、湖南的《湘报》、天津的《国闻报》等。20 世纪初革命风潮兴起，海内外鼓吹革命的报刊随之激增。1900 年 1 月孙中山在香港出版兴中会机关刊物《中国日报》，其后革命派在东京、香港、澳门、南洋、美洲和上海等地相继创办报刊 120 余种，著名的如《民报》、《复报》、《浙江潮》、《江苏》、《警钟日报》等。辛亥革命后，全国报刊增至 500 种，总销量达 4 200 万份，盛极一时。"二次革命"失败后，由于袁世凯的独裁统治，全国报刊一度降至 139 种。至 1921 年，据统计又恢复到 1 134 种①。

文教体制是近现代化进程中变革最为深远的领域之一。传统文教到明清时期已开始僵化，在这种情况下，科举制度的弊端日益显露，科举成为禁锢人心的精

① 参见方汉奇：《中国近代报刊史》，太原，山西人民出版社 1981 年版，上册第 87、153 页，下册第 676、711 页。

神枷锁。经过两次鸦片战争，教会学校和教育逐渐在中国渗透。教会建立学校，编纂教科书，各类层次的学校日渐扩大。维新变法时期，清政府提出改革科举，废除八股文，兴办学校。新式教育体制变革始于 1902 年由管学大臣张百熙制定的《钦定学堂章程》，1904 年张百熙、张之洞等重新拟定《奏定学堂章程》，并经法令正式颁布全国施行，通常称为"癸卯学制"。癸卯学制是清末民初新式教育体制的主要依据，对中国近代教育产生过重大影响。1905 年清廷又迫于形势诏准废除科举："自丙午（1906 年）科为始，所有乡会试一律停止，各省岁科考试亦即停止。"由此结束了自隋朝以来实行 1 300 年之久的科举取士制度。由此出现了兴办学堂、编印教科书的热潮。1907 年全国各类学堂总数达 37 888 所，学生达 1 024 988 人，1908 年达 47 995 所，学生达 1 300 739 人，1909 年学生达 1 626 720 人[①]。商务印书馆从 1902 年开始编印教科书，成为近代出版教科书最多的一家。这样，经过西来教会教育的冲击、晚清政府教育改革和民国初年教育改制，传统教育逐渐为新型现代教育所改造和取代。

近代报刊的出现是整个晚清民初文化变革的重要基石。报章作为一种传播媒介，并不是简单、透明的中介物或媒质，它本身就带有信息，意味着新的信息方式和生活形态。从传统版刻到近代报章，这一转折不仅仅是技术问题，而且还牵涉到传播形式、写作技能、接受者的心态，写作者的趣味等，实在关系重大。自晚清以来，人们逐渐发觉文人著述不再是"藏之名山，传之后世"，也不再追求"十年磨一剑"，而是"朝甫脱稿，夕即排印，十日之内，遍天下矣。"近代报纸和杂志出来以后，报章文的勃兴促成文章体式、文章体用和文学观念从传统向近现代的深刻转型。1901 年《清议报》第 100 期上《中国各报存佚表》上有一段话很有象征意味："自报章兴，吾国之文体，为之一变。"报馆文讲究"文以通俗"，要求在最大限度和最大范围内普及文化，教育群众。精英文人逐步认识到过去的文章过于古雅，"文集文"不过是文人积习。近代文化和文学的事实证明，报章出现不仅是传播方式的重大变化，传播信息也随着变形，而且语言、文类、文体、风格和趣味及其在社会生活中的地位也出现了较大升降和变化。

（二）中国文化变局和传统新变诸型

那么，中国文化之现代转型的内在动力何以生成？现代文论如何生成？现代文论转型的内在肌理如何？这方面的探讨和争议相当繁杂。这里要求一个初步的共识，即中国现代文化是在西方文化模范作用下，传统文化系统发生剧烈紊乱之

[①] 参见龚书铎主编：《中国近代文化概论》，北京，中华书局 1997 年版，第 231 页。

后，而在中西多方文化资源和各种各样小传统之间竞相博弈和内部协调的结果。概括地说，即晚清民初的文化变局主要是内发性的，是一种外来刺激和模范效应之下的、晚生内发性的文化转型。从晚清到"五四"这一阶段的文化变局，主要是经受西学冲击的当代自我与文化传统的关系的再协调来达成的。所谓当代与传统的再协调，在这里主要是强调在晚清以降的强势西方文化的模范作用下，先进求变的中国人重新面对当代形势，不断调整自身所在文化系统，征用古今各方面的文化资源，从中汲取用以确认自身发展的意义和方向，从而获得文化发展和变革的动力、手段与策略，并形成新兴文化模态。这里试述文化变局中的具有大小不等生命力的几种新兴文化模态。

第一种可称为"修古复新"，它与"中体西用"的文化思路交相为用。面对千年未有之变局，文化需要变化，不过需以"中体西用"为原则，这是从洋务运动中带出的文化主张。政教文化是道，枪炮机械是器。输入西来器物，以谋中国富强，并借以维持中国政教文化，所谓"求形而下之器，守形而上之道"。张之洞在光绪二十四年（1898 年）的奏折中说："以中学为体，西学为用，既免迂陋无用之讥，亦杜离经叛道之弊。"辜鸿鸣认定："文襄之效西法，非慕欧化也；文襄之图富强，志不在富强也。盖欲借富强以保中国，保中国即所以保名教。"从总体上看，这种文化思路，有开明向西看的意识，但仅在器物层面上接受西方影响，骨子里仍文化保守：唯我中华文化独尊价值，西方文化不过一时得势而道德未必在上。主张变化，汲引西来因子，但是坚持守卫自身的主流或正统，以防变质。比如在文学中居于正统的桐派古文，往往会因应文风丕变、学说峰起的形势，而就其本身做一些及时的调整，并对自身存在的合法性做一番卫护。其中突出者如本身非桐城古文嫡派而卫护古文正统的严复和林纾。一般人看到严林二人从事西来译著，一偏于政学论述，一偏于小说译述，但以桐城古文译述西来著作，实即是一种调整过去以丰富自身传统的方式，其结果是必然促使晚期桐城文风发生转变。这种行动与同时桐城嫡派的马其昶、姚永概、姚永朴等人加强研治韩柳古文以巩固传统的努力，很有殊途同归之处，但此中毕竟掺入相当多的新兴元素，意味和影响深远。比如严复在翻译《法意》十七章的按语中说："宗教、哲学、文章、艺术，皆于人心有至灵之效。……是故亚洲今日诸种，如支那、如印度，当不至遂为异种所克灭者，亦以数千年教化有影响效果之可言。特修古而复新，须时日耳。"所谓修古而复新，其实是通过某种外来资源来修整补葺传统，使其展现新的活力和兼容力，从而应付变局。当然，修古复新本来就是要巩固传统，或者说，传授西学带进新因素，其旨却在丰富中国的传统以适变。研究西学，其门径与西人从事西学根本不同，不是为西人培其羽翼，而是应当务之急。并且当西学与中国之传统相抵触时，大体仍应保有中国之旧。在这种文化思想和应变模式的主导之下，在当时颇为先进的人士在晚年也会偏向于守旧，所以后来甚或不反对帝制，对新文化运动消极否定，坚持其唐宋古文家信念，也是自然。

第二种可称为"西化更新"型。这种形态其实自晚清即有但直至民初而成为"五四"新文化运动的基本思路，往往是对民族文化失掉相当自信心之后而出现的一种焦虑求变的心理宣泄，但也转化向西方学习、甚至简单搬运西学的文化救赎思路。维新变法以后很长一段时间，梁启超对西方文化非常地崇拜，如他后来在《中国近三百年学术史》中自承的："我们当时认为中国自汉以后的学问全是要不得的，外来的学问都是好的。"20世纪初生活在巴黎的《新世纪》的主要撰稿者们，对旧传统充满义愤，渴求与传统完全彻底地决裂，于是将传统文化说得一无是处。这种情绪至"五四"时期在以胡适、傅斯年为代表的新文化学派那里尤为突出。他们接受了西来的实用主义和历史进化思路，力图对传统文化进行所谓彻底的"科学"解析。然而情绪往往不能落实为具体的文化结果，但当此古今转型而中外选择的文化取向遭遇危机的一刻，这往往会促成传统的异化。因为西学东渐之后，中国文化的转型已不再局限于一个封闭自足的体系之中，在一些人不能深入传统而从传统和非主流传统中挖掘出新的资源之时，则不能不加强西学的成分，因为西学展示的是一个全新的、丰富的而完整的系统，甚至这个西学是古今垒合，历史与现实压缩为一体的富矿。这样，文化变局出现另一种场景，即原先是为改革现有传统以强化文化生命而吸纳西学的，如今却异化成了为吸收西学则须放弃民族文化、甚而全面毁弃传统的偏向。

第三种可称为"复古更新"型。所谓"复古更新"，主要指的是清末民初不少学者文人往往凌越前辈世代，标榜"别一传统"的典范性来支持自身新变诉求的现象。其主要内涵在于，在传统的主流之外寻找传统文化的旁支或非主流因素来批判主流，而达成推动文化变革的事业。这也无可怪异：在历史上看，几乎所有的改革都要打复古的旗号，因为如果还不想完全否定过去而外求他族文化，除了借重"古"外没有其他可以借重的权威，欲改革必先借"复古"取得合法性，名正言顺而后行。复古其实是在新的情况下或受到新的刺激后，积极地通过对古的重新理解、重新掌握，选取另一些价值以便依循。在晚清民初，这种复古更新的文化变革思路主要是两派。一派是今文经学支持下的维新改革派。此派视野较为广博，但思想系统性和革命性都不强。其文化诉求出于想象的居多，往往突出新意，以借尸还魂为目的，以今文经学为代表。今文经学不讲名物训诂，专讲"微言大义"，自汉晋以后大都销声匿迹，但龚自珍、魏源接过庄存与、刘逢禄的今文经学，口称复古，实欲为变革现状提供理论依据。龚氏《己亥杂诗》云"何敢自矜医国手，药方还贩古时丹"，要解决当世之务，以复古而求经世。

到维新变法，康有为也声言"复古"，但其实却是要托古改制以变法，借鉴西方各种制度和文化推动政治与文化上的改良，这在当时是惊天动地的革新事业。维新变法失败后，梁启超流亡于海外，强烈的政治启蒙和文化变革的诉求要求他在文学领域内推进种种"革命"。其革命表面上是逐新，其内质则在于突破清代文化的正统和学问的朴学形态，"别一种复古"亦即在新时代里在西来名物或制度的面目下恢复浑博传统的文教乐教精神，从而激活民众之智，注入政治改良的诉求。另一派为国粹学派支持下的反清革命派。此派鼓吹要求征实求真者居多，甚至走向历史主义，以国粹派为代表。此派其实是试图比照西方所谓"文学复古"或"古学复兴"（今译"文艺复兴"），其具体内涵是推动对中国传统文化中久已湮灭或被正统学术排斥的诸子之学的重新梳理和阐发。他们往往从乾嘉学派转化而来，但受到西来的兰克学派史学观和历史比较语言学等学术思路和启发，相信历史独立于自己和时代而客观存在于过去，并且治史者可以"尽于有征"地把过去的真相揭露出来，这其实已与19世纪西方历史主义和实证主义史学非常趋近。但这种学术上力求征信的追求，并不妨害其现实效用上的革命性新意。以早期章太炎为例。他于群涌而起的诸子学中独标"尊荀"，实即体现了非常独具冲击力、因应时代而推进改革的内涵。儒家虽为中国文化的主流，但在宋明以降又以孔孟为主流和正统。章太炎却"历览前史，独于荀卿韩非谓不可易"（《菿汉微言》），"归宿则在孙卿韩非"（《自编年谱》），在儒家中抬高荀子，批评孟子的性善论、子思与孟子的五行说，并通过荀子连接到法家的传统，写成《儒法》、《商鞅》诸文，"以不忘经国，寻求政术"。在哲学上，在佛学和西学的支援和中西格义的新创下，撰述《儒道》、《订孔》和《诸子学略说》等，激烈非儒反孔。这些文化思想和学术举动都突出表现出"复古更新"的特点，即以复古为革新，从更深入传统的方式而解构传统，以对传统的批判的方式反过来强化传统，促使传统在面临时代变局之时能更具活力地因应现代的处境。

总此而言，面对社会剧烈转型的文化变局，晚清至民初已然出现各种新兴文化，它们之间的竞争和博弈其实既是晚清以来文化格局的基本动力所在，也是中国文化近现代转型的根本体现。此中最值得注意的一点是，西来文化的刺激和模范是一个基本的因素，但却不是根本的要素。正如龚鹏程所指："近代中国根本不是反传统以西化的简单模式可以涵盖的。整个晚清，久成绝学的今文经学，久遭淡忘的先秦诸子学，久已沉寂的佛学（特别是已属绝学的唯识学），久遭排抑的陆王心学，久受贬斥的魏晋玄学、骈体文，久已束诸高阁的宋诗，全都复兴了。到民国，则民间文学、戏曲小说也出沉霾而见天日。这个大趋势中，固然内部歧见纷如，争斗不断，但有一个贯通大势的理在。这个理，岂可以'学习西方'解释之乎？"① 说大大小小的各传统都有很大很强的复兴，或许言过其实，但近现代文化的变迁不是一个纯粹西来刺激而纯然学习西方的过程，而是一个西来刺激和当代自我表里互动，引发正统衰微，推动传统新变，诸要素异化生成，进而新兴文化蓬勃创生竞相生长的过程。这个道理却是相当真切的。也就是说，传统新变的内在起点是因为正统僵化，外在的重大因缘是西来刺激，变化运动的机理是传统新变，其历史结果是传统紊乱和文化变纪、形成剑走偏锋且紧张革命的"五四"新文化，以及在这一传统影响下的 20 世纪"革命文化"。

本章重心在于清理这一文化分化和传统新变的进程，涉及梁启超、王国维、章太炎、早期周氏兄弟和胡适等人的文化和文论思想。对于现代中国前辈思想家而言，他们已然突破"中体西用"和"修古复新"的文化思路，而更多地属于"复古更新"型和"西化更新"型的文化思想家。本土主流和正统文化的激烈变革和整体文化的彻底改造已经成为历史的必然选择。虽则在是否坚持民族文化的主体方面，仍有取向上的差异，但日本、西欧、美国乃至东欧的文化、文学和文论都会成为一种有价值的思想和文化资源，是本土文化转型和重建的营养或启发，而不是可以漠然视之的异物。

中国文论的转型以及文论新变诸形态的发生当然更是具体而微的。从结果上看，从传统的诗文评到"五四"以降通过具体的研究、具体的课程乃至相应的教材而落实的"文学理论"，这个变化是巨大的。这种从内容到形态的由传统走向现代的全方位转型，推动着中国传统文化为克服文化危机和重建的焦虑而产生一系列理性分化和学科转型，也推动着民族国家的文化重建和相应文化认同的重新调适。这些理性分化、学科转型、文化重建和文化认同的调适，连带着对文学的重新理解和对文学研究合法性的把握，都对 20 世纪中国文化发生了重大的影响。世纪之初的文学思想的剧烈变化诚然如今已成为历史的遗迹，但是它们凝结而成的某种思想动向和文化冲动在后来一直发挥着制约作用。可以说，它们内在地规定了整个 20 世纪中国文学理论的格局、质性及精神。

一、启蒙与文教：梁启超的文学革命与文化传统

晚清以降，中国文化内部存在着一股由较早睁眼看世界的精英士人竭力发动的"自改革"思潮，在文化和文学领域里突出表现为鸦片战争以来的经世文潮。

---

① 龚鹏程：《近代思潮与人物》，北京，中华书局 2007 年版，第 114 页。

随着西方势力对中国的侵略和压迫的日渐加紧，西方文化对我国文化的影响力日渐加强，这种经世思潮和文潮的势力与影响到清末民初日益突出，达到繁盛而近乎喷发的状态。其中做出突出贡献的要数以梁启超为代表、在文学领域内发动的"革命"运动。梁启超是主张维新变法和立宪改良的著名政治家和宣传家，在文化界以倡导"诗界革命"、"文界革命"和"小说界革命"著称于世。这些"革命"在今天看来其实是文学改良运动，但成为后来真正的文学革命的坚实基础。梁启超把今文经学的文化思想和政治学说加以系统发挥，以自己的政教观念改造了19世纪一再激荡的"经世致用"思潮，将之注入到文学之中，以其"现代政治"之"道"替换了传统之"道"，"就这样，他以改革政治改革社会为目的，而影响所及，也给予文学革命运动以很大的助力。"① 总体看来，以康有为、梁启超为代表的经世文论，奠立了现代文学和文论的政治功利化主旋律，影响非常巨大。如果没有这些，文学"革命"或文学改良运动的先行铺垫，后来的西学肌理的认真学习、传统文化的细致重构和西方文学的内在熏习，乃至"五四"的文学革命和文体变革，都是不可想象的。

1. 从经世传统到"革命"格义

鸦片战争以后，思想学术领域内的变革与变迁，尤以经世化思潮对近代文论有着至关重要的影响。本来有清一代学术极盛，主要形态是经学，主要分为宋学与汉学两块。宋学奉程朱理学为圭臬，以意逆志解释儒家经典，治学方式主要是探究心性，在清代被官方确认为正统，但颇为在野的汉学所蔑视。汉学崇尚原始儒学，提倡实事求是，注重取证，所以往往又称为朴学或经学。宋学与汉学的对立由清初开始显现，在乾嘉时期表面化，最后在道咸年间为汉宋兼采的走向所取代。但鸦片战争之后，学术风气大为一变。梁启超在《清代学术概论》中讲到："鸦片战役以后，志士扼腕切齿，引为大辱奇戚，思所以自湔拔；经世致用观念之复活，炎炎不可抑。又海禁既开，所谓'西学'者逐渐输入，始则工艺，次则政制。学者若生息于漆室之中，不知室外更何所有，忽穴一牖外窥，则粲然者皆昔所未睹也，还顾室中，则皆沈黑积秽。于是对外求索之欲日炽，对内厌弃之情日烈。欲破壁以自拔于此黑暗，不得不先对于旧政治而始奋斗，于是以其极幼稚之'西学'知识，与清初启蒙期所谓'经世之学'者相结合；别树一派，向于正统派公然举叛旗矣。"② 王国维的表述更稳健准确："道咸以降，涂辙稍变，

---

① 周作人：《欧洲文学史·艺术与生活·儿童文学小论·中国新文学源流》，长沙，岳麓书社1989年版，第51页。

② 梁启超：《清代学术概论》，上海，上海古籍出版社1998年版，第71~72页。

言经者及今文，考史者兼辽金元，治地理者逮四变，务为前人所不为，虽承乾嘉专门之学，然亦逆睹世变，有国初诸经世之志。"①

晚清之学确实经世趋新。求新求变、发愤抒情、经国济世，几乎成为近代文化压倒一切的要求。其先声可以晚清今文经学为代表。嘉庆道光后期，朴学身陷琐碎繁杂，逐渐失却现实关怀。同属汉学却要求复归阐发"微言大义"、贯经术政事于一的今文经学迅速崛起。龚自珍预见到社会的危机，不满于昏暗的社会现实和高度的专制，苦求变革之道，从戴震朴学转向今文经学。龚自珍强调"自尊"、"尊情"，欣赏感慨无伪之作。魏源著《定盦文录序》说龚自珍"以经术作政论"，"以朝政国故世情民隐为骨干"。梁启超《清代学术概论》也认为他"文辞偶诡连抖"，"往往引《公羊》以讥切时政，诋排专制。"受鸦片战争刺激，魏源深诋清人"争治汉学，锢天下智惠为无用"，所以也借治经来讲经世之术。经过龚自珍、魏源等人的努力，今文经学发展势头强盛。至19世纪末，今文经学在廖平、康有为手中愈演愈烈。康有为接受今文经学，先后著《新学伪经考》和《孔子改制考》，斥古文经籍为伪经，以孔子托古改制，而阐发"三统"和"三世"说，主张变法维新。康有为要人们"因董子以通《公羊》，因《公羊》以通《春秋》，因《春秋》以通六经，而窥孔子之道本"，尊奉孔子为"通天教主"。晚清的今文经学以旧瓶装新酒，不以求真而求致用，因应社会现实需要而加利用。今文经学的用世精神到康有为，已发展到极端，文化与文学已是维新改良运动的理论工具。康有为在《闻菽园居士欲为政变说部诗以速之》中认为，试贴风云月露之词根本无用，经史八股也无法凑手，所以小说就可以完全取而代之："方今大地此学盛，欲争六艺为七岑"。康有为在《〈人境庐诗草〉序》中称"公度岂诗人哉！"黄遵宪简直是政治家和圣人了。晚清经世文潮在梁启超提出的"文界革命"、"诗界革命"和"小说界革命"那里达到高潮。

2. 文化现代性："三界革命"与政治内涵的投射

梁启超提出"文界革命"，有多方面的原因，但主要与晚清政局变化和文界脉动，以及其时不可遏制的报章事业的崛起和报章文体的勃兴，有着莫大的干系。从投身于维新活动起，梁启超就十分推重报纸的作用。《时务报》创刊号即有《报馆有益于国事》一文指出："阅报愈多者，其人愈智；报馆愈来愈多者，其国愈强。"在他看来，报纸是鼓吹维新、动员群众最理想的工具。1899年梁启超作《夏威夷游记》（又名《汗漫录》），其中记述自己读日本政论家德富苏峰

---

① 王国维：《沈乙庵先生七十寿序》，《王国维遗书》第4册之《观堂集林》，上海，上海古籍出版社1983年版。

著作的感想：

> 其文雄隽放，善以欧西文思入日本文，实为文界别开一生面者。余甚爱
> 之。中国若有文界革命，当亦不可不起点于是也。[①]

"文界革命"主张和鼓吹做"觉世之文"，强调要以"欧西文思"启蒙国民。梁
氏看重的是德富苏峰著作中的"欧西文思"，赞赏他能在用日文写成的文章中流
畅自如地表达西方文化的内容和精神。在梁启超看来，中国"文界革命"的起
点，就应该是改造和充实文章内容，使之成为输导和传播西学的得力工具。为与
表达崭新的"欧西文思"内容相统一，梁启超非常看重俗语文体的形式。他认
为，报章文出现后文学写作当以通俗化为方向，采用俗语是文学进步的表现：
"俗语文体之流行，实文学进步之最大关键也"。

梁启超提倡"文界革命"，在形式上企图以长期以往的"言文分离"为变革
对象，高度肯定俗语文学的发展方向，这在当时引起很大的反响。引发更多争议
的是新文体和"新名词"问题。通过编办报纸与报章写作的实践，梁启超创造
了一种通俗易懂的报章"新文体"，风靡报界和学界。后来他自己概述说，为文
"务为平易畅达，时杂以俚语韵语及外国语法，纵笔所至不检束；学者竞效之，
号新文体；老辈则痛恨，诋为野狐；然其文条理明晰，笔锋常带感情，对于读
者，别有一种魔力焉"[②]。梁启超勇于创新，采用一种介乎文白之间的语文，以
便以文言词汇特别是抽象名词白话化，从而使新名词逐渐地为人们所熟悉。在某
种意义上看，文界革命最有价值且影响后世的贡献正在于新名词，它使民族语文
超越自身进化而迅速完成向现代汉语的转换。

维新变法期间晚清政府允创报馆，1902年又废八股改试策论，作惯八股文
的读书人骤然失去依傍。于是梁启超带有"策士文学"特点的报章"新文体"
便成为应考者的枕中之秘："朝旨废八股改试经义策论，士子多自濯磨，虽在穷
乡僻壤，亦订结数人合阅沪报一份。而所谓时务策论，主试者以报纸为蓝本，而
命题不外乎是。应试者以报纸为兔园册子，而服习不外乎是。书贾坊刻，亦间就
各报分类摘抄刊售以侔利。盖巨剪之业，在今日用之办报以与名山分席者，而在
昔日则名山事业且无过于剪报学问也。"[③] 虽然影响所及，许多士人文章生吞活
剥，笑话百出，但梁启超对文界革命的倡导与身体力行，毕竟使得半文不白的

---

① 梁启超：《汗漫录》，见《清议报》，第36册，1900年2月，第2349页（据台湾成文出版社1967
年影印本）。

② 梁启超：《清代学术概论》，上海，上海古籍出版社1998年版，第85~86页。

③ 姚公鹤：《上海报业小史》，《东方杂志》，第14卷第6号。

"新文体"推行开来,有力地推动后来"五四"时期的文学白话化运动。

据目前所知文献,"诗界革命"这一口号最早见于 1899 年 12 月 15 日梁启超所作的《夏威夷游记》:

> 予虽不能诗,然尝好论诗。以为诗之境界,被千年来鹦鹉名士(予尝戏名辞章家为鹦鹉名士,自觉过于尖刻)占尽矣。虽有佳句佳章,一读之,似在某集中曾相见者,是最可恨也。故今日不作诗则已,若作诗,必为诗界之哥伦布、玛赛郎然后可……欲为诗界之哥伦布、玛赛郎,不可不备三长。第一要新意境,第二要新语句,而又须以古人之风格入之,然后成其为诗。……若三者具备,则可以为 20 世纪支那之诗王矣![1]

梁启超相信"今日者革命之机渐熟",于是大倡"诗界革命"旗帜。诗界革命有三项具体的要求,即"新意境"、"新语句"和"古风格",三者具备则可以为"20 世纪支那之诗王"。梁氏称赞黄遵宪的诗开拓了"新意境",为"时彦中能为诗人之诗而锐意欲造新国者",但批评黄氏"新语句尚少",以其人为"重风格者";他也集中检讨戊戌以前的"新学之诗",既肯定谭嗣同、夏曾佑"善选新语句","颇错落可喜","其意语皆非寻常诗所有",又指出这些诗因过多使用"新语句",而破坏了"古风格",失去了诗歌特质。在 1902 年开始连载的《饮冰室诗话》中,梁氏又对"诗界革命"说作了进一步的阐发,强调诗歌创作要"以旧风格含新意境":

> 过渡时代,必有革命,然革命者,当革其精神,非革其形式。吾党近好言诗界革命。虽然,若以堆积满纸新名词为革命,是又满洲政府变法维新之类也。能以旧风格含新意境,斯可以举革命之实矣。苟能尔尔,则虽间杂一二新名词,亦不为病。不尔,徒示人以俭而已。[2]

梁去掉"新名词",认为"近世诗人能熔铸新理想以入旧风格者,当推黄公度"。由于《饮冰室诗话》影响很大,"新意境"与"旧风格"的统一便成为"诗界革命"的理论基础。

"诗界革命"在当时的知识阶层中具有近乎普遍的号召力。许多国内作者给《清议报》中的"诗文辞随录"专栏和《新小说》特设的"杂歌谣"栏目冒风

---

① 梁启超:《汗漫录》,《清议报》,第 35 册,1900 年 2 月,第 2280～2283 页。
② 梁启超:《饮冰室诗话》,北京,人民文学出版社 1982 年版,第 51 页。

险投稿，而海外华人界也应者如云。大量诗作也由初期喜用新名词而变为注重新意象。诗中所录所咏者从潜艇、飞艇、汽艇、气球、汽车、电话、电灯、无线电、留声机、报纸，到蜡人、西餐、勋章，以及对潮汐、月食、下雨等自然现象的科学解释，皆得自西方新事物和新知识，而出之以相思曲或游仙诗旧格。这些诗作往往颇为别致，有启蒙开化之功，但也仍然带有浮浅、格套，难以深入到新理致的层面①。从整体上看，"诗界革命"使诗歌创作重新贴近现实生活，以流俗语入诗，对民歌、弹词、粤讴等通俗文艺形式的借用，都体现出时代精神，另外也突出了思想情感内容与语言文体形式之间的矛盾，从而为古典诗歌向现代白话诗的革命激变打下了基础。

"小说界革命"的提法虽然迟至1902年才在梁启超的论文《论小说与群治之关系》中正式出现，但其实际出现涌动也与"诗界革命"和"文界革命"大致同时。戊戌变法前后，出于政治改良的需要，又受到域外文学的启发，对传统小说题材感到不满的维新人士已开始关注小说革新的问题。1897年，天津《国闻报》发现严复、夏曾佑撰写的《本馆附印说部缘起》一文，纵论古今中外、历史演化，强调"且闻欧、美、东瀛，其开化之时，往往得得小说之助"，认为可以运用小说"使民开化"。康有为、梁启超寄希望于政治变革，为此积极奔走呼号，但也看到小说在启发民智方面有非凡的作用。1898年戊戌变法失败，梁启超出走日本，决定借鉴明治时期"小说改良"的范例，从而正式揭开"小说界革命"之帷幕。提倡与创作"政治小说"是"小说界革命"开端的标志。梁启超创办《清议报》，专门开辟"政治小说"专栏，先后连载日本著名的"政治小说"《佳人奇遇》与《经国美谈》。作为开场白，梁撰《译印政治小说序》，大力鼓吹"政治小说"：

> 在昔欧洲各国变革之始，其魁儒硕学，仁人志士，往往以其身之经历，及胸中所怀，政治之议论，一寄之于小说。于是彼中辍学之子，黉塾之暇，手之口之，下而兵丁、而市侩、而农氓、而工匠、而车夫马卒、而妇女、而童孺，靡不手之口之。往往每一书出，而全国之议论为之一变。彼美、英、德、法、奥、意、日本各国政界之日进，则政治小说为功最高焉。②

梁启超强调政治小说在影响普通百姓精神中的作用，认可小说如西人所言可视为"国民之灵魂"。到1902年《新小说》创刊，开始连载梁启超的《新中国

---

① 参见夏晓虹：《晚清文学改良运动》，载陈平原、陈国球主编：《文学史》第2辑，北京，北京大学出版社1995年版，第230页。

② 梁启超：《译印政治小说序》，《清议报》第一册，1898年。

未来记》，"政治小说"便已由翻译转变为创作了。梁启超撰写了《论小说与群治之关系》一文，着重论证"中国小说界革命之必要"，因此该文被视为"小说界革命"的宣言书。在这篇文章中，他提出小说"改良群治论"和"新民论"：

> 欲新一国之民，不可不新一国之小说。故欲新道德必新小说，欲新宗教必新小说，欲新政治必新小说，欲新风格必新小说，欲新学艺必新小说，乃至欲新人心，欲新人格，必新小说。何以故？小说有不可思议之力支配人道故。

梁启超要求小说承担起改良社会政治的重任，承担起救国的责任。启蒙思想家和政治家认定"小说为文学之最上乘"：

> ……实文章之真谛，笔舌之能事。苟能批此窾，导此窍，则无论为何等之文，皆足以移人；而诸文之中能极其妙而神其技者，莫小说若。故曰：小说为文学之最上乘也。①

因为据说"小说为国民之魂"，而今小说又被论证为"文学之最上乘"，所以"小说界革命"便成为文学改良运动的中心，社会影响力也最大。晚清小说界基本上是同一意义上接受了这一观点。于是在传统中从未入流的小说"小道"，一跃而成身价百倍，甚至超过一直属于正统中心文类的诗文。小说地位的空前迅速提高，最终导致了传统小说观念的崩溃和近代文学观念的迅速变迁。

梁启超提倡的"小说界革命"，对于我国当时舆论起到了发聩振聋的作用，促成了一场真正的小说革命。1902年《新小说》杂志创刊后，到"五四"新文化运动时期，小说和翻译与创作形成热潮。一些从国外引进的小说类型以及写作手法，也开始在新小说中尝试运用，由此也促成了传统章回小说的解体。晚清小说批评和理论研究也相应地活跃起来，出现了一批比较知名的小说评论家和小说家兼评论家，著名如林纾、吴趼人、徐念慈、黄小配等。更为重要的是，随着小说地位和影响因现代报刊出版业的迅速发展而提高和扩大，写小说赚稿费也成为可以谋生的手段，中国第一批以小说创作或翻译为职业的专业小说家产生，标志着近现代大众文化在中国的出现。

---

① 梁启超：《小说与群治之关系》，舒芜等编选《近代文论选》，北京，人民文学出版社1959年版，第157～161页。

从整体上看，清末维新派文学改良运动的倡导者强调启蒙和新民，以通俗化、民间化和西方化为主要方向，要求写作摒弃僵化传统和雅正趣味，积极寻求边缘地带的文化滋养。他们往往有意识地引进和模仿西方文学的大众传媒、创作技巧、手法乃至文学种类，从而扩大文学的范围，丰富文学的表现力。

3. 政治启蒙、文学形式与传统乐教

在维新变法前后数年间，梁启超逐渐形成、推出并不断丰富和更新自己的诗文理论或主张，"三界革命"也被当成开启民智、改造国性的强大武器，对一般士子文人和普通文化民众的社会动员力极强。现在总体看来，他的文论和文化实践具有前所未有的几个重要特点。首先在于其"革命"注重多点爆破，不怕广种薄收。梁启超的"革命"可以说是一种突破传统的多文体的运动，超出以前所有文学革新的范围。他注重借助近现代文化传媒的迅速发展，发挥其文化宣传家一往无前全面突击的能力，在文化和文学领域内对既有传统或正统士子的文化进行了爆破。他的数种文学主张注重兼收并蓄，不断因应形势调整自己的策略和主张。这样，虽然其理论在体系性、整体性和稳定性上要大打折扣，但由于晚清政治形势的变化、精英士子的渴求和近代传媒的助力，其观念和主张得到了迅速而有效的传播。其次在于其革命的新而变，追求政治启蒙。梁启超的"革命"主要是在知识精英和文化民众两个层面追求全方位的思想启蒙，力图实现其以维新派利益和主张为核心的政治劝说的任务。在"三界革命"中，梁启超的主要目的就是改变既有文章、诗歌和小说中的传统模式，要求"革其精神"，要引进"欧洲之真精神真思想"，要突出具有世界格局和气象的"欧洲意境"，要在小说内容中加入新东西，小说题材上加入新内涵。这种求新求变不断灌输的政治意识，这种执着显白地服务于自己的政治诉求的文化鼓吹的特点，在既往的文学革命中是非常突出的。也正是这种具有一定世界性政治变革的眼光和追求，使其"三界革命"能够在当时鼓舞无数寻找出路和方式的文人士子中，影响巨大。

百年之后来看梁启超在20世纪初所鼓吹的"三界革命"，可以说诸多"革命"其实是将文学现代化政治化的框架与儒家文统诗教的传统思路沟通起来。可以说，梁启超是在以西学为坐标的现代意识框架内，要求对传统诗文小说的内容进行全面政治化的替换，对尊诗文轻小说的旧有文类格局进行调整，使之更适应现代的时代气息。有西方学者认为，就思想资源而言，"梁启超的思想大抵是儒家思想、日本明治维新思想和西方思想的混合。但是，所有这些思想，都是根据梁的喜好和理解而加选择并重新阐释的，而不仅仅是对西方思想的移植，也就

是说，不仅仅是对儒家传统和对西方思想、价值观念的简单接受。"① 这个判断的方向是正确的。梁启超的"革命"与其说是文学的"革命"，不如说是一种政治的启蒙和诉求；与其说是一种以西方学术和思想为主要资源的引进，不如说是另一种复古更新，在经世思想主导下泥沙俱下、兼收并蓄的复古更新。梁启超认为，中国古来"诗教""乐教"的传统本来很发达，但到了清代，这个传统却已衰竭。当此文化困境，他对远方异邦强国的了解和想象又岂能不引发感慨："读泰西文明史，无论何代，无论何国，无不食文学之赐；其国民于诸文豪，亦顶礼而尸祝之。若中国之词章家，岂于国民有丝毫之影响耶？推其原故，不得不谓诗与乐之所致也。"梁启超提出要恢复词乐合流，亦诗亦歌，使"诗教"、"乐教"的传统重回我中华大地："盖欲改造国民之品质，则诗歌音乐为精神教育之一要件，此稍有知识者所能知也。"② 因此，梁启超"三界革命"的根本点在于：在对经过日本中转的西学的一鳞半爪的理解和想象中，突破清代学者和文人之间的隔阂，将文学、学术、文化和启蒙混搭融合起来，从而恢复久已失传的"文教"、"乐教"传统。

二、审美与传统：王国维的美学与美育

通俗文学的盛行和大众化，是近代文化发展的重要倾向之一，由此出现小说、戏曲在文学各文类体系中地位的抬升，而小说和戏曲理论也日渐成为学者研究的对象。与此同时，西来的哲学和美学理论也就有了进入中土并为先进知识分子所接受和消化的可能。梁启超、王国维、黄人、徐念慈、蒋智由、陈独秀等人对传统小说或戏曲观都有非常大的突破，显示中国小说戏曲理论的崛起。理论探求的深入，在背后其实得到了西来文论美学的哲学化、学科化支持，可以王国维引介的以西方式现代理性分化为基本范型的审美现代性思想为代表。

1. "美学"的典范：向西看与审美文化的冲动

20世纪初青年王国维在上海时接触到德国哲学，十分迷恋康德、叔本华、

---

① 转引自童庆炳等：《中国现代文学理论价值观的演变》，北京，北京大学出版社2005年版，第17~18页。

② 梁启超：《饮冰室诗话》，北京，人民文学出版社1982年版，第58~77页。

尼采的思想，一度从事哲学研究，后转至文学、美学方面。因此，其学术思想具有针对传统前所未有的叛逆性和超越性。在他看来，旧时儒家抱残守缺，无创造之思想，学术停滞；而佛教东传，激活了我国思想界，学者见之，如饥者得食，渴者得饮。王国维把西学东渐比作佛学东传，激活了我国文化创造："担簦访道者，接武于葱岭之道，翻经译论者，云集于南北之都，自六朝至于唐室，而佛陀之教极千古之盛矣。此为吾国思想受动之时代。然当是时，吾国固有之思想与印度之思想互相并行而不相化合，至宋儒出而一调和之，此又由受动之时代出而稍带能动之性质者也。自宋以后以至本朝，思想之停滞略同于两汉，至今日而第二之佛教又见告矣，西洋之思想是也。"① 这一见识非常开明。

王国维对西来的哲学建制和学术自主性有充分的肯定。清末推行学制改革，张之洞等人确立的"中体西用"的文化保守原则，在张氏奏定的大学章程（1904 年）中体现的教育思路也偏于保守传统文化。对此王国维颇为不满。他认为，文科大学必须设哲学和美学，其《奏定经学科大学文学科大学章程书后》云："既授外国文学系，不解外国哲学之大意，而欲全解其文学，是犹却行而求前、南辕而北其辙，必不可得之数也。且定美之标准与文学上之原理者，亦唯可于哲学之一分科之美学中求之。虽有文学上之天才者，无俟此学之教训；而无天才者亦不能以此等抽象之学问养成之。然以有此等学故，得使旷世之才，稍省其力；而中智之人，不惑于歧途，其功固不可没也。"② 他主张近代中国应向西方学习，在新设大学里应分科设哲学，同时也主张在经学、理学、中外文学诸科中开设美学课程。在《论近年之学术界》中，他强调哲学、文艺、思想和学术都应有自身的地位。国家虽然有别，但知力人人同有，宇宙人生问题，人人之所不得解，惟有通过哲学学术之探索而求解决。学术之争论，只有是非真伪之别，所以应把学术视为目的，而非手段。"故欲学术之发达，必视学术为目的，而不视为手段而后可"；"学术之发达，存于其独立而已"，所以"一面当破中外之见，而一面毋以为政论之手段"。涉及当时之文学，在他看来，"亦不重文学自己的价值，而唯视为政治教育之手段，与哲学无异"。③ 在《论哲学家与美术家之天职》中，他指出："天下有最神圣尊贵而无与于当世之用者，哲学与美术是也"，应该按照西方学术分立的逻辑，把文学作品与学术著述从经术政术中独立出

① 王国维：《论近年之学术界》，姚淦铭、王燕编：《王国维文集》第 3 卷，北京，中国文史出版社1997 年版，第 36 页。
② 王国维：《奏定经学科大学文学科大学章程书后》，姚淦铭、王燕编：《王国维文集》第 3 卷，北京，中国文史出版社 1997 年版，第 72 页。
③ 同①，第 39 页。

来。① 从总体上看，王国维对当时学术的批判，强调探讨人生之惑、要求学术自主等，很有现实针对性，很有现代思想。

也正因为对西学系统和学科有较为精深细致的考究，王国维把西来哲学和美学思想融会于中国文学研究，提出了与传统诗学大相径庭的美学思想，表现出西方启发和典范效应下的现代审美文化冲动。1904 年刊刻的《静安文集》以及其后辑刊的《续编》，有相当多论文、札记等涉及美学问题，重要如《论哲学家与美学家之天职》、《古雅在美学上之位置》、《红楼梦评论》、《叔本华之哲学及其教育学说》、《叔本华遗传说书后》、《人间嗜好之研究》、《论小学校唱歌之科之材料》等，都可以看到其成就。在《文学小言》一文中，他接受了席勒、康德、叔本华等人的美学的游戏说："文学者，游戏的事业也。人之势力用于生存竞争而有余，于是发而为游戏。"在《人间嗜好之研究》一文中，认为"文学美术亦不过成人之精神的游戏"。游戏非关实利，文学则是"可爱玩而不可利用者"。美在自身，而不在其外。《论哲学家与美术家之天职》则批评传统无不以兼做政治家为荣，所以其创作往往从属于政治。王国维强调，如果学者自忘其哲学和美术的"神圣"，"而以为道德政治之手段者，正使其著作无价值者也"。其研究和阐释总体上延续了康德形式主义美学，认为审美活动是一种不杂个人利害之念而把玩对象之形式的活动，所以文艺审美活动的价值取径在于形式本身而不在于它外在的实用功能。这种文学、美学观念，毫无疑问强调了文学的独立自在的一面，审美性非关功利性的一面，及其在现代社会中实现"游戏"、"消遣"功能的一面。在当时思想界是非常新颖独到、细致深入，也是受西学影响最重、最彻底的一种。

以西学为典范，讲求文学的独立，企图以文学艺术作为现代生活和人生救赎的审美主义思想，是王国维现代文学思想的根本底色。这里以《〈红楼梦〉评论》为标本说明。该文最早连载于 1904 年 6～8 月《教育世界》杂志。《〈红楼梦〉评论》也是注重从现代生活市民人生的角度出发评论《红楼梦》，他认为，文学是表现人生的，这与传统文论诗学一贯抛弃不开的"宗经"、"原道"的招牌已然大不相同。王国维由此对人生的内涵做如下解释："生活之本质何？欲而已矣。欲之为性无厌，而其原生于不足。不足之状态，苦痛是也。"人们为争欲望之满足，必然会产生苦痛或者倦厌。会不会有快感呢？当然会有。但这是暂时。因为即令各种欲望得到满足，到时又会萌生倦厌之心，"故人生者，如钟表之摆，实往复于痛苦与倦厌之间者也"。所以，"人生之所欲，既无以逾于生活，

---

① 王国维：《论哲学家与美术家之天职》，姚淦铭、王燕编：《王国维文集》第 3 卷，北京，中国文史出版社 1997 年版，第 6 页。

而生活之性质，又不外乎痛苦，故欲与生活与痛苦三者一而已矣。"生活、欲望、痛苦，三者互通，无从超越，构成生之悲剧。那么，文学何为？王国维认为，文学在于表现这种生活、欲望和痛苦，而且还在于"解脱"这种痛苦，使人从悲剧中解脱出来。他说：

> 吾人之知识与实践之二方面，无往而不与生活之欲相关系，即与痛苦相关系。有兹一物焉，使吾人超然于利害之外，而忘物与我之关系。此时也，……物之能使吾人超然于利害之外者，必其物之于吾人无利害关系而后可，易言以明之，必其物非实物而后可。然则，非美术何足以当之乎？
> ……美术之务，在描写人生之苦痛与其解脱之道，而使吾侪冯生之徒，于此桎梏之世界中，离此生活之欲之争斗，而得其暂时之平和，此一切美术之目的也。①

从总体上看，《〈红楼梦〉评论》是接受了从德国市民社会和文化土壤中生长出来的叔本华式悲观哲学和美学思想的。

与他的西学前辈一样，王国维相信真正的文学艺术的世俗拯救功能。在王国维看来，悲剧能使民众惊醒，天才能唤醒蚩蚩之民，并从生活、欲望和痛苦中解脱出来。而《红楼梦》正表现了一种人生的悲剧，一种厌世解脱的精神，"实示此生活此痛苦由于自造，又示其解脱之道，不可不由自己求知者也"，既表现悲剧，又示以解脱之道，所以实在伟大。《红楼梦》较之歌德的《浮士德》，同样都描写了人的痛苦与解脱，故其成就不在其下。王国维认为，在中国文学中，《桃花扇》与《红楼梦》都表现了厌世解脱之精神，但在他看来，《桃花扇》之解脱非真解脱，"故《桃花扇》之解脱，他律的也；而《红楼梦》之解脱，自律的也"。拿《红楼梦》与《桃花扇》作比，其实是王国维就文学与生活、人生、国民、政治、历史等问题，和当时以梁启超为代表的"文学救国论"者们争辩。在王氏看来，主要是因为《桃花扇》借侯、李之事，写故国之戚，而非纯粹描写人生为事，所以是"政治的"、"国民的"、"历史的"，这实非纯粹的人生，是属于所谓"他律"的文学了。王国维首次在文论中提出了"自律"与"他律"的问题，这个问题困扰中国近百年。在德国美学思想影响下，王国维提出的文学"游戏说"、"悲剧说"，触动了我国原有的政教型的传统文学观，同时，和服务于政治改良的政教型文学观也判然有别，强调了文学艺术的独立与自主。

---

① 王国维：《〈红楼梦〉评论》，姚淦铭、王燕编：《王国维文集》第1卷，北京，中国文史出版社1997年版，第3、9页。

《〈红楼梦〉评论》从现代哲学、美学的高度去揭示这部作品的新的价值，是一篇系统性的论文。历史地看，这是从现代思想去批评传统文化最有代表性的文章之一。王国维在 20 世纪初就标举文学的独立，这在当时是非常难能可贵的。评价作品时，王国维以叔本华的人生悲剧说作为价值取向，来反对文学的道德、政治评价的传统说，判定后者无视文学艺术独立之价值。20 世纪初，王国维的《〈红楼梦〉评论》耳目一新，为后人提供了以西学思想阐释中国文学作品的典范。

从总体上看，王国维接引西来美学的贡献也就在于：认清现代学科分化的事实，吸取了席勒、康德、叔本华等人的思想，强调文学艺术的审美特性和独立自主，突出其非关功利性和"游戏"、"消遣"的世俗拯救功能，这些都触动我国原有的政教型的传统文学观。在当时是非常新颖奇崛的，预示 20 世纪中国文化通俗化的主要方向以及其中种种问题。

2. 审美现代性之一："境界"范畴及其生命内涵

对王国维而言，西来理论主体即德国古典美学，它们大都以一套较严密的哲学范畴，探讨现代生活中的审美机制，曲折而抽象地表达一种审美理想。康德美学自身是一个相当谨严的体系，但也内在地蕴涵着对启蒙运动以来法国唯理美学及其客观性问题，英国经验美学及其主观性问题，以及与欧陆理性纠缠在一起的直觉美学和浪漫主义天才问题的辩证讨论和折中处理。叔本华哲学将意志引为世界和存在的本性或本相，因此他们对世界的理解主要不再是静态的、主客对峙的、认知型的，而从根本上是动态的、主客都发自意志冲动的、与人生的各种体验方式息息相关的，而艺术及其表象则是从痛苦的意志世界中的瞬间解脱。尼采改变了叔本华哲学中的东方取向，而接通古希腊的艺术、宗教和人生体验，强调那种能提高、增长、丰富和表现自己生命力的意志，强调人及一切生物是被"对力量的意愿"驱动去生活和奋斗，因而人生是超苦乐的、纯冲动和创现的，表现出为生生不已、健行不自的奋发有为的人生态度。早年的王国维对西来美学体系的把握极为醉心。

不过，值得指出的是，王国维的刻苦致学和精心营构并不意味着其现代文化内涵能够为当时士子文人所深刻理解和接受。也正因此，王国维后来也自承，他发现知识论与审美论是一对矛盾，并且逐渐体察到近代欧洲精神中理性与感性分割和冲突的痛楚《静庵文集续编·自序二》（1907 年）：

> 余疲于哲学有日矣，哲学上之说，大都可爱者不可信，可信者不可爱。余知真理，而余又爱其谬误。伟大之形上学、高严之伦理学与纯粹之美学，此吾所嗜也。然求其可信者，则宁在知识论上之实证论、伦理学上之快乐论

31

与美学上之经验。知其可信而不能爱，觉其可爱而不能信，此近二三年中最大之烦闷，而近日之嗜好所以渐由哲学而移于文学，而欲于其中求直接之慰藉者也。①

王氏的感受是真切而又孤独的。贺麟先生在《五十年来的中国哲学》（1945 年）中这样写道："王静安先生曾抱'接受欧人深邃伟大之思想'的雄心，而他的学力和才智也确可以胜任。他曾有一两年的期间皆'与叔本华之书为伴侣'。从他的《静安文集》看来，他的确对叔本华哲学有了直接亲切的了解，且能本叔氏思想以批评红楼梦，由叔本华以下至尼采，上通康德。然后他忽然发现哲学中'可爱者不可信，可信者不可爱'，作了一首诗赞咏康德，此后便永远与哲学告别了。这并不全由于他缺乏哲学的根器，也是由于中国当时的思想界尚没有成熟到可接受康德美学的学说"②。

20 世纪初的王国维在细致探讨西来美学的同时，力图"使西来观念与本土固有材料互相参证"，使西学获得本土化的理解。既然叔本华暗示他：艺术具有如意志那般的"动态的"、摩耶幻化的和构成意义的能力或一种意义机制。在这个充满欲望和痛苦的世界上，有不完全受制于"根据律"的表象，有让人得到那超出获得个体对象而有的快乐/痛苦的更深幸福的可能，或一种独特的、更动人、更完满的生存方式的可能③。这种表象或如康德所谓的"优美"和"壮美"，即如一种"第一形式之美"。这东西到底是什么呢？王国维把它落实到1908 ~ 1909 年间在《国粹学报》上发表的《人间词话》中所谓的"境界"上：

> 词以境界为上。有境界则自成高格，自有名句。五代北宋之词所以独绝者在此。④
>
> 言气质、言格律、言神韵，不如言境界。有境界，本也。气质、格律、神韵，末也。有境界而三者随之矣。
>
> 沧浪所谓"兴趣"、阮亭所谓"神韵"，犹不过道其面目，不若鄙人拈出"境界"二字，为探其本也。

《人间词话》采用传统的词话的形式，但其理论核心是"境界"说。《人间

---

① 王国维：《静庵文集续编·自序二》，姚淦铭、王燕编：《王国维文集》第 3 卷，北京，中国文史出版社 1997 年版，第 473 页。

② 贺麟：《五十年来的中国哲学》，沈阳，辽宁教育出版社 1997 年版，第 26 ~ 27 页。

③ 参见张祥龙：《当代西方哲学笔记》，北京，北京大学出版社 2005 年版，第 40 ~ 42 页。

④ 以下各则均见王国维：《人间词话》，姚淦铭、王燕编：《王国维文集》第 1 卷，北京，中国文史出版社 1997 年版，第 141 ~ 156 页。

词话》大体分为两部分：前九则为标举境界说的理论纲领；其后则是以"境界"说为依据的具体评论。自唐人用"境"论诗以来，"意境"和"境界"已经成为普遍运用的术语。但各人所道的"境界"的含义不尽相同，有的指某种界限，有的指造诣程度，有的指作品内容中的情或景，或情与景的统一。王国维所标举的境界说，有着特殊而具体的审美理想的内涵：

> 境非独为景也，喜怒哀乐，亦人心中之一境界。故能写真景物，真感情者，谓之有境界。否则谓之无境界。
> "红杏枝头春意闹"，著一"闹"字而境界全出。"云破月来花弄影"，著一"弄"字而境界全出矣。

在这里突出的三层内涵值得注意：其一，景物与感情都必须为"真"；其二，"真景物"和"真感情"必须真切饱满地表达出来；其三，在前二者的基础上，感情与景物达到交融统一而凝为"境界"。王国维所谓的"境界"，其实是以生命力为底蕴的、真景物与真感情统一交融的艺术世界和精神形象。在《人间词话》中，王国维又从审美鉴赏和艺术评论的角度，以"隔"与"不隔"、"自然之眼"与"自然之舌"、"沁人心脾"和"豁人耳目"、"亲切动人"与"精神弥满"等的概念加以补充：

> 问"隔"与"不隔"之别，曰：陶谢之诗不隔，延年则稍隔已。东坡之诗不隔，山谷则稍隔矣。"池塘生春草"、"空梁落燕泥"等二句，妙处唯在不隔，词亦如是。即以一人一词论，如欧阳公《少年游·咏春草》上半阕云："阑干十二独凭春，晴碧远连云。二月三月，千里万里，行色苦愁人。"语语都在目前，便是不隔。至云："谢家池上，江淹浦畔"则隔矣。白石《翠楼吟》："此地宜有词仙，拥素云黄鹤，与君游戏。玉梯凝望久，叹芳草、萋萋千里"，便是不隔。至"酒祓清愁，花消英气"则隔矣。然南宋词虽不隔处，比之前人，自有浅深厚薄之别。

> 纳兰容若以自然之眼观物，以自然之舌言情。此初入中原，未染汉人风气，故能真切如此。北宋以来，一人而已。

> 大家之作，其言情也必沁人心脾，其写景也必豁人耳目。其辞脱口而出，无矫揉妆束之态。以其所见者真，所知者深也。诗词皆然。持此以衡古今之作者，可无大误也。

"昔为倡家女，今为荡子妇。荡子行不归，空床难独守。" "何不策高足，先据要路津？无为守穷贱，轗轲长苦辛。" 可为淫鄙之尤。然无视为淫词、鄙词者，以其真也。五代北宋之大词人亦然。非无淫词，读之但觉其亲切动人。非无鄙词，但觉其精力弥满。可知淫词与鄙词之病，非淫与鄙之病，而游词之病也。"岂不尔思，室是远而。" 而子曰："未之思也，夫何远之有？" 恶其游也。

只要基于人之生世，基于人的生命力，不论写情还是写景，都能"以自然之眼观物，以自然之舌言情"，有真切动人之"不隔"感："语语都在目前，便是不隔"，"但觉其亲切动人"，"但觉其精力弥满"，也就是"其言情也必沁人心脾，其写景也必豁人耳目，其辞脱口而出，无矫揉妆束之态"。反之，若在创作时感情虚浮矫饰，遣词造作，多用"代字"、"隶事"乃至一些浮而不实的"游词"，都或多或少地伤害艺术形象的生命力、审美空间的真切感，给人以"隔"或"稍隔"的感觉。

在王国维看来，创造境界或鉴赏境界出自对纯粹美和自由美的判断，其结果即"第一形式之美"。作为第一形式之美的境界是天才者的事业，天才诗人能以第一形式之美来呈现"自然人生"和"理想世界"，正在于他"入乎其内，故能写之，出乎其外，故能观之"，而"能观"和"能写"的产品便是"有生气"、"有高致"的境界。"意境"其实是"性情真"、"赤子之心者"以主观之眼观照世界的结果，它必要诉诸感觉和情感，必要以"美学"为支撑，而且往往突出强调那无所着意的主体气魄和品格。境界之所以有"高格"、有"远致"，能"使读者自得之"，正在于境界"以其所见者真，所知者深也。"

总揽《人间词话》，可以理解王国维如何在西来哲学和美学的启发下提出"境界"说，并且确实如一些学者所言，这一说法与叔本华的"艺术是对意愿的幻构本性的表现"的观点颇有相通处。王国维的贡献在于能用东方式的语言和艺术词论的方式标出"境界"，深入浅出，入情入理，而达到中西化合的境界。王国维的"境界"说的突出贡献即在于：结合汉语诗歌的抒情传统，赋予作为"第一形式之美"的"境界"以现代生活的内涵，使唐宋以下传统诗学中因文人情调化而显得神秘的"兴趣"和"神韵"，回到基于现代社会和文化群体中的个体生命力与艺术创发力上来，从而抓住了作为近代知识分子审美理想的艺术境界的现实内涵，散出浓郁的中国特色和民族风味。这是单独处于西学系统中的叔本华和尼采所不可能发明的[①]。

---

① 参见张祥龙：《当代西方哲学笔记》，北京，北京大学出版社2005年版，第42页。

3. "古雅" 的位置：文化传统与美育的可能

虽然小说戏曲在 20 世纪初即获较大发展，西来小说文艺也逐步引入中土，但在动荡的 20 世纪，由于革命文化的强势主导和市民文化的相对边缘化导致对幻化艺术的接受的土壤的缺乏，王国维的观点即如钱基博所论，"辟奇论以砭往古，树新义而诏后生"[①]，王氏所提大都是 "奇论"，并不能获得时人的深刻理解，他的观点更多地从近代、身处现代文明中的后人那里才获理解或认同。尤其是王国维的学说需要对中土文艺经验给出更显合理入情的解释。在王国维看来，有 "境界" 的艺术是天才的创造物，有 "境界" 的艺术是天才基于人的生命力的创造物，即便采用传统视为淫鄙之词也显得 "亲切动人"、"精力弥满"。既然如此，那么中土诗词中自古以来称得上有 "境界" 的诗人和作品并不多见。那么自古而来流传下来的作品算什么呢，还有没有价值呢？

1907 年，王国维发表《古雅在美学上之位置》一文，着重运用纯粹之美只关形式的观点，并参证以中国古代文学中的诸多现象，概括出了一个新的范畴——"古雅"。这一范畴其实是王国维这位中国近现代美学最为重要的创说。通过这个范畴，王国维在德国古典美学的基础上，结合自己的感受用中国艺术的现象补苴罅漏，尝试对西来的艺术美与自然美、审美判断之为先天抑后天、美之创造为天才抑学力等争论提出自己的回答。

在王国维看来，所谓 "古雅"，用康德美学的术语可界定为 "形式之美之形式之美"：

> ……除吾人之感情外，凡属于美之对象者，皆形式而非材质也。而一切形式之美，又不可无他形式以表之，惟经过此第二之形式，斯美者愈增其美，而吾人之所谓古雅，即此第二种之形式。即形式之无优美与宏壮之属性者，亦因此第二形式故，而得一种独立之价值，故古雅者，可谓形式之美之形式之美也。[②]

作为 "第一形式之美" 的优美或壮美，它们相当于自然或材质，是内容性的和决定性的，需由具有生命力的天才来创造，而古雅美相当程度上是可以经过艺术家来 "表出" 的艺术美或形式美，是 "第二形式之美"。也就是说，在王国维看

---

① 钱基博：《现代中国文学史》，载《中国现代学术经典·钱基博卷》，石家庄，河北教育出版社 1996 年版，第 342 页。

② 王国维：《古雅之在美学上之位置》，姚淦铭、王燕编：《王国维文集》第 3 卷，北京，中国文史出版社 1997 年版，第 31～35 页。下引皆同。

来，可在康德美学基础体系上而单独给中国自古以来的"古雅"一个不失独立的地位，当然其价值和性质可重新进行评估。

古雅有什么样的性质呢？王国维认为至少有三点重要之处。其一，与优美与宏壮既存于自然亦存于艺术不同，古雅其实但存于艺术而不存于自然。它其实是艺术沿袭历史而成为传统的产物，一者"古"便具有了超利害关系的性质，二者"雅"其实是经过学习修养和雕琢加工的结果。在这里，王国维把传统文论中"神"、"韵"、"气"、"味"、"趣"、"格"、"调"、"辞"等曾被许多文人雅士视为最高一级的审美范畴，都归之为古雅，属于"第二形式之美"："凡吾人所加于雕刻书画之品评，曰'神'、曰'韵'、曰'气'、曰'味'，皆就第二形式言之者多，而就第一形式言之少。文学亦然，古雅之价值大抵存于第二形式。"其二，与优美及宏壮的判断属于先天的判断，故而亦是普遍的必然的、一切艺术家亦必视为美不同，古雅的判断则是后天的、经验的，故而是特别的、偶然的，往往由时之不同而人之判断之也各异。吾人所断为古雅者，实由吾人今日之位置断之。其三，艺术中的古雅之部分不必尽俟天才，而得以人力致之。也就是说，通过古雅这一范畴，王国维补足了西来近现代美学无法正视传统文艺的问题，从而为艺术传统及其中重要艺术找到了地位："以文学论，则除前所述匡、刘诸人外，若宋之山谷，明之青邱、历下，国朝之新城等，其去文学上之天才盖远，徒以有文学上之修养故，其所作遂带一种典雅之性质。而后之无艺术上之天才者亦以其典雅故，遂与第一流之文学家等类而观之，然其制作之负于天分者十之二三，而负于人力者十之七八，则固不难而得之也。"

王国维给出古雅这一审美范畴一个符合现代民众生活的定位和价值，即古雅可作为"美育普及之津梁"："故古雅之位置，可谓在优美与宏壮之间，而兼有此二者之性质也。至论其实践之方面，则以古雅之能力，能由修养得之，故可为美育普及之津梁。虽中智以下之人，不能创造优美及宏壮之物者，亦得由修养而有古雅之创造力；又虽不能喻优美及宏壮之价值者，亦得于优美宏壮中之古雅之原质，或于古雅之制作物中得其直接的慰藉。故古雅之价值，自美学上观之诚不能及优美及宏壮，然自其教育众庶之效言之，则虽谓其范畴较大成效较著可也。"王国维提出的"古雅"范畴及其定位，其实弥补了康德美学天才论的不足。王国维非若当代学术以为固执自囿于艺术而与整个社会改造无所措意。虽则其美学观受西来学说影响甚剧，但其实仍然有整体文化规划的要求，其重点之处即在于以天才美学和艺术独立观批判近代中国社会的同时，标举"古雅"之审美教育的功能，突出其现实市民社会中的审美慰藉功能。其《去毒篇》（1906年）和《人间嗜好之研究》（1907年）都是鼓吹"禁鸦片之根本之道，除修明政治、大兴教育以养成国民知识及道德外，尤不可不于国民之感情加之意焉"，

"不培养国民之趣味而禁鸦片，必不可得之数也"，"感情上之疾病，非以感情治之不可"。他主张"心育"和"美育"，以古雅的艺术甚至消极的嗜好来解决。[①]

总体上看，王国维突破了德国古典美学而建立了一个较为立体化的符合现代重视兴味的美学框架。所谓"意境"（可包括优美、宏壮）和"古雅"都是"形式"，但二者有等差，前者内涵更丰富、深刻，而后者则较为形式化、大众化。"意境"是天才的创造，对鉴赏者的要求也很高，非凡人俗士所能窥见，而"古雅"则不忽略修辞，强调艺术家的学习和经营，是初学者学习和鉴赏的入门之径，也有利于普及和教化。20 世纪初的王国维着力于美学探究的同时，其实在一直探索美学、美育和教育等现代社会中市民塑造以振作国族的问题。可惜时人不察，而后人又因学术分治而未能整体理解其文化拯救的情怀，不亦哀哉。

三、求真与语文：章太炎的文学与复古

在传统文化向现代文化转型的过程中，现代文化事业及文化体制的逐渐发育，新旧文类的升降浮沉和西来文艺审美思想的冲击，激发中国传统学术对当时社会文化和文学活动作出回应，以便重建既符合时代精神和现代品质、又有文化本土品格的文学文化及其体制。在从传统文学思想向现代文学思想转换过渡的方面，从中国朴学传统出发，并济以近代科学精神，对文学概念进行细致辨析和严密梳理的，要数清末民初学术大师刘师培和章太炎。其中以章太炎的贡献为著。他在清末民初适应近代文化科学求真的大趋势，基于自己独到的语文现代性理念，重新界说文学，鼓吹"文学复古"，其实是力图从语文重建和文风改革两大角度强力推进民族文学和文化的重建。章太炎以其"有学问的革命家"精深学术、求真意志和革命鼓吹在当时的热血青年中发挥着巨大的影响。

1. "文"的界说：从刘师培到章太炎

刘师培继承扬州学派和家学传统，接过同乡先贤江苏仪征阮元鼓吹的"文言"说，推崇"骈文为文"。阮元论文的核心在"文言"，刘师培则富于独创性建立了庞大的"文"的系统，"文"包括"礼乐法制、威仪言辞、古籍所载"

---

① 王国维：《去毒篇》、《人间嗜好之研究》，姚淦铭、王燕编：《王国维文集》第 3 卷，北京，中国文史出版社 1997 年版，第 23 ~ 30 页。

的天地间的一切事物，因而只有符合"英华发外秩然有章"的"偶语韵词"才可称"文"。刘师培把阮元的"文言"纳入他所分析的"文"的统一性中，为骈文乃"文章之正宗"提供更有理的支持。刘师培同时受到西方把文学定为艺术之一种的观点的影响，认为非美文不足以言文，中国的美文就是骈文。在《中国中古文学史讲义》（1917年）中，他仍强调指出"俪文律诗为诸夏所有独有，今与外域文学竞长，唯资斯体"，力图以回应西学而证明自己的观点①。在清末民初的学界，刘氏观点有相当的影响力。

刘氏的提法遭到章太炎的反对。章太炎着眼于语言文字之学，对"文"重新界说，并企图从语文层面对文章文学进行变革。他以朴学路径循名责实，反对阮、刘"骈文为文"的观点。他宽假阮元之说指出"俪体之用，古由意有殊条，辞须翕辟，孑句无施，势不可已"，但强调古来文章存在质言和文言之分，所有文章的根本在于"存质"，并不在文饰。骈文之类的"文言"，其实只是书面文的一种，不能以偏概全。他主张，"文"的指标就是文字，"榷论文学，以文字为准，不以尨彰为准"。

章氏论文，标举"以文字为准"，强调"以文字著于竹帛故谓之文"。这个观点其实是强调"文"的符号性，即"文"在其第一义上就是符号或记号，它必定承载于媒介如竹帛纸页之上。章太炎自承在文的界说上其实是"从其质为名"：

> 吾今当为众说，古者书籍得名，由其所用之竹木而起。此可见语言文学，功用各殊，是文学之所以称文学也。且如经之得称，谓其常也；传之得称，谓其转也；论之得称，谓其伦也。此皆后儒训说，未必睹其本真。欲知称经、称传、称论之由，则经者编丝缀属之谓也。……据此诸证，或简牍皆从其质为名，此所以别文字于言语也。……然则文字本以代言，其用则有独至。凡无句读文，皆文字所专属也。文之代言者，必有兴会神味；文之不代言者，则不必有兴会神味。不代言者，文字所擅场也。故论文学者，不得以感情为主。（《文学论略》，1906年）
>
> ……凡此皆从其质为名，所以别文字于语言也。其必为之别何也？文学初兴，本以代声气，乃其功用有胜于言者。言语仅成线耳，喻若空中鸟迹，甫见而形已逝，故一事一义，得相联贯者，言语司之。及夫万类坌集，棼不可理，言语之用，有所不周，于是委之文字。文字之用，足以成面，故表谱图书之术兴焉，凡排比铺张，不可口说者，文字司之。及夫立体建形，向背

---

① 刘师培：《中国中古文学史·论文杂记》，北京，人民文学出版社1959年版，第5页。

同现，文字之用，又有不同，于是委之仪象，仪象之用，足以成体，故铸铜雕木之术兴焉，凡望高测深不可图表者，仪象司之。（《国故论衡·文学总略》，1910 年）

正是在文字的借助媒介、书写记号、以指称物事人情这一符号性意义上，"文""名"、"字"、"书"等相互转译。无论在人类之初始作文字以化成文明，还是后来人事日繁文明进化而文学步步进化，但其中三个方面的根本特征是不能忘记和忽略的：其一，文字作为"文"，大体是一种以此物代替、假借、象征彼物的符号，而且形成了相对独立、甚至反作用于语言的文字符号系统；其二，"文"是一种现世的物质符号，它具体落实为文字这种具有可视性的即物性符号，这种符号根本意义在于指称表意，符号的朴质表达是其素质；其三，"文"是对社会人事的象征、记录和表现，它的根本功能是"书契记事"。将"文"落实为文字，使章太炎能够直接而逻辑地把书面的文字文化落实为"文学总略"的客观对象。

基于这一逻辑，章氏执着地强调"文"的符号指称性第一义，并将"文"落实到文字上，"以文字为准"。他的许多立意独特、令人侧目的观点，皆由此推演而成，并且逻辑自洽。首先，他发明出独出机杼、包举"无句读文"在内的庞大文类系统。他认为，刘勰和王充都未能探得"文"的根本，因为他们在相当程度上都"但知有句读文，而不知无句读文，此则不明文学之原矣"。在他看来，地图、表谱、簿录和算草都是"文"，是"无句读文"，对于人类的社会生活和文化活动都非常重要。不能因为没有句读，就否定其"书契记事"的符号指称功能。它们也是"文"，甚至是"文"的样板。

[文]：以文字为准	无句读文	地图			又称[文辞]
		表谱	簿录与表谱殊者以不皆旁行缀系故		
		簿录			
		算草			
	成句读文	无韵之文	典章	书志、官礼、律例、公法、仪注	
			公牍	诏诰、奏议、文移、批判、告示、诉状、录供、履历、契约	
			历史	纪传、编年、纪事本末、国别史、地志、姓氏书、行状、别传、杂志、疑识、目录、学案	
			学说	诸子、疏证、平议	
			杂文	符命、论说、对策、杂记、述序、书札	
			小说		

续表

[文]：以文字为准	成句读文	有韵之文	词曲		又称[文辞]
			古今体诗		
			箴铭	无韵之铭，即入疑识类中	
			哀诔	祭文附此	
			赋颂	无韵之颂即入符命、述序类	
			占繇	如《周易》、《易林》、《太玄》、《灵棋》之属	

其次，他提出论文必以语言文字的"不共性为其素质"的衡文标准。他指出：

> 既知文有无句读、有句读之分，而后文学之归趣可得言矣。无句读者，纯得文称，文字语言之不共性也；有句读者，文而兼得辞称，文字语言之共性也。论文学者，虽多就共性言，而必以不共性为其素质。故凡有句读文，以典章为最善，而学说科之疏证类，亦往往附居其列。文皆质实，而远浮华；辞尚直截，而无蕴藉。此于无句读文最为邻近。……是故作史不能成书志，属文不能兼疏证，则文字之不共性自是亡矣。（《文学论略》）

由于他强调论文"以文字为准"，他不仅标举"无句读文"，奉为极则，而且极端强调和推崇以指称表意为基本素质的存质、求真的文辞，如典章、疏证、史传、书志、奏记之文，认为它们"文皆质实，而远浮华；辞尚直截，而无蕴藉。此于无句读文最为邻近。"一般谈文学，其实大多就文辞而言，文字"兼得辞称"，具有"文字语言之共性"。但是，这个共性与"文字语言之不共性"比较起来也只能是第二位的。必须回到根本上来，文学"必以不共性为其素质"，即"文字语言之不共性"（即"文字性"），文学必要以文字为基本和素质。

在章太炎看来，"文"说到底是"质"，存质即是文。"文"为什么就是"质"？因为"文"作为文字，说到底是记录，是符号，具有物质性、现实性乃至战斗性。"文字语言之不共性"突出了一切文类之为"文"的内在规定性，强调"文"的即物性和现实性，也突出了"文"的符号指称功能，就是所谓"书契记事"。极而言之，"文"的"文（学）性"是通过"文字语言之不共性"（即"文字性"）而不是"文字语言之共性"表现出来的。"文字语言之不共性"要求文学从内容到语文层面上的"质实"、"直截"、"远浮华"和"无蕴藉"，而且最终落实到一切的语文和文体层面上。

再其次，在此基础上，章氏强调论文"以文字为准"，而"不得以兴会神旨为上"：

> 故论文学者，不得以兴会神旨为上。昔者，文气之论，发诸魏文帝《典论》，而韩愈、苏辙窃焉；文德之论，发诸王充《论衡》，杨遵彦依用之，而章学诚窃焉。气非窜突如鹿豕，德非委蛇如羔羊，知文辞始于表谱簿录，则修辞立诚其首也。气乎德乎，亦末务而已矣。（《文学总略》）

"文（学）性"从"文字"中产生，"文"必须立足于在基本层面上的质实性、直接性或符号性，而不是后起的、第二义的装饰性和蕴藉性。只有从内容深处出发的"文字"性在文学与文化中得到落实，"文（学）性"才能真正地得到贯彻，而文学的其他一切属性（如装饰性、蕴藉性和审美性）才能得以附丽，文化与文学的各方面的功能也才可以得到真正实现。在这里，在唐宋以降文人雅士手中发展起来的一套关于致德养气的种种文章理论和堂皇叙述都失去凭依。这种扫荡和摧毁一切浮华的气魄是空前绝世的，其影响直到"五四"以降而不曾衰减。这样看，章氏界说的现实用意仍在对清末民初文学界的种种"诡雅异俗"现象和浮夸文风的针砭，在当时有着非常的战斗力，对"五四"时期如钱玄同、胡适、鲁迅、周作人等人对古文的抨击有着重大启发作用。

在章太炎看来，"文"必须是在世的符号，可以看见而具有物质性，可以领会而具有符号性。他反对以文掩事，主张舍借用真，追求故训求是。在章氏的理想中，存质求真的文字篇章在总体文学和文化中居基础性或核心地位。他的努力就是以其现代化了的"小学"对涂上了许多粉饰的"文"的观念进行解剖，通过褫夺"道"、"德"、"气"、"文"、"兴会神旨"的华衮而除去其神秘性，检讨其文化和文学的符号性和直观性，开拓对人类文化表意机制及其界限的探讨，从而留下了当代对汉语言文字的表意机制及其语文哲学的思想空间。[①]

2. 语文现代性之一：文字与文化拯救的可能

章太炎坚持文学总略，其实服从于"文学复古"的文化理想和整体变革主张。"文学复古"这个词，最早运用在 1906 年在东京留学生欢迎会上章太炎的长篇演讲中。在那一段时间内他极力以"文学复古"为号召，鼓动人们为民族

---

① 参见陈雪虎：《"文"的再认：章太炎文论初探》，北京，北京大学出版社 2008 年版，第 47～81 页。

文化的重建而奋斗：①

> ……由我们看去，自然本种的文辞，方为优美。可惜小学日衰，文辞也不成个样子，若是提倡小学，能够达到文学复古的时候，这爱国保种的力量，不由你不伟大的。

> 夫讲学者之媕于武事，非独汉学为然。今以中国民籍，量其多少，则识字知文法者，无过百分之二；讲汉学者，于此二分，又千分之一耳。且反古复始，人心所同，裂冠毁冕之既久，而得此数公者，追姬汉之旧章，寻绎东夏之成事，乃实见犬羊殊族，非我亲昵。彼意大利之中兴，且以文学复古为之前导，汉学亦然，其于种族，固有益无损已。

> 近观罗马陨祀，国人复求上世文学数百年，然后意大利兴。诸夏覆亦三百岁，自顾炎武、王夫之、全祖望、戴望、孙诒让之伦，先后述作，讫于余，然后得返旧物。

章太炎相信，只要通过各种努力，包括小学和文辞等方面的研究和创造，可以达成"文学复古"，实现民族的复兴，因为"彼意大利之中兴，且以文学复古为之前导"，正是我们的榜样。在这里，章太炎非同一般地突出"小学"（即民族语文和语言文字之学）的地位。把民族文化的"国粹"和民族精神与民族语言文字紧密联系在一起，这是在西方文化强力冲击下对民族文化存在方式和发展方式的一次重大体认，具有非常重要的意义。

章太炎认为，一个民族的文化的根本有三个方面，即语言文字、典章制度和人物事迹，作为"国粹"，它们广义地形成"我们汉种的历史"，在这三者之中，又尤以语言文字为根本。对中国文化的研究，对"国粹"的提倡，对民族精神的发扬，都必须建立在"语言文字"的基础上。在他看来，人类的全部文明史，民族文化的全部遗产，国家的经济、政治、文化生活，广大民众互相交往以及认识世界，都离不开语言文字：

> 盖学问以语言为本质，故音韵训诂，其管钥也；以真理为归宿，故周、秦诸子，其堂奥也。②

---

① 章太炎：《东京留学生欢迎会欢迎辞》，《民报》，1906 年 7 月第 6 号；《革命之道德》，《民报》，1906 年 10 月第 8 号；《国学讲学会序》，《民报》，1906 年 9 月第 7 号。

② 章太炎：《致国粹学报社书》，《国粹学报》，1909 年 11 月第 10 号。

> 若夫理财正辞，百官以治，万民以察，莫大乎文字。……盖小学者，国故之本，王教之端，上以推校先典，下以宜民便俗。（《国故论衡·小学略说》）

这两段文字前者主要从学理层面上强调，民族语文是一切学问的基础，是追求真理的手段；而后者主要从历史和社会功用看，民族语文是"国故之本，王教之端，上以推校先典，下以宜民便俗"，是民族文化继往开来，发展进步的基础。

为什么要如此重视民族语文，"以文字为中心"呢？重要的原因即在于在西来学术的启发下，章太炎对语文、文学和文化，尤其是对以文字为中心的中国文化传统，存有非常警觉戒惧、要求整体改造之心。1902 年他曾在《文学说例》中着重研讨人类用"文字"以"表象"的符号学：在造字日渐不能满足要求的情况下，人类转而"假借"文字，引申文字意义，扩展文字功能，力图表达日渐繁复而理、事、情兼具的人类生活。他引译其时日本学者姊崎正治在《宗教病理学》这类西来教科书中的表述：

> 凡有生活以上，其所以生活之机能，即病态之所从起。故凡表象主义之病质，不独宗教为然。即人间之精神现象社会现象，其生命必与病俱存。马科斯牟拉以神话为言语之疾病肿物。虽然，言语本不能与外物吻合，则必不得不有所表象。故如言'雨降'，言'风吹'皆略以人格之迹表象风雨。且因此进而为抽象思想之言语，则此特征愈益显著。如言'思想之深远'，'度量之宽宏'，深者所以度水，远者所记里，宽宏者所以形状空中之器，莫非有形者也，而精神现象，以此为表。如言'宇宙为理性'，此以人之性能表象宇宙。如言'真理则主观客观初无二致'，此分歧真理之语于主观之承认、客观之存在而为表象。要之，人间思想，必不能腾跃于表象主义之外。[①]

马科斯牟拉即当时任教于牛津大学的德裔语言学家马克斯·缪勒（Max Müller，1823～1900)，他在研究神话的过程中提出"神话是语言的疾病"说。章氏传统学问深厚，这使得他仅仅借助日本的教科书解释，即足以创造性地中西格义而触类旁通，从而切中古来小学与文辞之间纷纭之由来这一难题。他指出，此中的机制在于：体象不能尽意，人类就用表象来传达，正是通过文字的利用，"文"集

---

① 章太炎：《文学说例》，《新民丛报》，1902 年第 5、9、15 号。

群而成为文辞和文化，正是在这一过程中，往往出现"表象"离间符号与意旨的现象。由此，章太炎批评人们对隐喻和转喻的过度信任，同时也针对文化表达和生产的"自动化"而造成的种种意识形态（ideology）和神话（myth）。人们往往把语言文字当作纯粹的工具加以使用，并且叠床架屋，巨量繁殖，却在时间的流驶中忘记工具自身的中介性和内在理据。章太炎对"表象"与"表象主义"的区别颇为警觉，认为这正是日后"治小学与为文辞者所由忿争互讦，而文学之事日益纷纭矣"的根本原因：人们"习用古文，而怠更新体"，"表象主义，日益浸淫"，表情达意的目的本身遗忘了，作为工具的文辞成了目的本身，成为一种赤裸裸的工具和"物"。

值得注意的是，章太炎不反对表象，因为表象势有必然，但反对表象主义，因为表象主义不仅忘却真相，反而"以病质为美疢"。"人未有生而无病者，而病必期其少"，他表示要反对"以病质为美疢"的"表象主义"：基于对名物真相的执著，章氏强调，必须要有矫治之道。矫治之道是什么呢？即反古复始，文学复古。"文学复古"就是在民族语文体系和文学运行机制长期停滞而日趋僵化、又遭西学冲击渐趋崩溃的情况下，对文化文学实施系统变革和革命改造的变革方案。

综言之，所谓"文学复古"，其实是章太炎基于语文现代性试图强力推进民族文化重建的思路。所谓语文现代性，即是立足于民族文化发展的主体性，着眼于语言文字的"征实"和文学文化的"存质"，要求从文体"文辞"和语文"小学"两个方面回复到文化的历史根本和现实基础，亦即正确而富于创造性地运用民族语文，书契记事，表情达意。这一切在我中华以文字为中心的文字文化里，其根本端系于"文字"符号。这是一种思路，更是一种有待具体落实的理想。

3."文学复古"："将取千年朽蠹之余，反之正则"

章太炎的语文现代性理想是如此强烈，以致他自负这项工作必须由他开始。"将取千年朽蠹之余，反之正则"，是章太炎自己正面提出的"反古复始"和"文学复古"的具体内涵。这个口号有两个指向。其一就是在语文体系方面"勇于解剖，复兴小学"，章太炎就此甚至提出"先小学而后文章"的激烈主张；其二即在文学写作方面"斫雕为朴，穷而返本"，摒弃浮夸和藻饰的文风，远离过多的表象和文辞，回复到故训求是、求真存质的道路上来。

前者侧重在民族语文的向度上，其实是要求对民族语文体系自身进行整体改造和拯救。章氏时时称以"小学复古"，要勇于"解剖"。所谓勇于"解剖"，就是要对中国语文体系进行改造，以适应现代文化科学化理性化的要求。他强调，必需在纠正文风，精求"故训求是"和文化创新的同时，对民族语文体系进行激活和革新。在《訄书·订文》中他明确指出，"解垢益甚，则文以益繁"，语言和文字都是人类社会生活发展的必然产物，语言文字必定要随着人们社会交往的日益繁复而不断发展。章太炎认为必须对远古和近古的语言文字进行解剖和分析，并借鉴西方语文，进行淘汰、引进、复古和新创。改革民族语文体系以适应现代文化发展趋势，这种观点反映了当时文化界、知识界的革新要求和文学革命的潮流，具有突出的现实性。与其理论相辅而行，清末民初的章炳麟确实提出许多积极可行的改革措施。在《驳中国用万国新语说》（1908 年）中，他提出以汉字为中心的"语文改革"思路：简化汉字，制定注音，推广国语，反对那种要求废除汉语和汉字的文化虚无主义主张。[1] 这些思路和主张在民国政府和共和国政府都得到实际的落实，促进了中华文化从传统向现代方向的转换。

后者主要指向民族文学方面，其重点在于鼓吹回归朴质文风和文字规范，强调舍借用真，欲使雅言故训，复用于常文。针对晚清以来的桐城文的清空无物、选文派执着于文辞和新文体的通俗忽真的倾向，章太炎提出"求真存质"、"斫雕为朴"、"先小学而后文学"的文学新取向。这些主张其实就是鼓吹穷而返本、求真存质，摒弃浮夸和藻饰的文风，远离过多的表象和文辞，回复到"故训求是之文"的道路上来。章太炎认为，今人作文的流弊在于一味强调文辞，所以往往大量运用表象，导致渐离其质，而古人作文往往以小学为基础，追求"故训求是"，所以语本直核，虽然文体各异，且"师法义例，容有周疏"，但都"或然信美"，这才是真正的文辞。

章太炎所谓"文学复古"，所谓"将取千年朽蠹之余，反之正则"，其实就是强调在民族语文维度上的"小学复古"、舍借用真，在文辞维度上的求真存质，以轨则定雅俗。这个要求是非常高的。史家钱穆曾总结章氏纵论文学的现实针对性："太炎论学颇轻文士，于唐宋文人多所讥弹，谓学贵朴不贵华，枝叶盛而根核废。自称为文特履绳蹈墨，说义既了，不为壮论浮词，以自芜秽。谓百年以前，学者惟患琐碎，今正患曼衍也。又谓非为慕古，欲使雅言故训，复用于常文。其自述文章能事仅此。"[2] 这个概括大体是精确的，虽则忽略了其高度的学理性及其内蕴的革命性。

总此而言，章太炎鼓吹"文学复古"，其实是立足于民族语言和文化的主体性，着眼于言词和文章的"征实"和"存质"，强调符号及其意义之间协调和平衡，要求回复到民族文化的生存根本和现实基础，即正确而富于创造性地运用民

---

① 章太炎：《驳中国用万国新语说》，《民报》，1908 年 6 月第 21 号。

② 钱穆：《余杭章氏学别记》，载《章太炎生平与学术》，北京，生活·读书·新知三联书店 1988 年版，第 25 页。

族语文书契记事，表情达意。这种回复到一种高度理性化和理想化的语文学习和文学写作，自然有着浓烈的乌托邦色彩。章太炎自负在此乱世，"文学复古"的工作必须自他开始，按规律和规则办事，汉语文形象仍然可以获得新生。但是，他又稳健而深入地探究汉语文自身的内在规律、表达极限及其文化价值的问题，并且一贯身体力行，企图尽最大可能地发挥民族语文的潜能，使之为现代中国人更好地服务，这些又有着积极的理论价值和现实意义。后人如胡适仅就字面"文学复古"就判定他是"复古主义"，其实是很大的误会，要不就是执己鼓吹的策略。

四、情感与思想：周氏兄弟的美学与心声

留日期间的周氏兄弟是章太炎的学生，但在 20 世纪头 10 年留日学习期间，大量阅读了西方现代文学作品和受德国古典美学影响的文论著述。周氏兄弟循西学现代分化的规则，强调文学的情感特性，由此主张文学独立和审美自治。周树人的《摩罗诗力说》鼓吹文学"实利离尽"、"究理弗存"，而具"摩罗诗力"，张扬一种具有奇妙魔力的伟大的民族感情。周作人的《论文章之意义暨其使命因及中国今论文之失》界说文学要"脱离学术"、"表扬真美，普及凡众"，注重"思想之形现"，强调文学的本质是意象、感情和风味三事"合为一质"的思想形象，由此文学寄寓人格个性、伟大灵思和民族心声。这些紧张而热烈的表述，参引了大量西来的思路，但也积聚着传统的张力和师承的精神，蕴蓄着另一种独到的、中国特色的、革命化的、混融为一的审美现代性内涵。

1. "情感"指标：出场时的争议与沉默

在界说"文"方面，鲁迅与章太炎甚至可能发生过面对面的争论。据当时与他们一起前去参加章太炎在东京举办的"国学讲习会"的许寿裳回忆，鲁迅不同意章太炎对文学"以文字为准"的界说，认为这未免"过于宽泛"：

> ……有一次，因为章先生问及文学的定义如何，鲁迅答道："文学和学说不同，学说所以启人思，文学所以增人感"。先生听了说：这样分法虽较胜于前人，然仍有不当，郭璞的《江赋》、木华的《海赋》，何尝能动人哀乐呢。鲁迅默默不服，退而和我说：先生诠释文学，范围过于宽泛，把有句读无句读的悉数归入文学。其实，文字与文学固当有分别的，《江赋》、《海

赋》之类，辞虽奥博，而其文学价值就很难说。这可见鲁迅治学"爱吾师尤爱真理"的态度。

师生间文学观念的差异也通过另一些文本见出。1907年2月《红星佚史》译就，以周作人名义写的《序》声称："然世之现为文辞者，实不外学与文二事，学以益智，文以移情，能移人情，文责以尽，他有所益，客而已，而说部者，文之属也。读泰西之书当函泰西之意，以古目观新制，适自蔽耳。"在早年周氏兄弟看来，西方文学包括小说，本来并不着意于道德说教和知识启蒙，而"近方以说部道德为桀，举世靡然"，所以他们坚决反对当时一般鼓吹"小说界革命"的维新人士"以古目观新制"，用中国传统文学观念来曲解西方文学观念的做法。但与此同时，他们突出强调"学"与"文"的差别，认为一以益智，一以移情，体现出以情感作为指标来判别"文学"与"非文学"的趋向，引人注意。

在审美学说的引介方面，周氏兄弟和他们的老师章太炎形成突出的冲撞。章太炎根据自己的逻辑强调等视中外，而反对以西方"情"与"理"二分的观点切割中土文学：

> 吾观日本之论文者，多以兴会神味为主，曾不论其雅俗。或取其法泰西，上追希腊，以美之一字，横梗结噎于胸中，故其说若是耶？彼论欧洲之文，则自可尔；而复持此以论汉文，吾汉人之不知文者，又取其言相矜式，则未知汉文之所以为汉文也。（《文学论略》）

仅以"兴会神味"一词来指认经日本而来的欧洲现代文学思想，这不免有些中西互格、简单错认的因素，没有认清西方文艺美学的现实性内容，但"以美之一字横缏结噎于胸中"的说法，倒也着实准确地把握住了现代西方文化文学思想的根本，即，企图从哲学美学的高度来规划文化和文学，并把文学从文化中割裂出去。18世纪下半叶以来的现代西方文化思想，有一个重要特点就是文化的此岸化和审美化，由此导致"文学"从传统的宗教文化中独立出来。这种审美化思潮可以德国古典哲学和美学为代表：将思想和知识的探求重点落实到世俗化的现代市民大众的主体身上，同时把主体切分为理性知识的和情感意志的两个方面，并以主体的属性来比附和切割外在的对象。审美主体学说在现代欧美影响极为广大，在知识领域和人文学科中，这种思潮成功地以"情"、"感"等指标区分"文学"与"非文学"，把文学从文化中独立出去。在清末，西方以现代审美主体的美学来规划文学的思潮已经波及东方，它主要是通过经由日本人翻译的西方文学史著作而影响汉语文化界的。据朱自清言："'纯文学'、'杂文学'是日本的名词，大约从戴·昆西（De Quincey）的'力的文学'与'知的文学'而来，前者的作用在'感'，后者的作用在'教'。"① 戴·昆西是 19 世纪英国文人，他的这一界分是最早的一批影响到中国学者的人文学说。② 谢无量的《中国大文学史》即引西方人戴·昆西的著作云："文学之别有二，一属于知，一属于情。属于知者，其职在教；属于情者，其职在感。"③ 这种美学化的文化观的最简短概括正如章太炎所总结的："或言学说文辞所由异者，学说以启人思，文辞以增人感。"

章太炎认为这种以美学规划文学的做法颇多不当。他的逻辑依据有三：首先，榷论文学当以文字为准，无句读文理应视为"文"，而在审美论学说那里，竟然得不到认可，甚至被排斥在"文"之外，这是不合逻辑的。其二，章氏结合中国文学故实，认为即便在"成句读文"中，无论是有韵文还是无韵文，也都存在大量的情意交叉、不便简约的现象。无韵文中只有杂文和小说大致以感情动人，而历史、典章和公牍则不一定以感情动人。即便是在韵文中，许多文辞作品也不一定以感情动人为主，甚至有许多赋作完全不以感情动人。由此，章太炎对那种完全以感情为依据而区分文辞和学说，辨认文学与非文学的文学观念的做法，进行了全面深刻有力的辩驳，确实有一定的理据。其三，章太炎又从人类精神活动中知性与感性的互渗共通入手，强调学说与文辞强行加以区分只能"得其大齐，审察之则不当"：

> 又学说者，非一往不可感人。凡感于文言者，在其得我心。是故饮食移味，居处温愉者，闻劳人之歌，心犹怦然。大愚不灵，无所愤悱者，睹眇论则以为恒言也。身有疾痛，闻幼眇之音，则感概随之矣。心有疑滞，睹辨析之论，则悦怿随之矣。故曰："发愤忘食，乐以忘忧。"凡好学者皆然，非独仲尼也。以文辞、学说为分者，得其大齐，审察之则不当。（《文学总略》）

文章作品是否感人动心，关键在于是否"得我心"，在于主体精神状态与客体对象之间相契性。饱暖之人无法体会劳苦人的歌声，"心犹怦然"，顽愚之人也无法理解智者的高论，"以为恒言"。反之，一旦主体的精神状态与客体对象能够契合，则不仅"文辞"能够让人"感慨随之"，而且"学说"文章也会让人感

---

① 朱自清：《评郭绍虞〈中国文学批评史〉上卷》，载《朱自清全集》第 8 卷，南京，江苏教育出版社 1993 年版，第 197 页。

② 中译文可参戴·昆西：《知识的文学与力量的文学》，载阿狄生等著：《伦敦的叫卖声》，刘炳善译，上海译文出版社，第 175～185 页。

③ 谢无量：《中国大文学史》，上海，中华书局 1918 年版，第 4 页。

动兴奋愉悦。由此可见，同一体裁的作品，也并非绝对的感人或不感人，而同一作品，由于每个人的精神状态不同，不仅感受也会大不一样，而且动情与否也未可知。总此，章太炎认为，动情可以作为文学的特征之一，但是不能成为文学的唯一特征，情感动人说只符合文学创作和欣赏中的部分事实，但不能全面概括文学现象的总体规律和艺术特征，而以此概括文化更是不当。章氏思路因名责实，追根溯源，据以反对以西来美学来规划中土文学，也自有其理。

青年鲁迅的反应是"默默不服"。在 20 世纪现代文学发端之际，章周论争这个场景其实具有非常突出的浓烈呛人的象征意味，简直可说是传统向现代嬗变进程中隐秘而幽远的文化公案。这里最值得注意的是其中涌动的独到的审美现代性蕴涵。

2. 审美现代性之二："文章意义"与"摩罗诗力"

应当承认，早年周氏兄弟在接触西方近代文学后，所日益发育和正在形成的文学思想在当时是最为新锐的，在百年现代文化进程中也最为革命的。辛亥革命前夜的周氏虽然年轻，资历不及章太炎一辈人能给《民报》撰稿，但在文艺杂志《新生》夭折后，周氏兄弟以前所未有的浪漫雄辩的文论激情都倾注在刘师培所编辑的《河南》上。从文论角度看，在当时对文学探讨最为深入的是周作人的《论文章之意义暨其使命因及中国今论文之失》（以下简称《论文章之意义》）①。周作人的这篇长篇论文批评当时国人论文"非以文章为一切学问通名，即为专主娱乐之事"，认为"夫言文章者，其论旨所宗，固未能尽归唯美，特泛指学业，则肤泛而不切情实，亦非所取"。周作人比较西来众说后采纳美国人宏德（Hunt）的"文学理论"：

> 文章者，人生思想之形现，出自意象、感情、风味（taste），笔为文书，脱离学术，遍布都凡，皆得领解（intelligible），又生兴趣（interesting）者也。

比周氏兄弟更早一步接受了西欧文学观念的王国维经常自觉地使用"文学"这一日本的译语，而周氏兄弟受到章太炎"文学复古"思路的影响，竭力保存汉土本来术语范畴，所以采用"文章"一词，既用以表示对当时各种东来"新名词"的厌恶，又以此区别于老师"过于宽泛"的"文"。

---

① 周作人：《论文章之意义暨其使命因及中国今论文之失》，《河南》，1908 年第 8 期，署名独应。下引皆见此。

周树人更进一步常常将文学归为美术之一部。《摩罗诗力说》云：

> 由纯文学上言之，则以一切美术之本质，皆在使观听之人，为之兴感怡悦。文章为美术之一，质当亦然，与个人暨邦国之存，无所系属，实利离尽，究理弗存。①

"文章"作为美术之一部，其根本在于"实利离尽，究理弗存"，而在功能上则令人"兴感怡悦"。《拟播布美术意见书》（1913 年）阐述"美术"的性质：

> 美术为词，中国古所不道，此之所用，译自英之爱忒（art for fine art）。……故作者出于思，倘其无思，即无美术。然所见天物，非必圆满，华或槁谢，林或荒秽，再现之际，当加改造，俾其得宜，是曰美化，倘其无是，亦非美术。故美术者，有三要素：一曰天物，二曰思理，三曰美化。缘美术必有此三要素，故与他物之界域极严。刻玉之状为叶，髹漆之色乱金，似矣，而不得谓之美术。象齿方寸，文字千万，核桃一丸，台榭数重，精矣，而不得谓之美术。几案可以弛张，什器轻于携取，便于用矣，而不得谓之美术。太古之遗物，绝域之奇器，罕矣，而非必为美术。重碧大赤，陆离斑驳，以其戟刺；夺人目精，艳矣，而非必为美术，此尤不可不辨者也。②

这里已完全从文学要素的角度强调文学的本体：作为艺术再现对象的"天物"，作为主体艺术创造活动的"思理"，以及作为艺术品特性和功能的"美化"。

从 20 世纪初文学观念格局看，周氏兄弟和王国维一样，应该说是最早一批从审美角度上将"文学"和"美术"从传统的整体文化中独立出来、张扬相应审美现代性立场的精英人士，在当时，或许也就是他们几位较为真切地理解到西方意义上的"文学"，也试图在本土确立现代意义上的文学观念。王国维接引叔本华等人的文艺观念，以"厌世解脱的精神"作为文艺之独特性质，并且把这种深刻的、具有现代慰藉功能的厌世主义和审美游戏精神视为评价文学的依据。在这种视角中，《红楼梦》被称颂为"悲剧中之悲剧"，这种悲剧并非"政治的"、"国民的"和"历史的"，具有一时一地之用，而是"哲学的"、"宇宙的"、"文学的"，具有普遍永恒的意义。王氏论证《桃花扇》在悲剧意识方面远

---

① 《鲁迅全集》第 1 卷，北京，人民文学出版社 1981 年版，第 71 页。
② 《鲁迅全集》第 8 卷，北京，人民文学出版社 1981 年版，第 45 ~ 46 页。

远不能与《红楼梦》相比，显然是针对梁启超的；他又提出"生百政治家，不如生一文学家"，更是明显反对那种"治国平天下"式的对文学的外在要求。周氏兄弟的审美独立诉求的思路与王国维相类，但值得深究的是，周氏兄弟从另一角度即追求自由、立意反抗的一面尖锐地批判梁启超一派。《论文章之意义》点名批判梁启超："故今言小说者，莫不多列名实，强比附于正大之名，谓足以益世道人心，为治化之助。说始于《论小说与群治之关系》一篇……"径直把梁启超作为以小说为政治教科书的始作俑者。《论语》用"思无邪"一语概括《诗经》三百首，但在周氏兄弟看来，其实也是对文学的侮辱和桎梏。《摩罗诗力说》认为孔子的概括其实就是"许自繇于鞭策羁縻之下"。《论文章之意义》也说"自孔子定经而后，遂束思想于一缚"，而"今言文章，亦第论文而已，奚更牵缠旧惑，言治化为！"周氏兄弟认为，中国文学和文论一贯宣扬教化与政化，完全是从外部的规范和强制力入手创作和探讨文学，当时中国文坛上是以梁启超为代表的"经世致用论"发展来的"文学救国论"其实是传统文学思想的延续，而今却居于中心地位，所以他们痛下针砭地认为："若论现在，则旧泽已衰，新潮弗作，文字之事日就式微。近有译著说部为之继，而本源未表演，浊流如故。"中国文学要现代化，还必须鼓动新潮，正本清源，建立新型的现代文学观念和思想。

周氏兄弟倡导一种为人生"立意在反抗，指归在动作"的文学，文学不仅要表现积极进取的人生，而且有相应的社会承担。《论文章之意义》强调文章有着不可忽视的内在使命，强调文学是天才的事业，"裁铸高义鸿思"，更能"发扬神思"，促人以高尚，同时，文学又对社会负有表现的责任和使命，文学要"阐释时代精神"，在衰世既"暴露时世神情，谴责群众"，又要发扬"排众而独起，为国人指导，强之改革"的"社会之力"。《摩罗诗力说中》更以高度的爱国主义热忱和革命精神，专门介绍欧洲19世纪以英国拜伦为代表的摩罗诗人和作品，"求新声于异邦"，企图借异国具有自由精神和革命热情的文艺新声力，来鼓舞和激发国人的革命热情和理想，掀起一个改造中国的文艺革新运动，以打破"中国之萧条"：

> ……摩罗诗派……今则举一切诗人中，凡立意在抵抗，指归在动作，而为世所不甚愉悦者悉入之，为传其言行思惟，流别影响，始宗主拜伦，终以摩迦（匈牙利）文士。凡是群人，外状至异，各禀自国之特色，发为光华；而要其大归，则趣于一：大都不为顺世和乐之音，动吭一呼，闻者兴起，争天拒俗，而精神复深感后世人心，绵延至于无已。虽未生以前，解脱而后，或以其声为不足听；若其生活两间，居天然之掌握，辗转而未得脱者，则使

之闻之，固声之最雄桀伟美者矣。①

青年鲁迅希望学习西方文学中汹涌澎湃的摩罗诗派，盼望勇猛的精神界之战士通过民族文学来打破中国的萧条，掀起一个真正震撼人心、改造社会的革新运动。

相对而言，王国维只是消极地适应了现代西方理性分化的文化发展思路，最终只能发现事实与价值之间根本矛盾性，"可爱者而不可信，可信者而不可爱"，从而放弃哲学、再而放弃文学，走到实证考据式的国学研究中，乃至于最后无法在文化学术克服其根本性的矛盾。而周氏兄弟，则希图借助文学的力量使同胞的灵魂觉醒，从而使衰弱的古老文明葆有再生再造的希望。他们的文学之思更多的是注重其内蓄的革命的、浪漫的、反叛的精神。《摩罗诗力说》着意于"摩罗诗力"，强调文学的精神在于那种上无视神性权威下蹂躏卑屈俗众的、"争天拒俗"的"摩罗"的抗争，而周作人的《哀弦篇》着意于文章的"悲哀"，强调文学的精神在于那种弥漫于天地四方，而又无所苟且、径以"血书"，蕴蓄着无限激越的生机的"悲哀"之情。虽然兄弟之间显现出某种精神上的差异，但他们的精神和话语在辛亥革命前后是共通的，他们都期待着以诗人的心声来打破这种衰微的古文明的寂寞和萧条：

今索诸中国，为精神界之战士者安在？有作至诚之声，致吾人于善美刚健者乎？有作温煦之声，援吾人出于荒寒者乎？家国荒矣，而赋最末哀歌，以诉天下贻后人之耶利米，且未之有也。②

青年周氏兄弟的"文学独立"诉求与"精神再造"理想，突出表现出一种在西方浪漫主义文学和现代文化思想的激发下，而内在地诉求于民族文化的"精神"的倾向。"文学独立"的要求，在表面上看来是受到西方文化的现代理性分化的影响，是在西方浪漫文化的影响下的主体精神激动的结果。正如木山英雄所认为的，"所谓艺术和文学的'纯粹'独立的观念，只能是在思考人的存在时视'精神'为绝对内在性的西方思想带来的观念"。③但是，笔者认为，周氏兄弟在文学发展问题上的内在取向，却仍然是立基于民族精神的，不过，这种取向在文化的交流与发展上具有更为开放的精神，他们愿意以西方文化与文学思潮为刺激，企图以此激活传统，使僵化的传统在新的世界情势下迸发出进取前进的活力。也

---

① 《鲁迅全集》第1卷，北京，人民文学出版社1981年版，第66页。
② 鲁迅：《摩罗诗力说》，《鲁迅全集》第1卷，北京，人民文学出版社1981年版，第100页。
③ 木山英雄：《"文学复古"与"文学革命"》，孙歌译，《学人》第10辑，南京，江苏文艺出版社1996年版。

就是说，早年周氏兄弟的文学与文化的思想，一方面表现出现代的理性分化，以现代西方的文教制度的学科分工为取向；另一方面却是对本土的古老文明的发掘和精求，是对民族精神的内在执著和刺激，激活民族文化的内在精神，以适应汉语民族在现代世界上的发展，发掘和创造一种新的文学和文化。这种思路，鲁迅在《文化偏至论》（1908 年）中总结为：

> 外之既不后于世界之思潮，内之仍弗失固有之血脉，取今复古，别立新宗。①

所谓"取今复古"的思路，其实来自他的老师章太炎；尽管"别立新宗"的心声和诉求在心中激荡，在当时仍然处于暗哑的状态。

3. 翻译的意义：籀读其心声，以相度神思之所在

有学者研究指出，就鲁迅最早的几篇翻译作品来看，无论在选材和译笔上，鲁迅的做法都与晚清一般翻译活动相差不远。② 确实，在题材上，周氏兄弟所译《斯巴达克之魂》和《哀尘》是"政治小说"，凡尔纳的小说是"科学小说"，都属于当时在梁启超影响下的"小说救国"路线的。翻译手法上，鲁迅也属于当时以"意译为主的时代风尚"："在 1909 年《域外小说集》出版以前，周氏兄弟的译作从选材到文字都不脱时尚，没有找到自己独特的位置。"③ 但值得注意的是，1909 年周氏兄弟合译的《域外小说集》在日本出版，寄回国内销售。该书的翻译活动是有其独到立意的。周氏兄弟也都颇为自负，序言由鲁迅执笔：

> 《域外小说集》为书，词致朴讷，不足方近世名人译本。特收录至审慎，迻译亦期弗失文情。异域文术新宗，自此始入华土。④

序言指出两点迥异于当时的文学翻译特点：一者在"收录"上，二者在"迻译"上。对自己在翻译上的新努力，周氏兄弟认为是"异域文术新宗""始入华土"的开始，这篇序论也被后人誉为"中国近代译论史上的珍贵文献"⑤。

---

① 《鲁迅全集》第 1 卷，北京，人民文学出版社 1981 年版，第 56 页。
② 王宏志：《民元前鲁迅的翻译活动——兼论晚清的意译风尚》，《鲁迅研究月刊》，1995 年第 3 期。
③ 陈平原：《20 世纪中国小说史·第 1 卷（1897～1916）》，北京，北京大学出版社 1989 年版，第 49 页。
④ 《鲁迅全集》第 10 卷，北京，人民文学出版社 1981 年版，第 155 页。
⑤ 陈福康：《中国译学理论史稿》，上海，上海外语教学出版社 1992 年版，第 171 页。

　　《域外小说集》在选材方面确实很有特色，正如鲁迅后来在《我怎么做起小说来》回忆道："注重的倒是在绍介，在翻译，而尤其注重于短篇，特别是被压迫的民族中的作者的作品。因为那时，正盛行着排满论，有些青年，都引那叫喊和反抗的作者为同调的。……因为所求的是叫喊和反抗，势必至于倾向了东欧，因此所看的俄国，波兰以及巴尔干诸小国作家的东西就特别多。"① 也就是说选材上，一方面是原著者国家多系东欧，另外这些原著的文类也很特别，多为短篇的"近世小品"，篇幅短小，艺术性较高。为什么选取这些国家这些作家的这些作品，已有相当多研究，此不再赘述。

　　这里试图追究的是《域外小说集》作为周氏兄弟由"意译"转向"直译"的开始。对于他们"直译"的努力，他们本人在序言中指出了晚清意译风尚的不足，而《域外小说集》试图为现代翻译的"直译"方向树立了一个指标。周氏兄弟突出地指出自己的译本与"近世名人译本"不一样，这里"近世名人"当指林纾。鲁迅后来很针对地指出："……当时中国流行林琴南用古文翻译的外国小说，文章确实很好，但误译很多。我们对此感到不满，想加以纠正，才干起来的，……"② 出于对林纾的不满，周氏兄弟提出他们的主张，即使逐字对译，"词致朴讷"不如意译通畅，也要使"迻译"、"弗失文情"，在小说集的《略例》中，他们进一步强调："任情删易，即为不诚。故宁拂戾时人，迻徙具足矣"。在此思想的指导下，《略例》交待，即使人名和地名，也是直接的音译，"缘音译本以代殊域之言，留其同响"，而不是改用中国人名地名；"！"、"？"、"——"和虚线等分别表示原文所表达的各种情态和意义，周氏兄弟把尊重原文的精神一直贯彻到标点符号的层面。此外，《域外小说集》一个重要的特点就是附有著者小传，并把小说中的一些典故，用括号加以注解，一些相关资料，以及"未译原文"，都录在书末的"杂识"中，这些做法都与当时较早的风尚很不相同。

　　周氏兄弟最初并没有提出"直译"一词，但其努力实际上代表了这一新方向。他们强调《域外小说集》就是要通过对别国语文的直译，尽最大的可能去真切地体会原文所欲表现的体验：

　　　　使有士卓特，不为常俗所囿，必犁然有当于心，按邦国时期，籀读其心
　　声，以相度神思之所在，则此虽大海之微沤与，而性解思维，实寓于此。中
　　国译界，亦由是无迟莫之感矣。③

---

① 《鲁迅全集》第 4 卷，北京，人民文学出版社 1981 年版，第 511 页。
② 《鲁迅全集》第 13 卷，北京，人民文学出版社 1981 年版，第 473 页。
③ 《鲁迅全集》第 10 卷，北京，人民文学出版社 1981 年版，第 155 页。

同年鲁迅在为周作人译的《劲草》所写的序中，又再次强调翻译应该"使益近于信达"，使原作者"撰述之真，得以表著；而译者求诚之心，或亦稍遂矣"。

考察周氏兄弟刻意地以"直译"去改变"意译"，不能不注意到他们所措意于通过文学语文去"籀读其心声，以相度神思之所在"的深刻用心。这也正就是鲁迅在《摩罗诗力说》等文所反复强调的"别求新声于异邦"。他是要通过华夏民族语文的阅读和翻译，直接去与异族语文进行碰撞，从而感受到世界上"自觉之声发，每响必中于人心，清晰昭明，不同凡响"。周氏兄弟自豪地认为，这本《域外小说集》虽然只像是大海中的微波，但却饱含着"性解思维"，渗透着自由的意识和个性的精神，具有重大的思想意义。翻译的问题最终必定归结跨民族语文的双语实践问题。章太炎既反对唐宋以来的传统文人雅士简单从俗，又反对各种以"文辞"代"文"、以"彣彰"代"文章"从而缩小"文"的畛域、减弱对意义的真切追求做法，由此，他径直以"文字"界说"文"，其实是强调文字与语言对于创造性地表情达意的必然性和自由性。周氏兄弟虽与老师的文学观有一定差异，但从他由强调"文字"而关注意义与符号的"真切"的内在意图而不能不有所启发。这种启发正突出地体现在这种"直译"的先锋实践之中。如日本学者木山英雄所表彰的，为了对应于细致摹写事物和心理的微部的西方写实主义，更为了把自己前所未有的文学体验忠实不二地转换为母语，他们勇敢地实行了以古字古义对译西方语文的实验。在这种实验中，往往由于激烈的文体对接和内部语言的摩擦，结果导致译文失之牵强和生硬，但这或许正是后来两位文学语言大师的文体感和语文感得以生成的原因之一吧。[①] 这与章太炎鼓吹"文学复古"，希求文质彬彬，追求"存质"、"尽雅"和"求真"的理念如出一辙，而更近乎一种极端的贯彻。

从总体上看，虽然在当时非常孤独寂寥，但当时的周氏兄弟仍在坚持着一项在未来有着极大爆破功能的文学事业。在西学资源的启发下，在感受和反思社会急剧变迁的现代性体会中，他们以自己近乎喑哑的呐喊和沉潜的努力，独立自主地开拓着一桩力图突破中国传统和超越西方近代传统的审美现代性路线，其核心在于标举本土民众和战士情思的心声，张扬现代情感。在这逐渐生长着的审美现代性思路中，情感审美指标不仅成为从传统文化世界中独立出来并获得文学自治权的合法依据，而且扩展为一种人的真正的存在方式，即，独有文艺或以情感、或以直觉的方式获得观照整个世界和日常生活的制高点，独有文艺能够超越现代社会理性化的囚笼，成为制约、批判和反思古典文化与现代文化最可信赖的方式

---

① 参见木山英雄：《"文学复古"与"文学革命"》，孙歌译，载《学人》第 10 辑，南京，江苏文艺出版社 1996 年版。

和武器。百年之后看来，这是一条突出的审美现代性思路。这种审美现代性思路，在"五四"以降得以全面彰显，年轻一代的文学思想逐渐占据上风，并形成中国现代文学的主流。中国文艺和文论由此从古典走向现代，从上层走向民众，从儒家文教文化之附庸，走向独立自主甚或冲动自大。

五、从文体到语体："言文一致"的理想及其现实化

人们常常把"五四"看作是英雄们鼓吹革命、创造历史、使传统发生断裂的时代。"五四文化"英雄们终于找到语言革命和思想革命两个突破口，激浊扬清、革故鼎新、推陈出新，从而确定新文化、新文学和新语文的地位。这种观点至少忽略了所谓"五四"白话文运动的成功其实并非一蹴而就、劈空而起的历史故事。"五四"时代实现从古典语文向所谓现代白话文的转换，其实是一个相当长的在西方语文观念和"言文一致"理论影响下、古典语文体系逐渐瓦解、各种"言文一致"方案不断竞争，而在国民教育风潮和文化下移的趋势中，"白话文"方案借势而上、终为政权机关认可而告成功的过程。

1. 言文一致：中土想象与时代的焦虑

晚清西学东渐，中学遭受重创，中外文化撞击而古今语境重叠，复变思想和进化观念激烈冲撞，作为新旧文化和价值体系之象征的语文体制也开始发生剧变。这里要强调的是西方输入的"言文一致"思潮及其影响之下的汉语形象大危机，是推动民族语文现代化变革的内驱动力。黄遵宪是晚清时代提倡"言文合一"极早的一人，他根据西方的普世语文理论发现，在西方"言文合一"，而中国则语言与文字"不合"。按他的逻辑，汉语文的走向也必然与西方一样，是"言文合一"。黄氏接引西方语文观念，在今天看来无甚新奇，但在当时意义和影响却远非一般。几千年以来，中国人自己对汉字和语文饱含敬意，而对汉民族语文的敌意最早来自于西方的传教士、外交官、军人和商人，后来逐渐形诸主流语文理论和观念。正是在西方语文观念的框架中，方块汉字开始被判定为不如西方的拼音文字，汉语（文）形象也渐披恶名。此后许多著名人士对民族语文和古典文化的情绪也开始一步步恶化。康有为《大同书》提出，未来语言文字应该"大同"，世界各地的人必须在"地球万音室"中制作统一的语音；谭嗣同在《仁学》中呼吁"言文合一"，因为中国语文繁难，费力，固执，荒谬，是"繁而劣"者；吴稚晖更强调中国汉字汉语既然天生"野蛮"、"低效率"，不符合于

"科学世界",所以应当用"万国新语"(即后来所谓"世界语")取而代之。康、谭、吴等人的批评难免出于对西方的想象,可是马建忠是学贯中西、见多识广的语言学家,也认为中国因没有"葛朗玛"(grammar),所以语文教学费时费力,所以要向西方学习构建"文法"。① 一时间,以西来的"进化"和"经济"原则作为衡量指标成为时髦,过去天经地义般的汉字和文言文一下子被"问题化"而遭质疑。

现代西方的言文一致理论大体上是对印欧语文体系长期历史变化的总结,在学术界仍是有争议的一种学术观点,但它在近现代中国却成为心理危机化和情感化的投射对象,它极易导致无视民族语文发展规律的激烈心态和对西方语文的空间化的急切认同。自晚清以来的文学现代化进程,一直都没有摆脱这种汉语形象的自卑和自虐心态。

在20世纪初,一批激进的民族虚无主义分子以巴黎《新世纪》编者为代表,鼓吹废除汉语文而采用"万国新语"。"万国新语"本是欧洲一些学者以印欧语系语言为基础,在语音词汇语法上加以改革,创造出来的一种国际辅助语,《新世纪》编者却认为"万国新语"既为拼音文字,又能"言文一致","视形而知其字",遂进步易行,方便易学,只要"私家则以新语著书,学校则以新语教授",万国新语很快便可取代各民族语言而成为世界上唯一的语言。

晚清时期首次明确倡导"白话文"的是1898年裘廷梁在《苏报》发表的《论白话为维新之本》,1900年陈子褒又在《新知报》上发表了《报章宜用浅说》一文,正面提出报纸应改用白话,形成对裘氏主张的响应。此后,在全国范围内,创办白话报成为一种风气。但值得强调的是,清末白话文运动客观上并不是"言文一致"思潮的现实产物。当时倡导白话文,出现白话报刊,大都只在启蒙上立意。"开发民智"何以要白话文?其中理由只是大众文化教育的需要,前者着眼在中下层社会,焕发民力是其目的,至于用白话文是用其方便,重其效果,是手段。

也有一些学者,他们思精学深,较能从语文内部发展规律方面考虑,其先声即黄遵宪,集大成如刘师培。基于进化论,刘师培认为"由简趋繁"是"文章进化之公例",通俗之文是"当今中国之急务",以俗语入文的小说是历史的潮流,但刘师培又提出:"然古代文词岂宜骤废?故近日文词,宜区二派:一修俗语,以自启瀹齐民;一用古文,以保存国学,庶前矩范,赖以仅存。"② 刘氏观点颇为现实,但又近乎矛盾:一方面基于民族语文及其理性考虑,要求保存古

---

① 参见启功:《汉语现象论丛》,北京,中华书局1997年版,第1~11页。
② 刘师培:《中国中古文学史·论文杂记》,北京,人民文学出版社1959年版,第110页。

文，另一方面又在大众启蒙层面上要求俗语化，写白话文。

2. 语文现代性之二：通俗一元化向度与白话文运动

一般认为，胡适对"五四"白话文的鼓吹之功不可磨灭，但要追问的是，在没有得到"五四"学生运动的声势助威之前，胡适鼓吹的"白话文运动"其实非常孤寂，它何以能壮大起来的？笔者认为，这固然仰赖于陈独秀这位革命家的坚决支持，但是在很大程度上，更有赖于章太炎的学生们如钱玄同、周树人、周作人兄弟等在语文思想上的支持，以及他本人对章太炎语文变革思路的重新发明。这里试图解析胡适和钱玄同对现代"白话文运动"的真正贡献。

胡适的贡献并不在他提出"白话文"号召，也不在于他重申白话文的好处，这些在晚清已有先声，而在于他深切感悟上层精英文人阶层之文化和文章的"腐败"，由此发出坚决的变革之声。《文学改良刍议》的写作最初起于胡适批评陈独秀对谢无量应景诗作的赞颂，在文学上"较真"。与10多年前风靡一时的白话文运动中的号召不同，胡适并不着眼于文学的功利，他也并不从救国富民立论，他的起点在于对当时汉语文学现状的内在批判。《文学改良刍议》说：

> 近世文人沾沾于声调字句之间，既无高远之思想，又无真挚之情感，文学之衰微，此其大因矣。此文胜之害，所谓言之无物者是也。欲救此弊，宜以质救之。质者何？情与思二者而已。
>
> 适尝谓凡人用典或用陈套语者，大抵皆因自己无才力，不以自铸新辞，故用古典套语，转一弯子，含糊过去，其避难趋易，最可鄙薄！在古大家集中，其最可传之作，皆其最不用典者也。……总之，以用典见长之诗，决无可传之价值。虽工亦不值钱，况其不工，但求押韵者乎。尝谓今日文学之腐败极矣：……综观文学堕落之因，盖可以"文胜质"一语包之，文胜质者，有形式而无精神，貌似而神亏之谓也。欲救此文胜质之弊，当注重言中之意，文中之质，躯壳内之精神。古人曰："言之不文，行之不远。"应之曰：若言之无物，又何用文为乎？[①]

文学的内在品性在于"高远之思想"和"真挚之情感"，在于文学构成上既有"物"，又有"文"。在胡适看来，"今日文学之腐败极矣"，他的改良刍议就是要求精英文人重新恢复"存真""求质"的文风，而不是仅仅在当代整体的文化变革中持二元论的骑墙态度；凭什么只对一般普通民众进行启蒙灌输，而对精英

---

① 《胡适文集》第2卷，北京，北京大学出版社1998年版，第6～15页。

文人阶层自己放任要求，让这"腐败"的文学与文化继续下去。坚持一元论，而反对二元论，强调对精英文人自己的这种认真和较真，这种立场值得关注。而这种一元论的取向与章太炎的言文一致观颇为接近。

当然要指出的是，虽则同持一元论，但胡适的一元论已非章太炎理想设计的理性主义的"取千年配蠹之余反之正则"复古式言文一致，而是取向于近代西方式语体化、通俗化的言文一致目标。由此，胡适不惜采取一种近乎专断的态度，尽可能是制造古与今、文言与白话、雅正与通俗的二元对立，并且力图推翻古典文学的所有权威性：

> 我曾仔细研究，中国这近二千年何以没有真有价值真有生命的文言文学？我自己回答道："这都因为这二千年的文人所做的文学都是死的，都是用已经死了的语言文字做的。死文字决不能产出活文学。所以中国这二千年只有些死文学，只有此没有价值的死文学。"①

胡适提出极端的宣言："死文言决不能产出活文学"。他的理论逻辑其实是把文化的立体空间的雅文化与俗文化的客观并存，完全导入进化论的时间维度，制造了一个尖锐的"古""今"对立的二元论。胡适的文学进化论思想是从西欧诸国民族文学从拉丁语文文学中独立出来这一系列"事实"中归纳出来的。他认定但丁、薄伽丘用意大利的地方俗语写作文学，从而规定了意大利的民族语文，乔叟、魏克烈夫用英格兰的地方俗语写作文学，规定了英国的民族语文，14～15世纪的法兰西文学也是遵从法国地方俗语，规定了法国的国语，从中总结出一条规律，即文学以口语写作而获成功，口语通过文学而形成新的民族国家语文。因此，胡适也推定，中国的白话文应该以明清小说的俗语文体为基点，大量加入官僚和商人的在日常生活运用的通用语言，从而形成一种与死掉的"文言"截然不同的"白话文"。

再看钱玄同。钱基博认为，"五四"之前胡适提倡文学改良，发动白话文运动，只是得到钱玄同的"疆佐"才"声气腾跃"。② 胡适最初在《文学改良刍议》中提出的"八不主义"只是并列的八条原则，却没有统领全局的核心，尽管最后一条提到"白话为文学正宗"，而其改良的目标不过是"不避俗字俗语"。这种情况下，钱玄同进一步提出了"白话体文学"说，指出这应该成为扫除旧文学、建设新文学的理论武器。他紧紧抓住"不用典"一条为例，以"白话"

---

① 《胡适文集》第2卷，北京，北京大学出版社1998年版，第45页。

② 钱基博：《现代中国文学史》，载《中国现代学术经典·钱基博卷》，石家庄，河北教育出版社1996年版，第544页。

为纲加以说明：

> 白话中罕有用典者。胡君主张采用白话，不特以今人操今语，于理为顺，即为驱除用典计，亦以用白话为宜。①

这就是说，不仅胡适《文学改良刍议》中第四条"不用典"，固然"以用白话为宜"，而且其他各条也无不应该"以用白话为宜"，因为"今人操今语，于理为顺"，这事实上为胡适的改良主张找到了一个统贯全局的核心。胡适后来的《中国新文学运动小史》总结"白话文运动"的文学理论时说：

> 凡向来旧文学的一切弊病，——如骈偶，如用典，如烂调套语，如摹仿古人，——都可以用这一个新工具扫的干干净净。……例如我们那时谈到"不用典"一项，我们费了大劲，说来说去总说不圆满；后来玄同指出白话就可以"驱除用典"了，正是一针见血的话。②

"新工具"就是白话：胡适终于找到了"用白话作诗作文"这一最为基本的原则，它应该是"文学革命"的中心思想。正是钱玄同的点拨之下，后来胡适又在《建设的文学革命论》中修正"八不主义"，宣布抛开一切枝叶的主张，改为"四项主张"：

> 一，要有话说，方才说话。……二，有什么话，说什么话；话怎样说，就怎么说。……三，要说我自己的话，别说别人的话。……四，是什么时代的人，说什么时代的话。……③

完全从"白话体文学"说来解释"八不主义"，胡适认为以后只要"认定一个中心的文学工具革命论是我们作战的'四十二生大炮'"，这个文学工具就是"白话"。

钱玄同提出诗文全面实行白话主张的同时，倡导将白话理论付诸实施："我们既然绝对主张用白话体做文章，则自己在'新青年'里面做的，便应该渐渐地改用白话。"他一面表示应该从自己做起，"从这次通信起，以后或撰文，或

---

① 钱玄同：《致陈独秀》（1917年2月25日），《胡适文集》第3卷，北京，北京大学出版社1998年版，第20页。

② 《胡适文集》第1卷，北京，北京大学出版社1998年版，第125页。

③ 《胡适文集》第2卷，北京，北京大学出版社1998年版，第45页。

通信，一概用白话"，另一面近似武断的态度要求陈独秀、胡适、刘半农以及《新青年》其他撰稿人都采用白话来写诗作文。钱玄同的这一要求和示范起到了极大的示范作用，"文学革命"的干将们终于被逼上梁山，《新青年》从四卷一号起，改为白话文刊物，又全面使用新式标点，正式宣告了白话文的诞生。"五四"时期的钱玄同对中国文化与文学有着许多惊人的看法，比如"白话体文学"说，新式标点，改直行为横行，"桐城谬种，选学妖孽"，"旧戏如骈文，新戏如白话小说"，"废圣、逆伦"，"用夷变夏"，"废除汉文"，"汉字革命"和"烧毁中国书"等主张，以及"双簧戏"，为新文学对旧文学、新文化对旧文化的发难起到了举足轻重的作用。对他的文学思想的激进性，许多学者多已论定。周作人曾撰《钱玄同的复古与反复古》一文，分析了钱玄同由早期追随和怂恿章太炎写古字以求"复古"，而至"五四"时期激烈地"反复古"的原因。周氏认为主要有两点，一是受到时代风云激化所致，尤其以张勋复辟的刺激为甚，所以激烈地反对中国礼教，竭力抨击对古旧偶像的崇拜；另一个原因是民国以后钱玄同转而坚信今文经学中的三世进化思想。周作人的意思是钱玄同因为反对旧礼教和复辟，所以全盘攻击中国文化及其语文载体，因为信奉三世进化，所以要求文学革命，要求进行以新代旧的"革命"。

这样来看，"五四"时期白话文运动不过是中国现代语文现代性的第二种取向，即语体文导向而已。龚鹏程批评"白话文"一词根本是自相矛盾的，认为白话文就是文言，即便称以"语体文"，其实重心仍旧是"文"，说到底是写在纸上的文章，其文辞规律仍然是文的，是目治的艺术，而非听觉的美感。"白话文运动"其实是胡适钱玄同们"顺着晚清如章太炎等人的'文''语'区分"，"做了两种推展，一是承认文与语的区分，但这两者都存在于文中，文中即有语与文之分。二是逆转了文与语的价值判断，说文中之语体者，其用胜于文中之文言者"。其文化后果也是颇为严重的："寝至'文''言'两歧，歧路羊亡，文既不文，语亦横受干扰"①。这两个观点都是很精准的。

3. "五四"语体文的内质：从国民教育到文化下移

一般认为，"五四"时期"白话文运动"主要是在文学领域内推动革命，通过语言上的白话化取向突破以文言为代表的传统文学。从文学一体的角度看，这个理解当然是抓住了"五四"文学革命的主旨。但这种理解往往是一种事后建构而成的文学领域内的眼光和进化论意义前后比较的结论，而没有注意这种后设的文学理解其实忽略了晚清以降以迄"五四"，其实分化而独立出来的文学领域

---

① 龚鹏程：《近代思潮与人物》，北京，中华书局2007年版，第111、112页。

并不是大家的共识，而"五四"一代知识分子所说的文学其实是关乎整体文化教育，而非像"五四"以后这样把文学局于一隅而沾沾自足成为一个独立的领域的。也就是说，这种理解往往只看到"五四"一代先进们力图破旧立新的趋向，而没有注意到这种看来只是文学领域内的革命运动，其实是一代激烈的知识分子对整个民族国家的整体的国民设计和文化教育上的总取向问题。理解"五四"白话文运动必须与"五四"一代知识分子及其先驱们的国民设计和文化教育思路相联系到一起，才有可能达成真切的整体性理解。一句话，"白话文运动"必须在清末民初"国民文学建设"和"国民教育建设"的思潮和语境中才可能获得较好的理解。纵观晚清的变革，精英士子的文化意在教育变革的思路上，也就是说他们试图建设国民教育，而恰恰这种国民教育冲毁了传统文教的基础而使民族国家和国民建设进入了历史的快车道，百年民族国家文化与国民建设的成功与缺憾都由此而来。

晚清精英游访西方之后反观中土文教，往往惊觉传统中国并不重视国家教育。当时的现实是国家只有极少数为科举而设的州学县学，私学系统处于自生自灭之中，而平民百姓大多属文盲。西方列强之强盛全赖教育普及和国民教育，这种认识一经建立，广设学校而普及教育即成为清末士夫的共识。很难想象当时变革之剧。1902 年张百熙即已拟定颁发各省的高等学堂、中学堂、小学堂章程。1903 年张之洞、张百熙、袁世凯奏请递减及至全面废除科举制度。1904 年张百熙、张之洞等重新拟定《奏定学堂章程》。至 1905 年"停罢科举，专重学堂"遂成事实，整个文教制度即告推翻。由此在中土延续千年，与整个知识阶层、官僚体系、社会组织相互关联、盘根错节，极为复杂而庞大的制度解体，在从倡议到实现不到 20 年的时间里，即告废止，文教改革声势之大、力道之猛，在中国文化史上的意义非同一般。由国家来组织和安排国民教育，人民必须受到国家组织和安排的教育，以培养现代民族国家所需要的国民。这是一种以西方制度为蓝本的全新变革。国民教育改革并不是如现在看来是一个简单的方面。在清末民初，国民教育意味着也规定着作为教育内容的"文化"选择，而这个"文化"必须是适合平民百姓和孺子学童的。中国传统有一定程度上的蒙学。但据说传统信用已失，当代新学制新学堂即必须舍夏用夷，并且必须蔑古骛新，文化下移。为国家富强办学堂即出现旧学文章与新学知识之间的冲突，便有为普通教育为通俗而俱从浅易。

在这个背景下看，当时陈独秀直陈的"国民文学"其实即是顺应晚清以降的国民教育、文化普及的潮流。其中的文化逻辑是追求"国民文学"而突破传统精英文学的统治。至民国初年，这个要求显得尤为迫切。如果说，晚清维新变法和排满革命时期的"白话文运动"正如胡适在《五十年来之中国文学》中所说是突出的某种二元论：“一边是应该用白话的‘他们’，一边是应该做古文古诗的‘我们’。我们不妨仍旧吃肉，但他们下等社会不配吃肉，只好抛块骨头给他们去吃罢。”那么，到民国时期尤其是大学教育逐步走向现代国民教育和文化普及的正轨的时代，这新一波的“白话文运动”的诉求其实是士大夫自身们说法，是要启蒙者“启”自己的“蒙”，从那种已死的古典文言中走出来，走到活生生的民众的白话中去。在“五四”新文化人，这是文化的进一步自我爆破，并且其取向是民众化和通俗化。

可是，这种自我爆破在大学里又如何可能呢？传统中对“大学”道德的高要求和精深学术的追求仍然是社会的期望，而传统的士大夫在晚清民国易代之际相当多的已退居到大学中。即如北京大学，已积聚一批桐城文派的耆宿，如姚永概、姚永朴、马其昶等，而接续传统学问的大家如章太炎的朋友或门下也有不少正逐渐进入北大，如陈汉章、林损、刘师培、黄侃等。这些人虽然同意沟通雅俗和启蒙民智，但他们的才学和素养又有多少愿意在大学里以浅俗文学相教授？

同时在另一方面，如同一些学者指出，“五四”时期的陈独秀、胡适和钱玄同鼓吹“白话文运动”，很有可能是依其认知或拟想中的“一般人”的标准来做判断的，因为他们那种以白话文学为活文学的主张事实在相当时期内并未得到真正老百姓的认可。最接受“引车卖浆者流”的读者反而在相当时期内并不十分欣赏白话文学，张恨水就同样用古文写小说而能在新文化运动之后广泛流行，而且张氏写的恰恰是面向下层的通俗小说。所以胡适等新文化运动人一方面非常认同现代国民教育和国民文学要“与一般人生出交涉”的文化取向，但另一方面又要保留裁定什么是“活文学”、“国民文学”、“写实文学”或“社会文学”的导师角色。这就造成了文学革命诸君难以自拔的困境：既要面向大众，又不想追随大众，更要指导大众。而这“实际上成为整个“五四”新文化期间及以后相当长一段时间里努力面向大众的知识精英所面临的一个基本问题，也是新文化人中一个看上去比较统一实则歧义甚多的问题。”[①]

罗志田从文学革命的社会功能和社会反响角度上解释，“五四”新文学运动和“文学革命”实际上是一场精英气十足的上层革命，故其效应正在精英分子和想上升到精英的“边缘知识分子”中间。这个解释承接余英时对中国士子文人阶层的总体理解，突出了士人阶层在清末民初以来的巨大断裂和转型，强调新文学运动的成功正在于这个断层，在于陈独秀所强调的“中国近来产业发达，人口集中，白话文完全是应这个需要而发生而存在的”社会现实基础。同时，罗的解释强调，在向着“与一般人生出交涉”这个取向发展的同时，已伏下与

---

① 相关论述详参罗志田：《文学革命的社会功能与社会反响》，《社会科学研究》，1996 年第 5 期。

许多"一般人"疏离的趋向。这个说法也能较好地解释新文化运动领导人所深藏的、意识层面上面对大众与无意识层面的精英取向之间的矛盾，以及后来在 20 世纪 30 年代中国文化阶层的进一步分化中出现的更激进的裂缝。但是，必须指出的是，虽然"五四"新文化运动领导人有暗藏的精英取向和启蒙迷思的问题，但实际上，从晚清以降经清末而民初，直到"五四"时期，在民族国家文教制度变革和建设的过程中，在国民教育通过国家政权推动的过程中，在大学国立官办的总体潮流和背景中，"白话文运动"作为一场语体变革运动，其通俗化、文化下移、普及民众的取向却成为主流。而在这个通俗化成为主流的历史性过程中，传统文教的精英化思路已越来越不见容于世了。

小结：清末民初文论的革命潜义与 20 世纪文论大趋势

上面梳理的是清末民初至"五四"时期文论家思想遗踪的几条主要线索。这些陈迹体现了中国文化在西来学术的刺激和文化典范的效应下出现的传统新变和文化分化的进程，这个进程其实就是中国现代文论的发生。所谓中国现代文论的发生，即是在这个传统新变和文化分化的过程中出现的反思性言说、阐释话语或由这些言说话语所开辟出来的文化领域和话语空间。正是在 20 世纪初的这一段时间里，中国文化在西来现代意识和各种文化的影响和塑形下，自原先较为浑融如一的文化教育的母体中分化出文学这一相对自足而冲动求变的领域，同时精英学人或宣传家们展开了对文学的探讨和求索。由于文学从文化中分化出来，他们得以在新的历史和时代基点上重新理解文学与国家、文学与审美、文学与文化、文学与语言等各方面的问题，以期获得对文学的理解。

有必要强调这些思想作为中国现代文论的发生的意义。因为这些话语既表明对自我与他者的关系的关注，也突出表现出各民族文化对时间意义上的自身古代和空间意义上的其他文明的理解。相对于西方文论的发生而言，中国现代文论的发生逻辑有其独到的特殊性、混杂性甚至矛盾性。通过对这些思想先驱者的对文学的理解，文学在现代世界和中国文化的境遇，以及它们在逐渐溃散的传统文教体制以及逐渐生成的现代学科格局中的独特性，可以得到一定的把握。只有达成这样的理解，才可能实现对中国现代文论的精神意向和内在张力的把握，才能由此而重申文论话语乃至学科的合法性，并在新的社会和文化情势中为某种文化重建提供前提。

梁启超的意义在于创发了晚清以来文论转型中的现代民族国家建设的政治维

度。人们常常会以其文论话语沿用较多传统语汇来质疑他的文学思想是否属于现代文学思想。其实，判断文论的现代性并非全以语汇为准，或者说文论语汇与传统文论的相似性并不重要。重要的是其文论话语的思想框架及其对文学的定位。梁启超的思想框架是什么呢？他的"三界革命"尤其是小说界革命突出了只有近现代中国才会突现的"群""国"这样的现代民族国家概念，并且与他的"国民"思想相关联的是他对各种现代概念和价值的鼓吹，突出如"科学"、"公德"、"自尊"、"合群"、"进化"、"权利"等。这样看，梁启超的"三界革命"，其现代价值即在于以其近代宣传家的强大激情，将文学现代政治化的维度与传统儒家文统诗教沟通起来。在以西学为坐标的现代国民教育的意识框架内，要求对传统诗文小说的内容进行全面的政治化的替换或改革，对尊诗文轻小说的旧有文类格局进行调整，使之为现代政治启蒙和社会建构服务，使之更适应现代社会生活和时代气息。这种在国族政教和文化建设上立意、强调以文载道和经世利用的功利主义思路，在 20 世纪中国文化中影响巨大，由他树立的政治维度事实上成为 20 世纪最为刚性强劲的文学思想话语。

王国维的意义出现在他最先发明了西来市民社会中的美学和文艺思想，从而创立近世中国文论的救赎、享乐和慰藉维度。王国维孤绝深入地研究了以德国古典美学为中心的欧洲哲学和精神空间，他呼吁学习西方的文教制度谋求文学和思想的独立，以便文学艺术在近世中国实现人生解脱、救治感情和培养趣味的审美主义功能，这些都突出地表现了近代化进程中市民社会的人生价值和诉求的表达。王国维的文论思想在 20 世纪初反响并不大，但其终会在相当程度和层面上掳获人心、为人们认同（当然是现代悖谬性地，亦如王氏自己曾反省到的），即在于：虽则历经战乱和动荡，20 世纪中国的市民社会一直断续地发育和成长，人们的精神必然会有这方面的需要。事实也正如此，30～40 年代和 80～90 年代王国维数度为人们重新发现。

回望中的章太炎突出了传统文化崩解之际试图沟通古今，复古更新，别求文化重建和国族认同之路。章氏的贡献在论衡国故，以文学总略探明源流，突出文学的质性和规则，强调文学与文字（及其以文字为中心"小学"或民族语文学）的关联，鼓吹求真存质，推动现代文化的科学化精确化的诉求。其中最为重要的一点是，他在西来语言学和社会学的启发下，标举了一种通过民族语文现代性追求民族文化重建的思路，这种思路既在现实上推动了接下来整个 20 世纪民族语文变革，又内在地支援了"五四"时期民族语文和文学的大变革。

如木山英雄所言，"五四"以前的早期周氏兄弟在文化和文学思想虽然仍属于文学复古思潮的"侧翼"，但其文学观念和审美思想已经"别求新声"，并且在其早年的著述中散溢着革命者的积极昂扬的战斗精神。其"文化偏至"、"摩罗诗力"、"文章使命"、"民族心声"等既体现了西来浪漫主义和现代主义的意绪，又散发着对古老民族重焕青春的热情呼唤。"五四"后的文化实践以及周氏兄弟各自的后继者们又使其成为现代文学精神的两大主潮：人道主义与人文主义。当然人道主义与人文主义的时代错位和精神紧张在20世纪也成为文学思想的内在张力和矛盾。

胡适、钱玄同和陈独秀是"五四"文学革命的主将，其中胡、钱二人更是"白话文运动"的主要鼓吹人。胡适一代文化精英的伟大之处，即在于勇于在前人先辈的言文一致改革的实验中汲取经验，而走向白话文和文体俗化的一端。他们从语文层面进一步对传统文化实现爆破，推进近代文化向着通俗化、大众化、民主化的方向前进，使中国文化在近代又一次得以借助国家政权对民族、国家、国民教育和文化建设而实施下移。虽则如一些学者言，他们在向着"与一般人生出交涉"这个取向发展的同时，已伏下与许多"一般人"疏离的趋向，但20世纪30年代的文学和语文的大众化运动毕竟仍然是在他们的思路上展开的，并且就成果而言，整个20世纪仍然保留的是"五四"一代人文化和文学工作的较为清浅和稳健的成果，左翼人士在民族语文方面的思路似乎过于激进而与民族文化的整体发展并不相合。

清末民初文论的总体格局其实并不限于思想者们的探索。或许重要的还有作为文学教育和研究机制的学科建设和课程设置，这些显性的标志对于20世纪文学思想和理论的塑造功能也是极大的。比如，1904年学制改革后文科大学对相关"文学研究法"课程的设置，民国建立后教育部对"文学概论"课程的规定，1914年出版的姚永朴《文学研究法》表现出桐城派后劲试图调和古今，使人文薰习、古文陶养的文化传统与现代学科系统化的努力。自清末开始而在民国初年北京大学里文学专业对"六朝文学"的彰显以及相应文学史课程的建立，呈现出一种国族化和历史化的学术思想倾向。这些制度化的建设对于中国现代文论的发生也有相当的规定性。当然，制度也是人定的，总体上看，这里所梳理的第一、二代学者和思想家的工作是奠基性的。他们作为现代文论的思想先驱，突出体现了西学影响下通过修古复新、复古更新和西化更新等多种文化发展模态而实现了传统的新变和文化的分化。他们的努力体现了后发现代型国家文化重建的各种特点，也规定着20世纪文论的总体气质和未来走向。

（陈雪虎执笔）

第二章

制度的后果：中国现代文论的构型

导论：知识制度与文论构型

中国现代文论的构型和知识谱系的确立，是伴随着现代知识制度在中国的建立过程发生的，是在大学、学术机构、出版传播、社团运作、执政党文艺政策等构成的知识制度和文学制度这一土壤中发生、演变和构型的。

知识制度是通过权力运作而形成的稳定秩序，是学术政治在知识上的伴随物和结果，是参与知识活动的主体基于知识活动的性质和利益需求，经过长期的博弈形成的关于知识生产与传播的各种游戏规则的总称，包括知识分工、知识选择、知识评价和知识分配的游戏规则以及执行规则等。[①]

知识制度的结构根据建构主体可以分为内在结构和外在结构。知识制度的建构主体包括知识的拥有者——生产和再生产知识的主体，也包括知识的使用者。就文学活动来说，大学、研究机构、传媒和文学社团中的文学研究者承担了知识生产与再生产的任务，是知识制度的建构主体，他们供给的制度安排属于内在知识制度。文学生产的主体还包括从事文学消费的"顾客"，如政府、社会集团、学生等，他们在"购买"和"消费"知识服务的过程，也在发挥着主体作用，

---

① 参见朴雪涛：《知识制度视野中的大学发展》，北京，人民出版社 2007 年版，第 3、29 页。

他们供给的制度安排属于外在知识制度。

内在知识制度又可以分为元规则和具体制度。元规则指的是学者自治和学术自由，它的确立意味着学术研究的成熟和学科的建立。所谓"学者自治和学术自由"，其主要含义是：学者仅仅对学术真理负责，对客观知识的追求构成他们学术生活的主要内容，倾向于将自己活动的舞台理解为一个自主性的场域，把知识规则的建构看成是对知识活动内在规定性的把握。对学者而言，学术自由的气氛是最有效的研究环境。其他具体制度都是在元规则的基础上产生的，主要包括：基于专业化的知识分工制度、基于知识标准的学者准入制度、基于内在逻辑的知识选择制度、基于内部承认的知识奖励制度。[①] 内在知识制度是学术共同体成员本着学术工作的内在逻辑，按照元规则的要求，在学术实践中不断创造出来和自然演进的，主要依靠学术人员的自律精神发挥作用。

外在知识制度的建构主体主要是掌握权力的政府、政党，也包括学生、读者等接受主体。外在知识制度的主体往往高居于知识共同体之上，具有统治意志和强制实施的权力，由权威机构自上而下地以有组织的方式来进行设计和实行，执行方式具有强制性。

外在知识制度与内在知识制度实现最佳匹配，是学术迅速发展的必要条件。不过，知识制度的内在结构和外在结构是相对的，在很多地方区别不是很明显，如课程的设置与学生对知识的消费，既属于外在知识制度，也属于内在知识制度。因此，经过必要的调整和合并，本章主要以"大学自治与学术自由"这一元规则为论述基础，具体阐释文学传播制度（出版体制、版权法律制度和稿酬制度）、现代大学制度、文学社团组织、执政党文艺政策等制度要素在文学理论构型中的角色。

一、从田园型到都市型：中国知识制度的现代变迁

中国现代文论在生产形态上与中国古代文论有着千丝万缕的联系。这里主要讨论这样几个问题：中国古代文论的生产特点是怎样的？它是在怎样的知识制度中得以再生产的？西方现代知识制度有哪些特点？它是在怎样的过程中被"中国化"的？中国知识制度的现代变迁对文论生产带来了哪些深刻影响？

---

① 朴雪涛：《知识制度视野中的大学发展》，北京，人民出版社 2007 年版，第 276 页。

1. 从《文心雕龙》看中国古代知识制度

传统文学研究并非是在知识制度的缺席状态中完成的，这里不妨以刘勰的《文心雕龙》（以下简称为《文心》）的生产与传播过程为例，对中国古代文论生产和传统知识制度做初步的理解。

根据《梁书》记载，[①]《文心》的生产与传播过程大致如下：刘勰于梁朝501 年前后完成了《文心》的写作，[②] 成书后，学术界没有认识到它的价值（"未为时流所称"），刘勰设法让文坛领袖沈约读到了这本书，沈约非常看重它，认为它"深得文理"，并放在案头经常阅读，《文心》因此也为人所知。后来刘勰能够得到喜爱文学的昭明太子萧统的信任并任职，《文心》可能是其中的重要因素。从明清开始，"龙学"开始兴起，至今仍属显学。

从《文心》的成书过程和传播过程，可以窥见中国古代知识制度和文论话语的生产状况的基本特点。

先看知识制度的建构主体。根据《文心》的生产与传播过程，按照不同的职业与身份，中国古代文论生产和知识制度的建构主体可以归纳为三类：第一类是以刘勰为代表的非职业化的文论家。他们具有深厚的学术功底和丰富的治学经验，是古代文论学术话语生产的主力；文论研究不是刘勰的职业，只是他入仕前的业余爱好。刘勰一生中的正式职业只有两类：一是佛经编辑，先作僧祐的学术助理，后来独当一面主持修经；二是官员，先后任秘书（记室、东宫通事舍人）、后勤主管（参仓曹军）、县长（太末县令）等职务。第二类是以萧统为代表的统治者，他们主要是从事知识的控制和文化政策的制定，是知识的"消费者"。第三类人是以沈约为代表的仕人，介于第一类人和第二类人之间，沈约等人既是知识的创造者，也是知识的消费者；他们起初也有过学术研究的经历（沈约曾提出过著名的"四声八病"说），但当他们走上仕途后，其主要精力集中在管理和引导知识上而不是创造知识。[③]

再看生产机构和生产方式。《文心》是刘勰的个人专著，是他在寺庙（定林寺）中整理佛经过程中完成的。从教育学的角度看，寺庙、道观是中国古代科学研究的重要场所，与稷下学宫、太学、书院一样，它们都相当于一所高等院

[①] 《梁书·刘勰传》记载："既成，未为时流所称。勰自重其文，欲取定于沈约。约时贵盛，无由自达，乃负其书，候约出，干之于车前，状若货鬻者。约便命取读，大重之，谓为深得文理，常陈诸几案。"

[②] 见周振甫：《文心雕龙今译》，北京，中华书局 1986 年版，第 1 页。

[③] 朱东润先生曾把刘勰、沈约、萧统都看成是文学批评家，见朱东润：《中国文学批评史大纲》，上海，上海古籍出版社 2001 年版，第 51 页。

校，这与印度、阿拉伯地区的情况是相似的。定林寺也不例外。首先，它拥有雄厚的师资：定林寺是当时京师建康（南京）最有名的大佛寺，高僧云集，刘勰跟随的僧祐更是一代名僧，曾经在京师讲论佛法，声名远扬；寺内学术空气浓厚，高僧治学严谨，有的甚至足不出门三十余载，这都对"笃志好学"的刘勰产生了积极的影响；其次，它拥有丰富的文献：定林寺藏有释典一万三千余卷，诸子百家之典和诗学书籍也在万卷之上。[①] 刘勰跟随僧祐十多年，在整理和编订佛经的同时，伴随着青灯黄卷，饱览了大量典籍（"博通经论"）；第三，寺庙凭借着相对超然的地位，建立了一整套翻译、研究和传播经典知识的制度，为刘勰提供了相当大的学者自治和学术自由的条件。刘勰的《文心》、皎然的《诗式》等文论著作受惠寺庙，这并非是偶然现象，而是当时的知识制度的后果之一。

不过，寺庙终归不是现代意义上的大学，它缺少一个重要的知识制度的建构主体和消费者：学生。《文心》不大可能把僧人当作是主要接受者，它毕竟不是供人念诵的佛经。因此，刘勰只能走出"象牙塔"，步出山门，去寻找沈约这样的传播对象。

再看《文心》的传播情况与当时的学术交流情况。《文心》完成后，起初没有被学术界认可，于是刘勰采取了借势的策略：在街头假装成卖货郎，守候在沈约必经之地，挡住他的去路，试图得到沈约的赏识，这一做法曾经让后人大为不解：当时刘勰已经在定林寺多年，襄佐僧祐校订经藏，且为定林寺僧超辩墓碑制文，在佛教圈里不能说完全默默无闻；沈约是宋、齐、梁三朝重臣，齐梁之际文坛领袖，史称"一代词宗"、"当世辞宗"等，他与定林寺的关系相当密切，他曾为僧祐的老师法献撰制碑文。凭借这样的渊源，刘勰要让沈约接触到自己的作品似不困难。但刘勰却舍易求难，扮成一个小贩把书摆在沈约的车前，这是为什么呢？有学者认为这与刘勰出身庶族，与显贵沈约"士庶天隔"的等级制度有关。刘勰此举纯属无奈。应该说，这很可能是一个重要原因。沈约所在的吴兴沈氏在三国两晋时期已经是江东著名的士族，时有"江东之豪，莫强周、沈"的说法，而且沈约的门阀等级观念非常强烈，甚至对士族与庶族的通婚都要大加干涉，不依不饶，还要罢免涉事之人的官职。不过，由于关于刘勰历史上留下的资料太少，刘勰到底是出自士族还是庶族，学术界一直争论不休。[②] 也有人说，刘

---

① 贾树新：《文心雕龙历史疑案新考》，载《文心雕龙研究》第一辑，北京，北京大学出版社1995年版。

② 比如，与王元化等学者不同的是，2006年出版的《刘勰传》坚持认为：南北朝时划分士庶的标准并不是按照经济势力和地位，而是要看家族的渊源，刘勰尽管是寒士阶层，但仍然属于士族，见朱文民：《刘勰传》，西安，三秦出版社2006年版，第20页。

勰之所以这样做可能与出身无关，可能是出于"不假吹嘘，唯期真赏"。① 不过，这里宁愿从学术共同体或学术圈的准入制度和传播情况来讨论这一问题。

《文心》起初遭到冷遇，当然不是学术含量不够的问题，刘勰的"无由自达"也不一定是出身问题。不妨看与刘勰熟识的另外一位杰出的文论家钟嵘的例子。据《南史·钟嵘传》记载，钟嵘虽然出身士族，但也同样被沈约拒绝接见。刘勰的"无由自达"，很可能和学术共同体/学术圈的准入制度有关。学术圈的特点是：它只对它认可的对象和经过选择的部分听众完全开放，一般只欢迎推翻其他"圈子"的理论或事实探索。② 根据这一要求，圈内人首先要具备一定的专业资格，要经常沟通，互通信息，要尊重这个圈子背后共同的学术权威或宗教般的学术秩序。就刘勰当时的情形而言，沈约、萧衍等围绕在竟陵王萧子良周围的"竟陵八友"就是当时名气最大的学术圈，以提倡永明声律理论著称。而刘勰在寺庙中寄居十余年，苦修佛经，与学术圈不免隔膜，不能接触到当时的学术名流是非常正常的，无缘得到学术权威的赏识和推荐也不足为奇。同时，《文心》的传播情况也不利于缩短他与学术圈的距离。由于家世贫寒，地位卑微，刘勰不能像写作《典论》的曹丕一样把学者们召集起来，给他们宣讲自己的文论主张，进行口头传播，③ 也不能把自己的著作用好纸抄好后送给达官贵人传阅，④ 更不能像国家法典一样把文论刻在石碑上。⑤ 刘勰能做的，就是在完成《文心》后，采取手抄本或手工印刷的形式，通过最原始的摆摊方式推销自己的知识。刘勰的营销策略获得了成功，他的自我推销虽然没有直接改变自己的命运，但通过得到沈约这样一位学术权威和学术共同体的把关人的认可，他声名鹊起，成功地进入了当时的学术圈："沈约大赏之，陈于几案。于是竞相传焉。"（［宋］叶廷珪《海录碎事》卷十八）。

再看当时的文化政策与知识管理制度。自汉朝以来，儒家思想一直是中国传统知识制度中地位和价值最高的知识，南朝也不例外。梁武帝萧衍本人爱好文学，广招文士，文学家的地位得以大幅提高，同时他非常看重儒家经典。⑥ 刘勰

---

① 参见周绍恒：《刘勰出身庶族说商兑》，《文心雕龙研究》第三辑，北京，北京大学出版社1998年版。

② ［波兰］弗·兹纳涅茨基：《知识人的社会角色》，郑斌祥译，南京，译林出版社2000年版，第45页。

③ 《三国志》注引《魏书》：（曹丕）"集诸儒于肃城门内，讲论大义，侃侃无倦"。

④ 《三国志·魏志·文帝纪》记载："帝以素书所著《典论》及诗赋饷孙权，又以纸写一通与张昭"。

⑤ 《三国志·魏志·文帝纪》载，魏明帝太和四年二月戊子，曾"以文帝《典论》刻石立于庙门之外"。

⑥ 天监四年（505年）间，梁武帝又发动了一场复兴儒学运动，立五经馆置五经博士，且广增生员，招揽寒门俊生，以图扭转"儒教论歇"的局面。

撰写《文心》，并非是在古庙中自娱自乐的个人行为，他的著书动机在《序志》、《程器》等篇中显露无遗，那就是为求闻达。由此，虽然刘勰精通佛经，后来也出家为僧，但他在《文心》一书中推崇复古宗经，以儒家思想为宗旨，除了少量"般若"、"圆通"、"体性"等明显的只言片语之外，基本不杂佛典之言。这种写作策略与当时的文化政策是一致的——按照知识制度的规则，他自然要选择官方和主流文化认可的最有价值的知识。当然，南朝的宗教文化政策反反复复，让人捉摸不透也是其中一个重要原因：南朝本来信佛，寺庙林立，然而永和二年（500年），齐朝信道教的萧宝卷（东昏侯）为帝的时候却打击佛教、袭击定林寺，正在寺中撰写《文心雕龙》的刘勰是如何幸运逃过一劫的，至今仍然是个谜。① 然而，仅仅过了三四年，政府的宗教政策又发生了变化：梁武帝萧衍本是道教徒，登基之后看到佛教势力强于道教，为维护统治，于天监三年（504年）舍道事佛，并要求皇室和政府官员信佛。东昏侯和萧衍都是南朝知识制度的建构者，他们代表的是制定南朝文化政策和知识控制的管理者，这些极不稳定的宗教文化政策自然要影响到刘勰。刘勰在定林寺中写作的时候，拥有难得的学术自由，这是无需怀疑的。不过，刘勰试图以儒学立场为宗，由讨论文学来博取声誉，因此小心翼翼地避开佛学，这种文论生产的取向的形成，南朝知识制度所起到的控制或引导作用，也不应被忽略。

以上围绕着《文心雕龙》，对中国古代知识制度的特点进行了初步的阐释。归纳起来，这种知识制度的总体特征是：学者、文人和统治者是知识生产的生产主体和建构主体；官学、寺庙等是知识的主要生产机构；学术自由在一定范围内有限地存在着；知识生产以儒家思想为圭臬，儒家知识体系在行政系统支持下成为垄断性的、具有霸权的知识；知识传播以手抄本和手工印刷为主，传播不仅是为了获得学术共同体的认同，更是为了实现学者的政治志向，是"为文学确立合法性的主要手段"；② 知识的控制和管理以各种形式渗透于整个生产过程之中。

中国的这种传统知识制度，在隋唐以后在得到了科举制度的保障后更趋于稳定。知识与思想的生产与再生产随着科举制度这只"指挥棒"缓缓起舞，中国学者的知识旨趣发生了重要的变化，学术成为了追求功名利禄和培养政治官吏的手段，学术史上出现了漫长的"盛世的平庸"。这种以科举为圭臬的非学术化的、僵化的、缺乏足够的学术自由和创造力的知识制度，自唐代以来逐渐稳定下来，在中国至少绵延了一千多年。晚清以降，这样的知识制度随着西方知识制度在中国树立起霸权地位，终于发生了根本性的变迁，从而深刻影响了中国文论的

---

① 定林寺被袭击一事参见《资治通鉴·齐纪八》。
② 李春青：《在审美与意识形态之间》，北京，北京大学出版社2006年版，第52页。

现代形态。

2. 西方现代知识制度及其特征

与中国传统知识制度相比，作为中国现代知识制度模范的西方现代知识度又有何不同呢？

西方在 17 世纪之前，学术研究尚未实现制度化。随着中世纪大学里专业大学教师的出现，特别是随着 17 世纪后期以来对科学研究的社会需要明显增加，科学成为了国家经济的一部分，科学组织从 17 世纪和 18 世纪的学会演变成了 19 世纪和 20 世纪的大学和研究院，科学共同体从知识分子的小组和网络变成了专业科学家的强大有力的共同体，[①] 18 世纪文学公共领域和政治公共领域在欧洲开始建立，西方形成了不同于传统中国的现代知识制度。主要特点如下：

第一，大学自治和学术自由的精神追求是西方现代大学的根基和前进的内在动力。欧洲大学自中世纪在欧洲建立以来，虽然也要受到教会和国王的干涉，享受的是不完全的学术自由，[②] 但随着 13 世纪和 14 世纪欧洲大学先后建立了学位制、导师制、教授制，实现了大学与教会、国家之间的关系的制度化之后，大学自治和学术自由的理念已经深入人心，为大学自身发展创造了良好的条件。

学术自由的另外一个体现是言论出版自由。随着西方资产阶级革命的相继完成，言论自由作为公民权利的一部分已经得到了制度的保障。这一制度在大学里也发挥了积极的建设作用，例如，为了抑制国家权力对学术研究的过分干预（例如报刊检查制度），西方一些学术共同体利用宪法赋予的言论自由权，为学术共同体建立了受到宪法保护的"学术自由"制度，保障了大学教授既有学术自由，又能有稳定和安全的职位。

第二，随着文学社团和学术期刊的出现，文学公共领域开始建立。15 世纪开始，一些文学社团、学社先后在意大利等国成立，他们中的很多人是在当时的大学文学院工作，由于对大学气氛不满，为了创建一个比大学更适合智力发展的机构，于是创立了自己的团体以便同官方的团体竞争。到了 17 世纪末和 18 世纪，科学学社开始正规化。学社提供了一个灵活的组织机构，可以让知识分子的不同群体表达那些现有机构不能满足的文化兴趣，如对方言和文学的兴趣（当

---

① ［以色列］约瑟夫·本－戴维：《科学家在社会中的角色》，赵佳苓译，成都，四川人民出版社1988 年版，第 23～24、28、42～43、57～58 页。

② ［法］爱弥尔·涂尔干：《教育思想的演进》，李康译，上海，上海人民出版社 2003 年版，第 95～96 页。

时它们没有成为大学课程的重要组成部分）。① 英国的皇家学会和法国的法兰西科学院成为了当时最有声望的科学组织。

一些重要的学术期刊先后创办。成立于 1662 年的英国皇家学会于 1665 年开始定期出版《皇家学会哲学会刊》，增加了学者联系和进行学术交流的平台。②18 世纪，英国、法国、德国等国在与"宫廷"的文化政治对立之中出现了一种文学公共领域，主要由咖啡馆、沙龙、宴会以及语言协会等团体、协会和学会、学术期刊、图书馆组成。③ 它们垄断了新作品的首发权和合法性的鉴定。在 18 世纪的法国，没有一位杰出作家不是在沙龙的讨论和向学院所提交的报告、特别是沙龙报告中首先将其基本思想陈述出来的，沙龙似乎垄断了新作品的首发权，只有在这里才能取得合法地位。一些文学研究杂志成了公众的批判工具，艺术和文化批评杂志成为机制化的艺术批评工具。公共图书馆、读书俱乐部、读书会、慈善图书馆如雨后春笋般涌现出来，使阅读小说成为市民阶层的习惯。报刊杂志及其职业批评等中介机制使公众紧紧地团结在一起。他们组成了以文学讨论为主的公共领域。一些文学社团、读书、进步社团组织先后建立，在这些协会内部，人们平等交往，自由讨论，决策依照多数原则。在这些一定程度上还把市民排斥在外的协会中，后来社会的政治平等规范得以贯彻实施。公共领域的出现进一步地对抗了官方的检查制度。④

第三，现代西方的知识经过了科学化的分工和专门化的学术分科，追求规律化和系统性的知识，以量化的规模化的方式进行知识的再生产。西方大学的出现标志着学术分工制度开始走向成熟。西欧现代的一些人文学科：神学、哲学、法学、诗歌、文学，都是在 12 世纪建立的大学中创立的。在 16 世纪，自然科学的分化过程开始稳定下来，⑤ 按照华勒斯坦的观点，西方的学科制度在 19 世纪以后才真正趋于成熟："19 世纪思想史的首要标志就在于知识的学科化和专业化，即创立了以生产新知识、培养知识创造者为宗旨的永久性制度结构。"⑥ 各学科摆脱哲学的"母体"，获得了学科独立，走上了制度化的道路，大学里的学者也放弃了普遍的知识追求，成为专业的知识分子。

---

① 据本 - 戴维的统计，在 1400~1799 年间的意大利学社中，文学学社占了 56.3%，接近 60%。见 [以色列] 约瑟夫·本 - 戴维：《科学家在社会中的角色》，赵佳苓译，成都，四川人民出版社 1988 年版，第 114~120 页。

② 李正风：《科学知识生产方式及其演变》，北京，清华大学出版社 2006 年版，第 200 页。

③ [德] 哈贝马斯：《公共领域的结构转型》，曹卫东等译，上海，学林出版社 1994 年版，第 37 页。

④ 同③，第 46、55 页，1990 年版序言第 3~4 页。

⑤ [以色列] 约瑟夫·本 - 戴维：《科学家在社会中的角色》，赵佳苓译，成都，四川人民出版社 1988 年版，第 101 页。

⑥ [美] 华勒斯坦等：《开放社会科学》，刘锋译，北京，生活·读书·新知三联书店 1998 年版，第 8~9 页。

第四，近代西方实现了学术的职业化。学术职业化，就是将学术研究作为谋生之社会职业，获得必要的研究资金，不仅满足学术研究的需要，而且使学者不必为日常生活而奔波，可以集中精力于纯粹的学术研究。据西方学者考证：在16世纪的欧洲，学术研究者还是典型的"业余爱好者"，学术亦未达到职业化程度。17世纪以后，法国出现了职业的批评即教授批评，这种批评把求疵作为批评家的天职，倡导一种"告诫的批评"。[①] 在艺术、文学、戏剧和音乐的批评机制内部，一种新兴的职业——艺术评论员——也出现了，他们既把自己看作是公众的代言人，同时又把自己当作公众的教育者。[②]

第五，学位制度先后建立，保证了学术的再生产。学位产生于12世纪的西欧，原意为任教执照或行医和做律师之资格证书，相当于手工业行会中"师傅"称号。当时尽管有博士、硕士和学士等名称，但硕士、博士和教授基本上是同义语，均指最初之教师称号及开业授徒之营业执照。15世纪以后，硕士与博士始有区别。到19世纪，高级学位教育成为一种研究性、专业化高层次教育，学位成为兼具执教资格和学术标准的双重证明。

综上所述，17世纪之后，西方已经形成了制度化的知识生产，研究工作已经成为大学学历所必须具备的资格，是教授功能的一部分。研究技能不再私下传授，通常是在大学的实验室和讨论班里进行；精确的、经验的科学研究被认可为是一种探索方法，重要的新知识不断被发现，而这些知识靠其他获取知识的途径是不能办到的。公共领域将某人的发现传达给公众供其应用和评论，对其贡献进行完全一视同仁的评价，拥有言论和出版自由，在宗教和政治上获得了宽容的对待。学术研究逐渐转变为一种职业，能使大学实现每位教师也应该是有创造性的研究者的理想。这样，依靠着独立的学术研究，对学术的自觉兴趣，以及民众对学术的支持，知识生产得以不断提高。

3. 从晚清到民国：西方现代知识制度的中国化过程

从目的上看，隋唐之后、20世纪上半期之前的中国知识制度的变迁是一种颠覆性的变迁。这种知识制度的颠覆性变迁是国人的现代性追求的一个组成部分。

自晚清维新运动以来，在纷繁复杂的时局中，现代出版业日益繁荣，出版自由、言论自由、思想自由等观念通过现代传媒业的发展深入人心，文学公共领域

---

① ［法］蒂博代：《六说文学批评》，赵坚译，北京，生活·读书·新知三联书店1989年版，第33～71页。

② ［德］哈贝马斯：《公共领域的结构转型》，曹卫东等译，上海，学林出版社1994年版，第45页。

开始出现；翻译西方各类书籍的"同文馆"（1862年）和近代史上第一所国立综合性大学京师大学堂（1898年）先后创办，科举制度被废除（1905年），学术研究日益职业化、专门化；"癸卯学制"颁布，"文学研究法"课程得以设置（1904年），"中国文学系"在北大开始建立（1918年），文学成为一门独立学科，文学理论课程也逐渐从边缘课程变为新体制下中文系的核心课程，文论的传播也从零零散散的文论译介发展到教科书和文论著述的规模性出版；文学社团雨后春笋般地建立，同盟会等现代政党先后成立，政党的宣传部门逐渐完善，文艺政策相继制定，从各个层面参与了现代知识制度的建构。在这种变局中，学术界大量吸收和借鉴西方的学术范式和知识制度，用现代西方文论知识谱系对中国传统文论知识进行了整体置换，文学理论的生产制度终于发生了耐人寻味的变化。

如果以晚清为时间为界，可以发现，在经历了知识制度的颠覆性变迁之后，与诗文评等中国古代文论相比，中国现代文论的生产模式发生了重大变化。随着来自西方的现代知识制度在中国建立霸权以来，可以看到：以大学教授、期刊编辑、社团灵魂、党派喉舌的身份出现的文论家，很明显地和晚清以前的文论家区别开来，他们的文论生产也不可避免地具有了现代知识制度的特点。如果借用英国学者托尼·比彻等人的术语，可以将这种区别和变化描述为从"田园型"到"都市型"的转变。①

从制度的建构主体看，田园型群体主要是业余或兼职的文论家，多有其他职业和身份（官员、教师、僧侣等），没有把文论研究当成是毕生的事业来经营；而都市型的群体却往往将文学研究作为了安身立命的职业（教师、学者、批评家、理论家等），不仅可以借此满足自己的精神需求，而且也可以获得物质和经济上的回报（薪水、稿酬、奖励等）。

从生产的特点看，田园型群体节奏稳定、缓慢，闲庭信步，更倾向于写专著，有些文论家穷经皓首，聚沙成塔，集腋成裘，一生磨一剑，只留下一本著作；而都市型的群体行色匆匆，节奏紧凑，更倾向于在期刊上发论文，著作等身也并非难事。

从研究的条件看，田园型群体在资源和供给上虽然也会受到资助和支持（如官方对出版《四库全书》的资助），但整体上是自给自足，属于"劳动密集型"；而都市型模式由于具有更高的产出，获得的物质回报和资助也较多（如教

---

① 英国学者比彻等人用"田园型"和"都市型"来描述学术研究中的两种类型，他们把软科学、应用科学的研究模式界定为"田园型"，把硬科学、纯科学的研究模式界定为"都市型"。本文根据这两个类型的特点，结合文论生产的特点加以改造，借此来描述中国文论的发展演变。参见［英］托尼·比彻、保罗·特罗勒：《学术部落及其领地——知识探索与学科文化》，唐跃勤等译，北京，北京大学出版社2008年版，第六章。

科书和官方报刊的出版），属于"资本密集型"。

从声誉和待遇上看，田园型研究获得的殊荣较少，其研究成果如果未遇伯乐，只能藏之名山，少人知晓；而都市型研究由于获得的支持较多，吸引资金的能力较强，其研究成果通过大众媒介的传播广为人知，在判定学术价值、获得提升方面往往会受到更多的优待。

从文论研究的人口密度上看，田园型的群体显然比都市型的要小得多，翻开中国古代文论史，自先秦到晚清，2 000年里留下姓名的文论家不过百人左右，而晚清以来，参与文论研究的学者如过江之鲫，某个规模较大的文学社团或研究机构的成员就可能会超过百人，一所学校的文学专业几届培养下来，毕业生在数量上就和几个朝代的研究者相当。

从研究问题的特点上看，田园型群体研究的问题零散，需要持续的长时间的研究，发现答案绝非一朝一夕；而都市型集中研究范围较小的、相对突出的、数量有限的问题，研究持续时间较短，容易出成果，而且只有解决层出不穷的新问题、不断推出新成果，才能满足消费者（如学生、读者）要求，符合社会集团的目的。

从研究成果的发布来看，田园型的研究群体传播成果的渠道单一，速度较慢，以诗话、序跋、选本、书信为传播媒介，流传较窄；而都市型的群体通过大众媒介（报刊、出版社等），迅速发表研究成果，并以此保护自己的知识产权。

从交流的模式看，田园型群体缺少机会就相关课题进行交流，不经常去了解别人的相似研究；都市型群体联系较紧密，通过参与课题、常规教学、学位论文和社团论争等，拥有较多的正式交流机会。

从研究方法和文体上看，田园型的研究倾向于使用序、诗话、词话、评点、札记等诗文评形式，而都市型侧重于逻辑严谨、结构严整、论证严密、思路清晰等特点的新式论文形式。

从合作模式看，田园型群体从事自身感兴趣的领域，研究中交叉覆盖的可能性很小，偏好独自研究胜过团队研究，很少集中研究一个别人已在从事研究的课题，很少为非常相同的研究领域竞争；都市型群体只要有机会就尽量避免与别人在研究上有交叉覆盖，有时甚至令人窒息，如果不能避免撞车，就通过团队合作进行研究。

从竞争情况看，田园型研究竞争的形式不像竞赛一样公开而激烈，学者们各居一方，默默耕耘，而都市型研究由于人员密度大，研究领域集中，竞争极为激烈，更像运动员的赛跑：跑道相同，赛跑距离相同，导致了最严酷的竞争，发生激烈的文学论争也在所难免。

从知识管理和知识控制方面看，田园型研究虽然也面临着文字狱等知识控制，但由于研究人员相对稀少，成果传播面窄，控制文论家的身体比控制知识更要容易，而都市型研究的人员集中，传播较广，控制和管理知识的难度都在加大，政党的文化政策对文论生产的影响更为突出。

从田园型到都市型模式，从传统到现代，为了满足不同的知识制度的建构主体的不同需要，中国文论生产的制度发生了巨大变化。这种变迁在中国知识制度的发展史上不是第一次，但对文学理论而言无疑是影响最为深远的一次。可以在文论著作、文学评论和学位论文等多种不同的知识产品中发现这些变迁的痕迹。正是在此过程中，现代知识制度逐步建立起来，古今中外的文论话语或彼此冲突、排斥、遮蔽、挤压，或磨合、沟通、兼容和重组，现代文学理论也因此进入了"脱古入今、援西入中"的中国诗学的"现代时段"。

二、学术交流和生产场域：大众传媒与现代文论

文学传播在文论生产中是至关重要的。比彻等人认为："学术研究最根本的就是交流"，① 这就是说，学术知识的储存，研究能力的提升，学者在大学中声誉的树立，学术的创新和发现，都要依靠学者之间的交流，否则学术就会很容易随着岁月而流逝，甚至是消亡。中国古代文论的传播主要依靠手抄和手工印刷的途径，传播范围受到了很大限制，多数是"藏之名山、传之后世"。近代以来，随着机械印刷媒介逐渐普及，理论家和文论家纷纷参与文学期刊、学术期刊以及出版社的编辑工作，推动了学术交流和文论知识普及。知识的市场化和稿酬制度的建立，改变了现代文论的生产特点，不仅开辟出中国现代文学话语的生产场域，而且直接影响了现代文论的内在形态。

1. 中国古代文学理论的传播方式

我国古代书籍的传播方式基本上分为以下几种：店铺、书肆、书摊、集市、考市、负贩、书船、行政渠道、驿传途径和亲友渠道等。由于中国传统知识制度的特征，中国古代文论家的写作或者是为了"立德、立功、立言"，为帝王、为士大夫而书写，所谓"寄身于翰墨，见意于篇籍"（曹丕《典论·论文》），或者是娱情娱己，因此，和小说等大众读物不同的是，他们的文论著作的传播方式

---

① ［英］托尼·比彻、保罗·特罗勒尔：《学术部落与学科领地：知识探索与学科文化》，唐跃勤等译，北京大学出版社 2008 年版，第 110 页。

主要有三种：一种是以聚徒讲学与周游列国等方式进行口头传播（如孔孟的儒家文论），一种是通过传统文人结社的途径，以文人雅集或诗文荟集为基本运行方式，在社团成员之间通过口头和书面的方式小范围传播（与现代文学社团不同，传统文学社团主要以核心人物为中心，以社团活动为标志，而后者主要以现代出版物为中心，以同人杂志为标志，与大学关系密切），一种是以手抄本或手工印刷的形式拿去送师长、亲友或门生，或交给藏书楼收藏，以此进行学术交流，一般不由出版商代售。如前面讨论过的《文心雕龙》便是以手抄本或手工印刷的形式在沈约等少数文人圈里传播开来。明清之后，小说评点等文论生产形式随着白话长篇小说的流行开始兴盛，但这些评点文字都是附属于小说文本，这也决定了它的篇幅不可能太长，难以出现完整的理论体系，也难以大范围传播。

在稿酬和版权制度上，中国古代图书市场上除了通俗小说以外一般不需要付稿费，也没有"著作权"、"版权"的概念。学者的研究作品积累到一定数量，就自己掏钱请出版商刻成文集。书商编选时人论文、出版已故学者的著作，也不必给作者的家属付报酬。

此外，由于古代缺乏专门的学术期刊，不同地区的学者要进行学术交流，要遇到许多传播上的障碍。在这种情况下，学术同行之间的书信交流可以有效地弥补这一缺憾。这些学术信件日后有的收集起来，或编入作者的文集，或单独成集出版，也是文论传播的一种渠道。

鉴于传播形式的局限性、稿酬制度和版权制度的不完善，以及学术期刊的阙如，中国古代文论的传播范围和影响力受到了很大限制，基本上属于小众传播。

2. 中国现代文学的大众传播特质

晚清以来，新型的报馆、杂志、编译社、书局为文学研究提供广阔的知识生产、传播和普及的空间，而且直接介入了学术知识的生产。与晚清之前和1949年以后的书刊出版不同，晚清到民国的书刊出版在书刊机构的组织者身份、与大学的渊源、书刊的形态、知识的传播和管控等方面，有着以下鲜明的特点：

第一，大量学者和作家亲自参与现代传媒领域，借助书刊出版来推动文学革新和思想文化的创造。他们或到出版社担任编辑，如商务印书馆的茅盾和叶圣陶、泰东图书局的郭沫若；或自己创办出版社和书店，经营文学事业，如陈望道的大江出版社，胡风的希望社、南天出版社、诗歌出版社，柯灵、唐弢等人的上海出版公司，沈从文、萧红和胡也频的红黑出版社，老舍和赵家璧的晨光出版公司，施蛰存的水沫书店，等等。

第二，这一时期的文学出版往往与中国大学有着密切的关系。"五四"时期的《新青年》主要依靠的是陈独秀、胡适等北大教师，是"一校一刊"的典范，

1928 年创办的《新月》和 1932 年出版的《独立评论》也紧紧依靠着教授群体。现代传媒和现代大学的结盟，不仅使传媒业获得了源源不断的智力支持，也使知识的生产和传播方式发生了根本变化。

第三，晚清到民国后期的文学出版面貌各异，富有个性。这一时期的出版业虽然也先后受到清朝政府、北洋政府和南京政府的严格控制和审查，但由于政局不稳，政权更迭频繁，再加上民国政府制定的相关出版法律的庇护，这一时期的出版物还没有被任何一种权威话语一统天下，价值取向不同的刊物构成了这一时期报刊的底色：同人刊物、社团刊物、政党刊物、合法刊物、秘密刊物，都以各种模样粉墨登场。

第四，从学术评价制度看，这一时期文学期刊尚没有构成一种等级制度。各种文学杂志、学术期刊之间虽然背景不同，但在市场和读者那里是独立、平行的关系，即使有些刊物获得了政府的财力和物力的支持，但如果没有获得读者和市场的认同和青睐，它也无法占领市场和掌握话语权。

以上几点构成了晚清以来的文学传播的基本特征。在这样的文化和政治语境中，参与和编辑出版报刊，成为当时许多文学青年实现文学梦和救国梦的有效途径之一，文学传播也极大地改变了现代性文学和文论生产的进程。

3. 大众传播和文论生产

中国现代大众传播的如上特点，使得文学传播和文学理论家和批评家之间形成了前所未有的复杂关系，这在我国历史上从未有过，对中国文论的转型和现代文论的构型也发生了巨大作用。这大致表现为以下几点：

第一，现代书刊成为学术交流的平台，扩大了文论的再生产。20 世纪初，虽然大多数文艺期刊还是以刊载小说、戏剧、诗歌和散文为主，但多数都有发表文论的栏目，如《文艺俱乐部》的主要栏目有"时局谈"、"历史谈"、"文苑"、"小说"、"谈荟"、"海外拾遗"、"杂俎"等，都与文论有关。晚清到民国的著名报刊都与文论有着不解之缘，如《晨报副镌》、《京报副刊》、《时事新报》副刊《学灯》、《民国日报》副刊《觉悟》等四大副刊，《新青年》、《新潮》、《每周评论》、《东方杂志》、《小说月报》、《文学旬刊》、《创造季刊》都曾经开设过"文论专栏"、"文学原理研究号"或"文学批评研究号"。如果把现代报刊的发刊词、终刊词、序、叙例、缘起、论说、丛话、例言、牟言、稿约、通信汇编成书，可以看到，那简直就是一部中国现代文论和文学思潮的简史。

晚清到民国时的文学出版成为文学理论构型的发生现场，不仅使学者的文论著述告别了小众传播的模式，而且通过引进大量西方的哲学、美学、心理学、逻辑学等对文学理论影响明显的著作，为文论家的理论观念和批评方法注入了新鲜的血液。同时，西方传媒发展中所坚持的出版自由、言论自由、思想自由等观念也通过现代传媒业的发展深入人心，这也对文学理论家和批评家思想观念的转变起到了巨大的推动作用。大众传播快捷的出版机制，为知识分子传播学术成果提供了重要渠道和内在动力。

第二，稿酬制度进一步推动了文论研究的职业化。基于商品市场的现代传媒业的快速发展，稿酬制度逐渐在中国建立，这提高了学者的经济地位，也吸引了大批知识分子投身其中，有助于实现学者自治和学术自由，也进一步推动了文论研究的职业化。

中国古代文论家生活的经济来源主要依靠俸禄或靠其他收入，职业批评家的出现是现代大学建立之后的事情。不过，大学教职毕竟有限，那些没有在大学任教的批评家只能把目光转向报刊和出版社，以稿费作为生活的重要来源。即使是大学教师，由于他们往往与出版机构有着密切的联系，他们也能够在薪水之外获得不菲的稿酬，对他们的学术研究也大有裨益。现代以来，稿酬制度的建立大体上是沿着这样的轨迹完成的：作者付费发表诗文—作者免费发表—画家收取稿酬—小说家收取稿酬—稿酬制度开始建立，学术研究开始收取稿费。稿酬制度的确立，不仅体现了全社会和出版界对著作人权利的承认和尊重，大大刺激了小说创作与小说翻译的发展，对小说家的职业化起了很大的促进作用，同时也为职业批评家的出现提供了劳动报酬和经济支持，为知识分子的人格独立和生活独立提供了物质保障，构成了现代文论生产重要的物质基础和经济动力。

与晚清之前相比，依托报刊和出版机构，文学批评和学术研究可以为学者提供一定的经济支持，让他们获得精神劳动的报酬，这有利于学者增强学者自治和独立意识。在参与了现代传媒事业之后，学者的选择与传统文人的要么读书做官，要么充当幕府，要么隐逸山林的境遇大为不同。稿酬制度的建立和知识生产的商品化成为了中国现代文论最现实的语境之一。

第三，报刊和书局直接参与了现代文论的构型。大众传媒对文论生产来说不仅仅是外在的传播方式，媒介本身就是文学的一个层面，大众传媒是现代文论的生产场域，也是现代文论的内在构成要素，它促成了文学理论的语言、文体以及观念的转型。

先看现代文论的语言。相比传统的文论的小众传播方式，现代传播面对的是大众，梁启超说报纸"朝登一纸，夕布万邦"，[①] 这说出了现代传媒的影响力。当现代文论借助大众传媒面世之后，文学知识的消费不再仅仅是士大夫们的专利了，作者撰写文论著作便不得不考虑大众的需求和趣味，考虑受过新式学堂教育

---

① 梁启超：《论报馆有益于国事》，《时务报》，第 1 册，1896 年。

的读者的接受心理，在语言的通俗性、知识的新颖性、逻辑性和科学性上，都要根据不同的受众而调整。

再看文论的文体。我国古代文学理论的批评样式主要有序、跋、读法、凡例、缘起、眉批、夹批、回评、圈点等，评论家的单篇文字数量较少，主要出现在笔记中。这些批评形式有一些至今依然有着顽强的生命力，如序、跋等，有的已开始衰落甚至趋于消失，如眉批、夹批、侧批等，新的批评样式如单篇论文和个人论著越来越成为理论批评的主要形式。这一趋势与传播媒介的转变大有关系。古代小说理论采用评点如眉批（天头处）、夹批（正文中）形式，是因为古代小说的刊印提供了便利条件：每一页的四周常有方框，上面留有天头，框内每页只有数行，每行十数字或二十来字，字体较大，所载文字较少，有利于批评者在天头处写下自己的看法、评价，或对具体情节发表评论，或对艺术技巧进行点评，或抒发评者的感慨。夹批也是如此，只不过是将批评文字移入正文之中，用小字双排或单排的形式进行评点，评点可以用来招徕买主，促销书籍。但近代以后，随着机械印刷书刊的出现和发展，报刊逐步成双面印刷的对开形式，篇幅加大，文字紧密，栏目增多，所留空白无几，眉批、侧批、夹批也就很难派上用场，回批也逐渐减少。① 随着评点文体的式微，机械印刷和铅印排版的方便和快捷，却使得洋洋万言的理论批评成为可能，单篇论文有了长足发展，文学理论也因此可以脱离文学文本而独立存在。

同时，现代报刊还和书局和文学社团一道，策划和组织了从小说界革命、白话文运动、文学革命到革命文学、国防文学，新文化运动等现代文学史上的几乎每一次文学论争。有学者把中国现代文学期刊的生存发展与发展形态概括为对峙、传承、变异和组合等四种形态，② 其中对峙是期刊发展的一种捷径，文学论争就是一种主要的对峙方式。紧张的对峙关系可以迫使刊物积极组织有说服力和战斗力的稿件，努力完善自我的观点和主张，这就大大促进了刊物自身的理论水平与应对能力。在报刊和书局的影响下，现代文学流派、文艺思潮、文学风格不再是以时间和地域命名，而是直接以刊物命名："创造社"、"新月派"、"学衡派"、"现代派"、"语丝体"等。

一门独立的学科和一个学术共同体要形成完整的知识系统和公认的话语，需要充分的学术交流和文献积累。新型的报馆、杂志、编译社、书局的兴起为学术研究和文学理论学科提供了广阔的知识生产、传播、普及和积累文献的空间，影响了现代文论知识的构型。

---

① 此处分析主要参考了程华平：《中国小说戏曲理论的近代转型》，上海，华东师范大学出版社2001年版，第269页。

② 刘增人等：《中国现代文学期刊史论》，北京，新华出版社2006年版，第16～17页。

三、学术的职业化与学科化：大学制度与现代文论

大学是建构和实践知识制度的主体，它的出现改变了知识生产的业余性质，孕育出了现代学科制度。现代中国大学制度的建立，促进了包括文学研究在内的学术研究的职业化，为学者自治和学术自由提供了最佳环境，也使得"教授批评"这一职业化的文论研究类型得以出现，促进了知识分工，推动了文学学科的独立和建设，赋予了文艺学学科独立的合法身份，从而改变了现代文论的生产方式。

1. 中国现代大学制度与文论生产

一种知识体系要取代另一种知识体系，关键在于形成知识替代的制度化场所，这样才能为之培养和储备充足的后备力量，保证知识的嬗传和知识的发展。晚清以来，在中体西用、西体中用等一系列变革思想的引导下，一些清朝重臣纷纷提出要废除科举，大兴新式学堂，引入西学，改良教育，移植西方的现代大学制度，建立现代大学成了当时的当务之急。

中国现代大学制度的建立，使得中国教育制度的目的、学科制度、知识分工、知识形态、教学方法都发生了颠覆性的变化，它不是对汉朝以来的古代大学继承的结果或修复的产物，而是一种全新的制度，不再是官学体制的代名词，不再是科举制度的附庸，不再是儒学知识的一家绝唱，也不再以某种知识体系为圭臬，它打破了传统的学科分类，替换了以往的知识选择制度，为学术自由和职业化的学术研究奠定了坚实的基础。

中国现代大学制度的创立，在某种程度上是一种复归，是对中国在"轴心时代"曾经拥有的知识制度传统的回归，但它更是一种移植式的制度变迁，它的目标制度是西方已经创设和运作并具有一定效率的大学制度。这种制度的核心就是学者自治和学术自由。

当然，在现代中国，由于特殊的政治与文化语境，无论是公立大学还是私立大学，始终都难以脱离政府的管控，难以得到真正的自治。不过，和古代大学相比，中国现代大学在很多方面确实拥有了相当的自治权，学者自治和学术自由这一知识制度的元规则也确实在有保障地逐步建立起来，大学在探讨知识和组织管理方面开始拥有自由选择的权力，"教授治校"制度的建立就是一例。这一制度在中国的建立过程尽管比较曲折，不过毕竟在很多高校获得了落实，并在很多方

面起到了重大作用。

1912 年 7 月 10 日，全国临时教育会议在北京开幕，会议通过了蔡元培起草的《大学令》，赋予了教授以下权力：授予学位、审议学科的设置及废止、开设讲座、制定大学内部规则、审查学生成绩、审查学位论文、开设课程等。① 这一规定是"教授治校"制度建立的开端。不过，它的真正落实，是 1917 年蔡元培出任北京大学校长之后的事情了。随后其他高校也先后在不同的层次上建立、修订了教授治校制度。这以后，尽管教授在大学事务决策中掌握的权力在各高校大小不一，不过，在学术上的发言权还是相当大的。大学甚至成为了一股强大势力，民国时期，大学师生可以拒绝或赶走政府派来的校长，如 1925 年女师大的"驱羊（杨）运动"、1931 年清华大学的"驱吴运动"、1945 年北京大学的"倒蒋兴胡"事件；也可以因反对教育部长而宣布脱离教育部（如 1925 年北京大学脱离教部事件），也可以质疑教育部的课程安排（如西南联大不遵从教育部的统一设置课程的命令，坚持按照自己的传统办学）。这些都是教授治校制度赋予学者之权力的体现。

此外，民国时期的大学教员的流动性比较大，这也体现出学术自由的一些特点。据统计：1902～1911 年任职于京师大学堂并于民国成立前离职的 131 位教师中，任职时间在两年以内的教师有 81 人，占 61.8%。② 北大、清华、南开、北师大 1949 年前的 100 位教授中，"自由流动三次为一般规律，多的有流动四五次的。"③ 这其中当然有政局不稳，高层管理人员更迭频繁、专职教师较少的原因，但也不能忽视以下原因：整个民国时期大学教师的身份基本上属于"自由人"，在择业过程中具有较大的自由度，较少受到制度性的束缚。"身份自由、择业自由"为大学教师的流动提供了活力，他们只要有某一方面的专业特长，具有一定的学术背景。一般都能主动选择自己的职业去向，或离开不满意的学校而另谋他就。

对于从事文学研究和文论研究的学者来说，只有学者自治和学术自由成为了现实中的制度，才有可能具备"独立之精神，自由之思想"，才能使他们根据学术的内在逻辑进行研究，才能积极地参与课程设置，促进学科的独立，自觉按照学科规范来开展教学活动，用有计划的、系统化的文论教学来取代零乱的文论传承，用培养新人的目的来培养学生。

---

① 《教育部公布修正大学令》，见璩鑫圭、唐良炎主编：《中国近代教育史资料汇编：学制演变》，上海，上海教育出版社 2007 年版，第 829 页。

② 吴民祥：《流动与求索：中国近代大学教师流动研究》，杭州，浙江教育出版社 2006 年版，第 13 页。

③ 谢泳：《逝去的年代——中国自由知识分子的命运》，北京，文化艺术出版社 1999 年版，第 238 页。

学术史的发展往往离不开新的知识阶层，如艾尔曼指出的那样："学术史的重要进展往往和社会结构的变化、新的支持探求新知的阶层的出现联系在一起。"① 对晚清以来、特别是民国以来的知识生产来说，教授这一职业化的学术群体是其中最重要的"新知阶层"。

在中国传统的知识制度里，"士农工商"仅仅是社会等级上的分别，而不是职业化意义上的社会角色界定。在中国传统知识制度里，读书人和学者并不将"学问"作为一种谋生职业，其著书立说亦不仅仅为"稻粱谋"，而是走上仕途的捷径（"学而优则仕"），甚至是唯一途径。在中国古代的大学里，教师选拔其实和选官制度是一体的，官师不分，大学教师本是就是官员，并非是一种职业，这一格局甚至到 1898 年中国近代第一所新式大学京师大学堂建立时，也没有发生根本的改变，将学术研究作为一种社会职业，是 20 世纪以后的事情。

借助大学这个平台，教授们通过向他人（学生、作家、书商、公众、政府、政党等）提供专业性的服务和咨询，获得稳定的生活保障和学术支持，学者们的学术角色和社会作用已实现职业化，不再是"业余爱好者"的身份，而是以学术为业的"职业专家"。

现代大学之所以能够成为职业化的学术研究的主体，是因为民国时期的大学受到了学术职称制度的保障，特别是自 1912 年蔡元培出任教育部长以后，现代大学的学术职称和教师评聘制度真正得以建立。南京国民政府通过各种立法的形式，正式建立了教授、副教授、讲师和助教的职务等级制度，并为每一等级规定了工资待遇，这为学术职业化提供了制度上的保障。学者们可以依靠学术成就谋得一定的职位，并获得较稳定的经济支持，有利于再生产出和这一职位相称的学术成果。

教师职务制度和评聘制度为学者提供了稳定的收入，使得包括文论研究在内的学术研究获得了再生产的保障。在大学里获得稳定的经济收入，这对知识生产来说无疑是重要的。民国时期，由于政局不稳定，国家财力有限，学术研究获得课题经费资助的机会要比现在少得多，"经济权"就显得更为要紧。大学教师职称制度的建立和学术的职业化。在相当程度上解除了学者们的后顾之忧，有助于知识分子保持一种相对独立的人生态度、学术理想和行事方式，导致大学里的文论家，其社会地位、经济收入、角色认同等都发生了重大变化。

在中国现代大学里，职业化的教授群体构成了一个聚焦于学术的共同体，成为文学社团和专业学术机构的摇篮。教授群体参与了现代出版与传播，组织了各

---

① ［美］艾尔曼：《从理学到朴学：中华帝国晚期思想与社会变化面面观》，赵刚译，南京，江苏人民出版社 1995 年版，第 61 页。

种文学社团，出版了大量文学期刊，聚拢在某个出版社周围，从各个层面上推动了现代文论的发展，促成了职业化的批评形态——"教授批评"——的出现。回顾中国现代文论发展史，有影响、有建树的理论界和批评家绝大多数都依托于大学，可以开出一大串属于"教授批评"名单上的文论家：周作人、朱光潜、李长之、李广田、朱自清、老舍、姜亮夫、郁达夫、梅光迪、沈从文、梁实秋、李健吾、程千帆。这些学者都将生产文论、撰写批评、教授理论看成是自己安身立命的学术角色，造就了最具影响力的职业化的教授批评。

2. 学术分工与文学学科的独立

在现代大学里，学术的职业化不仅意味着获得了教职制度的保障，还表示着学者掌握了某种专业知识，从而把自己和外行区分开来，这就促成了学术的分工和细化，进而推动了学科制度的形成。随着现代大学和学科制度在中国的建立，文艺学学科也从零散的、缺乏独立性的一个研究领域转变为一门独立的学科，这对文学理论构成了深远的影响。

从中国传统知识体系和图书分类上看，文学似乎属于"经、史、子、集"四大类中的"集"部，但实际上"集"部也包括了很多非文学的图书，文学书籍在前三类中也经常出现，传统文学知识处于一种失序状态中。在晚清和民国政府的推动下，西方现代学科制度开始逐渐取代中国传统学术分类，文学学科真正获得了独立地位。作为进一步的知识分工的结果，文学理论学科也随之获得了制度的保障，可以据此进行知识的生产和再创造。

按照知识社会学和教育学的观点，学科制度化是以某些外在物质条件的存在为前提的。这里主要分析文学理论的课程设置和文学学位与研究生教育等标志。

在晚清和民国的大学里，比较有代表性的公立大学是北京大学、清华大学以及西南联大，私立大学里比较有代表性的是南开大学、复旦大学和金陵大学。下面主要以晚清到20世纪40年代这一时段的北京大学、清华大学和西南联大以及其他国立大学和私立大学为例，回顾和总结"文学概论"等相关课程（含文学概论、文学批评、中国文学批评史等课程）的设置情况。[①]

可以发现，虽然"文学研究法"在北大较早设置，但在很长一段时间里，

---

① 见北京大学校史研究室编：《北京大学史料》第一卷（1898~1911年），北京，北京大学出版社1993年版。王学珍、郭建荣：《北京大学史料》第二卷（1912~1937年），北京，北京大学出版社2000年版。《清华大学史料选编》第一卷，北京，清华大学出版社1991年版，第302页。齐家莹编撰：《清华人文学科年谱》，清华大学出版社1999年版，第51、89、146、148、336~337页。复旦大学档案馆选编：《抗战时期复旦大学校史史料选编》，复旦大学出版社2008年版，第40页。北京大学等编：《国立西南联合大学史料》第三卷，昆明，云南教育出版社1998年版，第117~366页。张宪文主编：《金陵大学史》，南京，南京大学出版社2002年版，第115页。

文学概论课程在整个课程体系中的地位还不太稳定。如在 1917 年 12 月，它的学分由 2 分改为 1 分，后来又改为 3 分，这也说明开设这门课时，有开风气之先之称的北京大学也处在犹豫不决之中。值得注意的是，这门课程的学分最终是在陈独秀的建议下改为 3 个单位，当时（1917 年 12 月 29 日），陈独秀主编的《新青年》已经成为新文化运动的开路先锋，胡适的和周作人的《论人的文学》都已经发表，文学革命的号角已经吹响，陈独秀此时应该已经注意到文学理论的革新对新文化运动和文学革命的重要意义，因此，他对这门课程的重视是情理中的事情。这以后，虽然文学概论课程已经设立，但实际开课情况却不理想。在接下来的 4 年时间（1918～1922 年），这门课从北大中文系的课程表上消失了。是因为师资不到位，还是其他课程的挤压？具体原因不得而知。在 1922～1925 年间，可以看到这门课程有了指定教师——张黄（1895～?）。张黄即张定璜，原名张黄，字凤举，早年留学日本京都帝国大学，攻读文学专业，1921 年参与早期创造社活动，回国后在北京大学任教。这表明，从国外留学回来的学者开始成为这门课的生力军。随后，文学概论的相关课程不仅在中文系开设，而且在英语系、德语系都开始列入必修课程。从欧洲留学回来的朱光潜也开始登上北大讲堂。

文学概论相关课程在清华大学的设置情况表明：在西南联大之前，清华大学由于有郭绍虞、朱自清等古代文论家，也由于学生多有深厚的外语基础，再加上 1929～1931 年间，英国剑桥大学英国文学系主任、新批评派代表人物瑞恰兹在清华大学外语系任教，所以，在中国文学批评史和西方文学批评等课程的开设上，清华大学有得天独厚的条件。此外，清华大学还开设了文艺心理学等新兴学科。不过，文学理论课程在总体上并不是最受到关注的课程。1934 年，清华大学中文系主任朱自清在《中国文学系概况》承认：研究中国文学又分为考据，鉴赏及批评，以前做考据的人认文学为词章，不大愿意过问文章。近年来风气又变了，渐渐有了做文学考据的人，但在鉴赏及批评方面下功夫的还少。[①]

西南联大时期，文学概论课程的开设特点是：第一，在西南联大成立的头 5 年（1937～1941 年），外文系开课的热情比中文系高，文学批评等西方文论课程基本没有中断，而中文系只有两年开设了"中国文学批评史"课程；第二，文学概论课程的开设越来越稳定，新文学作家杨振声、李广田在联大后期基本每学期都在开这门课，而且开课院系从文学院扩展到了师范学院，文学概论课程在师范教育中也得到了普及。

从国内其他高校的情况看，在 20 世纪 30 年代中期，"文学概论"是中山大

---

① 《清华周刊》第 41 卷向导专号，1934 年 6 月 1 日。

学的必修课程，在其他高校里，文学概论课程多以古代文论、文学批评等形式出现。

从上述情况看，文学概论等课程在 20 世纪 20 年代已经在国内各高校以各种名称出现在课程表中，其中西方文论的课程也越开越多，到了 20 世纪 30 年代末和 40 年代中期，"文学概论"课程已经基本稳定下来。简言之，在中国，文艺学学科发轫于 20 世纪第一个 10 年，发展于 20 世纪 20 年代和 30 年代，构型于 40 年代。

学位是衡量学者研究水平的重要依据，它标志着研究者经过了严格的学术训练，达到了一定的学术水准，成为具体专业领域的专家。中国现代国立大学的学位与研究生制度均源自西方现代学术制度，于民国初年开始陆续建立。国立大学中最早开始招收硕士生的是北京大学和清华大学。1918 年秋，北京大学开始设立文科等三科研究所，招收了硕士生 148 人。1920 年 1 月，北京大学评议会通过《研究所简章》，规定研究所分为国学研究所、外国文学研究所等四门。1922 年，北京大学研究所国学门正式挂牌成立，这标志着中国规范的研究生教育正式起步。1922 年北大国学门招收第一批研究生。1925 年，清华大学决定成立研究院国学门（国学研究院），招收研究生，研究方向包括文学、语言、哲学等。教学方法采用中国旧式书院与英国研究院培养模式相结合的导师制，自修读书为主，导师随时指导，研究期限为 1 ～ 3 年，首任主任是吴宓，招了 20 余名硕士生，后来担任清华大学和西南联大的教授并开设"文学批评"课程的陈铨，以及出版《文学概论讲述》（上海北新书店，1930 年版）的姜亮夫就名列其中。①

随着北大和清华在研究生教育上的探索，民国政府也开始重视研究生教育。1929 年，《教育部改进高等教育计划》规定：国内各大学得设立研究机关，设有 3 个学部以上称研究所，2 个学部以上称研究院。1935 年 4 月 22 日，国民政府颁布了《学位授予法》，将学位分为学士、硕士、博士三级，硕士和博士学位候选人，均需提出研究论文。同年教育部颁布《学位分级细则》，将文科学位分为文学士、文学硕士、文学博士三级。② 1939 年 7 月，国民政府发出第 16119 号训令：各高校务须遵照《硕士学位考试细则》第九条规定，硕士学位候选人考试成绩，须由主持委员拟具考试及格报告书，经各委员盖章，并遵照第十条规定，于考试完毕后一个月，将合格论文（附提要）、试卷及研究期满成绩表，一并送

---

① 谢桂华主编：《20 世纪的中国高等教育：学位制度与研究生教育卷》，北京，高等教育出版社 2003 年版，第 33 ～ 34 页。

② 顾明远主编：《中国教育大系·历代教育制度考》（下），武汉，湖北教育出版社 1994 年版，第 2329 ～ 2330 页。

教育部复核。凡学位论文特别优异者，得由教育部刊印。[①] 该训令对硕士学位论文评定报告书和硕士学位考试委员会报告书，都作了严格要求和明确规定。

资料表明：可以授予中国文学硕士学位的高校，截止到 1935 年全国只有北京大学、清华大学和中山大学 3 所；到 1941 年，除了西南联大和中山大学，多了一所四川大学。截止到 1947 年，除了清华大学、北京大学、中山大学、四川大学以外，中央大学、武汉大学、贵州大学也可以招收文学硕士。至此，国内可以招收文学硕士的高校达 7 所。[②]

文学博士学位在中国的授予颇为不顺，虽然 1935 年 4 月国民政府的《学位授予法》就有了设置博士学位的计划，但由于当时国内大学的条件和抗战的爆发，到 1948 年之前，博士学位的法规都没有得以审定和颁布，博士的培养和学位的授予也受到阻碍。1956 年，北京大学杨晦教授开始招收文艺学副博士学位，但副博士学位很快就被当作修正主义废除了。[③] 直到 1984 年，体现中国高等教育标志性水平的博士生教育才逐步建立。

文学学位的培养和授予使文论知识的生产与再生产获得了制度上的保证，这对文学专业的人才培养和文论研究产生了深刻的影响。通过学位论文的写作训练，知识制度另外一个重要的建构主体——本科生和研究生——开始介入文学知识的再生产过程。学生不再仅仅是知识的消费者，而是和教师一样成为了生产者。这对文学和文论知识的嬗传和创造至关重要。

随着文艺学学科的独立，现代知识制度的特征越来越多地表现出来，教科书就是其中最明显的例证。职业化的教授批评占据了讲坛和大学这个有利地位，最容易将知识成果以教科书的形式生产出来。随着现代大学在中国的建立，文学教学和文论教学也日益得到人们的重视和发展。从程正民、程凯统计的书目来看：从 1914～1949 年，大陆和港台地区出版的文学概论著作一共 83 本（含译作）。[④] 诸多文学概论教材，是知识制度和学科制度转型的产物。

文艺学学科的独立，既是一个学术事件，让文学理论课程成为一门正式课程，促成了文论研究的发展；同时也是一场社会事件，让有志于此的学者依托组成学术共同体，研究相同的问题，阅读共同的文献，经常进行必要的学术交流。随着现代大学制度和学科制度在中国的建立，文学理论在课程设置、学科定位、课程目标、评价体系、学术规范等方面上都发生了体制化的转变。

[①] 张晴初：《中国研究生教育史略》，长沙，湖南师范大学出版社 1994 年版，第 46～47 页。

[②] 教育部教育年鉴编撰委员会编：《第二次中国教育年鉴》，上海，商务印书馆 1948 年版，第 574 页。

[③] 胡经之：《我看文艺学教材》，见《胡经之文丛》，北京，作家出版社 2001 年版，第 93～94 页。

[④] 参见程正民、程凯：《中国现代文学理论知识体系的建构：文学理论教材与教学的历史沿革》，北京，北京大学出版社 2005 年版，附录。

四、学术共同体的引领和催生：文学社团与现代文论

中国现代文学史是一部文学社团的发展史。文学社团往往与大学和传媒结盟，共同形成了一个学术共同体，在与其他的文学社团进行交流、发生论争的同时，引导、催化和控制了现代文论的生产。

1. 学术共同体与现代文学社团

这里使用的"学术共同体"接近于西方学者所使用的"科学共同体"概念。20 世纪 60 年代，托马斯·库恩（Thomas S. Kuhn）对"科学共同体"的特点做出了比较清晰的解释①。由此可以发现"科学共同体"有这样几个特点：一是科学共同体的成员都学有专长，专业知识、研究领域和所持观点接近；二是这一群体经常举办活动，内部交流比较频繁；三是不同的群体由于关注的问题不同，经常会各执己见，出现论争。

除了这三个特点，科学共同体的另外一个特点是：其成员具有自律性，信奉如下准则：有关科学方面的问题并不依靠国家和政治统治者或者普通公民的常识来判断；承认作为专业研究业绩的唯一评判者是具有独立能力的专家集团的存在，并承认它的作用。② 这一特点实际上就是前面所说的内在知识制度的元规则：学者自治和学术自由。

按照库恩的标准，中国现代文学社团就是这样一种学术共同体：其一，成员们都学有所长，或创作，或评论，都有对文学和文学活动炽烈的热情，有着相近的学术观点；其二，他们通过出版文学报刊和图书进行交流；其三，他们经常和其他社团发生论争（用创造社成员成仿吾的话就是"打架"）；其四，他们尊奉的是知识权威，追求文学和学术自由的标准，"在现代社团的运作中，知识权威是最根本的支撑，是在尊重文学自身的理念基础上进行。"③ 一旦这种追求不能实现或受到阻碍，社团也就走到了尽头，或自生自灭，或被迫解散。"不说别人的话，不用别人的钱"（语丝社）、"我们一切作为只是顺着我们的 Inspiration！"（弥洒社）等社团宣言都是这一特点的表现。

---

① ［美］库恩著：《必要的张力》，纪树生译，福州，福建人民出版社 1981 年版，第 192 页。
② ［日］野家启一：《库恩——范式》，毕小辉译，石家庄，河北教育出版社 2002 年版，第 161 页。
③ 朱寿桐：《中国现代社团文学史》，北京，人民文学出版社 2004 年版，第 31～35 页。

2. 现代文学社团与文学话语建构

自清末解除党禁，颁布结社法令以来，传统士绅结构出现解体，新兴知识阶层兴起，创建社团组织成为现代知识分子参与社会、体现自身价值的重要途径，各种社团大兴。中国现代文学社团在"五四"运动前夕出现，在 20 世纪 30 年代发展到高潮，20 世纪 40 年代在数量上保持稳定，但在社团的构成、政治背景和文化背景却发生了巨大变化，日趋复杂，社团的存在环境更加险恶，生命力日趋脆弱。这些构成了现代文学社团这一学术共同体的基本面貌。

与传统会社和当代文学社团相比，现代文学社团不是以核心人物为中心，以文人雅集或诗文荟集为基本运行方式，而是以现代传播为基本运作载体，以出版物为中心。学术共同体的结合和重组是以相应的同人杂志为中心展开的，而且在性质、组织方式、活动方式以及在文学运动中的作用都表现出自己的特色。

现代文学社团与文学话语建构的关系主要表现在两个方面：一是积极参与了文学理论的建构，二是组织和发起了多次文学论争，其频率和激烈程度超过了历史上任何一个时期，这些都深刻影响了现代文论的构型。

先看第一点。文论家往往是文学社团必不可少的成员。如文学研究会（以下简称为"文研会"）的理论家、活动家——同时也是《小说月报》的两任主编——沈雁冰和郑振铎、创造社的成仿吾，都一度把文学批评作为主要职业。沈雁冰等在《小说月报》上大力推介西方文论，通过发表论文、通信答疑、讨论将散落的作者与读者结合起来，很快就使新文学从"知识"转化成为一种"权力"，成仿吾也在《创造季刊》上计划出版"文学原理研究号"和"文艺批评研究号"，出版《文学概论》和《文艺批评论》的著作，[1] 他们都在努力通过理论来指导各自社团的文学创作。

很多文学社团的社刊的发刊词经常显露出文学社团在理论上的创造冲动。"文学研究会"的宣言中这样写到："将文艺当作高兴时的游戏或失意时的消遣的时候，现在已经过去了。我们相信文学是一种工作，而且又是于人生很切要的一种工作；治文学的人当以这事为他终生的事业，正同劳农一样"。[2] 宣言将文学和文学研究只当成是一种"工作"，一种和做工、务农一样的职业，这充分展现了一种崭新的学术职业化的意识，这种理念无疑更新了文学的工具论观念。尊崇文学独立的"浅草—沉钟社"、"弥洒社"等团体，虽然"不敢高谈文学上的

---

① 成仿吾：《编辑纵谈》，《创造季刊》第 1 卷第 44 期，1923 年 2 月。

② 《文学研究会宣言》，《小说月报》第 12 卷第 1 号，1921 年 1 月 10 日。

任何主义"，打着"无目的、无艺术观、不讨论、不批评"的旗帜，[①] 但他们实际上也在追求着另外一种理论创新：唯美的艺术论。

再看第二点。文学社团兴起后，通过组织和活动，将分散的文论家编织进了或紧密或松散的群体，使得文论生产也因此具有了被计划、被组织的规范性和群体性特征。文学社团所构成的学术共同体——文化圈和学术圈——在组织、引导和控制了各种文学话语的生产方面发挥了重要的作用，其中尤以文学论争最为突出。

据统计，自"五四"时期到 20 世纪 40 年代末，中国新文学在 30 多年的时间里发生了大大小小的文学论争达 70 余次，[②] 其中很多都是由文学社团所发起的。如 20 世纪 20 年代有新青年社与学衡派、甲寅派之争，有文研会与鸳鸯蝴蝶派之争，有文研会与创造社之争，有创造社与鲁迅之争，20 世纪 30 年代有"左联"、"文协"与新月派、与民族主义文艺、与"自由人"和"第三种人"的论争，两个口号之争，等等。

文学论争之所以会发生，除了人事和经济上的因素，更主要的是由于审美理论和学术评判标准的不同。通过文学论争，文学社团试图吸引社会注意力，获取话语主导权，重新分配新文学资源，划定最大"势力范围"，争夺正统和注册权。

应该说，在现代文学史中，文学论争是一种常态，文坛平静如水反而是不正常的。当文学社团和文论家发布了学术观点之后，如果有机会与其他社团进行深入交流，在辩论中明晰自己的观点，批驳他人的谬误，这是有利于学术的可持续性发展的。在文学理论的论争和论战中，文学研究会、创造社、太阳社、新月社、语丝社等文学社团的文学活动对传播各种西方文论如批判现实主义、无产阶级文学观念、浪漫主义、象征主义等文学理论，对推动"唯物主义文学史观"和马克思主义文论在中国的迅速传播和生成起到了明显的推动和催化作用，有了社团这样一系列的文学组织，文论书写再也不可能只是"纯粹"的个人言语，只是文学和作者本身的事，而是社团组织化的产物。

3. 文学社团：集体认同和政府管控

在现代文学社团中，除了极少数有着比较健全的组织机构，比较具体的规章制度，绝大多数社团的组织是以自发的同仁聚合而结社，在组织上是比较涣散的，也缺乏成文的章程、规范，这在某种程度上恰恰是文学社团的幸运，可以保

---

① 《编辑缀话》，《浅草季刊》，1923 年第 1 期；《弥洒·宣言》，《弥洒》，1922 年第 1 期。
② 详见刘炎生：《中国现代文学论争史》，广州，广东人民出版社 1999 年版。

护文学的自觉和创作个体的自由。文学社团需要鲜明的个性，各个不同的文学社团，在不同的边缘发出富有个性的声音，才可能构成文学史和文论史上生动、丰富而令人魅惑的景象。

不过，一旦文学社团制定了某种规范，出现了制度化的约束，文学社团就会通过"集体的文化形式"掩盖单个成员的文学理念和个性。学术共同体的建立原本是要建立在相近的知识体系之上的，但如果要求过于统一，集体认同淹没了个性，就会对社团的文学生产带来程度不一的集体约束。

另一方面，随着南京政府社团法律的出台，现代文学社团也受到了越来越多的控制。随着国民党的书报检查制度的建立，国民党对异见思想、文化的制约越来越严，社团自由的环境遭到了破坏，创造社、太阳社、左联等社团受到了严重的限制，甚至付出了生命的代价。政治的高压极不利于文学社团的发展和文论的生产。同时，由于20世纪的30～40年代民族战争空前激烈，进步文坛由原来社团林立的局面开始走向左翼文学的一统，文学社团不能再像"五四"时期那样再各自为战了，单纯追求艺术性的文学社团实际已经难以生存。[①] 文学社团的文论生产也自然受到了直接的影响。

五、知识立法和权力控制：执政党文艺政策与现代文论

在知识制度中，知识合法性的界定、知识生产与权力之间有着密不可分的联系，知识选择上的标准不完全是知识本身的内在逻辑，也要取决于外在逻辑和权力机构的意志，受到垄断着"产品许可权"的权力机构的限制，即要取决于外在知识制度。

外在知识制度的建构主体是知识的"消费者"和"顾客"。布迪厄所说的"主管艺术的政治和行政机构等"，[②] 就是最重要的"知识消费者"之一，它们决定着文学和文学理论的合法性、垄断着权威话语权力。知识制度的一个重要建构主体是政党。政党支配了现代社会的政治生活。政党的"政治组织和动员力量远远超过任何传统政治组织"，政党的力量"来源于不断的宣传与组织活动"，它们的社会动员具有更多的合法性说服力。[③] 中国近代第一个政党"中国同盟

---

① 朱寿桐：《中国现代社团文学史》，北京，人民文学出版社2004年版，第114页。

② ［法］皮埃尔·布迪厄：《艺术的法则：文学场的生成和结构》，刘晖译，北京，中央编译出版社2001年版，第276～277页。

③ 熊月之主编：《西学东渐：近代制度的嬗变》，长春，长春出版社2005年版，第65页。

会"于 1905 年成立于东京。作为中国现代政党的代表，由同盟会转化而来的中国国民党和新生的中国共产党分别以各种组织形式，推动和参与了现代文论的生产，以自上而下的、具有强制力的方式制定了各自的文艺政策，建立了文论知识的管理与控制，影响、制约了现代文艺思潮、文学社团、文学论争的发生和演变，在很大程度上影响了中国现代文论的构型。

1. 外在知识制度与政党文艺政策

从历史上看，中国任何一个历史时期的学术研究，都与外在的政治制度、社会生活有着无法摆脱的关系。自 20 世纪 20 年代末期之后，虽然中国政坛出现了数以百计的政党组织，始终有第三种力量在政坛上活动，但中国现代政治基本上是在两种不同区域、按两种不同模式和意向来进行现实操作的，这就是"国统区"的政治模式和"苏区"—"解放区"的政治模式，分别由中国国民党和中国共产党这两大不同性质的执政党来领导操作，并建构出两种主导意识形态。两大执政党分别制定了自己的文化政策，通过控制文学语言、学术书刊、社团活动、大学职能、人才选拔、知识发展方向等建构起一套政治色彩强烈的知识制度，在很多方面影响和制约了中国现代文论的构型。

2. 中国国民党的文艺政策与文论生产

1928 年国民党定都南京后，开始进入"以党治国"的训政时期。南京政府推行了一系列意在加强中央集权的举措，在思想文化领域推行"一个主义"（三民主义）、"一个政党"（中国国民党）的政策。1928 年后，蓬勃兴起的"左翼"文学运动让国民党感受到巨大压力，他们担心左翼文学所宣传的阶级论会激化国内阶级矛盾，在根本上动摇国民党统治的理论根基。出于这种忧虑，国民党全面介入到文学领域，制定了"本党的文艺政策"，以扼制左翼文学力量的蓬勃发展。从 1928 ~ 1948 年的 20 年里，国民党的文艺政策制度化的过程一直没有中断过。

国民党的文艺政策基本上由国民党中央宣传部来制定和操作，其工作主要包括两个方面：一是所谓"积极的建设"，① 即实施党化教育，制定文艺政策，努力培植自己的文学力量，以少数国民党作家为核心，提出了"三民主义文艺"和"民族主义文学运动"等口号，拉拢中间派作家，与左翼文学进行正面交战。二是所谓"消极的控制"，即加强对文化艺术领域的控制，设立了"图书杂志审查委员会"等机构，通过书报检查、查封书店以及对左翼作家的捕杀，

---

① "积极的建设"、"消极地控制"出自 1934 年陈立夫在国民党的宣传会议上的发言。

来打击、封杀异己的文学力量。这两方面对现代文论生产都产生了明显的影响。

南京政府建立后，国民党为了维护和巩固其统治，在文化领域施行了一整套的文化方略，试图实现其与一党专政相适应的文化专制主义，其中在教育制度上实行"党化教育"就是重要的步骤，这一制度直接影响了当时的文论。

国民党"党化教育"的基本内容是将"一个党"、"一个主义"的政策贯彻到学校教育领域。早在1927年4月，蒋介石在"四·一二"政变后没几天，国民党上海市党部就拟定了《党化教育委员会章程》，规定该委员会有权监督各校推行"党化教育"，审查违反党义的课本，取缔违反党义的学校。1927年8月，国民党政府教育行政委员会制定了《学校施行党化教育办法草案》，要求学校的教育方针"要建立在国民党的根本政策之上"，要"把学校的课程重新改组，使与党义不违背"，"并能发扬党义和实施党的政策"。① 很多地方政府颁布了《党化教育大纲》，将"党化教育"办法具体化，甚至要求以国民党训练党员的方法训练学生，以国民党的思想为学生的思想，以"三民主义"为学生的人生观，以国民党的纪律为学校纪律，使学生一切听从国民党的指挥。因"党化教育"引起很多进步人士的不满，国民党后来又将"党化教育"更名为"三民主义教育"。1928年5月国民党政府大学院在南京举行的第一次全国教育会议，其宣言提出："此后中华民国的教育宗旨，就是三民主义教育"。② 1931年9月3日第三届中央执行委员会通过的《三民主义教育实施原则》也规定，教育目标是"确定青年三民主义之信仰，并切实陶冶其忠孝、仁爱、信义、和平之国民改造"，"全部课程的编制应以三民主义为中心"，并将三民主义教育列为必修科目。③

"党化教育"将国民党的各种文艺政策渗透到学生群体中，如倡导民族主义文艺的《黄钟》被国民党浙江省党部指定为在校学生的课余补充读物，1934年上半年《黄钟》还在国民党浙江省党部宣传部门的组织下，和杭州《民国日报》联合举行了浙江省中学生文艺竞赛，在获奖征文中，有五篇文章是以"民族文艺"为题。④ 通过种种途径，"党化教育"培养了一批支持国民党政府的知识青年，鲁迅先生所讽刺的"民族主义"旗下"愤激和绝望的小勇士们"，⑤ 都是20岁出头的青年人，都是在校或刚毕业的大学生，可见"党化教育"确实在一些青年中产生了一定的影响。

除了"党化教育"，国民党中宣部还倡导和发起了三民主义文学和民族主义

---

① 《教育界消息》，《教育杂志》第19卷第8号，1927年8月。

② 教育部教育年鉴撰编委员会编：·《第二次中国教育年鉴》，商务印书馆1948年版，第37页。

③ 同上，第5页，第6页，第301页。

④ 见1934年5月15日《黄钟》（半月刊）4卷6号"征文竞赛专号"。

⑤ 见《鲁迅全集》第4卷，北京，人民文学出版社2005年版，第324页。

文艺，在制度上对文论生产起到了明显的引导作用。1929 年 9 月，国民党中央宣传部召开全国宣传会议，并由宣传部出钱，在南京办起中国文艺社，刊行《文艺月刊》；在上海有《民国日报》的文艺周刊与《觉悟》副刊，以及《絮茜》杂志，公开宣布打倒"革命文学"和"无产阶级文学"，"建设三民主义的新文学"，三民主义文学运动正式开始。不过，"三民主义文学"这一提法只是一个含糊的提法，国民党始终没有建立清晰而坚实的理论体系，拿不出有说服力的文学主张，显现出一种理论的贫困。三民主义文学运动从提出口号到偃旗息鼓，前后不到两年的时间，即使国民党后来希望"重奖之下，必有勇夫"，但对这一运动的颓势也是无可奈何。前后只有少数国民党文人参与了这一过程，这一文化政策对文论的影响是有限的。

在国民党发起的"文艺运动"中，真正对 20 世纪 30 ~ 40 年代的文论生产具有一定影响的是"民族主义文艺"。1930 年 3 月，中国左翼作家联盟成立，这引起了国民党宣传部门的恐慌。潘公展等人发动了"民族主义文艺运动"，出版了《前锋周报》与《前锋月报》等刊物。在《民族主义文艺运动宣言》一文里，他们强调民族超越于阶级、地域的至高存在，民族的利益高于一切，"文艺的最高意义，就是民族主义。"提出要铲除"多型的文艺意识"，攻击无产阶级文艺使文坛"深深地陷入了畸形的病态的发展进程中"，"把艺术拘囚在阶级上"，"是陷民族于灭亡的陷阱"，左翼文学将"陷入必然的倾灭"。[①] 民族主义成为 20 世纪 30 ~ 40 年代国民党的文艺政策和文学运动最主要的理论基础。

在国民党政府扶持下，中国文艺社等一批接受国民党官方津贴的文学社团先后成立，倡导民族主义文艺的报刊先后出版，它们在当时多获得了国民党党部和中宣部的鼎力支持，是制度化的产物。这些刊物的号召力不容小觑，前锋社出版的《现代文学评论》甚至吸引了周扬、郁达夫、叶灵凤、周毓英、陈子展等左联作家为之撰稿。[②] 民族主义文艺运动一时间在创作上和理论上掀起热潮。李长之在总结 1934 年的文艺状况时，把民族文艺、左翼文艺、第三种人和幽默文学并列为四种文学主潮。[③] 可见这一运动在当时的影响之大。

民族主义文艺的目的就是要借助文艺促进民族国家的建立，在文艺上为南京政府奠定合法性基础，但它存在着理论贫乏的严重问题。茅盾于 1931 年认为这一运动的理论文献只有一篇即《民族主义文艺运动宣言》，其他文章都是它的注

---

① 原载《前锋月刊》第 1 卷第 1 期，1930 年 10 月见张静庐辑注：《中国近现代出版史料》乙编，北京，中华书局 2003 年版，第 161 ~ 169 页。

② 叶灵凤和周毓英甚至为此而被左联开除。见《文学导报》，1931 年 8 月 5 日。

③ 李长之：《一年来的中国文艺》，《民族》3 卷 1 期，1935 年 1 月 1 日。

脚和引申。① 这唯一的一篇理论文章也被鲁迅评价为一篇"胡乱凑成的杂碎",②在国民党内部,到底什么是民族主义文学,他们始终争论不休,没有定论,对"民族主义文学"的阐释也是五花八门:有从"三民主义"定义出发所作的解释,有从"忠孝仁爱、信义和平"等封建观念对"民族主义"下定义的,甚至还有从"法西斯主义"中找"民族主义"精髓的。③ 理论上的混乱也导致了它逐渐失去了号召力。

更为严重的是,"民族主义文艺"这一主张的根本目的是用民族主义来对抗左翼的阶级论,因此,民族主义作为一种笼罩性的思潮,在被有意识地逐步强化、拔高,压制了其他思想话语的自由生长。民族主义在 20 世纪 30 年代甚至一度和法西斯主义合流,成了国民党政府在政治、经济和文化上厉行专制、钳制自由的直接的思想基础。因此,这一文化运动也遭到了包括自由知识分子和左翼文论家的共同批判,这也在某种程度上证明了国民党的文化统制的失败。

除了扶持右翼刊物进行"文化剿匪"外,国民党做得最多的,也是"最出色的",是"消极的控制":书报检查、查封社团、出版社,甚至逮捕、杀害左翼作家等,这也在很大程度上影响了现代文论的生产。

书报检查制度是国家政府通过官方行政的手段实施的审查制度。民国建立以来,尽管出版自由的呼声不绝于耳,但书报检查制度依然愈演愈烈。1914 年,袁世凯政府制定并颁布了《出版法》,此后先后禁止过《胡适文存》、《独秀文存》和周作人的《自己的园地》等书刊。④ 南京政府建立以后,国民党的书报审查制度更为严密:从一开始时向大学院承缴图书备查,到后来由内政部登记注册,再到中宣部审查图书内容,最后发展到原稿审查,国民党一步步地建立起了文化专制。⑤ 书报审查一般包括出版前检查(预防性检查)和出版后检查(惩罚性检查),国民党南京政府的检查方式分为两个阶段:1928～1934 年是出版后检查,1934～1949 年是出版前检查。未通过检查的结果一般有两种:或是被禁,被毁或被烧;或是经过删节修改后发行。

① 石萌(茅盾):《"民族主义文艺"现形》,1931 年 9 月 13 日《前哨》(《文学导报》),转引自北京大学等编:《文学运动史料选》第三册,上海,上海教育出版社 1979 年版,第 95 页。

② 参见鲁迅:《"民族主义文学"任务和运命》,《鲁迅全集》第 4 卷,北京,人民文学出版社 2005 年版,第 321 页。

③ 潘公展:《从三民主义的立场观察民族主义文艺运动》、朱大心:《民族主义文艺运动的使命》、叶秋原:《民族主义文艺之理论的基础》,(《前锋周刊》1930 年第 8、9、10 期)。徐渊:《法西斯蒂与三民主义》,《社会主义月刊》第 1 卷第 8 期。陈鲁仲:《法西斯蒂运动与民族运动之发扬》,《前途杂志》第 2 卷第 7 号。

④ 阮无名:《新文学初期的禁书》,见张静庐辑注:《中国近现代出版史料》甲编,北京,中华书局 2003 年版,第 50～54 页。

⑤ 倪墨炎:《现代文坛灾祸录》,上海,上海书店出版社 1996 年版,第 166 页。

在国民党的书报检查制度中，国民党中央宣传部是最为核心的机构，国民党当局还成立了专门的"中央宣传委员会图书杂志审查委员会"（以下简称为"图审会"），这个部门是中宣部的下属机构，在上海一地实施，一系列举措都确立了中宣部在思想和精神建构中的独一无二的权威性。中宣部书报检查的主要环节有：查（出版许可）、审（中宣部图审会、各地党部）、禁（发布禁书目录）、罚（封社、抓捕、判刑、杀害等）。

在一系列条例、禁令、规定之下，国民党当局通过各种渠道或公开或秘密地对进步书刊进行了查禁，其中也包括大量的文论书刊。以 1930 年 7～9 月国民党中宣部向中执委提交的报告为例，[①] 这份报告是国民党中宣部对 1930 年 7～9 月期间全国报纸杂志出版物的总报告，共 4 万余字，包括：国内报纸审查报告、海外报纸审查报告、审查杂志报告、审查社会科学书籍报告、审查文艺刊物报告、查禁反动刊物报告。其中把文艺刊物分为四类：良好的（如鼓吹民族主义文艺和三民主义文学的《文艺月刊》、《开展月刊》、《前锋周报》等），谬误的（如《杜鹃啼倦柳花飞》一书），反动的（如左联期刊《文化斗争》、《沙仑》、《新地》等刊物）和平常的。

文论书刊的被查禁和被迫走向秘密传播渠道，这使得文论创造的主体的学术自由受到了巨大威胁。文论家在精神上的压力倍增，在鲁迅先生所说的"几条杂感，就可以送命"[②] 的时代，文论家的安全尚且得不到保障，何谈学术自治和创造的自由呢？这不能不影响现代文论的存在形态。为了规避这一制度，一些书局如"现代书局"为了生存不得不走中间路线，不冒政治风险。施蛰存于 1932 年 5 月创办于上海的《现代》就是这样一本杂志，《现代》的创刊宣言中说："因为不是同人杂志，故本志并不预备造成任何一种文学上的思潮、主义和党派。"[③] 其中尽管施蛰存小心翼翼地把"党派"放在了最后，但显然"党派"给他心里造成了最大的压力。但是，中间路线也是一种路线，《现代》在第 1 卷第 3 期上发布了《关于〈文新〉与胡秋原的文艺论辩》，引发了产生巨大反响的关于第三种人的论争。

南京国民政府的文艺政策是中国现代史上真正体现了国家政权将文艺和文论知识纳入制度化控制和管理的企图。南京政府奉行的党国一体的训政模式，导致国家权力无限膨胀，文学公共空间遭到极度挤压，丧失了良性发展的必要活力，

---

① 报告原为国民党中宣部给中执委的报告，现存档案是抄送给中央检定党义教师委员会的抄件，转引自倪墨炎：《现代文坛灾祸录》，上海，上海书店出版社 1996 年版，第 170～194 页。

② 鲁迅：《而已集·答有恒先生》，《鲁迅全集》第 3 卷，北京，人民文学出版社 2005 年版，第 477 页。

③ 施蛰存：《创刊宣言》，《现代》第 1 卷第 1 期。

这也动摇了政权的合法性根基，对于文论生产也不啻是一种灾难。

3. 中国共产党的文艺政策与现代文论

中国共产党在中国革命和建设过程中，一直高度重视文艺在整个无产阶级革命事业中的重要作用。从建党到 1929 年，中国共产党逐渐确立了文艺在整个宣传工作中的地位，通过政策制定和机构设立加强对文艺的组织和领导，将体现其政党意识的文艺思想推进到社团、出版、传媒和文学论争等层面，左联的成立进一步奠定了中国共产党文艺制度的基础。

在中国共产党文艺政策的形成过程中，中共中央宣传部逐渐成为了最高文艺政策的制定者和执行者。1928 年后，中国共产党的政党意识形态影响力已经全面渗透和现实推进到文艺社团建设以及文艺论争等重要层面。创造社的改造就是在这样的背景下完成的。中国共产党在完成自身政党化的过程中逐渐确立了文艺在整个宣传工作中的地位，不仅通过政策制定和机构设立加强对文艺的组织和控制，而且将体现其政党意识的文艺思想有效地推进到社团、出版、传媒和文学论争等现实层面。1929 年，中国共产党在城市成功地左右了"革命文学论争"的方向，显示了其组织文艺活动、控制文艺方向的能力。

1930 年 3 月 2 日，在上海虹口窦乐安路中华艺术大学（在今多伦路二〇一弄二号），中国左翼作家联盟（简称"左联"）成立了。左联不是一个纯粹的文学社团（尽管它的前身是创造社、太阳社、我们社等文学社团，成员包括鲁迅等党外作家），但它也不是一个纯粹的政治组织，它是中国共产党领导下的文学团体，中共中央宣传部是它的最高领导机构，中共中央文化工作委员会（"文委"）是中宣部的直接下设机构，是执行机构。左联党团是左联的三个"领导部门"中的一个，党团是"党"的唯一合法化代表。

左联在成立后几年间，不断以各种"宣言"、"通告"、"行动纲领"、"文化组织书"、"执行委员会决议"、"抗议书"、"致电信"等文件形式，向各界鲜明地表达自己的使命：即"中国左翼作家联盟在目前不独是中国无产阶级革命文学的基本队伍，且又负起了中国无产阶级革命文学总的领导任务"。[①] 它的成立直接影响了 20 世纪 30 年代的一系列文学论争和文论生产，它介绍马克思主义文艺理论、提倡"社会主义现实主义"，推动文艺大众化运动，对自由主义文艺观展开了激烈的批评等，为马克思主义文艺理论做出了重大贡献，完全不同的概念体系和知识体系：阶级性、政治性、大众化、经济基础、上层建筑、"认识论"、"反映论"、唯物主义、唯心主义等进入了文学话语。

---

① 见《中国无产阶级革命文学的新任务》，《文学导报》第 1 卷第 8 期，1931 年 11 月 15 日。

随着左联的成立，中国共产党完成了从文艺思想构想、文艺政策制定，到文艺思想和政策的组织、实施，以及文艺思想和政策的文学转换整个文艺制度体系的构建，20世纪中国文学因此有了一个"新的开场"。

4. 现代文论生产的一体化趋势

从20世纪20年代末到30年代末，由于中国两大政党文艺政策的确立及制度化的完成，现代文论生产呈现出趋于"一体化"的特点。具体表现在三个方面：第一，文学知识的组织方式、生产方式，包括文学机构、文学报刊、写作、出版、传播、阅读、评价等环节都呈现出组织化、指令性的特点；其中，两大执政党的宣传部各自发挥了核心领导作用。第二，一种文学观念（三民主义文学观、民族主义文艺观和左翼文学思想）在各自的支配领域内逐渐演化为绝对支配地位，甚至几乎是惟一的文学观念。第三，相应地，这个时期文学的题材、主题、艺术风格、方法等都出现了趋同的倾向。

文艺政策的制度化、文论生产和文学活动的一体化趋势，折射出文学活动在意识形态领域中日益受到重视，这有利于文学扩大社会影响力。但另一方面，文艺的制度化管理也有可能催生文论家封闭的思想观念和追风倾向，这对以创新为旨归的文学创作和文论创新来说，无疑带来潜在危机。学术的制度化、知识的统一化、学术的政治化，有利于文学的发展与繁荣，但也可能会带来这样的结果：学术难以独立发展，学术兴衰与政治力量的更迭紧紧联系在一起，一荣俱荣，一损俱损。在执行政党政策与保护学者自治之间，在维护制度权威与坚持文学自由之间，如何保持一种"必要的张力"，显然成为了一个难题。

小结：结构化和正规化的利与弊

现代大学、文艺学学科、大众传媒、文学社团和执政党文艺政策，构成了文论创造的"生产场"和"空间"。从某种程度上说，是这些制度要素而不是理论家"生产"和体现出了现代文论的价值。在这一整套知识制度的生产场中，无论是什么样的文学写作，即使是"民间写作"或"潜在写作"，也是制度化的结果，只不过是以反制度的或"去制度"的形式呈现出来的。

知识制度的建立与变革，既是促进文论发展的一个外部要素，也是文论发展的标志性成果。制度一旦建立，对知识的性质、价值、选择、流向等都会产生深刻而复杂的影响。制度内的知识创造，必须要面对学术规则和权力机构的制约，但也不等于丧失了自由；制度外的知识生产，获得了充分的独立性，但未必能使学术获得长足的发展。

知识制度对文论生产起到的构型作用是怎么估计也不过分的。同样的文学知识在不同时代截然不同的命运，说明了知识的合法性从来是被确认的，而不是客观存在的。中国现代文论的发展史和学术史也表明：文学的知识合法性是在制度的保障之下完成的。有效的制度为文学理论提供了生成空间和生产场所，保障和促进了文论生产和研究的稳定增长。有效的制度具有建立激励结构的功能，能够使每一个学术共同体的成员的学术成果得到有效的保护，从而使他们获得一种努力从事生产活动的激励，拥有发挥才能的最充分的自由，从而使学术共同体的生产潜力得到最大发挥。从内在制度的角度看，文学理论只有成为一种合法的建制，更具有了独立生产和再生产的自由，才能不断扩张它的势力和影响；同样，外在知识制度可以借助国家、政党的力量，通过法律化的途径，通过设置课程、鼓励出版、物质资助等方式，使本来只属于知识共同体内部的制度固定下来，减少许多文学知识传承的无效劳动。

知识制度的建构主体是多元的，制度建设往往与外在的权力纠缠在一起。知识制度对于文学话语的生产不仅意味着"保障"，也意味着制约。晚清以来，中国文学理论的制度化过程，是这一学科日益完善的过程，是现代文论的知识体系日益完备、逐渐构型的过程，但同时也是内在知识制度和外在知识制度出现激烈矛盾和重重危机的过程，制度也在不断限制文学理论生产的自由与个性。从文学概论课程的设置、学术研究的职业化，到传播制度和文学社团组织的建立，到20世纪30～40年代执政党文艺主管机构的建立和完备，文学理论生产在受到保障的同时也逐渐受到越来越多的规范和限制，某种程度上已经造成了知识制度的内在制度和外在制度之间不能和谐相处的局面。外在知识制度的建构在一定程度上只是内在知识制度的结构化和正规化，不能脱离内在知识制度的要求，如果二者南辕北辙，则会对学术研究造成严重的影响，导致学术危机甚至是社会危机的爆发。当这种矛盾过于激烈，知识制度丧失了更新和制衡的动力之后，当某种特殊权力集团凌驾于学术共同体以及大多数人利益之上，限制了学术生产，威胁到知识制度的元规则的确立，阻碍了学术自治和学术自由，这种制度就成了无效率的制度，它对文论生产只能起到遏制甚至扼杀的作用，大大降低学术研究的生产率。

（邱运华、胡疆锋执笔）

第三章

风卷潮涌：中国现代文论的多元范式

导论："过渡时代"的多元范式选择

从上面的讨论可见，清末民初的历史文化"创局"已经启动了中国现代文论自我塑造的历程。"文界革命"、"诗界革命"、"小说界革命"乃至"美术革命"等，大致都可以说是西方资本主义全球化暴戾东扩进程在诗学、文学和艺术学维度上的投影，这些革命或风云涌动，或润物无声，但无一例外地拓展和加深了历史文化的"创局"。作为中国文化传统新变以及现代体验发生的标志性事件，中国现代文论在其酝酿过程与发生时刻就露出了多种端倪，预示着多种可能性，展示出多种趋势：摹制西方体系，回归民族本位，面对生活世界，布施社会教化，养育健全人格，捍卫审美自律……或者更明确地说，中国现代文论一开始就表现出多元竞争、杂语共存的景观，以及跨越文化而建构话语主导权的努力。同时，中国知识制度的巨大转型，是与中国历史文化"创局"同等重要的历史文化事件。它通过摹制西方知识生产与交流的制度，一方面对正在生成的中国现代文论构成了强制性的语境压力，另一方面又改变了知识共同体的内在构成方式以及知识载体的存在方式。知识制度转型又得益于现代传播媒介力量的驱动，则让作为知识形态的中国现代文论的传播在速度、幅度与广度上都非历史上任何一个时期可以比拟。

青山遮不住，毕竟东流去。中国现代文论已经发生，中国现代知识制度的转型不可逆转。本章所关注的，正是这么一个孕育着无限生机和巨大潜能的时段，即 20 世纪 20 年代后期到 40 年代前期。当相隔百年时光流影回望这时代时，可以看到，中国现代文论将自己的基础建立在中国人的现代体验和符号实践基础上，而对汹涌的西潮有所反应，对现代体验的挑战有所回应，对于自身古典文化的残像余蕴有所回味。1935 年，新文化运动的领袖人物之一蔡元培在为《中国新文学大系》撰写的《总序》中，将"五四"新文学运动与欧洲文艺复兴相提并论，期待中国人以"奔轶绝尘的猛进"，"以十年的工作抵欧洲各国的百年"，"使吾人有以鉴既往而策将来，希望第二个十年与第三个十年时，有中国的拉飞尔与中国的莎士比亚等应运而生"。① 蔡元培所憧憬的文化景象并非秋天的枝头静静地等待摇落的果实。要将中国文艺复兴的梦想种植在华夏大地，让它生根、开花和结果，还有赖于"过渡时代"那些筚路蓝缕的开拓者。按照郑振铎所说，那一群担负文艺复兴使命的探索者，"在那样的黑暗的环境里，由寂寞的呼号，到猛烈的迫害的到来，几乎无时无刻不在兴奋与苦斗之中生活着"。②

20 世纪 20 年代后期到 40 年代初期，这些理论探索者呼应 20 世纪全球文化的多元格局，扎根于中国人特有的现代体验，整理 20 世纪初年文学实践，尝试回答文学之为文学的本质问题。在这个过程中，全球文化的压力、现代中国人的体验、现代中国的文学实践构成了一种强大的合力，冲击着古典和近代的中国文论理论模式。中国现代文论在生成过程中表现出一种与世界同步的努力，但与世界同步意味着认同欧洲话语的强势逻辑。欧洲文学思潮如潮涌动，大有惊涛裂岸之势；欧洲近代文论话语也被广泛猎取，甚至成为中国现代文论基本骨架。然而，用萨义德的话说，在西方话语"驶入的航程"上，必然出现本位文化的"反抗"，帝国文化建立的历史首先是"一个相互依赖的历史和互相重叠的领域，其次是需要进行知识与政治的选择的历史"，帝国文化的主宰与被主宰者的反抗是同一过程的两个方面。③ 在欧洲文论借助资本主义全球经济之暴戾东扩而入侵中国古典文论话语体系之时，中国古典文化以或隐或显的方式顽强地实施抵抗。"驶入"与"抵抗"两极互相角力，主导的欧洲话语、残余的古典话语和正在生成的中国现代文论话语三方角逐，此消彼长，你虚我盈。

于是，中国现代文论在 20 世纪 20～40 年代前期呈现出"过渡时代"特有

---

① 蔡元培：《中国新文学大系·总序》，见刘运峰（编）：《1917～1927 中国新文学大系·导言集》，天津，天津人民出版社 2009 年版，第 6 页。

② 郑振铎：《文学争论集》导言，见刘运峰（编）：《1917～1927 中国新文学大系·导言集》，天津，天津人民出版社 2009 年版，第 31 页。

③ ［美］萨义德：《文化与帝国主义》，李琨译，北京，生活·读书·新知三联书店 2003 年版，第 370 页。

的典型风貌：多元理论范式竞争、杂语共存，而期待着一种统一范式威权的降临。如按时间范畴分类，可以有古典余蕴型文论、有近代意识型文论、有现代体式型文论，以及它们之间的彼此渗透和互相挪用。而按空间范畴分类，则可以有全盘西化型文论，有民族本位型文论，有调和折中型文论，以及它们之间的彼此移位和互相转换。按照文学运动分类，可以有浪漫主义文论、现实主义文论（含写实主义和自然主义）、浪漫主义文论、象征主义文论（含唯美主义、颓废主义、表现主义）、现代主义文论、以及它们之间的彼此关联和互相包含。

历史文化经历"创局"，中国现代文论也经历着"过渡时代"。在这个时代，多种思潮汇流、多种声音喧嚣、多种可能性潜伏、多条道路正在敞开……。真可谓风卷潮涌，乱云纷扬，山雨欲来。那么，应当选择一个什么样的角度来回眸"五四"之后30年中国文化的风云际会，由此探索中国现代文论的初生态势呢？

一、中国现代文论的境遇与基本类型

中国文化现代性及其衍生的全球性特殊境遇，构成这里考察中国现代文论创生形态的基本参照系。而中国文化现代性总是交织在传统——现代、中国——西方这样的时间与空间的困局之中。为了将这种抽象的陈述感性化，我们不妨先从一个具体的文本开始。1935年，著名的希腊文学翻译和研究专家罗念生有一首名为《东与西》的诗：

> 我归来了，归到这黄金的东方，
> 举目观望，不见了黄金的太阳；
> 蠢笨的石狮子蹲在门前打盹，
> 还有笔直的龙柱，弯曲的人。
> 我忽然忆起了西方，（那才是家乡，）
> 晴明的阳光照着晴明的思想；
> 毕竟橄榄枝赛过了暴力的泉源，
> 古希腊典雅的精神便凝结在雅典：
> 看呀，女神自天帝头上跃出，
> 惊动了神祇，凡人也瞠了目；
> 那地基怎样"不平"？（"不平"是生命，）
> 斜倚的石柱倒有万年的安稳。

东与西各有各的方向，

我的想像还在那相接的中央。①

在这首隽永的商籁体诗歌中，值得我们注意的是：第一，抒情主人公遥遥回眸"黄金的东方"，但赞美之中略带反讽之意。第二，抒情主人公频频赞颂"晴明"与"典雅"的西方，但颂词之下有一种对立之情。第三，在东方与西方各走各路、甚至互相对立的隐喻之下，抒情主人公却"想像还在那相接的中央"，一种相当古老的中央帝国意识在对抗的境遇下神奇地复活而溢于言表。这首诗整体上用具有张力的话语、意味深长的反讽和蕴藉深厚的隐喻，为读者呈现了一个新的想象的世界文化家园图。不过，需要特别注意的是，这里呈现的中国文化现代性坐标上有着三个空间方位：

东方──中央──西方

从这个简易的文化现代性坐标出发，可以衍生出有关中国文化现代性的四种空间类型：一是东方本位类型。这种类型的立场是保守的，即以"东方"为本位贬抑"西方"的东方主义文化态度。二是西方本位类型。这种类型的立场是激进的，即以"西方"为本位贬抑"东方"的西方主义文化态度。三是中央类型。这种类型的立场是超越的、世界人的文化态度，即立根于"东"与"西"交接的"中央"而想象性地创造新的文化家园。四是多重移位类型。这是一种较为复杂的中国文化现代性的空间类型，是由"东方"移位于"西方"，又由"西方"移位于"东方"，由多重的移位产生的以"东方"为本位又不贬抑"西方"的开放的文化态度。

这四种中国文化现代性的空间类型，实际上可以集中呈现中国文化在全球性境遇中的四种空间存在类型。而作为中国文化现代性的众多维度之一，中国现代文论也势必在这四种空间类型中选择相应的立场，由此，可以得到四种文论范式，供我们观照乱云翻飞、多元共生而有待于综合的中国现代文论思潮。当然，这种分类也只是在相对意义做的。

第一，"东方本位类型"文论是"五四"新文化运动的连理花朵，不过它在其时以保守思潮的姿态出场，以"复古派"或者说是"国粹派"的声音存在，以林纾、"学衡派"（梅光迪、胡先骕、吴宓等）、"甲寅派"（章士钊等）、辜鸿铭、梁启超和梁漱溟等为代表。受世界范围内反现代主义思潮影响，他们的理论言说表现出浓郁的保守主义和民族主义倾向。正如艾恺所论证的"文化民族主

---

① 罗念生：《东与西》，《大公报·文艺·诗特刊》，1935年11月8日。

义"（Cultural Nationalism），它的心理层面包括了"在外来文化重大的影响下，一种'自我认同'的急迫追寻。隐含在其动机之下的是一种恐惧，害怕文化的认同在心理上受到淹没甚至被根除"①。因此，"东方本位类型"是一种面对"西方"他者所产生的一种偏激的中国文化现代性的表现形式。

第二，"西方本位类型"文论直接渊源于清末民初的"诗界革命"与"小说界革命"等，在"五四"时期臻于高潮，以激进的革命态度产生了狂飙突进般的巨大影响。这种文论话语具有强劲的启蒙势力，陆续主张文学应该是"人的文学"和"平民的文学"，文学语言应该是活的语言，而语言应该是开启民智，扫灭封建愚昧的工具。胡适、陈独秀以及后来支持文学革命的同仁，由于当时特定的"文学革命"的文化语境，对中国传统文化确实一度采取了"全盘否定的态度"，构成一种"激进的反传统主义"。② 不能否认，在这种全盘反传统的过程里，全盘反传统和全盘西化的态度更多地只是一种理论上的主张，实际上是从来不曾达到目的和实行过的。③ 但它对于初生状态下中国现代文论构成了一种强大的刺激，为中国现代文论选取西方为骨架而展开独特范式的建构产生了持久的制约作用。

第三，"中央类型"文论在实际的文论话语中可以被视为上述"西方本位类型"立场作某种程度的调整的结果。除罗念生在上述诗中表现的想象性态度外，钱玄同也可以被看成是这样的代表人物。他从提倡文学革命出发，甚至提出用拼音文字来代替中国象形文字的主张。他于 1918 年在《新青年》撰文说，"高等字典和中学以上的高等书籍，都应该用罗马字母注音"。④ 在同年第 4 卷第 4 号《新青年》的"通信"中，更提出"废灭汉文"代之以拼音文字的主张，认为"欲使中国不亡，欲使中国民族为 20 世纪文明之民族，必以废孔学，灭道教为根本之解决；而废记载孔门学说及道教妖言之汉文，尤为根本解决之根本解决。"⑤ 这乃是从根本上（语言文字）否定中国古典文化的极端表征。但与大多数文学革命者不同，钱玄同似乎有一种世界人的理想，他所谓的拼音文字不是英国的，法国的，或者是俄国的，而是世界语，这实际上就使他的文化主张具有一种站在"东"与"西"之间的居中的或中央的文化品性。显而易见，与前两种

---

① 艾恺：《世界范围内的反现代化思潮——论文化守成主义》，贵阳，贵州人民出版社 1991 年版，第 26 页。

② 林毓生：《中国意识的危机——五四时期激烈的反传统主义》，穆善培译，贵阳，贵州人民出版社 1986 年版，第 2～5 页。

③ 叶维廉：《历史整体性与中国现代文学研究之省思》，见《中国诗学》，北京，三联书店 1992 年版，第 195 页。

④ 钱玄同：《论注音文字》，《新青年》第 4 卷第 1 号，1918 年。

⑤ 钱玄同：《中国今后之文字问题》，《新青年》第 4 卷第 4 号，1918 年。

空间类型相比，"中央类型"由于其本身的不太切近实际的"想象"性质，在"五四"文化运动中是最没有影响的。钱玄同本人所醉心的世界语也并没有像他所期望的那样在世界上推广开来。

第四，"多重移位类型"是兴起于大约 20 世纪 30 年代的一种文化空间类型。它可以视为对偏激的"东方本位类型"和"西方本位类型"及无法实现的"中央类型"的反思的结果，因而既是一种较为晚近的、也较有现实意义的空间类型，在中国现代文论范式建构中起到了相当的示范作用。作为超越于前三种中国文化现代性空间类型的类型，"多重移位类型"文论是以自我（东方）和他者（西方）的多重移位（multiple displacements）的方式来展开文论范式和文化精神建构的。一方面，它能站在他者（西方文化）立场上看待西方文化，以人为镜，以我为本，故能观之精深，照之透彻；另一方面，它总是站在自我（东方文化）的立场上反观西方文化，希望取法西方而解决中国现实的文化建设难题。这样，从自我和他者的多重移位中，它获得的是新的自我的形成。这种新的自我的形成保证文化建设者的文化身份是东方人，而且是现代性的东方人。这就使它避免了文化保守主义和文化激进主义的陷阱，并使文化建设真正服务于现实的需要。

与前三种文化类型不同，20 世纪 30 年代中国确实兴起了反思"五四"新文化运动，并努力融合中西方文化以建设中国新文化的文化思潮，其意图是在西方文化的参照下重塑中国现代文化，并寻求中国文化独特的文化精神，因而这种类型文论话语的建构与中国文化的伟大复兴是统一的。在这方面，李长之和梁宗岱可以说是代表性人物。有意思的是，他们都是由对"五四"新文化运动中激进的"西方本位类型"的自我批判出发去建构自己的文化理论的。因此，他们的文论建构之独特性也正在于不断移动文化立场，游动于东西方文化空间中，力求建构具有中国现代品格又融合西方有效资源的独特话语体系。

如果说，文学革命先驱者多采用"西方本位类型"的文化建设思路，求助于欧化和西洋化，那么，文化保守主义者采用的是"东方本位类型"的文化建设思路，以"西方"他者为参照系而走保守的"复古"的文化建设思路。上述两种文化类型所体现出的文化建设思路实际上都是一种二元对立的文化建设思路。相比而言，以李长之为代表的适时兴起的对"中国文艺复兴"的提倡和文化实践，以一种新型的更为科学的"多重移位类型"及宏阔的文化思路，为中国新文化建设找到了一条既是本土的又是现代的文化建设思路，从而催化了中国现代文论传统的塑造与成型。这恰恰是它们的历史性意义所在。概括地讲，就文论范式建设的文化思路而言，李健吾尽管在这方面没有明确的主张，但与梁宗岱及李长之一样，实际上走的都是"多重移位"的文化建设思路。而同样，朱光潜和宗白华也可归入这一思路中，只是相比而言，朱光潜更偏于"西方"、宗白华更偏于"东方"罢了。下面就着重考察这五位文论家的理论范式的选择与建构。

二、李健吾：在学问与印象之间

李健吾（1906～1982年）是剧作家、小说家，但更是杰出的批评家。他于1925年进清华大学学习，先就读于中文系，后转入西洋文学系就读。1931～1933年留学法国，并深受法国文学的影响。他曾对中国20世纪30年代的现代诗人有很高的评价。他曾把20世纪30年代以戴望舒、卞之琳等为代表的现代派诗人称为"前线诗人"，这里不妨依此称他本人为"前线批评家"。

1. 倡导作为艺术的批评

与梁宗岱一样，李健吾也是近些年来得到重新认识和评价的中国现代批评家。由于他批评写作的自身风格，同时也由于他在多篇文章中表现出对通常被看做印象主义批评大师的法朗士的激赏，他本人也时常被冠以"印象主义批评"之名。[①] 然而，这种冠名有一种危险，即片面强调他批评的印象式的随意性，而降低了他批评文字的"学术品格"。其实，李健吾文学批评的成功，固然在于他独创了一种强调自我表现的现代批评方式，同时也在于他批评中经得住历史"考验"的"学术品格"。作为一个同代人，一个批评家要真正能够做到公允，做到有先见之明，这是不能够仅仅靠所谓的"印象"能够做到的，或者说，在这印象里，这个批评家也必得有相当深厚的"学术品格"、相当精深的学问作为根底。所以，就其总体的批评倾向而言，李健吾的批评是处于印象与学问之间的。不理解这一点，就很难理解李健吾本人卓越的批评成就。批评文字要说得艺术和精彩，说得有个人风格，还不能算难；同时还要说得中肯，可能就要难一些了；而要同时说得有艺术品位和学术深度，就不是一般人能够做到的了。

通观李健吾的批评文字，不难发现，他并不是全然地沉浸在自我的印象之中，而是在将这种印象提升为一种艺术的同时，也追求学者的精深境界。对此，他在《咀华集》的跋中讲："一个批评家是学者和艺术家的化合，有颗创造的心灵运用死的知识。他的野心在扩大他的人格，增深他的认识，提高他的

---

① 李健吾：《自我与风格》，《李健吾批评文集》，珠海，珠海出版社1998年版，第182页。

鉴赏，完成他的理论。创作家根据生料和他的存在，提炼出来他的艺术；批评家根据前者的艺术和自我的存在，不仅说出见解，进而企图完成批评的使命，因为它本身也正是一种艺术。"① 一方面，李健吾竭力使自己的批评文字成为一种表现自我和带有自我风格印记的艺术，但是，他的批评还有另一面的追求，即学者的一面。这用他自己的话讲，就是："批评最大的挣扎是公平的追求。但是，我的公平有我的存在限制，我用力甩掉我深厚的个性（然而依照托尔斯泰，个性正是艺术上成就的一个条件），希冀达到普遍而永久的大公无私。人力有限，我或许中道溃败，株守在我与世无闻的家园。当一切不尽可靠，还有自我不至于滑出体验的核心。"② 可以认为，在李健吾的批评中，仍然存在着对文学理论与批评的"公平"的追求"希冀达到普遍而永久的大公无私"，尽管他对此一点还是觉得心有余而力不足。那么，就他的批评文字看，实际的情形又如何呢？

称李健吾为"前线批评家"，其实涉及面还不止是诗，甚至可以扩展到小说与戏剧。1934 年 10 月，沈从文的《边城》由生活书店出版，仅在次年的 8 月，李健吾就写了一篇评论。评论之快不足为奇，使人称奇的是评价之高。他认为沈从文"不仅是一个小说家，而且是一个艺术家。"③ 给沈从文的小说创作定出一个这样高的级别，李健吾是最早的。就某种意义而言，当代对沈从文的重新发现，不就是在重新发现李健吾这一段批评文字吗？批评家面对同时代的作家，多流于"棒喝"或"捧杀"，而能够有像李健吾这样识见的，古往今来又有多少人？同样，面对曹禺发表于 1934 年的剧作《雷雨》，李健吾在经过慎重的分析后，认为它虽然是处女作，却是"内行人的制作"，是"一出动人的戏，一部具有伟大性质的长剧"④。因此，从这些评论文字中，可以发现李健吾的评论并不纯然是一种印象式的自我发挥，而是在这种"自我表现"的艺术批评中，蕴含着深厚的学理。这种学理最令人佩服的地方，就在于能够经受得住文学史的验证。李健吾的《咀华集》出版以后，当时有个叫欧阳文辅的人批评说："印象主义是垂毙了的腐败的理论，刘西渭先生则是旧社会的支持者！是腐败理论的宣教师！"并说这些文章"被批评的作者是十一二个，这些作家除巴金例外，其余都是不被社会文艺界的人们所注意的"⑤。今天看来，这真是有意思的批评，就像

———————

① 李健吾：《咀华集·跋》，《咀华集》，北京，人民文学出版社 2001 年版，第 122 页。

② 同①，第 123 页。

③ 李健吾：《〈边城〉——沈从文先生作》，《咀华集》，北京，人民文学出版社 2001 年版，第 42 页。

④ 李健吾：《〈雷雨〉——曹禺先生作》，《咀华集》，北京，人民文学出版社 2001 年版，第 69、74 页。

⑤ 参阅李健吾：《〈咀华二集〉跋》，《李健吾批评文集》，珠海，珠海出版社 1998 年版，第 312 ~ 313 页。

蒲风曾经评论说戴望舒是人们不难被遗忘的诗人一样，这样的论断在今天看来恰恰被证明是错误的。因为欧阳文辅说的除巴金而外的作家包括了上述提到的沈从文、曹禺，同时还包括林徽因、萧乾、骞先艾、卞之琳、李广田和何其芳等人。从这个有意思的例子看，李健吾的印象主义批评里其实暗藏着唯有少数批评家才可拥有的识见。

在着墨不多的新诗批评中，我们也仍然能够发现李健吾批评文字的这一难得的品质。他以自己独特敏锐的批评眼光，最先发现处于新诗史前沿的"前线诗人"，并给予很高的评价。

2. 发现新诗史前沿的前线诗人

李健吾之读诗、评论诗，首先体现出来的难能可贵之处，还在于他批评的"印象主义"风格，这使他的批评文字有着自己生命的印迹。所以他对诗，才会有仰慕之情，有敬畏之心。在《序华铃诗》一文中，他自称为"俗人"，他把俗解释为"散文、尘世、粗俚"，说"这个俗字的对立面不一定是雅，而是诗"。他用充满着激情的话说："诗把灵魂给我。诗把一个真我给我。诗把一个世界给我，里面有现实在憧憬，却没有生活的渣滓。这是一种力量，不象一般文人说的那种空灵，而是一种充满人性的力量。人性是铁，诗是钢，一点点诗，做为我生存的锋颖。我知道自己俗到什么样无比的程度。人家拿诗来做装饰品。我用它修补我的生命。"[①] 这读起来就像是对诗的礼赞。在现代形形色色的对诗的赞美文字中，这一节恐怕也是可以不朽的。一个真正写诗的人可能还写不出关于诗的如此美的文字，只有一个将批评作为艺术来追求，并对诗知之深切的人才能说出对诗的这一番深挚的话来。

当然，李健吾最为有名也最能体现他批评风格的新诗批评文字，是他对卞之琳《鱼目集》的评论，及由此引起的发生在他与卞之琳之间的一场著名的论争写下的相关文字。在1936年写的《〈鱼目集〉——卞之琳先生作》一文中，李健吾对以卞之琳为代表的现代派诗人作了高度评价，这种评价是建立在他对新诗发展史透彻与深刻的理解基础上的。

李健吾对中国新诗历史的梳理，与众不同之处在于：尽管他是从形式和内容两方面着眼的，但最后落实到"用心抓住中国语言文字"这一命题上来。我们不能不说他在这一点上的主张，也正与梁宗岱的理论提倡构成某种呼应关系，是符合对诗的某种内在的"质"的探讨的应有之义的。在文章的第二部分中，李健吾进而说明这些诗人在"语言创造"上的非凡成绩，并将他们称为当时中国

---

① 李健吾：《序华铃诗》，《李健吾批评文集》，珠海，珠海出版社1998年版，第153页。

的"前线诗人"。

李健吾认为能够"用心抓住中国语言文字"的是这些新诗史上的新的年轻人，在他们那儿，"不是前期浪子式的情感的挥霍。而是诗的本身，诗的灵魂的充实，或者诗的内在的真实。"[①] 在李健吾看来，这些年轻人为中国新诗开创的新的趋向，已经"从四面八方草创的混乱，渐渐开出若干道路"。然而，却正是这种似乎是有些超前的开创，使李健吾果断地说："我敢说，旧诗人不了解新诗人，便是新诗人也不见其了解这少数的前线诗人。我更敢说，新诗人了解旧诗人，或将甚于了解这批应运而生的青年。"[②] 李健吾以自己独到的批评家的眼光，将这些"少数的前线诗人"的写作，置放到文学史的前沿地带。这种远见卓识确实是非常难得的只有少数批评家才能具有的品质。李健吾感兴地赞美他们说："他们的生命具有火热的情绪，他们的灵魂具有清醒的理智；而想像做成诗的纯粹。他们不求共同，回到各自的内在，谛听人生谐和的旋律。拙于辞令，耻于交际，他们藏在各自的字句，体会灵魂最后的挣扎。他们无所活动，杂在社会的色相，观感人性的无常。"李健吾这里说的这些前线诗人"想做成诗的纯粹"的评价，也内在地符合朱自清后来说的中国新诗从"散文化"到"纯诗化"的发展方向，很好地概括了这些"前线诗人"为中国新诗的现代化所做出的最为重要的贡献，而这一贡献正是象征主义的文学遗产。李健吾同时还认为卞之琳的《鱼目集》"正好征象这样一个转变的肇始"。[③] 因此，他才进一步开始对《鱼目集》中的诗进行尝试性的解读。

李健吾的文学批评（尤其是新诗批评），体现了他对法国象征主义的诗学观念的熟谙与将之运用于中国文学批评的实际时的精巧与贴切。

三、梁宗岱：象征论体系

与朱光潜、宗白华等中国现代文论家相比，梁宗岱（1903～1983 年）一直没有得到应有重视。梁宗岱是沐浴着"五四"精神成长的典型的中国现代自由主义知识分子，在诗歌的创作、翻译、特别是研究上卓有成绩。

---

① 李健吾（刘西渭）：《〈鱼目集〉——卞之琳先生作》，《咀华集》，北京，人民文学出版社2001 年版，第 79 页。

② 同①，第 79 页。

③ 同①，第 80 页。

1. 梁宗岱的中国象征主义诗学建构

梁宗岱是从中国新诗的建设入手触及到中国现代性文化建设的。他在法国留学期间，正值法国后期象征主义的勃兴期，他以自己独特的艺术感受力很快就对象征主义心领神会。有意思的是，梁宗岱所处的全球化阶段，正如罗兰·罗伯逊所说，"'现代性'问题初步成为了讨论主题"①，而对现代性的渴求尽管成为东方中国的梦想，但这并不妨碍东方的学者走向对"东方"自身的某种"怀乡"的诗意情感。尽管梁宗岱对西方文化，特别是象征主义深为推崇，但他还是认为，中国新诗的创造必须建立在中国"二三千年光荣的诗底传统"之上，他说，"我深信，而且肯定，中国底诗史之丰富，伟大，璀璨，实不让世界任何民族，任何国度。因为我五六年来，几乎无日不和欧洲底大诗人和思想家过活，可是每次回到中国来，总无异于回到风光明媚的故乡，岂止，简直如发现一个'芳草鲜美，落英缤纷'的桃源，一般地新鲜，一般地使你惊喜，使你销魂"。②从这里，我们可以发现，有意思的是，梁宗岱用那种类似于对兼有母亲角色的情人的亲蜜语调（与前文瓦雷里对欧洲文化故乡的挚爱相似）表达了自己对文化故乡的挚爱和赞美。像梁宗岱这样憧憬现代化的人在现代性的西方面前所激发的恰恰是"怀乡"情绪——对自我的文化故乡的深深认同、赞美和肯定。也就是说，在"象征主义"这样的欧洲文化他者的现代性诉诸于文化一体化时，梁宗岱所激发的恰恰是对自我传统的文化故乡的深切怀念。这也可以解释，为什么象征主义作为世界文化史上第一个带有全球性影响的文学潮流，其全球化进程并不是法国象征主义本真理论的全球传播，相反，它总是一个"全球地方化"（glocalization）的过程。所以会有英国的象征主义，德国的象征主义，俄国的象征主义，日本的象征主义和中国的象征主义。

"象征的灵境"概念又可以说是梁宗岱诗学理论框架中的核心概念，是梁宗岱接受、改造、融汇、贯通法国象征主义诗学和中国传统诗学的理论结晶。梁宗岱把象征（主义）作为创作美学原则从象征主义运动中抽离出来。他并不把象征主义局限为一时一地的文艺运动，而是从创作美学这个角度来看待象征主义，并以之作为中西诗学共同的固有的创作美学原则。

梁宗岱借用中国古代文论中的"情"、"景"、"意"、"象"、"兴味"等概念来解释象征的两个特征："（一）是融洽或无间；（二）是含蓄或无限。所谓融洽

---

① ［美］罗兰·罗伯逊：《全球化社会理论和全球文化》，梁光严译，上海，上海人民出版社 2000 年版，第 85 页。

② 梁宗岱：《论诗》，《诗刊》，第二期，新月书店 1931 年 4 月。

是指一首诗底情与景，意与象底惝恍迷离，融成一片；含蓄是指它暗示给我们的意义和兴味底丰富和隽永。"① 这里的第一个特征可以说是象征的艺术结构特征，是就"情"与"景"、"意"与"象"的"惝恍迷离，融成一片"的关系说的；这里的第二个特征可以说是象征的艺术效果特征，是指象征在"意义和兴味"上的"暗示"的艺术接受效果而言的。因此，梁宗岱给象征下了这样一个定义：

> 所谓象征是藉有形寓无形，藉有限表无限，藉刹那抓住永恒，使我们只在梦中或出神底瞬间瞥见的遥遥的宇宙变成近在咫尺的现实世界，正如一个蓓蕾蓄着炫熳芳菲的春信，一张落叶预奏那弥天漫地的秋声一样。所以，它所赋形的，蕴藏的，不是兴味索然的抽象观念，而是丰富，复杂，深邃，真实的灵境。②

梁宗岱在这里采用对举式概念以"有形"、"有限"和"刹那"表示象征的艺术符号，以"无形"、"无限"和"永恒"表示象征所"蕴藏"的丰富的艺术境界，将象征的艺术表现称为"赋形"，而将象征所"蕴藏"的丰富的艺术境界称为"丰富，复杂，深邃，真实的灵境"。他在这里所说的"象征的灵境"，与在别处说的"象征意境"和"象征境界"的概念可以说是他所提出的关于诗歌也包括新诗的最高境界，是梁宗岱融汇贯通中西传统诗学而独创的一个诗学概念，是一种在特定中国文化语境中既注重内在的蕴藉又注重诗歌的形式表现（"赋形"）的诗歌理论。

显然，从梁宗岱阐发的象征的灵境或象征境界这一概念看，可以发现梁宗岱诗学建构中化合中西诗学的特点。他所说的象征的"融洽或无间"、"含蓄或无限"的两个特征及其以这两个特征为基础的关于象征的定义，一方面深得法国象征主义关于契合论、诗歌语言的暗示性特征的精髓，另一方面又自然而然地融合进了中国古典文论中"兴"、"情、景"、"意、象"和"意境（境界）"观念。而且，梁宗岱对法国象征主义诗学的接受并不是停留在细枝末节的引用与移植上，相反，他的接受是建立在对法国象征主义诗学整体深入的理解基础上的。唯其如此，他才能独具慧眼地发现法国象征主义诗学与中国古典诗学观念的相通处，并将之阐释得丝丝入扣。而"情景"、"意象"观念在中国古代文论中向来就是"意境（境界）"理论的有机组成部分，其诗学观念的精髓正是梁宗岱所谓的"融洽或无间"，"含蓄或无限"。梁宗岱的象征的灵境（象征境界）的概念，

---

① 梁宗岱：《象征主义》，《诗与真》，上海，商务印书馆 1935 年版，第 85 页。
② 同①，第 85~86 页。

可以说是借诸法国象征主义诗学对中国古代文论观念的现代阐释。

2. 梁宗岱的诗学建构与文化认同

梁宗岱的诗学建构，是中国文化现代性进程中，学者在自己特定的学术领域里寻求文化认同的努力与成就。文化认同可以看成是梁宗岱诗学建构的文化心理动因。这儿所说的文化认同可以说是一种特定形式的"种族和更广泛的认同"。实际上，也就是特定形式的"集体认同"。

在中国文化现代性进程中，在寻求和重建文化认同的努力中，梁宗岱对传统采取的是一种阐释性的思维方式，或许这正是梁宗岱诗学建构的一个特色和成功所在。在《非古复古与科学精神》（1942年）一文中，梁宗岱认为中国"自海通以来"，"对自己固有的文化似乎总不出这两种态度：夜郎自大和妄自菲薄"，而由于军事和外交的节节失败，"我们底自信心由动摇而丧失"，"从疑古到非古，变自尊为自卑——这种倾向到了前几年喧腾一时的'全盘西化'而登峰造极。"由此，梁宗岱进一步认为，"自尊和自卑，复古和非古"都是文化上"古怪的反应"，"仿佛我们对于自己的文化，和政治上的左右倾一样，除了两极端就找不着出路似的。难道我们祖先几千年来披荆辟莱，惨淡经营所遗下来的，给我们继承，给我们利用，需要我们发扬，同时也需要我们抉择和修改的产业，我们只能抱残守阙，要不然就一笔勾销？"为了破除这种要么"复古"要么"非古"、要么"抱残守阙"要么"一笔勾销"的"偏见"与"古怪的反应"，梁宗岱主张以"超利害性"和"无私性"的"科学精神"来对待自己的"文化系统"。[①] 这可以说是梁宗岱对待当时中国文化建设的总的文化思想，具体到文学理论与批评中，梁宗岱的主张就是努力以这种"科学精神"吸纳中西文艺传统来为当前的文学发展服务，梁宗岱认为当时"正当东西文化之冲"，其态度是"并非中学为体西学为用，更非明目张胆地模仿西洋"，而是"要把两者尽量吸取，贯通，融化而开辟一个新局面"。[②] 自然，这种"新局面"的开辟离不开发掘中国传统文化的力量。唯其如此，梁宗岱以"象征主义"突入中国古典文学经典中追寻中国诗歌精神。

梁宗岱在学术研究中时时不忘发掘中国传统经典的力量。他在《屈原》中认为但丁和屈原的作品是各自的"民族经典"。[③] 他这里说的"民族经典"一词出现在20世纪40年代的文化语境中是颇有意味的，体现了像他这样的西学大家

---

① 梁宗岱：《非古复古与科学精神》，《梁宗岱批评文集》，珠海，珠海出版社1998年版，第205～206页。

② 梁宗岱：《论诗》，《诗与真》，上海，商务印书馆1935年版，第50页。

③ 梁宗岱：《屈原》，南宁，华胥社1941年版，第7页。

以一种中西比较的文化视野重建中国传统的努力。在对经典的重构过程中，梁宗岱提出了对中外经典进行比较研究的思想，他说："我们泛览中外诗的时候，常常从某个中国诗人联想到某个外国诗人，或从某个外国诗人联想到某个中国诗人，因而在我们心中起了种种的比较——时代，地位，生活，或思想与风格。这比较或许全是主观的，但同时也出于自然而然。屈原与但丁，杜甫与嚣俄，姜白石与马拉美，陶渊明之一方面与白仁斯（R. Burns），另一方面与华茨活斯，和哥德底《浮士德》与曹雪芹底《红楼梦》……他们底关系似乎都不止出于一时偶然的幻想。"① 梁宗岱所提出的这种比较诗学属于比较研究中的平行研究，与影响研究不同。其研究当然有其自身的缺陷，但其动机是确定中国文学经典在当时文化建设中的经典地位，涉及到深层的文化认同的需求。

四、朱光潜：移花接木，西学中取

朱光潜（1897～1986 年），中国现代著名美学家、文艺批评家、翻译家。出生于安徽桐城，1917 年入国立武昌高等师范学校国文系，1918 年入香港大学预科，第二年入港大教育系学习并于 1923 年毕业。1925 年考取安徽官费留英名额，9 月入英国爱丁堡大学文学院修英国文学、哲学、心理学、欧洲古代史等课程。后先后入学于英国伦敦大学、法国巴黎大学、法国斯特拉斯堡大学等校学习。并于斯特拉斯堡大学取得博士学位。1933 年 7 月归国后，先后任教于北京大学、四川大学、武汉大学。1948 年再度任教于北京大学直至辞世。朱光潜一生著述颇丰，20 世纪 30 年代初即因写作《文艺心理学》而引起广泛关注；随后又有《变态心理学》、《悲剧心理学》、《谈美》、《诗论》等书问世。而在翻译领域，朱光潜对西方美学的译介之成就已是有目共睹的。

1. 朱光潜与西方美学

深受克罗齐美学思想影响的朱光潜，尽管在 20 世纪 20 年代后期就已经接触到了克罗齐美学著作②，但他对美学的研究却是从心理学开始的，而弗洛伊德的心理学观念还是给朱光潜的美学及文学思考留下了印记。弗洛伊德对于个体无意识的发现直接为朱光潜所借鉴，并运用到对艺术灵感的思考中，早期朱光潜就认

---

① 梁宗岱：《李白与哥德》，《诗与真二集》，上海，商务印书馆 1936 年版，第 25 页。
② 参见王攸欣著：《朱光潜学术思想评传》，北京，北京图书馆出版社 1999 年版，第 263 页。

为，艺术灵感就是潜意识中的意象涌入到意识之中，并为意识所捕获。同时，弗洛伊德对于心力节省说也为朱光潜所借鉴，并应用于对喜剧快感接受效果的阐释中。但是，对于弗洛伊德性本能作用的阐释，朱光潜却是持保留意见的，朱光潜对这一观点虽然也进行了介绍，但持一定的批评态度。与此同时，朱光潜延续了他在《给青年的十二封信》（1929年）中的基本倾向，对人的情感的作用十分看重。应该说，弗洛伊德的观点在一定程度上强化了朱光潜对人的主观意识的关注，这种关注并不是体现在对研究对象的情感体验上，而是体现在对人的内在意识的理性反思上。这种反思，也使朱光潜对文学、美学的认识不同于他人。

认识到这一点，再去看朱光潜对克罗齐美学思想的体认，就会发现其并非偶然。克罗齐的美学界定"艺术即直觉"被朱光潜视为克罗齐美学的出发点和归宿点。早期朱光潜也认为，美是一种形象直觉。与克罗齐不同之处在于，克罗齐将美界定于一种内在的直觉体验，这一界定使得体验丧失了现实性。同时克罗齐认为直觉与表现同一，即艺术的传达过程同时也就是直觉感受过程。这一观点自然会陷入神秘主义。而朱光潜很早就意识到直觉的现实基础，同时，直觉必须以形象的形式被呈现出来，此即朱光潜所谓的"形象的直觉"。之所以有如此分别，还在于朱光潜对康德哲学的接受，康德对人的理性认识能力的认识，将人的内在精神划分为三个领域的思考，尤其是规定了不同领域在人的精神活动中的职责，直接影响了朱光潜的美学思考。朱光潜思考的特点是，他没有单纯地在美学领域对"美"进行纯粹玄思，而是进入到文学领域，以建立在形象直觉基础上的审美经验为思考视点，对当时中国的文学问题进行反思，并试图在反思性自我审视的基础上，思考文论与美学的逻辑起点及其根基。

事实是，朱光潜具有浓厚的文学情结。初到欧洲不久的朱光潜不仅详细阅读过勃兰兑斯撰写的《19世纪文学主潮》，还认真研读过圣伯父的文学批评。朱光潜对圣伯父评价甚高，认为他是亚里士多德以后欧洲最好的文学批评家，因为圣伯父改变了欧洲文学批评的标准。圣伯父之前的批评多是一种教条化的批评，批评者以法官的眼光对作品进行审判。而圣伯父开始对作品进行阐释，并通过批评建构起读者—作家之间沟通的桥梁。朱光潜的评论显然有阅读的局限性，但这却展示出朱光潜美学研究关注的重心。我们再去看后来朱光潜所推崇的批评原则，就可以看到圣伯父对朱氏的潜移默化。

事实是，由于其涉猎的广泛性，西方很多思想家、文学批评家，都以很复杂的形式给朱光潜以影响，即如晚年朱光潜所认可的尼采，也是如此。但就早期朱光潜来说，心理学和美学的研究视角，有意识地对人的内在精神世界进行区分，并试图从反思性精神内省的角度思考中国文学与审美之间的关系、文学批评和文学欣赏之间的差异等问题，的确显示出朱光潜文学思考的理论建设性。

2. 批评与审美的自觉化

具有现代反思性意义的主体是现代文学理论与文学批评自觉的一个显著标志，它意味着理论由关注其对外在世界的社会效用、价值意义，转向了对于自我的反思。所以乔纳森·卡勒将理论的反思性作为理论的根本属性之一，而理论的反思性首先来自于理论主体的反思性自觉。① 显然，反思性主体的确立，是现代主体自觉的重要标志。

在《文艺心理学》开篇，朱光潜明确地指出，"人却有反省的本领。所谓反省，就是把所知觉的事物悬在心眼里，当作一幅图画来关照。人能反省，所以能镇压住本能的冲动，在从知觉到反应的悬崖上勒缰驻马，去玩索心所知的物和物所感的心。这副反省的本领是人类文化的发轫点，科学、哲学、宗教、艺术、政治等等都是从这副本领出来的。"② 朱光潜此处对"反省"的强调，体现出对主体自我形成的有意识的关照，建立在现代西方心理学理论基础上，有鲜明的现代科学基础为其逻辑起点。朱光潜进而认为，反省的文化意义还在它是一切社会文化的起点，这个起点的产生，恰恰是以人对自我存在的自觉为前提的。

朱光潜文学理论与批评的反思性主体的确立具体体现在文学批评、文学创作两个不同的层面上，其基本的心理特征并没有什么差异，但其价值意义却根本不同。在文学创作的层面上，反思性不仅赋予创作者"设身处地"和"体物入微"的本领，从而使作者在创作体验的瞬间，成为他所塑造的那个人、那件物，以享受生命、领略情感。更主要者，反思性还让主体从他所体验的人和物中跳出来，从一个旁观者的视角，审视并思考整个情感体验的过程。所以朱光潜说，"情感或出于己，或出于人，诗人对于出于己者须跳出来视察，对于出于人者须钻进去体验。"③ 而只有从体验的情景中跳出来，诗人才可以发现自己的价值所在，并在实际人生和艺术之间发现两者的差异。

而在文学批评的过程中，反思性主体的价值意义突出表现在，以严密的科学逻辑的形式阐释文学作品审美价值生成的原因。在此，我们可以看到朱光潜明确的现代批评意识，他具体区分了四种批评，即导师式批评、法官式批评、舌人式批评和饕餮式批评。在这四种批评中，真正属于艺术欣赏的是饕餮式批评，其重点在描述出个体对文学作品的具体感受，这种描述是不具备反思意识的，尽管饕餮式批评在朱光潜看来，需要批评为其提供必要的准备。而一旦介入到批评领

---

① ［美］乔纳森·卡勒：《文学理论》，李平译，沈阳，辽宁教育出版社/牛津大学出版社1998年版，第16页。

② 朱光潜：《文艺心理学》，上海，复旦大学出版社2006年版，第7页。

③ 朱光潜：《朱光潜全集》第2卷，合肥，安徽教育出版社1987年版，第71页。

域，就是一种科学的态度了。对此，朱光潜认为：

> 批评的态度是冷静的，不杂情感的，其实就是我们在开头时所说的
> "科学的态度"；欣赏的态度则注重我的情感和物的姿态的交流。批评的态
> 度须用反省的理解，欣赏的态度则全凭直觉。批评的态度预存有一种美丑的
> 标准，把我放在作品之外去评判它的美丑；欣赏的态度则忌杂有任何成见，
> 把我放在作品里面去分享它的生命。遇到文艺作品如果始终持批评的态度，
> 则我是我而作品是作品，我不能沉醉在作品里面，永远得不到真正的美感的
> 经验。①

朱光潜其实要解决的还是审美欣赏的问题，即在欣赏过程中，主体应处于一
种什么样的精神状态中，这个状态的基本特征是什么样的。朱光潜用"直觉"
去概括人的这种状态。受康德和克罗齐哲学思想的影响，朱光潜将欣赏归纳到情
感的领域，而将批评归纳到科学的领域，这是两个虽相互联系但又截然不同的领
域。而人在进行文学作品的欣赏的过程中，调动的是人的情感而不是逻辑。这也
是朱光潜如此推举法国印象主义批评的原因，因为这一批评强调个体对作品的直
接感受和这种感受的真实性，它是以个体感受为前提。也因此，即使是《荷马
史诗》，只要我觉得不好它就不好，而没有任何道理可讲。在朱光潜看来，这正
是审美欣赏的基本特征之一。文学批评则不同，批评要求主体将自我放在作品之
外，从沉入作品的我中跳出来；批评所审视的不仅是作品，还审视自我的心理变
化，并试图给作品以一种"科学"的解释。批评因此绝不是审美的。显然，我
们可以在朱光潜的描述中看到两个自我的呈现形式：欣赏作品的"我"和审视
欣赏作品状态中那个我的"我"。而恰恰是后一个"我"的出现，是理论自觉的
明确标志。

明确地将批评与审美加以区别，并以此确立艺术的超功利性特征，意味着理
论自觉的进一步深化，也意味着理论主体对自我审视的深化。这种深化与 20 世
纪 30 年代左翼文学理论的深入发展，构成了其时中国文论的两个重要维度。后
者将文学理论思考的触角延伸到了社会文化领域，并与中国现代社会革命的现实
要求紧密联系，文学理论的社会性、政治性、革命性等特征被空前突出。与之相
对应的则是朱光潜反思性文学批评观念的确立，他关注的是现实世界中个体内在
精神维度的建构，这个精神维度与个体自由、个体价值、文学的"为艺术而艺
术"的自为精神等话语形式紧密相连，同时极大地拓展了人的内在精神空间。

---

① 朱光潜：《朱光潜全集》第 2 卷，合肥，安徽教育出版社 1987 年版，第 41 页。

而文学欣赏的个体性价值与超功利色彩，文学批评的普遍性特征与科学逻辑精神，成为这一理论话语的内在精神支撑。

3. 朱光潜文论生成的文化语境

进而言之，文学理论与批评发展到朱光潜所处的时代，展示出了作为一门独立学科存在的可能性和现实性，朱光潜对反思性主体的积极发掘和建构，从理论主体层面，为这一学科的发展奠定了基础。

应该承认的一点是，现代文学理论和批评话语自"五四"新文化运动之后，得到了长足地发展，这一发展存在着如下五方面的原因。其一是对欧美文学理论的大规模引进介绍，为中国文学理论的发展提供了直接的理论资源。其二是在欧美文化观念、文学观念影响下，丰富而成熟的文学写作实践活动、文学社团的发展演变，都为对文学在理论层面上的反思提供了直接而丰富的素材。其三，新的媒介形态为文学观念、文学写作的传播提供了强有力的支持，并改变了文学的生态环境，文学的写作主体、传播机制、接受行为都与以往发生了根本性的变化。其四，面对西学东渐的冲击，中国传统文学观念、文化观念正在遭遇前所未有的挑战，其根基也遭遇到根本性的质疑。有必要在新的理论基础上对传统予以梳理，并对现实丰富的文学素材在理论层面上予以回应。其五，一批既接受了传统文化熏陶，又在欧美现代大学接受了严格训练的学者，学成归国，在中西文化交汇碰撞的语境中，从跨文化的角度，对民族文化进行全新的审视，极大地促进了理论的发展。

这正是朱光潜新的理论主体和审美主体诞生的外部语境，同时，朱光潜也恰恰是这无数学成归来的学者中之一位，而他恰恰又是有着明确的理论意识和理论危机感的一位。这不仅表现在他为《诗论》所撰写的序言中，在另一部20世纪30年代写就的《孟实文钞》中，我们也可以看到他的这种观念：

> 文艺象历史哲学两种学问一样，有如金字塔，要铺下一个很宽广笨重的基础，才可以逐渐砌成一个尖顶出来。如果入手就想造成一个尖顶，结果只有倒塌。中国学者对于西方文艺思想和政教已有半世纪的接触了，而仍然是隔膜，不能不归咎于只想望尖顶而不肯顾到基础。在文艺、哲学、历史三种学问中，"专门"和"研究工作"种种好听的名词，在今日中国实在都还谈不到。[1]

---

① 朱光潜：《朱光潜全集》第3卷，合肥，安徽教育出版社1987年版，第339页。

朱光潜实际提出了一个尖锐的问题，文学批评和文学欣赏，要想成为一门科学，其根基在哪儿？这个问题也正好是对周作人文学批评观点的一个回应。文学批评也好，文学欣赏也罢，要想进一步发展，必须找到一个坚实的科学基础，必须有一个自己关注的领域，并形成其独特的研究方法，以表明其根本不同所在。而这正是文学理论得以成为一个独立学科的学理前提。其二，文学理论在积极回应现实的各种挑战的同时，还应该注意其自身的独特性价值的建构，而建构的基础，首先在建构者的精神层面上，即主体的反思性特征上。进而言之，反思性诗学建构的前提是反思性主体对自我反思性的意向性行为。只有当主体的反思性被发现了以后，学科的反思性才有可能被发掘并被建构出来，并使学科在一个更高的层面上对其自身的发展予以审视。但这一基本问题，在当时中国很多学者的学术视野中，恰恰处于空白的状态，也因此，朱光潜才感慨，所谓专门的研究工作，在彼时之中国还基本谈不上。

朱光潜与同时期的其他学者的更为不同之处，就在于他的这种诗学反思性已经具体到了学科的层面上。朱光潜明确地意识到，在当代社会制度和文化发展状况下，百科全书式的学者已经没有存在的可能性，每个个体都只能在无数的可能性中，发现出一条属于自己的路径，以对此一领域进行专门化的研究。此即马克斯·韦伯所谓的"理智化"的进程，此进程不仅是一个去魅化的进程，还是以建构各个领域中的专门知识为其"天职"的进程——科学以其自身为发展的目的。[①] 也是在这种专门化的进程中，朱光潜自觉地选择了文学、美学、艺术为其理论研究和发展的方向。其次，朱光潜从其具体的文学批评实践中发现，尽管很多人使用着各式各样的文学理论以应对现实丰富复杂的文学现象，但这些人偏偏又看不起理论，同时又不愿意仔细思考、学习理论，这导致了这些人的所谓研究"往往缺乏极粗浅的逻辑线索和基本的事实依据。"[②] 创作文学和研究文学实际上是两个完全不同的领域，偏偏这个基本的理论常识在现代中国长期被忽略，这一点无论是于文学创作还是于文学研究，都不是好事情，并必将影响文学及其研究的深入发展。朱光潜进而宣称，"文学和其他艺术在现代，似乎已离开'自然流露'的阶段而进行到'有意刻划'的阶段了，是具有'自意识'的了，要想把理论的研究一笔勾销，恐怕也很难吧。"[③] 在一个理论已经是"自意识"的时代，还采取一种前去魅化时期的方式盲目地对待相关的理论问题，这难道不是一场历史的误会吗？

---

① ［德］马克斯·韦伯：《学术与政治》，冯克利译，北京，生活·读书·新知三联书店1999年版，第34～35页。

② 朱光潜：《朱光潜全集》第3卷，合肥，安徽教育出版社1987年版，第451页。

③ 同②，第452页。

从这样一个角度去看朱光潜的理论探索，我们就会发现其所具有的历史深刻性。朱光潜的这种现代诗学意识不仅奠定了文学理论研究的理论主体的思维结构特征，还为这一结构特征的外化，发现了生长的基本点。在日后的历史演进中，文学理论的发展不仅印证了朱光潜的理论预言，还在中国文化现代性进程中扮演了不可替代的角色。对于此，朱光潜先生的理论探索，更值得我们深思！

五、李长之：古典人文理想的诗学摹制

李长之（1910～1978 年）是在现代规范教育体制下展开其诗学体系摹制和批评实践的，他对于中西文论对话与汇通所做出的独特贡献，应该首先在于以现代诗学体系摹制了古典人文理想。

1. 古典人文理想的构成要素

蕴含在李长之诗学中的古典人文理想，有四种互相异质但彼此趋近的精神要素。第一，对西方古典人文世界的想象。在温克尔曼（Winckelmann, 1717 - 1768 年）的感召下，李长之展开了对德国古典精神的想象。在温克尔曼那里，文化复兴的涵义是宗教意义上的人性之重生，而这重生的人性体现在希腊艺术的境界之中："伟大的单纯和静穆的伟大"（eld Einfalt und stille Grösse）。希腊艺术的境界象征着"完整的人"、"圆满的人格"和"有生气的活人"。歌德说，"在所有民族中，希腊人做起生活的梦最美"，而那些历久弥新的古典异教世界的冰冷形象，在温克尔曼、歌德、李长之这么一些古典主义心中投射了一道透明灵魂的内在光芒。温克尔曼的想象，便是歌德文学实践的鹄的，而歌德塑造的生命形象，恰恰就是李长之心仪的境界。古典人文理想烛照下的生命形象，生生不息却又如歌如咏，单纯静谧却气象磅礴，既没有禁欲的感官压抑，又没有目无神祇的张狂。

第二，对中国古典人文余韵的回味。李长之在回味中国古典精神之余韵的时候，已经是相当自觉地以古希腊与德国古典精神为镜子来映照民族文化精神了。他将"六艺"合而为一，呈现出一种完整的生命形象，象征中国的古典人文理想："既和谐，又进取；既重群体，又不抹杀个性；既范围于理智，又不忽视情感；既有律则，却又不致使这些律则僵化，成为人生的桎梏。"[1] 显然，李长之

---

[1] 李长之：《司马迁之人格与风格》，北京，生活·读书·新知三联书店 1984 年版，第 48 页。

是以德国思辨哲学和生命哲学为框架来阐发中国古典精神的。在他看来，以中国古典精神为蓝本设计的生命形象，一定能够将人性的"二极性"统一起来：朴素蕴含感伤，古典里流淌着浪漫，在圆满之中看到深刻的不圆满，生命离不开形式，形式离不开生命……。

第三，个体人格的外化。对古希腊和德意志古典人文理想的想象，以及对中国古典人文余韵的回味，李长之都自觉地将他自己的个体人格外化了。他赞美天才，激赏叛逆，挑战清浅与平庸，以真善美的名义同愚妄宣战。这一切无不表露出他自己拒绝奴性，特立独行，崇尚自由的人格情愫。李长之翻译德国诗人荷尔德林的《大橡颂歌》，更是将自己对自由人格的向往升华到神性的高度。和伟大的橡树在一起"狂欣"（gern），荷尔德林将自己的个体人格神化了。荷尔德林的"狂欣"契合于李长之狂放的人格。"独超群类"，是孤独天才的境遇；"冲天贯天壤"，是本源生命的强度；"桎梏万般消"，"自各为帝王"，则是自由境界的极致。

第四，现代中国文化精神的投射。现代中国文化精神孕育在"五四"启蒙运动中，而为随后日益高涨的民族意识所强化。"现代中国文化精神"，是指蕴含在中国人的现代体验中的生活方式和独特品格。源自西方现代精神的理性主义和浪漫主义构成了现代中国文化精神的"两歧"维度，理性主义强调理性重要，而浪漫主义主张情感至上。借用德国思想家奥斯瓦尔德·斯宾格勒（Oswald Spengler）对西方现代精神的刻画，我们不妨说，中国现代浪漫主义的基本象征是希腊的普罗米修斯与欧洲的浮士德之合体。普罗米修斯象征着人的创造力量与反抗精神，而浮士德象征着生命与精神的无限性悲情。[①]"五四"之后，浪漫主义一度成为中国现代文学的主流，但因为现代中国独特的境遇和幽深的传统之故，浪漫主义在中国呈现为"抒情主义"这一独特品格。[②]"诗意启蒙"，乃是中国现代文学难以割舍的牵挂，不可拒绝的担当。所谓"启蒙"，是以先知觉后知，引领人从自我招致的被监护状态之中解放出来，而自由地运用自己的理性。所谓"诗意启蒙"，是以诗歌、艺术、文学等等审美的方式去实现启蒙的意图。

---

① 参见张灏：《重访五四——论"五四"思想的两歧性》，见许纪霖编：《20世纪中国思想史论》，上海，东方出版中心2000年版，第4～6页。

② 1927年，郑伯奇用"抒情主义"来概括郁达夫小说集《寒灰集》的审美特质："19世纪浪漫主义的底流，依然是抒情主义，不过因为他们有卢梭的思想，中世纪文化的憧憬，资本主义初期的气氛，因而形成了浪漫主义而已。在现代的中国，我们既没有和他同样的思想和社会的背景，而我们另外有我们独有的境遇，和现代的思潮，所以便成了我们现代自己的抒情主义。"见《郑伯奇文集》，西安，陕西人民出版社1986年版，第96页。

2. 李长之诗学的核心概念

概观李长之的诗学体系，我们发现，"体验"、"语言直观性"、"感情的型（态）"和"个体人格"形成了它的理论基本架构。

（1）"内在的体验力"。所谓"体验"，是指以感性直觉的方式深刻而独特地把握对宇宙人生现象的意义。深受德国古典文化浸润，直接在威廉·狄尔泰（Wilhelm Dilthey）思想的启发下，李长之建立了他的体验概念，并以此作为其诗学的根基。

> 一切艺术的本质，都在把艺术家的一种内在体验，变而为观众或听众的体验。[1]
>
> 内在的体验力，乃是一切艺术制作的母怀。一切艺术的效应，无非在使我们可以高兴地享受这内在的力量和那活泼性。一切艺术如此，文艺尤其如此。所谓享受美，无非是欣赏那内在的活泼性，以及世界的生命充盈和精力弥漫性而已。[2]

在这两段简短论说中，"内在"一词就出现了四次。这种对于"内在性"的极端重视，源自德国浪漫主义的影响。深受基督教观念浸淫的德国浪漫主义返身自视，而向内在之维的纵深处奋力发掘。这里的"内在性"主要是指想象、情调、情感以及人格等精神力量。

除了德国浪漫主义之外，中国古典的"感兴"理论也参与了李长之"内在体验力"的塑造。就文学创作方面说，在《文心雕龙·物色》中，刘勰提出"情以辞迁，辞以情发"，这说的是体验中情感与言辞的相互激荡。就文学审美特质方面，在《原诗》中，叶燮提出"诗之至处，妙在含蓄无垠，思致微渺，其寄托在可言不可言之间，其指归在可解不可解之会"，这说的是诗歌超越言语与逻辑，惟靠体验方可把握其微妙与微渺之处。就文学批评方面，《孟子·万章上》主张"诗者不以文害辞，不以辞害志，以意逆志，是为得之"，这说的是批评不能滞于表面的知性分析，而要用生命深处的体验力去把握诗歌的广大与精微。中国古典"感兴"理论参与到李长之的体系建构中，因此，不妨将这一诗学体系看作是"感兴"理论的现代传承形式之一[3]。

---

[1] 郜元宝、李书编《李长之批评文集》，珠海，珠海出版社1998年版，第352页。

[2] 同[1]，第358页。

[3] 参见王一川主编：《新编美学教程》，上海，复旦大学出版社2007年版，第58~59页。

（2）"语言的直观性"。如何把"内在的体验力"转化为艺术作品，从而传递给公众呢？这就涉及到李长之的诗学语言观了。在迈叶儿的启发下，李长之从"内在生命"、"情调"和"直观"三位一体的高度去把握诗学语言问题：

> 诗人之唤起人的情调与感情，决非凭由他所描写的直观的形象，更非凭由他所叙述的内容；却只有凭由情调才能唤起情调。……但这唤起人的情调的凭藉是在那里呢？原来就是语言之直接的力量，就是语言之把内在的生命带到活泼生动的表现，因而把我们的心灵置入震撼的状态的力量。所谓文艺的表现之直观者，也便无非是归宿到这内在生命而已。①

诗的直观在于以情调唤起情调，因而归宿于内在的生命，而这种强大的功能恰恰就是通过语言来实现的。语言还通过比拟、隐喻和夸饰等手法，呈现直接的情感内容，呈现间接的记忆形象与幻想形象，一言以蔽之，"语言者，乃天生只许可诗人把他充分而丰满的体验之物置之于轮廓并阴影中的"。②

语言不仅表现"情调"与"内在生命"，实现个体的直观，而且还必须表现文化精神。德国人文主义语言学家洪堡特（Welhelm von Humboldt，又译"宏保耳特"）指出，每一种语言都包含着一种独特的世界观（Weltansicht），民族的语言便是民族精神的外在表现。③ 受这种观点的激励，李长之也断定"语言就是一种世界观的化身，就是一种精神的结构"。④ 鉴于语言所表现的"时代生命"与"集体情调"，他在具体的批评实践中还特别关注文学文本同民族文化精神的复杂关联。

（3）"感情的型"。"我明目张胆的主张感情的批评主义。"⑤ 从这么一种纲领性主张，我们不难看到，情感构成了李长之诗学体系的核心，以及批评实践的根本据点。应该说，以感情为诗学的核心和批评的据点，如此立场是中国古典"感兴诗学"，西方古典人文主义传统，以及现代中国主流浪漫思潮融合的产物。

从中国古典"感兴诗学"看来，所谓情感，乃是心灵、自然与社会生活彼此激荡而产生的互相感动的生命之流。钟嵘在《诗品·序》里面，对情感与诗的关系展开了一种形象的表述：

---

① 郜元宝、李书编《李长之批评文集》，珠海，珠海出版社，1998年版，第362页。
② 同①，第371页。
③ ［德］洪堡特：《论人类语言结构的差异及其对人类精神发展的影响》，伍铁平、姚小平译，载胡明扬主编：《西方语言学名著选读》，北京，中国人民大学出版社1989年版。
④ 同①，第344页。
⑤ 同①，第391页。

若乃春风春鸟，秋月秋蝉，夏云暑雨，冬月祈寒，斯四候之感诸诗者也。嘉会寄诗以亲，离群托诗以怨；至于楚臣去境，汉妾辞宫；或骨横朔野，魂逐飞蓬；或负戈外戍，杀气雄边；塞客衣单，孀闺泪尽；或士有解佩出朝，一去忘返；女有扬娥入宠，再盼倾国。凡斯种种，感荡心灵，非陈诗何以展其义？非长歌何以骋其情？故曰："《诗》，可以群，可以怨。"使穷贱易安，幽居靡闷，莫尚于诗矣。

我们不妨将这看作是中国古典"感兴诗学"的经典表述。其中，"四时之感"，是指自然与诗人的互感；嘉会、离群之感，是指社会生活与诗人的交感；"使穷贱易安，幽居靡闷"，则是指诗对人类生活形式的深刻塑造作用。中国古典感兴诗学传统却是以一脉正在衰微的流兴余蕴进入李长之的诗学话语之中的。

西方古典人文主义将情感理解为一种共同人性，将情感的形式理解为感性冲动与理性冲动之间的和解，并将情感形式上升为一种"圆满与不圆满"、"奋斗与满足"之间暂时和谐的境界。在西方人文主义理想的烛照下，李长之在批评实践中致力于作"内在的探索"，以期揭示"一种可沟通于各方面的根本的情感"。[1] 李长之说，通过层层剥离而彻底还原的情感，是一种"没有对象的情感"，是一种超越了时代限制的情感。他把这种代表共同人性的情感称之为"情感的型"，还在终极意义上将它分为两种元类型——"失望"和"憧憬"。[2]

在中国古典感兴诗学、西方古典人文理想，以及中国现代复杂的浪漫思潮等三方的汇流中，李长之铸造了"感情的型"这一诗学内核与批评据点。我们当然可以将"感情的型"理解为个体情感与人格的类型。但是，文化是个体人格的无限放大，所以也不妨将它理解为时代精神的标记，以及文化精神的象征。"感情的型"，永远蕴含于生命的体验之中，而外化在活的形象上。因此，它不是历史积淀的理性结构，而是生命表现的感性动力。它的特点是刚健而有韵律，寓"高贵单纯"于"雄肆流动"。简单地说，"感情的型"，是"雅"与"奇"的合一。不是将二者简单相加，而是寓"雅"于"奇"，"奇"中含"雅"。作为古典感兴诗学的现代传人之一，李长之同时又用诗学形式摹制了西方古典人文理想。

（4）个体人格。人格，构成了李长之诗学体系与批评实践的境界。个体人格，显然是内在体验力的凝聚，同时又通过作家运用语言而变得直观，表现为一定的感情形式，并同文化精神和时代语境紧密相连。在李长之那里，所谓"知

---

① 郜元宝、李书编：《李长之批评文集》，珠海，珠海出版社 1998 年版，第 391 页。
② 同①，第 392 页。

人论世",无非就是了解作家个体的人格之真相,认识一个时代的精神,以及通过作家和时代而进入文化精神的幽深境界。

李长之的个体人格体现出如下几层内涵。首先,个体人格是在西方古典人文理想烛照下型构的生命想象。西方古典人文理想体现在温克尔曼的"完人"人格上,那就是从"人间的"、"感性的"生命形象超拔而出,成为富有理智并浸润于理想之中的"完人"。这一理想体现在歌德的人生与艺术上,"是生命之流和生命之形式的合一,是无限和有限的综合"。其次,个体人格是在现代文化语境下流溢的中国古典生命意象之余蕴。按照李长之,孔子素位而行,从心所欲而不逾矩;孟子"知言",而"养浩然之气";李白以有限生命去追求无限存在,油然而生一种"我本不弃世,世人自弃我"的悲剧情感。这些在李长之看来,同德国古典人文精神及其诗学表现若合符节,而把挣扎在"无限的自我与有限世界"之间的悲剧审美化了。第三,个体人格还是中国现代正在生成的审美文化精神的投射。作为一场启蒙的文化运动,"五四"代表了一种"立意在反抗"的时代精神,其中蕴含着一种崇尚力量的人格精神。总之,李长之的个体人格,是一种生命形象的设计。这种人格沐浴着西方古典人文理想的光辉,又流溢出中国古典文化的悠长余韵,同时还是中国现代审美文化精神的一抹朝阳。这种人格精神依托于传统,扎根于时代,凝聚了他个人在历史进程之中所体验到的痛苦,表现了普遍的反抗精神。

综上所述,李长之的诗学体系是对古典人文理想的摹制,以古典为主导,但渗透着浪漫精神。在古典人文理想的烛照下,李长之以体验为基础,以语言为媒介,以情感为中心,以人格为最后的皈依,而摹制出了独特的诗学体系。一句话,李长之以诗学摹制了古典人文理想,而以象征的方法实施伦理教化,目标在于养育自由的个体人格。

六、宗白华:灵知烛照下的道德诗学

这里紧扣宗白华的"同情"与审美精神概念,来探索他在中西诗学对话时代对道德诗学的悉心建构。

1. 诗性的灵知

同情之于宗白华,是人类的一种"高尚纯洁之审美精神",他淑世的心灵就沐浴在这种精神之脆弱的光照中。在现代社会的生命体验的触动下,这种审美精神呈现为诗篇，并铭刻在他所建构的文化象征深处。在他青年时代的诗篇中，宗白华书写了一种现代人的渴望：通过诗性的灵知，穿越黑暗，获得普遍审美沟通。不用说，这是一种以同情来实现人类自我救赎的渴望。

宗白华把握到了中国古典体验美学的灵魂，并融合德国浪漫诗人的灵知，而发挥出一种现代的审美灵知。灵知是在前基督教世界诞生又转化为基督教精神的一种古老的传统。这一传统总是把思想的起点放置在黑夜、虚无、混沌和罪恶的探索上，认定一切文化和思想的神圣都以黑暗为背景显示出来。关于这一古老的哲学传统，乔治·巴塔耶（George Bataille）指出：

> 在基督教纪元前后，无论在形而上学上导致了多大程度的发展，灵知主义（Gnosticism）事实上就以一种差不多是残忍的方式，将一种最不纯洁的动荡因素导入了希腊—罗马意识形态之中，同时从别的地方，从埃及传统、从波斯二元论和东方犹太异教那里借取了最不符合现存精神秩序的要素；它补充了自己独特的梦想，漫不经意地表达了一些可怕的迷恋；在宗教实践中，它也并没有完全叛逆希腊或伽勒底—雅利安神秘魔法和占星术所具有的最卑微和最淫荡的形式；同时，它还利用了、或者更确切地说是调和了新生的基督教神学和晚期希腊的形而上学。①

按照这一传统，人类像宇宙一样，诞生于黑暗，也注定要返回到黑暗之中。灵知主义对世间恶有其独特的理解，在他们看来，虚无构成创造的基础，恶比上帝更为根本，世界与恶完全同一。与内在黑暗遭遇，是亲近神圣的惟一道路，这一脉思想传统源远流长，从圣保罗开始，到奥古斯丁、路德到康德、谢林、黑格尔，在德国浪漫主义诗人那里与民族精神合一，在流行于19世纪末到20世纪初整个西方世界的生命哲学思潮中空前地爆发出来，并一直延续到了后现代文化语境中。

在宗白华身上，可以切实把握灵知精神在现代中国的复活。而且通过浪漫诗人、文人和学人，如郭沫若、田汉、郁达夫，甚至还有早期的鲁迅，灵知主义对中国20世纪产生了深刻的影响，与古典体验美学相融合，构成了中国现代文化精神的一项基本要素。不过必须指出，宗白华的灵知精神，是一种着落于审美，偏重在诗学的浪漫主义灵知。灵知主义，已经成为人类必须继承的共同遗产，其生命力不可低估。

---

① 参见［法］巴塔耶的文集《过度的幻觉：1927～1939年作品选》（*Vision of Excess: selected writings, 1927–1939*）编者为阿兰·斯托艾克尔，英译者为阿兰·斯托艾克尔、卡尔·R·洛维特和唐纳德·M·勒斯利埃，明尼苏达大学出版社，1985年版，第45～48页。

2. 幽暗意识

不妨认为，宗白华呼唤"同情"精神，渴望审美沟通，就是对中国文化现代性的一种敏锐的反应。中国现代知识分子遭逢着巨大的现代性事件的冲击，内心充满了焦灼、彷徨、惆怅、失落，向后只看到诗书礼乐、典章制度衰败的废墟，向前看不到"玫瑰色的远景"，只有一种当下的"黑暗"浸润着他们空虚的心界。从他的学术志业开始，就有一种深沉的"黑暗意识"赋予了宗白华的个人体验以显著的色调。

首先，受德国哲学家叔本华的影响，他把世界体验为"举世皆敌、困厄危险百出不穷"的苦难世界。宗白华说叔本华"畅阐世界罪恶，人生苦恼，以天才之笔，写地狱景象"①。故他盛赞那些悲悯人生、奋起救世的古来大哲，尤其是捐躯十字架以解救苦难人生的耶稣。就是在言述叔本华的学说时，宗白华提出了"同情之感为道德的根源"、"悲悯一切众生为道德的极则"②。

第二，反思中国几千年历史，他认定"黑暗"是人类罪恶本性的结晶，"人类生活上的罪恶黑暗，是人类兽性方面的总汇结晶，中国生活历时已久，其中黑暗势力格外深浓雄厚，有如年代久的大家庭，其中黑幕重重……"，而只有"打破一切黑暗势力的压迫，我们才能有一种天真坦白新鲜无垢的生活"③。

第三，他在诗歌创作中以"理性的光"烛照黑暗和升华了黑暗。《流云小诗》中出现得最频繁、塑造得最丰满的意象是"黑夜"。"黑夜"是一个负载着救世信息的精神意象。它泯灭了世界上万物的差异，就像夜观黑牛，黑牛与整个世界同黑。它内化了生命的冲动，把涌动不息的生命暗流化为和谐的节奏，如婴儿之心一样安详。它让尘世的眼睛看不到遍及世界的邪恶，却发挥了梦想的能量，让脆弱的孤心穿透了秩序的层层网幕，洞见了生命的真理，所以，它还是悱恻隐忍的心灵的象征。

第四，关注世界现代性的困境，期望以古典乐境救赎灾难的时代。宗白华渴望像斯宾格勒一样拥有一双窥透黑暗的夜枭之眼，探索黑暗的深沉，超越黑夜悲观的笼罩。"我们的世界是已经老了！在这世界中任重道远的人类已经是风霜满面，尘垢满身。他们疲乏的眼睛所见的一切，只是罪恶，机诈，苦痛，空虚。"④

所以，对人生原始罪恶的哲学沉思、对中国文化的历史透视、对生命意识的诗性表现，以及对现代性的深切忧患，都贯穿在宗白华的个人体验中。这些沉

---

① 宗白华：《宗白华全集》第 1 卷，合肥，安徽教育出版社 1994 年版，第 21 页。

② 同①，第 8～9 页。

③ 同①，第 96～97 页。

④ 宗白华：《宗白华全集》第 2 卷，合肥，安徽教育出版社 1994 年版，第 26 页。

思、透视、表现与忧虑，都弥漫着一种给人印象极深、又让人十分惶惑的黑暗意识，它构成了宗白华个人体验的特征。宗白华美学的同情精神，就深深地扎根在这种个人体验之中，酝酿出诗化的思、诗化的文，表现出一个时代的生命感。我们现在要问，这构成宗白华个人体验特征的黑暗意识究竟是什么呢？

宗白华迷恋黑暗、一心想穿透黑暗、极端渴望超越黑暗，这表现了他的个人体验中相当浓烈的"幽暗意识"。"所谓幽暗意识是发自对人性中或宇宙中与始俱来的种种黑暗势力的正视和醒悟：因为这些黑暗势力根深蒂固，这个世界才有缺陷，才不能圆满，而人的生命才有种种的丑恶，种种的遗憾。"① 这意味着，要返回到内心去寻找道德的根源，最后就不得不直面一个黑暗的深渊。人性在根源处涌动的是恶欲，而不是善性。基督教"原罪"观念对人性的负面性、堕落的可能性做出了一种积极的判断，并假设了人类之所以需要拯救，就在于他可能沉沦。面对内在性黑暗的深渊、为历史的圆满留下了期待的空间，这就显示了"幽暗意识"是一种积极的精神力量。宗白华的个人体验之"黑暗"色调在这样的视角下就显示出了不可忽略的现代性意义，正是这种深沉的人性透视、深情的救赎期待，赋予了他的美学以持久的影响力量。

3. 审美化的道德诗学

"同情论"作为浪漫主义美学的传统，有一种基本精神贯串其中。这一基本精神就是自我与宇宙生命的合一，融小我于宇宙创化的大我之中。在浪漫主义者眼中，当人的灵魂成为漂泊异邦的"陌生人"时，一股强烈的回归家园的渴望油然而生，从而把"自然"视为生命、精神尤其是"优美灵魂"（die shoene seele）或心中"圣美"的化身。"我们称大地是天空的繁花中的一朵，而称天空为生命的无限的花园"② 浪漫主义者还坚信宇宙中的万物都贯注着一种生命的力量，"看那整个自然界，注视那创造物的巨大相似性，任何创造物都能够感觉到它自己以及它的同类，生命与生命交相辉映。"③ 浪漫主义者还发现，在人类精神与宇宙自然之间存在着一种神秘的亲和力，这被 A. W. 施莱格尔（A. W. Schelgel，1772 - 1829 年）称作是"亚当的第一次觉醒"："当（诗人）把最遥远的物体、最伟大的和最渺小的事物以及星星与花朵拿来比较时，他的全

---

① 张灏：《幽暗意识与民主传统》，台北，联经出版事业公司 1989 年版，第 4 页。

② ［德］荷尔德林：《许佩里翁或希腊的流亡者》，见戴晖编译：《荷尔德林文集》，北京，商务印书馆 1999 年版，第 51 页。

③ Johann Gottfried Herder，"vom Erkennen und Emfinden der menschlichen Seele"，in Herders Sametliche Werke，Belin：1877 - 1913，viiii，pp. 200. 转引自 ［加］查尔斯·泰勒：《自我的根源：现代认同的形成》，韩震等译，南京，译林出版社 2001 年版，第 569 页。

部隐喻的意义就在于被创造的事物之间据其共同的起源得以维持的互相吸引。"①
忘我地沉入自然的渴望、对宇宙生命的信念、精神与自然之亲和力的发现，三者
支撑起德国浪漫主义的"同情论"美学的精神。这一渊源甚久、意义颇深的美
学精神，就是宗白华"古典的浪漫的美梦"的内涵，它伴随着宗白华的美学生
命和散步春秋。宗白华《美学》讲稿中的寥寥数语道出的是"同情"精神的真
正意义："谓人所以感天然界之美者，因人生命情绪，可以感入也"，"在彼欣赏
自然，将小己亦纳入自然中，而与之同化"②。生命感入自然，自我融进宇宙，
这就是宗白华所设计的审美方式，也是他推重的审美精神。

　　如此理解的"同情"就不仅是把情感向对象的简单投射或者单向移入了。
真正意义上的"同情"就是一种生命状态，即"以一整个心灵体验这整个世界"
的生命状态③。通过阐释歌德的人生与艺术，宗白华集中地表达了作为审美方式
和审美精神的"同情"。他用了许多具有浓郁中国文化色彩的语言来描述"同
情"的生命境界："凝神冥想，探入灵魂的幽邃，或纵身大化之中"；"根本打破
心与境的对待"，"心情完全融合无间，极尽浑然不隔之能事"④……所论主旨，
都是强调参与宇宙创化的生命巨流，以整个心灵体验整个世界。在这里，我们看
到，宗白华的"同情论"与"移情论"相距较远，而与尼采的"醉境说"、狄
尔泰的"体验说"相当接近。以立普斯（Lipps，1851－1914 年）为代表的"移
情论"美学主张："一方面，在我们自己的心灵里，在我们内心的自我活动中，
有一种如像骄傲、忧郁或者期望之类的感情；另一方面，把这种感情外射到一种
表现了我们精神生活的对象中去。"⑤ 这是让心灵主动投射，对象被动接收，显
然还是单向的流动，而不是整体的对流。尼采的"醉境"却是指巨大的酒神冲
动吞噬了世界安宁的表象世界，摧毁了个体性原则而获得审美的极乐。宗白华不
仅同意"酒神精神"就是艺术的真精神，而且本着这样的生命精神来解读歌德：
"歌德的生活仍是以动为主体，个体生命的动热烈地要求着与自然造物主的动相
接触，相融合"⑥。宗白华欣赏狄尔泰的一句名言："生命才能了解生命，精神才
能了解精神"，因为这句名言道出了同情的本质⑦。所以，"同情"在这里不仅是

　　① August Wilhelm Schelgel，"A course of Lectures on Dramatic Art and Literature"，in Sametliche Werke，
VI，397. 转引自 ［德］本雅明：《德国悲剧的起源》，陈永国译，北京，文化艺术出版社 2001 年版，第
60 页。

　　② 宗白华：《宗白华全集》第 1 卷，合肥，安徽教育出版社 1994 年版，第 454 页。

　　③ 宗白华：《宗白华全集》第 2 卷，合肥，安徽教育出版社 1994 年版，第 18 页。

　　④ 同③，第 1、16、17 页。

　　⑤ ［英］李斯托威尔：《近代美学述评》，蒋孔阳译，上海，上海译文出版社 1980 年版，第 54 ～
55 页。

　　⑥ 同③，第 20 页。

　　⑦ 宗白华：《宗白华全集》第 2 卷，合肥，安徽教育出版社 1994 年版，第 291 页。

审美的方式，而且是主宰精神生活的一道律令。

审美同情的本质特征在于以整个心灵去体验整个世界。在宗白华眼里，中国艺术所呈现的就是这种深邃、广博而又高远的审美同情。中国人的审美首先是求返于自己深心的节奏，其次是抚爱万物，与万物同其节奏，最后是发挥普遍的仁爱，把无情的宇宙涵养为有情的宇宙，把无生命的顽空点化为节奏化音乐化的空间。用宗白华的话说，就是"用心灵的眼，笼罩全景……全部景界组织成一幅气韵生动、有节奏有和谐的艺术画面。"① 流动的观照，最根本的意味是参与到生命创化过程中，整个地投入到活生生的现时之中；具体表现在视觉上，就是视点随着时间做有节奏的移动，景象也随着时间的推移而处在有节奏的和谐运动中。通过流动的观照或整体的观照，中国人把握到了"创化万物的永恒运行着的道"，也就是契合着生命的节奏。以此等关爱的心和流连的眼，一幅人与世界相互融通的景象就呈现出来了：一方面，无限的宇宙空间扶持和亲近着人，另一方面是深情的心抚爱和涵养着无限的空间。如此就发挥出普遍的仁爱。求返深心、抚爱万物，最终成就了一个普遍感通的宇宙，其中诗心映现天心，心的节奏应和着宇宙的节奏，自我的生命融入了宇宙的创化之中，形成一个隐秘浑然的"大生命的节奏与和谐"。艺术形式之生命节奏（气韵）、艺术意境之生命本体（音乐的节奏和舞蹈的旋动）、审美姿态的俯仰往还（节奏化音乐化的空间感）、个体人格的深情韵致（"音乐的灵魂"），都根源于这一普遍的仁爱。

如前所述，宗白华的审美同情学说是对现代性生存处境的反应。有情的人置身于无情的宇宙之中，不仅感到孤独无告，无家可归，而且感到整个宇宙失去了目的性，呈现为一个只是以其广袤浩淼的时空，释放出冷酷的能量。② 宗白华感到，有必要唤醒一种生生而有条理的音乐精神，唤醒一种失落在现代世界的恶魔人欲洪流之中的节奏感。宗白华建构的道德诗学中，最让人难忘的，是由普遍的同情产生的宇宙人生的音乐境界，而音乐最能显示出审美乌托邦的特征。宗白华想象的那种与宇宙生命的秘密韵律相契合的境界，无疑就是把乌托邦推向极限的一种生命情绪状态，这非常极端，非常绝对，几乎无以复加地极端和绝对。与宇宙生命的秘密韵律契合，这又一次让我们想起尼采，尼采悲剧哲学就是对纯粹的审美作了一次冲击了极限的探索，他的酒神，就是与宇宙生命同流、肯定生命的痛苦、摧毁个体原则的存在状态的象征。这一悲剧哲学，实质是从艺术的观点辩护生命的乌托邦，而这却成为现代审美主义的滥觞。

---

① 同①，第421页。

② ［德］约纳斯：《灵知主义，存在主义，虚无主义》，刘小枫选编，张新樟等译：《灵知主义与现代性》，上海，华东师范大学出版社2005年版，第38页。

小　结

本章以文化现代性空间坐标为参照，将创生状态的中国现代文论梳理为四种模型：东方本位型，西方本位型，中央类型以及多重移位型，并着重选择李健吾、梁宗岱、朱光潜、李长之、宗白华五位为典型个案，展开对中国现代文论多元范式的分析。通过这番分析可见，过渡时代处于创生阶段的中国现代文论已经表现出四种态势：多元博弈的景观，走向一体的趋势以及以中化西的诉求。

从创生状态，我们看到了中国现代文论范式多元博弈的景观。来自异域、主要是来自西方的多种思潮、理念及精神相继涌动在这些理论学派和理论家的言说中，而对中国古典文化及附属于它的中国古代文论形态构成严峻的挑战，造成空前的冲击，在一定程度上突破了"诗以言志"、"文以载道"的古典理论范式。旧的理论模式被撞击而几近成为海难遗迹，堪称文统的新型理论范式还没有诞生，故而有多元共生的文化景观，古典残余文化、主导型西方文化和生成中的现代中国文化因子彼此渗透，互相冲突，更是酿成了多元博弈、角逐一尊地位的悲剧场面。且不说不同文论体系、不同文论范式之间的丰富差异、尖锐对立甚至严酷冲突，即使是在一个理论家的文论话语中也有两种以上的要素并存，互相冲击，因而中国现代文论话语总是充满了张力。比如，在叶公超的体系之中，现代主义与现实主义，古典诗话批评的残余韵味与现代新批评的精致方法，语言论与体验论，如此等等，彼此对立的要素综合在一起，从而赋予其批评话语以丰富的张力，从而也映射出中国现代文化语境中多元并存的阶段性情境特征。

不过，从生长节奏和发展趋势，可以看到中国现代文论已表现出从多元范式走向范式一体化的大趋势。理论发展的趋势，话语流布的倾向，首先取决于它们所归属的中国文化现代性体验。中国现代文论的肇始，是开启民智、觉醒民心和振作民族血脉的启蒙运动。所谓"启蒙"，是从自我招致的被监护状态下解放出来，而自由地运用自己的理性。康德的这个定义描述的是启蒙的规范目标，但启蒙的实践后果却在于三种历史取向：感性化取向，理性化取向和人格化取向。[①]启蒙的感性化取向，就表现在它唤起了感性以及人身上追求感性满足的渴望。启蒙的理性化取向，是指它唤醒了思想，并通过反思来重新定位理性。启蒙的人格

---

① ［美］J. A. 贝克：《启蒙导致革命吗?》，参见 ［美］J. 施密特编：《启蒙运动与现代性》，徐向东、卢华萍译，上海，上海人民出版社 2005 年版，第 233 页。

化，则是指它将个人从自然的必然性分离出来，提升到个体自由的王国。"五四"新文化运动之基本精神是什么？不是反传统的激进精神，不是全盘西化的趋势，不是庸俗进化论，不是急功近利的功利主义，而是"独立的思想和自由的精神"①。这种精神引导中国现代文化建设作出自己的选择，也激励着中国现代文论在多元博弈之后走向一体，建立一种适合中国现代文化特殊性而能融汇诸种思潮的文论体系，曲折地呈现古典传统，又顺从文化全球性的趋势。

从理论取舍和具体操作，还可以看到中国现代文论的以中化西的诉求。经过"五四"之后东方文化派与西化派之间的争论，科学与人生观的辩论，取法西方文化而建构中国现代文化的倾向占据了相对强势。与之相应，中国现代文论话语的建构也在文化激进主义潮流驱动下做出了"西化"的选择，不过具体的情形是"西学中取"和"借西造架"——凡是认为可以转化为文论建构要素的西方学术资源、学术制度和学术方法都尽量取来使用，同时又以西方的学说与概念作为建构自身体系的骨架。在百年之后回眸 20 世纪上半叶的文学理论建构，我们不无伤感地发现，占据主导地位和处在显耀空间的是西方文化，处在属从低位和处在隐秘空间的是中国古典文化。于是，西显而中隐成为百年中国现代文论的一种无法逃避的历史宿命。

不过，我们也不能不看到，自从西方帝国文化"驶入"华土的那一刻起，中国文化的"抵抗"就已开始，而且在一个多世纪的历史上，这种抵抗从来就没有停息过，并且还表现出"自强不息"而又"宁静致远"的强大生命力。从上述"多重移位"型文论范式建构的思路来看，一方面，创生中的中国现代文论虽然稚嫩，但具有强大的生命力，顽强地要在以中化西基点上建构中国自己的多元的现代文论范式；另一方面，剩余的中国古典文论传统也并非一堆海难遗迹，而是一道绵延不朽的血脉和一脉可以在全球化语境下被激活的传统。从五位现代文论家的不同言说中，确实可以同时感受到中国现代文化的创生活力和古典文化的渊源久远。因而，本章不仅预示出一种从多元范式共存向主导范式掌控方向发展的趋势，而且还同时暗示出复归于中国古典传统的隐秘态势，从而超越"西显中隐"的历史，力争从西方的骨架中脱身出来，走"以中化西"的文化建设与文论建构之路，也成为历史的诉求、文化的愿景。

（陈太胜、石天强、胡继华执笔）

---

① 这两句话本出自陈寅恪为王国维撰写的挽辞，王元化认为这才是"五四"精神的真谛。参见王元化：《对五四的思考》，见《沉思与反思》，上海，上海辞书出版社 2007 年版，第 25 页。

第四章

多元归一：中国现代文论的主范式

导论：中国化马克思主义文论的历史合理性及品格

经过清末民初以来的创生与演变，中国现代文论至迟到 20 世纪 30 年代末，已形成了多元理论范式并存与争鸣的格局。可以说，单从逻辑层面判断，如果那样的多元共生局面能持续下去，中国现代文论在中西对话和汇通中继续发展，直到找到并建构起属于自身的独立自主品格，应当说是令人乐观的。

但是，这种多元文论范式及其共生格局的确存在着两个根本的甚至致命的缺憾：第一，它们的理论取向的文学史依据，都主要来自上层知识分子或精英阶层的新文学实践，而几乎不包括、乃至完全忽略来自中国社会底层的正在生长的无产阶级的新文学实践。因此，这些多元文论范式并不必然地适应于新兴的无产阶级文学的理论概括要求。第二，它们的理论诉求的动力，主要来自上层知识分子或精英阶层的新文学实践内部，即便是其中具有独立自主品格的理论诉求，也主要是局限于文学的变革乃至精神世界的变革，而不可能具有后来的中国化马克思主义者那样的理论慧眼和现实政治需要，从而不可能看到中国现代文论其实应当是其时正汹涌澎湃的中国无产阶级社会革命的一部分，以及后来蔚为大观的社会主义国家文化建设的一部分，并且要无条件地和积极地为其服务，听从其将令。

所以，表面看来多元共生的文论范式，那时其实正面临一种前所未有的深刻的现实危机：它们如果继续无视新兴的无产阶级文学实践和改天换地的社会革命主潮的需要，那就必然会被无情地抑制、荡涤乃至淘汰。在此历史大势下，它们是不可能有更好的命运的。取而代之，唯有那种直接从中国无产阶级文学实践和后来的社会主义文学实践中概括出来、并回头对现实的文学运动产生能动的指导力量的文学理论，才有可能成为中国现代文论的真正的主范式。

这样，历史潮流必然地把焦点投寄到应运而生的中国化马克思主义文论思潮上，而不是上述多元文论范式上。正是中国社会的特定历史状况选择了中国化马克思主义文论范式而非其他任何文论范式。这也就是为什么，在 20 世纪 20 年代中期到 40 年代初的特定的社会革命形势激荡下，中国化马克思主义文论能够从起初不起眼的涓涓细流，逐渐地而又迅猛地汇合为中国现代文论的强势的一体化主流范式。

一、20 世纪 20~40 年代：马克思主义文论在中国的传播

1. 早期无产阶级文论的发展

中国无产阶级文论的思想源头，如果非得去追述的话，还是应该回到"五四"运动，这不仅因为陈独秀、李大钊等人最终成为中国共产党的创建者，还因为对无产阶级和社会主义的介绍，是从"五四"时期开始的。1920 年，在已经初步具备马克思主义思想观念的陈独秀积极引导下，上海的《新青年》杂志成为共产主义小组的机关刊物，内容也开始转向对马克思主义理论和共产主义观念的介绍。同时，党的另一位领导人李大钊也在与胡适关于"问题和主义"的争论中，积极宣传所谓的"布尔扎维主义"。而在 1919 年 12 月撰写的《什么是新文学》中，李大钊更积极地提出，新的文学应该是庶民的文学，是社会写实的文学。这可能是比较早的关于文学的阶级性特征的暗示，也因此成为中国无产阶级文论的先声。

1921 年，随着中国共产党的正式建立，中国无产阶级的发展又进入了一个新的阶段。中国共产党成立后，把党的对外宣传工作放在了首要位置。1922 年 2 月，党的社会主义青年团机关刊物《先驱》开设了"革命文艺"的专栏。1922 年 7 月，李大钊、邓中夏在杭州少年中国学会上要求"少年中国的文学家"加入革命民主主义运动。社会主义青年团在第一次全国大会决议中，也发出号召，让学术文艺无产阶级化。1923 年 6 月，瞿秋白在中国共产党理论刊物《新青年》

上撰文，要求对中国当下文艺的颓废状态予以警惕，并明确提出，中国文艺运动必得在劳动阶级的指导下方有所谓成就。同年 7 月，共产党的一些重要人物，如邓中夏、恽代英等，开始在公开的杂志上撰写文章，要求把文学作为一种政治斗争的武器，以唤醒民众进行革命斗争的觉悟。沈雁冰则发表了《文学者的新使命》，强调文学应抓住被压迫民族和阶级的革命精神，将它们以文学的形式表现出来。沈泽民则在《文学与革命的文学》一文中，阐述作家不可或缺的两个因素就是革命思想和生活经验。而到了 1924 年和 1925 年，年轻的、刚刚从俄国回来的共产党员作家蒋光慈则撰写了两篇论文：《无产阶级革命与文化》和《现代中国社会与革命文学》，提出了更为激进的文艺观点。

可以看到，早期中国无产阶级文论的发展具有以下几个特点。第一，充分利用现代传媒，积极宣传党的政治主张和文艺要求。在党的早期刊物中，如《新青年》季刊（瞿秋白主编）、《中国青年》周刊、上海《国民日报》副刊《觉悟》等报纸媒介，都成为党宣传其思想观念的传播阵地。第二，在党的初期文艺思想观念中，就已经隐含了文艺服务于现实政治需要的主张，这种要求显然是有着深刻的社会政治和文化原因的。在民族自由和独立作为中国所面临的最急迫的现实要求的条件下，要求文学独立自主，并超脱于现实的政治语境，显然也是不现实的。第三，在党的早期文艺宣传中，政治因素始终是一个主导性的因素。文学，从一开始就被纳入到了党对现实社会政治变革的统一规划中，只不过，这一规划在当时还相对抽象，还缺少具体的措施和要求。

2. "五卅"运动对中国无产阶级文论的影响

"五卅惨案"无疑加速了中国现代左翼文化思潮的发展。一些研究者相信，"五卅惨案"给中国现代具有西方自由主义情结的知识阶层以强烈的刺激，促使他们从对西方自由价值观念的幻觉中清醒过来，看到了西方列强的帝国主义本性。另外，"五卅惨案"也使中国知识阶层看到了一个一直被忽视的阶级的存在，这个阶级就是一直存在于中国社会底层的工人阶级，他们在"五卅惨案"中以沉重的生命代价唤醒了世人对他们的阶级身份的正式承认。这一惨烈的现实促使中国知识阶层整体左倾，[①] 并促进了文论的无产阶级化。

"五卅惨案"对中国文化思潮发展所产生的影响主要体现在以下两个方面：

首先，"五卅惨案"打破了中国知识阶层的精神幻觉，迫使他们走出象牙塔，走向社会现实，并主动将个体的价值选择与现实的政治要求结合起来。著名作家茅盾在《读〈倪焕之〉》一文中就谈到，在"五卅惨案"之前，中国知识

---

① 林伟民：《中国左翼文学思潮》，上海，华东师范大学出版社 2005 年版，第 5～9 页。

阶层相当一部分只关注自己的精神生活，宣扬着满足感情主义、个人主义、享乐主义、唯美主义的个人趣味。而"五卅惨案"则将这种狭隘的个人情调彻底击碎了，使个人主义的迷蒙在这个时刻没有了存在的空间，也促使作家们睁眼看穿血淋淋的现实，并加入到现实政治斗争的行列中，而文学似乎已经是抽空才能做的事情了。[①] 茅盾意识到，在五卅惨案的催发之下，新兴的无产阶级已经走上了历史的前台，成为历史发展的主角，而文论对现实的思考不可能再回避这个新生的力量。而这无疑为文论的进一步发展提供了前所未有的机遇。再者，知识阶层不可能在自己狭隘的空间中空想那点虚幻的唯美精神了，不可能再安于"五四"文化思潮的现状，而必须发现中国文化新的出路。无产阶级文艺的发展也将成为中国现代文化历史中的新生力量。无产阶级不仅是被表现的主角，而且还可能是表达世界的创作者。

显然，"五卅惨案"首先改变的是知识阶层对待现实的态度，迫使他们重新思考文学与社会现实的关系。它促使知识阶层由关注自我转向关注社会，由关注精神层面的个人情感转移向关注现实世界的社会情感，由思考文学的自由独立价值转向关注文学的社会文化内涵，由关注文学的审美价值的塑造转向关注文学所传达的社会政治意义。文学，在整个社会文化中的功能性，在这次惨案之后，被突出了出来。

其次，五卅运动无疑为文学创作提供了新的表现题材，而这一事件也的确在中国现代文学史上留下了深深的烙印，并促使文学作品在内容、风格、手法等多个方面发生了显著的变化。这些变化，无疑为中国无产阶级文论在理论上的深化提供了坚实的基础。随着对社会现实认识的不断深化，左翼理论家对于左翼思想的了解也变得日益迫切起来。而对左翼文学、左翼理论的介绍、翻译，也在"五卅"之后成为社会的主潮。不论是创造社、太阳社激进的左翼理论观点，还是瞿秋白、鲁迅等人对马克思主义理论的介绍，都可以说是这种思潮的重要表现。与此同时，中国左翼文化工作者对理论的需求已经不再满足于通过苏联、日本的转译，而是开始有意识地直接翻译、介绍马列原典，这一变化对中国左翼文艺工作者更深入地了解马克思主义文艺理论，更深入地思考中国的社会现实，无疑具有积极的促进作用。

从这一点上来看，"五卅惨案"客观上促进了中国知识阶层集体向左转，而这也是中国左翼文化思潮得以在"五卅惨案"后迅速崛起的一个直接诱因。由"五四"新文化运动所发起的对个体的关注、对文学独立性的价值追求，在"五

---

① 茅盾：《读〈倪焕之〉》，见北京大学、北京师范大学、北京师范学院中文系中国现代文学教研室主编：《文学运动史料选》第 2 册，上海，上海教育出版社 1979 年版，第 170 ~ 172 页。

卅惨案"后为文学的社会性意义，文学的集体性、民族性价值所取代，后者逐渐发展为中国文学的主流，并成为中国无产阶级文论思考的主要对象。而前者依然存在，但开始边缘化。

3. 左联：20 世纪 30 年代中国最大的文学团体

"五卅惨案"后，伴随着中国知识阶层的整体左倾，中国左翼文化思潮得到了空前的发展，同时，中国无产阶级文论也寻找到了进一步发展的空间。1926年，郭沫若发表《文学与革命》、《文艺家的觉悟》等文章，重新思考文学的价值功用，指出文学应是替被压迫阶级说话的文字，应是表同情于无产阶级的社会主义的写实主义的风格。新的革命浪潮以各种形式激励着作家们，叶绍钧、郑振铎、欧阳予倩、田汉、郁达夫等作家或表达对革命事业的支持，或奔赴广州、武汉等地，投入到对革命文艺的宣传之中，而反映普罗大众生活的文艺作品也空前增加了。这无疑为无产阶级文论进一步发展奠定了基础。

1929 年，中共中央派人到上海，指示创造社、太阳社准备与鲁迅为首的左翼作家一起，筹备建立统一的文学组织。这一要求得到了各文学社团的积极响应。冯乃超、沈端先（夏衍）、冯雪峰等人加入到了对这一组织的积极筹备工作中。1930 年 3 月 2 日，经过充分酝酿，中国左翼作家联盟在上海成立，发起人除鲁迅外，还有沈端先、阳翰笙、郁达夫、冯乃超、冯雪峰、郑伯奇等人。此外，郭沫若、茅盾在当时虽不在国内，但经过他们确认，也加入到了这一团体中，成为这一文学团体的共同发起人。

左联的成立标志着中国无产阶级文论的发展进入到一个新阶段，是中国文学界一次空前的大联合。"左联"在其理论纲领中就明确指出，文学艺术首先要面临的就是血腥的现实社会斗争，其内容首先要反映的就是无产阶级的情感生活，其价值倾向是反对封建主义、反对资产阶级的，同时也反对失掉了社会地位的小资产阶级的。左翼文学将为援助无产阶级的事业而存在。在"左联"成立大会上，鲁迅也发表了讲话，他着重阐明，左翼作家需要有坚实的现实感，需要放弃浪漫蒂克的幻想，坚韧的斗争。失去现实性，"左"的作家"右"起来也十分容易。鲁迅还指出，作家要放弃自己的现实优越感，不要期待革命成功后受到特殊的待遇，要正确对待作家与普通民众的关系。鲁迅认为，文艺的战线还应该扩大，要创造出更多新的文艺战士，要坚持有实力的战斗。[①] 鲁迅对于文艺与文艺

---

① 鲁迅：《对于左翼作家联盟的意见——三月二日在左翼作家联盟成立大会讲话》，出自北京大学、北京师范大学、北京师范学院中文系中国现代文学教研室主编：《文学运动史料选》第 2 册，上海，上海教育出版社 1979 年版。

斗争的认识，无疑是有着深刻的现实基础的，是建立在对中国社会长期而深入的认识上的，也因此，他的见解不仅精辟，而且具有很强的指导意义。

4. 左联的理论论争

左联在成立以后经历了一系列转变，这种转变既有内部的，也有外在的。来自于内部的转变主要是指导思想的变化。左联在成立之初，由于错误的指导思想，尤其是在1930年8月初期通过的决议《无产阶级文学运动新的情势及我们的任务》，将一个文学团体转变为一个有着严格纪律的政治团体，并将对党员的要求转移为对作家的要求，放弃文学写作而去搞街头政治，这一错误的决定给左联及左翼文化运动带来了极大的伤害。尽管在1930年3月《对于左翼作家联盟的意见》一文中，鲁迅就对既有的政策表达了反对的意见，但并没有起到应有的成效。直到1931年，在瞿秋白的主持下，由冯雪峰执笔通过了左联新的决议《中国无产阶级革命文学的新任务》，才终于回归了左联成立的初衷：团结一切可以团结的力量，与反动势力进行斗争。但这种团结也不是无原则的。左联的原则性体现在以下方面：

首先是来自于左联内部的理论争论。左联在中国无产阶级文艺理论发展中的重要贡献首先体现在文艺大众化的争论上，这也是中国左翼文学理论工作者主动运用马克思主义的文艺观点与中国具体的社会实践相结合的一次尝试。尽管文艺大众化的呼声早在"五四"时期就有学者提出过，但那毕竟缺少具体的理论基础和社会基础。随后在1928年成仿吾的《从文学革命到革命文学》一文中再度提出文艺应努力接近农工大众的语言这一问题，并引起了郁达夫的注意，郁达夫借此创办了《大众文艺》刊物。但这一问题真正引起研究者们的注意则是1929年底的事情，并在众多左翼刊物《大众文艺》、《艺术》、《拓荒者》等上进行了讨论。1930年，郭沫若、郑伯奇、冯乃超、沈端先等人先后在《大众文艺》上发表文章，这些文章涉及到作家的阶级身份问题、文艺作品的通俗化的问题，并正式提出了文艺大众化的任务。此为这一问题讨论的第一个阶段。

第二个阶段则是1932年瞿秋白的文章《普罗大众文艺的现实问题》引起的，该文发表于《文学》半月刊上。随后瞿秋白又发表了《大众文艺的问题》一文，引起了广泛的注意，而在"左联"的刊物《北斗》、《文艺新闻》、《文艺导报》等杂志上，也开始就文艺大众化问题进行深入探讨。瞿秋白、鲁迅、茅盾、周扬、郑伯奇、陈望道、郑振铎等知名人士对此问题进行了探讨。相对于第一次争论集中在"大众"的界定和大众化的可行性等问题，此次争论的焦点集中在革命文艺的民族形式的建立这一更为深入的问题上。此外，民族的语言问题也成为争论的重要问题，而建立民族共同语的可能性也成为争论的要题之一。正是通过此次讨论，马克思主义文艺思想比较成功地运用于中国具体的文化问题、文学问题的思考中，并恰当地解决了一些理论问题，这也是马克思主义中国化的一次重要成果。

左联另一次重要的理论争论则是发生于 20 世纪 30 年代中期的"两个口号"的论争。这一论争出现的背景是 20 世纪 30 年代在民族危机进一步加深的现实条件下，越来越多的作家开始投入到抗日宣传工作中。而此时，在上海的左翼进步知识分子又与远在陕北的共产党中央失去了联系。在一个特定的历史转折点，如何建立最广泛的民族统一战线，对敌斗争，共御外辱，就成为共产党及国内进步人士共同关注的问题。"两个口号"的争论就是在这种背景下发生的。

1934 年，周扬从苏联引进了"国防文学"的口号，意在扩大发展民族革命战争的文学。这一口号突出了民族性而淡化了阶级性，因此引起了一些论者的非议，并产生了争论，对这一口号进行批判。显然"国防文学"界定的模糊性是引起争议的原因，尽管周扬本人也对"国防文学"的内涵进行了一些修正（这些修正依然有不当之处），但争议并未停止。1936 年，冯雪峰从陕北回到上海，带回了中共瓦窑堡会议的精神，并和鲁迅、茅盾一起为补救"国防文学"内涵上的模糊性而提出"民族革命战争的大众文学"的口号。这个口号在一定程度上纠正了"国防文学"可能招致的放弃无产阶级领导权等问题所带来的不足，同时保留了与左翼文艺运动的联系，具有理论上的合理性。后来由于宗派主义观念作祟，胡风擅自将此口号发布于众，而且未作详细说明，从而招致革命阵营内部"两个口号"之间的对垒，并引起了激烈的回应。它不仅在一定程度上引起了左翼文化阵营内部的分裂，而且也使国内外的反动势力介入进来，混淆视听，在一定程度上造成了理论思想的混乱。这一结果是很多左翼人士没有想到的。但它无疑加速了"左联"的解散。

"两个口号"的论争的结果尽管不尽如人意，但在客观上对党的抗日民族统一战线的思想进行了宣传，进一步批判了党内左倾宗派主义，警告了初步出现的右倾投降主义，巩固了无产阶级在抗日民族统一战线中的地位，"促进了革命作家队伍认识的提高，为文艺界下一阶段更广泛的团结抗日打下了坚实的基础。"①因此这一争论还是有着广泛的现实意义的。

除此以外，左联还探讨了现实主义的问题、杂文的问题、文学典型的问题等，这些探讨都在各个层面上，深化了文学理论和文学思考，在同各种错误思想及反动理论积极斗争的同时，促进了左翼文化运动的发展。

---

① 刘永明：《左翼文学运动与中国马克思主义文艺理论的早期建设》，北京，中国文联出版社 2007 年版，第 215 页。

二、中国化马克思主义文论的主导化

1936 年左联的解散，意味着中国左翼文学发展的一个阶段结束了，而中国共产党的红色武装在经过艰苦卓绝的努力之后终于在陕北建立新的根据地，中国无产阶级革命的中心由南方逐渐转移至北方，中国的革命形势也发生了根本的变化。随着红色政权的建立和巩固逐渐北移，许多左翼作家、青年、知识分子也在红色政权的感召下奔赴陕北。左翼知识分子的到来无疑也为延安带来了新的元素，并在碰撞与调整中促进一种新的文化形态的诞生。同时，文艺理论也在这种碰撞和调整中产生了新的精神气质和价值观念，并由此而诞生了中国化马克思主义文论典范性的作品，即 1942 年毛泽东的《在延安文艺座谈会上的讲话》（以下简称《讲话》）。这一经典文献直到今天还在影响着中国文艺理论的发展。所以，在这里有必要首先梳理《讲话》产生的微观政治语境和宏观形势。

1.《讲话》发表的背景及其效果

1941 年，以《解放日报》"文艺副刊"为主要阵地，包括《谷雨》和《文艺月刊》这些杂志，刊载了一系列对延安的社会现实进行批评的文章。丁玲、艾青、萧军、王实味、罗烽等作家都纷纷表达了自己的意见，撰写了相关的文化批评。如丁玲的《我们需要杂文》、艾青的《我对目前文艺上几个问题的意见》等。1942 年春节，张谔、华君武、蔡若红等画家举办了针砭延安时弊的"讽刺画展"；同时在一些地方也出现了具有批评性色彩的墙报。而包括丁玲、朱寨在内的一批作家的批评性小说也被传播出去。这些文艺作品的价值态度引起了延安文艺界、思想界和政治界的广泛关注，尤其是他们对延安所采取的批评姿态、他们对作家思想观念自由性的强调，他们对文艺和政治之间关系的反思，还有他们对文艺作品歌颂和暴露问题的探讨，都具有特定的文化价值和意义。

但其中的一些作品在国统区和解放区的传播产生了极为复杂的效果，并对延安产生了复杂的压力。也因此正在对党进行整风的毛泽东及时调整了原有的部署，开始展开对知识阶层的思想再教育运动，并试图从政治上、文化上等多个层面解决这一现实的问题，这一调整的结果，就是《讲话》。

毛泽东的《讲话》无疑是马克思主义文艺思想中国化的典范性成果，也是中国文艺思想发展多年以来最重要的收获。它创造性地将马克思主义文艺理论与中国的社会实践相结合，并构建出中国未来新文艺发展的根基。从马克思主义文艺理论在中国的传播和接受的角度来看，毛泽东文艺思想是在充分吸收包括李大钊、陈独秀、瞿秋白等党的优秀领导人的思想基础之上形成的，同时也是在充分考虑到包括鲁迅在内的国内先进左翼文艺工作者的思想观念的基础上形成的。也因此，毛泽东文艺思想是对中国多年来文化理论思考与实践的总结之作。由此，《讲话》不仅成为解放区文艺工作的基本指导思想，改变了解放区文艺的基本格局，调动了作家的创作积极性，同时也在新中国建立后成为中国文艺思想发展的基本指导方针政策。

在《讲话》发表之后，包括丁玲在内的许多作家都积极投入到新的文艺写作实践当中去，不少作家离开了延安，走到工农兵当中去，了解普通一兵的生活，了解残酷的现实政治斗争、军事斗争，并创作出大量优秀的作品。如丁玲在后来创作出的《太阳照在桑干河上》，无论在写作题材的选择上还是写作的语言风格上，都与以前发生了很大的变化；再比如艾青的诗歌中，年轻而充满朝气的士兵形象跃然纸上，成为延安充满朝气、活力和希望的象征。而后来解放区理论家对作家赵树理的发现，也成为解放区文艺最为重要的文学成果。此外，戏剧、诗歌、音乐、美术等艺术形式丰富多样，充满了新的生活的气息，这些都可以说是《讲话》带来的重要变化。

2. 新中国建国后文艺理论的发展演变

随着新中国的建立，《讲话》作为党的文艺指导方针得到了积极贯彻执行。1949 年 7 月在北平召开了中华全国文学艺术工作者代表大会，来自不同文化背景的作家、文艺理论家、学者济济一堂，共商国是。而中国左翼文艺思想在经过几十年的斗争之后，终于取得了国家合法性主导思想的地位，并开始全方位地影响国家文艺理论思想的发展变化。如同周扬在大会报告《新的人民的文艺——在全国文艺工作者代表大会上关于解放区文艺运动的报告》中所阐述的那样，《讲话》规定了中国新文艺的方向。

尽管在新中国成立后，文艺理论经过了多次论证，争论的主题也涉及到各个层面，但其发展的基本主线是，在《讲话》政策的指导下，马克思主义文艺思想与中国革命的具体实践相结合向深度和广度发展，同时文艺理论也越来越注重中国的具体实际情况；而对马克思主义文艺思想的接受也由注重对相关经典文本的阅读、征引向对马克思主义文艺思想方法的运用转变。理论工作者试图在各个层面上运用唯物辩证法，在《讲话》的指引下，解决具体的理论问题。这些问题，概括而言可以涉及以下两个大的方面：一是对社会主义现实主义的讨论，二是典型问题的讨论。这些讨论在不同的层面上深化了中国化马克思主义文艺理论，具有积极的意义。

（1）对社会主义现实主义的讨论。"社会主义现实主义"这一概念最早是由周扬从苏联译介过来的。1953 年 9 月，北京召开中国文学艺术工作者第二次代表大会，在周恩来的政治报告中，社会主义现实主义被定为文艺界创作和批评的最高标准。周恩来认为，社会主义现实主义在"五四"新文化运动中就已经存在，从五四到 1942 年《讲话》发表，是这一思想由萌发成长为中国文艺创作主流的过程，而 1942 年以后，则是这一主流思想更为明确的时期。社会主义现实主义文学这一概念作为新中国文艺创作最高标准的法定地位自此确立。

1956 年 5 月，毛泽东同志在最高国务会议上提出了"百花齐放，百家争鸣"的口号，并成为促进我国艺术发展和科学进步、社会主义文化繁荣的长期、基本方针。也是在这个背景下，社会主义现实主义这一概念成为文学理论界重新思考的对象。当然，这一问题的考虑还有一个大的社会主义文化背景，就是苏联在解冻文学思潮中，对此一概念的重新审视。1956 年 9 月，在《人民文学》9 月号上发表了何直（秦兆阳）的论文《现实主义——广阔的道路》，开始对这一概念重新思考。何直文章的基本判断是，作为现实主义的核心标准的典型环境中的典型人物，构成了全部现实主义文学艺术真实性和思想性的根本原因；同时，一个作家对环境与人物典型性的把握和表现的高度决定了他作品中人物和思想的高度。这一规律已经在历史中为文艺实践所证实。何直的直接目的是为了反思文艺创作中概念化、公式化的创作倾向，并试图以恩格斯的理论思考为基础，对这一现象提出一个新的解决之道。这也自然使何直思考"社会主义现实主义"这一概念的合理性。何直认为这一概念中存在着一定程度的混乱，在逻辑上难以理清，并产生了种种不合理的清规戒律，影响了作家的创作实践。何直相信，现实主义本身即包含着忠实于现实，真实地反映现实等基本观念，不需要一个外在的观念再对之进行限定。

随后，在 1956 年 12 月号的《长江文艺》上刊载了另一位理论家周勃的论文《论现实主义及其在社会主义时代的发展》，支持何直的观点，并对典型化问题予以补充。是年 12 月，在《文艺报》上刊载张光年的文章《社会主义现实主义存在着、发展着》，对何直、周勃的文章提出质疑。1957 年上半年，全国各地报刊相继发表了很多理论家、评论家、作家的文章，对这一问题进行学术层面的思考。讨论十分深入，取得了很好的理论进展。遗憾的是这一讨论在随后发生的反右斗争中被终止，相关人士也受到了政治处理。

（2）对典型问题的讨论。典型问题一直是现实主义文学的基本问题，也是现实主义文学的核心问题。中国理论界对典型问题的直接而具体的理论探讨，还是始于 20 世纪 30 年代的瞿秋白。他将恩格斯给玛·哈克纳斯的信翻译成中文，也使我国左翼理论界通过马克思主义创始人的经典论述，了解到典型的核心观点。恩格斯在此信中还有一句话，即要"莎士比亚化"而不要"席勒式"，强调典型塑造的出发点在对人物现实的、个性特征的把握，而不是所谓的普遍性。随后，还是在20世纪30年代，胡风和周扬之间发生了关于典型问题的著名争论，这次争论也表明两个人在典型的基本问题上并没有差异，其差异表现在作家的姿态上。胡风更强调作家的主体精神对人物的把握能力，及对人物的思考要从作家的内在精神的角度出发；而周扬则强调的是作家的冷静的、客观的表现姿态。二者之间的差异并不大。

新中国成立以后，典型问题在20世纪50～60年代引起的讨论有三次。第一次是在1952年，马林科夫在苏共十九大报告上将文学中的典型问题视为一个政治问题。由于当时一边倒的政治政策，马林科夫的观点很快就被我国的《人民日报》、《文艺报》转载介绍过来。1953年3月5日斯大林去世，马林科夫下台而赫鲁晓夫上台，赫鲁晓夫重新制定了政治和文艺政策。而对马林科夫的观点，苏联的《共产党人》杂志则于1955年第18期刊载《关于文学艺术中的典型问题》的专论，对马林科夫的典型观点进行清算。我国《文艺报》于1956年2月的第三号转载了《共产党人》的文章。同时，我国的《人民日报》1956年4月5日也发表了专文《关于无产阶级专政的历史经验》，其观点与苏共的观点有一定的差异。这表明我国理论界开始摆脱苏联的理论影响，而有意识地独立思考上述问题了。

典型问题的第二次理论争执开始于1956年。是年4月，张光年在《文艺报》第18期上刊载文章，结合三部话剧在理论上遭到的粗暴批判反思文艺形象的塑造问题。再有就是巴人在专著《文学论稿》中对上述问题进行了探讨。1956年引起的典型问题讨论中最值得关注的可能是何其芳，他在《人民日报》1956年10月16日刊载的《论阿Q》一文，从艺术形象共名的角度，反思阿Q形象的价值意义，引起了广泛的注意。典型问题的第三次讨论开始于1961年对长篇小说《金沙洲》的讨论，主要集中于人物的阶级性和个性之间的关系、阶级性与时代之间的关系等问题的展开。

就新中国成立以来关于典型问题的讨论来看，较为深入的要算是第二次，而1961年的讨论颇有强弩之末的感觉。典型问题的讨论实际上与文学创作中的概念化、公式化问题有着密切的关系。新中国成立以后，在文艺创作的理论探讨上一直在反对文学创作的概念化、公式化，而对典型问题的探讨也无疑是从另一个角度反思这个问题，并提出合理地解决方法。就1956年对典型问题的探讨而言，对什么是成功的艺术典型有两种基本的认识倾向。其一是认为典型就是代表性，巴人就持此论。这实际是突出了恩格斯所谓的人物的共性特征的观点。其二是坚持了恩格斯的基本认识，认为典型是共性和个性的统一，如张光年和蔡仪。这一观点注意到了个性塑造对于人物形象的价值意义，但往往又强调个性必须要统一于共性之中，而忽视了恩格斯一直强调的要莎士比亚化的理论要求。

现在我们来看何其芳《论阿Q》一文的理论贡献。何其芳的观点被概括为"共名说"，即一个艺术形象不仅存在于书本中，还存在于生活中，成为人们称呼某一类人的共名，这个共名，要么为人们所效仿，要么为人们所厌恶。而这就是一个艺术形象得以成功的标志。显然，何其芳对典型的思考是从人物形象的社会接受效果来考虑的，何其芳对这一特征的概括是试图在多个成功的艺术形象中，努力发现其中存在的普遍规律。但一方面一些普遍流行的形象并不见得就是一个具有很高价值的"艺术形象"；另一方面，这些形象并不见得是人物的根本性特征。共名说还是存在着一定的局限性，但其突出艺术接受的特征却是值得注意的。

三、中国化马克思主义文论之集大成：毛泽东文艺思想

毛泽东文艺思想是我国新民主主义革命时期至改革开放前马克思主义文学理论中国化的重要理论成果，也是"五四"之后中国革命文艺实践经验的科学总结。它从中国革命文艺的实际出发，深入回答了我国新民主主义革命和社会主义建设初期文艺发展中的一系列重大理论和实践问题，对我国现代文艺发展产生了重大影响。

1. 毛泽东文艺思想形成和发展的背景

毛泽东文艺思想形成于我国新民主主义革命时期，发展于社会主义建设初期，集中体现在《新民主主义论》、《在延安文艺座谈会上的讲话》、《正确处理人民内部矛盾》等重要著作中。毛泽东文艺思想的形成是中国近现代历史发展的必然，有着特定的时代背景、理论基础和实践条件。

首先，毛泽东文艺思想的形成是时代的产物。鸦片战争后，中国成为半殖民地半封建国家。中华民族面临着两大历史任务：一个是求得民族独立和人民解放；一个是实现国家繁荣富强和人民共同富裕。为完成这两大历史任务，中国人民进行了不屈不挠、可歌可泣的斗争。在五四运动之前，先后出现过太平天国革命、义和团运动和孙中山领导的辛亥革命，给帝国主义和封建势力以沉重打击，但由于历史的局限性，它们都没有能够完成解救中华民族于危亡的历史使命。"五四"运动之后，由于中国的先进分子开始自觉地用马克思主义重新观察中国

和世界，特别是中国共产党的诞生，使中国革命的面貌为之一新，旧民主主义革命由此转变为新民主主义革命。在中国共产党的领导下，中国人民取得了民族独立和人民解放的伟大胜利，从此站立起来了，开始建设新的生活。

毛泽东文学艺术思想就是在这样的时代条件下应运而生的。毛泽东在把马克思主义基本原理与中国革命实践相结合的过程中，在深入分析中国社会发展的历史、现状和未来趋势的基础上，从根本上回答了中国现代文化的性质、内容、方向等一系列重大问题，为中国现代文学艺术事业的发展开辟了崭新的境界。

其次，毛泽东文艺思想是马克思主义文学理论中国化的结晶。马克思主义文学艺术思想是与马克思主义唯物史观一同传入中国的。陈独秀、李大钊等作为中国最早接受马克思主义的先进分子，在领导新文化运动的过程中，对马克思主义文学艺术思想在中国的传播做出了重要贡献。陈独秀倡导"文学革命论"，提出把以"反对旧文学、提倡新文学"为特征的文学革命作为"五四"新文化运动的一个重要内容。李大钊最早把马克思主义文艺观比较系统地介绍到中国思想界，他在《我的马克思主义观》、《什么是新文学》等文章中，努力把唯物史观与中国革命和新文化建设的实际相结合，阐明新文艺发展面临的迫切问题。他主张，新的文艺应反映新的时代精神，举起"平民主义"的旗帜，塑造具有社会主义性质的"特殊的个性的艺术美"。

毛泽东从"五四"时候起，就在李大钊等马克思主义者的影响下开始学习马克思主义，建立起对马克思主义的信仰。在长期的革命实践中，他系统而深入地研究了马克思主义理论，并努力在实践中加以运用和发展，逐步探索出一条有中国特点的革命道路，提出了新民主主义革命、新民主主义社会建设乃至社会主义建设的一整套理论，其中包括新民主主义文化、社会主义文化建设等思想，从而形成了具有中国风格和中国气派的马克思主义理论成果——毛泽东思想。毛泽东在《实践论》、《矛盾论》，特别是《新民主主义论》和《在延安文艺座谈会上的讲话》等著作中，给我们留下了丰富的文艺思想。

再次，毛泽东文艺思想是对中国优秀文化传统与新文艺经验的科学总结。

中华民族在数千年的文明发展中，积淀了丰厚的文化传统。如何对待传统文化，是"五四"时期以及以后一直在讨论的问题。毛泽东从历史唯物主义观点出发，科学解决了这一问题。他主张，"我们是马克思主义的历史主义者，我们不应当割断历史。从孔夫子到孙中山，我们应当给予总结，承继这一份珍贵的遗产。"他反对历史虚无主义，反对"全盘西化"。同时，他主张对传统文化要分析研究，有批判地继承，反对复古主义、保守主义。一句话，要以马克思主义为指导，对传统文化采取"取其精华，去其糟粕"的态度和方法，创造新文化。

2. 毛泽东文艺思想的基本内涵

毛泽东文艺思想的内涵主要有以下几个方面：

第一，深刻地论述了文艺与人民的关系，确立了文艺为人民大众服务的根本方向。毛泽东《在延安文艺座谈会上的讲话》首先提出，文艺"为什么人"的问题，"是一个根本的问题，原则的问题"。[①] 他特别引用了列宁关于文艺应当"为千千万万劳动人民服务"的论述，说明这个问题在马克思主义学说中早已解决了，然而，在当时革命队伍中一些文艺工作者的思想观念以及文艺实践中，这个问题并没有彻底解决。因此，要把文艺"为什么人"的问题，作为首要的和中心的问题提出来，并联系革命文艺实践加以解决。对此，毛泽东做出了明确回答。他说："我们的文学艺术都是为人民大众的，首先是为工农兵的，为工农兵而创作，为工农兵所利用的。"这就为革命文艺的发展指明了方向。

第二，全面阐明了文艺与社会生活的关系，为革命和社会主义文艺实践指明了道路。毛泽东从辩证唯物主义反映论的基本原理出发，提出了文艺源于生活而又高于生活这一著名思想，深入阐明了文艺与社会生活的辩证关系。

毛泽东首先规定，社会生活是文艺创作的惟一源泉。一切种类的文学艺术的源泉是从何而来的呢？这是文艺史上历来争论不休的问题。毛泽东从辩证唯物主义认识论的高度，根据社会存在决定社会意识的原理，做出了科学回答。他说："人民生活中本来存在着文学艺术原料的矿藏，这是自然形态的东西，是粗糙的东西，但也是最生动、最丰富、最基本的东西；在这点上说，它们使一切文学艺术相形见绌。它们是一切文学艺术取之不尽、用之不竭的惟一的源泉。这是惟一的源泉，因为只能有这样的源泉，此外不能有第二个源泉。"[②]

毛泽东明确强调，文艺创作源于生活而又高于生活。既然生活很生动，很精彩，那么，为什么人民群众还要追求艺术美？毛泽东说："虽然两者都是美，但是文艺作品中反映出来的生活却可以而且应该比普通的实际生活更高，更强烈，更有集中性，更典型，更理想，因此就更带普遍性。"比如，活着的列宁比电影里的列宁生动，但活着的列宁每天要做很多事情，包括日常琐事，这些不可能都是审美对象，而电影则可以把列宁生活中最典型的活动集中起来，并进行艺术加工，所以更能够给人以美感。毛泽东关于文艺源于生活而又高于生活的思想，特别是他提出的"六更"即文艺"比普通的实际生活更高，更强烈，更有集中性，

---

① 毛泽东：《在延安文艺座谈会上的讲话》，《毛泽东选集》第 3 卷，北京，人民出版社 1991 年版，第 857 页。

② 同①，第 860 页。

更典型，更理想，因此就更带普遍性"思想，是对前人关于艺术美的理论和实践的总结，深刻阐明了文艺与生活的辩证关系，既为文学艺术的创作提供了正确方法，又为我们鉴赏和评价文艺作品提供了美学原则。

第三，准确地揭示了文艺的社会本质和社会功用，回答了文艺与社会、文艺与政治、文艺与革命事业的关系等一系列重要问题。首先，关于文艺与社会的关系。毛泽东根据马克思主义基本原理指出："一定的文化（当作观念形态的文化）是一定社会的政治和经济的反映，又给予伟大影响和作用于一定社会的政治和经济"①。"至于新文化，则是在观念形态上反映新政治和新经济的东西，是替新政治新经济服务的。"文艺作为文化的重要组成部分，必然具有社会性，完全游离于社会之外的文艺是不存在的。其次，关于文艺与政治的关系。毛泽东认为，"文艺是从属于政治的，但又反转来给予伟大的影响于政治。"他特别强调，我们这里所说的政治，是指阶级的政治、群众的政治，不是所谓少数政治家的政治；不能把无产阶级的政治和政治家庸俗化。正因为这样，我们的文艺的政治性和真实性才能够完全一致。由于人民大众的根本利益和意志愿望，是由阶级和群众的政治以及革命事业来集中体现的，因此，文艺为人民大众服务与文艺从属于政治、为革命事业服务是统一的。再次，关于文艺与革命事业的关系。毛泽东指出，"革命文艺是整个革命事业的一部分，……如果连最广义最普通的文学艺术也没有，那革命运动就不能进行，就不能胜利"。中国人民的解放斗争，需要文武两个战线，既要依靠拿枪的军队，也要依靠文化的军队。"五四"以来的革命文艺运动，对推动中国社会的进步发挥了重要作用。我们要继续推进革命事业，建设民族的、科学的、大众的新民主主义文化和社会主义文化，就必须大力发展革命的文学艺术。

第四，深入地阐述了文艺作品思想内容与艺术形式统一的基本艺术规律，为文艺创作与批评奠定了理论基础。毛泽东作为革命家、思想家兼诗人，具有深厚的艺术修养和丰富的创作经验。因此，他在深刻论述文艺问题时，牢牢地把握了艺术规律。

首先，文艺作品应当是思想内容与艺术形式的统一。毛泽东明确提出："我们的要求则是政治和艺术的统一，内容和形式的统一，革命的政治内容和尽可能完美的艺术形式的统一。缺乏艺术性的艺术品，无论政治上怎样进步，也是没有力量的。因此，我们既反对政治观点错误的艺术品，也反对只有正确的政治观点而没有艺术力量的所谓'标语口号式'的倾向。"针对当时有些同志忽视艺术的

---

① 参见毛泽东：《新民主主义论》，《毛泽东选集》第 2 卷，北京，人民出版社 1991 年版，第 663 ~ 664 页。

倾向，他特别提出"应该注意艺术的提高"。毛泽东的这一思想，阐明了作品的思想内容与艺术形式的辩证关系，揭示了文艺创作和文艺事业发展的基本规律。

其次，文艺批评应坚持政治标准与艺术标准统一的原则。既然文艺作品是思想内容与艺术形式的统一，那么，文艺批评标准也就有两个方面。毛泽东说："文艺批评有两个标准，一个是政治标准，一个是艺术标准。"一般来说，文艺批评总是把政治标准放在第一位，把艺术标准放在第二位。但不能把政治标准与艺术标准的关系绝对化，更不能把政治标准作狭隘的理解。文艺作品多种多样，有的政治性强，有的政治性弱，不能用千篇一律的标准要求每一件作品。特别不能从狭隘的政治观点出发来限制艺术创作，对政治标准的掌握要适当，主要看作品的大方向是否正确在艺术标准方面，同样需要辩证地对待，尽管文艺批评要区分出作品在艺术上的高下，但应该容许各种各样艺术作品的自由竞争。

四、中国化马克思主义文论家：瞿秋白、周扬、胡风

1. 瞿秋白的文艺思想

瞿秋白（1889～1935年），中国共产党早期的主要领导人之一，中国最早的马克思主义文艺理论家。瞿秋白对马克思主义文艺思想在中国传播所做出的贡献主要体现在以下几个方面：其一是马克思主义文艺思想的译介；其二是对马克思主义文艺思想的阐释，并结合中国具体的社会语境，促进马克思主义文艺思想中国化，提出中国无产阶级文艺思想必须面对及解决的问题；其三是投入文艺批评的战斗中，对20世纪30年代各种非马克思主义文艺思想、伪马克思主义文艺思想予以批驳，并与各种反动的文艺思想进行论战。

（1）对马克思主义文艺思想的译介工作。为了促进中国对马克思主义文艺思想的了解，自20世纪20年代中期开始，瞿秋白自觉地参与到对俄罗斯文艺思想、马克思主义文艺理论的译介中来。这些工作尽管在当时的影响有限，但瞿秋白在随后的工作中取得了重要的实绩，尤其是他在20世纪30年代初期的译介工作。

瞿秋白对这一工作的选择是具有很强的现实针对性的。其一，在瞿秋白从事这种译介工作之前，中国对于马克思主义文艺思想的了解多是来自于二手资料，尤其是对马克思恩格斯（以下简称马恩）思想的了解更是途经了苏联、日本，而对于马恩原著，看过的并不多。这也使得中国早期对马恩文艺思想的接受，都

149

染上了两个国家的一些弊端，如宗派主义、关门主义①，并对中国左翼文化运动产生了相当大的负面影响。瞿秋白的这一译介工作，在一定程度上是为克服上述弊端而进行的。他不仅批判了左翼文艺思潮中的这些错误现象，同时为左翼文化工作者提供了新的思想坐标，对克服上述问题，起到了积极的作用。其二，瞿秋白的上述工作对于中国左翼工作者深入了解马克思主义理论起到了积极的作用。瞿秋白系统介绍了马克思主义文艺思想中的几个关键性问题，如现实主义文艺创作的原则问题（即真实性问题）、现实主义文艺创作的方法问题（即典型化问题）、现实主义文艺创作中世界观的作用问题。瞿秋白明确接受了恩格斯在《致玛·哈克纳斯》的信中所提出的观点，文艺创作要莎士比亚化，不要席勒化，并认为这是中国文艺十分重要的创作原则。瞿秋白的这些工作对于克服左翼文学创作中的庸俗社会学的影响，对于正确理解革命政治和文艺之间的关系，都起到了积极的作用。

（2）文艺大众化。在中国现代文艺理论研究者中，瞿秋白是较早关注文艺大众化问题的理论家，同时，大众化也成为瞿秋白研究中国文艺问题最重要的关键词之一。由文艺的大众化问题引发出来的是文艺为着什么去写、写什么、用什么语言写、怎么写以及文艺要干什么等问题。这些问题的进一步追问则是文艺的阶级性问题。对于这些问题，瞿秋白在20世纪30年代的文艺理论思考与实践中，从自己的实际经验和特定的理论视角出发，给予了初步的回答，并在相当长的时间内，影响着后来中国共产党对文艺的认识。

文艺为什么去写的问题可以说是无产阶级文艺的基本问题。瞿秋白提出这一问题的直接原因来自于他对"五四"新文化运动的基本判断。在瞿秋白看来，"五四"最终以失败而告终，知识分子的统一战线最终分裂。而这首先来自于文艺缺少民众的支持，作家与民众之间存在着的难以跨越的鸿沟。尽管"五四"时期也提出了文艺应该面向普通民众的问题，但这个问题并没有受到知识阶层的真正重视。事实是，"五四"时期的文艺作品中，民众多以负面的形象出现，就展现出了知识阶层与民众之间的隔阂。所以到了20世纪30年代，瞿秋白进一步意识到了这一问题的严重性，并明确提出了革命的文艺应该用民众自己的语言，面对民众的实际生存状况中所出现的问题，给民众以明确的回答。瞿秋白并不否认文艺的宣传性、政治性、战斗性，但在他看来，文艺在整个社会改造的事业中所起的作用只是辅助性的，而不是决定性。这表现出身为政治家和文艺家的瞿秋白的特殊的冷静判断。

由此引发的问题是大众文艺应该表现什么的问题。瞿秋白明确提出，无产阶

---

① 20世纪20年代后期的创造社、太阳社在此表现尤为明显。参见艾晓明：《创造社前后转变与日本福本主义》、《太阳社与日本"新写实主义"》，《中国左翼文学思潮探源》，北京，北京大学出版社2007年版。

级的文学艺术应该首先以工人、农民、士兵的生活斗争为表现对象，土改、罢工、游击战争等各种生活都应该进入到文艺表现的视野中。不仅如此，无产阶级文艺还应该表现出普罗大众心里世界的巨变，"奴隶的心的变化和消灭，是极端复杂的景象和过程。群众所需要的文艺，还应该深刻些去反映，更紧张些去影响'挖心'的斗争。"① 显然，瞿秋白认识到，表现民众内心世界中的"奴隶"的部分依然是普罗大众文艺的任务，但这种新的文艺不仅仅要表现出民众精神上的那些奴隶性的东西，更要展示对这种奴隶性的征服的过程，还有这征服中所面对的各种苦痛。就此而言，瞿秋白无疑是深刻的。也因此，警惕在普罗文艺中将群众斗争类型化、公式化，忽视被压迫者所面对世界的黑暗，甚至是被压迫者精神上的黑暗，都是肤浅的。

（3）文艺的语言问题。瞿秋白对"五四"新文化运动的评价，虽然由于特定的文化历史语境而可能有些偏低，但他的确意识到了"五四"时期的文学语言与普通民众之间的距离。欧化的文艺是与普罗大众渐行渐远的文艺，这种文艺将丧失其存在的土壤。因此，文艺主动贴近民众是中国无产阶级文艺必须解决的问题。与此同时，文艺不能简单地适应民众，因为民众必须要吸收世界优秀的无产阶级文化，学习他们的宝贵经验，从而有效地提高自身的文艺水准。显然，瞿秋白在此不仅显示了他特有的理论视野，而且也展示出其思考中蕴含的辩证的唯物主义精神。

再有就是文艺怎么写和干什么的问题。文艺大众化中一直存在的一个尖锐问题就是文艺的艺术形式问题，大众化是否意味着文艺必须采取通俗的形式，以迎合大众的需要？对此许多知识分子的确面临着跨越这种鸿沟的精神障碍。瞿秋白从文艺阶级性的角度切入这一问题的思考。他首先指出，许多知识分子本身并不是普罗大众中的一员，他们往往是本阶级的逆子贰臣，怀着深切的同情，成为革命文艺中的一员。但这也是其精神障碍形成的根源。这就需要知识阶级有意识的进行精神上的反思和改造，重新思考自己在整个社会中的位置。而这就是知识分子的无产阶级化的问题。无产阶级化不是简单如读几本马列主义的书就可以完成的，它必定地是一个痛苦而深刻的过程，也只有在这种痛苦的精神炼狱中，知识分子才有可能获得真正无产阶级的意识，与普罗大众成为同一战线里的战友。再有，作家应该培养自己的无产阶级的情感，"单是有无产阶级的思想是不够的，还要会象无产阶级一样的去感觉。"② 这可以说是无产阶级文艺真正的灵魂所在，也是无产阶级文艺真正的政治性、宣传性、斗争性生成的源泉。以一个普通人的视角去感受世界，这是瞿秋白给作家提出的新的要求。也只有如此，作家才有可

① 瞿秋白：《"忏悔"》，《瞿秋白文集》第1卷，北京，人民文学出版社1985年版，第411页。
② 瞿秋白：《普罗大众文艺的现实问题》，《瞿秋白文集》第1卷，北京，人民文学出版社1985年版，第481页。

能发现一个新的天地，而作家的写作才会走出阁楼，走向民众，走向世界。

2. 周扬的文艺思想

周扬（1908～1989 年），湖南益阳人，原名周起应。幼时受到过私塾教育。1927 年加入中国共产党，1928 年留学日本。20 世纪 30 年代回到上海后先后加入中国左翼戏剧家联盟，中国左翼作家联盟。1937 年 8 月来到延安，先后担任陕甘宁边区教育厅长、鲁迅艺术文学院院长、中央文委委员、延安大学校长、华北联合大学副校长、华北局宣传部长等职务。中华人民共和国成立后，在党内长期担任要职。"文革"期间遭批判。"文革"后继续在中央担任各种文化方面的职务。

（1）文艺的政治属性。在"文学服务于政治"这个问题上，周扬十分坚决地坚持着马克思主义的文艺立场，并自觉维护这一观点的正确性与神圣性；同时他也十分自觉地将现代文艺思想的建设视为民族革命解放事业的重要组成部分。在对待"现实主义"的态度上，周扬认为这一创作方法（或创作思潮）是中国现代文学发展的不二法门。

在周扬那里，文艺服务于政治是一个根本性的问题，同时也是其文艺理论展开的出发点和归宿所在。周扬文艺思想的核心问题就是文学应该紧密服务于政治，这种思想在以后的发展中演变为文艺应该服务于具体的政治政策。"在广泛的意义上讲，文学自身就是政治的一定的形式"，① 这是周扬在 20 世纪 30 年代一直坚持的文艺观点。按照恩格斯在《德国农民战争》中对无产阶级斗争形式三个形态的划分——经济的、政治的、理论的，周扬认为，文学是实现阶级斗争的重要理论形态，也因此，文学"就非从属于政治斗争的目的，服务于政治斗争的任务之解决不可。"② 与这种文艺观相呼应，周扬认为，文艺工作者不能仅仅对社会现实持一种冷眼旁观的态度，相反，他还应该以实践者的身份积极投入到现实的革命工作中去。也只有如此他才能够真实、大胆且批判性地将"政治斗争的客观的行程反映在他自己的艺术里面。"③

周扬的这种文艺观点可以在其早期的文艺批评活动中找到根源。在 1929 年周扬所撰写的《辛克来的杰作：〈林莽〉》中，起笔就引用了辛克来的那句名言："一切的艺术是宣传，普遍地不可避免地是宣传"。从周扬对引言的使用及其语气上，可以看出，他是十分欣赏这句话的，并由此奠定了周扬对待文艺的基本态

---

① 周扬：《文学的真实性》，见《周扬文集》第 1 卷，北京，人民文学出版社 1984 年版，第 67 页。
② 同①，第 67 页。
③ 同①，第 68 页。

度。我们可以在周扬文艺评论的早期活动中看到辛克来对他的影响，而且这种认识使得周扬非常坚决地将文艺的政治功用突出了出来。①

其次，在对待"现实主义"文学创作的态度上，周扬认为现实主义文学在现代中国绝对的统治地位，而且这种现实主义绝对不同于传统的现实主义——如中国古典文学中的现实主义、欧洲 18 世纪末期至 19 世纪上半叶的批判现实主义。

在周扬那里，现实主义概念的直接来源是 20 世纪 30 年代苏联作家协会章程中关于"社会主义现实主义"所做的规定，这个规定直接体现在周扬 1933 年那篇译介性的文章《关于"社会主义的现实主义与革命的浪漫主义"》一文中。这一特点影响了周扬对现实主义的理解，他更注重概念的先在性对作家创作的决定性作用。作家要想创作出反映现实生活本质的作品，其前提条件就是对革命现实主义观念的接受，因为"新的现实主义的方法必须以现代正确的世界观为基础。正确的世界观可以保证对于社会发展法则的真正认识，和人类心理与观念的认识，把艺术创作的思想的力量大大地提高。"② 周扬对现实主义的理解最富有特色的地方是，他将浪漫主义视为现实主义文学创作中的一个重要的组成因素，因为现实的素材只有经过想象力和幻想的作用才可以转化为艺术品，也是在这个意义上，浪漫主义反映着现实主义本质的一面。

（2）形象诗学中的政治维度。真实性问题一直是无产阶级文论的中心问题。如果说"文学必须服务于政治"规定了文学的本质极其目的，自觉地对现实主义创作手法的追逐与规范区别了阶级论批评与以往一切的文艺批评，并使阶级论批评拥有一种特殊的先锋姿态；那么对于文学真实性的要求，则成为文艺有效服务于政治，文艺现实主义理论规定的中心问题。文学只有"真实"地"反映"了客观现实的"本质"和"规律"，才会有生命，才可以有效地揭示世界发展的方向，并达到教育群众，改变世界面貌的政治功利性。

在周扬那里，艺术的形象性、人物的典型性是建构真实性话语的关键词，而作为创作主体的作家则退到了次要地位。形象性在周扬文学真实性规范的理论中占有重要的地位。周扬认为无产阶级政治与文学都是以追求和反映真理为目的，而且这个真理是同一的。但文学之所以是文学，文学之所以可以感人，可以对世界发生重大的影响并推动世界的发展，与文学作品的形象性有着密切的关系，"文学是通过形象反映真理的"。③ 这样文学作品的"形象性"成为艺术与政治

---

① 在周扬早期的一些评论文章，如《绥拉菲莫维奇》（1931 年）、《关于文学大众化》（1932 年）、［到底谁不要真理，不要文艺？——读《关于〈文新〉与胡秋原的文艺论辩》］等文中，可以看到周扬在有意无意地突出文艺的政治宣传色彩，尤其是当周扬将文艺的这种政治功能与无产阶级运动联系起来的时候，更是如此。参见《周扬文集》，北京，人民文学出版社 1984 年版，第 23、26、31 页。

② 周扬：《现实主义试论》，见《周扬文集》第 1 卷，北京，人民文学出版社 1984 年版，第 157 页。

③ 周扬：《文学的真实性》，见《周扬文集》第 1 卷，北京，人民文学出版社 1984 年版，第 67 页。

的根本性区别所在。应该说周扬的这种说法并没有什么不对的，但是周扬进一步对形象所做的规定，打破了这种平衡。一个问题，这个"形象"是如何创造出来的呢？在周扬看来，文学形象的塑造与创作主体并没有什么直接的关系，甚至可以说，只要创作主体把握住客观世界的本质和规律，就自然可以塑造出生动的艺术形象来。这样，"形象"就蜕变为理性逻辑规定的图解和演绎。它不是作家生命体验孕育的结果，而是一个外在于作家的理性规定。我们可以从周扬对形象的规定中，看到周扬对感性个体的坚决排斥极其强烈的唯理主义的精神追求。

与这种形象性相呼应的，是周扬对现实主义文学中典型性人物的阐释。早在20世纪30年代周扬就十分关注艺术的典型问题，并因此与胡风发生了理论上的冲突。周扬对于"典型"的理解基本上是遵循了恩格斯对典型的阐释。他认为，艺术典型作为一种特殊的社会存在，是其区别于其他形象的重要标志。鲁迅笔下的阿Q之所以与众不同就因为他是老黑格尔所说的"这一个"，也因此他有不同于其他人的音容笑貌，习惯姿态，服饰语调等等。周扬的这种观点可以说是把握住了艺术"典型"的内在规定性。但遗憾的是，在其后的理论发展中周扬逐渐排斥艺术典型中所蕴涵的特殊性的一面，并突出其中普遍性的一面——尤其是同一个阶级中所共有的一面。这种做法实际上又回到了思维的老路上去，要求个体无条件地服从整体，以牺牲个体的价值为代价，维护世界存在的本质规定。

3. 胡风的文艺思想

胡风（1902～1985年），湖北蕲春人，原名张光人，又名光莹。1920年在武昌读书，3年后入南京东南大学预科，1925年入北京大学英文系预科，1926年入清华大学英文系。是时受"五四"进步思想之影响。1929年赴日本庆应大学学习，参加进步文化运动并加入日本共产党。1933年被日本当局驱逐出境回到上海，结识了鲁迅、冯雪峰，开始了职业革命作家的生涯。曾任"左联"宣传部长、书记。抗日战争后流亡国内各地，先后主办过《七月》、《希望》等文学杂志。新中国成立后曾任中国作协常务理事。1955年遭批判，并被定为"胡风反革命"集团首犯。1979年以后曾任全国人大常委、中国作协副主席、文化部艺术研究院顾问。

（1）延续"五四"以来的现实主义传统。文艺与政治是什么关系？这个问题是早期中国无产阶级文论的基本问题之一。文艺应该服务于政治，对于此，胡风应该是没有异议的。但对胡风来说，文艺不能局限在服务政治的狭隘思路里，还应该有属于自己的空间。对于文艺源于现实、是对现实的反映，胡风在1936年写作的《文学与生活》中作了详尽的说明。胡风更看重的是在文艺反映现实的过程中，文艺家的价值和作用，这才是文艺发展生死攸关的重大问题。

胡风认为，文学应该与时代要求紧密地结合在一起，并能够积极回应现实所提出的问题，这就要求文学创作的主体具有强烈的积极性和斗争性。而体现这种文艺精神的作家，他的人格力量，他对于现实生活的深入和献身精神，就会对文艺的价值产生决定性的作用。进一步，胡风认为，文学反映现实、服务现实的过程不是简单的、机械的、线形的；相反，这个过程里充满了主体与客体之间的克服与被克服的痛苦，"在体现过程或克服过程里面，对象底生命被作家底精神世界所拥入，使作家扩张了自己；但在这'拥入'的当中，作家底主观一定要主动底表现出或迎合或选择或抵抗的作用，而对象也要主动底用它底真实性来促成、修改、甚至推翻作家底或迎合或选择或抵抗的作用，这就引起了深刻的自我斗争。"① 也只有通过这种痛苦的克服与被克服，修改与被修改的过程，主体与客体才能真正融合，并体现出更高的艺术真实。高度融合后的艺术品必然体现着作家的主观意志，但这个主观是有着客观的基础的，体现着客观的目的，因此是客观的成分之一；而且也只有获得这样的主观，作品才会有更高的自由，更高的艺术价值，更强的力量。胡风坚决反对那种在肤浅的意义上所理解的"必然性"，认为那不过是外在于主体的东西，是无法体现出真正的政治意识的。

但在胡风看来，现实主义是"主观精神和客观真理的结合或融合"②，而此处所言的"主观精神"是指主体真诚"为人生"的心愿与对生活的深入认识，所言的"客观真理"则是指人生的真实。只有这种情感和真实达到"结合或融合"的地步，才能产生文艺战斗的生命，而这就是所谓的现实主义。显然，胡风的现实主义与创作主体有着密切的关系。主体在其中拥有充分传达自我的自由，并且这种自由是现实主义获得生命的重要泉源。

（2）艺术实践中的主观精神。与周扬不断排斥个体、强求客观性的表达相对立，胡风对于文学真实性的理解更具有强烈的主观色彩。在胡风的话语体系中，"主体"——作家在创作中的能动作用，始终是关注的中心因素。这个"主体"就是胡风有名的"主观精神"——一种作家在艺术创作过程中所具有的主观能动性。这种精神使作家积极调动起主体中的一切因素，并使客观现实中的一切材料得以进入主体的"熔炉"③中，从而达到主体与客体的结合与统一。这是艺术创作得以形成的前提。胡风对于很多概念的阐释都是以此为依

① 胡风：《置身在为民主的斗争里面》，见《胡风评论集》下卷，北京，人民文学出版社1985年版，第20页。

② 胡风：《现实主义在今天》，见《胡风评论集》中卷，北京，人民文学出版社1984年版，第319页。

③ 胡风：《为初执笔者的创作谈》，见《胡风评论集》上卷，北京，人民文学出版社1984年版，第230页。

据的。

还是"典型"。尽管胡风与周扬曾经为典型问题争得不可开交，但二者在对典型的表层阐释上，差异并不大："作者为了写出一个特征的人物，得先从那个人物所属的社会的群体里面取出各样人物底个别的特点——本质的阶层的特征，习惯，趣味，体态，信仰，行动，言语等，把这些特点抽象出来，再具体化在一个人物里面，这就成为一个典型了。"① 胡风也相信，典型应该是个性与共性的统一。二者的根本区别在对"典型"形象创作过程的阐释中。在周扬的话语体系里，典型的塑造似乎是一个借助人类理性就可以达到的完美控制过程；但在胡风手中，典型是主体主动孕育的结果，"艺术家在创造'典型'的工作里面，既需要想象和直观来熔铸他从人生里面取来的一切印象，还需要认识人生分析人生的能力，使他从人生里面取来的是本质的真实的东西。"② 显然，在胡风看来，典型的塑造不仅需要创作主体的主观投入，还需要"想象"与"直观"的积极作用。个体的感觉经验不是被排斥在创作过程之外的，而是创作过程中不可分割的因素。而这恰恰是周扬所反对的。

在对文学真实性的阐释上，胡风同样有十分独特的判断。构成文学真实性的决定性因素不仅仅是外在世界的本质规律——这是作家在塑造艺术作品时必须传达出来的，否则胡风就不会认为，只有进步作家才能看穿复杂世界下的真实。构筑艺术真实的决定性力量更来自于进步主体的价值判断，"通过作者底主观以后被创造成功的作品，是比实际生活更高，具有推动实际生活的力量的。"③ 在这种塑造中，不仅包含着主体对于历史和现实的理解，而且这理解本身就是以血肉的感性形式与现实的感性形式融合为一的。这里面包含着作者对生活的直接体悟、感受、情感、欲求……没有这些因素，作家就不可能写出活生生的艺术作品来。

对于胡风来说，世界的呈现是一种"感性"的方式，而对于作家来说，首先要把握这个感性的世界，"'手触生活'——沉到生活里面去才能够创造综合的典型。"④

---

① 胡风：《什么是"典型"和"类型"》，《胡风评论集》上卷，北京，人民文学出版社1984年版，第96页。

② 同①，第98页。

③ 胡风：《文艺站在比生活更高的地方》，《胡风评论集》上卷，北京，人民文学出版社1984年版，第301页。

④ 胡风：《为初执笔者的创作谈》，见《胡风评论集》上卷，北京，人民文学出版社1984年版，第224页。

五、中国特色社会主义时代的中国化马克思主义文论

1978 年，随着中国向世界敞开国门，中国的经济改革也随着对现代市场经济认识的深化而不断深化。尤其是自 1992 年邓小平南方谈话之后，中国进一步加快了改革的步伐，日渐融入到全球市场经济的浪潮中。时至今日，中国已经成为全球经济文化格局中十分关键的一环，并对世界政治、经济、文化的发展产生日渐深刻的影响。这种新的文化政治经济语境，对中国的马克思主义文化理论提出了新的挑战。如何在坚持马克思主义基本原理不动摇的基础上，应对当代多元文化提出的挑战，是当代马克思主义文论必须回答的问题。

中国特色的马克思主义文论，是以邓小平理论、"三个代表"重要思想和科学发展观等重大战略思想为指导的科学理论体系。这一理论体系所包含的丰富的文艺思想，是我国新时期马克思主义文艺理论创新发展的重要成果，构成了新时期文艺思想的基本形态。

1. 中国特色社会主义理论体系中文艺思想发展的背景

中国特色社会主义理论体系中的文艺思想，集中体现在邓小平、江泽民、胡锦涛在新时期以来几次全国文艺工作者代表大会上的讲话以及有关重要文献中。它与毛泽东文艺思想既一脉相承，又与时俱进。它的形成和发展是我国新时期经济社会发展的必然，有着全新的时代背景、理论基础和文艺实践条件。

第一，新时期文艺思想的形成是我国改革开放和社会主义现代化建设实践的产物。

改革开放之初，面对"文化大革命"造成的危难局面，以邓小平为核心的中国共产党第二代中央领导集体坚持解放思想、实事求是，科学评价毛泽东思想，彻底否定"以阶级斗争为纲"的错误理论和实践，作出把党和国家工作中心转移到经济建设上来、实行改革开放的历史性决策，吹响建设中国特色社会主义的时代号角，创立邓小平理论，指引全党全国各族人民在改革开放的伟大征程上阔步前进。从党的十三届四中全会到十六大，以江泽民为核心的中国共产党第三代中央领导集体，高举邓小平理论伟大旗帜，坚持改革开放、与时俱进，在国内外政治风波、经济风险等严峻考验面前，坚决捍卫中国特色社会主义，创建社会主义市场经济新体制，开创全面开放新局面，推进党的建设新的伟大工程，创立"三个代表"重要思想，继续引领改革开放的航船沿着正确方向破浪前进。

党的十六大以来，以胡锦涛为总书记的党中央，坚持以邓小平理论和"三个代表"重要思想为指导，顺应国内外形势发展变化，抓住重要战略机遇期，发扬求真务实、开拓进取精神，坚持理论创新和实践创新，着力推动科学发展、促进社会和谐，在全面建设小康社会实践中坚定不移地把改革开放伟大事业继续推向前进。

第二，新时期文艺思想是对毛泽东文艺思想的继承与发展，是马克思主义文学理论中国化的最新成果。

改革开放之初，如何科学评价毛泽东思想，成为摆在中国共产党和中国人民面前的一个重要问题。同样，如何正确对待毛泽东文艺思想，也成为文艺工作中一个亟待解决的问题。为此，邓小平强调指出："要完整地准确地理解毛泽东思想"，要科学对待毛泽东思想。在文学艺术领域，毛泽东提出的关于文艺为人民大众服务的思想和"双百"方针，已成为我国文艺事业发展的基本指导思想，要长期坚持。在科学继承毛泽东文艺思想的基础上，邓小平又结合新的时代条件和发展要求，倡导文艺要"为人民服务，为社会主义服务"，即"二为"方向，并且强调应当把"二为"方向与"双百"方针有机统一起来。"二为"方向和"双百"方针成为新时期我国最重要的文艺发展指针。

为了适应新的时代要求，江泽民提出，我国文化艺术的繁荣发展，要始终坚持社会主义先进文化的前进方向。胡锦涛进一步指出，新时代的文化艺术，要致力于建设社会主义核心价值体系，增强社会主义意识形态的吸引力和凝聚力，为构建和谐社会做出贡献。这些思想成为马克思主义文艺理论中国化的最新成果，对繁荣和发展我国文艺事业具有重要指导意义。

第三，新时期文艺思想是对新的文艺经验和中外优秀文艺理论成果的科学总结。

改革开放以来，我国文学艺术的发展呈现出鲜明的时代特征。文艺各个门类百花竞放、异彩纷呈，文艺氛围更加融洽和谐，文艺创作更加积极活跃，文艺队伍更加意气风发，形成了大团结、大繁荣、大发展的生动局面。广大文艺工作者以昂扬的精神状态、出色的艺术劳动，热情歌颂全国各族人民的伟大实践，为推动我国社会发展进步、弘扬民族精神和时代精神、满足人民群众的文化需求、促进人的全面发展付出了辛勤劳动，作出了重要贡献。伤痕文学、寻根文学、改革文学等一大批很有影响的文学作品先后涌现，为我国新时期的文学创作积累了丰富经验。同时，随着对外开放的不断扩大，西方文学思潮也对我国的文学发展产生了一定的影响，先后出现了现实主义文学思潮、现代主义文学思潮、新写实主义文学思潮、新历史主义文学思潮、大众文学思潮、"人文精神"讨论、女性文学思潮、后现代主义思潮、网络文学思潮等。

2. 中国特色社会主义理论体系中文艺思想的基本内涵

中国特色社会主义理论体系中的文艺思想十分丰富，其基本内涵概括起来主要包括以下六个方面。

（1）鲜明提出"二为"方向，并与"双百"方针相结合，构成指导我国文学艺术繁荣发展的根本方针。坚持文艺反映人民生活，为人民群众服务，是马克思主义文艺理论的一贯主张。当然，人民以及人民群众的实践在不同时期具有不同的内涵，文艺的内容和服务的对象也会发生相应的变化。新民主主义革命时期，中华民族面临的历史任务主要是反对帝国主义、封建主义和官僚资本主义的政治斗争，离开这一历史主题的文学艺术是不合时宜的，所以毛泽东强调"文艺从属于政治"，"文艺为政治服务"，这在当时的时代条件下是正确的。新中国成立后，我们面临的历史任务发生了根本性变化，主要是进行社会主义建设，文艺的服务方向也要相应地转换到为社会主义建设服务上来。然而，由于受经验主义、教条主义等的影响，文艺的服务方向并没有实现根本转变，仍然被片面地强调为"为政治服务"，违背了社会发展要求和人民群众愿望，也违背了文艺事业发展规律和发展方向。

因此，新时期文艺界的拨乱反正，首先是对文艺服务方向问题进行深入反思和调整。邓小平以实事求是、解放思想的精神，在认真总结历史经验教训的基础上明确提出，"文艺是不可能脱离政治的"①，但像"文艺从属于政治"这样的口号、"文艺为政治服务"这样的方针政策，已经明显不适应建设中国特色社会主义的需要，应该把"文艺为人民服务、为社会主义服务"（简称"二为"方向）确立为新时期文艺的根本方向。随后，江泽民、胡锦涛又对"二为"方向给予了高度肯定和毫不动摇的坚持，并结合新的实践需要不断充实"二为"方向的具体内容。江泽民指出，为人民服务、为社会主义服务，决定着我国文艺的性质和方向，为我国文艺的发展和繁荣开辟了无比广阔的前景，在社会主义现代化建设的整个过程中，始终是我们必须坚持的根本原则。胡锦涛强调，广大文艺工作者要用自己熟悉和擅长的文艺形式，努力生产出为人民群众喜闻乐见的文艺作品，努力创作出符合时代要求的精品力作，积极推进我国文艺创新和繁荣，为全面建设小康社会、构建社会主义和谐社会作出自己的贡献。

（2）进一步丰富文艺为人民服务的内涵，使文艺与人民的关系更紧密。毛泽东最早提出文艺为人民大众服务的思想，从而为中国现代文艺事业的发展确定了正确方向。中国特色社会主义理论体系中的文艺思想，在人民与文艺、文艺工

---

① 邓小平：《目前的形势和任务》，《邓小平文选》第 2 卷，北京，人民出版社 1994 年版，第 256 页。

作者关系上继续坚持这一思想，并赋予其新的时代内涵。

1979年，社会主义文艺开始重新走向繁荣，许多涉及文艺的方针政策、方向任务、经验教训，乃至艺术规律等重大问题，需要进行认真的商讨、总结和解决，在这一重要时刻，全国文学艺术工作者第四次代表大会召开。邓小平在会上明确指出："我们的文艺属于人民"，"人民需要艺术，艺术更需要人民"，"人民是文艺工作者的母亲"。他强调，"文艺创作必须充分表现我们人民的优秀品质，赞美人民在革命和建设中，在同各种敌人和各种困难的斗争中，所取得的伟大胜利。"同时，"我们的文艺，应当在描写和培养社会主义新人方面，付出更大的努力，取得更丰硕的成果。""要通过有血有肉、生动感人的艺术形象，真实地反映丰富的社会生活，反映人们在各种社会关系中的本质，表现时代前进的要求和历史发展的趋势，并且努力用社会主义思想教育人民，给他们以积极进取、奋发图强的精神。"在此基础上，他进一步指出社会主义文艺的方向和方针，强调"要继续坚持毛泽东同志提出的文艺为最广大的人民群众、首先为工农兵服务的方向，坚持百花齐放、推陈出新、洋为中用、古为今用的方针"。①

坚持以优秀的作品鼓舞人，繁荣和发展中国特色社会主义文艺事业，满足人民群众日益增长的精神文化需求，为推进改革开放和现代化建设创造良好的文化环境，这是文艺在改革开放新时期必须承担的任务。随着改革开放的深入，人们的物质生活水平提高，精神文化需求越来越多样化，水平也越来越高。所以，文艺的内容和形式必须在创新中求得生存和发展。江泽民强调，在新的历史条件下，文艺应当"在人民的历史创造中进行艺术的创造，在人民的进步中造就艺术的进步，给人民以信心和向上的力量"；文艺工作者只有虚心向人民群众学习，向生活学习，从人民群众的伟大实践和丰富多彩的生活中汲取营养，才能进行生活和艺术的积累，才会有美的发现和美的创造，才能为人民提供最好的精神食粮。②

21世纪以来，我国经济社会的发展进入新的更高阶段。人民群众在注重提高自身文化素质的同时，更加关注长远利益。胡锦涛明确指出，一切受人民欢迎、对人民有深刻影响的艺术作品，从本质上说，都必须既反映人民精神世界又引领人民精神生活，都必须在人民的伟大中获得艺术的伟大。我国的文学艺术工作要坚持"以人为本"，坚持以最广大人民为服务对象和表现主体，关心群众疾

---

① 邓小平：《在中国文学艺术工作者第四次代表大会上的祝词》，《邓小平文选》第2卷，北京，人民出版社1994年版，第210页。

② 参见江泽民：《在中国文联第六次全国代表大会、中国作协第五次全国代表大会上的讲话》，《人民日报》1996年12月17日；江泽民《文艺是民族精神的火炬》，《江泽民文选》第3卷，北京，人民出版社2006年版。

苦，体察人民愿望，把握群众需求，通过形式多样的艺术创造，为人民放歌，为人民抒情，为人民呼吁。① 这是在新的历史条件下对文艺与人民关系问题的新阐发。

（3）倡导弘扬主旋律与提倡多样化相统一，推进文学艺术事业的繁荣发展。主旋律并不是指某种题材，而是指作为我们时代社会发展主流的，以爱国主义为核心的民族精神和以改革创新为核心的时代精神。在弘扬主旋律的同时，也要提倡多样化。社会生活丰富多彩，人民群众的精神文化需求日趋多样，文艺工作者的思想修养、审美追求、艺术风格也各不相同。这决定了文艺发展的多样化。

改革开放初期，邓小平强调，对人民负责的文艺工作者，要始终不渝地面向广大群众，在艺术上精益求精，力戒粗制滥造，认真严肃地考虑自己作品的社会效果，力求把最好的精神食粮贡献给人民。要在坚持正确方向的前提下，在艺术创作上提倡不同形式和风格的自由发展，在艺术理论上提倡不同观点和学派的自由讨论。围绕着实现四个现代化的共同目标，文艺的路子要越走越宽。② 只有这样，才能真正反映丰富多彩的社会生活，从而满足人民群众多样化的审美需要。

随着改革开放的不断深入，在"二为"方向和"双百"方针的指引下，文学艺术的开放性和多样化趋势愈益明显。在这种情况下，如何更好地坚持"二为"方向和"双百"方针，使文学艺术在正确的道路上蓬勃发展，就成为新的时代课题。江泽民从发展社会主义先进文化的要求出发，明确提出要弘扬主旋律，提倡多样化，而且要将两者有机地统一在文艺事业的发展实践中。弘扬主旋律，就是要大力倡导一切有利于发扬爱国主义、集体主义、社会主义的思想和精神，大力倡导一切有利于改革开放和现代化建设的思想和精神，大力倡导一切有利于民族团结、社会进步、人民幸福的思想和精神，大力倡导一切用诚实劳动争取美好生活的思想和精神。③

近几年来，随着我国经济社会的繁荣发展，建设社会主义核心价值体系的历史任务提到我们面前。胡锦涛进一步将弘扬主旋律、提倡多样化与建设社会主义核心价值体系联系起来，要求文学艺术努力弘扬马克思主义指导思想、中国特色社会主义共同理想、以爱国主义为核心的民族精神和以改革创新为核心的时代精神，以及社会主义荣辱观，大力发展先进文化，积极支持健康有益文化，努力改造落后文化，坚决抵制腐朽文化，把社会主义核心价值体系融入到文艺工作的方方面面，满足人民群众多层次、多样化、多方面的精神文化需求，促进全社会形

① 参见胡锦涛：《在中国文联第八次全国代表大会、中国作协第七次全国代表大会上的讲话》，《人民日报》，2006 年 11 月 11 日。

② 邓小平：《在中国文学艺术工作者第四次代表大会上的祝词》，《邓小平文选》第 2 卷，北京，人民出版社 1994 年版，第 210 ~ 211 页。

③ 参见江泽民：《在全国宣传思想工作会议上的讲话》，《江泽民文选》第 2 卷，北京，人民出版社 2006 年版，第 316 页。

成积极向上的共同精神追求。①

（4）在批判地继承和吸收借鉴的基础上，积极推动文艺创新。继承与创新的统一是文学艺术发展的基本规律之一，也是马克思主义文艺理论的重要命题。毛泽东文艺思想中就包含着丰富的关于文艺继承与创新的辩证关系思想。

在改革开放初期，针对文艺观念僵化和文艺创作模式化的问题，邓小平强调，要在继承前人的基础上敢于创新。他希望文艺工作者认真钻研、吸收、融化和发展古今中外艺术技巧中一切好的东西，不断丰富和提高自己的艺术表现能力；文艺创作思想、文艺题材和表现手法要日益丰富多彩，防止和克服单调刻板、机械划一的公式化概念化倾向，创造出具有民族风格和时代特色的艺术作品。②

随着国际文化交流的增多和我国文艺事业的不断推进，如何正确对待众多的中外文化遗产并用于发展我国的文艺成为新的问题。江泽民从坚持先进文化前进方向的高度出发，进一步阐述了继承与创新的辩证关系。他指出，发扬传统与开拓创新是统一的。继承是创新的重要基础，创新是继承的必然发展。文艺工作者要努力继承和发扬中华民族的优秀文化传统，继承和发扬"五四"运动以来形成的革命文化传统，积极学习和借鉴世界各国人民创造的一切先进文明成果，坚持古为今用、洋为中用，与时俱进，推陈出新，立足自我、博采众长，从而推进文艺形式、风格、流派的充分发展，实现体裁、题材、主题的极大丰富，并且大胆进行文艺理论和文艺评论的创新。③

21世纪新阶段，在全面贯彻落实科学发展观，大力建设创新型国家，加强文化事业发展和文化体制改革的大背景下，胡锦涛进一步阐述了文艺继承与创新的关系，特别是对文艺创新提出了新的要求。他指出，推进文化艺术发展，基础在继承，关键在创新。在继承基础上的创新，往往是最好的继承。因此，新时代的文艺要正确处理继承与创新的关系，大力发扬创新精神，在时代的高起点上，推动文化艺术的全面创新。创新的内容很多，包括进一步解放思想，推进文艺观念的创新；焕发创造激情，激发原创能力，推进文艺内容与形式的创新；深化文化体制改革，完善鼓励文化创新的政策，推进文艺体制与机制创新；运用现代科技手段，推进文艺传播手段创新，等等。这样就能使广大文艺工作者的一切才华都有展示的舞台，一切创造都有实现的空间，一切贡献都得到社会的尊重，从而

---

① 参见胡锦涛：《在中国文联第八次全国代表大会、中国作协第七次全国代表大会上的讲话》，《人民日报》，2006年11月11日。

② 邓小平：《在中国文学艺术工作者第四次代表大会上的祝词》，《邓小平文选》第2卷，北京，人民出版社1994年版，第211～212页。

③ 参见江泽民：《文艺是民族精神的火炬》，《江泽民文选》第3卷，北京，人民出版社2006年版，第404页。

推动文艺工作者的创造精神和创造活力竞相迸发、充分涌流，开拓新时代文艺发展的新天地。[①]

（5）加强党对文艺工作的领导，热情关心和积极支持文艺事业的发展。社会主义事业是人民群众的事业。马克思主义执政党作为人民的代表，需要对经济社会以及文学艺术的发展进行领导。但在改革开放条件下，中国共产党如何领导文艺的发展，是需要探索的重要问题。

邓小平在总结历史经验教训的基础上明确指出，党对文艺工作的领导，不是发号施令，不是要求文学艺术从属于临时的、具体的、直接的政治任务，而是根据文学艺术的特征和发展规律，帮助文艺工作者获得条件来不断提高文学艺术水平，繁荣文学艺术事业。因为文艺是一种复杂的精神劳动，特别需要文艺家发挥个人的创造精神。写什么和怎样写，只能由文艺家在艺术实践中去探索和逐步求得解决。在这方面，不要横加干涉。同时要帮助文艺家树立社会责任感，使他们充分认识到，文艺事业是一项崇高的事业，不论是对于满足人民精神生活多方面的需要，对于培养社会主义新人，对于提高整个社会的思想、文化、道德水平，都负有重要的责任。[②]

江泽民指出，要把加强和改善对文艺工作的领导，作为精神文明建设的一项重要工作抓紧抓好。要帮助广大文艺工作者认真学习马克思列宁主义、毛泽东思想和邓小平理论，为他们深入生活、深入群众，不断提高思想业务素质，充分增长和发挥艺术创造力，提供良好的条件。要加强思想政治工作，加强对共产党员文艺工作者的教育、管理和监督。从事文艺工作和在文艺部门工作的共产党员，要在思想上政治上作风上，在深入生活、深入群众上，发挥表率作用。[③]

胡锦涛要求各级党委，要把加强和改善党对文艺工作的领导作为提高党的执政能力的重要内容，热心服务，大力支持，不断提高领导文艺工作的能力和水平。要全面贯彻党的文艺方针政策，坚持社会责任和创作自由的统一、弘扬主旋律和提倡多样化的统一，加强调查研究，不断认识和掌握文艺规律，尊重文艺工作者的创造性劳动，以符合文艺规律的方式领导文艺工作。要积极推进马克思主

[①] 参见胡锦涛：《在中国文联第八次全国代表大会、中国作协第七次全国代表大会上的讲话》，《人民日报》，2006 年 11 月 11 日。胡锦涛：《高举中国特色社会主义伟大旗帜，为夺取全面建设小康社会新胜利而奋斗——在中国共产党第十七次全国代表大会上的报告》，《中国共产党第十七次全国代表大会文件汇编》，北京，人民出版社 2007 年版，第 34～35 页。

[②] 邓小平：《在中国文学艺术工作者第四次代表大会上的祝词》，《邓小平文选》第 2 卷，北京，人民出版社 1994 年版，第 213、209 页。

[③] 参见江泽民：《在中国文联第六次全国代表大会、中国作协第五次全国代表大会上的讲话》，《人民日报》，1996 年 12 月 17 日；江泽民：《文艺是民族精神的火炬》，《江泽民文选》第 3 卷，北京，人民出版社 2006 年版，第 404、402 页。

义文艺理论研究，充分发挥文艺评论的作用，为繁荣社会主义文艺营造良好氛围。要重视发挥文艺界人民团体的作用，密切同广大文艺工作者的联系，政治上充分信任，创作上热情支持，生活上真诚关怀，努力成为他们的贴心人。

（6）把贴近实际、贴近生活、贴近群众，作为加强和改进文艺工作的重要指导方针和突破口。2002年中国共产党第十六次全国代表大会以后，以胡锦涛为总书记的党中央十分强调文艺工作要坚持贴近实际、贴近生活、贴近群众。贴近实际，就是立足于社会主义初级阶段这个最大的实际，真实反映改革开放和现代化建设的实践，更好地为党和国家的中心工作服务，为大局服务。贴近生活，就是始终把视点对准火热的生活，关注朴素平凡的生活细节，聚焦丰富多彩的生活场景，从现实生活中挖掘生动事例、汲取新鲜营养，展示未来生活的美好前景，激励人民群众同心协力，奋发图强，为创造更加美好的新生活而共同奋斗。贴近群众，就是深深扎根于群众之中，充分体现群众意愿，满足群众需求，把握群众脉搏，说群众想说的话，讲群众能懂的话，以群众满意不满意、高兴不高兴、赞成不赞成、答应不答应作为根本出发点和落脚点，为群众提供想看爱看、健康向上的精神文化产品。

小　结

上面已经看到，携带着历史合理性的中国化马克思主义文论，以磅礴的气势冲刷掉此前种种多元文论范式而奔涌为中国现代文论的主流，为各民族文化对话的世界提供了一种富有中华民族特色的马克思主义文论，正是这种文论进而成为指导中国现代文艺活动的国家文学理论。总体而言，中国化马克思主义文论的发生、发展与演变经历了如下几个阶段：

第一个阶段是萌发期，主要是从1919年新文化运动到1925年"五卅"运动时期。这个阶段的马克思主义文论主要体现出以下三个特点。第一，初步引进了马克思主义思想，并产生了初步的马克思主义文艺批评意识，文艺服务于政治斗争的要求已经出现。此一时期是马克思主义文论初步引入的时期，国内的左翼理论家还在忙于从各个角度对马克思主义文艺思想进行初步的了解，还谈不上什么中国化的问题。第二，对马克思主义文艺思想的了解主要是经过俄国和日本，还没有系统性地将马克思主义经典译介到国内。也因此，对马克思主义文艺思想的了解都受到了俄国、日本马克思主义思想的影响，一定程度上说，还并没有把握住马克思主义文艺思想之精髓。第三，无产阶级文艺初步萌发，主要艺术形式以诗歌为主，而小说的写作才刚刚开始，文艺力量的薄弱也的确难以为马克思主义文艺理论在中国的深化提供必要的支持。但是，随着中国共产党在 1921 年的建立，无产阶级性质的文学社团已经在全国各地出现，马克思主义文艺观念得到了初步的传播，并取得了最初的成效。

第二个阶段是马克思主义文论的深化期，是从 1925 年"五卅"运动后到 1936 年"左联"解体之间。此一阶段，马克思主义文艺思想实现了初步的中国化，其标志就是国内的左翼文艺理论家们开始自觉地运用马克思主义文艺思想方法，直面具体的中国问题，并尝试着与中国具体革命实践相结合。也因此，在此一阶段，虽然在 20 世纪 20 年代后期发生了创造社、太阳社、我们社与鲁迅和茅盾之间的争议，但文艺大众化问题的提出，典型问题的探讨，杂文问题的思考，中国如何才能出现世界级的作家等问题的反思，无疑都是一种明确的中国意识的显现。与此一问题相呼应的，则是对马克思主义文艺思想的译介开始注重结合中国实情，将马克思主义文艺理论的经典，有计划、有系统地引入国内。瞿秋白、周扬、鲁迅对马克思主义文艺作品翻译的选择无疑具有代表性。这种选择一方面是全面而真实地了解马克思主义思想的需要，是文艺理论思想发展深入的需要，更是严酷的中国现实文艺斗争、政治斗争的需要。

马克思主义文艺思想在中国发展的第三个阶段是从 20 世纪 30 年代后期一直到 1966 年。这一时期的最大特点是跨越了政治制度、文化制度的变革，并以此为界，划分为前后两个时段。第一个时段是中国化马克思主义文论成熟期，其标志就是 1942 年毛泽东《在延安文艺座谈会上的讲话》的发表。《讲话》不仅解决了中国文艺的基本问题：文艺为什么人的问题；同时还赋予中国文艺理论以独特的政治性品格，这一品格具有鲜明的时代特征和社会特征，是特定历史时期的产物。也是在《讲话》的指引下，中国知识分子主动走向普罗大众，与群众打成一片，用自己手中的笔展示群众生活的方方面面。第二个时段则是新中国成立一直到 1966 年，此一阶段的文论发展是上一时段的延续与深化，直到成为指导全国文艺活动的指导方针及原则。而在新的社会制度下，在文艺服务于政治斗争需要的前提下，如何对待现实主义创作方法的问题，如何合理塑造典型人物的问题，如何在艺术创作中克服概念化、公式化的问题得到深入的探讨，不仅以毛泽东、周恩来为代表的政治领袖陆续做了新的探讨，而且一些理论家如周扬、陈涌、秦兆阳、钱谷融等也大胆突破，锐意进取，获得了一系列新成果。

当然，此一时期中国化马克思主义文论的发展出现的问题也很多，这些问题也成为中国化马克思主义文论需要进一步反思的地方。如在新的历史条件下，如何合理解决文艺和政治的关系问题？对待文艺问题上的争论，应该采取什么样的手段予以解决？这些问题留给新中国的文学理论建设以深刻的教训，值得反思。

特别是从 1966～1976 年的"文革"10 年，中国化马克思主义文论被无限扩大化的政治斗争强行推演到庸俗、变形和滥用的绝境。

伴随 1978 年改革开放时代的到来，中国化马克思主义文论进入一个全新的发展时期。一方面，马克思主义文论正在面临全新的文化语境：全球化的问题、文化多样化的问题、西方新的文化思潮的问题……这些问题，都对马克思主义文论提出了新的挑战。而如何保持马克思主义文论的合法性，如何促进马克思主义文论的进一步发展深化，如何合理运用马克思主义思想解决具体而全新的中国问题，如何进一步促进马克思主义文论中国化的问题，是当代马克思主义文艺理论家必须做出的回答。另一方面，我们也看到，以《讲话》为核心的文艺思想得到进一步发展，党的新一届领导人邓小平、江泽民、胡锦涛在不同时期，面对不同的历史语境历史问题，大胆运用马克思主义的思想方法，开拓进取，勇于创新，适时调整。他们的努力不仅进一步深化了马克思主义文艺思想，更为马克思主义文艺思想注入了新的活力，同时也为中国化马克思主义文论的前进指明了方向！

可以预料并且希望，在当前 21 世纪新形势下，中国化马克思主义文论会继续坚持中国化马克思主义理论的指引，努力总结当前中国社会主义文化建设和文艺活动的新情况、新经验，认真回顾和反思中国古代文论传统和现代文论传统，在与当代世界种种文论思潮的对话中，进一步发展自身的独立自主的文论品格，为世界文论的多样性及其对话做出新的贡献。

（石天强执笔）

对话与汇通

第五章

欧美文论在中国

导论：中国现代文论对欧美文论的传播和接受

回顾百余年来中国现代文论的发生和演进，我们可以看到，来自欧洲和美国的文论对之造成了巨大的影响。甚至可以说，如果没有欧美文论，我们几乎无法想象和勾画出中国现代文论史的地图。欧美文论不但如同电击雷鸣，作为外界物冲击着中国现代文论的版图结构，而且还如同水墨画中洇散开的笔墨，与中国现代文论界限模糊，形影相随，构成它的色泽和质感。比如，假设没有康德和叔本华，我们无法想象王国维能写出前无古人的《人间词话》和《〈红楼梦〉评论》；没有尼采，我们也无法想象鲁迅金刚怒目般的文学思想；没有马克思，毛泽东文艺思想的基本视线将会投向哪种人群，其大厦会在何处奠基；而没有康德，李泽厚的美学体系几乎也将垮塌半壁江山；没有"文化研究"的引入，20世纪90年代至今的中国现代文论，仍将无法完成眼光向下的革命。

尽管欧美文论对中国现代文论的巨大影响无可估量，但是，我们还是需要了解，这种影响具体通过什么模式和途径才得以产生？它是否可以复制？是否可以控制？是否出于偶然、不确定，充满未知的变数？我们是否能够有效地控制文明的发展，比如再次复制出一个王国维或鲁迅？影响文化历史进程和面貌的这些因素，我们能够探究出它们的基因链吗？我们是否能够把握并进而改写历史？抑或说我们只能在历史浪潮中随波逐流，将命运交与未知的天数？也就是说，我们好奇的是，这种影响是通过横向移植，然后自然地就能生根发芽，还是说被精挑细选，通过层层选拔和嫁接？又抑或是历史中的无心插柳而柳荫成片？在这种影响过程中，自身传统与外在资源各自起着什么作用和功能？具体历史时期的文化处境在多大程度上会影响接受过程中的心态、情绪以及文化策略？文论的影响在多大程度上会受到政治社会的干扰，或者文论的接受本身就是对政治社会的积极介入？它会对中国现代文论的建设造成损伤性的破坏吗？还是说这是一种文化建设的有益途径？我们是否能在这些丰富多变的历史面貌中厘清头绪，找到走出历史迷宫之途？而我们的这种寻找又在多大程度上会受到我们自身语境的干扰？

全球化时代，资讯传播的迅捷和便利，会对我们认识欧美文论与中国现代文论的关系产生某种干扰。我们需要绕开这一历史时期的认识论模式，进入当年的历史现场，既还原又高屋建瓴地把握中国现代文论在色彩缤纷的欧美文论中的自建之途。这既是危险，也是挑战。

具体而言，这里考察欧美文论对中国现代文论的影响时，选择的是以流派为对象而不是国别为对象。这是因为，在面对文论这一具体对象时，它具有相对于某个具体国家及其政治进程的某种独立性。并且，"国别"过于抽象，而每一国别之中的文论差异有时甚至细微难言。文论流派往往有种相对固定的文学思想和主张，其在向外传播中往往更容易被视为相似物而得以接受。当然，每一文论流派在各个国家中的面貌差异有时也会很大。比如女性主义，在法国和美国的情况就颇为不同。一个偏重理论，一个偏重实践。其发展和对中国的影响也并不同步。针对这些情况，我们在具体论述中会尽量留意。尽管如此，为了展现大体的连贯性，我们在具体描述时还是按德国文论（德国古典美学、精神分析学、阐释学与接受美学、法兰克福学派）、法国文论（存在主义、结构主义）、英美文论（新批评、女性主义、"文化研究"、新历史主义、西方马克思主义）这一先后顺序。至于俄苏文论，由于同属欧洲，本可容纳在此，但考虑到它影响中国现代文论的极端重要和特殊程度，还是设专章讨论为妥。

一、德国古典美学

德国似乎是一片专门孕育、诞生大思想家的沃土，以致黑格尔很自负地声称"要让哲学说德语"。与德国哲学的辉煌相映成趣，德国文论的内容也异常丰富，这里仅就在中国产生较大影响的德国古典哲学、精神分析理论、阐释接受美学和法兰克福学派等四家文论展开描述。

德国古典美学是指 18 世纪末（以 1790 年康德的《判断力批判》出版为发端）至 19 世纪 30 年代（以 1838 年黑格尔的《美学讲演录》出版为尾声）的德国美学流派，它从康德开始，经过费希特、谢林、席勒、歌德，到黑格尔集大成。它是德国古典哲学的一个有机组成部分。德国古典美学对于 20 世纪中国文论产生深远影响。为使论述更加集中，本节将着力描述德国古典哲学（美学）两大重镇康德思想和黑格尔思想在中国的历史命运。

可以说，在整个 20 世纪上半叶，中国学术界对于康德的重视程度都远远超过了黑格尔。尽管早在 1903 年，严复和马君武就发表了介绍黑格尔的有关论文，但是，正如贺麟先生所回忆的那样，"在 20 世纪 20 年代几乎很少有人知道黑格尔"。康德在近半个世纪中始终居于一个显赫的地位。从梁启超、王国维到蔡元培、朱光潜、李长之，都有对于康德的程度不同的介绍或研究。

梁启超于 1903 年 2 月在《新民丛刊》发表《近世第一大哲康德之学说》。他对康德哲学的某些关键性概念和命题颇多误解，有时甚至用佛学唯识论和康德认识论作牵强的比附。这就难免招致哲学思辨能力远在梁启超之上的王国维的讥笑："《新民丛报》中之汗德哲学，其纰谬十且八九也。"[1] 王国维一举超越了梁启超对康德的误解或附会，标志着我国学者对康德哲学认识的进一步深化。但类似于梁启超，王国维同样对康德奉若神明。梁启超、王国维是我国学者接触康德思想的先行者，从他们的批评文字看，康德最初是以哲学圣人的形象进入中国学者视野的。

到了蔡元培、朱光潜那里，他们进一步把康德思想的介绍推进到美学领域。于是，康德不再带有圣人光环，开始以美学思想革新家的形象示人了。蔡元培、朱光潜共同把康德关于审美判断特殊性的理论定位为一场美学思想革命，于是康德也就成了西方美学史上的革新家。

既不同于梁启超、王国维笔下的圣哲，也不同于蔡元培、朱光潜所标举的美学革新家，李长之为我们展现出来的康德乃是一个完整的活人。他译介并强调几乎为国内学者所忽略的康德早期（前批判期）著作《论优美感和崇高感》（1763 年）[2]，并进而考察康德美学的根本特征，追溯其现实思想根源，揭示其浪漫本质，最后归结为康德精神人格的完整性。

李长之在康德早期著作《论优美感和崇高感》中窥见出"主观立法性"这一"康德思想的形式的一般"，颇见功力。李长之还进而追溯了所谓"主观立法

---

[1] 王国维：《论近年之学术界》，载《教育世界》，1905 年第 93 号。

[2] 根据康德自己的说法，一般都以 1770 年为界（开始形成其主要哲学著作三大《批判》特别是《纯粹理性批判》的基本观点），把康德思想的发展分为"批判前期"和"批判期"。

性"的现实思想根源，认为书斋里的康德敏锐感应到了法国资产阶级人权革命的浪潮。康德美学并非纯然抽象的概念推演，而是具有深刻的现实性，其精神实质乃是浪漫的。这表明，中国学者在 20 世纪 40 年代对于康德美学已经达到了较高的理解水平。

中国学者在 1949 年前对于康德、黑格尔的选择性接受，除了他们的个人兴趣外，特别与康德、黑格尔美学的不同品格相关。黑格尔美学主要是艺术哲学。黑格尔以其特有的辩证法与历史感，几乎把全人类的艺术都整合进一个严密的逻辑活动系统。康德美学则以"审美无利害"命题为基点，划定了审美和艺术在理性结构和人类生活中的自律性位置，描述了审美经验所特有的知觉方式，规范了现代美学的方向。于是，康德美学思想俨然成为近代西方美学的正宗。

然而，20 世纪 50～60 年代，康德和黑格尔的中国命运发生戏剧性逆转。众所周知，黑格尔哲学构成马克思主义学说的主要来源之一，而马克思青年时期甚至属于黑格尔派，所以黑格尔的中国"行情"看涨。一个典型例子就是朱光潜在其写于 20 世纪 60 年代的名著《西方美学史》中明显抑康德而扬黑格尔。

三十年河东，三十年河西。李泽厚的《批判哲学的批判》写成于"文革"期间，初版于 1979 年春，标志着中国学术界对于黑格尔主义的重新审视和康德思想的再度复兴。李泽厚在美学上要求将哲学上的偶然性与具体生存的人联系起来。李泽厚之所以能成为 20 世纪 80 年代中国哲学界（美学界）的旗手式人物，更在于他运用马克思主义实践观批判地吸收了康德的先验主体性思想，明确提出"主体性实践哲学"或"人类学本体论"哲学架构。李泽厚出版于 20 世纪 80 年代并引起巨大轰动的"美学三书"（《美的历程》、《华夏美学》和《美学四讲》），正是"文化心理结构"（人的主体性的内在方面）和"积淀"（人性的历史生成）等哲学概念在艺术史和美学史中的具体演绎。但黑格尔的幽灵在竭力张扬康德的李泽厚的艺术史著述中仍无意识地若隐若现，值得警觉而又耐人寻味。

德国古典美学在现代中国百年文论中的深远影响，虽明明灭灭，却并非偶然。但对于考察德国古典美学对中国文论的影响而言，纠缠于必然与偶然，实非重点。在几千年未有之大变局时，德国古典美学并非是作为一种国别文论而被中国接受的，而是作为与古典中国文论相异的西方文论之精华而进入中国文明，而被认定。由于这一身份，它的无功利美学和强调主体尊严被看作是西方现代文明的基本标识，被看作是中国古代文明的对立面，而不仅仅是被作为某一文论流派的思想来对待。现代中国逐渐将康德的这一无功利美学和主体尊严奠定为自己现代文论传统的基调，这仍是我们今天最值得深思的历史结局之一。我们不能简单地从后结构主义思想出发，将这一接受看作是现代中国学者的误读和误认，看作是"国民性"一类的现代神话叙述。虽然西方现代思想和文论中的确有诸多传统，诸多美学和文论思想，现代中国也的确曾传播过许多其他文论思想，但现代中国对德国古典美学的这种选择和接受，恰恰说明现代中国学者对西方现代哲学美学的基本面向有着较为准确的把握。无论在政治哲学上，从康德之前卢梭对自然人和道德公民的区分，到康德之后的马克思以无产阶级这一自由纯洁的新人类取代罪恶的资产者，到尼采要以超人克服缺乏高尚审美品格的资产者，再到海德格尔去政治化的、对此在的去蔽，还是在文学上，从浪漫主义、现实主义，到现代主义文学，或者从实证主义、唯美主义、精神分析，到新批评、结构主义、后结构主义、意识形态批评，再到文化研究等诸文论以及诸种后学，再抑或是在社会学上，从马克思对异化的批判，到韦伯对工具理性的批判，再到福柯对权力的批判，其问题意识的核心，始终围绕在如何建立、保护和质疑个体在各个领域中的自由和独立尊严这一主题而展开，而这些，恰恰都与康德美学思想以及德国古典美学的核心论题有紧密关联。我们甚至可以说，康德之后的西方现代文论，很大程度上是对康德论域的展开和对峙。从这个意义上看，康德代表的德国古典美学开启了西方现代文论之门。而现代中国学者对康德美学较为准确的把握，其意义是将现代中国文明建构的挑战高度提升到了必须奋力一搏的高度，既要与之看齐，还要努力开拓不一样的人生。在这个意义上，德国古典美学在现代中国的传播，与其他文论流派有着完全不同的重要意义。对德国古典美学论域的处理，不仅是一个文论的话题，它更是涉及到我们如何在政治、文化上规划现代中国文明的阔达境界。它所承负的这一历史内容，是精神分析、接受美学、结构主义、新批评等文论流派在中国传播时无法与之比肩、也难以望其项背的。

也正是在现代中国文明建构的这个意义上，现代中国学界一直有人对德国古典美学论域的无功利性美学和个体自由精神既赞同，又对其普世性表示质疑，特别是在 1949 年新中国成立后的很长时间里。既然要求个体的纯粹、自由和独立，那么现代中国渴望建立自己独特的现代文明，建立符合中国自己传统文化习俗和生活方式、符合自己价值体验的政治共同体，就是情理之中的。1949 年后，现代中国建立了独立自主的中华人民共和国，选择了社会主义的人民共和，选择以阶级性和人民性来建构自己的历史叙述，阶级性和集体性成为人民共和国的价值标准。因此，无功利性和个体独立尊严被作为资产阶级社会思想遭到批判，德国古典美学作为被马克思主义思想所扬弃的一部分而潜伏于国内，直至 1978 年后新时期中国政局发生新的变动。

但康德及德国古典美学的再次浮出，其意义已经截然不同。当现代中国尚未建立独立自主的国家主权时，康德哲学美学的政治文化意义是作为备选的一种国家文化建设方案出现的；而当 1949 年国家主权建立之后，康德对于现代中国的意义，就转变为一剂疗治的药方，或待更换的零部件，而不再是作为整体性的国家文化替代方案。这一点决定了李泽厚所阐述的康德主体性哲学美学的价值和意义，它在新时期的出现，不再是作为一种全盘性的文化更换方案，而是解开了1978 年前后中国学界的死结。那时的中国学界纠缠于马克思的异化与人道主义之辩、纠缠于与主流意识形态过于紧密的黑格尔—马克思这一学理脉络，这种学术论争甚至时时升级为政治危机。水流湍急。李泽厚关于康德主体性哲学美学的出现恰恰灵巧地打开了一个泄洪口，由此，学界对于人道主义和主体的热情，顺势从充满政治壁垒的马克思身上转移到康德这边，既衔接上了新时期学界要求人道主义、要求尊重人的主体性的话题，又进而由康德进入了西方现代资产阶级学术资源，开启了此后对卡西尔、韦伯等人的研究热潮，化解了学术导致的政治危机。正是在利用康德所开辟的这一空间里，西学热得以全面展开。此时的德国古典美学，更像是被中华人民共和国重新恢复的一个发动装置，对"文革"后的现代中国进行卸载、重组和更新，而它自身也在这一过程中被改写、改编、改良。

德国古典美学在现代百年中国文论中的理论旅行，从一个基本文化建构方案，变为一剂调和阴阳、沟通表里的药方，其对现代社会人心人性的独到描摹，暗地左右着现代世界的政治及文化面向，及其格局演变，而其自身又随历史投身于政治风浪中随波浮沉。它遭遇的辛酸甘苦，需要我们更精微地深入历史中体察其种种委婉曲折。它与现代中国文明建构的曲折命运，恰可表明文化面对政治权力时无需妄自菲薄，但同时又表明文化在人世历史中是如此脆弱，如此缺乏现实力量，需要他者扶持。

二、精神分析理论

精神分析文论是以精神分析心理学为基础的文论派别。它产生于 20 世纪初，在现代西方文论中占有十分重要的地位。在弗洛伊德以前，哲学和心理学一直认为，人的一切行为都是受意识支配的，虽然也有一些人提出过无意识假说，但并未得到证实。弗洛伊德则以自己的医疗和精神分析实践为依据，第一次建立了系统的无意识学说。无意识是指人的原始冲动和各种本能，其中性本能即力比多（Libido）是人的一切行为，包括文化、艺术、科学、历史创造的根本动力，而意识不过是由无意识衍生的，处在心理的表层。因此，弗洛伊德的心理学又被称为"深层心理学"。

20 世纪 20 年代初，弗洛伊德主义在欧美各国刚刚开始产生广泛影响，它便以其思想的独特性与叛逆性与其他各种形形色色的"主义"、学说一道涌入中国。朱光潜于 1921 年发表《弗洛伊德的隐意识与心理分析》一文,可视为弗洛伊德文艺思想登陆中国的先声。20 世纪的中国文艺界还曾通过日本文艺理论家厨川白村间接了解弗洛伊德的文艺思想。虽然鲁迅在对文艺的论述中很少直接使用精神分析的原理或术语,但他对厨川的文学是"苦闷的象征"的命题高度认同,这与弗洛伊德的艺术动力论有内在的一致性。事实上,鲁迅在创作《不周山》时曾明确表示想借弗洛伊德学说,用性的苦闷来解释创作的缘起。

比较而言,弗洛伊德主义对"周氏兄弟"中的另一人周作人影响更大。他主要是以英国著名的性心理学家和文艺批评家蔼理斯作为理解和接受弗洛伊德的中转站。周作人以弗洛伊德主义为思想武器为郁达夫在文坛和社会上引起轩然大波的《沉沦》辩护,周作人的评论充分显示了弗洛伊德主义反抗传统、鼓吹艺术解放的"叛徒"精神气质。

进入 20 世纪 30 年代,中国左翼文学运动兴起,左翼文论家开始批判弗洛伊德学说。1932 年,周扬翻译并发表了苏联著名的马克思文艺理论家弗里契的长文《弗洛伊德主义与艺术》。该文从政治意识形态立场出发,严肃批判了弗洛伊德文艺与性欲相联系的理论,尖锐指出他在考察艺术问题时完全忽视了社会历史因素,因而弗洛伊德的文艺观念是浅尝辄止的唯心主义谬论。从此,弗洛伊德精神分析学说在中国的传播和影响受到了一定的阻碍。随着抗日战争和解放战争的相继爆发,知识分子的注意力被吸引到民族危亡和国家命运的历史抉择上面,弗洛伊德的精神分析学说自然受到了冷落。

尽管如此,弗洛伊德主义还是在中国学院知识分子中继续发酵。朱光潜在 20 世纪 30 年代先后出版译述弗洛伊德学说的《变态心理学派别》、《变态心理学》等著作,高觉敷发表《弗洛伊德主义怎样运用在文学上》等系列文章。特别值得一提的是,李长之在他 20 世纪 40 年代的文学批评名著《司马迁之人格与风格》中专节比较了司马迁的"发愤著书说"、弗洛伊德的"欲望升华说"和厨川白村的"苦闷象征说"。

新中国成立后,马克思主义居于意识形态领域的指导地位,弗洛伊德精神分析学说长时期被作为资产阶级腐朽文化的象征和伪科学遭到严厉批判。也就是说,除了作为被批判的对象外,弗洛伊德已不再为人们提起。

弗洛伊德精神分析学说再度受到人们的关注,是"文革"结束和改革开放以后的事了。随着思想解放的推进,20 世纪 80 年代初,开始有学者撰文介绍弗洛伊德其人其说。20 世纪 80 年代中期,弗洛伊德的著作在大陆陆续出版,《精神分析引论》(商务印书馆出版)、《少女杜拉的故事》(民间文艺出版社出版,北方文艺出版社再版)、《梦的解析》(民间文艺出版社出版)、《爱情心理学》(作家出版社出版)等成了书店的畅销书,弗洛伊德的著作甚至以不同的书名由不同的出版社推出。

精神分析理论对中国文论的影响其实并不剧烈，但由于它与中国古典文论在理论基点上迥异，所以每一次对它的传播和接受都显得格外醒目。与其说它直接影响了中国现代文论的论旨、肌理，不如说它常常被作为批判的急先锋和抵抗的根据地。

当中国现代文论在五四时面对古典传统文论和 1949 年后面对阶级论文论时，都曾利用弗洛伊德的精神分析来对之展开批判和检讨。这种批判的有效性部分依赖于精神分析的西方身份，依赖于"五四"时期中西空间差异中的进步（西方）/落后（中国）序列，依赖于冷战格局中的内（中国社会主义）和外（西方资本主义）序列；不过对精神分析理论而言，这种有效性更多的来自于其理论自身。无论对中国或西方的古典文明而言，精神分析对人的阐释都是一种全新的视野。它将人类文明的基础认定为是人的被压抑的性欲；人的根基不是理性，不是意识，而是无意识，这些观点对中西古典来说，都是完全陌生的。精神分析理论将人从尊贵之位打回到动物的原形，为现代人的平等建立了生理学基础，由此开始全面批判古典政治、哲学、宗教、文学中的等级秩序，为现代社会奠定了立国根基。从这一点来说，它预先否决了任何古典复辟的合理性，也预先告知那些试图将弗洛伊德与古典文论嫁接的人，是多么不得要领。这正是精神分析在中国现代文论中的重要性之所在，也是我们说它是急先锋和根据地的原因。也正是因为精神分析理论直接奠基于人体生理学，这使得它难以充当中国或西方现代文论的顶梁柱。只有当它被改头换面，当经由拉康改良之后的结构主义精神分析，把无意识从生理学的基础挪移到语言这一人类文明产物时，人们才能不尴尬地面对它。

至于后期精神分析理论以及拉康等人对它的发展和推进，由于主要不再是德国理论家的工作，所以我们在此暂不讨论。

三、阐释学与接受美学

阐释学是在胡塞尔现象学和海德格尔存在主义哲学的基础上发展起来的一个哲学流派。它于 20 世纪 60 年代初在德国兴起，其创立者和主要代表人物是加达默尔。在新的阐释理论基础上，接受美学于 20 世纪 70 年代初在德国最先开展起来，沃尔夫冈·伊瑟尔和汉斯·罗伯特·尧斯是这派理论的两个重要代表人物。阐释——接受文论已然形成一个国际性美学潮流。

中国学者钱钟书出版于 20 世纪 70 年代末的名著《管锥编》中有对西方阐

释思想的创造性回应。① 钱钟书吸取了西方"阐释的循环"的观点，主张对文本的理解要做到由词至句至篇章及至全书以及由全书至篇章至句至词的双向循环。钱钟书除了重视部分与整体的交互循环外，还强调"须晓会作者立言之宗尚、当时流行之文风以及修词异宜之著述体裁，方概知全篇或全书之指归"。这是钱钟书对中国历史上解读典籍经验的总结，也是对现代阐释理论的一种丰富。

接受美学进入中国要稍晚一些。1983 年，意大利威尼斯大学名誉教授梅雷加利刊载于法国《比较文学杂志》1980 年第 2 期上的《论文学接收》一文被《文艺理论研究》1983 年第 3 期和同年 6 月的《国外社会科学著作提要》译介。该文首次向大陆学界介绍了以姚斯和伊瑟尔为代表的德国"康斯坦茨学派"的接受美学思想。1984 年 3 月，张隆溪在《读书》上发表了《仁者见仁，智者见智——阐释学与接受美学》一文。张文的特色在于结合《易经》等中国古代文化典籍论证了"阐释差距"问题。

20 世纪 80 年代中后期以来，接受美学在中国进入全面传播和相应理论研究深化期。首先是大规模的理论翻译工作的展开。1987 年，《接受美学与接受理论》作为"美学译文丛书"之一由辽宁人民出版社翻译出版，内收接受美学创始人姚斯的代表作《走向接受美学》和美国学者霍拉勒全面介绍接受美学的导论性作品《接受理论》。1989 年，《接受美学译文集》和《接受理论》分别由生活·读书·新知三联书店和四川文艺出版社出版。进入 20 世纪 90 年代，姚斯的另一部代表作《审美经验与文学解释学》也终于在中国"安家落户"。伊瑟尔的名著《阅读活动》甚至拥有多个中译本。

伴随着接受美学在中国的译介和传播，中国学界也相应展开了对文学接受理论问题的自主探索。这些探索大致可分为两个向度：其一是对于接受美学的基础理论探讨。这方面的研究除大量的单篇论文之外，还出现了多部系统性专著，其中比较重要的当属朱立元的《接受美学》（上海人民出版社，1989 年版）和金元浦的《读者反应文论》（山东教育出版社，1998 年版）。中国学者探索实践的另一向度则是立足当代接受理论，对中国古代文论中的读者接受思想进行再度发掘。

表面上，在诸多现代欧美文论中，阐释学与接受美学是较能与中国古典文论直接对话和衔接的文论思想。中国古典文论中并不缺乏"知人论世"、"以意逆志"等与阐释学貌似的文论。或许恰恰是这样，所以阐释学与接受美学在进入中国现代文论时，没有引起人们过多的质疑和关注。与其他文论比较而言，中国现代文论对它的接受史相对显得平淡，没有太多追捧，也没有太多争议。无论是专著，还是论文，质和量都显得逊色。但这或许也正是问题所在。

---

① 钱钟书：《管锥编》，北京，中华书局 1979 年版，第 171 页，《补订》，第 146 页。

　　阐释学与接受美学在西方文论中，并不是直接分析文本的理论。它们的主要功绩甚至不在于将读者因素作为新维度引入文学阐释之中。因为在西方古典文论中，也很少有人明确、严格拒绝读者对文本可以拥有不同阐释权。我们可以在古代历史中频繁看到不同阐释之间的论争，所谓"诗无达诂"。人们大多会因为具体观点论争不休，但不会质疑文论家的阐释权利。而现代阐释学理论得以生发的核心点在于，它将阐释权从少数具有较高学识教养的读者下放至任何读者。有修养的读者与缺乏修养的读者之间的差异被忽略不计。这一理论的根基恰恰在于现代哲学的假设：人人生而平等。正因此，阐释学的理论知识和框架就不再集中于对经典文本含义的修辞学分析、对情节模式的考究等等，因为这对阐释者的学识、身份、资质要求较高；阐释学将这一易于引发论争的主题搁置，将判断悬置，转而把理论核心集中于描述阐释究竟如何发生的这一过程，以削平不同读者之间的差异。

　　阐释学的这一特点其实与中国古典文论的根基有着天壤之别。在"诗无达诂"与"阐释的循环"之间，其实存在着阐释权是否"下放"的巨裂，古今大异，鸿沟难填。阐释学与接受美学主要是在 20 世纪 80 年代中后期被传播和接受的。阐释学下放阐释权的意图与那个高扬主体性的时代之间相逢对面不相识，使得中国学界无法及时领会阐释学的理论内核。而当它在 20 世纪 80 年代末及 20 世纪 90 年代初被中国学界认识时，它目光向下的革命已经被风起云涌的诸种后学和文化研究稀释了。阐释学向任何读者下放阐释权，很快就被后结构主义、后现代主义所吸纳；而阐释学自身又缺乏更精细和广阔的文本理论，所以，无论在西方，还是在中国，它们都无法持久地主导文论界，而是迅速地消融在各种后学的扩张之中。这在中国学界尤为明显。作为一块土壤，它提供了现代诸种文论生长的基础，而当各种花草树木长成之后，人们的目光也就不再关注它了。

四、法兰克福学派

　　法兰克福学派是当代"西方马克思主义"中影响最大的一个学派。由于它最初产生于德国美因河畔的法兰克福城，故称法兰克福学派。1923 年，法兰克福社会研究所创立。1932 年，霍克海默创办《社会研究杂志》作为社会研究所的理论刊物，凝聚并先后吸引了一批重要思想家加盟，如阿多诺、本雅明、马尔库塞、弗洛姆和后来成为法兰克福学派第二代领军人物的哈贝马斯等。

　　法兰克福学派的理论和著作，在我国"文革"前，并没有介绍和传播，只是在 20 世纪 70 年代末以后，伴随着改革开放，他们的种种著述和理论观点，陆续被介绍到中国来，许多专家学者以研究法兰克福学派为主题的文章和著作相继问世。1981 年，上海人民出版社出版了江天骥主编的《法兰克福学派：批判的社会理论》一书，最先对法兰克福学派作了比较完整系统的评述。1978～1984 年，《哲学译丛》曾以大量篇幅译载了法兰克福学派的一些代表性论文，如哈贝马斯的《作为意识形态的技术和科学》；马尔库塞的《当代工业社会的攻击性》；弗洛姆的《超越幻想的锁链》等。此后，法兰克福学派的一些代表性著作也被译成中文出版。

法兰克福学派代表人物本雅明、阿多诺、哈贝马斯等都发表过精辟的艺术理论见解，并在中国产生较大反响。我们的历史追溯不妨从本雅明说起。在 20 世纪 80 年代后期"文化热"期间，本雅明也已进入中国年轻一代学人的视野。《读书》杂志曾在 1988～1989 年间连载有关本雅明的介绍，《文学评论》和《文化：中国与世界》都发表了长篇评论文章，《世界电影》和《德国哲学》分别刊载了其名篇《机械复制时代的艺术作品》和《历史哲学论纲》的中译，而本雅明的代表作《发达资本主义时代的抒情诗人》亦作为"现代西方学术名著"丛书的一种于 1989 年由三联书店出版。这部著作的正文不足 200 页，译序《本雅明的意义》却长达 26 页，可视为一个中国最早"发现"本雅明的"知音"为作者所描绘的思想肖像。周宪强调"震惊"，朱立元推崇"寓言式批评"，王一川则从理论阐释和批评实践两方面同时推进了文论界对本雅明美学的理解与接受，并应用本雅明的独特美学概念来阐释当代中国文化与文艺现象。2008 年，由汉娜·阿伦特编选的《启迪：本雅明文选》被翻译出版，而一项更为庞大的本雅明《拱廊街计划》翻译计划已开始进行。即出的《拱廊街计划》或许会成为本雅明在中国理论旅行的又一界碑性事件。

与本雅明对大众文化持比较积极的同情态度不同，阿多诺和霍克海默提出"文化工业"概念，从审美主义的精英立场激烈抨击大众文化的雷同平庸和大众的单质同一。阿多诺等人的大众文化批判在 1992 年之后的中国产生巨大影响。据说，20 世纪 90 年代中国大陆几乎所有批判大众文化的著作或文章，都一无例外地引证了法兰克福的批判理论，尤其是阿多诺的《文化工业：作为大众欺骗的启蒙》（见霍克海默与阿多诺《启蒙辩证法》，重庆出版社，1990 年）和《电视与大众文化模式》（载《外国美学》第 9 辑，商务印书馆，1992 年）。[①]　其中，李彬的《反观电视：一种批判学派的观点》和张汝伦的《论大众文化》是两篇具

---

①　陶东风：《批判理论与中国大众文化批评——兼论批判理论的本土化》，《东方文化》，2000 年 5 期。

有代表性的论文。大众喜欢大众文化，不是因为大众文化能给予接受者什么，而是接受者由于本身的某些缺陷（趣味低级、思想贫乏）而无法欣赏高级文化产品。

在海外学者徐贲看来，李彬、张汝伦等国内学者把大众文化纯粹看成现代生活中禁锢思想和"非人化"的消极力量有失公允。徐贲很有见地地提醒说，阿多诺和霍克海默的悲观传媒文化理论把受众看成是大众媒介文化的思想奴隶，是以欧洲特定的文化环境为背景的。在中国，现代化是随着电视而不是启蒙运动走向民众。中国传统的士大夫文化在新文化运动的冲击下，早已失去了经典传统文化的权威。而新文化的成就和权威又无法与启蒙传统的经典现代文化在欧洲的地位相比。因此，大众媒介文化与中国新文化的关系也就远没有它与欧洲经典文化那么紧张和对立，国内学者大可不必跟在法兰克福学派后面全盘否定大众文化。而王一川主编的《大众文化导论》则是大陆第一本走入高校课堂的以大众文化为主题的通识教材。可见，中国在对阿多诺、霍克海默等人的"文化工业论"的吸收过程明显呈现从全盘接受到冷静辨析，并逐步凸显自身批评主体意识的发展脉络。

谈论法兰克福学派的中国之旅，就不能不提到这一学派的第二代杰出代表人物哈贝马斯。早在中国改革开放之初的1980年，中国的一些学术期刊就注意到了哈贝马斯，并刊发了一些国内外学者研究哈贝马斯的文章，如《哲学译丛》和《国外社会科学》就发表了中国学者对哈贝马斯的介绍文章。但此时基本还限于向国内读者介绍哈贝马斯，尚无对哈贝马斯著作的直接翻译和深入研究。直到20世纪80年代中期，哈贝马斯本人的文章才开始有了中译文。率先被翻译过来的是一篇哈贝马斯对话录《我和法兰克福学派——哈贝马斯同西德〈美学和交往〉杂志编辑的谈话》。这一时期可以称为国内学界接受哈贝马斯的起步阶段。到了20世纪80～90年代之交，哈贝马斯研究在汉语世界形成了第一个高潮。最突出的表现就是徐崇温主编的"国外马克思主义和社会主义研究丛书"对哈贝马斯作了较为系统的译介：《交往与社会进化》、《交往行为理论》等重要著作被收录其中。20世纪90年代初期，国内的哈贝马斯研究的热潮出现回落。但到了20世纪90年代中后期，随着中国新一轮改革开放启动，汉语学界重燃对哈贝马斯的强烈兴趣。哈贝马斯的著作开始大面积地翻译出版：1999年，上海学林出版社推出了三部主要著作《公共领域的结构转型》、《作为"意识形态"的技术与科学》和《认识与兴趣》。2001年4～5月，哈贝马斯应邀访问中国，在北京和上海两地做系列演讲，掀起了"哈贝马斯热"。上海人民出版社顺应这股热潮推出了"哈贝马斯文集"（包括《合法化危机》、《包容他者》、《后民族结构》、《交往行为理论》等）。

哈贝马斯的哲学一般被称作交往行为理论。在建设交往理性过程中，文学始终都在他的关切视野之中。在哈贝马斯的交往理性主张中，现代性是个尚未完成的事业。这就是说，现代性需要不断的反思与批判，在交往对话中推动现代文化的建构。曹卫东在博士论文《交往理性与诗学话语》中则强调："在中国现代化进行得如火如荼之际，文学作为公共话语越来越遭到冷落，文学写作越来越成为一种个人写作。私人语言的泛滥，又加剧了文学与社会的脱节，造成一种恶性循环。当前，如何恢复文学的社会功能，如何使得文学公共领域在中国的现代化建设当中占有一席之地，是摆在我们每一个文学研究者面前的一个大课题。哈贝马斯关于文学公共领域的论述或许对我们会有些启发价值。"① 的确，哈贝马斯的诗学思想积极而富有建设性，当然从另一方面说，它所内蕴的理想乌托邦色彩亦不可不察。

中国现代文论对法兰克福学派的传播受限于历史语境，这一特点非常突出。比如，法兰克福学派第一代人物本雅明、马尔库塞和第二代人物哈贝马斯同为20世纪80年代初就已译介入中国，但中国学界在20世纪80年代主要精力都集中在阿多诺、本雅明、马尔库塞、弗洛姆等人身上，对哈贝马斯的接受则是在20世纪90年代中期，整整晚了10年。法兰克福学派是西方马克思主义从贫富问题到文化庸俗化、从政治经济学批判到意识形态批判转向中的关节点，也是西方现代哲学中审美主义生成之路上的重镇。从阿多诺、本雅明到哈贝马斯，法兰克福学派完成了从意识形态审美主义批判到政治哲学批判的路途。而中国学界从20世纪80年代到20世纪90年代对法兰克福学派成员不同时期的不同侧重，恰恰也经历了从审美主义批判到政治哲学批判的过程。在这一空间挪移中，西方左派批评资本主义体系的理论话语变成了中国右派反思红色政权的批判利器。

法兰克福学派的学理历程与西方社会的历史现实相关。作为资本主义社会的批评者，法兰克福学派针对资本主义经济体系和文化工业作战，针对资本主义社会中文化庸俗的资产者作战。霍克海默与阿多诺对大众文化的批判，以及阿多诺的否定辩证法，本雅明的"寓言"、"灵韵"、"机械复制"都是从审美主义对资本主义工业文化的深入剖析。但这些意识形态批判，包括意大利葛兰西的霸权理论、法国阿尔都塞的意识形态理论，以及英国伯明翰学派的文化研究等，都未能真正撼动资本主义体系，反而逐渐被资本主义消费社会所吸纳，成为资本主义改良和完善自身的助推器。意识形态批判与资本主义的关系渐变成无关痛痒的调情姿态，这与马克思当年政治经济学批判的革命要求相距甚远。

马克思的意识形态批判严格区分了意识形态与科学，要求对意识形态进行科学还原。科学是对历史必然性的客观认识，意识形态是对基本现实的歪曲描述。

---

① 曹卫东：《交往理性与诗学话语》，天津，天津社会科学出版社2001年版，第123～124页。

马尔库塞即是以"全面的人"批判"单向度的人"。他引入弗洛伊德，批判资本主义社会对人的压抑，批判资本主义意识形态对人的基本现实的压抑。而哈贝马斯认为，这种意识形态还应将美学引入社会理论，进而以审美主义对西方现代社会体制的合法性发动批判，以价值批判代替了社会法理机制的规范性探讨。一旦审美要求进入交往领域，就会变成完美主义、完善论的政治观，向往理性与感性、人与他人、人与自然和谐同一，并以此绝对自由的状态否定现实的差距。意识形态的审美主义以"理想有效性"取消了社会法理的"实际有效性"。正因此，哈贝马斯转移了法兰克福学派的批判对象，他不再关注资本主义社会中的文化庸俗化问题，不再关注从卢梭、尼采到马克思都关注的庸俗资产者的论题。他认为，现代社会机制的合法性不是奠定在现实存在与意识形态的真假反映关系中，而是建立在交往领域的社会共识和理性互动关系中，建立在相互承认的关系之中。交往领域的理性共识才是现代社会的合法根基。比如针对消费社会而言，它的真正问题在于，一切都是在权利法案的体制背景和程序正义的架构下出现的，但是这个似乎全面合法的现代体制产生了最大的贫富分化和贫富不均。因此，问题要到体制建构内部的法理逻辑以及强势集团的非法操控之中去找寻，而不是从本真性价值还原出发取消社会秩序的调节机制。

新时期以来的中国文论界在对法兰克福学派的接受中，对其意识形态批判和政治哲学批判都有大量吸收。由于马克思的关系，法兰克福学派一直是西学研究中的重点之一。但在20世纪80年代，本雅明、马尔库塞等人被学界关注，并非是中国学界对法兰克福学派自身学理传承脉络深入研究后的结果，而是出于中国学界的美学热、文化热和西学热浪潮，寻找符合自己渴望的西方学术明星。比如在刘小枫《诗化哲学》中，阿多诺、马尔库塞、本雅明的审美文化批判不是被看作从政治经济学批判到意识形态批判转向中的一环，也不是被当作马克思主义的一脉而重视它，而是被看作西方美学中与荷尔德林、诺瓦利斯、里尔克、尼采、海德格尔殊途同归的、寻求个体有限生命无限自由超越的美学家。对中国学界来说，这种历史接受面临走出冷战格局的压力，它试图以此快速靠近西方，恢复自信。但这种靠拢近似于自我安慰，并未触及到西方马克思主义的真正问题。到了20世纪90年代中期，中国国内国际局势发生较大变化，政治政策调整、经济改革深化、社会阶层分化和大众文化崛起，个体生命的自由超越无法应对现实中的挫败，政治机制和社会法理问题成为人们关注的重点，政治哲学和社会理论等社会科学代替人文科学成为学界主流。在这一背景下，法兰克福学派中很少有文学美学论述的哈贝马斯也得到了文论界的关注。他关于公共领域、交往理性等问题的讨论，在文论界得到积极回应，比如有学者受其启发，提出了新理性精神。这种回应部分是在延续20世纪80年代文学如何自主的论题，是在衔接中国文论界自身所面对的遗留问题，而不是将哈贝马斯置放在西方当代政治哲学的流变中来考察。

我们需要注意的另一点是，西方审美主义对文化庸俗的资产者的关注，另有根源。在西方学术思想史中，审美主义的出现不仅应置入现代社会理论中观察，还应将之与古典社会结构相比较。在现代社会中，作为全面完善的审美人，其肇始者并不是马克思，也不是康德，而是卢梭。卢梭在其著作中塑造了孤独者形象，其对立面不仅是庸俗的资产者，还有公民社会中的公民。而这其中的逻辑是，无论公民社会怎样完善，怎样民主，它都将是对人的完整性的戕害。因为公民社会必须要受到他人意见和欲念的影响。这对于哈贝马斯而言，即呈现为公共领域中的交往理性。对于黑格尔而言，这是"为了承认而斗争"，并最终走向历史的终结。而对现代西方思想肇始者之一卢梭来说，公民社会仅仅意味着我们始终生活于"意见"之中。而人之为人的美好，还在于人的完整，这需要退出公民社会，作为审美的孤独者才能达到的境界。在西方古希腊，如柏拉图，公民社会中的"交往理性"或"社会共识"，不过是洞穴之中的公民，他们的生活可敬，但并非最好。最好的生活恰恰需要付出巨大代价，走出洞穴。柏拉图与卢梭的差别之处是，一个认为能够追求这种最好生活的人是哲学家，一个认为是诗人。卢梭之后的西方美学家，康德、马克思、尼采等，不过是沿着他的这一思路，不断延伸罢了。所以，从现代社会理论出发批判现代审美主义，需要建立一个更加宏阔的思想史语境，才能透彻洞晓其中的奥妙。这些关于幸福人生的方案，既与古典中国差异颇大，也并非是现代中国所遭遇的最重要命题。特别是当我们以此考察中国社会现状时，更需要将之纳入中国的学术脉络之中，在现代中国文明建构的背景中，重新考虑是否接受、何时接受以及如何接受西学的诸种资源。

五、存 在 主 义

存在主义是一个复杂的概念，它的形成并非有意识的建构，也不是一个确定的学派。西方思想界从 19 世纪末发展到 20 世纪，历经两次世界大战，在一些哲学家和文学家的作品中形成了相似的思想气氛和相关联的主题，被称为"存在主义"。它不是一种哲学，而是被贴上了同一个标签的许多不同甚至相互对立的哲学家和文学家。考夫曼在其编著的《存在主义》① 中列举了十位哲学家和文学

---

① 参阅［美］瓦尔特·考夫曼（Walter Kaufmann）：《存在主义》，陈鼓应、孟祥森、刘崎译，北京，商务印书馆 1987 年版。

家，从陀思妥耶夫斯基到萨特，包括尼采、克尔凯郭尔、里尔克、卡夫卡、雅斯贝尔斯、海德格尔和加缪。他们都对人的生存问题投以特别的关注，但是角度却各个不同，有宗教的，也有反宗教的；有英雄主义的，也有悲观主义的，其中有些人如萨特认同存在主义概念，而另一些人，如海德格尔和加缪则拒绝承认自己是存在主义者，这些杂多的侧面反映了在存在主义这一标签之下的复杂性，但是我们依然可以看到在这些不同的思想家那里有某些共同的关心和焦虑：他们都反对黑格尔式的对世界和人所做的观念演绎的解释和规定，关注具体的人当下的存在问题。我们尝试通过对三个耳熟能详的存在主义命题的辨析来探究存在主义的核心价值观。

存在先于本质。这是理解存在哲学的基本命题。"存在先于本质"这句话强调了存在本身的优先性和现实性，在存在以前没有任何逻辑前提为存在本身确定本质，存在是世界真正的和唯一的现实（présence）。根据这一命题，人的任何身份、地位和对自我的认识，都不能成为限定人本身的理由或借口，在这个意义上来说，人的自由就是绝对的。萨特在戏剧《死无葬身之地》[①]中以一种形象化的方式表现了这种自由观。任何一个人在死亡之前，都可以通过他自由的选择来形成自己的本质。

"世界是荒诞的，无意义的"。萨特在文学上的第一部成名作《恶心》所表现的是一个荒诞的世界，真实的世界并不是为了人而存在的，它就在那里而已，与我们无关。人与这个世界的关系完全是偶然的，或者说，生存的偶然性才是必然的。而《恶心》就是身体感受对这一堆无法解释的世界的无可奈何又无法逃避的感觉，这是人的身体被抛入偶然的纯粹外在我们的世界的感觉。不过世界的荒诞性和无目的性恰好也成为人的自我实现的恰当环境，因为世界是自在的和无目的的，人才可能成为自为的，因为世界没有属于它自身的意义，所以人才能实现属于他自己的意义。

萨特的另一个著名命题是"他人即地狱"，这句话出自萨特的戏剧《隔离审讯》[②]，这句话所遭到的误解可能超过萨特的关于人的绝对自由的观念。实际上，对于萨特来说，"他人即地狱"并不是一个全称的判断，而是针对戏剧中所表现的那些主人公。他们无法处理与自己与他者之间的关系，企图获得他人的承认，而忘记了自己的自由，是人在他人的眼光下变成自在之物，而放弃了作为人的自为的存在。

---

① ［法］萨特：《死无葬身之地》，沈志明译，《萨特文集》第 5 卷，北京，人民文学出版社 2005年版。

② ［法］萨特：《隔离审讯》，李恒基译，《萨特文集》第 5 卷，北京，人民文学出版社 2005 年版，第 147 页。

存在主义对于中国现当代的思想和文学产生了不可忽视的影响。存在主义与中国的相遇可以分为三个界限分明的阶段：第一个阶段是 20 世纪初到 40 年代末，第二个阶段是从 20 世纪 50~70 年代末，第三个阶段从 20 世纪 80 年代初到现在。可以很明显看到存在主义在中国的命运与中国的政治现实有着直接的关系。

（1）20 世纪初到 40 年代末：渐入东方。广义的存在主义对中国现代文学的影响深远，一大批"五四"时期的知识分子接触到以尼采为代表的现代派思潮，其中以王国维和鲁迅最为典型。海德格尔在 20 世纪 30~40 年代也已经介绍到中国，并对中国的思想界产生了一定的影响。但中国急迫的社会革命和民族存亡问题使得个人的斗争被纳入集体的斗争。在这种历史背景中，存在主义不可能成为思想界的主流。

不过，存在主义虽然没有占据中心，但并不意味着在当时的中国它完全籍籍无名。"二战"以后，就有敏感的中国文学家和思想家开始介绍法国的存在主义，萨特、波伏娃和加缪的名字开始被中国文学界所了解。冯沅君译介了威尔登（Wilden）的《新法国的文学》，刊登在《妇女文化》第二卷第一期上，在这篇文章中着重强调了文学的介入和责任感。除此以外，还有罗大冈的《存在主义札记》，[①] 孙晋三的《所谓存在主义》[②]，陈石湘的《法国唯在主义运动的哲学背景》。[③] 其中陈石湘对存在主义思想的介绍抓住了萨特的逻辑起点，即"存在先于本质"。

（2）20 世纪 50~70 年代末：微弱的回响。1949 年以后，中国的思想界以马克思主义为唯一正统，存在主义作为资产阶级思想的代表受到批判和排斥。然而几年后，中国又把萨特视为"进步作家"，并在 1955 年邀请萨特和波伏娃访华，但随即又再次从"进步作家"变为资产阶级思想的代表人物。20 世纪 50 年代末以后，对萨特和法国存在主义的译介依然在进行，主要发表在《现代外国哲学社会科学文摘》上。如在"学派与人物"栏目下发表的《马赛与沙特——两个法国存在主义哲学家》和《不接受诺贝尔或列宁奖金的让——保罗·萨特》；在"书刊评"栏目下刊发的《一种存在主义美学：沙特和梅劳—庞蒂的学说》和《萨特：〈情势种种〉》等等。还有一些存在主义作品作为内部读物被翻译过来。如 1963 年商务印书馆就出版过萨特的哲学著作《辩证理性批判》的第一卷第一分册：《方法问题》，同年，中科院在《现代外国资产阶级哲学资料选辑》中编译了《存在主义哲学》，收录了萨特的《存在主义是一种人道主义》和《存在与虚无》的部分篇章；1962 年商务印书馆还出版了华尔的《存在主义简史》。文学方

---

①　罗大冈：《存在主义札记》，《大公报》"星期文艺"，1948 年 2 月 8 日。

②　孙晋三：《所谓存在主义》，《文讯》第 7 卷第 6 期，1947 年，7（6）。

③　陈石湘：《法国唯在主义运动的哲学背景》，《文学杂志》第 3 卷第 1 期，1948，3（1）。

面，则有 1961 年上海文艺出版社出版的孟安翻译的加缪的《局外人》和 1965 年上海作家出版社出版的郑永慧翻译的萨特的《厌恶及其他》。当时这些翻译与对西方其他现代思想的翻译一样，其目的是作为批判资料，不过其实际效果却使中国的知识界对存在主义并不完全陌生。

（3）20 世纪 80 年代：存在主义在中国的奇遇。

中国的知识界从新时期一开始就积极译介存在主义，最早出版的有徐崇温的《萨特及其存在主义》① 和柳鸣九编著的《萨特研究》②。徐著介绍了萨特的一生及其哲学和政治思想，而《萨特研究》则主要以萨特的文学作品和文论为主，这两本书成为当时中国了解萨特和存在主义的主要指南。随后，萨特最重要的文学作品和哲学著作都迅速被翻译出版，并且热销，尤其是《存在与虚无》和《存在主义是一种人道主义》的出版成为当时思想界的重要事件。而法国存在主义的另一位重要人物加缪的翻译与出版也在进入 20 世纪 80 年代即开始：1980年《鼠疫》，1985 年《加缪中短篇小说集》，1986 年《正义者》，1987 年《西西弗的神话》。由于加缪的著述不多，中国在 20 世纪 80 年代中期就基本上完成了加缪作品的翻译工作。而毛崇杰的《存在主义美学与现代派艺术》③ 则对存在主义的文艺理论进行了总结。

其次，存在主义在中国的引入始终面临来自正统的批判。这些争议集中在两个方面，一是存在主义与马克思主义是否相容的问题，二是存在主义对青年的利弊问题。

最后，在 20 世纪 80 年代的存在主义热潮之后，到 20 世纪 90 年代，随着中国特殊的形势和精神氛围的变化，在知识分子圈内，个人英雄主义的豪情受到打击，存在主义也随之迅速降温。在这种精神氛围中，充满热情的存在主义让位于高举科学大旗的结构主义，后者逐渐在中国的文论中占据主流地位。

回顾 20 世纪 80 年代以来，存在主义对中国文艺理论提供的理论资源主要集中在如下两个方面：

第一个方面是"人学"问题和个人的自由问题。中国文论对存在主义的兴趣不在其本体论，而在其个体生存哲学和伦理学，这是中国接受存在主义的显著特点。第二个方面是文学的"介入"或者说文学的责任问题。萨特强调文学的介入性质（engagement）。他认为，文学作品作为一种意指活动必然会产生相应的社会效果，并且成为历史的一部分，"为艺术而艺术"不过是掩耳盗铃式的欺骗。

---

① 徐崇温：《萨特及其存在主义》，北京，人民出版社 1981 年版。
② 柳鸣九编：《萨特研究》，北京，中国社会科学出版社 1981 年版。
③ 毛崇杰：《存在主义美学与现代派艺术》，北京，社会科学文献出版社 1988 年版。

六、结 构 主 义

结构主义是发端于两次世界大战期间并于 20 世纪 60 年代在欧美勃兴的重要的跨学科思潮。结构主义的思想源头是索绪尔的语言学理论。1916 年出版的《普通语言学教程》几乎被看作是结构主义思想的圣经。结构主义文论是西方文论史上一次重大转型，在法国的主要代表人物有列维—斯特劳斯（Claude Lévi-Strauss）、罗兰·巴特（Roland Barthes）、托多洛夫（Tzvetan Todorov）、格雷马斯（A. J. Greimas）、热奈特（Gérard Genette）等众多理论家和批评家。与传统文论相比，结构主义文论有如下特点：

第一，科学主义和内部研究。结构主义文论是西方文学自 20 世纪以来最为雄心勃勃的"科学化"尝试，当时的结构主义先锋学者试图抛弃带有主观色彩的"文学批评"，而成为一个文学研究者。结构主义诗学要研究文学的"语言"（langue）而不是文学的言语（parole），结构主义文论家的主要目标是使自己的研究具有普遍化的适用性。结构主义文论家的研究对象常常是原来被认为价值较低的通俗文学。1981 年《交流》杂志的第 8 期在法国结构主义文论的历史上具有里程碑式的意义，然而这期刊物的论文的研究对象却是邦德的电影和小说，新闻稿和电影的叙事。[①]

第二，反人文主义。20 世纪 60 年代，结构主义思潮对传统的人文主义提出了强烈质疑，福柯在尼采宣布"上帝已死"之后，宣告"人已死"。这并不是说结构主义者缺乏对人的关心，或者说在伦理上不尊重人的价值，而是说通过对文化和意义问题的研究，否定了个人主体是解释文化和意义的出发点。总之，人类的深层结构比个人重要。

第三，去中心化。结构主义文论的另一个特点是去中心化。传统文论的中心是作家和作品，结构主义文论则抛弃了文学作品的中心，与英美的新批评不同，结构主义不仅否定作者的意义，还否定了具体作品的中心地位。

下面对结构主义文论在中国传播和产生影响的几个问题加以描述。

（1）结构主义在"新时期"以前的中国。与西方一样，结构主义在中国最初的成功也是在语言学领域。从 20 世纪 20 年代开始，中国的语言学家就注意到西方的结构主义语言学，并应用其方法对汉语加以分析。根据陈保亚《20 世纪

[①] *Communications*°8，réédition sous le titre *L'analyse structurale du récit*，Paris，le Seuil，coll. Points，1981.

中国语言学方法论》的研究，陈承泽最早在 1922 年出版的《国文法草创》中已经认识到总体分布的观念。① 赵元任 1948 年撰写的《国语入门》，是中国第一部尝试运用结构主义语言学的方法研究汉语语法的著作。从 20 世纪 50 年代以来，我国的语言学界虽然从意识形态上坚持对结构主义的批评，但是作为一种科学方法还是在中国语言学界占据重要地位。中国的文学理论界在 20 世纪 80 年代以前对西方 20 世纪 60～70 年代如火如荼的结构主义少有相关译介。

（2）"新时期"以来结构主义在中国的译介。20 世纪 70 年代末 80 年代初以来，中国开始初步译介结构主义哲学和文论，发表了一些翻译文章，从 1980～1983 年间，对结构主义的翻译和介绍文章在一些有影响的杂志上不断出现，结构主义开始引起人们较为广泛的关注。《外国文学报道》在 1981 年第 3 期上发表张裕禾的《新批评——法国文学批评中的结构主义流派》，在 1983 年第 1 期上发表邓丽丹的《文学作品的结构分析》，《文艺理论研究》在 1980 年第 2 期上发表了袁可嘉翻译的巴尔特的《结构主义——一种活动》，《哲学译丛》在 1981 年第 4 期上发表了列维－斯特劳斯和阿尔都塞论述结构主义的译文，《外国文学研究》在 1981 年第 2 期上发表王泰来的《关于结构主义文艺批评》等。1980 年商务印书馆出版了李幼蒸翻译的《结构主义：莫斯科—布拉格—巴黎》②，这本著作对于结构主义在中国的传播起到过非常重要的作用。1979 年，袁可嘉在《世界文学》第 2 期上发表了《结构主义文学理论述评》，是中国第一篇系统介绍结构主义文论的文章。1984 年，商务印书馆出版了由倪连生等翻译的皮亚杰的《结构主义》，这是国内出现的第一本结构主义原著的译著。从 1983 年第 4 期开始，张隆溪以"西方文论略览"为总标题，在《读书》杂志上连续发表了 11 篇介绍现代西方文论的文章，产生了重大影响。其中专论结构主义的 5 篇，分别介绍了俄国形式主义与捷克结构主义、结构主义语言学和人类学、结构主义诗论、结构主义叙事学和后结构主义。③

不过就总体而言，1985 年前，中国文论的焦点是人文主义和美学的复兴，结构主义的影响相对有限。进入 1985 年，在短短的 4～5 年时间中，出版的译著就达几十种之多，巴尔特、列维－斯特劳斯、托多洛夫和热奈特的著作纷纷得到翻译和出版。1989 年，胡经之和张首映主编的《西方 20 世纪文论选》（中国社会科学出版社出版）在第二卷中选译了巴尔特、托多洛夫、格雷马斯、热奈特等法国结构

---

① 参阅：陈保亚：《20 世纪中国语言学方法论（1898～1998）》，济南，山东教育出版社 1999 年版，第 162～178 页。

② ［比］布洛克曼（J. M. Broekman）：《结构主义：莫斯科—布拉格—巴黎》，李幼蒸译，北京，商务印书馆 1980 年版。

③ 张隆溪：《诗的解剖　现代西方文论略览·结构主义诗论》，《读书》，1983 年第 10 期。

主义代表人物的著作。与此同时，还有一些国外对结构主义加以介绍的著作得以翻译出版，其中最有影响的有《结构主义和符号学》① 和《结构主义时代》②。这些结构主义译著为中国的文学研究者提供了结构主义文论的第一手材料。

进入 20 世纪 90 年代，中国对结构主义文论译介和转化在这一阶段更加深入，其中尤为突出的是叙事学和符号学。中国对叙事学的关注从 20 世纪 80 年代后期开始，1989 年，旅法学者张寅德编选的《叙述学研究》一书在中国社会科学出版社出版。20 世纪 90 年代，随着对叙事学的兴趣的增强，学术界加强了对结构主义叙事学的介绍，发表了一系列论文和专著。1990 年，《外国文学评论》发表了一组由赵毅衡、申丹、胡再明、黄梅和微周等撰写的有关叙述学的论文③。中国学者随后陆续写作出版了不少叙事学研究的专著，如徐岱的《小说叙事学》④，傅修延的《讲故事的奥秘》⑤，胡亚敏的《叙事学》⑥，赵毅衡的《苦恼的叙述者》⑦，申丹的《叙述学与小说文体学研究》⑧ 等等。这些著作不仅介绍和总结了西方叙事学理论，并且试图提出一些新的角度和观点。在中国的叙事学研究中，杨义的《中国叙事学》并不局限于引入西方的叙述学，而是以比较的方式完成了一次中西交融的努力。他把中国古代的历史叙事纳入研究对象，建立了包容各种中国各种叙事形态的系统，并探索中国文化的独特叙事特征。另外，陈平原在 1988 年出版的《中国小说叙事模式的转变》⑨ 也为采用西方的理论和方法分析中国叙事问题和文学史提供了一个值得借鉴的范例。

符号学（或语言学）是中国文论的另一个关注点，但是在研究结构主义对中国文论影响的文章中，这一点没有得到足够重视，符号学对中国文论的影响研究经常付之阙如。

不过，在结构主义符号学（或语言学）的借鉴方面，中国港台学者如周英雄等走在了前面，提供了运用结构主义符号学去研究中国文学的先例。⑩ 而在中

---

① ［英］特伦斯·霍克斯（T. Hawkes）：《结构主义和符号学》，瞿铁鹏译，上海，上海译文出版社 1987 年版。

② ［美］库兹韦尔（E. Kurzweil）：《结构主义时代：从莱维－斯特劳斯到福科》，尹大贻译，上海，上海译文出版社 1988 年版。

③ 赵毅衡：《叙述形式的文化意义》；申丹：《论西方叙述理论中的情节观》；胡再明：《真品》的叙述艺术；黄梅：《关于叙述模式及其他》；微周：《叙述学概述》。

④ 徐岱：《小说叙事学》，北京，中国社会科学院 1992 年版。

⑤ 傅修延：《讲故事的奥秘》，南昌，百花洲文艺出版社 1993 年版。

⑥ 胡亚敏：《叙事学》，武汉，华中师范大学出版社 1994 年版。

⑦ 赵毅衡：《苦恼的叙述者》，北京，十月文艺出版社 1994 年版。

⑧ 申丹：《叙述学与小说文体学研究》，北京，北京大学出版社 1998 年版。

⑨ 陈平原：《中国小说叙事模式的转变》，上海，上海人民出版社 1988 年版。

⑩ 周英雄：《比较文学与小说诠释》，北京，北京大学出版社 1990 年版。

国大陆，果断地做出明确尝试的是王一川。他把结构主义语言学或符号学模型"综合"到他自己标举的"修辞论美学"的阐释框架中，在运用"符号矩阵"（semiocit rectangle）等模型去分析中国文艺文本方面作了持续的尝试。

（3）中国结构主义文论的得失。中国文论从 20 世纪 80 年代以来发生了两次转向，一次是"语言论转向"的向内转，一次是文化研究的向外转。前一次的着眼点为文学划定了独立的价值，解放了中国文学的生产力；后一次则是文论家通过文化研究，参与到针对当下现实生活的文化关怀和文化批评。在这两次转向中，结构主义都构成了最重要的思想资源和方法武器。经过中国文论学者对结构主义的消化吸收和中西交融的努力，结构主义已经不再是一种"外来的"学说，而成为中国文论的有机组成部分。

结构主义进入中国的 20 世纪 80 年代恰好是人文主义高涨的时代，存在主义热潮席卷大学校园，有关"人学"的种种讨论是当时中国文论的兴奋点，主体精神的昂扬是 20 世纪 80 年代的精神特征。如陈太胜所说："结构主义在西方的法国是以反对存在主义的激扬姿态出现的，而在中国，它和存在主义等人本主义思潮处于错综复杂的共时性理论网络中。一方面，这在某种程度上掩盖了结构主义批评的魅力，阻碍了它在中国的进一步传播。另一方面，这造成了结构主义在中国的人本主义接受语境……①"

如前文所述，中国结构主义文论对叙事研究的成果远远高于对诗歌研究的成果。实际上，西方结构主义符号学对诗歌的研究是卓有成效的，其分析方法常常能深入到常规阅读难以觉察的细节。对此，中国学者一方面对其分析之详尽和细节挖掘表示惊叹；另一方面又批评其缺乏艺术的判断和审美。1989 年中国出版了旅美学者高友工和梅祖麟的《唐诗的魅力》②，他们对杜甫的《秋兴八首》的分析借鉴了雅各布森的方法，通过对语音形式的分析探索杜诗的意蕴，令人耳目一新。然而，国内这样的研究还相当罕见，无论是批评古典格律诗还是现代诗歌，基本上还是采用传统的"知人论世"的文学史方法或者"意象"批评。

七、英美新批评

新批评也称客观主义批评、本体论批评，强调文本的自足性，以文本为关注

---

① 陈太胜：《结构主义批评在中国》，《社会科学研究》，1999 年第 4 期。
② ［美］高友工、梅祖麟：《唐诗的魅力》，李世耀等译，上海，上海古籍出版社 1989 年版。

中心，是现代英语学界文学研究中影响最大的理论流派之一。新批评于 20 世纪 20 年代肇端于英国，20 世纪 30 年代形成于美国，20 世纪 40 年代和 50 年代在美国文坛占据统治地位，20 世纪 60 年代开始退潮，20 世纪 70 年代后虽然让位于结构主义和符号学等派别，但其影响在西方经久不衰。新批评不仅是现代西方形式主义文学理论发展过程中的一个重要环节，而且也已经成为西方文论沉淀下来的基础。新批评的早期代表人物有休姆、庞德、艾略特，在其发展过程中，重要人物主要有瑞恰兹、燕卜荪、兰色姆、维姆萨特、布鲁克斯等人。

新批评文论家承认一篇文学作品有独立自主的生命，认为文学作品是艺术品，有它自己完整性和统一性。所以，一件文学作品可以视为独立的存在，并专注地考察其中的结构与字质等等。"新批评"认为，文学评论的对象既不是社会历史背景或作者的生平资料，也不是作者心灵或读者的反映，而应是作品本身。文学作品是客观存在的独立自主的有机实体，是评论家从事评论工作的唯一依据，任何离开作品本身去强调作者的写作动机或作品产生的时代背景，都会走向"感受谬误"或"意图谬误"。

新批评在中国的译介与接受分为三个时期。第一个时期是 20 世纪 30 ~ 40 年代。在这一时期里，北京大学、清华大学与西南联大等高等学府具有重要的媒介职能。清华大学曾是艾略特诗论、瑞恰兹文论在中国得以传播与推介的首要平台。燕卜荪等外籍学者曾任教于西南联大，由此，当时的学生赢得了研读该派诸种著述的良好学术契机。一方面，一些外籍学者既是该派在中国的传播者与媒介者，其自身又是重要的研究对象。例如，翟孟生、瑞恰兹及燕卜荪等。他们对于中西文化的交流与互动而言，的确是功不可没的。另一方面，一些杰出的中国学者也致力于对该派的译介与研究。朱自清、陈西滢、叶公超、赵萝蕤、曹葆华、李安宅、钱钟书、李广田、穆旦（查良铮）、袁可嘉、李赋宁与周珏良等人，既是该派在中国学界的传播者，又是接受者，并且取得了骄人的文学创作与研究实绩。

第二个时期是 20 世纪 50 ~ 70 年代。新中国成立之后直至新时期之前，新批评与其他诸种所谓的"英美资产阶级"文学批评派别一样遭受了排斥与批判。在当时特定的社会文化语境中，该派以注重本体存在、审美形式为特质的理论体系，与其时学界探究文学的工具性等主潮格格不入，其著述与论文成为被批判的对象。1962 年，周煦良等人翻译的《托·史·艾略特论文选》（上海文艺出版社）问世，但仅限内部发行。就该历史时期而言，由于受到社会状况、政治情势、意识形态以及文化语境等因素的制约，该派在中国大陆学界基本上可以说是处于默默无闻的境地，因而并未获取译介与传播的机缘。①

———————————

① 参见胡燕春：《新批评在中国的接受与启示》，《新疆大学学报》，2009 年第 3 期。

第三个时期是 20 世纪 80 年代至今。1979 年杨熙龄在《美国现代诗歌举隅》中谈到"新评论"派的张力论、"矛盾和讽刺"等理论主张。[①] 1980 年，艾略特的《传统与个人才能》再次被译介。1981 年，杨周翰发表《新批评派的启示》，以翔实的史料和公允的立场分析新批评的理论主张，并以之为参照对长期占据我国主导地位的"典型"理论发出质疑。[②] 这一时期对新批评大力译介的还有赵毅衡等学者。赵毅衡的著作《新批评——一种独特的形式主义文论》（1986 年）及译文集《"新批评"文集》（1988 年）先后由中国社会科学出版社出版。还有《新批评》（史亮编，四川文艺出版社 1989 年 5 月初版）、《艾略特诗学文集》（王恩衷编，国际文化出版公司 1989 年版）、《文学批评原理》（瑞恰兹著，百花洲文艺出版社 1992 年版）、《朦胧的七种类型》（燕卜荪著，中央美术学院出版社 1996 年版）等，加上韦勒克等人的多种著作在中国翻译出版，新批评的材料介绍大体完备。[③] 通过这些学者的介绍，人们比较全面地了解到新批评的理论脉络、批评方法及倾向。韦勒克与沃伦合著《文学理论》于 1984 年在国内翻译出版，使新批评在中国得到更为广泛的关注和接受。韦勒克对文学研究作了内外之分，并将对文本内部结构和意义提高到本体论上来认识，强调由语言构成的文本的中心地位和独立自主性。该书作为新批评派的理论圭臬，对新时期中国文学批评理论研究产生了重大的影响，并作为一种具有巨大反拨力量的思维方式，从观念上为新时期初期文学批评的"向内转"提供了来自西方文论的有力的理论支持和话语空间。

就该派的著述在国内的译介情况而言，虽然到目前为止，已有多个译本问世（例如，《理解诗歌》、《理解小说》等影印本，以及《小说鉴赏》、《新批评》和《精致的瓮》等译本），但是，该派一些重要著作还未得以完整译介。例如，瑞恰兹的《孟子论心》，燕卜荪的《田园诗的几种类型》，布鲁克斯与海尔曼合著的《理解戏剧》，维姆萨特与比尔兹利合著的《词语之象》以及韦勒克的《对于文学的非难与其他论文》等著述，至今没有中译本。毋庸讳言，上述问题在某些层面影响了该派在中国传播的广泛程度与反响力度。

不过，即便是在强调"文学自主性"的 20 世纪 80 年代，中国学界在接受新批评时，也不是亦步亦趋。新批评手中的反讽，仅限于文本，而新时期中国学界在接受反讽时，在强调对文学进行纯分析时，也会被自身的问题意识和历史压力所改造，将文本分析扩展为对整个社会人生的剖析，建构起文本世界与现实世界之间的复杂联系。具体来说，中国学界在 20 世纪 80 年代对新批评的吸收，是

---

① 杨熙龄：《美国现代诗歌举隅》，《世界文学》，1979 年第 6 期。
② 杨周翰：《新批评派的启示》，《国外文学》，1981 年第 1 期。
③ 代迅：《中西文论异质性比较研究——新批评在中国的命运》，《西南大学学报》，2007 年第 5 期。

将其作为对抗文革阶级论文艺的雇佣军，试图在中国政治文化结构中植入新的元素，割裂由政治一统天下的文艺格局，从而撬动社会主义内部阵营稳定板块，来安置不受干扰的"人"的文学和纯文艺，以此作为中国摆脱困境，从"内"（社会主义中国）向"外"（全球资本主义）的社会文化进军。这种植入之所以在新时期的历史阶段成为可能，并不完全依赖于新批评对文学的内/外部分的知识划分，而是依赖于冷战时期二元国际格局为中国新时期所提供的历史语境。中国试图开辟社会主义阵营的新空间，而冷战的历史语境既提供也限制了中国学界对新空间的想象和选择。由于冷战历史的社会主义/资本主义二元对立格局，任何一方想要开辟新空间，其最明显的可能性都直接来自于政治对立的另一方。西方资本主义阵营中 1968 年革命对中国文化大革命和毛泽东的想象是如此，社会主义阵营 1989 年的演变亦如此。只不过中国的空间想象提前到了 1978 年的新时期。而新批评恰好在这一历史时期为中国学界的政治想象提供了新的学术表述空间。

　　侧重纯文学和文学自主性，这并不是新批评首创，其问题意识在西方由来已久。无论是康德的无功利美学，还是唯美主义，抑或是克罗齐的直觉说，都或隐或显地面对和处理西方现代社会所带来的这一美学文学问题。从文学的内部/外部关系而言，新批评并没有克罗齐的美学思想来得彻底。但新批评被指认为是纯文学研究，这种指认在新时期学界中的有效性所依赖的语境恰恰是冷战格局中的二元对立。正是冷战格局的历史压力，将资本主义阵营中的新批评塑造为与社会主义阵营中的文艺思想相对立的一极。与其说它真的体现了纯文学研究，不如说在冷战的二元对立语境下，它作为镜像映照出了新时期学界对于新的历史空间的政治渴望。新时期学界以此重新勾画中国现代文学历史图景，并重构文学的经典序列。这种重构并非纯粹是一种学术书写，同时是一种对自由政治的文学构想。新批评在中国学界的沉寂与活力，既来自于当代国际政治结构的流动、渗透、呼应，也来自于中国新时期历史在构想自身处境时是如何受限于历史结构，以及如何努力突破这一受限的视野。新时期学界借助新批评来超越"革命"范式的经典作家，但这同时又是在加固冷战的内在历史结构。新时期学界对新批评的选择，有出于历史紧迫感的合理性，但如何清理新批评在中国文学研究中的塑造力和影响力，不仅仅是文学研究的内部工作，还更是一件考验我们政治魄力和胆识的历史任务。

八、女性主义

女性主义文论作为当代西方文艺批评的重要流派之一，自 20 世纪 60~70 年代兴起以来，在西方学界产生了重大影响，成为当代学者进行批评和研究的主要视角之一。

西方女性主义文论大致经历了三个发展阶段：

第一阶段：20 世纪 60 年代末～70 年代中期。这一时期的文论重点是揭示男性文化如何歪曲了女性形象，批判文学中的厌女现象，抨击阳物批评，以凯特·米勒的《性政治》、杰美茵·格雷尔的《女太监》为代表。这个阶段的女性主义批评家往往把文学看成社会生活的真实反映，从具体的作家文本中去开掘女性被压抑的处境。

第二阶段：20 世纪 70 年代中期～80 年代中期。这个时期很多女性批评家已经能够非常自如地运用女性视角解读经典文本，侧重点开始转到对于语言文学的批评，追溯女作家自己的文学传统。以伊莱恩·肖瓦尔特的《她们自己的文学》、桑德拉·吉尔伯特与苏珊·格巴合著的《阁楼上的疯女人》为代表，这时的女性批评家更多致力于重构和寻找女性自己的文学传统，使得女性主义文学批评真正拥有了自己的权威和疆域，赋予女性自己言说的权利。在这个时期，英美女性主义批评达到了真正成熟的状态，法国女性主义批评开始在英美传播，女性主义批评走向多元化。

第三阶段：20 世纪 80 年代中期以后。受到后现代文化思潮的影响，这个阶段的女性主义批评强调"异质性"，重新思考文学研究的基本概念，修正基于男性经历的阅读和写作的理论假定，发展一种跨学科、跨性别的女性主义文化，走向"性别诗学"。这个阶段以埃莱娜·西苏、朱莉叶·克里斯蒂娃、露丝·伊利格瑞为代表。她们回避过分政治化的倾向，选择从文本、语言学、心理分析等角度入手，深入到男性话语内部，力图彻底地解构和颠覆父权制文化。西方女性主义批评由注重社会现实研究转变到对话语和语言的研究，由追求男女平等转向在两性差异中求同存异，其发展脉络也逐渐由清晰单一而日渐复杂多样。①

在中国，"女性文学"（或"妇女文学"）这一提法早在 20 世纪 20～30 年代就已出现，但作为一个引起广泛争议的范畴，却是出现在 1984～1988 年间。在 20 世纪 80 年代后期，中国大陆学界首次从性别差异角度讨论女性与文学的关系，有着明确的针对性的，即针对 20 世纪 50～70 年代妇女解放理论及其历史实践的后果。在毛泽东时代，尽管在社会实践层面上，女性获取了全方位的政治社会权利，成为与男性同等的民族国家主体；但在文化表述层面上，性别差异和女性话语却遭到抑制，女性是以"男女都一样"的形态出现在历史舞台之上，处在一种"无性别"的生存状态中，并且缺乏相应的文化表述来呈现自己的特殊

---

① 林树明：《多维视野中的女性主义文学批评》，北京，中国社会科学出版社 2004 年版。

生存、精神处境。正是在这样的情形下，"女性文学"首次将"女性"从无性别的文学表述中分离出来，成为将性别差异正当化的文化尝试。

20 世纪 80 年代中后期对西方女权/女性主义论著的译介，是"西化热"的一部分。不过，在西方女权运动第二个时期的四本重要论著（西蒙·德·波伏娃的《第二性》、贝蒂·弗里丹的《女性的奥秘》、弗吉尼亚·伍尔夫的《一间自己的屋子》和凯特·米利特的《性的政治》）中，与文学和文学批评关系最密切的《性的政治》却翻译得最晚，直到 1999 年中国大陆才出现译本。这一时期对西方女权/女性主义理论的介绍主要偏重英美流派；而对另一流派法国女权/女性主义理论的译介则相对较少。这主要因为中国对女性主义理论的接受来自英语世界（尤其是美国女性主义批评）的影响，同时也和英美派注重女性经验的表达，而法国派更注重与同期理论（尤其是结构——后结构主义理论）的对话，有着密切关系。20 世纪 80 年代中国批评界对于结构主义和后结构主义理论并不十分熟悉，文学批评的主流还停留在前"语言论转向"时期。由于缺乏对法国女性主义理论的上下文的理解，国内学界对其接受相对困难一些。1992 年张京媛主编的《当代女性主义文学批评》（北京大学出版社出版）中较多地收入了法国的埃莱娜·西苏、朱莉叶·克里斯蒂娃和露丝·依利格瑞的文章，以及 20 世纪 80 年代以后英美流派"受到欧洲文学理论的影响"的"后结构主义的女性主义批评"中如佳·查·斯皮瓦克等的文章。即使如此，但在中国批评实践中产生主要影响的，还是注重女性经验和女性美学的表达那一部分。

中国对女性主义的接受主要集中在新时期以来的 30 年，这期间的接受大致有以下几点值得注意。

首先，中国新时期对女性主义的接受并没有形成西方女性主义的社会浪潮，即便是在学界，也没有真正形成规模或流派。这并不是说女性主义没有触动中国社会的神经，而是说它没有触动中国社会的基本道德伦理结构。新时期对女性主义的接受，是附着在"西方热"的浪潮之中的，或者可以说被淹没在这一浪潮之中了。女性主义对中国社会的隐性渗透和在中国学界内的安营扎寨形成了某种对比。中国社会在逐渐改善女性地位，但这不是以女性主义之名进行的。女性主义在中国社会现实中的无法命名与在中国学界中被架空为能指符号都同样令人醒目。中国女性主义在学界与现实之间，存在明显裂痕。这或许可以看做是中国学界在接受女性主义时，道德理论与伦理现实对接之间，存在无法焊接的尴尬。

这涉及到中国学界接受女性主义的第二点，中国学界在接受女性主义时，往往直接援引西方女性理论，而忽略了现代女性解放在中国历史实践中的特殊经验，尤其是中国女性解放运动与 20 世纪左翼历史实践之间的密切联系。毛泽东时代施行的一系列保障妇女权益的政策，确保了妇女广泛地参与社会政治、经济和文化活动，使得妇女的社会地位有了前所未有的提高。不过，这并不意味着妇女运动与左翼运动的密切协作关系中就不存在问题。中国左翼所持的女性观念基本上属于马克思主义女性主义，即强调性别问题与阶级问题的重叠，或者说，民族国家话语以一种同一的主体想象抹去了性别差异的存在。这种以"阶级"问题替代"性别"问题的观念，取消了性别问题被谈论的可能性。"文化大革命"结束之后，20世纪80年代中国的女性文化的（如果不能够称为"运动"的话）一个核心问题，即是对毛泽东时代妇女政策的反思。中国新时期女性文学批评正是在这样的起点上开始建构自身的合法性和独特表述。由于中国的妇女解放与阶级解放的历史实践有着这样的渊源，当代女性文学批评始终在有意无意之间"遗忘"了自身承受的这份独特的遗产。这使得女性文学批评从20世纪80年代以来形成了一个基本的趋向，这就是过分强调女性话语和阶级话语之间的分离，将研究重点集中于女性话语从20世纪中国文学整体格局以及左翼话语分离出来的部分。更重要的是，对左翼运动与女性解放运动之间的成败经验的分析也相应被忽略。"个人化写作"对其女性主体的阶级身份的盲视，正是这种遗忘的直接后果。[1] 我们并不是要女性主义重拾阶级身份、重拾阶级问题，而是说，女性主义在中国历史实践中的自我扩展，应当更加注重理论与特殊现实之间的对接。正是在这一点上，新时期以来的女性主义没有找到一个有效的社会切入点。毛泽东时代的女性解放运动是在整个国家塑造"新人"的政治目标之下展开的；而新时期的人的复兴，却是以西方现代人性人权为基础，在中国传统道德于社会伦理结构中的巨大影响力和塑造力并没有被完全摧毁，同时，新时期的经济改革所推动的社会结构的位移又形成了各种道德裂缝的时刻发生的。女性主义在面对新的历史现状时，必须重新找到切入中国社会现实的节点，才能真正将女性解放推向社会前台，撬动整个政治、法律体系来认真讨论和面对。

再次，中国新时期对女性主义的接受，基本上还处于育苗接种的阶段，还没有发展出中国自己的理论特色。西方女性主义之所以影响巨大，跟女性主义与西方整个古代及现代传统思想保持活跃联系和对话有关。它们的影响力其实来自于它们力图打破传统对自己的束缚，重新构想自己的生活，并将这一切付诸于历史现实。这不仅是对西方女性的一次整容，而是对整个西方人形象和生活的检讨和重塑。而中国新时期的接受还远远没有将女性主义与中国自己的整个古典传统思想进行如此深厚的对话。无论是在传统伦理道德框架中逐步吸纳女性主义的批判锋芒，还是任其在象牙塔的学界中自生自灭，都可能令我们错失一次重塑自我的机会。

---

① 贺桂梅：《当代女性文学批评的一个历史轮廓》，《解放军艺术学院学报》，2009年第2期。

九、新历史主义

新历史主义是20世纪70年代末，在英美文化界和文学界中逐渐形成的一种有别于旧历史主义和形式主义的新的批评方法，是一种对历史文本加以重新阐释和政治解读的"文化诗学"。有人以1969年在美国伊利诺斯州厄巴那召开的科学哲学讨论会作为新历史主义学派形成的起点。

新历史主义批评作为一种新的批评话语，既不同于传统的历史批评，也不同于形式主义批评，它是一种在"历史"和"文本"之间穿梭往返、强调历史和文本的互文性关系，从而阐释文学文本的历史文化内涵的"文化诗学"。它强调要在"自主的文学历史的历时性本文"与"文化系统的共时性本文"之间寻求一种平衡。以格林布莱特为代表的新历史主义批评家，将新历史主义运用于文学批评之中。1982年，格林布莱特为《文类》杂志"文艺复兴专号"撰写导言时，就把论文中出现的某些共同的东西称为"新历史主义"，并提出三个代表性的理论主张，即跨学科研究、"文化的政治学"属性和"历史意识形态性"。它强调在文学批评实践中，要跨越文学、历史、哲学、政治学等学科界限，使其具有多维视角，要使文学和文学史研究成为论证意识形态、社会心理、权力斗争、文化差异等的标本。在文学批评中，新历史主义一再强调"文本的历史性和历史的文本性"（the historicity of texts and the textuality of history），历史的本然存在已被搁置。

重返历史和意识形态，关注文本又不忘历史，这是新历史主义批评的理论主张。它的出现是对西方文学批评中非历史倾向的反击。新历史主义批评的出现既是西方文学批评发展的必然，同时又是对中国当代文学批评发展的校正和补充。

20世纪80年代末，新历史主义在中国学界悄然出现。1987年10月在美国召开的中美第二届比较文学双边讨论会，就是以"历史、文学和文学史"为主题的，会议主席孟尔康教授提请人们注意"事件的历史"与"述说的历史"之间的鸿沟①。赵一凡、王逢振等是最早撰文介绍新历史主义批评的学者。赵一凡提到自己离开哈佛回国前在美国批评界发生的大事，其中就有"新历史主义"的崛起，"人们重新谈论起历史、思想、意识形态等久已淡忘的批评语汇。会不

---

① 参见孟尔康：《历史、文学和文学史》，《文学评论》，1988年第3期。

会再发生激动人心的理论突破或方向转变呢?"① 王逢振在《今日西方文学批评理论》（1988 年）中辟专章介绍新历史主义。此外，韩加明的《新历史主义批评的兴起》②，杨正润的《文学研究的重新历史化——从新历史主义看当代西方文艺学的重大变革》③ 等文也为我们勾勒了新历史主义批评的概貌。但这一时期的中国学界正努力突破冷战历史造成的学术格局，正面临着国内经济改革和政治调整带来的种种不确定，在这一历史压力之下，他们对于新历史主义的种种问题域还很难吸收。即便有少数学者认识到新历史主义的理论突破性，但对于整个中国学界的接受来说，还无法将视野调整过来。

进入 20 世纪 90 年代，新历史主义在中国得到较多的关注。赵一凡在 1991 年发表《什么是新历史主义》④，详细梳理了新历史主义的理论谱系，并对其批评实践的特色与问题作了评介。1993 年，新历史主义批评成为中国文学批评界的热点。中国社会科学院外国文学研究所编写的《世界文论》第一辑即《文艺学与新历史主义》，在"文艺学新论"栏目下精选新历史主义文学批评的五篇代表作，比较集中地反映了这场学术运动的初创设想与思想倾向，早期的研究概况及主要学术成果。张京媛主编的译文集《新历史主义与文学批评》也于同年由北京大学出版社出版。这一年还出版了由拉尔夫·科恩主编的《文学理论的未来》，书中收入海登·怀特的《"描绘逝去时代的性质"：文学理论与历史写作》和斯托克的《历史的世界，文学的历史》两篇新历史主义批评的论文。这些译介为国内学人了解研究新历史主义提供了有价值的参考。更多的学者则从各自的立场撰文对这一批评方法的基本主张和特征作了介绍和分析。杨周翰先生赞同怀特关于历史叙述具有某种情节结构和类型结构，因而接近文学类型的观点，认为"历史作品和文学作品在虚构这点上可以类比"。⑤ 盛宁在 1993 年出版的《20 世纪美国文论》中将"新历史主义"作为美国文论的最新动向放在最后一章加以介绍，并在此基础上扩展为《新历史主义》由台湾扬智出版社出版（1995 年）。徐贲撰文指出，新历史主义批评是福柯哲学和新马克思主义历史批判理论在文艺复兴文学研究领域中的实践，反映了西方文坛界对形式主义批评的普遍厌倦和求新的情绪。他解释说，新历史主义的"新"主要表现在它对历史的性质的再认识上。传

---

① 赵一凡：《耶鲁批评家及其学术天地》，《读书》，1988 年第 2 期。按：文章写于 1987 年 12 月 10 日。

② 韩加明：《新历史主义批评的兴起》，《青年思想家》，1989 年第 1 期。

③ 杨正润：《文学研究的重新历史化——从新历史主义看当代西方文艺学的重大变革》，《文艺报》，1989 年 3 月 4 日，3 月 11 日。

④ 赵一凡：《什么是新历史主义》，《读书》，1991 年第 1 期。

⑤ 杨周翰：《历史叙述中的虚构——作为文学的历史叙述》，见《镜子与七巧板》，北京，中国社会科学出版社 1993 年版。

统的历史观把历史看成是一个可供客观认识的领域，而新历史主义认为历史是解释而不是发现的结果。①

新世纪以来，新历史主义的译介研究基本上是沿着既往的思路，向纵深方向逐渐深化和拓展的。2001 年第 6 期《外国文学》发表了由陈永国翻译的《"描绘逝去时代的性质"：文学理论与历史写作》，作者是新历史主义的灵魂人物海登·怀特。此文被认为是新历史主义对历史话语理论质疑的一次反驳。文章的主要观点都反映在了同一期刊载的由译者和朴玉明撰写的述评性文章——《海登·怀特的历史诗学：转义、话语、叙事》中，此文"概要介绍怀特的历史研究理论和方法及其文学批评和文学理论的亲和性"，"特别在转义、解构、话语、叙事和文本性的方面清楚勾勒了历史修撰与文学创作、历史研究与文学批评之间的相关性，对于文学的历史主义批评尤其具有借鉴意义"。赵国新的《契合与分歧：〈新历史主义与文化唯物论〉》则主要介绍了约翰·布兰尼根《新历史主义与文化唯物论》一书，认为该书对斯蒂芬·格林布拉特这样的新历史主义批评前驱缘何舍弃"新历史主义"而使用"文化诗学"这个名称做了比较详尽的解答。张进发表于《外国文学研究》2003 年第 4 期和《文艺理论研究》2005 年第 1 期的《论新历史主义的读者接受观念》和《"批评工程论"——新历史主义批评理论的当代意义》，则将理论触角由历史性与文学、主体、文本延伸到了读者和批评领域。②

新历史主义在 20 世纪 80 年代末进入中国，20 世纪 90 年代得到普遍关注，并在新世纪前后已经浸润到文学研究的诸多领域之中。这一接受过程主要与中国 1989 年后的政治经济结构再调整相应和。1989 年后的中国面临着更加复杂的国际国内局势。新中国成立后至 20 世纪 80 年代末的种种解释模式已经很难清晰阐释逐渐深陷入全球化体系的中国现实。更由于政治局势变动，使得人们在思想上倾向于接受对宏大叙事的批判，接受后现代主义、后结构主义等思潮，以此作为挽回政治挫败的学术反思。新历史主义深入中国学界，就是在这样一个语境下展开的。

但是，中国学界对新历史主义的接受仍然存在一个与接受女性主义类似的情况。中国学界更多的是对新历史主义理论的直接介绍和直接援引，没有详细考辨新历史主义与西方学术现状和现实之间的问题意识，也缺乏将之与中国现实进行有效对接的步骤，他们更多的工作仍然是将新历史主义当做是文学研究中对新批评模式的不满和反拨。但新历史主义对历史的重新阐释，对文本与历史之间复杂关联的挖掘，以及它所隐含的西方现代思想的疾患和病症，包括它在西方学界中的现实针对性，都没有得到深入挖掘。虽然一直有学者对新历史主义提出批评和

---

① 徐贲：《新历史主义批评和文艺复兴文学研究》，《文艺研究》，1993 年第 3 期。

② 于永顺、张洋：《新世纪以来新历史主义在中国的接受与建构走向》，《艺术广角》，2007 年第 5 期。

质疑，如盛宁在《历史·文本·意识形态：新历史主义的文化批评和文学批评刍议》中指出，新历史主义批评并不能实现历史的回归，它仅仅提出了对历史的一种新的解释。① 但这种批评大多局限于学理内部，没有针对中国历史现状对之做出识别。这仍然是一个与中国现实有效对接的问题，仍然是一个如何让新历史主义走出象牙塔的问题。在这方面，一些具体文学研究要比理论辨析成果显著。中国学界之所以对新历史主义的接受和传播往往只存在于学界内部，不仅仅是因为新历史主义理论本身的局限问题，更大的困难在于如何将这种"新历史"与中国古典传统以及现代传统观念进行活跃对话，进而对中国历史现实提出更有力的阐释，而不是仅限于对宏大叙事的消解。另外，新历史主义对历史的新理解，不仅仅是对中国传统历史观念的理论触动，不仅仅会触动马克思宏大历史观叙述下的中国故事，还会对被传统历史观念塑造的中国人的生活方式和生命感觉的触动。如何在特定历史语境下，与中国既定历史叙述相互渗透、呼应，将这种新的历史观深深植入现代中国人的记忆和生命体验之中，这不仅仅是一个实践的问题，同时也是一个如何对新的历史现实和记忆重新命名，使人们对之认同的理论问题。

十、文　化　研　究

文化研究的主要理论来源是 20 世纪中期形成的英国伯明翰学派，以威廉斯、霍加特、霍尔为代表。成立于 1964 年的伯明翰大学当代文化研究中心（CCCS）是第一个专门的"文化研究"机构，此后，以伯明翰学派为代表的文化研究学派成为挑战西方传统文学研究的重要力量。伯明翰学派的威廉斯认为文化不应当与总体社会生活相分离，文化研究的对象不仅应该包括学术和想象性作品，还应该包括被以前狭隘的文化定义所排斥的领域：日常生活方式、生产机制、家庭结构、社会机构等等。他旨在续接一度中断了的文学与社会的联系，确立新的价值阅读方式，替代以往的品质阅读，消除精英文化（high culture）和通俗文化（mass culture/popular culture）的尖锐对立，因而将流行文化纳入学术考察的视野，开始了对非学术对象的对象性研究，从传媒、电影、音乐中发现映像其中的，由审美、心理和文化三种因素交织构成的社会网络。文化研究吸取了其理论中的社会政治批判的价值取向，关注文化与权力、文化与意识形态的关系，批判

---

① 盛宁：《历史·文本·意识形态：新历史主义的文化批评和文学批评刍议》，《北京大学学报》，1993 年第 5 期。

大众文化的商业性、娱乐性和消费性倾向。

伯明翰学派的文化观念与通俗文化理论对整个世界的意义有目共睹，因此，中国不可能不受到它的辐射和影响。1994 年，《读书》杂志介绍了已经成为美国热门话题的文化研究，文中追溯了英国伯明翰学派出于填平知识分子和工人阶级文化鸿沟的努力和历史。同年 9 月，《读书》杂志举办"文化研究与文化空间"讨论会，这是国内第一次真正意义上的"文化研究"研讨会。这次研讨会的举行标志着伯明翰学派已经开始对中国学界产生影响了。自 1999 年开始，文化研究在中国开始呈现出逐年"升温"趋势，并成为中国学界的"显学"。在这一年，文化研究开始进入特定领域的深入探讨。文化研究的深入探讨需要大量的文化研究原典著作作为基础，这样，自 2000 年起，作为文化研究的重要经典，伯明翰学派学者们的著作就被纷纷地翻译到国内来。自 2000 年至今，国内的文化研究著作相继出版，伯明翰学派学者们著作的翻译也已经构成一定规模：李陀主编的"当代大众文化批评丛书"、"大众文化研究译丛"、周宪和许均主编的"文化和传播译丛"、"现代性研究译丛"、张一兵主编的"当代学术棱镜译丛"、刘东主编的"人文与社会译丛"等都是其中的主要成果。同时，在其他多种关于文化研究的丛书，如新华出版社出版的西方新闻传播学经典文库、生活·读书·新知三联书店出版的学术前沿书系等中也可以散见到伯明翰学派学者的作品。

国内对伯明翰学派的关注不仅表现在对这一学派原著的翻译上，更主要的是表现在对这一学派及其文化观念与通俗文化理论的介绍与研究上。鉴于伯明翰学派的文化观念与通俗文化理论作为文化研究源头的重要地位，国内学者在注意到文化研究的同时，就注意到了对伯明翰学派的文化观念与通俗文化理论的介绍和研究。因此，在引进伯明翰学派原典的同时甚至以前，对伯明翰学派的文化观念与通俗文化理论的介绍和研究就开始了。具体而言，国内对伯明翰学派的文化观念与通俗文化理论的介绍和研究主要可以被分为五种情况：

在对国外文化研究的介绍和研究中，对伯明翰学派的理论有所提及，其中研究著作如王宁的《后现代主义之后》、萧俊明的《文化转向的由来：关于当代西方文化概念、文化理论和文化研究的考察》、陶东风的《文化研究：西方与中国》、单世联的《现代性与文化工业》、齐小新的《美国文化研究导论》、谢少波、王逢振主编的《文化研究访谈录》、李鹏程主编的《当代西方文化研究新词典》、谢遐龄的《文化：走向超逻辑的研究》等。

在对国内文化研究的介绍和研究中，伯明翰学派的理论也有所提及，其中研究著作如王岳川的《中国镜像：90 年代文化研究》、邵汉明主编的《中国文化研究二十年》、王岳川的《目击道存：世纪之交的文化研究散论》、黄会林主编的《当代中国大众文化研究》、李应龙的《审美研究的文化转向》、蒋述卓编著的

201

《文化视野中的文艺存在》、朱效梅的《大众文化研究：一个文化与经济互动发展的视角》、戴锦华的《隐形书写：90 年代中国文化研究》、王一川主编的《大众文化导论》等；单篇文章如杨俊蕾的《"文化研究"在当代中国》、周宪的《文化研究：学科抑或策略?》、赵建红的《论文化研究的跨学科特征》、张红兵的《文论热点评述：90 年代中国的文化研究》等。

译介国外研究伯明翰学派的文化观念与通俗文化理论的相关成果以资借鉴，主要的如吉姆·麦克盖根的《文化民粹主义》、约翰·斯道雷的《文化理论与通俗文化导论》、多米尼克·斯特里纳蒂的《通俗文化理论导论》、美国 E.T.霍尔的《超越文化》、D.佛克马与 E.易布思合著的《文学研究与文化参与》以及阿雷恩·鲍尔德温等人的《文化研究导论》等。另外，这种译介并不只局限于著作，也包括相关的单篇文章，如《天涯》2003 年 1 期发表的道格拉斯·凯尔纳的《失去的联合——法兰克福学派与英国文化研究》、英国著名文化研究学者约翰·斯道雷在《学术月刊》2005 年 9 期上发表的《文化研究中的文化与权力》等都对伯明翰学派有或多或少的论述，表达出了对它一定的理解。

对伯明翰学派主要理论家进行个案研究的状况，涉及到伯明翰学派几乎所有的主要理论家，但主要表现为单篇论文的形式，如张晓萍的《从反映论到中介论—威廉斯及其文化理论》、殷企平的《召唤新现实主义—威廉斯小说观述评》、张平功的《雷蒙德·威廉斯的文化阐释》、傅德根的《威廉斯与文化领导权》、刘军的《史学理论和方法论：E.P.汤普森阶级理论述评》、王立端的《论卢卡奇，葛兰西和汤普森的阶级意识理论》、刘海龙的《从菲斯克看通俗文化的转向》、鲁哲的《菲斯克〈电视文化〉述评》、陶东风的《论费斯克的大众文化理论》、陆道夫的《菲斯克电视文化理论研究》、王磊的《重新解读霍尔的电视话语制码解码理论》、杨击的《理解霍尔》等等。[①]

总括我国对文化研究的引介，它主要从 20 世纪 90 年代中期开始一直持续至今。一般认为，文化研究的兴起，与中国 20 世纪 90 年代后大众文化的兴盛相表里。但中国学界在引介文化研究时，并没足够意识到，大众文化并不始于 20 世纪 90 年代，在 20 世纪 80 年代后期它就已经相当具有社会影响力，而文化研究却是到 20 世纪 90 年代中期才开始出现在中国学界。文化研究在中国的兴起，不仅与中国 20 世纪 80 年代初期的经济改革所引发的社会文化后果密切相关，更主要的是与经济改革引发的政治倾向相关。更直接地说，文化研究在中国的盛行，不仅仅是学院派内部的理论更新，更多的是依赖于中国学界由于中国经济现状而

---

① 以上资料援引自杨东篱：《伯明翰学派的文化观念与通俗文化理论研究》，山东大学学位论文，2006 年。

出现的政治分歧，尤其是新左派政治的崛起及其与自由主义的论争。如果我们只看到文化研究将研究对象聚焦于大众文化，是无法看清文化研究这一学术流派为何会搅动如此多的学科和学者参与其中。我们还应看到，中国新左派对经济至上的批评，对底层的道德关注，对民主平等的政治诉求，对边缘群体的政治关怀，对学科壁垒的批判，对社会结构和政治图景的不满，都促使文化研究迅速超出某个学术领域，而在多个人文学科和社会运动中崛起。可以说，文化研究是伴随着新左派的兴起而兴起的。最先在国内介绍文化研究的汪晖即是新左派代表人物之一。

强调文化研究与新左派之间的联系，并不是要否定文化研究与大众文化之间的关系，而是试图把文化研究这种理论模型的出现，放在中国历史发展以及中国学界变动的语境之中来考察，以便更好地利用和把握它在中国学界中的走向。文化研究在中国学界的传播，是在两股历史合力之下发生的。它既是中国通过经济改革来走出文革、打破冷战僵局到贫富分化、社会矛盾突出时历史压力的结果，又是中国学界眼光向下、反思"文革"和"文学主体性"模式的结果。在西方，新左派的文化研究与资本主义文化生产体系常常处于合谋之中，文化研究甚至在替资本主义文化生产体系开拓新的市场空间和消费群体。而这一点在中国的文化研究中，并没有引起足够重视，或者是意识到这一问题，却没有合理的处理手段。换句话说，如何既保持文化研究的政治现实批判性，且保持其对大众文化庸俗化、粗鄙化的批判，与清醒认识中国历史现状和自身位置有着直接关联。与新批评、女性主义、新历史主义等理论不同，文化研究在中国学界的生命力，并不简单来自于它与现实的对接能力，而是更多来自于文化研究的新左派们的政治理想与蓝图勾画，否则，文化研究的理论开拓，很可能变成资本主义文化生产体系的急先锋和拓荒者，为它们提供更多的消费空间而已。

十一、西方马克思主义

在影响中国学界的西方马克思主义文论家中（由于法兰克福学派有专节讨论，此处略去不谈），伊格尔顿和詹姆逊是突出的两位。

先看伊格尔顿。伊格尔顿被公认为当今的西方马克思主义文学批评最重要的代表人物之一，是继雷蒙德·威廉斯之后英国最杰出的文学理论家之一。从20世纪中期至今他仍笔耕不辍，"论及声望和作品数量，现今仍笔耕文坛的文化批评家无人能与他媲美"。[①]

---

① Stephen Regan, *The Eagleton Reader*, Blackwell Publishing, 1998, Preface, viii.

伊格尔顿的主要文学观点体现在：文学是意识形态的一部分，它具有一定的政治色彩，但同时它也是经济基础的一部分。作家和文学艺术生产者在资本主义社会实际上扮演的是雇佣劳动者的角色，文学艺术在后工业后现代社会则是一种制造业，艺术产品在某种程度上说来也可以算作是商品。

伊格尔顿在 20 世纪 70 年代以来的文学批评观点主要体现在《文学理论导论》和《审美意识形态》这两部著作中。前者是作者向英语文学界和广大读者系统地介绍自 20 世纪初以来西方文学批评理论的发展演变脉络，尤其是在对形式主义、英美新批评、结构主义、后结构主义、阐释学和接受美学以及精神分析学等批评流派作了批判性的评介之后，作者在结论中总结到，文学理论具有无可非议的政治倾向性，所谓纯文学理论只能是一种学术神话，作为有着鲜明的意识形态意义的文学理论绝不应当因其政治性受到责备。后者是把审美看作是一种关于身体的话语，认为在当代文化中，审美价值与其他价值的分裂表现了社会关系的复杂多变性和矛盾性。

国内对伊格尔顿著作的译介与国内的文艺理论发展走向密切相关。① 如有关伊格尔顿的最早译介就与他的马克思主义立场、对马克思主义的研究及国内对西方理论接受的热潮密不可分。伊格尔顿的第一部译著是 1980 年人民文学出版社出版的《马克思主义与文学批评》（1976 年）一书，其后，1983 年《国外社会科学》第 1 期发表了英国学者伯查尔德《伊格尔顿与马克思主义文学批评》以及伊格尔顿所写的《马歇雷与马克思主义文学理论》两篇文章。1987 年陕西师范大学出版社出版了由伍晓明翻译的《20 世纪西方文学理论》（*Literary Theory*：*An Introduction*）一书，随后，中国大陆和台湾地区分别出版了此书的另外三个中译本。② 一本理论书接连出版四个不同中译本实属罕见，这也从另一个侧面反映了理论学者对这本书的重视和推崇。

1997 年伊格尔顿的《美学意识形态》一书由广西师范大学出版社出版，2001 年再版时更名为《审美意识形态》③。这本书被看作是当代英国马克思主义美学的代表性著作。之后几年，中国大陆及台湾地区又陆续出版了伊格尔顿的其

---

① 本节主要参考了肖寒博士的博士论文《伊格尔顿审美意识形态研究》（首都师范大学，2008 年，打印稿）。

② 这四本译著是：《文学原理引论》，刘峰译，北京，文化艺术出版社 1987 年版；《当代西方文学理论》，王逢振译，北京，中国社会科学出版社 1988 年版；《当代文学理论》，钟嘉文译，台北，南方丛书出版社 1988 年版。

③ ［英］伊格尔顿：《美学意识形态》，王杰等译，桂林，广西师范大学出版社 1997 年版。2001 年出版中译本第 2 版，书名改为《审美意识形态》。

他几本著作的中译本：《历史中的政治、哲学、爱欲》①、《后现代主义的幻象》②、《文化的观念》③、《理论之后：文化理论的当下与未来》（台湾）④、《瓦尔特·本雅明，或走向革命批评》⑤、《甜蜜的暴力——悲剧的观念》⑥。这一阶段对伊格尔顿的译介主要侧重于用伊格尔顿的文化研究领域的成果，它与 20 世纪 90 年代后期及 21 世纪初国内对各种理论思潮探讨有关。

从伊格尔顿理论在中国的引介和研究情况看，20 世纪 90 年代以来，国内一些学者在撰写或主编当代西方文论史、马克思主义文论史或美学史时，将伊格尔顿作为当代西方马克思主义的代表人物专辟章节对他的文艺和美学思想进行了评介。自 1978～2008 年，国内期刊发表了翻译伊格尔顿的单篇论文和研究伊格尔顿的论文 60 篇左右，除翻译的伊格尔顿的文章外，论文探讨基本分两类：一类是关于伊格尔顿专著的书评，这些书评又以针对《当代西方文学理论》、《美学意识形态》和《后现代主义的幻象》三本书居多；另一类则是探讨伊格尔顿的文学批评理论的论文。研究成果也呈现出了中国语境的特点，前期较为关注伊格尔顿的前期理论贡献，即文学生产理论、文学意识形态论；21 世纪出现的单篇论文和几篇博士论文则不约而同地把关注的焦点转移到了伊格尔顿的意识形态及文化政治批评的问题上。

在以"意识形态"为核心深入批评实践的过程中，伊格尔顿总是坚持他的马克思主义文学批评家的立场和身份，在以意识形态批评介入当代文化政治现实的过程中，伊格尔顿也时刻以马克思主义的立场回应种种反马克思主义的文化挑战。伊格尔顿的意义在于，他的"意识形态"批评为中国学界从新中国成立后的社会主义现实主义文学批评和平过渡到后社会主义的文学批评打开了一扇适度的文学理论之窗，从而使得中国当代文论在前后共 60 年的历史实践中，得以不断裂，在变动中仍能衔接。这一意义不仅仅在于它对文学批评的丰富和开拓上，还在于它促使中国学界可以与自身的现代革命传统相连续。虽然此"意识形态"非彼"意识形态"，虽然伊格尔顿的"意识形态"所批判的对象并非中国学界运用"意识形态"所批判的对象，但"意识形态"的批判功能在各自语境中并没有差异。他的批判性的阐释为中国学界展示了文学批评的人文性质和社会政治功

---

① ［英］伊格尔顿：《历史中的政治、哲学、爱欲》，马海良译，北京，中国社会科学出版社 1999 年版。

② ［英］伊格尔顿：《后现代主义的幻象》，华明译，北京，商务印书馆 2000 年版。

③ ［英］伊格尔顿：《文化的观念》，方杰译，南京，南京大学出版社 2003 年版；另见《文化的观念》，林志忠译，台北，巨流图书公司 2002 年版。

④ ［英］伊格尔顿：《理论之后：文化理论的当下与未来》，李尚远译，台北，商周出版社 2005 年版。

⑤ ［英］伊格尔顿：《瓦尔特·本雅明，或走向革命批评》，郭国良等译，南京，译林出版社 2005 年版。

⑥ ［英］伊格尔顿：《甜蜜的暴力——悲剧的观念》，方捷、方宸译，南京，南京大学出版社 2007 年版。

能，他在新的历史环境中对马克思主义的坚持和深入理解，与各种思潮的实践展开对话，都显示了一种传统革新后的生命力。

再看詹姆逊（或译作"杰姆逊"）。1985 年 9 ~ 12 月，应北京大学比较文学研究所和国际政治系国际文化专业的邀请，美国杜克大学弗雷德里克·詹姆逊教授在北京大学进行了为期 4 个月的演讲。詹姆逊把生产方式、宗教、意识形态、叙事分析和后现代主义都变成了"文化"通串下的现象。詹姆逊总结了后现代文化的特征：零散化，平面感或无深度感（或距离感的消失），历史感或历史意识的消失，以及机械模仿和复制。总起来说，他对后现代主义持批判态度，但这是理论批判，而不是道德批判。在 1991 年出版的《后现代主义，或晚期资本主义的文化逻辑》一书中，他对这些概念和观点逐一进行了广泛和深入的分析。1991 年，他完成了《后现代主义，或晚期资本主义的文化逻辑》，把后现代主义文化批评理论推向了顶峰，这部著作也因之被誉为后现代性研究的里程碑。

这次演讲对中国学界的意义和影响是巨大的。詹姆逊来华之前，国内研究后现代主义的文章寥寥无几，比较重要的有董鼎山的《所谓"后现代派"小说》和袁可嘉的《关于"后现代主义"思潮》，基本上是在对西方现代派文学研究的基础上，对后现代主义文学加以介绍和概括批评，属于综述性文章。1986 年，詹姆逊的《后现代主义与文化理论》由陕西师范大学出版社翻译出版，鉴于当时中国语境另有其兴奋点等特殊原因，并没有立即产生重大影响。只是从 20 世纪 90 年代初起，这一著述才逐渐地产生了强大的影响力。以王宁、王一川、王岳川、陈晓明、张颐武等为代表的一批青年学者陆续从这本书中看到了后现代主义的重要性。这导致了 20 世纪 90 年代前期中国文学和文化批评界的"后现代"热潮。此后，电影、小说等领域也都先后召开了后现代文学与当代文学艺术的若干讨论会。这一时期发表的比较重要的相关理论与批评著述有：王一川《卡里斯马典型与文化之镜——近四十年中国艺术主潮的修辞论阐释》（系列论文，《文艺争鸣》1991 年第 1 ~ 4 期连载）、王岳川的《后现代主义文化研究》（1992年）、陈晓明的《无边的挑战》（1993 年）、王宁的《多元共生的时代》（1993年）、王治河的《扑朔迷离的游戏》（1993 年）、张颐武的《在边缘处追索》（1993 年）等，虽然这些初期的理论阐述仍存在着许多尚需改进的地方（即使是被译介的西方后现代理论也仍属形成过程之中），真正意义上的与西方学者的对话尚未展开。但是，中国学者已经开始以自己的不懈努力让西方学者注意到了后现代主义或后现代性并不是西方学者的专利。在此后的几年里，还有关于后现代主义及其文化理论的反思，如董朝斌的《文化的现代困惑——读〈后现代主义与文化理论〉》（1989 年）和盛宁的《人文困惑与反思——西方后现代主义思潮批判》（1997 年），比较典型地反映了中国知识分子对西方后现代文化理论的积极思考。

进入 21 世纪后，有陈永国的《文化的政治阐释学》（2000 年）、刘进的《詹姆逊文化诗学研究》（2003 年）、梁永安的《重建总体性》（2003 年）、吴琼的《走向一种辩证批评——詹姆逊文化政治诗学研究》（2007 年）、林慧的《詹姆逊乌托邦思想研究》（2007 年）、李世涛的《通向一种文化政治诗学》（2008 年）和《重构全球的文化抵抗空间》（2008 年）、张艳芬的《詹姆逊文化理论探析》（2009 年）。

中国文论界对詹姆逊的接受，最醒目特点之一是他独特的身份。他身居美国，却以马克思主义者身份从事文化批评，使得他重新激发了 20 世纪 80 年代中国学者的一种社会热情和政治想象。对于身处冷战格局的中国学界来说，他在政治空间上的身份错位，舒缓了中国学者在试图进入西方世界时的危机感。在学术分析上，他明确从经济基础与上层建筑入手，与新中国成立后中国学者的知识结构相契合，使得二者具备相似的知识背景，使得中国文论界对他的接受更加具有同源性。并且，作为第一世界知识分子的詹姆逊大多以第三世界的立场，对后现代主义文化和晚期资本主义的消费社会，尤其是对后来的全球化，采取马克思主义式的批判态度，对坚持走社会主义道路的中国来说没有丝毫的敌意，反而抱有厚望，这对渴望重新进入世界学术舞台中心的中国学术界来说，是一次激励人心的鼓舞。很多学者对马克思主义思想恢复信心，很大程度上是由于詹姆逊对马克思主义富有活力和想象力的运用。

其次，詹姆逊的独特身份令他在中国文论界的传播更加顺畅。他对马克思主义富有活力的运用，也吸引了中国文论界长期的目光和尊重，这既丰富了中国文论的研究领域，但同时也限制了中国文论界的眼光。他以新颖的研究方法切入新的文化现象，这给中国学界印象深刻。他以讲学的形式亲口传播西方马克思主义，阐述自己的后现代文化理论，以直观的方式描述了令人眼花缭乱的后现代文化景观，对文学、建筑、绘画、广告、摄影、电影等文化文本进行了具体分析，指出了后现代主义文化的重要特征，而且表述深入浅出，明白易懂，致使《后现代主义与文化理论》一书成了中国后现代研究的启蒙读物，更为后来接受《后现代主义，或晚期资本主义的文化逻辑》铺垫了道路。

但由于当时詹姆逊在中国文论界过于耀眼，使得许多学者的研究眼光过于集中在他所开辟的后现代主义文化研究之中，反而对整个中国社会经济政治结构的把握有所忽略，从而对社会文化的病症有一些不准确的判断。詹姆逊吸收西方当代文论，以丰富马克思主义文论，但这未尝不是对马克思主义的一种干扰。其表现之一就是过于强调符号，强调文化生产，忽略了全球化时代中国政治经济结构的复杂性，以及历史实践中多重力量的交织、渗透。这使得后来的文论界有空疏之嫌，介入历史实践的力量有所削弱，无法提出更有力的社会政治问题。而马克思主义恰恰更侧重于从物质实践到政治问题的解决。

小　结

　　本章集中梳理的是欧美文论在中国现代文论建设和发展过程中的传播和接受情况。主要介绍了欧美文论中 11 个文论流派的传播状况。它们在中国现代文论中所流下的痕迹，从一个侧面标示出了中国文论的蜕变和新生。无论是德国古典美学、精神分析理论，还是存在主义、文化研究等，都耳目一新地刺激着中国现代文论的生长，促使它变化，更新。并且，这种更新和变化与中国现代历史语境紧密相关。欧美文论在中国的传播，与中国现代文论对它们的吸收和自身的建设，并非是孤立的文化行为，而是与中国现代历史文化语境错综复杂、盘根错节地纠缠在一起。无论是当年王国维对德国古典美学的接受，还是精神分析理论百年来在中国的传播，都不是一个单向的由西向中的移植过程，而是充满了筛选、抵抗、改造、排斥和整理的历史实践。而这些实践又充满现代中国人对自身欲望和情感的表达，对自身文化语境的化险为夷，对历史痛楚的躲避、疗治和补偿，对艰辛生活的甜言蜜语。

　　欧美文论不仅仅是作为新鲜血液而被中国现代文论的发展所吸收，更重要的是，为中国现代文论的发展提供了一个异质空间，提供了一个不同的政治和道德维度，一个镜像，一个参照系。如同我们对一个陌生人充满好奇，不停地听他的音乐，尝试他的食物，穿戴他的服饰，并潜移默化地在某些程度上改变了我们的气质，改变了我们对待生活的态度、愿望，改变了我们的人际关系。但我们仍然知道，那是一个陌生人，那不是我们自己。将我们维系在一起的，是中国现代文论。正是中国现代文学和文论，在真切地表达着我们的喜怒哀乐，讲述着我们自己的悲欢离合。我们在历史中所遭受的屈辱和愤恨，我们在历史中的挣扎和抗争，我们的希望和理想，从来不曾在欧美文论中得到表达。它们无论多么丰富，都无法淋漓尽致地表达我们的爱恨情仇。所有这一切，都或多或少地表现在中国文论对欧美文论的选择、改造之中。

　　中国现代文论在百年历史中所努力开辟的文化领域和言说空间，正是在试图充分吸收欧美文论的基础上，为中国现代人的心灵，为中国现代文明的舞台，搭建和开辟新的林中空地。传统中国文论之美，足以言说传统中国人所构建的文明气象；而现代中国人，则尽可能在吸收欧美文论之后，为自身的光彩提供浩荡的文化版图，和开阔的生活世界。

（梁刚、钱翰、何浩执笔）

第六章

俄苏文论在中国[①]

导论：作为中国现代文论范本的俄苏文论

俄苏文论是过去 100 余年里影响中国现代文论的种种欧美文论思潮之一。这里把它从欧美文论中单独挑出来讨论，是出于如下原因：它与其他诸种欧美文论相比，曾经在中国发生过远为特殊的影响力。这种远为特殊的影响力突出地表现为两方面：一方面，苏联马克思主义文论作为中转站，给中国送来了马克思主义文论；另一方面，它自身对中国现代文论也产生了文学理论范本的巨大影响力。

俄苏文论在 20 世纪中国的传播和影响，可谓潮流一浪接一浪，对中国现代文论的定型和发展具有重大的作用。从对别林斯基、车尔尼雪夫斯基、杜勃罗留波夫革命民主主义文学理论的接受，到对俄国和苏联马克思主义文论的接受，直至对苏联社会主义现实主义的接受和反思，先后构成了 20 世纪前 80 年对俄苏文论接受的重心，极大地影响了中国这一时期文论的构型和发展。

从我国改革开放以来，对俄苏文论的接受则有了新的视角和态度。对白银时代俄国象征主义、俄国形式主义、俄苏历史诗学、巴赫金理论、洛特曼理论等的接受，都对我国新时期文论改革起到了积极的推动作用。正是在这一意义上可以

---

① 俄苏文论是欧美文论的一部分，但由于俄苏文论对中国现代文论建设的影响特别深远，因此单列一章。

说，俄苏文论同中国现代文论结下了不解之缘，成为中国现代文论的不折不扣的典型性范本。这样，俄苏文论已经完全汇入中国现代文论的历史性进程中，影响到中国现代文论的发展历程。

本章拟对俄苏文论在20世纪中国的传播和影响进行简要的梳理和评述，主要分为如下四个阶段：20世纪20～40年代在中国传播的俄苏文论；20世纪50～60年代的苏联文论；20世纪30～70年代的社会主义现实主义，以及新时期以来传播的俄罗斯重要文论思想。

一、20 世纪 20～40 年代：俄苏文论在中国

中国文学界大规模地摄取苏联文学理论和批评，是在20世纪20年代以后的事。从那时起到20世纪40年代末，中国所吸纳的俄苏文论，有19世纪俄国民主主义文艺学观念，有俄国早期马克思主义文论的成果，还有十月革命后的马克思主义批评，苏联早期领导人关于文学艺术的文章和讲话，以及20世纪20年代苏联多种文学思潮与流派的观点和学说，包括"无产阶级文化派"思潮、庸俗社会学理论和"拉普"的文学观、20世纪30年代出现的"社会主义现实主义"理论、20世纪40年代末、20世纪50年代初的日丹诺夫主义，等等。这些理论批评对此后近半个世纪中国文学的指导思想、基本格局和发展走向产生了直接的影响。这里首先分析20世纪20～40年代俄国19世纪民主主义文学理论思想和俄国马克思主义文论在中国的传播和影响。

19 世纪俄国民主主义文艺学观念在中国的传播

19世纪俄国民主主义文学理论观念是以别林斯基、车尔尼雪夫斯基、杜勃罗留波夫（下文简称别车杜）为代表的。当然，整个19世纪俄国的文学观念并非仅仅是别车杜文学观念或由别车杜代表的俄国民主主义文学观念。实际上，从大方面说，还有浪漫主义、斯拉夫主义、民粹派等重要的文学观念，它们在当时也曾产生了重大影响。作为某一文学观念的"发言者"，自然应该都是"第一"创造者，在本国本土是信息的源头，也是第一传播人，但是，所有这些第一创造者传播的信息，都要经过信息"接受者"的接受，才会产生影响，才会成为一种社会的声音。接受者的接受，是一种选择性的接受。19世纪俄国文学民主主义文学理论思想首先被俄国自身选择为主流思想，别车杜被视为这一文学理论主流思潮的代表，也是被不断"选定"的。这一主流思潮在中国的传入和影响，

在某种意义上也正是这种"选定"的一种结果。

1."议程"的设定：俄国文学观念的建构与中国的接受

我们先从赫尔岑对别林斯基的"选择"说起。最先"选定"俄国文学主流传统的，是赫尔岑。赫尔岑写于 1850～1851 年的《俄国革命思想发展》（О развитии революционных идей в России）中有这样的断语："我们的一部文学史，它或者是一部殉难者列传，或者是一份苦役犯的清单，即使那些被政府漏掉了的人，也是刚刚生命盛开就匆匆灭亡。"① 赫尔岑随之开列了一份很重要的革命文人名单：

> 雷列耶夫被尼古拉绞死。
> 普希金死于决斗，年仅三十八岁。
> 格里鲍耶多夫在德黑兰叛乱中被杀。
> 莱蒙托夫死于决斗，年仅三十岁，在高加索。
> 维涅维基诺夫被社会杀死，二十二岁。
> 柯尔卓夫被自己的家庭所害，三十三岁。
> 别林斯基，三十五岁，死于饥饿和贫困。
> 波列扎耶夫在高加索服役八年之后，死于军人医院。
> 巴拉廷斯基死于十二年流放之中。
> 别士图热夫在西伯利亚苦役之后，死于高加索，完全还是一个年轻人。②

赫尔岑在整个文学史中选出这样的革命一脉，并认为这就是俄国文学史本身，他以如此隆重的态度总结俄国革命思想，命意十分明显，就是要在俄国文学史中建立一个"革命"的传统，建立以革命为基调的文学史观念。

赫尔岑写于同期的《往事与回想》③ 再次提到别林斯基对俄国读书界的意义：第一，"别林斯基扬弃了对黑格尔的片面理解，但绝对没有抛开他的哲学，恰恰相反，哲学观念和革命思想正是在这里开始了它们那生动、精确、独特的结合。"④ 赫尔岑最早认清了别林斯基的哲学转向，指出这种转向"革命"意义。

---

① А. И. Герцен. Собрание сочинений в тридцати томах. Том седьмой. О развитии революционных идей в России. Произведения 1851－1852 годов М.，Издательство Академии Наук СССР，1956 IV.

② 同①。

③ Главы I－VII впервые опубликованы в "Полярной звезде" на 1856 г.（кн. II）. Прибавление "А. Полежаев" впервые опубликовано в книге "Тюрьма иссылка. Из записок Искандера"，Лондон，1854.

④ ［俄］赫尔岑：《往事与随想（中）》，人民文学出版社 1998 年版，第 24 页。

第二，"他认为别林斯基是尼古拉时期最杰出的人物之一。在 1825 年后硕果仅存的自由派分子波列伏依之后，在恰达耶夫那些阴森的文章之后，别林斯基那愤世嫉俗从痛苦中诞生了；他热烈干预一切问题，在一系列批评文章中，不管切题不切题，他无所不谈，带着始终不渝的憎恨攻击一切权威，并经常上升到诗的灵感的高度。"① 赫尔岑始终把别林斯基和 1826 年的十二月党人运动联系在一起，认为其是这一革命思潮的继承人。第三，赫尔岑的《往事与随想》描绘了 19 世纪 40 年代大学生如饥似渴阅读别林斯基文章的"狂热"场面："大学生们三番五次跑进咖啡馆，打听《祖国纪事》到了没有；…… '有没有别林斯基的文章？' '有。' 于是怀着狂热的同情，把它一口气读完……"② 这样的"场面"对推崇别林斯基的影响力很有意义。第四，赫尔岑还记录沙皇政权对别林斯基的反应："彼得保罗要塞司令斯科别列夫一天在涅瓦大街上遇到别林斯基，跟他开玩笑道：'您什么时候驾临我们的要塞啊，我已准备好一间温暖的牢房供阁下居住。'"③

　　赫尔岑的这种形象描绘，其真实性究竟如何，很难证明，但是，1848～1856 年之间，别林斯基的名字和他的作品的确是俄国沙皇书报检查机关严令禁止的对象④。所以，沙皇政权对别林斯基的敌对态度这并不虚假。赫尔岑一再强调别林斯基的战斗性，强调他与当权的专制制度的敌对状态，强调他与十二月党人的一脉相承。赫尔岑为后人接受别林斯基的遗产"预设"了最基本的内容。因此，"革命"（революция）的概念，早在 1851 年赫尔岑的著作中，就已经和俄国文学，俄国文学史紧密联系在一起。值得注意的是，赫尔岑这篇著作最初是以德文发表，他所使用的"革命"一词，早已经是整个欧洲的通行概念：revolution 或 rêvolution。

　　与赫尔岑具有同样的倾向，强化别林斯基的"战斗性"传统的，是伊万·伊万诺维奇·巴纳耶夫（1812～1862 年）。巴纳耶夫也出身贵族，对别林斯基崇拜至极，1860 年发表《回忆别林斯基》（ВОСПОМИНАНИЕ О БЕЛИНСКОМ）热情赞颂别林斯基的"好斗"性格。在他们共同的杂志编辑合作中，巴纳耶夫的印象几乎全是别林斯基对书报检查机关的愤怒，因为检察机关对别林斯基的文章和编辑的杂志总是"格外关注"。⑤ 值得关注的是，巴纳耶夫在 1861 的《杜勃罗留波夫葬礼随想》（ПО ПОВОДУ ПОХОРОН Н. А. ДОБРОЛЮБОВА）一文中对"别林斯

---

① ［俄］赫尔岑：《往事与随想（中）》，人民文学出版社 1998 年版，第 24 页。

② 同①，第 25 页。

③ 同①，第 25 页。

④ 见 Н. А. Добролюбов 的 Сочинения В. Белинского Собрание сочинений Н. А. Добролюбова в трех томах，Гослитиздат，М. 1950－1952. 一文的注释。

⑤ И. И. Панаев. ВОСПОМИНАНИЕ О БЕЛИНСКОМ. 译文见 ［俄］伊·巴纳耶夫：《群星灿烂的年代》，刘敦键译，上海译文出版社，1995 年，第 380～429 页。

基一代"（поколение Белинского）和"杜勃罗留波夫的新一代"（новое поколение Добролюбова）的说法。巴纳耶夫说："别林斯基登上文坛时与其说是一个对事业胸有成竹的战士，不如说是一个勇敢而热烈的战士。""他充分表达了他那一代人的心声——他们开始认真意识到自己周围环境的粗野和庸俗"。当然，别林斯基一代还带有种种急躁、矛盾、迷惘。[①] 这篇文章，把别林斯基和杜勃罗留波夫连成了一个传统。巴纳耶夫文章还透露了别林斯基在本国被接受的一个历史史实，在别林斯基逝世后，"我们不敢大声说出别林斯基的名字，……七年多的时间里文坛上没有人提到别林斯基的名字，他们却大声疾呼地讲出了他的名字。"[②]

的确，1848 年别林斯基逝世之后，检察机关对别林斯基的名字十分警惕。只是到了 1856 年以后，别林斯基的名字及作品才可以印行。"别林斯基选集"得以在 1859 年开始陆续出版。出版之际，杜勃罗留波夫在《现代人》发表不署名文章庆贺，开篇就说"我们的文学界出现了一则新闻，它刚刚来自莫斯科，没有比它更令人喜悦的消息了：别林斯基选集终于出版了！"随后杜勃罗留波夫又连呼"终于等到了，终于等到了 Наконец-то! Наконец-то!‥[③]。巴纳耶夫还提到，时隔 10 来年后，别林斯基被年轻一代唤醒，而别林斯基的同时代人，无论敌友，几乎全成了别林斯基"故交"。

1855 年，车尔尼雪夫斯基的《果戈理时代文学概观》，更是一个值得注意的"选择"。他在文学理论层面"唤醒"了别林斯基。

1861 年，取消农奴制的改革没有缓解沙皇专制政府和民众的矛盾冲突。沙皇专制制度更加顽固地维护专制统治。另一方面，70～80 年代，整个俄国社会的反专制情绪越来越高涨。俄国民粹主义运动更加推进了反专制的浪潮。民粹派运动中出现的俄国无政府主义领袖巴枯宁、克鲁泡特金和赫尔岑一样，在国内受迫害，在国外流亡，国内国外不停歇地鼓吹革命。克鲁泡特金给国外人士宣讲的俄国文学史，也是按赫尔岑的脉络书写，可以说是一部革命文学史。这些民粹主义，无政府主义的观点，十分强烈地影响了国内和国外对俄国文学的认识。随后，这个观念、这一基调在俄国被不断强调，经过车尔尼雪夫斯基、杜勃罗留波夫、涅克拉索夫、巴纳耶夫等激进派的不断补充，经过屠格涅夫、托尔斯泰、陀思妥耶夫斯基等人的变异发展，经过俄国无政府主义、民粹主义的鼓吹，已经成为俄国社会思想的主流。它自然也成为俄国向中国文学观念传播的基调和主题。

---

① И. И. Панаев ПО ПОВОДУ ПОХОРОН Н. А. ДОБРОЛЮБОВА. 译文见伊·巴纳耶夫《群星灿烂的年代》上海译文出版社，1995 年，第 433～434 页。

② 同①，第 431 页。

③ Н. А. Добролюбов 的 Сочинения В. Белинского Собрание сочинений Н. А. Добролюбова в трех томах，Гослитиздат，М. 1950－1952。

可以说，到了 19 世纪 80 年代，中国所接受的俄国文学观念，其"议程"，在俄国就已经被选定了。

另一个历史进程又调整了这个"议程"。1848 年欧洲革命，无产阶级进入历史，作为无产阶级共产主义运动的指南，唯物主义被当作无产阶级革命最重要的武器。19 世纪末普列汉诺夫以唯物主义哲学总结俄国思想，对别林斯基的哲学基础进行了分析批判，特别指出他的"德国古典哲学"的唯心主义思想对他的消极影响（这是别林斯基文学观中国化的一个被特别争议的问题。）但是对别林斯基的"革命"意义依然高度赞扬，而且在艺术方面基本上以别林斯基的标准为标准。列宁在《纪念赫尔岑》（1912 年）和《俄国工人阶级报刊的历史》（1914 年）中将俄国解放运动分为贵族时期、平民知识分子时期和无产阶级时期。这个观点，曾经是苏联学界最高的经典理论。

值得注意的是，高尔基在 1906 年移居意大利，1907 年 5 月，高尔基和列宁一起参加了在卡普里举行的俄国社会民主工党第五次代表大会。两人相识，相互高度认同。这一时期写成的《俄国文学史》，讲述 40～60 年代的文学运动的时候，就将别林斯基等人的平民出身一一列出。将别林斯基以及后来的车尔尼雪夫斯基和杜勃罗留波夫作为平民知识分子解放运动的代表，这一观点到了十月革命以后成为权威的定论。由于苏联的特殊体制，这一观点笼罩了对别车杜的全面理解。

通过近 100 年的"接收"，从赫尔岑到列宁，俄罗斯自身已经设定了 20 世纪俄罗斯文艺理论观点的主要"议题"，那就是在俄国反专制、反农奴制的解放运动主题之下的民主主义文学理论。

了解了这个"议程设置"的过程，我们可以说，20 世纪俄罗斯文学理论中国化的取舍、方向以及它的侧重点，首先是由俄国自设的"议程"决定的。中国最初接受俄国革命的文学观念的历程又恰好是俄国本国对此传统构建的完成期。

俄国文学的革命观念的传统和对这个传统的总结，是两个不同的过程。从传播学角度说，前一个事实是历史某一阶段发生的信息本身，它是在众多信息中一种或数种信息，并同各种其他信息发生各种关系的：继承的、渗透的、反对的、争辩的关系。而后一个过程是对前一个历史事实的选择和提炼。俄国文学的革命信息，首先是由拉吉谢夫、十二月党人、普希金等贵族作家表现出来的。而别林斯基最先对这个倾向加以总结。随后，帕纳耶夫、涅克拉索夫、车尔尼雪夫斯基又加以总结。其间，赫尔岑以《俄国革命思想发展史》（1852 年德文发表，1858 年俄文发表）基本上构建了俄国文学革命传统的脉络。克鲁泡特金再续了这个传统。19 世纪末 20 世纪初，普列汉诺夫、列宁、托洛茨基站在马克思主义唯物主义立场再度对其总结。十月革命前后，列宁对俄国文学的革命传统的总结，成为对这个传统最权威的最具指导性的样板。

也就是说，就在中国接受俄国文学观念的初期，即 20 世纪初，俄国本土完了对俄国文学革命传统的"议程设置"。

另一个更为重要的"议程设置"机制，是共产主义运动对俄国文学理论传统所进行的"设置"。就是说，俄苏的马克思主义文学理论观的诞生与发展对俄国文论主流的归纳。

马克思主义的源头在欧洲。1848 年《共产党宣言》发表后，共产国际运动迅速蔓延。但是，1871 年巴黎公社失败之后，19 世纪末共产主义运动中心开始转向俄国。与这个运动同步，社会主义文学观、无产阶级文学观、唯物主义美学观，渐渐成为潮流。1917 年苏联社会主义十月革命胜利以后，这个更加权威的"议程设置"更大地影响了中国对俄国文学观念、俄国文学理论观念的接受和吸收（即中国化的过程）。

但是，十月革命前沙皇俄国统治下，无论社会民主工党的多数派（布尔什维克）还是少数派（孟什维克），尚没有最终完成主流文学传统构建的时候，中国的选择显然在一定程度上也是"不加选择"的。尽管列宁的《党的组织和党的文学》早在 1905 年就已经成为布尔什维克党的重要文件；尽管普列汉诺夫的关于别林斯基的评论（1897～1912 年）已经多处发表，他的《没有地址的信》（1899～1900 年）以及他阐释马克思主义哲学观历史观的著作也产生巨大影响；尽管高尔基、卢纳恰尔斯基的俄国古典文学史论已经建立，但是，俄国 19 世纪前 20 年的文学理论尚没有一个统领一切，弃绝他者的主流。

随着俄国本土十月革命后的建设进程，意识形态渐渐统一在唯物主义之下，"唯物主义美学"和"无产阶级文学"取得绝对胜利，争论的问题，不过是"什么是唯物主义"、"谁是唯物主义"、"什么是无产阶级文学"、"谁是无产阶级文学"、"谁是同路人"等等问题了。

1925 年，十月革命后的苏维埃政权发布决议，统一文学管理机制，统一文学指导思想。到 1934 年苏联第一次作家代表大会。从别林斯基、赫尔岑、车尔尼雪夫斯基一直到普列汉诺夫、列宁、高尔基，不断被总结、被加强的俄国文学的革命传统（或者叫俄国文学的战斗传统），终于建立起来，进而影响中国现代文论。

2. 革命民主主义思潮在中国的传播

作为传播过程的后一个环节的接受者（receiver），中国文学界的接受和吸收的过程，也同样存在着"议程设置者"。19 世纪末，戊戌变法的失败激化了中国的社会矛盾。变法派的言论常常更具有"革命"精神。中国陡然进入变法思潮和革命情绪高涨时期。中国接受外来的文学观念，首先接受的是俄国19世纪半个世纪"设置"的革命传统的"议程"。这个议程中首先是革命民主主义思潮。

比如众所周知的梁启超的《论小说与群治之关系》一文，提出了文学，特别是小说的强大社会功能的观点。梁启超在这篇文章中，没有单独提到俄国文学的特殊的革命意义。但是，写于同期的《论学术之势力左右世界》（1902年2月8日）一文，提到托尔斯泰的时候，中心议题就是托尔斯泰在俄国社会反专制问题上的影响："托尔斯泰，生于地球第一专制之国，而大倡人类同胞兼爱平等主义，其所论盖别有心得，非尽凭借东欧诸贤之说者焉。其所著书，大率皆小说，思想高彻，文笔豪宕，故俄国全国之学界，为之一变。近年以来，各地学生咸不满于专制之政，屡屡结集，有所要求，政府捕之、锢之、放之、逐之，而不能禁，皆托尔斯泰之精神所鼓铸者也。"① 稍晚，《新世纪》第9、10号（1907年8月17、24日）连载关于巴枯宁的介绍："俄革命党也。生于千八百十四年，……在巴黎与蒲鲁东悲游。千八百四十七年，于演说中痛诋俄廷，因此见逐。明年于革命后，重返巴黎，更于欧洲诸方运动革命之举，鼓吹社会主义甚力。"同一《新世纪》刊物（周刊）第12、15、16、17号（1907年9月7日、28日，10月5日、12日、19日）接续报道克鲁泡特金，梁启超参与主编的《新小说》中所选译的"虚无党"小说，正是他的观点的一个有力例证。在这个新观念之下，俄国文学迅速为中国接受者吸纳。中国文学翻译骤然出现众多俄国"虚无党"文学作品，正是中国社会需求的结果。所以，20世纪初，中国所接受的俄国文学观念、特别是俄国文学理论观念的第一个热潮，就是"虚无党"，这是与接受巴枯宁、克鲁泡特金、赫尔岑等无政府主义的、民粹派的革命者政治观念混同在一起的。

从梁启超的态度和行为明显地可以看出，20世纪初，中国对西方文学以及对俄国文学的需求与选择，有一个自我设定的期待。这是第一个时期。既然"虚无党"被热烈地请入中国，那么，虚无党人热衷的文学革命观念，自然是其中一个重要议题。

20世纪最初20年，中俄双方的"议程设置"为俄国文学理论观念中国化，铺垫了一个倾向性十分明显的接受环境。

另外，一个客观事实需要今天的文学理论家们注意：在俄国社会革命者中，巴枯宁、克鲁泡特金、赫尔岑等人的社会主义革命文学观念，本质上不属于共产

---

① 梁启超：《论小说与群治之关系》，《新民丛报》1902年2月8日。见《饮冰室合集》文集之六十。

主义，但是其基本态度却又是相似的：那就是对革命的需求。这种需求在俄国首先是针对俄国的沙皇专制制度的。而它又是同拉吉谢夫、十二月党人、普希金等贵族革命家，同别林斯基、车尔尼雪夫斯基、杜勃罗留波夫等平民知识分子思想家的革命传统是一脉相承的。

19 世纪末到 20 世纪初，一直到十月革命前后，普列汉诺夫、列宁等俄国马克思主义革命领袖在领导俄国革命运动中，在探讨俄国思想历程的时候，也同样鲜明地维护着这个传统。

在这一时期里，中国接触的俄国文学的"革命"观念，恰好是俄国民粹主义和俄国无政府主义以及俄国无产阶级政党共同推崇的俄国解放运动中的革命传统。

然而，另一个事实也应该注意。在俄国本土，在 19 世纪末 20 世纪初，在构建文学的革命传统框架的同时，也正是象征主义等"颓废主义"兴起的繁荣时期，高尔基的《俄国文学史》（1907 年）正是与俄国"颓废主义"争辩的产物。这些"颓废主义"的文学作品所表达的文学观念，也曾在中国文学界"拿来"之列。比如，左联成立之后的 1933 年，中国出版界翻译出版了日本的俄国文学研究者升曙梦的《俄国现代文学思潮》，比较系统地介绍了俄国 20 世纪初 20 年代的各种文学流派。这本书的翻译与左联时期鲁迅、冯乃超、周扬等人翻译的左翼文学理论是在同一时期。但是，中国读书界对俄国文学理论的"主流"接受，却没有受这本书的影响，尽管俄国的"颓废派"在此前曾不分青红皂白被介绍给中国读书界。由此可见俄国主流的"议程设置"对俄国文学理论观念中国化的影响。

1921 年 9 月，茅盾主编的《小说月报》（12 卷）号外《俄国文学研究》出版，这是中国接受俄国文学的第一项成果。它标志着中国对俄国文学的接受开始了一个新时期。其中对俄国民主主义文学理论的"接受"、"评断"以及吸收，也达到了一个新水平。

3. 别车杜在中国的传播过程[①]

别车杜是 19 世纪俄国的革命民主主义批评家，对于俄国文学产生过持久而深远的影响，对中国的文艺批评和文艺运动也曾经产生过巨大的影响。因此，探求他们在中国文学发展中的历史作用，探求中国学者在研究他们的过程中经历的迷误和取得的成功是非常必要的。

---

① 本节主要使用了陈建华主编《中国俄苏文学研究史论》的成果（重庆，重庆出版社 2007 年版，第 3～18 页），特此说明并致谢。

别车杜的名字很早就被介绍到中国。1902 年梁启超主办的《新小说》杂志创刊号上刊载了罗普（羽衣女士）的小说《东欧女豪杰》，其中三次提到了车尔尼雪夫斯基。1903 年，《大陆》杂志第七号上载有《俄罗斯虚无党三杰传》，其中介绍了赫尔岑、车尔尼雪夫斯基、巴枯宁。1904 年，金一（金松岑）著《自由血》问世，内中有《赫辰传》一文，再次介绍赫尔岑、果戈理、别林斯基、屠格涅夫等人，提到他们与"国粹党"（斯拉夫派）的斗争。

1921 年 9 月，《小说月报》十二卷号外为"俄国文学研究"专刊。其中有郭绍虞的《俄国美论与其文艺》，是为中国第一篇论述别车杜等人文艺思想的论文。文中不仅称"裴林斯基为俄国批评界的嚆矢"，甚至认为"当时俄国的文艺差不多随其思想为转移。自他死后的数年俄国文艺界即陷入黑暗时代。此虽另有其他原因，而失去强有力的指导亦未必不有关系"。①

郭绍虞把别林斯基的思想发展分为三个阶段："最初是鲜霖哲学的思想，次为黑格尔哲学的思想，最后为黑格尔哲学左派的思想。其前二时期都为纯艺术的主张，最后始有人生的倾向。"应该说这种划分是相当准确的。郭绍虞在文中进一步分析说："裴林斯基在墨斯科大学之时，完全为鲜霖哲学思想所支配，所以他对艺术的观念，以为在描写自然的生活而使再现之，欲于森罗万象之中以发见一元的'绝对'，其主张遂偏于纯艺术的倾向。"与此同时，作者又谈到别林斯基关于"艺术上国民性的问题"议论，要求文艺表现"全人类生活中的特种情况"。文章把别林斯基的早期美论归纳为两种"主要性质"："1. 诗的目的在包括永久观念于艺术符号之中。2. 诗人所表现的观念应符合于其生存的时代而描写国民性的隐曲。"并且认为，当时的俄国文学也"由模拟以进于国民文学"。在别林斯基思想发展的第二阶段，他由于受黑格尔"一切现实皆合理"思想的影响，"对于艺术的观念，不偏重于理想，而以为艺术家于其所表彰的想，与包此想的形之间应使有亲密的关系。废想则形以丧，无形则想亦亡，想须透彻于形，形须体现其想，这是他艺术理想上的想形一致论；但他同时又赞美现实而趋于保守，所以以为艺术只是自然界调和沈静无关心的再现。"1839 年后，别林斯基受赫尔岑影响接受了黑格尔左派的思想，"而使其审美观渐趋于写实，弃其纯粹的理想主义而考察现实世界的需要，遂由纯艺术的赞美者一变而为写实主义的宣传者了"。郭绍虞指出："此时他排斥重形轻想的古典主义，又不取尊形弃轻想的浪漫思想，其艺术观念比较的近于醇正。"而所谓的醇正，首先是"倾向于人生"，"这一种功利的见解与纯理哲学的美论未免冲突，但以俄国的社会情形

---

① 郭绍虞：《俄国美论与其文艺》，《小说月报》，1921 年 9 月十二卷号外"俄国文学研究"。下引郭绍虞的观点均据此文。

反映在思想之中，自然有使此二种见解调和融合的倾向，而俄国文学亦成为理想的写实派的文学。"

郭绍虞对于车尔尼雪夫斯基也有较为详细的介绍评价，但已包含着较多的批评。他说"至 1855 年时采尔涅夫斯基（Nicolas Tchernicheffsky）现于文坛，而使审美思想复演于俄国，以其哲学上的学说，至引起文学美术上的极端的写实主义。对于裴林斯基理想派的纯艺术观适趋于反对的方向。这种反动于十年后更达极点，甚至全然蔑视艺术，这又成为虚无主义文学的起源了。"郭绍虞译述了车尔尼雪夫斯基关于美的定义："美是生命。生物于其生活状态觉适意之时始为美；即以无生物表现生命使吾人想起生命之时亦为美。"作者批评了车尔尼雪夫斯基的美论：它奠基在写实的基础上，但"这种美论的结果，便把自然美的位置抬高于艺术美之上。……以为艺术的任务只在再现实际的生活，只不过使自然与人生足以想起于吾人的心中——即求其足以助记忆则艺术的能事已尽。吾人有曾经沧海的经验，则对于再现沧海景象的绘画，由于想象力的活动即再引起感觉而觉愉快，此说固似稍偏——使艺术只和目录日记一样起作用——但他更有进一步的说明。"郭绍虞认为，车尔尼雪夫斯基"于艺术上虽不拒绝美的需要而却提出社会的生活之兴味，且要求表现时代精神的艺术；于是艺术批评的任务不必论其艺术的作品有合于美学的理论与否，只需视其描写人生是真实与否。批评家应排斥不真实的描写，不必顾其技巧上的成功。这种的批评主义，于其末流，甚至完全否定艺术美的问题，所以他的思想是排斥以前抽象哲学的思想，而使变为科学的实证的世界观。这一种的审美态度遂成为近世俄国文学的中心主张。"

郭绍虞还简单评介了杜勃罗留波夫的现实批评，称赞他的主张始终一贯，继承了车尔尼雪夫斯基的美学，"杜勃罗留波夫以为文艺并无自身独立的价值，而以社会生活为目的，艺术品只不过表明自己社会的思想之方便罢了。标榜此种主张，卒至成为艺术破坏者——文艺否定者，而其主张之最趋极端又为昆莎莱夫。"

车尔尼雪夫斯基的美论固然是虚无主义（否定艺术）的源头，但郭绍虞把它形成的背景归结为亚历山大二世的开明政治和科学社会主义取代空想社会主义，则显得简单，不得要领。郭绍虞认为，从车尔尼雪夫斯基、杜勃罗留波夫和亚历山大二世开始，俄国文学而富于社会色彩："俄国文学至今常鼓吹公民的思想与权利义务的观念，以引起国民生活及社会生活的改革，都在此时期脱离精神方面而倾向于现实方面的动机。至此时起而文学者的地位遂成为社会改革者，未来的预言者，将来文明的宣传者。"从这里也许可以看出，郭氏译介别车杜的文论或美论，其用意也不在于文艺本身，而是在于社会问题和政治问题。

20 世纪 20 ~ 30 年代，中国学界陆续翻译了别车杜的一些论著以及他人研究别车杜的文章。瞿秋白（屈维它）、鲁迅、冯雪峰、程鹤西、周扬、王凡西等人参与这一历史进程，而周扬贡献尤多。

1937 年 3 月 10 日，《希望》杂志创刊号发表周扬的文章《艺术与人生——车尔芮雪夫斯基的〈艺术与现实之美学的关系〉》。文章比较具体地评述了车氏的美学名著，称车尔尼雪夫斯基为"战斗的民主主义者"，继承并"大大发展了"别林斯基的艺术再现现实生活的革命民主主义美学的"基本法则"："人生高于艺术，艺术家的任务是不粉饰，不歪曲，如实地描写人生。"周扬特别赞赏车尔尼雪夫斯基关于艺术不仅要"再现人生"，而且还要"说明人生"，成为"人生教科书"的思想，并且把它与当时正在大力倡导的社会主义现实主义联系起来。周扬强调车氏"对艺术教育意义的理解，就构成社会主义现实主义的一个重要理论的源泉"，这种评价是确切的。

1942 年，周扬译的《艺术对现实的审美关系》由延安新华书店出版社出版，书名改为《生活与美学》，书后附有周扬写的《关于车尔尼雪夫斯基和他的美学》。此前，该文曾以《唯物主义的美学——介绍车尔尼雪夫斯基的美学》为题发表在《解放日报》（1942 年 4 月 16 日）。文章认为，车氏的著作"把唯物主义的结论应用到艺术的特殊领域。这是一个具有尖锐的、战斗的、论辩特色的著作，它是对唯心主义美学的一个大胆挑战，是建立唯物主义美学的第一个光辉贡献。"周扬总结说："坚持艺术必须和现实密切地结合，艺术必须为人民的利益服务，这就是车尔尼雪夫斯基美学的最高原则。"①

4. 俄苏马克思主义文论在中国②

20 世纪中国文学的全部发展过程都深受马克思主义的浸润。由于时代条件和语言等多方面的因素，中国文学界对马克思主义文论的接受，在一个相当长的历史时期中，主要是通过俄国早期马克思主义批评家的著述、苏联领导人有关文艺问题的言论、某个时期的文艺政策及一度被推崇的文学思潮和流派的主张而实现的。这种特殊的接受路径，不仅曾影响和决定了中国文学理论家、批评家们的知识结构、思维习惯和关注侧重，而且在很大程度上决定了一段时期内中国文论的基本特点。

瞿秋白写于 1921 ~ 1923 年的《俄国文学史》、郑振铎 1923 年的《俄国文学史略》都辟专章介绍"俄国文学评论"。从 1928 年革命文学论争到 1930 年左联

---

① 《周扬文集》，第 1 卷，北京，人民文学出版社 1984 年版。
② 本节主要参考了汪介之：《百年俄苏文论在中国的历史回望与文化思考》，《浙江师范大学学报》（社会科学版）2006 年第 3 期。

成立，在当时马克思主义文艺理论传播的新高潮中，俄苏文论的译介摆在突出位置。20 世纪 30 年代，在中国左翼运动的影响下，中国出现了接受俄国"无产阶级"、"马克思主义"文学观念的热潮。1930 年左联成立时专门设立马克思主义文艺理论研究会，把"外国马克思主义文艺理论的研究"当作主要工作内容之一，对苏联文论的译介便自然成为工作的重心。从 1929 年起，由冯雪峰主编的"科学的艺术论丛书"陆续出版。此外，还出版了由陈望道编辑的"文艺理论小丛书"、"艺术理论丛书"。1930 年中国左翼作家联盟成立后，由"左联"东京分社成员集体编辑的"文艺理论丛书"，也由日本东京质文社出版。鲁迅也翻译了普列汉诺夫的《艺术论》、卢那察尔斯基的《艺术论》、《文艺与批评》和论文集《文艺政策》等 4 部著作，翻译了布哈林、托洛茨基、普列汉诺夫和罗加切夫斯基等人的 5 篇论文，以主编、作序和写后记等方式支持青年学者们翻译出版了托洛茨基的《文学与革命》（李霁野、韦素园译）、《苏俄的文艺论战》（任国桢译）、卢那察尔斯基的《浮士德与城》（柔石译）。

从这些丛书所包含的书目来看，当时的中国文学界、特别是左翼作家，对于接受和传播马克思主义文艺思想，是具有高度的热情和充分的积极性的。但是，在他们所译介的著作中，真正属于经典马克思主义文论与批评的论著所占的比例却偏小。除了马克思、恩格斯的少数著述和俄国早期马克思主义批评的代表普列汉诺夫、卢那察尔斯基等人的著作外，人们把苏联"无产阶级文化派"和庸俗社会学的代表人物的著作，如波格丹诺夫的《新艺术论》、弗里契的《艺术社会学》，苏联文艺理论家的一般性论著，体现苏联文艺政策、反映苏联文坛论争状况的文献，还有日本左翼文艺理论家的相关研究著作或资料选编，都当作马克思主义文论翻译介绍过来了。由于当时中国文学界人士直接接触马克思主义文艺理论和批评著作的机会较少，故基本上只能通过苏联和日本的有关资料来了解和接受它。但这些著述和资料中的一些观点，和马克思主义经典作家关于文学艺术问题的论述是截然有别的。它们对中国的文艺理论建设和现代文学的发展，曾产生过一些不利的影响。这既显示于瞿秋白、蒋光慈等人的理论著述中，也体现在"左联"的纲领、路线和文学实践中。

由周扬编辑、1944 年延安解放社出版的《马克思主义与文艺》一书，是我国文学界在译介马列文论方面的一项基础建设成果。该书以"意识形态的文艺"、"文艺的特质"、"文艺与阶级"、"无产阶级文艺"及"作家、批评家"五大部分辑录了马克思、恩格斯、普列汉诺夫、列宁、斯大林、毛泽东等人有关文学艺术的文章片段和相关言论，书末的"附录"收有俄共（布）中央 1925 年的决议《关于党在文学方面的政策》和 1934 年的《苏联作家协会章程》。这个选本的内容和编排体例，首先反映了周扬本人对马克思主义文艺思想的核心内容的理解，也是他对马克思主义文论体系基本构架的一种勾勒；同时又体现了他对马克思主义文艺思想发展史的认识，即他显然是把马克思、恩格斯的文艺思想——普列汉诺夫、列宁等俄国早期马克思主义者的文艺观——20世纪30~40年代苏联领导人的文艺指导思想和文艺政策——《在延安文艺座谈会上的讲话》等，视为一种按照一脉相承的思路向前发展的文艺思想体系来看待的。更为重要的是，这种选择和编排表明了我国文学界接受和理解马克思主义文艺思想的独特路径，但恰恰是在这里存在着某种误差或偏离。《马克思主义与文艺》是我国较早的一部系统介绍马克思主义文艺观的选本，流布范围较广。它对于马克思主义文论在我国文学界的普及，曾发生过显而易见的作用；但是，它也框定了长期以来我国文艺理论界理解和接受马克思主义文艺思想的大致范围。

二、20世纪50~60年代：俄苏文论在中国

20世纪的国际社会政治运动，中国的特殊政治语境造成了俄苏文论向中国的单向性流动这一结果。在20世纪国际共产主义运动中，苏联是大本营，它把共产国际的国际组织形式向其他国家（包括向中国）输送。解放战争以后，新中国成立以后，中国共产党作为一个大国的执政党，在国际两大阵营冷战中，逐渐成为一个重要的国际力量，中国的国际政治影响力渐渐提高，两国的文学理论交往呈现较为复杂的情况，但是，中国当时的文学观念对俄苏以及对整个西方世界的影响力，还是微弱的。相反，俄苏文学观念，俄苏文学理论依然是几近于单向的向中国传输。最有趣的是，20世纪50年代末至整个20世纪60年代、70年代，中苏两党在政治领域发生"超级"论战，其中亦涉及文学理论问题，但是，因为两国的"指导思想"没有变。即依然以马克思列宁主义美学原则作为最高指导原则，所以，20世纪初以来俄苏向中国传输的主要文学观念和文学理论原则，诸如文学的社会革命功能观念、现实主义观念、文学的人民性概念、文学的党性原则概念等等，依然是中国文学理论的基本取向。

苏联文艺学教科书具有体系化、系统化的完整理论形式，是当时苏联法定的文学理论教科书，因此在20世纪50~60年代也为我国高校普遍采用。中国有的高校如北京大学和北京师范大学，直接聘请苏联专家来华授课，其他高校也尽可能把自己的文艺理论骨干教师送到北京聆听苏联专家授课。苏联文艺学培养了整整一代新中国的文艺理论人才，影响极其深远。

最早进入中国的苏联文艺学教材，是1937年以群翻译的苏联学者维诺格拉

多夫的《新文学教材》，这本书产生了很大的影响。以群在《新文学教材》的影响下写作出版了《文学底基础知识》（1942 年完成），1960 年以群主编的高校文艺理论教材《文学的基本原理》也深受其影响。1953 年，查良铮翻译了苏联当时"唯一的一本大学文学理论教科书"、[1] 学者季莫菲耶夫的《文学原理》。[2] 1954 年，受到中国中央教育部和北京大学的邀请和聘请，苏联专家毕达可夫来到北京大学，在中文系的文艺理论研究班讲授文艺学，历时一年多，讲课的讲稿《文艺学引论》1958 年 9 月由高等教育出版社正式出版。研究班培养了蒋孔阳、霍松林等各高校文艺学的学科带头人，而且鼓励他们根据中国的创作实践编写出了中国自己的文艺教材，如蒋孔阳写出了《文学的基本知识》，霍松林写出了《文艺学概论》等。1956～1957 年，柯尔尊为北京师范大学中文系俄罗斯苏维埃文学研究生和进修教师讲授《文艺学概论》，讲稿由高等教育出版社 1959 年 12 月出版。

苏联文艺学教材在内容上强调文学的意识形态性、阶级性和党性，以阶级斗争的眼光看待全部文学史，强调现实主义和反现实主义的两军对垒。在苏联文艺学教材的影响下，中国文艺学教材也逐步树立了马克思主义文艺观点的指导地位，并将其贯彻到教材的各个部分，努力用马克思主义文艺观点来解释中国的文艺现象，根据社会意识形态论、反映论、阶级论来阐明中国文学的本质和作用。有学者列出了新中国成立后中国文论教材的核心词，这些核心词几乎都是源于苏联文论特别是苏联文论教材，主要有：[3]

社会意识形态：上层建筑、经济基础、反映论、社会性、阶级性、党性、人民性、世界观、倾向性；

形象、典型、人学：形象思维、典型化、概括化、个性化、创作个性；

思想、主体、性格、正面人物、反面人物、典型性格、典型环境、内容与形式；

历史性、继承性、继承与革新、文学流派、文学思潮、创作方法、现实主义、浪漫主义、形式主义、古典主义、感伤主义、颓废主义、反现实主义、批判现实主义、社会主义现实主义；

思想性、艺术性、真实性、形象性、典型性、独创性。

20 世纪 50～60 年代的中国文艺学教材，如李树谦、李景隆的《文学概论》、冉欲达等的《文艺学概论》、刘衍文的《文学概论》，以及山东大学中文系编写的《文艺学新论》、湖南师院中文系编写的《文学理论》等，到 20 世纪 60 年代出版的

---

① ［苏］季莫菲耶夫：《文学原理》，查良铮译，上海，平明出版社，1953 年版，第 1 页。

② 该书于 1948 年出版，是前苏联高等教育部批准用作大学语言文学系及师范学院语言文学系的教科书，具有权威性。

③ 程正民、程凯：《中国现代文学理论知识体系的建构》，北京，北京大学出版社 2005 年版，第 128 页。

全国统编教材、以群主编的《文学的基本原理》，都是苏联同类教材影响下的结果。

除此之外，苏联文艺学教材基本按照文学本质论、创作论、文学的发展论的顺序编写，对中国文论教材的启发也很明显，这种影响一直到20世纪90年代还依然存在。

1949年以后，俄国革命民主主义者的美学思想成为中国美学界和批评界宝贵的精神财富，对他们的介绍力度明显加大了。国内不仅先后翻译出版了他们的著作，还翻译出版了不少苏联学者的研究别车杜的著作。同时，中国学者的研究性论著也开始出现。这种热情一直持续到1960年初。鉴于马克思、恩格斯、列宁、斯大林都没有系统的文艺学著作，别车杜就暂时地获得了"准马列"的地位，成为当时文艺论战时进攻的矛和自卫的盾。从这里也可以看出，在当时的文化生活中，别车杜所处的"中心"地位也仅仅是相对于西方的理论家而言的，他们仅仅是作为马列主义文论的补充而显示其价值的。换句话说，只有在论述某些问题而马列又没有著作可供引用时，人们才想到别车杜，套用车尔尼雪夫斯基对于艺术的作用的说法，就是"代用品"。在20世纪50年代的报刊上，讨论最多的是社会主义现实主义理论和毛泽东文艺思想，而研究别车杜的学术论文总共不过20来篇。

刘宁的《别林斯基的美学观点》① 一文称赞别林斯基"坚持和捍卫了文学的人民性原则"，"建立了完整的现实主义理论。"以此为出发点，刘文从艺术与政治、世界观与创作方法的关系等方面，批判了现代修正主义和种种反现实主义的纯艺术论："现代修正主义者，在文艺领域内，往往以'现实主义'的代表和保护人自居"，但"他们继承的并不是19世纪现实主义文学的优良传统，而正是反对这一传统的'纯艺术'论者的衣钵。"

汝信的《论车尔尼雪夫斯基对黑格尔艺术哲学的批判》② 是这个时期颇有分量的一篇论文。作者从美的定义、艺术美与自然美、悲剧理论、艺术的社会意义等四个方面，分析了车尔尼雪夫斯基的美学观，他对黑格尔美学的超载以及他不如黑格尔深刻的地方。汝信批判了苏联学者拔高车尔尼雪夫斯基的做法，明确提出车氏美学的哲学基础就是费尔巴哈的人本主义哲学，但承认"车尔尼雪夫斯基的美学思想是马克思主义以前的唯物主义美学的最高成就"。

20世纪60年代发表的相关专著有陈之骅编写的《车尔尼雪夫斯基》（商务印书馆，1962）和《别林斯基》（商务印书馆，1963年版），但它们实际上是介绍性的小册子。真正具有高度分析力的是朱光潜的《西方美学史》

---

① 刘宁：《别林斯基的美学观》，《北京师范大学学报》，1958年第3期。
② 汝信：《论车尔尼雪夫斯基对黑格尔艺术哲学的批判》，《哲学研究》1958年第1期。

（1963～1964 年）。朱光潜的《西方美学史》（上下卷）编写于 20 世纪 60 年代初，于 1963～1964 年分别出版了上下两卷，下卷第十六章和第十七章分别论述了别林斯基和车尔尼雪夫斯基的美学思想。朱光潜从"艺术的本质和目的"、"主观与客观的关系和情致说"、"典型说"以及"内容和形式与美"等方面分析了别林斯基的美学思想，阐述了他的思想转变的复杂历程和他的现实主义美学的意义。

应该说，别车杜当然不是无产阶级的思想家和文艺家，当然不可能塑造出"社会主义的新人"，不应该也不可能把他们的文艺思想当作无产阶级文艺运动的指导思想。中国当时还没有形成自己的权威的文艺理论，常常向别车杜借用文艺学概念。举例来说，在 20 世纪 60 年代初出版的两部文艺理论教科书：以群主编的《文学概论》和蔡仪主编的《文学概论》，都不厌其烦地引用别车杜的理论，以补充马列缺乏系统的文艺学著作的不足。

需要看到，在 20 世纪 50～60 年代，在中国产生影响的俄苏文论有相当一部分是和当时的"极左路线"相联系的。这一既定的客观历史条件决定了这些理论批评不能不具有服从于、服务于极左路线意识形态的特点，其要害是把阶级斗争为纲的理论引入文学，单纯地强调文学为政治服务，把文学当作政治的附庸或斗争工具。它们在看取各种文学现象时，一个基本观念就是：现实主义与反现实主义的斗争贯穿于文学发展的全过程，这一斗争其实是哲学上的唯物主义和唯心主义、政治上的革命与反动之间的斗争在文学上的反映。坚持上述观念，就必然排斥、贬低、遮蔽所有非现实主义流派，也必然淡化现实主义的怀疑品格、批判精神和人道主义内涵，消解它的美学旨趣和艺术追求，并把它解释为"社会主义现实主义"的前提，必然推崇和宣扬那种符合极左政治需要的理论主张和文学作品。

三、20 世纪 30～70 年代：社会主义现实主义在中国的接受

1. 社会主义现实主义在中国的接受的背景

社会主义现实主义在 20 世纪 30 年代的中国被接受，是中国现代文学历史发展的必然选择，不是偶然的随机性选择，这是中国社会文化内在发展走向决定的。

中国现代文学从一开始就是一种为人生、为社会的有为的文学，就充满一种

历史的使命感和民族的责任感。"五四"新文化运动始于向西方寻求真理，逐渐地，国情时势就使中国革命的先行者认识到，只有社会主义能够救中国。随后，整个中国文化、文学急剧地左转。这其中既有苏联乃至整个世界"向左"思潮走向的影响，更是有其中国社会文化发展的内在根据。因此，进步文学的走向，也就从为人生的写实和个性解放和抗争的抒情，转为追随苏联文学思想足迹而产生革命文学。这种文学的特征就在于，它把自己紧紧和无产阶级革命事业联系在一起，主动地要为之服务，具有自觉的意识形态积极性。它的强点和弱点，及其所遭遇的悲剧性大抵皆出于此。

茅盾早在 20 世纪 20 年代，在社会主义现实主义口号实际提出和传入中国之前，就提出应该用无产阶级的前卫的目光审视现实，他指出"文学于真实地表现人生而外，又附带一个指导人生到未来的光明大道的职务……或者换过来说，文学的职务乃在以揭示人生向更美善的将来这个目的寓于现实人生的如实的表现中……"① 如果按照胡风的见解，鲁迅所代表的五四文学运动的方向，已经有着社会主义现实主义思潮的走向。而最初从苏联带回无产阶级文化派、前期拉普派思想的一些人如蒋光慈，更倡导革命文学，其特征就是鲜明的政治目的性，主动地要承当起"帮助革命"的使命。

从革命文学内部的矛盾斗争看，无论是关于"革命文学"的论争，太阳社、创造社对"五四"运动的极端态度，左翼文学内部的斗争和混乱，都表明，左翼作家需要一种能够统一思想、团结队伍的新的思想武器，来清理自己的思想，完善自己的创作。努力追求以苏联文学为样板，试图以马克思思想指导创作实践，成为左翼的"革命文学"思想的发展的走向。

1931 年 11 月左联执委会在决议《中国无产阶级革命文学的新任务》中就号召在方法上"作家必须成为一个唯物的辩证法论者"，来和当时的"观念论、机械论、主观论，浪漫主义，粉饰主义，假的客观主义，标语口号主义的方法及文学批评斗争"。② 走向唯物辩证法的创作方法，一方面虽然有助于纠正"革命的罗曼蒂克"的公式化、概念化的幼稚思想倾向，另一方面又是以火救火，因为唯物辩证法的创作方法本身也是产生公式化、概念化的根源，并使左翼的"革命文学"固有的左倾思想倾向有了"理论上"的发展。20 世纪 30 年代初在左联和"第三种人"之间展开的"文艺自由论辩"中，就充分表现出当时左联上层的左倾思想倾向和革命文学指导思想上的左倾机械论和庸俗社会学的偏向。这一切不能说和坚持唯物辩证法的创作方法的思想

---

① 茅盾：《文学的新使命》，见《茅盾文艺杂论集》上册，上海，上海文艺出版社 1984 年版，第 218 页。

② 转引自林伟民：《中国左翼文学思潮》，上海，华东师范大学出版社 2005 年版，第 190 页。

有关。

正是在这一背景上，社会主义现实主义的接受对于批判唯物辩证法的创作方法的左倾思想，显示出一种文学思想上的进步。可以说，在中国现代文学 10 余年的走向的基础上，社会主义现实主义的被接受，是顺理成章的必然的事情。社会主义现实主义的被接受，不能够仅仅视为是对苏联文学思想的亦步亦趋，社会主义现实主义的接受也是中国左翼的"革命文学"明确地自觉总结自己的走向的结果。这就是：其一，在社会思想导向上，确立社会主义思想；其二，在艺术风格上确立现实主义的导向和浪漫主义关系；其三，在文学的目的上，确立新文学为社会进步服务的指向。

2. 社会主义现实主义在 20 世纪 30 年代中国的接受

社会主义现实主义的传入，使"五四"以来的中国现实主义文学与文论传统带有更加突出的社会化、政治化、理性化特质，要求文学自觉地受到政治的制约，为的是肩负起正在进行中的民族解放的使命。

这一时期的中国左翼文学界，密切关注和追踪着苏联文学思想的动态。1932 年 12 月 15 日出版的《文学月报》第 5～6 号合刊报道了 11 月底至 12 月初召开的苏联作家协会组织委员会（称为"全俄作家同盟组织委员会大会"）第三次全体会议的消息。1933 年 2 月出版的《艺术新闻》（周刊）第 2 期，刊登了林琪从日本《普罗文学》同年 2 月号译过来的报道《苏俄文学的新口号》，把苏联文学界的新口号"社会主义现实主义"首先介绍给国人。1933 年 7 月创刊的《文学》月刊第 1 卷第 5 号（7 月 1 日），在一篇题为《关于苏俄文坛组织的消息》的通讯中，也报道了苏联作协成立、高尔基被选为主席并提出"社会主义的写实"口号，并由法兑也夫（即法捷耶夫）对其进行阐释的消息。随后，《国际每日文选》第 31 号（1933 年 8 月 31 日）、第 37 号（1933 年 9 月 6 日）、第 51 号（1933 年 9 月 20 日），也翻译发表了华西里坷夫斯基和吉尔波丁的两篇同名文章：《关于社会主义的写实主义》。《文学》第 1 卷第 6 号发表卢那察尔斯基的《社会主义的写实主义底风格问题》一文。在 8 月 31 日，《国际每日文选》（第 31 号）刊登了从日本上田进的《苏联文学底近况》翻译过来的古浪斯基（今译格隆斯基）和基尔波丁（吉尔波丁）的大会发言。

1933 年 9 月，《文学》第 1 卷第 3 号上发表周扬的《十五年来的苏联文学》一文，其中谈到 1932 年 10 月苏联作家协会组织委员会会议上"一件值得注目的事情"，即格隆斯基和吉尔波丁在他们的报告和演讲里，"指摘了从来'唯物辩证法的创作方法'这个口号的不正确，提出了苏维埃文学的新的口号'社会主义的现实主义'，和红色革命的浪漫主义在文学的方法论上展开了一个新的阶段。"提到"苏维埃文学的新口号'社会主义的现实主义，和红色革命的浪漫主义'，在文学的方法论上展开了一个新的阶段。"① 周扬说这篇文章是他根据泽林斯基的一篇论文而写成的，值得注意的是，在这篇文章中，已经不再肯定"唯物辩证法的方法"，而把中国现实主义的发展看作以苏联为首的世界左翼文学发展的一个组成部分。同年11月，《现代》杂志第4卷第1期又刊出了周扬的另一篇长文《关于"社会主义的现实主义与革命的浪漫主义"——"唯物辩证法的创作方法"之否定》，其中详细地转述了吉尔波丁在苏联作家协会组织委员会第一次全体会议上的报告的内容，否定了"唯物辩证法的创作方法"，阐述了"社会主义现实主义"的真实性、典型性、大众性等特征以及与"革命的浪漫主义"之间的关系。这是左联领导人第一次批判"拉普"提出的"辩证唯物主义创作方法"和系统地阐述社会主义现实主义的基本原则。同时，周扬也指出："这个口号是有现在苏联的种种条件做基础，以苏联的政治——文化的任务为内容的。假使把这个口号生吞活剥地应用到中国来，那是有极大的危险性的。"②

值得注意的是，在1936年，俄罗斯文学翻译家耿济之在《1935年苏俄文坛的回顾》一文中，表述了他对"社会主义现实主义"创作方法的另一些思考。他认为，这一新的口号将苏联作家的思想统一到名为"社会主义写实"的"惟一的巨流"中去了，而批评家们只用一根相同的"御制"的尺子来估计和衡量一切作品，这就不能不导致文学创作"题材太狭隘"、"千篇一律"乃至"水源干枯"的弊端。③ 可以说，耿济之的文章较早地发现并指出了社会主义现实主义在斯大林时代的命运和所起的负面作用。

这一时期，各种期刊都注意到对苏联文学思想，特别是社会主义现实主义思想的译介。《文艺群众》1935年9月号，1937年4月上海出版的左翼文艺理论刊物《文艺科学》，1937年5月，上海黎明书局出版《苏联文学诸问题》，1939年5月，上海东方出版社翻译出版了苏联《国际文学》丛刊第1期（1935年8月）（同时注明它是"第一次苏联作家代表大会刊"），都使我国文学界更完整地接触到苏联第一次作家代表大会的主要文件。

从20世纪30~40年代，国统区一些重要刊物如《七月》、《希望》、《文艺阵地》、《文学月报》等也零星发表过关于社会主义现实主义的重要译文，以及

---

① 周扬：《十五年来的苏联文学》，见《周扬文集》第1卷，北京，人民文学出版社1984年版，第99页。

② 周扬《关于"社会主义的现实主义与革命的浪漫主义"——"唯物辩证法的创作方法"之否定》，《周扬文集》第1卷，北京，人民文学出版社1984年版，第109页。

③ 耿济之：《1935年苏俄文坛的回顾》，《文学》第6卷第2号（1936年2月1日出版）。

卢卡契的三篇论文、法捷耶夫的《创造新的纪念碑的形式》、拉佛勒斯基的《高尔基论社会主义现实主义》、吉尔波丁的《真实——苏联艺术的基础》等。1940年4月，上海光明书局出版了《文学的新的道路》（适夷译）是第一次苏联作家代表大会文件选编，包括大会报告和发言共计29篇。同年10月，希望书店出版林焕平翻译的日本学者森山启著的《社会主义的现实主义论》，其中包括7篇探讨"社会主义现实主义"问题的论文，收录了第一次苏联作家代表大会通过的《苏联作家协会章程》。在解放区，《文艺战线》、《中国文化》、《谷雨》等刊物上也有一些论述社会主义现实主义艺术问题的译文，如勃洛甫曼的《苏联文学当前的几个问题》[①]、加里宁的《论艺术工作者应学取马克思－列宁主义》[②] 等。

1936年关于"国防文学"和"民族革命战争的大众文学"这两个口号之争，虽然表面上和社会主义现实主义无关，而实质上却反映出社会主义现实主义这一新口号正逐渐深入中国现实，成为思考和判断中国文学思想的潜在尺度。徐行在1936年5月发表的《我们现在需要什么文学》一文中，最先拿出社会主义现实主义的理论来反对"国防文学"提法。徐行认为当前的文学最需要的是能充当"指南针"、"灯塔"或"武器"的"先进的思想"，这就是"新兴的社会科学的理论和用这理论所领导的文学，就是我们经常所说的社会主义的现实主义的文学"。

而"国防文学"口号的提出者周扬则辩护说，他并不是否定社会主义现实主义这种"最进步的现实主义"，之所以对徐行的"左的论调"提出批评，是认为"他的意见代表着一部分'左'的宗派主义者"，"错误的根源，就是他对于统一战线的理论和中国目前形势之完全的无理解。"

在两个口号之争中主张"民族革命战争的大众文学"的胡风，则从民族革命战争和"人类解放斗争"关系的角度思考社会主义现实主义与中国的现实需要的密切关系。在《文学与生活》一书的"民族革命战争与文艺"一章中，胡风从中国抗日战争和世界人民的解放斗争的密切关系出发，看到中国和苏联有着相近的国情基础，都正在受着帝国主义和资本主义的威胁，因此就有着利用社会主义现实主义文学思想的可能。他把"五四"以来现实主义传统和社会主义现实主义连接起来并认为，在现在，被人类解放斗争过程中积蓄起来的智慧所武装，所深化，被革命文艺底发展历史所充实，所丰富，就发展成了社会主义的现实主义（Socialist realism）。[③] 这样，就把当前应该提倡的"民族革命战争的大众

---

① 克夫译：《文艺战线》第 1 期第 4 号，1939 年 9 月。
② 萧三译：《中国文化》第 1 卷第 6 期，1940 年。
③ 参见胡风：《民族革命战争与文艺》，《胡风评论集》上，北京，人民文学出版社 1984 年版，第319 页。

文学"和社会主义的现实主义的文学思想紧紧地捆绑在一起了。不过，他特别强调的是现实主义深化的品格。

3. 社会主义现实主义的中国化

在抗日战争的背景上，社会主义现实主义在逐渐融入中国特有的国情土壤中。在许多文章提出的"新现实主义"①、"广现实主义"②、"民族革命的现实主义"③、"抗日的现实主义"④、"新民主主义现实主义"⑤ 这些独具特色的"现实主义"的提法中，可以看到，在中国现代史的艰苦卓绝的进程中，中国现代文学的走向，是选择了能够引导中国人民树立胜利信念、投身为美好理想奋斗的"新现实主义"文学。它们的内涵实际上都是把现实主义和革命浪漫主义联系在一起。这种文学必然是苏联"社会主义现实主义"文学思潮在中国特定土壤上的变体。

社会主义现实主义融入中国、实现中国化，不仅需要符合抗日战争的国情，还必须使之具有"民族形式"。可以说，社会主义现实主义在中国的真正接受和深入，正是在抗日战争所激发的民族主义精神的高涨氛围里实现的。在这一过程中，1938～1940年间发生的"民族形式"论争有着特殊的意义，成为社会主义现实主义接受的一种直接媒介。

1938年10月，毛泽东在他的《中国共产党在民族战争中的地位》一文中论述了在接受马克思列宁主义理论时必须注意的原则："洋八股必须废止，空洞抽象的调头必须少唱，教条主义必须休息，而代之以新鲜活泼的、为中国老百姓所喜闻乐见的中国作风和中国气派。把国际主义的内容和民族形式分离起来，是一点也不懂国际主义的人们的做法，我们则要把二者紧密地结合起来。"⑥ 毛泽东正是以"洋为中用"、"土洋结合"的思想，把马克思列宁主义理论迎进中国。同样，这一指导思想也奠定了接受社会主义现实主义并使之中国化的基础。

1939年5月，毛泽东提出"抗日的现实主义，革命的浪漫主义"口号，这

---

① 林淡秋：《抗战文学的创作方法》，见洛蚀文编：《抗战文艺论集》，上海，上海书店出版社1986年版，第114页。

② 李南桌：《广现实主义》，《文艺阵地》第1卷第1号。

③ 洁孺：《论民族主义的现实主义》，《文艺阵地》第3卷第8号。

④ "抗日的现实主义，革命的浪漫主义"原是毛泽东为鲁迅艺术学院周年纪念的题词（1939年5月），后有巴人对之进行解释，见《两个口号》（1940年2月），《文艺阵地》第4卷第7号。

⑤ 周扬根据毛泽东对当时中国社会的性质和历史任务的论述，仿照苏联"社会主义现实主义"的提法，提出"新民主主义现实主义"。详下。

⑥ 毛泽东：《中国共产党在民族战争中的地位》，见《文学运动史料选》第4册，上海，上海教育出版社1979年版，第383～384页。

是为延安鲁迅艺术学院周年纪念的题词。左翼文艺界迅速对它加以阐释，而且这些阐释的特点都是将其引向和社会主义现实主义的联系。在对毛泽东的这一思想的阐释中，巴人在《两个口号》一文中，把从"抗日的现实主义"到"革命的浪漫主义"再到"社会主义现实主义"概括为中国的新文艺发展道路。① 而林焕平的文章《抗日的现实主义与革命的浪漫主义》则索性直接认定"抗日的现实主义，革命的浪漫主义"就是"社会主义现实主义"。②

1941 年 5 月，在毛泽东的《新民主主义论》发表次年，周扬根据毛泽东对当时中国社会性质和历史任务的论述，仿照苏联"社会主义现实主义"的提法，提出"新民主主义现实主义"概念，成为中国左翼文学界理论家积极诠释政治领袖思想的一次重要尝试。③ 而 1942 年，毛泽东《在延安文艺座谈会上的讲话》中关于创作方法的说法是："我们是主张无产阶级的现实主义的。"而周扬在他的文章和讲话（《解放日报》1943 年 4 月 19 日）中，即开始使用"革命的现实主义"、"新的革命的现实主义"等概念。

必须注意，中国文学界和毛泽东一直不直接使用社会主义现实主义这一概念。这一方面是出于国情的不同，另一方面也有表现出中国马克思主义者的政治独立性考虑。而"无产阶级的现实主义"、"革命的现实主义"、"新的革命的现实主义"等提法的实质是既和社会主义现实主义不相矛盾而又能体现出一定的政治独立性的。

毛泽东在 1942 年发表的《在延安文艺座谈会上的讲话》，不仅是中国共产党对抗日战争时期文艺政策的纲领，而且成为之后几十年中国共产党的文艺思想纲领。在这一纲领中，社会主义现实主义理论被系统地中国化了。虽然毛泽东在这里用的术语是"无产阶级的现实主义"，但所论述的实际思想完全符合对社会主义现实主义思想的要求，是对社会主义现实主义思想的中国具体化的阐释。当然，《讲话》并没有直接对社会主义现实主义加以论述，甚至其中"我们是主张社会主义的现实主义的"一句也是 1954 年《毛泽东选集》第 3 卷首次出版时加入的改动。这句话在过去的版本里是"我们是主张无产阶级的现实主义的"。据当年曾任毛泽东秘书的胡乔木回忆，他在编撰《毛泽东选集》时曾建议毛泽东，在《讲话》里再多谈一些现实主义的内容，还可以写入日丹诺夫对社会主义现实主义的定义。但是"毛主席很不满意"。这自然是和毛泽东抵制苏联共产党当年一直假共产国际控制中国共产党的政治立场有关。苏共始终拒绝承认毛泽东思

---

① 巴人：《两个口号》，《文艺阵地》第 4 卷第 7 期（1940 年 2 月）。

② 林焕平：《抗日的现实主义与革命的浪漫主义》，《文学月报》1940 年 9 月，第 2 卷第 1、2 期合刊。

③ 周扬：《鲁艺订艺术工作公约》，《周扬文集》第 1 卷，北京，人民文学书版社 1984 年版，第 324 页。

想，毛泽东则不愿意紧跟苏联的一些口号，意在坚持独立自主的中国革命路线。[①]

《讲话》从政治文化的层面规划了以工农兵文学创作为标志的中国社会主义现实主义文学的方向，奠立了工农兵文学的创作方向，号召知识分子"长期地、无条件地全身心地"深入工农兵群众、文学创作为工农兵服务是其特点。在之后的年代里，工农兵文学的创作得到了可观的发展。

但是，另一方面，同样要看到，在社会主义现实主义思想中国化的具体化进程中，已经埋下了扭曲政治和文学关系、进而扭曲社会主义现实主义文学思想的某种伏笔，从而使之后几十年文学思想总是摆脱不了教条主义、主观主义、庸俗社会学的纠缠，直到最后不得不放弃社会主义现实主义这一口号。

4. 社会主义现实主义在新中国成为主流文学思想方法

《讲话》从政治文化上奠定了社会主义现实主义的方向，特别是奠定了工农兵文学创作的方向，涌现出一批新生的工农兵作家和一批鲜活有生气的工农兵文学作品，成为社会主义现实主义的现实基础。这些作品虽然从艺术成就上未必属于上乘，但是，却能紧紧抓住人心，因为它应和着、预示着社会的走向，革命的社会现实需要这种新生的文学。随着社会主义新中国的成立，社会主义社会美好前景的展现，从进步文学界到全国民众思想的走向看，社会主义现实主义的正式提出或接受，已经成为社会文化的必然趋势，是水到渠成的事情。

实际上，对社会主义现实主义的传播和宣传，在新中国成立前后一直进行。比如，从1947年以后到1953年社会主义现实主义口号的正式提出这一时期，国内推出了大量论述社会主义现实主义艺术问题的译著，如顾尔希坦的《文学的人民性》（1947年）、法捷耶夫的《论文学批评的任务》（1948年）、范西里夫的《社会主义的现实主义》（1949年）、瓦希里耶夫等的《苏联文艺论集——社会主义现实主义问题》（1949年），《斯大林与文艺》（1950年）、穆雅斯尼科夫的《列宁与文艺学问题》（1952年）、西蒙诺夫等著的《社会主义现实主义的几个问题》（1952年）等。

这些著述都是在1946年以后苏联极左文艺思想的影响下产生的，在对社会主义现实主义的思想，对人民性、党性和列宁、斯大林的文学思想的诠释中，不能不渗透1946年苏联党中央委员会有关文艺的决议和日丹诺夫论《星》和《列宁格勒》杂志的报告中充满的极左思想倾向。比如，对中国社会主义现实主义文艺思想建树影响最大的法捷耶夫的《论文学批评的任务》就全面地阐述了苏联官方有关文艺理论和批评的任务的思想。

我国正式提出社会主义现实主义口号的社会背景，正是国内从疾风骤雨的革

---

① 参见胡乔木：《关于延安文艺座谈会前后》，见《胡乔木回忆毛泽东》，北京，人民出版社1995年版。

命向和平建设极速过渡的时期。社会主义现实主义首先在群众性文化运动中找到了实现自己的现实基础。新中国成立初的群众文艺运动，不仅是领袖文艺政治化思想的设计，更是群众政治文化热情的产物。由于把文艺创作紧紧地捆在急风暴雨的革命斗争和扭转乾坤的社会主义改造的战车上，在这种形势下，为政治服务变成为诠释一时性的政策服务，为"赶任务"而出现的概念化、公式化的问题已经相当突出。

时代决定了对社会主义现实主义的理解的角度和引入的方式。可以说，社会主义现实主义口号的提出，也有文艺界领导试图匡正在紧密配合革命运动而处于高涨中的群众文艺运动中产生的概念化、公式化的问题的动机，把社会主义现实主义视为一种先进的文艺思想武器而进一步加以引入和接受。周扬在1951年5月在中央文学研究所的讲演中就指出，"文艺上的公式主义""把本来是多方面的、复杂的、曲折的生活现象理解成和描写成片面的、简单化的、直线的。"当时他把原因仅仅归结为"脱离实际，脱离群众的倾向"同时，指出"我们必须向外国学习，特别是向苏联学习，社会主义现实主义的文学艺术是中国人民和广大知识青年的最有益的精神食粮，我们今后还要加强翻译介绍的工作。"[①] 1952年5月，周扬在《毛泽东同志〈延安文艺座谈会上的讲话〉发表十周年》中第一次明确提出：在我们国家的政治、社会、经济的生活各方面既已产生了具有决定作用的社会主义因素，我们的以先进思想武装起来的文艺就应努力将这些生活中的新的因素真实地、突出地反映出来，借以用社会主义和共产主义的精神去教育工人、农民及其他劳动群众。革命的艺术的新方法——社会主义现实主义应当成为我们创作方法的最高准绳。[②]

当时，我国处于学习苏联的热烈的政治文化氛围之中，1952年12月，文学界领导正式、公开地提出"社会主义现实主义——中国文学前进的道路"这一口号。1952年12月12日，胡乔木在对北京文艺工作者和在京的全国文协组织的第二批深入生活的作家所作的关于文艺问题的报告中，便阐释了社会主义现实主义的内涵。《文艺报》1952年年终出版的第24期报道《全国文协组织第二批作家深入生活》实际是向全国文艺工作者发出的学习社会主义现实主义的号召。《文艺报》1953年第一期发表社论《克服文艺的落后现象，高度地反映伟大的现实》。这一标题就十分像是对苏联开始反省文学思想问题时的口号的反响。社论指出胡乔木的报告是"党最近对文艺工作的指示"，应该掀起"社会主义现实主义的文艺理论的运动"。《人民日报》1953年1月1日刊载了周扬为苏联文学杂

---

① 周扬：《周扬文集》第2卷，北京，人民文学出版社1985年版，第54~55页。

② 周扬：《毛泽东同志〈在延安文艺座谈会上的讲话〉发表十周年》，见《周扬文集》第2卷，人民文学出版社1985年版，第145页。

志《旗》写的《社会主义现实主义——中国文学前进的道路》（发表于 1952 年
12 月号）鲜明地提出中国文学要走苏联社会主义现实主义道路。文章明确指出，
"追踪在苏联文学之后，我们的文学已经开始走上社会主义现实主义的道路；我
们将在这个道路上继续前进。"[1] 文章还指出，"社会主义现实主义，现在已成为
全世界一切进步作家的旗帜，中国人民的文学正在这个旗帜之下前进。正如中国
新民主主义革命是无产阶级社会主义世界革命的组成部分一样，中国人民的文学
也是世界社会主义现实主义文学的组成部分。"

当时担任中共中央宣传部部长的习仲勋的《对于电影工作的意见》一文，
明确指出："在文学艺术工作上学习苏联，学习社会主义现实主义的创作方法是
坚定不移的，是不能够动摇的。"[2]

在这一背景下，1953 年 3 月开展的关于社会主义现实主义的学习与讨论活
动当时在我国文学界就有着非常具体的意义。1953 年 9 月 23 日至 10 月 6 日，中
国文学艺术工作者第二次代表大会在北京召开，大会的一个重要议题是把社会主
义现实主义确定为我国过渡时期文艺创作和批评的最高原则。这种确定采取苏联
的方式，由中共中央提出建议，全国文代会通过并形成决议。周恩来代表中共中
央作的政治报告《为总路线而奋斗的文艺工作者的任务》便是指导性的文献。
周扬的《为创造更多的优秀的文学艺术作品而奋斗——在中国文学艺术工作者
第二次代表大会上的报告》是大会的主题报告。在报告中，周扬正式宣布了
"我们把社会主义现实主义方法作为我们整个文学艺术创作和批评的最高准则"，
明确指出《在延安文艺座谈会上的讲话》以后，我们的文学艺术是"社会主义
现实主义的文学艺术"，而且把"五四"文学传统和社会主义现实主义文学统一
起来。他说，"从'五四'开始的新文化运动就是朝着这个方向前进的，这个运
动的光辉旗手鲁迅就是伟大的革命的现实主义者，在他后来的创造活动中更成为
社会主义现实主义的伟大先驱者和代表者"。

作为当时文艺界领袖，周扬所诠释的社会主义现实主义为政治服务的具体化
要求在文学实践中成为扭曲创作规律的律条。

5. 关于社会主义现实主义的论争

在社会主义现实主义正式成为我国官方提倡、全国认同的文艺主流（实际
上是惟一的）创作方法时，应该对胡风关于社会主义现实主义的论述加以简单
的考察。

---

[1]　周扬：《周扬文集》第 2 卷，北京，人民文学出版社 1985 年版，第 182~190 页。
[2]　习仲勋：《对于电影工作的意见》，《电影创作通讯》，1953 年第 1 期。

胡风也是最早接受苏联社会主义现实主义思想的人中的一个。而他接受苏联社会主义现实主义思想的特点，如他自己所说，是出于对"五四"新文学运动创作实践的感悟。他说，"我接受社会主义现实主义的理论是凭着实感的。"[1] 他把中国从"五四"运动开端的新文学视为世界进步文学思潮的一部分，属于社会主义现实主义思潮，他说："以十月革命的影响为起点，以鲁迅的创作实践和理论斗争为主导，虽然有偏向有波折，但新文学一直贯穿着社会主义现实主义这条红线，形成了社会主义现实主义的传统"，并且他把"高尔基的道路"与"鲁迅的道路"并列。

胡风关于社会主义现实主义的观点，集中体现在 1948 年写的《论现实主义的路》中。胡风分析了苏联作家协会章程关于社会主义现实主义的定义，认为这个定义包含三个要点：第一，"它的提出是立脚在社会主义现实的苏联历史现实基础上的"；第二，"作为基本方法，它所要求的是'写真实'，这是继承了现实主义发展的宝贵传统的"；第三，"'用社会主义精神从思想上教育和改造劳动人民'，这是对于'写真实'这个要求的补充和说明"，而"社会主义的根本精神……是对人的关怀，人类解放的精神，人道主义的精神。一方面，历史是人民创造的，另一方面文艺是写人的，正如高尔基所说的是'人学'。"

胡风重申"社会主义现实主义是一个广泛的概念。它的提出，……正是为了清算拉普派的妨碍了文艺发展的宗派主义，正是为了尽最大的限度吸引作家们参加社会主义建设事业，正是为了消灭拉普派把正在向社会主义建设事业靠拢的作家们的集团从当时的政治任务赶开去的危害性。""所以，社会主义现实主义，就是社会主义思想所领导的革命斗争时期和苏联的历史现实中的现实主义。"

1954 年，胡风在《三十万言书》中以更加简练的语言重申了上述论点："在我们这里，社会主义现实主义同样是一个广泛的概念。……同时也是体现了最高原则性的概念，它要求通过文艺的特殊机能进行艰苦的实践斗争，通过实践斗争的胜利（现实主义的胜利）达到马克思主义"。[2] 他指出，中国的"五四"新文学传统与国际革命文学的经验，共同构成了中国社会主义现实主义的文学。

在胡风关于社会主义现实主义的一系列锲而不舍的讨论性言论中一直存在着和诠释社会主义现实主义思想的主流话语的对话。

胡风执着于"五四"时期继承而来的启蒙主义思想，显然是和毛泽东《在延安文艺座谈会上的讲话》中提出的对知识分子的阶级分析和估量是明显地不一致的，也和有关作家只有首先改造世界观、站稳工农兵立场、"无条件地与工

---

① 胡风：《〈胡风评论集〉后记》，《胡风评论集》下册，北京，人民文学出版社 1985 年版，第 378 页。
② 胡风：《三十万言书》，武汉，湖北人民出版社 2003 年版，第 112～114 页。

农群众打成一片"、"脱胎换骨",然后才能为工农兵服务的系列思想要求不一致。在当时严酷而复杂的政治文化背景上,胡风的思想被指为纵容资产阶级、小资产阶级的作家不首先去改造世界观,而把创作变为自我首先的表现,而且他们将会不是在革命的发展中看现实,而是在病态的动乱中看现实,只看到人民的"麻木",是"痉挛性"和"疯狂"的。

为了克服主观公式主义和客观主义的倾向,胡风认为只能靠创作主体的"主观战斗精神"融入现实主义的创作方法。

胡风的文学思想从20世纪40年代后期就受到愈来愈强烈的批判,1952年,由中宣部筹划的在北京召开的胡风文艺思想讨论座谈会,实际上就是组织对胡风社会主义现实主义理论的批判。

然而,胡风不仅不识时务,没有对当时社会文化现状和要求持有清醒的认识,反而还顶风而上,1954年上《三十万言书》,全称为《关于解放以来文艺实践情况的报告》,洋洋三十万言,在其中阐发自己关于社会主义现实主义的主张。胡风针对林默涵、何其芳的文章关于共产主义世界观、工农兵生活、思想改造、民族形式、题材等五个理论问题的观点指出,这是架在"读者和作家头上"的五把"理论刀子"。而"宗派主义"、"随心所欲地操纵着这五把理论刀子","宗派主义统治和作为这个统治的武器的主观公式主义(庸俗机械论)的理论统治"则是几年来文艺中的关键问题。他质问,"在这五把刀光的笼罩之下,还有什么作家与现实的结合,还有什么现实主义,还有什么创作实践可言?"

而胡风还不知道,至此,文学思想之争竟已经发展到由党和国家的领袖出面认定为反革命集团的反党、反革命行为的结论。这是他反潮流而动的必然结局。

在胡风的言说中,对于社会主义现实主义有着不同于斯大林、日丹诺夫,也不同于毛泽东、周扬的诠释。没有对于社会主义现实主义的党性、阶级性的强调,没有对于作家立场、世界观改造的强调,没有对党领导文学领导的强调。而这些正是那个政治革命时代所要求的对社会主义现实主义思想的政治文化角度的必然的诠释。正是这种诠释使社会主义现实主义成为铸造一支指到哪里打到哪里的文艺战斗队、突击队、宣传队的理论武器,实际地履行着社会革命的工具的功能。当然,对这种诠释的简单化理解和庸俗化实践,往往不顾文学艺术生产的自身规律性,这就是文学创作长期以来的公式化、概念化的倾向的根源。

而胡风对社会主义现实主义的阐释因此而显现出它的特殊意义。其中的合理性因素正在于突出了创作规律中最重要的一些问题。

在创作思想方面,胡风的思想力图遵循基本的创作规律,即创作首先应该是成于衷而形于外的,先进的世界观的指导首先应该化为作家自我的思想情感,实现"主观精神与客观真理结合或融合"。

应当看到，从 1953 年社会主义现实主义被确认为我国文学艺术创作批评的主流思想方法之后，关于社会主义现实主义的论争一直继续。

1954 年 12 月在苏联第二次作家代表大会上，西蒙诺夫、爱伦堡等众多作家对文艺领导的官僚主义、创作的模式化进行了批判，还提出修改社会主义现实主义定义的主张。我国国内，对社会主义现实主义的思考出现了新的活跃气象。毛泽东 1956 年 5 月 2 日在最高国务会议上提出"百花齐放，百家争鸣"的方针。

在这种氛围中，1956 年第 9 期《人民文学》刊载了作家、评论家秦兆阳以何直为笔名发表的具有重要意义的论文：《现实主义——广阔的道路》。它针对文学艺术指导思想上的教条主义，展开对如何理解社会主义现实主义问题的论争，针锋相对对把矛头指向庸俗社会学，其见解犀利，论理周密，论据充分。

文章还尖锐批评了 20 世纪 30 年代苏联作协章程中有关社会主义现实主义的定义。

何直的文章发表后，周勃、刘绍棠、丛维熙、邹鄂、郑秀梓、叶槽等都相继发表文章呼应。

但是，这一切在 1957 年开展的反右斗争中，受到严厉批判而压抑下去。

毛泽东在《关于正确处理人民内部矛盾的问题》一文（1957 年）中，突出强调了反对修正主义的斗争的意义，提出辨别文学艺术中香花和毒草的六条政治标准，指出，"这六条政治标准对于任何科学艺术的活动也都是适用的"。

《人民文学》1957 年第 9 期发表姚文元题为《社会主义现实主义文学是无产阶级革命时代的新文学——同何直、周勃辩论》的长篇文章，矛头指向文艺理论中否定社会主义现实主义的"右倾思潮"，批驳何直、周勃等人的观点。至此，关于社会主义现实主义的争论就偃旗息鼓了。和苏联解冻思潮继续深入发展相对，我国文学思想在当时政治思潮的裹挟之下，急剧地更向"左"转。

1958 年 6 月，周扬在《新民歌开拓了诗歌的新道路》一文中传达了毛泽东在同年 3 月在一次关于诗歌的谈话中提出的"现实主义和浪漫主义的对立统一"的思想。

接着，周扬在第三次文代会的报告《我国社会主义文学艺术的道路》中，进一步阐发"两结合"的创作方法，将其称为"毛泽东同志对马克思主义文艺理论的又一重大贡献"。至此，"以现实主义为基础，以浪漫主义为主导"创作理论实际上取代了社会主义现实主义口号，成为之后 20 年间中国文艺的指导思想。在"文化大革命中"，这一思想又在严重的变形扭曲中进而推导出所谓"三突出"等创作思想，这就使从社会主义现实主义口号孕育之初已经酿于其中的矛盾登峰造极。

6. 新时期对社会主义现实主义的思考

"四人帮"被粉碎后，"三突出"作为"四人帮"的阴谋文艺思想的重要组成部分首先遭到批判，被扫进了历史的垃圾堆。继之，文艺界批判了"两结合"的思想。然后轮到对社会主义现实主义进行深刻的反思。

随着改革开放的进程，新的文学思想在文学创作实践和批评实践中不断萌生、引入和发展。只是到了 20 世纪 80 年代末，对社会主义现实主义的彻底反叛性思想才正式出现的国内期刊上。《文学评论》1989 年第 2 期刊登杨春时的《"社会主义现实主义"批判》一文，矛头直指社会主义现实主义的思想本质。指出社会主义现实主义是"粉饰现实的假现实主义"，"是新古典主义"，"是一个保守封闭的体系"，对社会主义现实主义产生的社会政治背景和它对我国文学造成的悲剧性后果进行了激烈的论述。

与杨春时的激烈否定观点不同，之后的 20 世纪 90 年代，一些论者对社会主义现实主义作了较为平实的分析和历史的思考。时代文艺出版社 1993 年 6 月出版的李扬专著《抗争宿命之路——社会主义现实主义（1942～1976 年）研究》，把 1942～1976 年这 34 年的文学作为一个完整的文学时段来研究，认为这 30 多年文学表现出相对完整的"共同性"，实质上都是"社会主义现实主义文学"在不同时期的表现。安徽教育出版社 2000 年出版的陈顺馨专著《社会主义现实主义理论在中国的接受与转化》，则对社会主义现实主义在中国的具体传播与影响历程做了详尽的考辨和分析，也等于承认它具有一定的历史合理性。当然，对社会主义现实主义的思考和讨论并没有结束，直至 2002 年，《文艺理论与批评》（2002年第 2 期）张冠华发表《否定之后的思考——关于"苏联模式"文艺学几个范畴的探索》一文，他认为"就社会主义现实主义的理论主张而言，它并没有多大的过失"。他提出苏联社会主义现实主义的开放体系其意义是积极的，它既坚持了社会主义立场，又恪守了艺术创作的基本规律。

应该指出的是，虽然社会主义现实主义已经退出历史舞台，但是它对中国现代文化思想、文学思想的影响是深刻的，对此应该进行历史的深入的考察和反省。

四、新时期以来俄罗斯重要文论思想在中国的接受

1. 俄国形式主义

俄国形式主义最早是作为批判靶子亮相于中国文艺界的。1936 年 11 月在南京出版的《中苏文化》第 1 卷第 6 期上，曾以"苏联文艺上形式主义论战特辑"为名，介绍苏联国内对形式主义的批判。学术界在 20 世纪 80 年代汹涌澎湃的西

方学术引进思潮中，很快就在人数众多的西方学者观点里重新发现了俄国形式主义影响的身影。而俄语学者可能是受苏联学术界影响太深，以至于 1983 年发表的《早期苏联文艺界的形式主义理论》一文里，仍坚持苏联文艺界对形式主义的批评立场。同样是 1983 年，张隆溪发表了《艺术旗帜上的颜色：俄国形式主义与捷克结构主义》，拉开新时期重新介绍俄国形式主义理论的序幕。布洛克曼著述《结构主义：莫斯科—布拉格—巴黎》一书的中译本于 1986 年出版，揭示了俄国形式主义在遍及西方的结构主义重要思潮中的奠基性作用，也说明俄国形式主义本身就是结构主义思潮的重要组成部分：“莫斯科和圣彼得堡、布拉格、巴黎是结构主义思想发展路程上的三站。”①

1987 年，伍蠡甫与胡经之主编《西方文艺理论名著选编》就收有数篇俄国形式主义的代表论文，终于揭开了俄国形式主义俄语原文翻译的大幕。1989 年，由法国学者茨维坦·托多罗夫编选的《俄苏形式主义文论选》法文中译本和我国学者编选的《俄国形式主文论选》俄文中译本的出版，为我国学术界的研究提供了难得的资料文献，奠定了中国学术研究的基础。同年胡经之与张首映主编的《西方 20 世纪文论选》也收入俄国形式主义的代表论文。1994 年俄国形式主义的领袖什克洛夫斯基的代表作《散文理论》翻译出版，形成了俄国形式主义在中国传播的重要时期，如果说在此之前俄国形式主义在中国传播还是处在孕育阶段，那么自此则是俄国形式主义在中国传播转向开花结果阶段。

1989 年，胡经之主编用作高校文科教材的《西方文艺理论名著教程》出版，其中收有论述俄国形式主义两个领袖人物——什克洛夫斯基和雅可布逊的文学思想研究论文，开始了全面研究俄国形式主义思想观点的历程。在对什克洛夫斯基的研究论文中，把什克洛夫斯基的文艺观主要概括为文艺自足观，陌生化，艺术程序，艺术形式四个方面，指出：“俄国形式主义是本世纪最有影响、最富活力的重要文学理论派别之一，当代欧洲的几乎每一个新理论派别都从俄国形式主义的不同倾向出发，作出自己的新阐发和新解释，从而形成各自的新体系。”② 对于雅可布逊则主要是针对其语言学诗学观来进行分析，文章通过语言学与诗学、诗功能、隐喻与换喻、对等原理、语法结构等方面来揭示雅可布逊的理论观点，并以其对波德莱尔《猫》一诗的著名分析为例，说明雅可布逊的独特诗学分析方法，此文既指出了这种分析方法的优点，也明确说明其不足之处。

方珊《形式主义文论》与张冰《陌生化诗学：俄国形式主义研究》两书分

---

① ［比］J. M. 布洛克曼：《结构主义：莫斯科—布拉格—巴黎》，李幼蒸译，北京，商务印书馆 1986 年版，第 33 页。

② 方珊：《什克洛夫斯基及其〈关于散文理论〉》，见《西方文艺理论名著教程》下册，北京，北京大学出版社 1989 年版，第 239 页。

别于 1999 年和 2000 年出版，由此中国学者通过学术著作来表达其对俄国形式主义的看法。前书偏重于在西方 20 世纪西方文论大潮中来对俄国形式主义做整体鸟瞰，后书则从俄罗斯现代主义思潮中去深入发掘俄国形式主义形成的时代背景，发展过程及其独特观点。如果说前书重在宏观把握，力图揭示俄国形式主义在西方 20 世纪文学观念演变过程中的重要作用及其历史地位，那么后书则重在微观分析，深入发掘俄国形式主义的特点及其观点的丰富性。两书都主要依从俄文文献来进行研究，都把西方思想家对俄国形式主义的研究作为参考，都尽可能坚持自己的分析研究，从而在一定程度上代表着其时中国学者在俄国形式主义研究上的理论成果。

基础研究与理论运用相辅相成，只有基础研究获得了一定的广度与深度，理论的运用才能水到渠成。新中国成立前，我国最早把俄国形式主义理论运用于文艺研究的是钱钟书先生，他写于 20 世纪 40 年代的《谈艺录》中就已经把俄国形式主义理论运用于文艺研究，这表现在三方面。

第一，钱先生赞同俄国形式主义倡导的文艺自主观，认为文体的演变不是由时代风云与社会变迁所决定，而是自有文学内部的因素变化使然。钱先生既不赞成以政治变迁来划分文学的兴衰，也反对从进化论的观点看待文学的兴衰。

第二，钱先生赞同俄国形式主义把文学研究的重心聚焦在作品上，而对作者的生平传记研究与心理研究持否定态度。

第三，钱先生对俄国形式主义的"陌生化"理论也表示赞同。文学的革故鼎新，就是要善于从人们曾经熟视无睹的东西中去发现一种让人眼前闪亮的新面貌，把那些过去认为不入文的事物，行为与语言，重新在文学中突显出来，使之在人们面前焕然一新。文学要改变那种蹈常袭故，不要落套刻板，那就要不断创新，也就是要采取使熟者生，使文者野，当然也可使生者熟，使野者文，总之是以故为新，纳俗于雅。这是中国人对俄国形式主义理论的一种颇富智慧的回应。

随着改革开放时期俄国形式主义与西方学术的大量引进，才使学术界有了系统译介与全面研究，并积极自觉地运用它来分析我们面对的文学问题。

首先，大家都力图打破传统的文学研究方式，主张确立现代文学理论的新范型。陈晓明在其《理论的赎罪》（1988 年）一文中就认为，文学研究的重心应当关注作品的文本内部，因为作品本身就是一个独立自主的世界。李劼的《试论文学形式的本体意味》（1987 年）则明确指出，文学的本体论就在作品，就在作品的形式结构。黄子平在《得意莫妄言》（1985 年）中说，文学作品有其自身价值，它并不需要借助作品以外的其他东西来证明自己。语言性就是文学的根本特征，这样文学研究关键就在于"文学语言学"的研究。其次，有一些学者是把俄国形式主义与西方其他现代文学流派的理论观点运用于自己的文学批评中。黄子平《论中国当代短篇小说的艺术发展》（1986 年）一文，采用了俄国形式主义主张的结构—功能分析方式，开辟了文学批评的新模式。南帆的《小说技巧十年》（1986 年）把批评的重心落实在过去视为雕虫小技的创作技巧上。吴功正的《论新时期小说形式美的演变》（1986 年）和何镇邦的《新时期的文学形式演变的趋势》（1987 年），更是明确地以小说的形式问题为研究对象。季红真《神话世界的人类学空间——释莫言小说的语义层次》（1988 年）与李洁非、张陵《〈金牧场〉：过去时代的文本》（1988 年），都是对某一作者具体的评论，但他们也都是从作品出发，都对作品文本的形式与语言表现出高度的关注，发掘作品本身的美与价值，都是应该值得重视的动向。

我国向来就是重内容的国度，更何况形式主义思潮的不足也在提醒我们绝不能走到底，因而我国绝大多数学者都持圆融的态度，即便在强调形式结构的重要时，都免不了仍要把形式与内容相统一，这或许是我国学术的优点，或许也是我们的不足。

2. 巴赫金

巴赫金是俄罗斯 20 世纪具有重要世界声誉和影响的理论家，他的"复调小说"、"对话主义"、"狂欢化"等理论都有着较强的理论原创性和辐射力。20 世纪 60 年代起，他的思想随着克里斯蒂娃、托多罗夫等人的大力引介而为欧洲学界所熟知。我国学界对巴赫金的接受则主要自 20 世纪 80 年代开始，此后一直对他赋予了较高的关注度。据统计从 1982～2004 年，我国已发表相关论文 200 余篇，专著 6 部，可见巴赫金在我国影响之大。

1982 年，夏仲翼翻译了巴赫金的《陀思妥耶夫斯基诗学问题》一书的第一章刊载于《世界文学》，在同一期刊物上夏仲翼也对巴赫金的小说复调结构问题进行了讨论。这也揭开了巴赫金在新时期接受史上以复调理论为焦点而出现的序幕。随后的数年中，我国学界不断地就复调问题展开探讨和论争。1983 年，钱中文先生发表了《"复调小说"及其理论问题——巴赫金的叙述理论之一》，此后他又发表了关于巴赫金的复调问题的多篇文章。1987 年宋大图在《外国文学评论》发表的《巴赫金的复调理论和陀思妥耶夫斯基的作者立场》、1989 年黄梅的《也谈巴赫金》和张杰的《复调小说作者意识与对话关系——也谈巴赫金的复调理论》等文就复调问题与钱中文展开了对话和商榷、论争。事实上，不少西方理论家的引入在开始都是就其文艺理论而发，而后才逐渐扩展到其哲学和思想内涵层面，巴赫金同样也经历了作为一个小说理论家而得以最初呈现的接受历程。

进入 20 世纪 90 年代，巴赫金研究的重点从复调理论逐渐转向了对话理论，巴赫金本人的形象也从一个关于陀思妥耶夫斯基、小说的文学理论家拓展到关于对话性、对话主义的理论家甚至是哲学家、思想家。这也反映了国内学界对巴赫金理解的深化以及自身视域的扩展。1990年赵一凡把巴赫金的理论明确定位为"对话理论"。1994年刘康的《一种转型期的文化理论》评析了巴赫金以对话为核心的美学与文化理论，同年董晓英关于巴赫金的博士论文也冠以"巴赫金与对话理论"之题。在20世纪90年代前期，各种文章、论著、学术会议中，巴赫金的对话理论都受到了比前一时期明显更多的关注和强调。在这种强调中，对话与复调之间的有机关联脉络也得到了深入的理解和阐发。另外，由于"对话主义"隐含着民主、平等以及克服专制等政治内涵而潜在地满足了当时知识界的一种心态需求，也促使他们从纯文艺理论的复调把视域延伸到具有丰富的哲学和思想内涵的对话理论。比如1995年吴晓都的《巴赫金与文学研究方法论》一文就明确阐述说巴赫金的方法论意在倡导一种平等民主的意识。

到20世纪90年代中期，随着对巴赫金各个层面的理论内涵的挖掘，"狂欢化"的诗学理论也得到越来越多的重视。早在1993年张颐武就用狂欢化理论对后现代文化进行阐释。1998年，王一川在其专著《中国形象诗学》中，引用巴赫金的"语言形象"及"众声喧哗"、"狂欢化"等概念，对中国20世纪80～90年代文学中的新潮现象做了系统的阐释。特别是他在次年出版的《汉语形象美学引论》中，从巴赫金的"语言形象"概念中进一步翻转出中国特色的"汉语形象"概念，体现了中国学者对巴赫金理论的中国化努力。

这一时期，对巴赫金理论的研究越来越细致。夏忠宪1994年的《巴赫金狂欢化诗学理论》、1995年的《拉伯雷与民间笑文化、狂欢化——巴赫金论拉伯雷》，都促进了国内对狂欢化理论的研究。2000年夏忠宪的《巴赫金狂欢化诗学研究》，2001年王建刚的《狂欢诗学：巴赫金文学思想研究》是巴赫金研究的扎实收获。

由于狂欢化概念与复调、对话理论相比，已经更多地超越了文学、文本、话语等层面而更多地涉及到了文化空间层面，因此对狂欢化研究的深入也较为自然地带动着巴赫金研究从文艺、话语、语言等层面而进入一种"文化诗学"的理论视域。1994年夏忠宪的《巴赫金狂欢化诗学理论》中虽然强调狂欢化理论的文学意义和方法论意义，但也早早地就注意到了这个概念所包含的丰富的哲学、美学乃至文化意味。刘康的《对话的喧声——巴赫金的文化转型理论》中就把狂欢化理论与大众文化的研究联系了起来，他以巴赫金的狂欢化概念而强调对于大众文化的积极性评价。实际上狂欢化概念与文化研究的这种联系既是符合巴赫金本身的理论指向，也是符合从复调、对话到狂欢这样一个理论脉络的。程正民2000年发表的《狂欢式的世界感受——巴赫金文化诗学的哲学层面》、2001年的《巴赫金的文化诗学》，都是对这一文化内涵的诗学强调。巴赫金的接受也逐步打开一个超语言、超文本的文化层面。

除了这些逐步深入的关键理论、关键概念的研究外，还有一些研究者把触角伸到巴赫金思想和学说的其他一些方方面面，取得了一些成果和新见。在方法论总结上，20世纪90年代初张杰就在《批评的超越——论巴赫金的整体性批评理论》中以整体性批评概括巴赫金的方法论；而夏忠宪在1997年发表的《对话——整合文学研究与语言、文化》中，总结了巴赫金的对话理论在方法论上克服内、外研究之分的"整合"研究。此外，晓河等人则早在20世纪90年代早期就开始了对巴赫金"时空体"、"赫罗诺托普"等部分的关注，不无拓荒意义。

1998年由钱中文等主编的《巴赫金全集》正式出版。这是中国巴赫金接受和研究的一个重要成果。

3. 洛特曼

尤里·洛特曼（1922～1993年）是继巴赫金之后俄罗斯另一位有世界影响的文艺和文化理论家，"塔尔图—莫斯科"学派的领袖人物。他一生著述数百种，学术成果丰富，涉猎领域之广、理论视野之开阔也超过了一般的人文社科学者。20世纪80年代以来，我国已经开始了对洛特曼的译介和研究，20～30年间对洛氏的接受也经历了逐步深化和不断转移重心的过程。

20世纪80年代中后期，国内学界出现了对于西方文艺学方法论的热烈关注，并出现了1985年所谓的"方法论年"。随后的几年中，伴随着对符号学、结构主义的引介，洛特曼也从苏联的文艺符号学群落中逐步进入我国学界的关注视野。因此一开始洛特曼在我国学界所呈现出的是具有结构主义符号学背景的诗学理论家，这其中有两个锚定坐标系：一是结构主义符号学；二是诗学，而尚未跨越到文学文本之外。1987年，《文艺学方法论讲演集》一书收录的《苏联文学的历史功能研究和结构符号探讨》中，吴元迈把苏联文学理论界的结构、符号研究放置在法国结构主义的参照背景下，并在这样的理论视域下进行了对洛特曼思想的论述。同年，凌继尧在《读书》上刊载的《塔尔图—莫斯科学派》中对洛特曼进行了介绍，但是这其中依然有塔尔图—莫斯科学派与结构主义符号学本身就十分暧昧的关系作为观照背景。1987年出版的《外国方法纵览》也是在一个"苏联符号学"的背景下，通过洛特曼《艺术文本的结构》和《诗歌文本分析》等著作，展开了对他的符号学文学理论的介绍。此后的几年中，陆续进行的其他译介都没有脱离结构主义符号学、诗学这样的大主题，而这些被国内学界概括为"结构文艺学"，或说"结构诗学"、"文艺符号学"。孙静云于1989年撰写的《洛特曼的结构文艺学》、黎皓智1992年发表的《论前苏联结构符号学》

等文都集中于对洛特曼的结构文艺学、结构诗学的分析。

当然，这并非说此一时期对洛特曼的接受仅限于他的结构主义文学理论。事实上，有其他一些研究者已经注意到他的理论中超越"文艺符号学"而趋于"文化符号学"的方面，比如凌继尧在 1987 年已经介绍了塔尔图—莫斯科学派中文化符号学的层面；也有一些研究者把接受视野从文学、诗学理论扩展开去，比如远婴等在 1992 年翻译了洛特曼的《电影语言与电影符号学》。但是总地来看，20 世纪 80 年代后期至 20 世纪 90 年代前期，对洛特曼的接受中，其文艺符号学依然是中心关切点。即使到现在，这股研究也一直在不断持续着。2004 年，张杰、康澄撰写的我国第一部研究洛特曼的专著就是以《结构文艺符号学》为题的。

由于洛特曼理论本身蕴含着的张力，对他的诗学理论的思考和接受经由"外文本"等概念而从文艺学领域过渡到更广阔的文化领域也属题中之意。而 20 世纪 80 年代末期国内学界出现的一股"文化热"，也促动了对洛特曼的研究逐渐更多地注意其文化理论部分。尤其是在 1993 年洛特曼逝世后，随着对洛特曼的诸多回顾与总的深入，他的理论中的文化部分越来越多地得到强调，出现了从"文艺符号学"向"文化符号学"的接受转向。1994 年周启超在《"塔尔图学派"进入总结时期》中就指出塔尔图学派的成就从诗学、文艺学向文化学、人类学等领域的扩展和超越。1999 年李幼蒸的《理论符号学导论》一书中更是明确地把洛特曼从原先的"文艺符号学"、"结构文艺学"等转换到"文化符号学"的定位中。赵蓉晖的《洛特曼及其文化符号学理论》、郭鸿的《文化符号学评介——文化符号学的符号学分析》等诸多文章也都不断确认着对洛氏的这种定位于审视角度。

从洛特曼的文化符号学的理论核心来看，他在 1984 年提出"符号域"（semiosphere）的概念在后来被认为是文化符号学或文化理论的精华和浓缩，在 1990 年出版的《思维世界》等书中他也不断强调与充实这一理论。而我国在 20 世纪 90 年代后期开始对"符号域"概念也逐渐加大了重视，进入 2000 年后更是充分地把它确立为洛特曼的核心理论。郑文东 2005 年发表的《符号域：民族文化的载体》和 2006 年的《符号域的空间结构》、康澄在 2006 年发表的《文化符号学的空间阐释——尤里·洛特曼的符号圈理论研究》和《洛特曼的文化时空观》等一批论文以及《文化生存与发展的空间》等博士论文都围绕对符号域（或符号圈）的诠释而展开。

在文化符号学的旗帜下，研究者们也对此进行了初步的应用研究，例如张海敏等在 2008 年的《洛特曼文化符号学背景下的云南婚俗文化》，但是总地说来这些应用研究尚比较简单，也并不具普遍性。倒是在比较研究上，取得了一定的广度和深度，比如和巴赫金的比较，但是和国外的研究比依然有较多的上升空间。此外，洛特曼的理论中蕴含着的丰富的信息论、系统论，以及生物学、拓扑学等自然科学的理论背景和资源，随着研究的深入也得到研究者们的逐步重视和吸收、借鉴，比如郑文东的《洛特曼学术思想的自然科学渊源》对此进行了讨论。这些应用研究、比较研究以及对方法论的重新审视，会给洛特曼研究带来新的学术生长点和活力。

4. 俄国象征主义

俄国象征主义是俄国文学史所谓"诗歌的白银时代"中的重要流派。十月革命后，随着中坚力量的离世和流亡而逐渐走向尾声。俄国象征主义拥有勃留索夫、勃洛克、别雷、巴尔蒙特、梅列日柯夫斯基、曼德尔施塔姆等诗人、作家或文论家。不可否认，俄国象征主义是在法国象征主义的影响下产生的，因而在诗学理论及美学风格上与之一脉相连，以"审美至上"、"象征最佳"作为其核心概念和明确追求。

新时期，随着思想解放的进程，长期受政治定势遮蔽而处于读者视野之外的俄国象征主义走进中国，以其令人炫目的形式创新，语言实验姿态引起国人兴趣。俄国象征主义首先是作为诗歌流派引介进入中国，自 20 世纪 80 年代开始，象征派的诗歌在俄国现代主义诗集中占有相当篇幅，而象征派的重要诗人还以个人专辑的形式得到译介，出现了三本勃洛克诗集译本、一本勃留索夫诗集译本。到了 20 世纪 90 年代，象征派的诗歌、小说作品和作家传记、回忆录等文献资料的译介集中出现，《订婚的玫瑰——俄国象征派诗选》（1992 年）、《俄国现代派诗选》（1996 年）、《俄国象征派诗选》（1996 年）、《永恒的旅伴：梅列日科夫斯基文选》（1999 年）、《彼得堡的冬天：格·伊万诺夫回忆录》（1999 年）、《窗外即景：勃留索夫自传和回忆录》（1999 年）等。

中国学界对俄国象征主义的研究可简单地分为两类：第一类是对象征主义的单个作家，作品做文学研究，包括：诗作、小说的审美研究，或者从影响角度对作家作品进行比较文学研究。审美研究以重要的象征派诗人勃洛克、小说家别雷最为集中，通过对典型作家和作品的研究对"象征观"及其实现进行深入探讨。比较文学的研究成果则让我们了解到，俄国象征主义与欧洲其他国家近现代哲学、文学之间渊源关系，并研析俄国象征主义的民族特性。第二类是对俄国象征主义流派作整体的、系统的理论化研究，包括对象征派的诗歌、诗学和小说理论进行研究。1991 年中国社会科学研究院周启超的博士论文《俄国象征派文学及其小说艺术》，在 1992 年《俄罗斯文艺》杂志组编的"俄国象征主义"专栏中发表部分内容：《俄国象征派文学的历史风貌》、《俄国象征派的"象征观"》，整部论文在 1993 年以《俄国象征派文学研究》为名出版。这部论文是中国象征主义研究的第一部专著，在流派发展历程的整体勾勒基础上，对于这一流派的文学理念的复杂面貌和深层内核作出了深入全面的阐释，而论文从小说艺术对俄国象征主义进行的研究，也使中国侧重俄国象征主义诗歌的片面认识的局面有所改观。1998 年周启超完成著作《俄国象征派文学理论建树》，围绕"词语的复活"到"垂向思维"的关键概念探讨象征派在整个 20 世纪俄罗斯文论进程中的特殊价值。

具有代表性的研究如郑体武的论著《俄国现代主义诗歌》及博士论文《俄国象征主义诗歌研究》先后于 1999 年和 2007 年出版，对俄国象征主义作了较为全面的阐发。

新时期对俄国象征主义的研究逐步升温是在又一次"西风东渐"的热潮中出现的，这其中有象征派反功利和反现实主义的姿态与刚刚走出阴影的中国学人共鸣的推动，更为深层的是，苏联诞生之前在大俄罗斯内部孕育出的这一现代主义流派对于正在反思本国文艺历史，重建、探索本民族新的文艺前途的中国有着独特的启发意义。

象征主义作为俄国文学史上白银时代的主要流派，在俄国白银时代的各种研究论著中占有重要篇幅。进入 21 世纪以来，俄国白银时代文学成为中国研究界的一个热点问题，相继出版了俄国白银时代的文学史的译著和论著十几部之多，如：曾思艺著《俄国白银时代现代主义诗歌研究》（2004 年）、林精华主编《西方视野中的白银时代》（2001 年）俄罗斯科学院高尔基世界文学研究所编写《俄罗斯白银时代文学史：1890 年代～1920 年代初》（2006 年）、周启超著《白银时代俄罗斯文学研究》（2003 年）等。将象征主义置于白银时代的历史环境中，从文化的角度，历史的角度进行研究，拓宽了研究的广度。与此同时，对于单个的象征派成员的研究，也进一步发展，对其创作理念和实践从宗教、哲学、诗学等方面深入探究。此外，我们也看到了一些从用跨学科的视野研析象征主义诗歌的美学特点的实践：王彦秋《音乐精神：俄国象征主义研究》（2008 年），阐析俄国象征主义文学"音乐精神"理论上的独特性及其探索中的得失，运用音乐分析方法诠释象征主义诗歌文本，是象征主义诗学所倡导的诗歌赏析途径的实际运用。

5. 俄国历史诗学

以维谢诺夫斯基为源头的俄国历史诗学学派，也被称为历史比较文艺学或比较文艺学，日尔蒙斯基是维谢诺夫斯基的后继者，这一学派主要的理论活动是在苏联时期。历史诗学在方法论上的特点是对具体民族的审美和文艺发展的形式问题进行研究，在此意义上，对诸如形式主义和诗学研究的语言转向都有重大影响。中国对俄国历史诗学的接受，经历翻译介绍、理论研究、理论应用这三个既相继也相交叉的阶段，从 20 世纪 80 年代开始起步，在 20 世纪 90 年代中后期进入活跃期，到了 21 世纪，尤其是由刘宁先生翻译的维谢洛夫斯基的核心著作《历史诗学》于 2003 年出版，有助于我国对历史诗学的研究走向深入。

中国对俄罗斯历史诗学的翻译介绍最初将其作为世界比较文学中独具特点的重要部分，译介的背景是中国比较文学学科的复兴和发展。维谢诺夫斯基最早出现在中国学者的视野是在 1981 年第 4 期《外国文学研究》一篇介绍苏联比较文学的文章中。之后，在多部比较文学学科教材、著作、论文及研究资料集中，作为比较文学俄国学派的核心思想，历史诗学及其苏联时期的代表人物日尔蒙斯基都占有一定篇幅。自 20 世纪 80 年代中后期持续到 20 世纪 90 年代初，历史诗学在中国的接受限于概论性的介绍和节选翻译。如吴泽霖的《苏联的历史比较文艺学派》（刊于《苏联文学》1991 年 3 期）。

为扭转这一贫乏局面，1993 年，国家社科基金设立了"维谢洛夫斯基历史诗学研究"专项课题，由刘宁教授主持；1995 年北京外国语大学召开的俄苏文学学科研究现状与发展趋势调查会上，学者们强调应拓宽研究范围，特别指出加强对维谢洛夫斯基的历史比较文艺学的研究。1997 年 6 月《世界文学》同一期刊登了刘宁先生翻译的维谢洛夫斯基的代表文章《文学史作为一门学科的方法和任务》及其撰写的长篇论文《维谢洛夫斯基的历史诗学研究》，对于维谢洛夫斯基的学术生涯，历史诗学的理论体系与诗学范畴，以及历史诗学对作为一门学科的文学史的任务与方法的论述，进行了系统完整的介绍和阐述，为国内历史诗学研究的进一步发展奠定了坚实的基础，促成了历史诗学研究的活跃局面。同年，从比较文学角度切入对历史诗学进行介绍和研究的代表文章有赵宁的《维谢洛夫斯基与苏联比较文学》、周启超的《类型学研究：定位与背景》。20 世纪90 年代末直至 21 世纪，随着中国比较文学自身的发展，我国对于俄国历史诗学的研究更加深入，代表成果有 1999 年温哲仙的《世界比较文学格局中的俄国学派》、2000 年吴泽霖的《俄苏历史比较文艺学的特征》、2003 年林精华的《俄国比较文学百余年发展历程与俄罗斯民族认同》、2004 年吴泽霖的《维·马·日尔蒙斯基的历史比较文艺学研究》等。总体来看，俄国历史诗学对于中国比较文学的影响在于：为中国比较文学走出西方理论笼罩式阴影，建构总体文学研究体系，提供了借鉴；在比较文学的具体方法上，为影响研究提供了历史性眼光，以及一种新的研究方法——类型学。此外，袁筱一、许均、谢天振等学者从翻译研究角度借鉴日尔蒙斯基有关翻译的理论。

除从比较文学出发研究历史诗学外，我国还从俄国历史诗学对其他文学理论的影响及其在俄苏文学理论和西方文论中的地位角度对俄国历史诗学进行理论研究。这类研究的代表作是贾放的《普洛普故事学思想与维谢洛夫斯基的"历史诗学"》，文章从维谢洛夫斯基的"情节诗学"、历史起源学研究、方法论上的

247

"归纳史学"与普洛普的故事结构功能研究、"民族志主义",方法论上的历史主义三个方面梳理二者之间的渊源关系。

对于俄国历史诗学在俄苏文学理论乃至西方文学理论中的地位的考察是认识整体俄苏文学结构和发展不可缺失的环节,在国内重要关于俄苏文论整体组成和发展的论著中,对于历史诗学及其代表任务维谢洛夫斯基和日尔蒙斯基进行了专门介绍和专题研究,如刘宁主编的《俄国文学批评史》(1999 年)、彭克巽主编的《苏联文艺学派》(1999 年)、周启超的论文《直面原生态检视大流脉——20世纪 20 年代俄罗斯文论格局刍议》(2001 年)、林精华的论文《俄国文学到苏联文学的诗学转换》等。值得指出的是,基于对我国文艺学重建问题的探索,中国学者对历史诗学在俄国当代文论重建的意义,对历史诗学在中国古代文学现代化转型的借鉴进行了切实而有意义地研究。

在历史诗学理论研究的同时,中国学者也对历史诗学进行运用,包括运用维谢洛夫斯基的"母题"理论对中国的散文、小说进行细致深入的研究,运用日尔蒙斯基的诗歌理论对中外诗歌进行研究,运用历史诗学的"类型学"方法进行比较文学研究等等,这些研究说明中国对历史诗学的接受进入到真正吸收和超越化用的较深层次。

2008 年,首都师范大学博士生马晓辉以《维谢洛夫斯基的历史诗学研究》为题的学位论文顺利通过答辩,这是第一部(篇)专门研究历史诗学的博士论文,预示着历史诗学研究在中国将得到延续。

小　结

从俄苏文论在中国的近百年历程可见,这是一种曾经给予中国现代文论以重大影响的国别文论思潮。

其中特别重要的是,来自世界上第一个社会主义国家苏联的马克思主义文论,给予中国化马克思主义文论以极大的启示和感召。具体地说,它作为一种具有巨大感召力的国家文学理论的权威范本,帮助中国马克思主义者如瞿秋白、毛泽东、周扬等找到了一条中国化马克思主义文论的成功道路。而正是这条道路促使中国化马克思主义文论最终确立了在中国现代文论中的国家文学理论主流地位。可以说,这是一种借助社会革命的巨大成功带来的感召力而在中国取得文论领导权的典范实例。当然,不如更严格地说,正是以毛泽东为代表的中国化马克思主义者,根据中国现代革命与社会建设和文化建设的特殊需要,成功地借助苏联马克思主义文论范本而开创了适合自身文学活动需要的中国化马克思主义文论。

如果说，从 20 世纪 50~70 年代，苏联马克思主义文论在中国取得了外来文论在中国所能享有的至尊地位的话，那么，从 20 世纪 80 年代开始，则是俄国形式主义和巴赫金取而代之地在中国产生了重要的影响。但不可能再像当年的苏联马克思主义文论那样，是作为国家文学理论的权威范本而发生政治和美学双重影响了。

（吴泽霖、方珊、李正荣、邝明艳执笔）

第七章

扶桑文镜——日本文论与中国文论

导论：日本文论在中国

一般地说，单从字面上讲，在"西方文论中国化与中国文论建设"课题中是可以不必专门讨论日本文论的，因为这个课题讨论的只是"西方文论"与中国现代文论的关系。但我们却恰恰认为，在此课题中非但不能忽略日本文论，而且必须予以认真的关注。这是因为，正是日本文论在"西方文论中国化"过程中曾经起到过不可忽视的关键作用。倘若不讨论日本文论在中国的究竟，而要阐明"西方文论中国化与中国文论建设"题旨，肯定是不完整的。

日本近现代文论对中国现代文论的影响，光从统计数字就可见一斑。据笔者粗略统计，从 20 世纪初直到 1949 年，中国共翻译出版外国文学理论的有关论文集、专著等约有 110 种。其中，欧美部分约 35 种，俄苏部分约 32 种，日本部分约 41 种，日本文论接近 40%。统计数字固然不能说明全部问题，但它起码告诉了我们一个事实：日本文论是现代中国文论的一个重要的外部来源。早在 19 世纪 40 年代，就有研究者指出：现代中国对日本文论著作的翻译介绍，"其数量之多，影响之大，要在日本的文学创作以上"。[①] 日本文论对中国现代文论的形

---

① 梁盛志：《中国文学与日本文学》下编，国立华北编译馆 1942 年版，第 111 页。

成、对西方文论中国化的促进与催化，起到了不可忽视的作用。

一、作为中西文论之桥的日本现代文论

1. 中西文论之桥

西方的近现代文论从文艺复兴到 20 世纪，走过了约 500 来年的发展历程，而日本的文学理论则与日本现代文学创作同步，从明治维新开始，其发展进程不足百年。面对着西方形形色色的理论主张，日本文艺理论界长期保持了对理论的极大热情。既要译介西方几百年的文艺理论，又要解决现实的文艺问题，因此，日本文学理论在整个近现代文学发展的历史上呈现出十分繁荣的局面。几乎所有作家都涉足理论领域，此外还有专门的评论家、理论家、大学的文学研究者、文学教授等，共同构成了一支庞大的文艺理论队伍。众多的评论家、理论家及丰富的理论著述使得《日本文学评论史》、《日本文学论争史》之类的著作常常是卷帙浩繁。与此同时，日本的文论和文学创作一样，全面吸收和借鉴西方文艺理论，其基本术语、概念，基本理论体系是在借鉴西方文论的基础上发展起来的。因此，在一定程度上说，现代日本的文艺理论是西方文论的一个分支，似乎也未尝不可。而且，西方那样的体大思精、具有严整的逻辑体系的独创性文论著作在现代日本是不多见的，也少有被世界文艺理论界认可的经典人物或经典著作。除了坪内逍遥的《小说神髓》、夏目漱石的《文学论》、厨川白村的《文艺思潮论》、《苦闷的象征》、本间久雄的《文学概论》、松浦一的《文学的本质》、木村毅的《小说研究十六讲》、萩原朔太郎的《诗的原理》、宫岛新三郎的《文艺批评史》等少数专门的、系统的、有一定独创性的长篇著作外，日本现代文论的成果主要体现在大量的篇幅相对短小的评论文章中。

和西方文论相比，日本文论有着自己鲜明的特点。一般地说，西方的文艺理论具有抽象性的特征，具有较强的思辨性，这和日本人乃至中国人的思维大不相同。日本绝大多数人不擅长抽象的纯理论思维，正如当代著名学者加藤周一所指出的："日本文化无可争辩的倾向，历来都不是建设抽象的、体系的、理性的语言秩序，而是在切合具体的、非体系的、充满感情的人生的特殊地方来运用语言的。"[①] 现代日本文学理论同样显出了这种倾向。一方面，日本人难以脱离非抽

---

① ［日本］加藤周一：《日本文学史序说》，叶渭渠、唐月梅译，北京，开明出版社 1995 年版，第 2 页。

象、非体系的思维方式；另一方面，日本现代文论也不可能脱离全社会"文明开化"的启蒙任务。因此，在西方文艺理论的选择和接受方面，日本显然有意无意地回避或者淡漠了那些抽象深奥的东西。明治维新以后，日本优先介绍和翻译的不是西方文论的经典著作，而是在西方名不见经传的普及性、入门性的东西。1883 年由中江兆民翻译的《维氏美学》，是日本明治维新以后翻译出版的第一部系统的西方美学和文艺理论著作，原作者维隆在西方是一位报纸编辑，而这部书也只是以一般读者为对象的通俗读物，日本的一代代文艺理论家都受到了它的影响。相比之下，康德、黑格尔等西方美学和文艺理论大师，在日本的影响却与他们在西方的地位很不相称。留学德国、精通德文的森鸥外是现代日本介绍欧洲文艺理论用功最多、影响最大的一个。但他对抽象深奥的康德、黑格尔却很少注意，倒是对比较平易的哈特曼情有独钟。即使是对哈特曼，森鸥外也尽量把他的理论加以简化。如 1899 年他翻译哈特曼的《审美纲领》，只保留了原著的 1/6，尽可能把原著译得简明易懂。日本人就是这样善于对外来的西方理论加以整理、综合，使其简洁、明了，易于被人接受，这样，他们便自觉不自觉地成为西方文论在东方的普及者。例如，西方的写实主义小说理论在坪内逍遥的《小说神髓》中，被简化为"小说以写人情为主脑，世态风俗次之"这样一个简明易懂的理论命题；而对小说的历史变迁、种类、作用、情节、文体等问题的论述清晰全面但又流于常识性，对于欧洲现实主义理论中最复杂的"典型"问题，则回避不论。

日本人不以纯理论构建作为最终目的，而是把理论作为手段。美学及文艺理论，原本属于纯理论的东西，在日本只是被作为手段来使用的。明治维新以后，日本政府鼓励翻译和介绍西方美学和文艺理论，用意在对人民进行思想文化启蒙和文明开化的教育，所以才优先选择《维氏美学》那样的通俗的启蒙性著作。对于美学和文艺理论专家来说，美学及文艺理论也不是作为纯粹的架空的理论被接受的，而是作为从为文艺活动打下基础，对文艺活动给予指导的实际需要而被接受的。因此，在现代日本，文艺理论和实际的创作及具体的文艺批评是紧密结合在一起的。现代日本的所有的美学家、文艺理论家，同时都是评论家，他们把理论运用于批评，又在具体的评论活动中体现自己的理论主张。评论式的文学理论常常可以在某些具体问题上发表独到的见解。例如夏目漱石的著名的"余裕"论就是在一篇短小的序文中提出来的。同时，他们在运用和参照西方文艺理论成果的时候，注意联系日本古今文学的实际，能够时常以日本文学、乃至东方文学的独特的创作来补充、修正和发挥西方理论家提出的理论命题。因此，在某些领域，某些理论问题上，却不乏自己的独立的有理论价值的见解。例如，坪内逍遥的《小说神髓》之所以在现代世界的小说理论中出类拔萃，不仅在于他借鉴了西方的写实主义文学，更重要的是他时常引证西方人难以引证的日本文学和中国文学，所以许多理论阐发具有独到之处；二叶亭四迷的《小说总论》不仅依据了别林斯基的现实主义文学理论，也借鉴了中国的古典文论中关于"形"、"意"的理论；北村透谷的《内在生命论》，不仅受到了美国的爱默生思想的启发，也有浓厚的老庄思想影响的痕迹；长谷川天溪的自然主义文学理论，既借鉴了左拉等欧洲自然主义的主张，又溶进了日本传统的"物哀"的审美观念，从而提出了"暴露现实之悲哀"、"幻灭的悲哀"的理论命题，使日本自然主义文学理论独树一帜。在援引西方文学理论对日本古典文学理论的阐发方面，日本的理论家常有创意。如大西克礼以西方式的概念整合的方法，对日本传统的美学概念"寂"、"风雅"、"幽玄"、"哀"等做了独到的阐发；森鸥外也以德国美学家哈特曼的理论解说日本古代的"幽玄"理论，贯通古今东西，显示了开阔的理论视野。特别是在小说理论的研究中，日本对它特有的小说样式——"私小说"的研究，为世界小说理论的丰富和发展作出了特殊的贡献。众多的理论家、作家对"私小说"作家作品以及"私小说"的起源、特征等做了大量的研究，出现了久米正雄、宇野浩二、佐藤春夫、小林秀雄、中村光夫、山本健吉、伊藤整等一批批的"私小说"理论家。"私小说"理论家们指出了作家的主体性、作家坦露自我的真诚性、描写身边琐事的可行性、小说对社会的超越性，既糅合了日本传统小说观念，又阐释了小说的现代性特征。

2. 中国现代文论对日本现代文论的接受

在考察中国现代文艺理论对日本现代文论的引进和接受的时候，很容易发现，中国对日本文论的大规模译介，多集中在 20 世纪 20 年代后期至 30 年代中期，所译介的日本文论著作多为大正时代（1912～1925）的创作。而明治时代的文论著作，即使是日本现代文论名著如坪内逍遥的《小说神髓》等，都没有得到翻译。应该说，明治时代既是日本现代文论的奠基期，又是日本现代文论发展史上成就最大的时期，几个最有影响的文论家如坪内逍遥、森鸥外、北村透谷、高山樗牛、岛村抱月、夏目漱石等，都活跃在明治时期。但是，除了夏目漱石外，对其他几位理论家的文论至多译介了几篇零星的文章。

这表明了当时中国文坛对日本文论的基本的选择意向，那就是不求经典，但求新近、时兴、实用、通俗。这种状况首先是由 20 世纪 20～30 年代之交中国文学的实际需要所决定的。自郭沫若、成仿吾等创造社成员从日本回国，打出"革命文学"的大旗之后，文艺理论问题成为中国文学界乃至整个文化界的热点问题。而中国文坛论争所涉及的几乎所有主要问题，如文学的阶级性问题、民族性问题、文学和宣传的关系问题、创作方法问题、文艺的大众化问题等，在大正时代的日本文坛都已经涉及到了。当然，这些问题在欧洲，特别是 20 世纪 20 年代的苏联最早被讨论过。但 1927 年以后由于中苏断交，文学交流也受到影响，而参与 20 世纪 30 年代前后文学论战的人，留日者甚多，留苏者很少。因此某种程度上可以说，中国现代的文艺论战是日本现代文艺论战、特别是左翼和右翼文坛的文艺论战的一种异地重演。文艺论战的活跃，特别是 20 世纪 30 年代的"文学大众化"运动，使得更多的人，特别是青年人开始关心文学理论问题了。激烈的文学论争，需要新的理论武器，进一步强化了对新的文学理论，对普及性、通俗性的理论著作的期待和需要。20 世纪 20 年代中期以前，文艺理论问题更多地还是学者、专家书斋中的问题。20 世纪 20 年代中期以后，文艺理论问题则走出了书斋，和中国社会、中国革命的热点问题相联系。如何把文学和革命结合起来，如何进行新文学的创作，如何理解新的文学现象，如何认识和看待新的思潮流派，如何鉴赏新的文学作品，这些在今天看来是文学的常识层面的问题，在当时不光对于关心文学的普通读者，而且对于文学工作者，都是需要学习的新知识，需要了解的新问题。

基于这样的需要，中国的文学理论界很自然地把目光投向了日本。1928 年，任白涛辑译了《给志在文艺者》一书，收录了有岛武郎、松浦一、厨川白村、小泉八云等日本理论家的多篇论文。同年，画室（冯雪峰）编译了《积花集》，收入了藏原惟人、升曙梦等解说俄罗斯文学的文章。1929 年，鲁迅编译《壁下译丛》，收入了片山孤村、厨川白村、有岛武郎、武者小路实笃、金子筑水、片上伸、青野季吉、升曙梦等人的 20 多篇论文。同年，韩侍桁编译了《近代日本文艺论集》，收入了小泉八云、北村透谷、高山樗牛、片上伸、林癸未夫、平林初之辅等人的十几篇论文。1930 年，冯宪章编译了《新兴艺术概论》，收入了藏原惟人、青野季吉、小林多喜二等 12 位日本无产阶级作家的论文。同年，吴之本翻译了日本无产阶级文学理论家藏原惟人的《新写实主义文学论文集》，收入了作者的有代表性的 8 篇文章；毛含戈翻译了日本左翼理论家大宅壮一的论文集《文学的战术论》，收入了作者 11 篇论文。除了论文集之外，日本的许多文艺理论专著，也被大量的翻译过来。如左翼理论家平林初之辅的《文学之社会学的研究方法及其适用》、《文学之社会学的研究》、《文学与艺术之技术的革命》（均为 1928 年译出，以下括号内年份均为中文译本的出版时间），厨川白村的《走向十字街头》（1928 年），《欧美文学评论》（1931 年），左翼作家藤森成吉的《文艺新论》（1929 年），片上伸的《现代新兴文学诸问题》（1929 年），有岛武郎的《生活与文学》（1929 年），宫岛新三郎的《文艺批评史》（1929 年），《现代日本文学评论》（1930 年），木村毅的《世界文学大纲》（1929 年）、《小说研究十六讲》（1930 年）、《小说的创作和鉴赏》（1931 年），伊达源一郎的《近代文学》（1930 年），田中湖月的《文艺鉴赏论》（1930 年），千叶龟雄的

《现代世界文学大纲》（1930 年），夏目漱石的《文学论》（1931 年），升曙梦的《现代文学十二讲》（1931 年）等等。仅在 20 世纪 20～30 年代之交的四年时间中，中国文坛就译介了几十部日本文学理论的论文集和专门著作。日本文论成为同时期中国译介最多的外国文论。译介的特点是以大正时代的日本文论为中心，以日本左翼文论为重点，各流派、各种观点主张的文章兼收并蓄。既有鲁迅所说的"依照着较旧的论据"的属于资产阶级文学理论的文章，又有所谓"新兴文学"（无产阶级文学）的理论。在编译者看来，这些理论著述都是"很可以借镜的"。①

不过，对日本的作家作品评论则很少翻译，甚至对富有独创的日本"私小说"理论也没有译介，有的译者连有关著作中所列举的日本文学的例子都省略掉了。原因之一是担心中国读者对日本作家作品所知不多，但更主要的恐怕是当时的中国文坛对日本的批评界有一种成见。例如韩侍桁就曾指出，现代日本文坛"没有什么伟大的作品"，主要原因"便是现代日本文学太缺少批评家了，严格的批评家几乎是未曾有过的"。"有些作家倒是兼从事于批评的，而大半只是互相称颂。"② 所以，中国文坛所热衷译介的，实际上是日本的理论家们写的关于文学的一般的理论问题、关于世界文艺思潮的研究和评述的著作。

与此同时，中国文坛开始大量翻译介绍日本的概论性和普及性、入门性的文论著作。在日本，这类著作非常丰富，"文学概论"、"文学讲义"、"文学入门"之类的著作不胜枚举。有的是向社会一般读者发行的读物，有的是学校的教科书或讲义。这些著作，多将世界文学理论的新成果加以吸收，对西方的诸家文艺观点进行简明扼要的引证阐发，深入浅出，条理清楚，通俗易懂，因此也特别符合中国读者的需要。20 世纪 20～30 年代中国有关"文学概论"的教科书，多参照日本的此类著作。有的根据日文的著作编译，如伦达如的《文学概论》是我国最早的《文学概论》之一，1921 年在广东高等师范学校使用过。此书就是根据日本大田善男的《文学概论》编译而成的；有的著作在中国直接被用作教科书，如厨川白村的《苦闷的象征》，本间久雄的《文学概论》等；有的被作为教学参考书，如萩原朔太郎的《诗的原理》等；有的在部分章节的编写中仿照日本的文论著作，如孔芥编著的《文学原论》第三章"经验的要素"就是仿照夏目漱石的《文学论》的。更多的是编写有关著作时参考了日本的同类著作，如郁达夫的《小说论》、《文学概说》，田汉的《文学概论》，夏丏尊的《文艺论 ABC》，章克标、方光焘的《文学入门》，崔载之的《文学概论》，戴叔清的《文学原理简论》，君健的《文学的理论与实际》，张希之的《文学概论》，曹百川的《文

---

① 鲁迅：《壁下译丛·小引》，《鲁迅全集》第 10 卷，北京，人民文学出版社 1981 年版，第 280 页。
② 韩侍桁：《文学评论集·杂论现代日本文学》，上海，现代书局 1934 年版。

学概论》，夏炎德的《文学通论》，陈穆如的《文学理论》等，对日本的同类著作各有所参考或借鉴。这些著作普遍涉及到文学的定义、本质、起源、特性，文学和社会、时代、道德、国民性等的关系，文学的种类，文学批评和文学鉴赏等基本问题。长期以来，这些问题构成了我国《文学概论》类教科书的基本的内容框架。

在日本现代文论中，对中国影响最大的，是夏目漱石关于创作的审美态度的"余裕论"、关于文学的社会功能的"文明批评"与"社会批评"论，厨川白村的"苦闷的象征"论。对此，我们将在下文中分专门论述。此外，还有小泉八云、本间久雄、木村毅、萩原朔太郎、宫岛新三郎等，都对中国现代文论也有较大影响，在此加以简要评述。

首先是小泉八云（1850～1904）。提起小泉八云，20世纪30～40年代中国的文学爱好者恐怕都不会陌生。这位原名 Lafcadio Hearn 的日本籍希腊人学贯东西。他是学者，又是著名的散文作家，既有西方人的严密的理论思维，又有日本人的敏锐的感受和精细的表达。他的文艺理论著作的特点是用散文家的笔法讲文艺理论，娓娓而谈，深入浅出，亲切平易，善于在东西方对比中指出文学发展的规律性和作家作品的特征，从具体作家作品的批评和鉴赏出发，不作蹈虚之论，将抽象的文艺理论讲得饶有趣味。他致力于向日本人做文学启蒙工作，介绍西方文学。明治时代的许多文学家都蒙受他的影响和教益，为中国文论界所熟知的厨川白村就出在他的门下。而他在日本所做的文学启蒙的工作，对中国也同样是急需的、重要的。在中国，似乎没有人亲耳聆听过小泉八云的富有魅力的讲课或演说，但他的包括演讲稿、讲义在内的文论著作，大都译成了中文。从1928～1935年间，中国至少翻译出版了他的9种理论著作（含不同译本）。其中有《文学入门》、《文学讲义》、《小泉八云文学讲义》、《西洋文艺论集》、《文艺谭》、《英国文学研究》、《文学的畸人》、《心》、《文学十讲》等。

《小泉八云文学讲义》的译者认为他"指示文学方法时永不离开文学本身而言末技，谈理论时，总是就实际而言理论，将方法与理论合而为一"。① 小泉八云的这种理论表述方式对专家学者而言，就像周作人所说的"似乎有时不免唠叨一点"，② 但对一般文学青年的文艺知识的接受和文学修养的提高，对中国文艺理论的普及是非常有益的。为此，朱光潜曾对小泉八云做了中肯的评论，他说："他是最善于教授文学的，能先看透东方学生的心孔，然后把西方文学一点一滴地灌输进去。初学西方文学的人以小泉八云为向导，虽非走正路，却是取捷

---

① 去罗：《小泉八云文学讲义·序》，北平，联华书店1931年版。
② 周作人：《夏目漱石〈文学论〉译本序》，上海，神州国光社1931年版。

径。在文艺方面，学者第一需要是兴趣，而兴趣恰是小泉八云所能给我们的。"①
小泉八云对中国现代文艺理论的特殊贡献，主要在于比较文学的研究方法，印象
式、鉴赏式的偏重个人审美感受的批评。这种批评和以朱光潜为代表的和中国
"京派"的理论批评是相通的。

和小泉八云讲座式、演讲式的理论表达方式有所不同，本间久雄（1886～
1981）则以他的严整而又简洁的理论思维见长。作为著名评论家、文学史家，
他著有《明治文学史》（5 卷）、《英国近世唯美主义的研究》、《文学概论》、
《欧洲近代文艺思潮论》、《自然主义及其之后》等著作。他的《欧洲近代文艺思
潮论》在中国相当流行。可以说，中国现代文坛关于欧洲文艺思潮的系统知识
的最初、最主要的来源，除了厨川白村的《文艺思潮论》和《近代文学十讲》
之外，恐怕就是本间久雄的《欧洲近代文艺思潮论》了。他的《文学概论》及
其修正本在日本众多的同类著作中，以横贯东西，纵论古今，视野开阔，资料丰
富，富有真知灼见，独创理论体系见长。全书共分四编。第一编"文学的本
质"，以"想象"和"感情"为本位，论述文学的本质特征；第二编"作为社
会现象的文学"，论述了文学与时代、与国民性、与道德的关系；第三编"文学
各论"，论述诗、小说、戏剧等各种文学样式及其特点；第四编"文学批评论"，
阐述了现代文学批评的各流派，文学批评和鉴赏应有的态度。全书体系严谨周
密，内容简洁精练，所以 20 世纪 20 年代在日本出版后，很快引起了中国文坛的
注意。1925 年 5 月，汪馥泉翻译的《新文学概论》由上海书店出版，7 月再版；
1930 年 4 月上海东亚图书馆又出版该译本，次年 4 月再版；1925 年 8 月商务印
书馆出版章锡琛翻译的《新文学概论》，到 1928 年 9 月，该译本出了四版；1930
年 3 月，上海开明书店出版了章锡琛译的《文学概论》，同年 8 月再版。本间久
雄的《新文学概论》及《文学概论》，是 1925 年至 1935 年 10 年间在中国最流
行的唯一的外国学者的文学概论类著作。直到 1935 年，商务印书馆才出版了
美国人 T·W·韩德的《文学概论》，1937 年上海天马书店和读书生活出版社分
别出版了苏联人维诺格拉多夫的《新文学教程》。本间久雄的著作以其流行时间
长，印刷数量大，传播广泛，对中国文学理论，特别是文学概论的理论普及和理
论建设产生了重要影响。直到文艺理论研究取得了长足进展的当代，本间久雄的
《文学概论》仍然保持着独特的学术价值。所以一直到了 1976 年，当同类著作
业已汗牛充栋的时候，台湾仍然出版了《文学概论》的新译本。

在诗歌理论方面，对中国影响较大的是萩原朔太郎（1886～1942）。② 他是

① 朱光潜：《小泉八云》，见《孟实文钞》，上海，良友图书公司 1936 年版，第 81 页。
② 萩原朔太郎《诗的原理》的两种中文译本均将作者"萩原朔太郎"误用"荻原朔太郎"。

日本现代文学史上承前启后的重要诗人，诗人西条八十称他是"白话诗的真正的完成者"。除创作外，他在诗歌理论方面也很有成就，著有《诗论与感想》、《诗的原理》（均为 1927）等。其中《诗的原理》构思写作的时间前后有 10 年，是作者的苦心经营之作，在日本的同类著作中出类拔萃，对中国现代的诗歌理论影响较大。全书分为概论、内容论、形式论、结论四部分，论述诗歌的本质特征，诗歌的主观与客观，具体与抽象，诗与音乐美术，韵文与散文，叙事诗与抒情诗，以及浪漫派、象征派等诗歌诸流派。1933 年，中国出版了该书的两个译本，一个是上海中华书局出版的孙俍工的译本《诗底原理》，一个是上海知行书店出版的程鼎声的译本《诗的原理》。孙俍工在"译者序"中谈到，他在复旦大学担任《诗歌原理》一课，在日文书籍中找到了许多有关的著作，非常高兴，"因为在目下的中国诗歌界，这样有系统的许多著述，还不容易看见"。他认为萩原朔太郎的《诗底原理》"其中特点可说的处所正多。但最精彩的，要算是：全书把诗的内容与诗的形式，用了主观和客观这两种原则贯穿起来，作一系统的论断"。[①] 所以优先译出了萩原朔太郎的这部著作。虽然，在现代中国，诗歌原理类的著作比较多，著作和译作有不下 20 余种，但由著名诗人写的系统的诗歌原理著作，恐怕就只有萩原朔太郎的《诗歌原理》了。

如果说在诗歌理论方面对中国影响较大的是萩原朔太郎，那么在小说理论方面对中国影响较大的就要算是木村毅了。木村毅（1894～1979）是日本著名的评论家、文学史家、小说家。被菊池宽称为文坛中"值得尊敬的学者"。早期的主要著作有《小说的创作和鉴赏》（1924）、《小说研究十六讲》（1925）、《文艺东西南北》（1926）、《明治文学展望》（1928）等。其中在中国影响较大的是《小说研究十六讲》。这部书被日本学术界认为是日本最早的全面系统的关于现代小说的研究著作，在日本一直重印，久盛不衰。《小说研究十六讲》论述小说的性质、特点、发展、流派等，分为小说与现代生活、西洋小说发达史、东洋小说发达史、小说之目的、现实主义与浪漫主义、小说的结构、人物·性格·心理等十六讲。该书在中国出了两个版本，一个是上海北新书局的版本，1930 年 4 月初版，1934 年 9 月再版；另一个是根据《小说研究十六讲》编译的《东西小说发达史》（世界文艺书社 1930 年版）。其次是《小说的创作与鉴赏》，该书在中国也有两个版本，一个是上海神州国光社 1931 年的版本，一个是根据《小说的创作与欣赏》编译的《怎样创作与欣赏》（上海言行社 1941 年版）。在 20 世纪前 50 年中国所译介的所有外国小说理论家中，木村毅的著作是被译介最多的一个。这两部书对现代中国的小说理论建设、小说知识的普及产生了一定的作用

---

① 孙俍工：《诗底原理·译者序》，上海，中华书局 1933 年版。

和影响。据日本学者的研究，郁达夫的《小说论》在写作上主要参照的就是木村毅的《小说研究十六讲》。①

在文学批评史方面，对中国影响最大的日本著名学者是宫岛新三郎。宫岛新三郎（1892～1934）以研究世界文艺思潮史、文学批评史见长。他著有《欧洲最近的文艺思潮》、《明治文学十二讲》、《大正文学十二讲》、《文艺批评史》、《现代文艺思潮概说》等。中国译有他的《欧洲最近文艺思潮》（现代书局1930年版）、《现代日本文学评论》（开明书店1930年版）、《文艺批评史》等。其中，影响最大的是《文艺批评史》。《文艺批评史》以欧洲文艺批评为主，对世界文艺批评的起源发展做了全景式的描绘，在日本属于这一领域中先驱性的著作。该书1928年在日本出版后，当年中国就有人把它编译成中文，以《世界文艺批评史》为题出版（美子译述，厦门国际学术书社）。1929年和1930年，先后又有上海现代书局和开明书店出版了黄清嵋和高明的两个译本。宫岛的《文艺批评史》是现代中国翻译的唯一一种文艺批评史著作。在西方，1900～1904年曾有英国人 G·圣兹博里出版3卷本《文学批评史》，1936年有美国人 L·文杜里出版《艺术批评史》，但均未见译成中文，而且似乎中国学者也没有同类著作出版。考虑到宫岛新三郎的《文艺批评史》在中国独步几十年，它在文学批评史方面对中国的影响则是不可小觑的。

二、厨川白村与中国现代文论

1.《苦闷的象征》与中国现代文论

要说厨川白村是对中国现代文艺理论影响最大的日本文艺理论家，恐怕是没有什么异议的。自1925年鲁迅先后翻译厨川白村的《苦闷的象征》和《出了象牙之塔》，并对厨川做了高度评价之后，厨川白村的著作在中国很快流行起来。在20世纪20年代后半期的短短的4、5年时间里，厨川白村的主要著作几乎全都被译成中文。其中包括《近代文学十讲》、《欧洲文学评论》、《文艺思潮论》、《近代的恋爱观》、《走向十字街头》、《欧洲文艺思想史》、《小泉八云及其他》等，此外还有许多单篇的论文。在20世纪20～30年代中国所撰著的许多文学理

---

① ［日本］铃木正夫：《郁达夫和木村毅著〈小说研究十六讲〉》，载日本《野草》第27、28号，1981年4月、9月。

论著作和论文中，厨川白村的理论均被作为一家之言，或被引述，或被评论，或被作为立论的重要依据。厨川白村的文艺思想从不同的侧面，影响了中国现代文学史上一大批重要的人物，除鲁迅受其影响为众所周知之外，还有郭沫若、郁达夫、田汉、丰子恺、石评梅、胡风、路翎、许钦文等等。厨川白村的文论著作，特别是他的《苦闷的象征》，是五四以后，特别是 20 世纪 20 年代在中国流传最早、传播量广、影响最大的两种外国文论著作之一（另一种是托尔斯泰的《艺术论》）。

厨川白村的文艺理论在中国之所以会产生那么大的影响，这本身就是中日现代文学交流史上的一个有趣的现象。作为一个学者和教授，厨川白村在大正年间的日本青年中有过较大的影响，曾一度和著名作家有岛武郎二分天下。但对日本青年发生影响的，却主要不是他的文艺理论著作，而是批判传统的婚姻观念、倡导自由爱情和婚姻的《近代恋爱观》。他不是作家，因而在日本文学史上谈不上有多高的地位，几乎所有的《日本文学史》上都找不到他的名字。作为一个理论家，他的文艺理论著作的价值也没有得到日本文学理论批评史家的普遍认可。20 世纪 20 年代后半期日本曾两次出版过他的七卷本和六卷本的全集，但从那以后的半个多世纪以来，他的著作一直未见再版。现当代日本文学理论史或批评史一般不提到他。日本有的学者甚至认为，厨川白村"博学多识但缺乏独创，所以被遗忘得也快"。[1] 但是，在本国并不受重视的厨川白村，在中国的影响却超过了日本任何一位著名的理论家批评家。和某些日本学者的看法正相反，在中国最先译介厨川白村的鲁迅认为厨川白村及其《苦闷的象征》是有独创性的，他指出：《苦闷的象征》"在目下同类的群书中，殆可以说，既异于科学家似的专断和哲学家似的玄虚，而且也并无一般文学论者的繁碎。作者自己就很有独创力的，于是此书也就成为一种创作，而对于文艺，即多有独到的见地和深切的会心"。[2]

鲁迅的确独具慧眼，在许多"文学论者"当中选择了厨川白村，在"同类的群书"中选择了《苦闷的象征》。鲁迅说《苦闷的象征》是"有独创力的"，并不是单单出于一己之好，而是和同类理论家、同类著作做了充分比较得出的结论。在日本，在厨川白村之前和之后，介绍和评述西方文学的书籍数不胜数，谈文学的书近乎汗牛充栋，而即使今天在我们看来，厨川白村及其著作在其中也确实是出类拔萃的。诚然，厨川白村的基本的理论体系、基本的概念术语大都是借用西方的。但是，日本文明的独特的构建方式——吸收外来的东西加以改造消化，使其更合理更精致更先进——在厨川白村的理论构建中表现得非常明显。对此，鲁迅看得很清楚。鲁迅说："作者据伯格森一流的哲学，以进行不息

①　［日本］安田保雄撰写《新潮日本文学小辞典》"厨川白村"条，东京，讲谈社昭和 43 年版。
②　鲁迅：《译文序跋集·苦闷的象征·引言》，北京，人民文学出版社 2006 年版。

的生命力为人类生活的根本，又从弗罗特一流的科学，寻出生命力的根柢来，即用以解释文艺——尤其是文学。然与旧说小有不同，伯格森以未来为不可测，作者则以诗人为先知，弗罗特归生命力的根柢于性欲，作者则云即其力的突进与跳跃。"① 确实如鲁迅所说，在对弗洛伊德的精神分析的借鉴和改造方面，特别表现了厨川白村对外来学说进行批判吸收，并独创新说的能力。厨川白村一方面对弗洛伊德学说表现了浓厚的兴趣，用他自己的话说，《苦闷的象征》的全书的立论就是"借了"弗洛伊德的学说"发表出来"的。但是同时，厨川白村对弗洛伊德学说又做了明确的批评，他指出："这学说也还有许多不备和缺陷，有难以立刻首肯的地方。尤其是应用在文艺作品的说明解释的时候，更显出最甚的牵强附会的痕迹来。"又说："我最不满意的是他将那一切都归在'性的渴望'里的偏见，部分地单从一面来看事物的科学家癖。"② 不仅如此，厨川白村还批判分析了当时对弗洛伊德学说做了部分修正、现在被称为"新弗洛伊德主义"的代表人物，如阿德勒（A. Adler）、莫特尔（A. Mordell）等人的观点。厨川白村认为，这些人的书"多属非常偏僻之谈，或则还没有丝毫触着文艺上的根本问题"，并以为"可惜"。厨川白村就是在这种广泛借鉴、批判吸收的基础上，提出了他自己的文艺观。那就是，"生命力受了压抑而生的苦恼乃是文艺的根柢，而其表现法乃是广义的象征主义"。在 20 世纪头 20 年间，不管是在西方还是在日本，如此言简意赅、富有包容性、深刻性和鲜明个性的文艺观，还没有人提出来过。尽管那时荣格、阿德勒等人对弗洛伊德学中的泛性欲主义进行了批判和修正，试图以社会文化决定论取代性欲决定论，但是，这些人的理论建树还局限在心理学、社会学的领域，没有在精神分析学的基础上形成自己的文艺理论。况且，"新弗洛伊德主义"的主要的代表人物，如沙利文、卡伦·霍妮、弗洛姆、卡丁纳等，其理论活动都在 20 世纪 30 年代以后。因此，如果我们权且把厨川白村算在"新弗洛伊德主义"学派中的话，那么，厨川白村也算得上是 20 世纪头 20 年最早的有自己的文艺理论建树的"新弗洛伊德主义"者了。

关于厨川白村提出的文艺创作的动力来源于人生的苦闷这一理论命题，古今中外的作家诗人都有相同的体会。钱锺书先生在其大作《管锥篇》中的不少段落和题为《诗可以怨》的演讲中，列举了大量古今中外的有关材料。中国古代就有一个颇为流行的所谓"发愤著书"的看法，如屈原说"发愤以抒情"；司马迁说创作"皆意有所郁积"，是"发愤之所为作也"；宋代陆游说"盖人之情，悲愤积于中而无言，始发为诗，不然无诗矣"；明代汤显祖说"士不穷愁不能著

① 鲁迅：《译文序跋集·苦闷的象征·引言》，北京，人民文学出版社 2006 年版。
② ［日本］厨川白村：《苦闷的象征》，鲁迅译，北京，人民文学出版社 1988 年版。

书"。在西方，雪莱说"最甜美的诗歌就是那些诉说最忧伤的思想的"，缪塞说：
"最美丽的诗歌就是最绝望的，有些不朽的篇章是纯粹的眼泪"，爱伦·坡说
"忧郁是诗歌里最合理合法的情调"，弗罗斯特说"诗是关于忧伤的奢侈"。在现
代中国，作家们对苦闷忧伤的体验格外的痛切。五四以后，青年们从鲁迅所说的
"昏睡"中觉醒过来，而体验了前所未有的觉醒之后的苦闷：性爱的苦闷、家庭
的苦闷、事业的苦闷、社会的苦闷、时代的苦闷。作家们就是满怀着这样的苦
闷，拿起笔来写作的。鲁迅说过，他的《狂人日记》是"忧愤深广"的产物。
他写作杂文是为了"舒愤懑"，是"借此释愤抒情"。庐隐说："只要我什么时候
想写文章，什么时候我的心便被阴翳渐渐地遮满，深深地沉到悲伤的境地去。"①
巴金声称他创作是"为了发散我的热情，宣泄我的悲愤"。② 郁达夫说作家的创
作"不外乎他们的满腔郁愤，无处发泄，只好把现实怀着的不满的心思，和对
社会感的热烈的反抗，都描写在纸上"。③ 然而，在厨川白村的《苦闷的象征》
发表之前，无论在东方还是西方，关于苦闷忧伤与文艺创作的关系的表述，仅仅
是只言片语的，感受性的。尽管李长之认为中国的司马迁"发愤著书说"比厨
川白村"来的更真切、更可靠、更中肯"，④ 但司马迁的"发愤著书说"只是一
种朴素的概括，毕竟还没有上升为科学的系统的理论。《苦闷的象征》则以明晰
透彻的逻辑语言，为中国现代作家的感受找到了现代心理学和美学的依据。这恐
怕是厨川白村的最大的"独创"之处吧。

厨川白村之所以对 20 世纪 20 年代的中国文坛产生那么大的影响，或者说，
中国文坛之所以较为普遍地接受厨川白村的文学理论，对厨川白村的学说产生共
鸣，正在于厨川白村理论既表达了中国作家的切身体验，又具有体系性、包容性
和独创性。这种体系性和独创性适应了中国新文学理论建设的迫切需要。中国文
学运动开展若干年来，在创作上出现了像鲁迅的《呐喊》，郭沫若的《女神》等
堪称现代经典的文学作品。但中国新文学在文学理论的建设上却显得相对贫弱。
新旧文学之间的论争，不同流派之间的论争，使得理论活动显得非常繁荣，非常
活跃。但是，表层的繁荣活跃之下，却是理论的单调和肤浅。人们大多在文学
"为人生"还是"为艺术"的狭隘的思维空间内思考问题，仍然没能摆脱中国传
统文论的核心——文学功用论。就单个的作家而言，以鲁迅的丰富的创作经验和
深刻的思维，虽在创作方面发表了不少真知灼见，尚且未能上升到美学的高度，

---

① 庐隐：《庐隐自传》，《庐隐选集》上册，福州，福建人民出版社 1985 年版，第 602 页。
② 巴金：《无题》，《巴金研究资料》上卷，福州，海峡文艺出版社 1985 年版，第 163 页。
③ 郁达夫：《文学上的阶级斗争》，《郁达夫文集》第 5 卷，广州，花城出版社/香港三联书店 1982
年版，第 134 页。
④ 李长之：《司马迁之人格与风格》，北京，生活·读书·新知三联书店 1984 年版，第 308 页。

形成一个完整的理论体系。其他的作家更是力不从心了。因此，中国新文学迫切需要系统的理论体系的支持，来解答新文学中许多紧迫的理论问题。在这种情况下，翻译外国理论家的著作就不失为一种便捷的方法了。早在《苦闷的象征》译成中文之前，中国所翻译的体系性的外国理论著作只有托尔斯泰的《艺术论》。托尔斯泰提出传达人的感情是艺术的根本职能，艺术的感染性是区别真艺术和假艺术的标志。这种以"人"为中心、以"感情"为本位的文学观对五四新文学产生了重要影响。但是，托尔斯泰的《艺术论》是建立在他的托尔斯泰主义基础上的。他认为好的感情是宗教感情，"艺术所表达的感情的好坏往往就是根据这种宗教意识加以评定的"，这仍然是一种宗教的文艺功用观。托尔斯泰艺术论的局限性就在这里，它对中国文学的影响的阈限也在这里。和托尔斯泰的《艺术论》比较起来，厨川白村的《苦闷的象征》则是融合着现代哲学、科学的，视野开阔、富有时代性、包容性、体系性的理论著作。它没有宗教的或某一特定学派的执拗和偏见，因而也更易于被中国文坛广泛的理解和接受。

另一方面，中国人向来认为"文如其人"，喜欢以文论人，或以人论文。厨川白村及其在《苦闷的象征》、《出了象牙之塔》中表现出来的顽强向上、自由奔放的人格，乃至厨川白村的不畏挫折的坚毅性格，勇于反抗世俗的战斗精神，也为中国作家所激赏。鲁迅就很推崇《苦闷的象征》所提倡、所表现出的"天马行空"般的自由创造的"大精神"，并且比照中国，感慨地说："非有天马行空似的大精神即无大艺术的产生。但中国现在的精神又何其萎靡锢蔽呢？"[1] 鲁迅还赞赏厨川白村在《出了象牙之塔》中"于本国的微温、中道、妥协、虚假、小气、自大、保守等世态，一一加以辛辣的攻击和无所假借的批评"，认为在厨川的文章中体现出了"战士"的风范，"有'快刀斩乱麻'似的爽利"。[2] 徐懋庸在《回忆录》中认为鲁迅精神与厨川白村的精神是相通的，同时也谈到了厨川白村对自己的影响。他说："厨川在批判那种投机取巧的'聪明人'，提倡那种不计个人利害，不妥协，不敷衍的'呆子'的议论，使我对鲁迅精神有了一些理解，自己也决心做个'呆子'，自然也没有做好。"田汉在日本曾经拜访过厨川白村，对厨川白村的为人比较了解。他说过，厨川白村是日本文艺理论界使他"感动最多的人物"。早在1921年，田汉就在《白梅之园的内外》一文中，赞叹厨川白村在挫折、痛苦和打击面前所表现出来的生活勇气。他写道，厨川白村虽然被病魔夺去左脚，"但又信人只要根本的'生之力'（Life Force）没有失掉，肉

---

① 鲁迅：《译文序跋集·出了象牙之塔·后记》，北京，人民文学出版社 2006 年版。
② 徐懋庸：《回忆录》，《徐懋庸选集》第 3 卷，成都，四川人民出版社 1984 年版，第 281 页。

体上受多少损伤，原不甚要紧，并举自动车负伤之友人法学士某君之令妹，及同年切断了右脚之法国老女优沙拉伯拉尔自励，谓她们虽受了苦痛，然一则依然出现于日本之乐坛，一则更活动于欧美之剧界；自己以后若不较前两三倍的努力，则真无以对此妇人云云。可知他的评论文真是他的'苦闷之象征'……"。

由于上述的原因，中国作家初次接触厨川白村的《苦闷的象征》的时候，大都表现出欣逢知音的那种共鸣和兴奋。鲁迅和丰子恺在1925年看到《苦闷的象征》的日文原版的时候，不约而同地决定动手翻译。鲁迅和丰子恺的两种译本的问世，以及鲁迅使用《苦闷的象征》作教材，推动了厨川白村的理论在中国的传播，在青年中引起了强烈的反响。许多人在谈到自己的文艺观和人生观时，都谈到了厨川白村的影响。如胡风在《理想主义者时代的回忆》一文中写道，那时的他读了两本"没头没脑把我淹没了的书：托尔斯泰的《复活》和厨川白村的《苦闷的象征》"。许钦文在《钦文自传》中谈到，当时在北京大学听鲁迅讲授《苦闷的象征》时，深受影响。荆有麟在《鲁迅回忆》中写道："曾忆有一次，在北大讲《苦闷的象征》时，书中讲了一个阿那托尔法郎所作的《泰倚思》的例，先生便将《泰倚思》的故事人物先叙出来，然后再给以公正的批判，而后再回到讲义上举例的原因，时间虽然长……而听的人，却像入魔一般。"① 向培良说过，厨川白村的《苦闷的象征》曾使他"大受感动"。② 路翎在1985年写的一篇文章中回忆说："日本厨川白村的《苦闷的象征》在中国流传很久了，我也看过很久了。我还时常记得他的对人生有深的感情的理论观点。艺术是人民性的正义感情和美学追求的形象思维。它是人类追求，往前追求创造自身形象的表现和工具，它也是人类美感的表征和象征。在黑暗的时代，自然也是正直被压迫和被压抑者的苦闷的象征。我这么说，并非想探讨厨川白村的题旨'苦闷'够不够有力，我是说，厨川白村的感情是我历时常常想到的。"③

作为有着自己独创性建树的文艺理论家，厨川白村对中国现代文艺理论的影响是多方面的。首先，他在相当长的时间里影响了中国现代作家的文学观的确立，尤其是"五四"时期至"革命文学"运动爆发之前许多作家的文学观的确立。在这一段时期，马克思主义的文学观还很少被人了解，中国所译介的有着自己鲜明的文学观的外国文论著作也很少。再加上"五四"文学革命的干将多在日本留学，他们熟悉厨川白村的著作，因此自然而然地受到厨川白村文学观的影响。更为重要的是，厨川白村的文艺理论对所谓"新浪漫主义"的推崇，对文学的主观性、理想性、表现性、情感性和反抗性的张扬，和"五四"时期的

---

① 荆有麟：《回忆鲁迅》，上海，上海杂志公司1947年版，第33～34页。
② 向培良：《艺术通论·自序》，上海，商务印书馆1940年版。
③ 路翎：《我与外国文学》，《外国文学研究》，1985年第2期。

"泛浪漫主义"的整体氛围非常吻合，因而成为五四时期浪漫主义文学的重要理论依据之一。那时的浪漫主义作家或具有浪漫主义气质的作家——郭沫若、郁达夫、田汉、徐祖正、庐隐、石评梅、胡风、路翎等。或多或少地接受过厨川白村的理论熏陶。例如，郭沫若在1922年就说过："文艺本是苦闷的象征。无论它是反射的或创造的，都是血与泪的文学。……个人的苦闷，社会的苦闷，全人类的苦闷，都是血泪的源泉。"[①] 1923年，郭沫若在《暗无天日之世界》一文中更加明确地宣称："我郭沫若反对那些空吹血与泪以外无文学的人，我郭沫若却不曾反对过血和泪的文学。我郭沫若所信奉的文学定义是：'文学是苦闷的象征'。"[②] 又说，"文学是反抗精神的象征，是生命穷叫出来的一种革命"，作家"唯其有此精神上的种种苦闷才生出向上的冲动，以此冲动以表现于文艺，而文艺尊严性才得确立……"。[③] 这种文艺观和厨川白村理论的联系，是一目了然的。郁达夫的文学观的来源非常驳杂，其中也有厨川白村影响的痕迹。和厨川白村一样，郁达夫也是在广义上理解文学中的"象征"的，同时把艺术家的"苦闷"看成是"象征选择的苦闷"。他在《文学概说》中认为，文艺是自我的表现，而自我表现的手段就是"象征"；厨川白村认为"文艺是纯纯然生命的表现"，提倡"专营纯一不杂的创造生活的世界"，郁达夫也认为艺术家应"选择纯粹的象征"，"因为象征是表现的材料，（象征）不纯粹便得不到纯粹的表现。这一种象征选择的苦闷，就是艺术家的苦闷。我们平常所说的艺术家的特性，大约也不外乎此了"。[④] 石评梅则对厨川白村"文艺是纯纯然生命的表现"有着深深的同感。她在评论徐祖正的《兰生弟的日记》的时候写道："厨川白村说艺术的天才，是将纯真无杂的生命之火红焰焰地燃烧着自己，就照本来的面目投给世间。把横在生命的跃进的路上的魔障相冲突的火花，捉住他呈现于自己所爱的面前，将真的自己赤裸裸的忠诚的整个的表现出。"石评梅还对厨川白村《出了象牙之塔》中的《缺陷之美》一文格外表示了共鸣。[⑤] 胡风的文学观，也受到了厨川白村的深刻影响。胡风的"主观战斗精神"、"自我扩张"和厨川白村的"生命力的突进跳跃"，胡风的"精神奴役的创伤"和厨川白村的"精神底伤害"的理论，都有着深刻的内在联系。以胡风为核心的"七月派"作家极力表现人物那激荡而又痛苦的生命过程，展现人物骚动不安的灵魂和内心剧烈冲突的苦闷，追求一种充满力度

---

① 郭沫若：《论国内的评坛及我对于创作上的态度》，《时事新报·学灯》，1922年8月4日。

② 郭沫若：《暗无天日之世界》，《创造周报》第7号（1923年6月）。

③ 郭沫若：《〈西厢〉艺术上的批判与其作者的性格》，《郭沫若全集》第15卷，北京，人民文学出版社1990年版，第321、326页。

④ 郁达夫：《文学概论》，《郁达夫文集》第5卷，广州，花城出版社1983年版，第67页。

⑤ 石评梅：《再读〈兰生弟的日记〉》，《石评梅作品集·散文》，北京，书目文献出版社1983年版，第228、231页。

的惊涛骇浪般的艺术气势，这些与厨川白村的文学观念都是相通的。

其次，厨川白村的文艺理论对中国现代文学理论建设起了重要作用。《苦闷的象征》是中国现代文艺理论著作征引最多的外国文论著作之一，许多文学理论著作把这部著作作为参考书。《苦闷的象征》分为"创作论"、"鉴赏论"、"关于文艺的根本问题的考察"、"文学的起源"四部分，可以说囊括了现代文艺理论的基本重大问题。而对中国现代文艺理论的建设影响最大的，则是《苦闷的象征》中的文学本质论和文学起源论两个问题。在20世纪20～30年代的中国人撰写的几十种《文学理论》、《文学原理》或《文学概论》的著作中，文学的本质（定义）和文学的起源问题几乎是每一部著作都要谈到的。而许多著作，——如田汉的《文学概论》、许钦文的《文学概论》、君健的《文学的理论与实际》、张希之的《文学概论》、曹百川的《文学概论》、陈穆如的《文学理论》、隋育楠的《文学通论》等，——都援引厨川白村的理论主张。在文学的本质、文学的定义上，有的论者全面接受厨川白村的文学是"苦闷的象征"的观点，如许钦文在《文学概论》（1936）一书就写道："为什么要有文学？为什么会有文学？这两个问题，可以用一句话来解答完结，就是因为苦闷。""为着发泄苦闷，其实是因为苦闷得不得不发泄了，这就产生出文学来。""不过，发泄在文学上的苦闷，并不是直接的诉苦，是用象征的方式表现出来的，所以叫做'苦闷的象征'。"田汉在《文学概论》（1927）"文学的起源"一章中，先是介绍了关于文学起源的诸种学说，然后大段地引述厨川白村的原文，作为文学起源论的权威观点。隋育楠在《文学通论》（1934）"文学的起源"一章，在引述了西方有关诸种学说之后，又特别举出厨川白村《苦闷的象征》中关于文艺起源于宗教的论述，并认为厨川白村的观点"颇为可听"。

不过，在中国的"普罗文学"运动兴起之后，厨川白村对中国现代文化的影响在20世纪20年代末期以后就逐渐减弱了。许多接受了左翼文学理论的论者"认清"了厨川白村的理论属于唯心主义，转而对厨川白村进行批判乃至否定。如郭沫若，以前声称，"我郭沫若所信奉的文学定义是：'文学是苦闷的象征'"，但后来就把这句话修改为"文学是批判社会的武器"了。更多的论者试图用马克思主义的观点对厨川白村进行辩证的分析，如许杰就曾指出："日本文艺的批评家厨川白村，说文学是人生苦闷的象征，这话有一部分真理。不过，厨川白村的说法，是根据福鲁伊特（今通译弗洛伊德——引者注）的精神分析学出发的。……固然也可以说明一部分，甚至大部分文艺现象，文艺创作的心理过程；但在有些作品上面，特别是革命以后的许多俄国作家的作品里面……是无论如何，也不能用'下意识的升华作用'、'白日的梦'、'被压抑的欲望的满足'等等理由，去说明他的。"① 谭丕模在《新兴文学概论》中写道:"文学固然是生命力的表现……但生命力是否超出政治生活、劳动生活、社会生活之类的玄妙的东西,却是很大的一个问题。""厨川氏完全用唯心主义的哲学者的思想来解释文学,当然是错误的。"② 张希之认为:"'文学',我们可以说,在一方面是'自我表现',在另一方面是'社会'和'时代'的表现。关于第一点,我们根据厨川白村的《苦闷的象征》来解释。"但是,关于第二点,他认为厨川白村的观点尚不足为训。③ 隋育楠认为在文学起源的问题上,厨川白村的解释不如普列汉诺夫。④ 由于厨川白村理论本身具有的局限性,由于马克思主义的意识形态在中国逐渐占据统治地位,厨川白村文艺理论对中国现代文论的影响历史也就逐渐宣告终结。但他在中国现代文论的形成发展的进程上所留下的痕迹,却已成了一种不容忽视的历史的存在。

2. 胡风与厨川白村

胡风是中国现代著名的文学评论家、现实主义文学理论家。他的现实主义文学理论无论在中国,还是在世界范围的现实主义理论中,都独树一帜,具有鲜明的理论个性。而他之所以能够形成自己的鲜明的理论个性,正在于他在其现实主义的理论体系中,引人注目地使用了为一般现实主义理论家所回避的、有"唯心主义"嫌疑的一系列概念和术语。诸如"感性的活动"、"感性直观"、"内在体验"、"主观精神"、"主观战斗精神"、"自我扩张"、"精神的燃烧"、"精神力量"、"精神扩展"、"精神斗争"、"人物的心理内容"、"战斗要求"、"人的欲求"、"个人意志"、"思想愿望的力量"、"人格力量"、"生命力"、"冲激力"、"力感"、"突进"、"肉搏"、"拥入"、"征服"、"精神奴役的创伤"等等。这些词语构成了胡风现实主义理论体系中的基本术语和核心概念,也是他所阐述的理论焦点。仅仅从这些概念术语上就可以看出,和同时代的其他现实主义理论,特别是流行于苏俄、日本和中国的机械反映论、庸俗社会学的现实主义理论不同,胡风突出强调的是人的感性、精神、意志和欲求,强调的是作家的主体性。胡风的这种独具特色的现实主义理论是在反对极左的机械反映论、庸俗社会学(胡风称之为"客观主义"、"主观公式主义")的斗争中建立起来的。他的理论基础是马克思主义的,他的理论的感性材料是以高尔基为代表的苏俄社会主义现实主义作品和他所敬重的鲁迅先生的创作。但是,马克思主义的经典著作仅仅提出了

---

① 许杰:《现代小说过眼录》,《许杰文学论文集》,上海,华东师范大学出版社 1989 年版。
② 谭丕模:《新兴文学概论》,北平,北平文化学社 1932 年版。
③ 张希之:《文学概论》,北平,北平文化学社 1933 年版,第 75 页。
④ 隋育楠:《文学通论》,上海,元新书局 1934 年版,第 26 页。

现实主义的某些基本的指导原则，鲁迅和苏俄的有关作家作品也只是提出了一些范例。胡风现实主义理论体系的独特性，就在于他不守陈规和教条，不但善于从卢卡契那样的被"正统"马克思主义视为异端的理论中寻求启发，而且，他还善于从非马克思主义的、非现实主义理论中寻求启示。其中，对日本文学理论家厨川白村文学理论的借鉴和改造，是胡风现实主义理论建构过程中最值得注意的现象。某种意义上可以说，厨川白村的文学理论是胡风理论灵感的最大来源之一。胡风理论中的基本的概念术语，都可以在厨川白村的理论中找到原型。

胡风在 1934 年写的一篇回顾性文章中谈到，他的青年时代，在关切社会的同时，"对于文学的气息也更加敏感更加迷恋了。这时候我读了两本没头没脑地把我淹没了的书：托尔斯太底《复活》和厨川白村《苦闷的象征》"。① 到了晚年，他又谈到："20 世纪 20 年代初，我读了鲁迅译的日本厨川白村的《苦闷的象征》，他的创作论和鉴赏论是洗涤了文艺上的一切庸俗社会学的。"② 可见，从踏上文学之路伊始，直到晚年，厨川白村的文学理论是伴随着胡风理论探索的整个过程的。胡风赞赏和借鉴厨川白村，意在反对现实主义文学理论中的泛滥流行的"庸俗社会学"。那么，为什么要从厨川白村的理论中寻求反对庸俗社会学的理论武器呢？这首先是由当时整个国际左翼现实主义的理论状况所决定的，也是由胡风本人的理论趋向所决定的。以苏联为中心的国际左翼现实主义理论，长期笼罩在"拉普"的极左的理论阴影中，胡风本人在理论活动早期也深受其影响。据他本人讲，他曾用了两三年的时间才摆脱了这种影响。在左翼现实主义理论家中，他曾对遭受过"拉普"派激烈批评的卢卡契的理论表示过共鸣。在世界观与创作方法的关系问题上，在反对自然主义和形式主义的问题上，胡风赞同卢卡契的观点。但是，正如有的文章所指出的，卢卡契的现实主义理论，其侧重点在于从马克思主义的反映论出发，强调文学的客观性，强调文艺对于现实的依赖关系，认为"几乎一切伟大的作家的目标就是对现实进行文学的复制"。③ 而胡风则是从马克思主义的实践论出发，所强调的却是作家的主体性，是主体性的张扬，是主观和客观现实的"相生相克"。所以，两位理论家的现实主义理论是形同实异的。④ 也就是说，在文艺的主体性问题上，胡风不可能从"拉普"派的理论中获取正面的理论启发，甚至也不可能从反"拉普"的卢卡契的现实主义理

① 胡风：《理想主义者时代底回忆》，《胡风评论集》上册，北京，人民文学出版社 1984 年版，第 252 页。版本下同。

② 胡风：《略谈我与外国文学》，《中国比较文学》1985 年第 1 期。

③ ［匈牙利］卢卡契：《马克思恩格斯美学论文集引言》，《卢卡契美学论文集》第 1 卷，北京，中国社会科学出版社 1980 年版，第 287 页。

④ 参见艾晓明：《胡风与卢卡契》，《文学评论》，1988 年第 5 期；张国安：《论胡风文艺思想和外国文学的关系》，载《胡风论集》，北京，中国社会科学出版社 1989 年版。

论中找到更多的参照。

在这种情况下，厨川白村的理论对胡风的影响就具有某种必然性了。尽管厨川白村不是现实主义者，更不是马克思主义者，他深受伯格森的生命哲学、尼采的意志哲学、叔本华的悲观哲学、弗洛伊德和荣格的精神分析学、康德的超功利的美学、克罗齐的表现主义美学的影响，他还极力推崇"新浪漫主义"（现实主义），把"新浪漫主义"看成是文学发展的最高、最完美的阶段。因此，毋宁说厨川白村是一个现代主义者。而胡风在理论上是明确反对现代主义的，他曾说过：现代主义是"腐朽的社会力量在文艺上的反映，在现实主义底发展的进程上，它们所得到的只不过是昙花一现的生命"。[①] 但是，具有敏锐的理论感受力的胡风还是"没头没脑"地蒙受了厨川白村的理论的启示。这本身就是一种值得注意的复杂的理论的和文化的现象。从表层原因来说，因为胡风是服膺鲁迅的，而厨川白村是鲁迅所推崇的，所以胡风接受厨川白村；从深层原因来说，胡风对厨川白村的理论共鸣是不受先入之见的教条所约束，甚至不受他对现代主义所抱有的某些狭隘偏见的束缚，这显示了胡风现实主义理论本身所具有的包容性和开放性。

厨川白村在《苦闷的象征》中把自己的基本的文艺观做了这样的概括："生命力受了压抑而生的苦闷懊恼乃是文艺的根柢"，认为个人的"创造的生活欲求"和来自社会的"强制压抑之力"这"两种力"的冲突贯穿于整个人生当中。他形象地比喻说，人的生命力，就像机车锅炉里的蒸汽，具有爆发性、危险性、破坏性、突进性。而社会机构就像机车上的机械的各个部分，从外部将这种力加以压制、束缚和利用，迫使它驱动机车在一定的轨道上前进。这个比喻很好地说明了个人与社会、主观与客观相反相成的辩证关系。而在这"两种力"中，厨川白村又是以"创造的生活欲求"为价值本位的。他认为，"创造的生活欲求"就是"生命力"，"生命力"越是旺盛，它与"强制压抑之力"的冲突也就越激烈。但是另一方面，"也就不妨说，无压抑，即无生命的飞跃"。而"文艺是纯纯然的生命的表现；是能够全然离了外界的压抑和强制，站在绝对自由的心境上，表现出个性来的唯一的世界"。[②]

厨川白村的关于"两种力"的理论，实际上并不是他自己的独特的理论创造，而是对弗洛伊德和荣格的精神分析和文化理论的一种借用和概括。但是，没有证据表明弗洛伊德和荣格的理论对胡风有直接影响，胡风在有关的理论问题上显然是直接受惠于厨川白村的。胡风接受了厨川白村的"创造的生活欲求"的

---

① 胡风：《现实主义在今天》，《胡风评论集》中册，北京，人民文学出版社1984年版，第320页。
② ［日本］厨川白村：《苦闷的象征》，鲁迅译，见《苦闷的象征·出了象牙之塔》，北京，人民文学出版社1988年版。本节有关引文均据此版本，不另加注。

概念，他有时称为"生活欲求"，有时简称之为"欲求"，并把它归结为"主观"的方面。厨川白村从文化心理冲突的角度出发，指出"强制压抑之力"本身对"创造的生活欲求"具有进攻性，对"创造的生活欲求"实施压抑。胡风则从创作美学出发，把厨川白村的"强制压抑之力"归为"客观"的方面。在胡风看来，客观的东西如果没有进入作家的创作过程，那它本身还只是自在的东西，并不和作家发生关系。胡风对厨川白村的理论所做的这种改造，意在更进一步地强调人的"生活欲求"，即人的主观的能动性。厨川白村提出"生是战斗"，生命的特征就是"突进跳跃"；胡风也提出"生命力的跃进"和"主观战斗精神"。两人同样强调人的主观的力量。不同的是，厨川白村所谓的主观之力，是表现在对"强制压抑之力"的反抗上面，而文艺也就在这种对压抑的反抗中诞生："一面经验着这样的苦闷，一面参与着悲惨的战斗，我们就或呻，或叫，或怨嗟，或号泣。……这发出来的声音，就是文艺。"而胡风更强调作家积极主动地向客观现实"肉搏"、"突进"、"拥抱"和"突入"。他指出："所谓现实，所谓生活，决不是止于艺术家身外的东西，只要看到，择出，采来就是，而是非得渗进艺术家底内部，被艺术家底生活欲望所肯定，所拥护，所蒸沸，所提升不可。"[1] 他认为，文艺创作，就是从"肉搏现实人生的搏斗开始的"。[2] 基于同样的对主观生命力的强调，胡风和厨川白村在文艺创作的动力问题上，都突出了作家自我的能动性，认为自我是创作的出发点。厨川白村说："作家的生育的苦痛，就是为了怎样将存在自己胸里的东西，炼成自然人生的感觉的事象，而放射到外界去。"胡风也提出了一个和厨川白村的"放射"相同的概念——"自我扩张"。他说："对于对象的体现过程或克服过程，在作为主体的作家这一面同时也就是不断的自我扩张过程，不断的自我斗争过程。在体现过程或克服过程里面，对象的生命被作家的精神世界所拥入，使作家扩张了自己；但在这'拥入'的当中，作家的主观一定要主动地表现出或迎合或选择或抵抗的作用。而对象也要主动地用它的真实性来促成、修改、甚至推翻作家的或迎合或选择或抵抗的作用。这就引起了深刻的自我斗争。经过了这样的自我斗争，作家才能够在历史要求的真实性上得到自我扩张，这（就是）艺术创造的源泉。"[3] 可见无论厨川白村的"放射"还是胡风的"自我扩张"，都是主体向客体的放射和扩张。这种"放射"和"扩张"实际上是主客观相互作用的过程，用胡风的术语来说，就是

---

① 胡风：《为了电影艺术的再前进》，《胡风评论集》下册，北京，人民文学出版社 1984 年版，第198～199 页。

② 胡风：《置身在为民主的斗争里面》，《胡风评论集》下册，北京，人民文学出版社 1984 年版，第 18 页。

③ 同①，第 20 页。

主观与客观"相生相克"的过程。它指的是"创作过程上的创作主体（作家本身）和创作对象（材料）的相生相克的斗争；主体克服（深入、提高）对象，对象也克服（扩大、纠正）主体"。① 通过"放射"和"扩张"，通过这种"相生相克"，最终达到主观和客观的融合。胡风认为，"这种主观精神和客观真理的结合或融合，就产生了新文艺底战斗的生命，我们把那叫做现实主义"。② 所以，他一方面坚决反对创作中的"客观主义"，一方面也坚决反对"主观公式主义"。他指出："如果说，客观主义是作家对于现实的屈服，抛弃了他的主观作用，使人物的形象成了凡俗的虚伪的东西，那么，相反地，如果主观作用跳出了客观现实的内在生命，也一定会使人物形象成了空洞的虚伪的东西。……客观主义是，生活的现象吞没了本质，吞没了思想，而相反的倾向是，概念压死了生活形象，压死了活的具体的生活内容。"③

在对创作中的主客观关系的这一看法上，胡风与厨川白村也是一致的。厨川白村也把创作中主观与客观的融合看成是成功的创作的标志。他指出："作家所描写的客观的事象这东西中，就包含着作家的真生命。到这里，客观主义的极致，即与主观主义一致，理想主义的极致，也与现实主义合一，而真的生命的表现的创作于是成功。严厉地区别着什么主观、客观、理想、现实之间，就是还没有达于透彻到和神的创造一样程度的创造的缘故。"在强调主观和客观"合一"的同时，厨川白村不认为区别现实主义和理想主义（浪漫主义）有什么必要的价值。他说："在文艺上设立起什么乐天观、厌生观，或什么现实主义、理想主义等类的分别者，要之就是还没有生命的艺术的根柢的，表面底皮相的议论。"又说："或人说，文艺的社会底使命有两方面。其一是那时代和社会的诚实的反映，另一面是对于那未来的预言底使用。前者大抵是现实主义（realism）的作品，后者是理想主义（idealism）或罗曼主义（romanticism）的作品。但是从我的《创作论》的立脚地题上，胡风和厨川白村又表现出意见的一致来。胡风终生所致力的，是现实主义的理论建构。以往的理论家在谈现实主义的时候，往往难以回避与现实主义相并列的浪漫主义问题。而在胡风的文章中，却找不到论述关于现实主义与浪漫主义关系的论述。在现实主义的理论和创作上，胡风最为推崇、引述最多的苏联作家高尔基就特别关心现实主义与浪漫的结合问题，高尔基1910年在给尼·吉洪诺夫的信中就曾说过："新文学，如果要成为真正的新文学的话"，就必须实现"现实主义和浪漫主义的结合"。1928年，他再次指出：

---

① 胡风：《人道主义和现实主义的道路》，《胡风评论集》下册，北京，人民文学出版社1984年版，第66页。

② 胡风：《现实主义在今天》，《胡风评论集》中册，北京，人民文学出版社1984年版，第319页。

③ 胡风：《一个要点备忘录》，《胡风评论集》中册，北京，人民文学出版社1984年版，第134页。

"我认为现实主义和浪漫主义精神必须结合起来。不是现实主义者，不是浪漫主义者，同时却又是现实主义者，又是浪漫主义者，好像同一物的两面。"但是，在胡风的著作中，极少涉及到浪漫主义问题，更没有提到现实主义和浪漫主义相结合的问题。在这个问题上，胡风似乎没有接受高尔基的影响，倒是更多从厨川白村的理论中得到了启发。也许在胡风看来，主观性、理想性，即"主观战斗精神"是现实主义必须具备的，那又何须与浪漫主义或别的什么主义"结合"呢？

胡风对厨川白村的理论的借鉴，还表现在对厨川白村的理论术语的内涵的改造方面。这一点突出地表现在"精神奴役的创伤"这个术语的使用上。有理由认为，胡风的"精神奴役的创伤"和厨川白村的"精神底伤害"有着密切的联系。

在厨川白村的《苦闷的象征》中，"精神底伤害"是反复使用的一个重要的术语。厨川白村从精神分析学的原理出发，认为个人的生命力时刻都会遭到社会力量的监督和压抑，而"由两种力的冲突纠葛而来的苦闷和懊恼，就成了精神底伤害，很深地被埋葬在无意识界里的尽里面。在我们体验的世界，生活内容之中，隐藏着许多精神底伤害或至于可惨，但意识的却并不觉着的。"厨川白村分别援引弗洛伊德和荣格的学说，进一步把这种"精神底伤害"分为"个人"的和"民族"的两种。认为民族的"精神底伤害"属于荣格所说的"集体无意识"。作为个人的"精神底伤害"从幼年到成人一直在有意无意中起着作用；作为民族的"精神底伤害"则从原始的神话时代一直到现在，都对一个民族有着影响。厨川白村还反对弗洛伊德把"精神底伤害"归结为性欲的压抑的观点，他指出："说是因了尽要满足欲望的力和正相反的压抑力的纠葛冲突而生的精神底伤害，伏藏在无意识力这一点，我即使单从文艺上的见地看来，对于弗罗特说也以为并无可加异议的余地。但我最觉得不满意的是他那将一切都归在'性的渴望'里的偏见。"厨川白村认为，造成人的"精神底伤害"的，是和人的生命力正相反的"机械的法则，因袭道德，法律的约束，社会的生活难"等等。

"精神奴役的创伤"是胡风对几千年来的封建主义压迫对中国人民的所造成的思想意识上的损害的一个概括。胡风认为，中国人民"在重重的剥削和奴役下面担负着劳动的重负，善良地担负着，坚强地担负着，不流汗就不能活，甚至不流血也不能活，但却脚踏实地站在地球上面流着汗流着血地担负了下来。这伟大的精神就是世界的脊梁。……然而，这承受劳动重负的坚强和善良，同时又是以封建主义底各种各样的安全精神为内容的。前一侧面产生了创造历史的解放要求，但后一方面却又把那个要求禁锢在、麻痹在、甚至闷死在'自在的'状态里面；……如果封建主义没有活在人民身上，那怎样成其为封建主义呢？"而这种封建主义给人民造成的精神奴役的创伤，是"一种禁锢、玩弄、麻痹、甚至闷死千千万万的生灵的力量。"[1]

胡风的"精神奴役的创伤"与厨川白村的"精神底伤害"至少在如下几点上具有相通、联系和微妙的区别。第一，厨川白村把"精神底伤害"视为超时代、超民族的、对一切人和一切民族都普遍适用的理论命题，而胡风的"精神奴役的创伤"却有着他自己独特的内涵，他用"精神奴役的创伤"来解释受传统的封建主义压迫和毒害的中国人民所具有的精神状态。同时，胡风和厨川白村一样，在分析精神现象的时候，超越了、剔除了弗洛伊德主义的泛性主义，把"精神底伤害"和"精神奴役的创伤"看成是社会力量的压迫和毒害的结果。不同的是，厨川白村所说的社会的压抑更多的是指现代的"资本主义和机械万能主义的压迫"，而胡风则是指传统的封建主义的压迫和毒害。第二，在谈到"精神底伤害"和"精神奴役的创伤"的时候，厨川白村和胡风都指出它们的两种存在状态，一是沉积的、潜在的状态。二是"不可抑止"的爆发的状态。厨川白村认为，当人对社会的压抑采取"妥协和降服"的态度的时候，"精神奴役的创伤。就处于潜在的状态；当人的生命力冲破压抑和束缚，生命力"突进跳跃"的时候，"精神底伤害"就暴露出来。而如果人"反复着妥协和降服的生活"，"就和畜生同列，即使这样的东西聚集了几千万，文化生活也不会成立的"。胡风也认为，潜在的"精神奴役的创伤"是有害的，当精神奴役的创伤"'潜在着'的时候，是怎样一种禁锢、玩弄、麻痹、甚至闷死千千万万的生灵的力量"。第三，鉴于这样的认识，厨川白村和胡风同样热切地主张作家将人民身上的"精神底伤害"或"精神奴役的创伤"表现出来，文艺创作正是表现"精神底伤害"或"精神奴役的创伤"的最好的途径和手段。厨川白村认为，对"精神底伤害"的揭示，是艺术创作的一种契机和动力。当"两种力"剧烈冲突时，"精神底伤害"就作为"苦闷的象征"表现出来。他还从艺术的最高理想出发，提出，"大艺术"就是表现"精神底伤害"的艺术，"倘不是将伏藏在潜在意识的海底里的苦闷即精神底伤害，象征化了东西，即非大艺术"。胡风也认为：有了"精神奴役的创伤"，就有了"对于精神奴役的火一样仇恨"；有了"对于精神奴役的创伤的痛切的感受"，就有了求解放的热切的要求。而这些仇恨和要求就会汇成一种"总的冲动力"。他据此认为，"精神奴役的创伤底活生生的一鳞波动，是封建主义旧中国全部存在底一个力点。……这个精神奴役的创伤所凝成的力点，就正是能够冲正，而且确实冲出了波涛汹涌的反封建斗争的汪洋大海底一个源头"。[2] 他从现实主义文艺的要求出发，认为现实主义文艺应该正视和描

---

[1] 胡风：《论现实主义的路》，《胡风评论集》下册，北京，人民文学出版社 1984 年版，第 349～350 页。

[2] 同上，第 351 页。

写人民的"精神奴役的创伤"。这既是中国人民摆脱"亚细亚的封建残余"的时代要求，又符合现实主义的任务。他指出："要作家写光明，写正面的人物，黑暗和否定环境下面的人物不能写"，那就是"要作家说谎"，就是要"杀死现实主义的精神"。① 他认为只有描写"精神奴役的创伤"，才能使文学具有"冲激"的力量，而作为典范的鲁迅的作品中的人物的特征就是"带着精神奴役的创伤"的具有"冲激力"的典型——"闰土带着精神奴役的创伤，所以是一个用他的全命运冲激我们的活的人，祥林嫂带着精神奴役的创伤，所以是一个用她的全命运冲激我们的活的人，阿Q更是满身带着精神奴役的创伤，所以是一个用他的全命运冲激我们的活的人。"②

胡风就是这样，把他在早年思想形成时期"没头没脑"地阅读过、晚年还念念不忘的厨川白村的理论，自觉或不自觉地吸收、改造并消化到他的理论体系中。这就使得胡风的理论成为中国现代文艺理论中罕见的有个性、成系统的现实主义理论。但是，把厨川白村的理论纳入"现实主义"乃至"社会主义现实主义"框架当中，也不免带有勉强的、生硬的一面。胡风曾经说过，无论是对厨川白村的了解，还是对厨川白村的借鉴和吸收，他主要是以鲁迅为媒介，受了鲁迅影响的。他认为鲁迅把厨川白村的唯心主义的立足点"颠倒过来了"，"把它从唯心主义改放在现实主义（唯物主义）的基础之上"。③ 但是，他没有看到，鲁迅的理论和创作是一个复杂的现象，并非用"现实主义"就可以概括得了的，而厨川白村的理论，也绝不是用"现实主义"就可以"改造"得了的。像厨川白村的《苦闷的象征》这样的揭示了文艺创作的某种普遍规律的理论，是超出了"现实主义"和其他什么"创作方法"之上的。胡风一方面独尊着现实主义、"社会主义现实主义"，另一方面又力图以厨川白村这样的被他视为"唯心论"的文学理论，来冲破"现实主义"、"社会主义现实主义"的某些理论樊篱。这就造成了他的较为开阔的理论视野与相对狭小的现实主义理论模式间的矛盾。当他实际上在揭示文学创作的某些一般规律的时候，却只把它当做现实主义所特有的规律。这就使得他的许多具体的理论阐述常常溢出了现实主义和社会主义现实主义的理论框架。特别是他有意无意地忽视或轻视了"现实主义"、"社会主义现实主义"所本有的意识形态的属性、政治属性、乃至党派的属性，而试图把它限制在文艺本身的范围内，仅仅把它看作是文学创作的原则和方法，于是，在那个时代，他就不可避免地被视为"现实主义"的异端，遭到了来自"正统"

---

① 胡风：《现实主义在今天》，《胡风评论集》中册，北京，人民文学出版社1984年版，第322～323页。

② 胡风：《论现实主义的路》，《胡风评论集》下册，北京，人民文学出版社1984年版，第350页。

③ 胡风：《略谈我与外国文学》，《中国比较文学》，1985年第1期。

现实主义阵营的、来自意识形态的和来自政治势力的猛烈的批判、攻击乃至迫害。而胡风却以一个文学家特有的执拗，一以贯之地坚持自己的理论主张。面对着指责和批判，胡风理直气壮地宣称：“‘主观的战斗要求是唯心论’，就是这么一个‘唯’法，‘精神重于一切的道路’，就是这么一个‘重’法，‘把艺术创作过程神秘化的倾向’，就是这么一个‘化’法的。别的任何东西都可以而且应该‘无条件’地抛弃，但这一点‘难’或者叫做‘重’或者叫做‘化’的，却是无论冒什么‘危险’也都非保留不可。”[①]

于是，胡风现实主义理论体系中像来自厨川白村那样的被视为“唯心主义”的理论成分，使他个人付出了惨重的代价，也在中国现代文艺理论的发展史上留下了沉重的一页。

小　结

日本文论对中国现代文论的影响，主要可以概括为两方面。

一方面，它是作为西方文论影响中国的中转站角色而出现的。由于日本较早面向西方开放，它本身在接受西方文论的过程中对中国现代文论起到了中转站的作用。

但仅仅认识到这一点是远远不够的。还需要看到它的另一方面的作用，这就是：建设中的日本现代文论给予中国现代文论提供了范本的影响力。这是因为，同受汉语文化传统影响而急需现代化的中国与日本，都需要建设自己的现代文论，而先发的日本现代文论正好就成为后发的中国现代文论的就近范本了。鲁迅、周作人、胡风等都受到日本文论的影响并致力于在中国介绍日本文论，不过是其中普通的例子罢了。

（王向远执笔）

---

① 胡风：《论现实主义的路》，《胡风评论集》下册，北京，人民文学出版社 1984 年版，第 351 页。

下　篇

建设与转变

第八章

古今汇通：中国现代文论中的古典传统

导论：作为中国现代文论建设之一环的中国古代文论

这里的中国古代文论研究，主要是作为中国现代文论面对"西方文论中国化"时的一种本土反响而出现的。20世纪古代文论研究不仅仅是一个学科内部的事情，它更是一种文化现象，是中国现代文化的一部分，是中国文化现代性展开过程中的一个侧面，更是中国现代文论建设中的一个环节。但由于古代文论虽然是一个现代性范畴的文化论域，却毕竟是以古代文学观念为谈论对象的，故而这一研究领域就自然而然地成为古代与现代、中国与西方文化碰撞的一个交汇处，成为一个具有多维意义蕴含与象征意味的文化扭结点。古代文论是中国文化现代性的产物，同时它所具有的种种局限以及今日之困境也是拜现代性之所赐。也正是由于这种复杂性，我们的反思也不仅仅囿于古代文论的学科范围，而是通过古代文论研究来透视中国现代文论建设过程中的若干具有普遍性的重要问题。

一、20世纪中国古代文论研究反思

1. "古代文论"的学科化问题

什么是"古代文论"？在现代汉语语境中，无论作为一种学术研究活动，还是作为一个学科门类的"古代文论"，都与另一个概念，即"文学批评史"基本上可以互换，是指研究中国古代文学观念和文学批评的一门学问。如果从20世纪20年代算起，这门学问已经走过了八十多年的历程。关于它的产生原因，朱自清曾指出：

> ……中国文学批评史的出现，却得等到"五四"运动以后，人们确求种种新意念新评价的时候。这时候人们对文学取得了严肃的态度，因而对文学批评也取了郑重的态度，这就提高了在中国的文学批评——诗文评——的地位。这也许因为我们正在开始一个新的批评时代，一个重新估定一切价值的时代，要重新估定一切价值，就得认识传统里的种种价值，以及种种评价的标准；于是乎研究中国文学的人有些就将兴趣与精力放在文学批评史上。再说我们对现代中国文学所用的评价标准，起初虽然是普遍的——其实是借用西方的——后来就渐渐参用本国的传统的，如所谓"言志派"和"载道派"——其实不如说是"载道派"和"缘情派"。文学批评史不止可以阐明过去，并且可以阐明现在，指引将来的路；这也增高了它的趣味与地位。还有，所谓文学遗产问题，解决起来，不但用得着文学史，也用得着文学批评史。中国文学批评史发展得相当快，这些情形恐怕都有影响。[①]

这段话至少包含这样一些意思：第一，古代文论或文学批评史的产生有赖于文学以及与之相应的文学批评在文化系统中地位的提升；第二，"五四"之后中国文学界需要建立崭新的文学评价体系以应对日益蓬勃发展的新文学，古代文学批评因此作为需要清理的对象而受到重视；第三，当时刚刚开始形成的新的文学批评标准起初主要来自西方，后来人们发现本国传统中原有的标准也还可用，为

---

① 朱自清：《诗文评的发展》，《朱自清古典文学论文集》下册，上海，上海古籍出版社1981年版，第543页。

古为今用计，便开始重视古代文学批评；第四，出于整理文学遗产的目的而重视古代文学批评。这些分析是合乎实际的，古代文论或中国文学批评史实际上是伴随着中国现代新文学的发展而发展的，可以说是新的文学观念向中国古代的延伸，即用来自西方的文学观念重新整理中国古代的文学遗产，又反过来借用古代文学批评资源建构新的批评观，因此，古代文论研究可以说是中国现代新文学运动的一个组成部分。这看上去是很自然的事情，实际上却暗含了两种迥然不同的文化系统之间的诸多矛盾与对立。这种矛盾与对立决定着"古代文论"或"中国文学批评史"这门新兴学问的基本形态、演变轨迹与发展走向，对于我们的"反思"来说，这些都是有必要加以辨析与清理的。

如前所述，作为一种学术活动或者一个学科门类的古代文论是指伴随着现代西方文论观念的引进而产生的、以重新梳理中国古代诗文批评的理论与实践为主要目的的学术研究。这种学术研究与其研究主体一样，在中国是一种新兴的文化现象。古代文论研究主体属于"中国现代知识分子"范畴，是一个由传统文人士大夫脱胎而来的一个新的社会阶层；古代文论研究则属于"中国现代学术文化"范畴，与中国古代的诗文评传统有着根本差异。就是说，尽管作为古代文论这门学问之研究主体的现代知识分子与传统文人士大夫存在着某种千丝万缕的联系，古代文论与传统诗文评之间也存在着某种相近之处，但它们是完全不同的两种东西，存在着性质上的根本差异。就研究主体来看，现代知识分子与传统文人士大夫在社会身份、社会功能等方面都存在着诸多差异，这里且不去管它，对我们的论题有追问意义的问题是：二者在思考问题和谈论问题时究竟有什么不同？这些不同是如何造成的？对这些问题的回答实际上也就解答了古代文论话语形态与传统诗文评话语形态之间的异同问题。

在中国古代没有现代意义上的文学研究，古人只是从经验和体验出发对诗文现象有所言说而已，而这就是被古人称为诗文评的话语系统。诗文评之所以不同于现代的古代文论研究，除了前者建基于古代的"诗文"观念之上，而后者是建基于从西方引进的"文学"观念之上以外，更主要的在于，诗文评是把所言说者作为"份内事"看待，而古代文论却是当作"别人的事"来看待的。换言之，诗文评的言说方式是"介入式"的，即通过体认、涵泳的方式表达自己的切身体会，而古代文论却是把研究对象作为"对象"来审视的，即"对象化"的。这种"入思"方式和言说方式上的差异就直接导致了诗文评永远不是一种现代意义上的"知识形态"，而主要是活泼泼的经验与体验，而古代文论则是一种被逻辑思维按照一定规则整理、重构过的概念系统。从这个意义上说，中国古代从来就没有古代文论这样一种学问，这是一门纯粹的现代学科。

问题恰恰就在这里：一门以现代西方文学观念为基础，以概念、逻辑为基本运思工具的现代学科，所面对的却是那样一种直接指涉着道德、政教、人格理想、玄妙之思以及活泼泼的感受、体验的特殊话语系统。这种对象与方法的错位就必然导致研究方法对研究对象的某种程度的扭曲、改造与遮蔽。然而这却是不可避免的，这不仅是古代文论研究的带有某种宿命性的窘困，而且是整个中国传统文化研究的悖论性命运——当你为了保持古代文化的原貌而用古人的思维方式、言说方式对其进行研究时，你是在"以古释古"，你的研究根本算不上是现代学术；当你用在西学影响下形成的现代思维和言说方式研究古代文化时，你就不可避免地重构了古人，根本无法避免"过度阐释"之嫌。我们的现代学术就是在这样的困境中形成并发展的。在这方面，古代文论颇具代表性。

古代文论首先要做的是什么？当然是划定自己言说的范围：比如在郭绍虞那里是确定"文学观"的含义并以此为标准为中国古代文学批评划分历史时期；在罗根泽那里是为"文学"区分广义、狭义和折中义并做出自己的选择；在朱东润那里则是根据现代文学观念选择值得书写的文论家①。尽管他们在谈论"文学"时看上去是以中国古代的材料为依据的，实际上却是预设了西方现代关于"文学"的分类与定义的合法性。这便是他们所说的"与现代人所用的一样"②的"文学"或者罗根泽所取的"折中义"的"文学"了。③ 因此郭、罗、朱等前辈学人撰写"中国文学批评史"的过程，也就是用现代文学观念选择、梳理、评介古代文本资料的过程。这种工作的积极意义与必要性是显而易见的：其一，不如此便不足以确立一个独立的学科，也就不能更有效地研究古人的诗文观念与现代文学观念的相近程度与差异之所在；其二，这种研究梳理出了古人关于诗文之言说的大致脉络与形态。在陈钟凡、郭绍虞、朱东润、罗根泽、方孝岳等中国文学批评史研究大家所奠定的基础上，数十年来，大批学人花费无穷精力与时间沿着这条路线不断开拓、修补、细化、深化，但始终不出其藩篱。前辈学者筚路蓝缕之功令人敬佩，也值得继续发扬光大。

但是毫无疑问，这种研究路向也存在着许多问题：

首先，遮蔽了中国古代许多具有独特性的、不能纳入今日之"文学"范畴的诗文观念，例如中国古代的文章学（关于各种文体的规制、体势、写作技巧等方面的学说）极为发达，但其不属于今日所说的"文学"故而长期受到古代文论研究的冷落。又如"诗话"、"小说评点"等批评话语虽然一直有大量学者

---

① 章培恒先生以为"美和激情"是"朱先生文学思想的根本点"（见章培恒《〈中国文学批评史大纲〉导读》），此论诚然。"美和激情"是朱东润选择其所评述的文论家的基本标准。这一标准所暗含的依据正是"现代文学观念"。

② 郭绍虞：《中国文学批评史》，上海，上海古籍出版社1979年版，第4页。

③ 罗根泽：《中国文学批评史》第一册，上海，上海古籍出版社1984年版，第3页。

进行研究，但是基本上都是在关注其中包含的那些符合现代的"文学"观念内容，而对其运思方式、表述方式则几乎不与理会，因为西方的文学批评从来没有相近的形式。

其次，用现代文学观念为基准衡量古代文论话语，常常导致研究者忽视这些话语产生的具体语境，把它们理解为一种如西方学术话语那样的普遍概念。古代文论话语的产生及使用常常与言说者直接的体验密切相关，故而具有很强的针对性与很大随机性、灵活性，古人在使用这些话语时是通过上下语境来确定其准确含义，而不是像西方学术那样多是在普遍性的定义基础上某一概念。这种情况对于那些做"跨语际"研究的学者可能会有更加突出的感受。刘若愚在谈及自己用英文撰写《中国文学理论》一书的困难时尝言：

> 首先，在中文的批评著作中，同一个词，即使由同一作者所要，也经常表示不同的概念；而不同的词，可能事实上表示同一概念……例如"神"这个字本身可能意指"神明""鬼神""精神的""神圣的""神妙的"或者"神奇的"；"韵"这个字可能意指"谐鸣""和音""押韵""节奏""声调"或者"个人风韵"。"神·韵"合在一起，在理论上可能以令人迷惑的各种方式加以解释，其中有些是合理的，而其余的毫无意义。然而，另一个困难来自有些中国批评家习惯上使用极为诗意的语言所表现的，不是知性的概念而是直觉的感性；这种直觉的感性，在本质上无法明确定义。[①]

用西文写作关于古代文论的著作或者翻译中国古代典籍时会遇到这样的困难，在现代汉语境中对古代典籍展开研究时，也同样存在这样的问题。论者常常犯的错误正是力求将那些多义的或含义不固定的、感性的语词解释为具有普遍性的概念，误以为此类语词也有着向西方学术话语那样固定不变的内涵与外延。这就是古代文论研究者对那些古代文论语词，诸如志、情、气、体、势、风骨、意境、兴趣、神韵之类绞尽脑汁地寻找其确切含义而总是达不到目的的根本原因，因为这些语词的含义只能在特定语境中才可以确定，而且这种"确定"往往也只是意味着它们给出了某种具体的体验、感觉而不是明确的定义。正如"仁"这个儒学的核心话语，尽管孔子常常使用它，但从不为之下定义，而且每次使用的含义都有所不同。

再次，这种研究有时会忽视中国古代文论话语产生的复杂性和文化内涵上的丰富性。古代文论话语背后的依托是中国古人精神追求与价值理想，与西方文论

---

① 刘若愚：《中国文学理论》，杜国清译，南京，江苏教育出版社 2006 年版，第 7 页。

话语的解释性品格大相径庭①，但是以西方文学观念为基准来梳理古代文论话语显然就不得不舍弃那些与之向左的或者不搭界的内容。这样的研究无疑是遮蔽了中国古代文论话语资源的丰富性与独特性。例如在玄学语境中产生或使用的那些文论话语，像"淡远"、"飘逸"、"风骨"、"清丽"、"高古"、"虚静"之类总是与当时士人们的人格追求、价值理想有着密切关联，如果把它们单纯地理解为仅仅指涉诗文风格的语词就必然会舍弃其丰富的文化意味。

2. 现代以来古代文论研究之三大路径

纵观几十年来的古代文论研究大致有三种路径：一是沿着第一代学者的路子继续搜罗爬梳，进行资料的发掘、选择与整理工作，其旨在求真；二是以西方现代文论话语为参照对古代文论话语进行命名、分类、意义建构，其旨在彰显古代文论之现代意义；三是以西方某种学术观念和方法为参照，努力发掘古代文论话语背后隐含的文化逻辑、权力关系、意识形态因素，其旨在更深的层面上求真。对这三种路径我们可以分别进行反思。

第一种路径旨在求真，其学术价值是毋庸置疑的。中国古代文论资源的确博大精深，发现与整理工作远没有完成，因此对那些在今日如此喧嚣浮躁的时代仍能默默地坐冷板凳、钻故纸堆的学者的确应该抱有极大的敬意。那么这种以求真为目的的治学路向的学理背景是什么呢？平心而论，"求真"作为一种学术旨趣并不是中国古代学术的主流，无论是先秦诸子、两汉经学，还是魏晋玄学、隋唐佛学、宋明理学都是在寻觅或建构人生的意义、开拓精神的空间，而不把"求真"作为治学之鹄的，只是清代的汉学，由于特殊的文化历史语境，才开出一种以"辨章学术，考镜源流"（章学诚语）为目的的文献整理之学。这种学术旨在对古代典籍进行辨别真伪、训诂考据的工作，自然是一种"求真"的学问。这种学问之所以有价值乃在于它是一切学术研究的基础性工作，就古代文论研究而言，倘若没有郭绍虞、朱东润、罗根泽等前辈学者的爬梳剔抉，后人对古代文论是怎样一种存在样态尚且不知，更何谈研究！罗根泽说：

> 盖庄周论道，蕲察"古人之全"；荀卿劝学，必解"一曲"之蔽。况乎
> 史之为书，职司载述，不该不遍，不足语于实录；予取予夺，何得称为直

---

① 从亚里士多德的《诗学》开始，西方文论与批评著作所使用的基本概念大都是来自于对所研究之对象的归纳和抽象，基本上是对文学作品某方面之性质的解释。中国古代文论话语却有大量并非从诗文作品中归纳、抽象出来的语词，它们来自于另外某个话语系统，例如先秦诸子哲学中的许多语词在六朝之后转换为文论话语（道、神、妙、玄、气、清、风、雅、味、意等），它们虽然成为文论话语，在语义上有所变化，但其原本具有的那些指涉人格境界、人生理想等方面的文化意味却并未丧失。

笔？至《春秋》立褒贬之义，《史记》成一家之言，斯则以孔子悯道不行，笔削以垂训，马迁受辱发愤，纂著以自明。后人无孔子之圣，马迁之贤，而妄以支离卑瘠之说，谬附笔削一家之言，未有不如王通续经，见诮通人者也。故今兹所作，不敢以一家之言自诡；搜览务全，铨叙务公，祛阴阳偏私之见，存历史事实之真，庶不自致厚蟣古人，贻误来者。①

这里虽带有传统经典传注的意味，但其"存历史事实之真"的学术动机却是很值得肯定的。正是这种求真精神，使古代文论研究的奠基者们为后人开出一片可以不断耕耘的学术田地。

但是古代文论研究的"求真"又似乎不仅仅是渊源于乾嘉学术。回顾中国现代学术史我们可以知道，20世纪20年代中国学界出现的"整理国故"运动和随后在史学界出现的"古史辨"学派是中国现代学术史上的两件大事，其影响所及几乎涵盖了20世纪20~30年代整个中国学术界，对于古代文论研究的影响深远。古代文论研究的主要代表人物之一罗根泽先生本人就是"古史辨"派的中坚人物。对于"古史辨"的学术渊源论者往往以为是宋儒、清儒疑古辨古之风，实则并不尽然。诚然，就连"古史辨"的代表顾颉刚先生自己也说他的疑古是受了郑樵、姚际恒、崔述等古代疑古家的影响，但他同时也多次谈到，他的历史研究方法是直接得自胡适的，根据有关史料我们可以确知，"古史辨"学派就是胡适提倡的"整理国故"在史学上的具体实践。所谓"整理国故"实际上就是用西方的学术观念——范畴、术语、分类标准——对中国古代材料进行一番系统清理，为他们命名、归类、勾勒脉络，从而呈现整体面貌。也就是胡适之所说的"把三千年来支离破碎的古学，用科学方法作一番有系统的整理。"② 那么什么是"科学方法"呢？我们知道胡适在学术研究方面有一个十分显著的特点那就是方法意识的自觉——他总是强调方法的重要性并在学术实践中极力贯穿自己所选择的方法。尽管胡适谈论方法的文字很多，但实际上他的方法却并不复杂，众所周知，"大胆的假设，小心的求证"十个字就是其核心，大致是说要带着怀疑的眼光去博览群书，在阅读过程中善于发现问题，并提出某种解决这些问题的假设性结论，然后再认真寻找材料去加以证明。应该说这种研究方法是有其合理性的，但显然这并不是中国传统文化中固有的研究方法，而是西方学术的产物。胡适自云：

---

① 罗根泽：《中国文学批评史·自序》，上海，上海古籍出版社1984年版，第3页。
② 《胡适口述自传》，唐德刚整理/翻译，合肥，安徽教育出版社2005年版，第219页。

在我进哥大之前我已对《思维术》发生兴趣，也受其影响。杜威认为有系统的思想通常要通过五个阶段：

第一阶段为思想之前奏（antecedent）. 这是一个困惑、疑虑的阶段。这一阶段导致思想者认真去思考。

第二阶段为决定疑虑和困惑究在何处。

第三阶段［为解决这些困惑和疑虑］思想者自己会去寻找一个［解决问题］的假设；或面临一些［现成的］假设的解决方法任凭选择。

第四阶段，在此阶段中，思想者只有在这些假设中，选择其一作为他的困惑和疑虑的可能解决的办法。

第五、也是最后的阶段，思想的人在这一阶段要求证，把他［大胆］选择的假设，［小心的］证明出来那是他对他的疑虑和困惑的最满意的解决。

杜威对有系统思想的分析帮助了我对一般科学研究的基本步骤的了解。他也帮助了我对我国近千年来——尤其是近三百年来——古典学术和史学家治学的方法，诸如"考据学"、"考证学"等等的了解。①

很明显，胡适后来一再强调并自觉实践的"研究方法"即是对杜威所谓系统思维"五步法"的继承。尽管他认为自己发现了中国古代考据学与此"五步法"的相近之处，但我们毋宁把这种"发现"理解为用杜威的观点解读中国考据学的产物。杜威的"实用主义"方法之根本点在于：这是西方近代科学主义思潮的体现，这种方法对人文科学的复杂性与特殊性缺乏应有的重视。因此胡适从杜威得来的方法用之于"考据"则大有成效，用之于意义的阐释则不惟无益，反而有害。事实证明，无论是胡适本人，还是在他影响下的"古史辨"派，治学的路径都流于科学主义一路，这种研究路向对古代典籍所蕴含的丰富意义是视而不见的。顾颉刚多次表示自己的治学方法是来自乃师适之先生。他也认为自己学得的是"科学方法"，他说：

我常说我们要用科学方法去整理国故，人家也称许我用了科学方法而整理国故。……我屡次问自己："你所得到的科学方法到底有多少基本信条？"……后来进了大学，知道惟有用归纳的方法可以增进新知；又知道科学的基础完全建设于假设上，只要从假设去寻求证据，更从证据去修改假设，日益演进，自可日益近真。后来听了适之先生的课，知道研究历史的方法在于寻找一件事情的前后左右关系，不把它看作突然出现的。老实说，我

① 唐德刚整理/翻译：《胡适口述自传》，合肥，安徽教育出版社 2005 年版，第 103 页。

脑筋中印象最深的科学方法不过如此而已。①

这种"科学方法"显然带有明显的科学主义倾向：它预设了历史的客观性，坚信史学家的任务就是通过阅读、归纳、假设、求证来证明这种客观性。这种研究往往无视历史事件背后所隐含的意义与价值，完全把所研究的人和事"对象化"、"客体化"了。例如顾颉刚对汉儒说《诗》不遗余力地贬损就根本无视汉儒的良苦用心以及他们的诗学话语背后隐含的文化逻辑与政治性。这种方法只会根据材料进行归纳和推理，根本无法重建具体文化历史语境，因而也无法借助于体验与体认来对被研究者的行为动机以合乎情理的解释。这就从根本上违背了人文科学研究的基本精神旨趣②。

从胡适到"古史辨"派，实际上代表了中国现代学术的一大倾向，也就是从尼采到狄尔泰再到海德格尔一直反思并否弃的那种在人文科学领域产生不良影响的科学主义学术倾向。西方近代以来，特别是19世纪在自然科学方面取得了巨大成就，影响所及，使许多人误以为自然科学的方法是一种可以统摄一切学问的普遍方法，因此在人文社会科学领域就出现了科学主义倾向，这种倾向一直到20世纪上半期还有很大市场。胡适不遗余力地倡导的、在中国现代学界影响至深的研究路向本质上正是这种科学主义。我们只要把胡适和冯友兰的中国哲学史研究、顾颉刚和钱穆的中国历史研究稍加对比就不难发现二者在基本学术路向上的巨大差异。借用陈寅恪先生的说法就是：冯、钱二人有着"理解之同情"，胡、顾二人则缺乏这种同情。盖在冯、钱眼中中国历史和哲学史不是僵死的文字材料，更不是事件的排列，而是蕴含着古人理想与情愫的活生生的经验、体验与哲思；而在胡、顾看来，中国历史和哲学史是没有生命的资料而已，而且其中许多还是大可怀疑的伪材料。故而，在冯、钱的研究中就带有继承与弘扬传统文化精神的意味，而在胡、顾这里则如手持手术刀的外科医生一样用冷冰冰的、充满挑剔、怀疑的目前审视自己的研究对象。二者的治学立场、所操持的方法都是大异其趣的。他们分别代表了中国现代学术文化的两大基本倾向③。

---

① 顾颉刚：《〈古史辨〉第一册自序》，见《古史辨自序》，石家庄，河北教育出版社2003年版，第87~88页。

② 在20世纪20年代前期展开的著名的"科玄论战"中许多问题实际上已经被提出了，张君劢在那篇关于"人生观"的著名讲演中对于人文科学（张称为"精神科学"）与自然科学（张称位"物质科学"）在研究立场、研究方法、社会功用、评价标准等方面的根本差异有清晰的表述，而丁文江关于科学对人生观有支配作用的思想很明显是西方近代科学主义思潮的反映。

③ "国粹派"、熊十力、梁漱溟、马一浮、贺麟、"学衡派"等属于冯、钱代表的"人文主义"研究路向；诸如杨树达、余嘉锡、钱玄同、傅斯年、陈垣等一大批致力于训诂考据版本目录之学的学者都属于胡、顾代表的"科学主义"研究路向。两派都取得了令人瞩目的学术成就。另外还有以批判为手段，以建构革命意识形态为指归的马克思主义学术研究，以郭沫若的史学研究为代表。

属于现代学术范畴的古代文论研究无疑也受到这两大学术路向的影响与制约。但总体言之，应该说是科学主义倾向占据了明显的上风。像朱东润、郭绍虞、罗根泽、朱自清等批评史研究专家基本上都立足于"求真"、"求实"，即材料的发现、梳理而不重视意义的阐发。可以说，"求真"的研究路向如果仅仅作为古代文论研究中诸种方法之一种，仅仅限于基本材料的整理层面，其价值是不言而喻的，但是如果像胡适之治哲学史、顾颉刚之治上古史那样将这种带有明显科学主义性质的方法视为唯一方法，而且还以此抵制一切其他方法，那就大成问题了。道理很简单：古代文论话语不仅仅是材料，它更是意义的世界，是活泼泼的精神存在。

第二种路径可以说是处于后殖民语境所必然产生的学术路向，因为现代以来充溢知识界的那种"事事不如人"的民族自卑感必然导致对西方"强势话语"的模仿。言说者往往预设了西方话语的合理性，于是用西方近代以来形成的文学观念与诸种文学理论来衡量、取舍古代文论材料便成为一种很普遍的事情。这里也有两种情况：

一是用西方现成的概念、范畴为中国古代文论话语命名、分类，指出"某某"即是"某某"，或"某某"属于"某某"。中国古代文论话语基本上不为自己下定义，也不明确规定自己的内涵与外延，因此在使用中的确给人一种"模糊性"或"不确定性"的感觉。但实际上，在古人的言说语境中，这些话语所要表现的内容是很清楚的，只不过这"内容"往往是一种包括直觉、体验、感觉、理解在内的复杂的、综合性的心理蕴含，而不是确定的逻辑判断与命题。它们是对"不可言说"之物的言说，是一种"迂回的"、"象征性的"、"类比的"或属于"审美秩序"的表述方式，是对那些微妙难测的心理状态或艺术境界的极其巧妙的呈现方式，而不是下定义。因此那种以西方文论的概念、范畴直接为中国古代文论话语命名、分类的做法毫无疑问是一种学术研究的歧途，是伪学术，没有任何学术价值，正如用西方史学观念为标准简单地给中国历史进行分期没有任何学术价值一样。这里的失误用八个字可以概括：圆凿方枘、削足适履。如果说在朱东润、郭绍虞、罗根泽等人那里在展开各自的研究时虽然已经预设了西方"文学"观念的合法性，但毕竟主要做的是整理材料、梳理脉络、确定学科框架的"开疆拓土"的工作，因而对古代文学观念、范畴的"过度阐释"还不那么明显，那么到了许多后学们那里，随着西方文学理论与批评的大量引进，那种用西方话语来贴标签、曲解、遮蔽、压制古代文论资料的情形就比比皆是了。这种古代文论研究的效果不是弘扬其自身价值，也不是赋予其现代意义，而是用来印证西方文论的合理性、普适性。在这种研究看来，古代文论资源之所以还有研究之必要仅仅在于它们证明了西方文论中现在才有的东西，在我们古人那里早就有了。由于现代学者自身创造能力的孱弱，只好抬出古人来与西方人对话，看上去是彰显了中华民族文化的优越与早熟，实际上却是用古人为西方人做注脚，先行承认了西方文论的权威性。

另一种情况则可以说是在中国当下文化历史语境中学术研究的正途。这就是以西方文论话语为参照来发掘中国古代文论话语中蕴含的那些以往不为人所知的意义。这种研究并不预设西方文论的权威性，而是把西方文论当作一种"他者"，用以作为比照自身的"镜子"，通过平等的比较来凸现中国古代文论话语在思维方式、表述方式上的特征。这无疑是一个非常正确的研究路向。在古代文论研究中的确有一种无视乃至排斥西方思想的倾向。认为只有埋头古籍，严守古人的治学门径，才是古代文论研究的正途，并因此而鄙视一切由西学视野的古代文论研究。这实在是一种很糟糕的观点，甚至可以说是懒人的托辞。所谓"怠者不能修，忌者畏人修"者是也。王国维先生曾说：不懂得西洋哲学，也就不可能真正懂得中国哲学（大意如此），真可以说是真知灼见。没有一种"他者"视域，很难发现自身的独特价值。一个人是如此，一种学术，一种文化也同样如此。如果说纯粹的考据整理之学不去关注西方话语尚无大碍，那么如果涉及意义的阐释、价值的判断，倘仅限于自身传统的视野，那就难免有"以古释古"之弊了，这样的学术研究是不可能有任何现代意义的。"文化全球化"虽然是一个饱受争议的提法，但不同文化之间的互相影响、渗透却无疑是当今世界范围内文化发展的大趋势。在这样的情况下那种关起门来自说自话的治学路径是很值得怀疑的。对于已经发生的事情不能假装没有看见。眼观六路、耳听八方才应该是今日学者所应具备的素质。什么学科界限、古今界限、中西界限、雅俗界限……，在独立的学术思考面前都应该被毫不留情地打破。

对于人类文化的整体发展而言，一种文化的价值所在正在于她与其他文化的不同之处。独特性永远是文化的魅力之所在。尤其是人文学科，其主要功能就是拓展人的精神空间、丰富人类的精神维度，不同类型的文化都提供了各自不同的精神空间与维度，并因此而获得各自存在的合理性。至于何种文化为人们所选择吸收则是一个历史性问题，不是个人意志所决定的。古代文论话语资源在今天之所以还有存在的意义也同样是因为他的独一无二性，能够或者可能为人类文化的进一步发展提供一种无可替代的资源。而古代文论研究的主要任务也就应该是寻找、发现这种独特性。相比之下，资料的发掘与整理不过是为完成这个任务而提供的基础与前提而已。

能够充分借鉴西方现代美学与文学观念、带有明显人文主义倾向对待古代文论材料并且能够发现中国古代文论之独特价值因而对后世产生重大影响者，前有王国维，后有宗白华。他们都力求在中西融汇的基础上建构某种意义。

王国维在中国古代文论研究史上有着很特殊的地位。可以说他是将西方学术视野与中国古代诗文评传统相融合的第一人。其所创造之一系列文论概念（语词大都来自古人，王氏为之注入新义），诸如：古雅、眩惑、境界、有我之境、无我之境、写境、造境、客观之诗人、主观之诗人等等，都是中西诗学观念融汇的产物，这些概念的提出乃旨在为文学提供新的、更符合实际的解释。同时也是一种价值的诉求——既是审美价值也是精神价值。王国维对《红楼梦》的解读、对屈原精神的阐述，看上去都是简单地用来自西方的思想观念解读中国文学现象，似乎有些生搬硬套，实际上他是在借助于这种解读倡导一种新的价值观，是试图揭示这些古代文学现象所蕴含的现代意义。就运思方式和言说方式而言，王国维的《红楼梦评论》、《屈子文学之精神》、《古雅在美学上之位置》等论文可以说是中西结合的：既有西方学术话语的逻辑推理，又有中国传统话语的类比与体验。至于《人间词话》，尽管吸收了西方思想，但其运思与言说则属于传统诗话、词话的方法。应该说，王国维的文论话语根本上是在继承中国传统诗文评的基础上力求创新，走的是二者结合的路子，尽管还显得有些生硬，不够自然圆融，但这一路向本身是很正确的。可惜的是，后来的古代文论研究并没有继承他所开创的道路。

宗白华在中国古代文论方面的贡献是在现代汉语语境之中、借助于西方的文学思想，极力阐发中国古代文论话语的独特价值，并力求在自己的批评实践中来运用古代文论的话语资源——这与那种纯粹以"求真"为目的的文学批评史研究是大不相同的。其云：

> 王船山先生论诗云："君子之心，有与天地同情者，有与禽鱼草木同情者，有与女子小人同情者，有与道同情者——悉得其情，而皆有以裁用之，大以体天地之心，微以备禽鱼草木之几。"这是中国艺术中写实精神的真谛。中国的写实，不是暴露人间的丑恶，抒写心灵的黑暗，乃是"张目人间，逍遥物外，含毫独运，迥发天倪。"动天地、泣鬼神、参造化之权，研象外之趣，这是中国艺术家最后的目的。所以写实、传神、造境，在中国艺术上是一线贯穿的，不必分析出什么写实主义、理想主义来。近人震惊于西洋绘画的写实能力，误以为中国艺术缺乏写实兴趣，这是大错特错的。①

这里宗白华先生对中国古代艺术写实精神之特点进行了十分精到的概括，中

---

① 宗白华：《中国艺术的写实精神》，见《美学与意境》，北京，人民出版社1987年版，第204～205页。

国古人的写实不在于揭露黑暗，而在于揭示人与外在世界的相通性，是将写实、传神、造境融汇为一的艺术。考之古代艺术实际，我们不难发现，无论诗歌、绘画、音乐，均是如此。毫无疑问，宗先生在这里肯定是把西方的艺术创作和艺术理论作为参照的，但他绝对没有简单比附，而是在比较中发现中国艺术的特点，这是很值得赞赏的态度。宗先生还试图通过中西艺术之对比找出艺术之所以为艺术的某种共同特质，例如他关于"意境"的理解就体现了这一思路：

> 所以一切美的光都是来自心灵的源泉：没有心灵的映射，是无所谓美的。瑞士思想家阿米尔（Amiel）说：
> 一片自然风景是一个心灵的境界。
> 中国大画家石涛也说：
> 山川使予代山川而言也。……山川与予神遇而迹化也。
> 艺术家心灵映射万象，代山川而立言，他所表现的是主观的生命情调与客观的自然景象交融互渗，成就一个鸢飞鱼跃，活泼玲珑，原渊然而深的灵境；这灵境就构成艺术之所以为艺术的"意境"。①

宗先生是在分析了人生的五种境界，即"功利境界"、"伦理境界"、"政治境界"、"学术境界"、"宗教境界"之后来分析"意境"这一"艺术境界"的。这种关于"意境"的理解显然是以西方文艺思想为参照的，是在努力寻找一种中西艺术共有的审美特性。这种宏阔通达的眼光与那种一味"以西解中"或"扬西贬中"的片面狭隘之见是不可同日而语的，与那种盲目抵制西学的抱残守缺者更是不能相提并论。

第三种路径虽然刚开始有人探索，甚至还谈不上有什么令人瞩目的成绩，但却是最值得大力提倡的。这实际上也还是一种"求真"路向，只不过这里的"真"不再是那种材料之"真"，而是古代文论话语形成逻辑和内在机制之"真"，是更深层的，也是更复杂的"真"。

我们现代以来的许多学者（包括古代文论研究者）常常有一种误区，以为"求真"的工作也就是资料考据发掘、整理爬梳、辨伪诀疑等，连带着进而以为，所谓学术的功力也就完全视资料掌握的程度而论，实际上这是很成问题的。"求真"绝非仅仅是资料层面的事情，"功力"于资料之外更有"识见"（或云理论洞见）的维度——理论修养是较之资料积累更加难得也更加重要的学术功力，因为它不仅需要勤奋，还需要悟性。从"求真"的角度看，中国古代文论

① 宗白华：《中国艺术意境之诞生》，见《美学与意境》，北京，人民出版社1987年版，第210页。

话语是如何形成的？其背后隐含的文化逻辑是什么？其意识形态功能何在？这都是题中应有之义。目前国内学界在这方面的研究还很薄弱，但早已经开始。这一研究路向可以说始之于鲁迅先生的《魏晋风度及文章与药及酒之关系》，在这篇著名的演讲中，鲁迅先生开创了现代文学研究领域中从社会政治形势、言说者社会境遇、社会文化思潮、生活方式与心态的角度探讨文学观念与风格形成原因的路向，给后世以极大方法上的启迪。后继者中最为著名的应是王瑶先生的《中古文学史论》。从该书所论"题旨"我们既可窥见其思路："政治社会情况与文士地位"、"玄学于清谈"、"文论的发展"、"文体辨析与总集的成立"、"小说与方术"、"文人与药"、"文人与酒"、"论希企隐逸之风"、"曹氏父子与建安七子"、"玄言·山水·田园——论东晋诗"等等。此书挥洒自如，联系广泛，是在立体的、多维的、具体的文化历史语境之中来考察文学观念的。这部书稿写于20 世纪 40 年代，可惜此后数十年中几无后继者。只是到了 20 世纪 80 年代后期这才有个别当代学人重新接续起这一研究路向。

通过以上分析我们可以看出，中国古代文论研究始终徘徊于知识梳理，即"求真"与意义建构，即"求用"之间，而这也正是人文科学所面临的一个普遍性问题。王国维先生尝言："哲学上之说，大都可爱者不可信，可信者不可爱。……伟大之形而上学，高严之伦理学，与纯粹之美学，此吾人所酷嗜也。然求其可信者，则宁在知识论上之实证论，伦理学上之快乐论，与美学上之经验论。至其可信而不能爱，觉其可爱而又不能信，此二三年中最大之烦闷。"[①] 在这里王国维所表达的乃是人文知识分子普遍存在一种大困惑：这种困惑已经超出了中国近现代文化历史语境，甚至也超出了整个后殖民语境，是一种超越时空的普遍焦虑。对此，我们可以从下列几个层次进行思考：

首先，从人类学的层面上看，这是一切人文学科无法摆脱的永恒悖论。在人文学科领域有没有不存在悖论的观点？我以为没有。悖论正是人文学科的普遍性之所在。康德的"二律背反"其实可以适用于人文科学之意义建构的任何领域。何以见得呢？道理其实很简单：人本身就是悖论性存在，换言之，人永远无法摆脱其存在性悖论，因此其任何意义的建构都必然带上悖论性质。从存在层面看，人是一个活生生的、具体的个体性生命存在，这就使其有着弗洛伊德所说之"本我"的诸特征，来自自身肉体存在的欲望之满足是其唯一生命指向。这也就是马克思所说之"生命活动"的原动力。但是人又不是并且不可能是纯粹的个体性存在，它只有在社会整体中才会呈现出人之诸特性。就是说，他的生命特征不能以自然的形态现象出来，而必须按照社会整体需要和允许的方式呈现出来，

---

① 《王国维自序》，《静庵文集续编》，上海，上海书店 1983 年版，第 611 页。

这方式也就是弗洛伊德所说的"现实原则",而此时之人就不再是原初意义上的"本我",而成为实际存在之"自我"。事实上,除了婴儿以及老年痴呆者、神志不清者之外,作为"本我"的人只是一种可能的存在,现实的存在只能是"自我"。但是此一"自我"却又包含着作为能量存在的"本我",只不过是改变了他的自然形态而已。作为人之现实性的"自我"实际上是"本我"的变形。这就是说,现实中的每个人都是一个原始生命冲动与现实原则的"复合体",也可以说是纯粹生命存在之个体性与社会性的"复合体"。人的这种"复合"性存在形式本身就是一种悖论性存在,而且还是人类一切意义建构之"悖论性"的最终根源。在此"悖论性存在"的基础上,人类展开了两个层面上的悖论性精神活动:一是思维方式上的个别性与普遍性之间的悖论;二是价值取向上之个体关怀与普遍关怀之悖论。

个别性与普遍性是人类思维方式的永恒悖论。仅仅关注个别事物的具象性思维具有真切性、直接性、直观性等优点,却也有无法整体把握某类事物之一般性,并以此为基础进行判断、推理之弊。就西方思想演进历程看,古人慑于自然之浩瀚无际与变幻莫测,于是依靠宇宙本体论思维在想象中把握世界,以消解内心之恐惧感;近现代以来人们将知识论建基于对自身认识能力之反思基础上,确信人的思维有权为万事万物命名、分类、下定义,并且规定其性质、发现其本质、揭示其规律;20世纪以来人则开始反思前人那种对自身把握世界之能力的自信。对那种关于普遍性、规律性、本质的追问方式持有深刻的怀疑,又重新呼唤对于个别性、具体性、差异性、断裂性的重视。看上去这种思维方式的演变是相互否定的,其实这里一以贯之的是个别性与普遍性的悖论:纯粹的具体性思维无法把握整体性存在,而一旦运用抽象能力进行概括,活生生的具体性就必然被遮蔽、被置换。二者并不像黑格尔的辩证法所理解的那样构成一个完美的统一体,它们实际上只能作为悖论而存在。每个人都是个体的、具体的,但整个人群或社会却存在着某种关联性、整体性、一般性——这正是人类思维根本性悖论的深层原因。

自我与他者之双重存在是导致人类悖论性存在的重要原因。自我是个体主体性之所在,是个体对自身的认可。用美国心理学家埃里克森的话说自我是人在成长过程中身份认同的结果。人自认为其根本所是者即是所谓自我。在当今学术语境中,我们知道自我并非如中国古人所谓"性"者,乃生而有之,它是在具体社会关系网络之中,在社会意识形态的"询唤"之下逐渐形成的。可以说是人先存在着,然后才有自我。这倒是符合萨特"存在先于本质"的著名论断。但是自我也并不简单地是外在力量植入个体内部的,他是在人的最初觉知能力与"他者"之间的不断"交换"过程中逐渐形成的。在这里我们可以借助于皮亚杰氏的心理建构理论来说明这一过程。皮亚杰在研究人的"认知图式"形成过程时提出著名的"同化"与"顺应"理论，认为婴儿甫一出生便具有某种来自母腹的先验心理图式，当他开始接触外部世界时，其心理图式就开始了重新建构的过程，这一过程的基本机制就是同化与顺应——来自外部世界的信息与接受主体已有心理图式相符合者，被主体心理所吸收，起到强化原有心理图式的作用，是谓同化；外部信息不同于原有心理图式者，则主体心理图式根据所接受的新信息进行调整，是谓顺应。一个人的认知心理图式就是这样在不断建构过程中形成的。我以为这也符合"自我"的形成轨迹。"自我"总是在与作为"他者"的各种外来信息的"同化"与"顺应"过程形成的。按照黑格尔和早期马克思的观点，人无法自己确证自己的，他必须在"对象化"过程中通过对象来确证自己。同样的道理，自我也只有在与他者的关系中，通过他者得以确立。这就意味着，人从其"自我"开始形成之日起就是一种双重性的存在，这种"内在"因素与"外在"因素所构成的双重性恰恰是人的悖论性存在的根本原因。

其次，从社会心理学层面看，这是"求真"与"求用"之双重动机的必然结果。从某种意义上说，对"真相"之好奇与对实际功用之追求正是人类一切行为的基本动机。"求真"的结果是得到"可信"之结论，"求用"的结果是得到实际之功效。"可爱"亦是实际功效之一种。由"求真"之动机出发，人们建构起一个个客观知识的大厦；从"求用"的动机出发，人们建构起一个个意识形态与乌托邦的大厦。它们看上去似乎都是知识话语体系，实际上却根本不同：前者是"真相"之呈现，往往"可信而不可爱"；后者是"愿望"之表征，往往"可爱而不可信"。然而二者均植根于人之本性，各有各的用途，是缺一不可的。问题在于人们往往不明了这两大话语系统之间的差异，经常混用两大系统的评价标准，这就把问题复杂化了。例如中国古人总是把他们那套价值观念（无论是孔孟还是老庄）说成是根源于天地之道与人的自然心性（儒家的"天命之谓性，率性之谓道，修道之谓教"；老庄的"人法地，地法天，天法道，道法自然。""反朴还真"、"心斋"、"坐忘"。）换言之，他们总是把意义建构、价值追求解释成客观化知识，把自己的道德伦理观念理解成天地自然之间的普遍法则。西方人也是一样，中世纪的经院哲学极力把宗教理念论证成客观知识，启蒙哲学家们则试图将资产阶级的政治理想说成是放之四海皆准的真理。至于运用自然科学的方法论证人文科学问题更成为19世纪西方学术一大特色。王国维先生的"可信"与"可爱"之论主要正是针对19世纪西方哲学而发的感慨。

第三，王国维关于哲学的"可爱"与"可信"之分也反映了一种知识论上的混乱，这就是把自然科学与人文科学评价标准相混淆的问题。这也正是西方19世纪人文科学领域普遍存在的一个问题。人们常常自觉不自觉地用自然科学的标准来衡量人文科学，甚至要求人文科学研究的客观化、标准化、量化。哲学上孔德的实证主义、文学上左拉的自然主义、美学上费希纳的实验美学等等都是这方面的表现。王国维先生所说的"可信"实际上是自然科学领域的标准；"可爱"则应是人文科学领域的标准。

人类的知识的确有可信而不可爱与可爱而不可信之分，但是这并不是一切知识的必然分类，就是说，还是存在着既可信又可爱的知识之可能性的。在美学领域审美对象首先要使人相信，然后才会使人喜欢，在这里可信与可爱必然是统一在一起的。但是在审美领域的"可信"是一种建立在假定性基础上的"可信"，与那种以追问"真相"为目的的"可信"是截然不同的。在宗教领域，"可信"与"可爱"也是统一在一起的，只不过这里的"可信"是建立在"信仰"基础上的，这里同样没有"追问真相"的立足之地。在哲学上的情况就要复杂多了。本来，哲学原本也是人类关于意义的思考，或者说主要是关于"生存智慧"的思考。但后来与自然科学混同起来，成了关于世界之"真相"的追问。近代以来，各自然科学门类羽毛渐丰，哲学已然无法涵盖它们，于是数学、物理学、化学、天文学等等一个个成为独立学科，哲学变成一个很空洞的概念，于是哲学家们自己宣称哲学是关于世界上最普遍最一般的规律的学问，是一切学问之学问。然而后来人们发现所谓"最一般的、最普遍的"东西是并不存在的，即使存在也是毫无用处的，于是哲学的崇高地位受到质疑。在这种情况下，哲学不得不向自身还原：重新成为关于存在、关于人生意义的学问。从费尔巴哈到叔本华，从尼采到海德格尔、雅斯贝尔斯都是这种哲学还原的积极推动者。

由此可见，所谓"可信"与"可爱"的矛盾从根本上说是人类自身一种悖论性生存状态的反应，从人类学术研究角度看则是自然科学与人文科学相混淆的结果，是科学主义向人文科学领域入侵的产物。具体到古代文论的研究领域，则"可信"与"可爱"之说也可以理解为知识梳理与意义建构的关系问题。知识梳理要求客观性，追求可信；意义建构要求有用性，指归在可爱。我们当然可以说任何学术研究都存在着知识层面与意义层面，因此二者可以并行而不悖，但是这里还是存在着一个无法回避的问题：学术研究的根本目的究竟何在？本人认为，一切学术研究在根本上都是为人类的生存服务的，这种观点看上去很有"人类中心主义"之嫌，那么就让我们看看"反人类中心主义"学术思想的目的。"反人类中心主义"是后现代语境中，在对"现代性"，特别是所谓"工具理性"进行批判性反思基础上提出的一种思想观点，根据这种思想，人类在思考和行动时不应该以自己为出发点，而应该站在地球整体生命存在的立场上，照顾到各种存在物的权利与利益。坚持这种思想的学者大都是环境保护主义者。其主旨乃在于限制人类为了自身眼前的利益而任意破坏自然资源和环境。人们常常批评这种思想，认为它不切实际，因为世界上一切都是相对于人来说才有价值和意义的。其实这是对"反人类中心主义"的深层动机缺乏了解的片面之见。其实整个以反思现代性缺陷为职志的后现代主义，看上去是对人类以往的话语建构和思维方式进行"去神圣化"的工作，是在进行自我否定，但其真正的目的并非自我贬低，而是人类自我意识的深化，从某种意义上说，后现代主义与现代主义各自代表了人类自我意识两个相接续的不同阶段，它们各有各的历史意义，但毕竟有着深浅之别。后现代主义的"去神圣化"旨在把人类从自我编织的美梦中唤醒，使之以更加清醒的头脑面对世界与自身，能够更加合理地使用自己的精力与智力。在这样的语境中，所谓"反人类中心主义"不过是提醒人类不要过于妄自尊大，不要为了自己眼前利益而牺牲自己的生存环境而已。其根本目的还是为着人类长远的生存考虑。其实早在 160 年前年轻的马克思就考虑过这个问题了，他认为"作为完成了的自然主义等于人本主义，而作为完成了的人本主义等于自然主义。"[①] 这就是说，以人为中心还是以自然为中心，在最高意义上其实是一回事。如此看来，"反人类中心主义"也就是更根本意义上的"人类中心主义"。

二、关于"中国古代文论的现代转换"问题

近年来以"文艺学学科反思"或"文学理论反思"为主旨的论文大量涌现，这本身似乎就足以证明这样一个事实：文学理论面临危机。但是除了少数一些论者认为文学理论已然到了寿终正寝的时候之外，绝大多数还是希望建设属于我们自己的文学理论话语系统。根据通常的经验，要建设一种新的文学理论话语系离不开两方面的话语资源，一是新的文学经验，二是新的理论资源。就后者来说，所谓"新的"并不意味着就是新出现的、前所未有的东西，而是也包括传统的，但尚未被现代的文学理论建设充分发掘和使用过的那些理论话语，正如柏拉图的理论言说虽然是古已有之的，但并不妨碍它在西方现代哲学中依然常常催生新的理论一样。于是中国古代文论如何进入到当前文学理论建设之中的问题就被提出来了。为了解决这个"大"问题，下面两个"小"问题肯定是回避不了的。

1. "中国古代文论的现代转换"是不是伪问题？

20 世纪 80 年代文学理论界如饥似渴地吸纳西方人的理论，经过了"方法

---

① 马克思：《1844 年经济学哲学手稿》，刘丕坤译，北京，人民出版社 1979 年版，第 73 页。

年"、"理论年"的喧嚣之后，人们渐渐发现，别人的东西并不能完全解决我们自己的问题，而当人们开始寻求属于自己的话语时，却惊异地发现我们自己的老祖宗留下来的东西已经被丢弃很久了。于是有了20世纪90年代中期的"失语症"之说。这一虽然形象却并不深刻、更不严密的提法之所以很快得到许多人的呼应与质疑，自然是基于人们对于中华民族传统文化之命运的普遍焦虑与强烈的民族认同与文化认同意识。正是为了治疗这种"失语症"，"中国古代文论的现代转换"话题隆重出场了。提倡者认为，只有大力弘扬和继承中国传统文论，"选择其合理的范畴、观念乃至体系，并在融合外国文论的基础上，激活当代文论，使之成为一种新的理论形态……这样，我们才能在世界文论中改变'失语症'的地位，才能使我国文论自立于世界文论之林"。① 融会中西古今，建设有中国特色的当代文论，从而形成足以与世界文论话语平等对话的话语系统——这是很有代表性的观点。在坚持"转型"或"转换"基础上深入探讨具体转换策略与方法的众多观点之中，有两种观点值得特别关注。

第一种是陈伯海先生的观点。他在《通则变，变则久》一文中指出：

> 本世纪以来，我们的文学语言由文言转成白话，文学样式由旧体变为新体，文学功能由抒情主导转向叙事大宗，文学材料由古代事象演化为当代生活，这还只是表层的变迁。更为深沉的，是人们的人生感受、价值目标、思维方式、审美情趣都已发生实质性的变异。面对这一巨大的历史反差，古文论兀自岿然不动，企图以不变应万变，能行得通吗？"转换"说的提出，正是要在民族传统和当代生活之间架起桥梁，促使古文论能动地参与现时代人类文化精神的建构，其积极意义无论如何也不能低估。②

这里是从古今文化历史语境的巨大差异角度来阐述"转换"之必要性的。但同时这里却也透露出"转换"的无比艰巨性：既然文学样式、价值观念、思维方式、人生感受都发生了根本性变化，那么"转换"是否可能？陈伯海是这样来寻求解决之途的："在我看来，比较、分解、综合构成了这一转换过程中的三个基本的环节，它们相互承接而又相互渗透。"在陈先生这里，所谓比较就是"在古今与中外文论相沟通的大视野里来审视中国古代文论，寻求其与现代文论、外国文论进行对话、交流的契机，这是打破古文论封闭外壳的第一步，是实行其现代转换的前提。"这是很合理的见解，因为只有通过古今比较、中外比较

① 钱中文：《建设有中国特色的当代文论——"中国古代文论的现代转换"学术研讨会开幕辞》，见钱中文、畅广元主编《中国古代文论的现代转换》，西安，陕西师范大学出版社1997年版，第2页。
② 陈伯海：《通则变，变则久》，《文学遗产》，2000年第1期；以下同篇引文不注。

才能弄清楚古代文论的特征之所在、其长处与短处之所在，从而形成选择与改造的依据。一句话，古代的东西在现代生活中是否还具有生命力，只有在比较中才能看出来。

所谓"分解"，按照陈先生的见解，"指的是对古文论的范畴、命题、推理论证、逻辑结构、局部以至全局性的理论体系加以意义层面上的分析解剖，区别其特殊意义和一般意义、表层意义和深层意义、整体意义和局部意义等等。"这同样是真正的行家才能说出的话。古代文论中的许多范畴与命题都是在具体的、特殊语境中提出来的，而在其流传演变过程也经常会发生意义的扩展与转变。因此只有通过深入细致的分析解剖才能真正区分出它们的狭义与广义、表层意义与深层意义，才能弄清楚我们应该在哪个意义层面上来吸收它们、改造它们。

所谓"综合"，"指的是古文论传统中至今尚富于生命力的成分，在解脱了原有的意义纠葛，得到合理的阐发，拓展、深化其历史容量之后，开始进入新的文学实践与文化建构的领域，同现时代以及外来的理论因子相交融，共同组建起新的话语系统的过程。它标志着古文论现代转换的告成。"这实际上是一个运用的过程——经过选择与重新阐释过的古代文论命题、范畴、观念与外来的、现代的文论话语处于"兼容"状态，于是被运用于当代文论研究与批评实践的过程之中，从而真正获得现实的生命活力，即成为"被用的"而不仅仅是"被说的"东西。换言之经过转换的古代文论话语已经不再是一个供人们研究的陌生的"他者"，而是成为言说者的一部分。

由此简略评述可知，陈伯海先生从一位长期从事古代文论研究的专家的角度来看待"转换"问题，的确提出了很有价值的意见。但是像暗礁一样深藏不露的问题却依然存在，例如：具体言之，究竟哪些古代文论的范畴、命题或者意义可以与我们的现代生活或者来自西方的价值观念、思维方式"相交融"呢？这是否仅仅是一种理论的假设而不具备实际的可能性呢？这无疑是应该进一步深入研究的问题。

第二种是童庆炳先生的观点。童先生"深感中国古代文论的研究要采取古今对话的学术策略"，并提出了实施这一策略的三条基本原则，即历史优先原则、对话原则、自洽原则。

历史优先原则是指"把古文论的资料放回到它的文化、历史的语境中去考察，力图揭示它原有的本真面目，其中包括作家论点的原意、与时代思想的承继关系、背景因素、现实针对性等"。[①] 这是一条前提性的原则，既然是"对话"，就意味着双方处于平等的地位，因而我们没有权利"断章取义"式地任意解释

---

① 童庆炳：《中国古代文论的现代意义》，北京，北京师范大学出版社 2001 年版，第 2 页。

古人。我们必须承认历史上的确发生过和我们毫无关联的人和事。尽管这些人和事以及他们的思想都是依靠各种文化文本呈现给我们，与他们原本的形态可能已然相去甚远，但是我们还是要承认它们的优先性与客观性。通过对各种文化文本的综合性研究从而重建我们的研究对象赖以产生的文化语境——正是建立"古今对话"之阐释模式的第一步。离开了这一步，你都不知道在和谁说话，遑论对话呢！如此看来，童先生的"历史优先原则"的确是至关重要的。

对话原则的基本精神是："把古人作为一个主体（古人已死，但我们要通过历史优先的研究，使其思想变活），并十分地尊重他们，不要用今人的思想随意曲解他们；今人也作为一个对话的主体，以现代的学术视野与古人的文论思想进行交流、沟通、碰撞，既不是把今人的思想融会到古人的思想中去，也不是给古人穿上现代的服装，而是在这种反复的交流、沟通、碰撞中，实现古今的融合，引发出新的思想与结论，使文艺理论新形态的建设能在古今交汇中逐步完成"。[①]古人已经成为文本的存在，如何可以和我们"对话"呢？这里的关键显然是今人的言说立场与态度。我理解，要真的实现这种"对话原则"就意味着今人必须放弃任何先入之见，带着一种"理解"的态度去进入古代文论的话语之中，经常追问的不是"这是什么？"，而是"何以如此？"就是说要力求设身处地地理解对方的立场与目的，而不是完全按照我们的立场与目的来下判断。但同理，既然是对话，我们也不能完全抱着"学习"和"倾听"的态度面对古人，似乎古人是高不可攀的圣人，我们只能仰视和信从，而是要有自己的声音。就是说，在理解了对方的真实思想之后，要拿出我们的思想与之比较、改造与重组。这种"对话"的理想结果不是今人对古人下了怎样的判断，也不是古人的思想如何进入了今人的大脑，而是在古人和今人两种思想的碰撞与融会中产生出某种新的思想。

所谓"自洽原则"，据我的理解，就是古代文论话语与现代文论话语融合过程中达到的一个高度，即无论从形式逻辑层面，还是从辩证逻辑层面，都不存在矛盾龃龉之处。自洽原则要求"对话"不是自说自话，而是形成一个统一的、第三种声音。就像氢原子加上氧原子变成水一样，水是圆融自洽的一个新的统一体而不是彼疆此界的两军对垒。

如此，依靠历史优先原则可以使古人成为"活的"言说主体；通过"对话原则"可以使古人与今人在交流、沟通、碰撞中彼此相遇；通过"自洽原则"，则保障了在古今"相遇"之后的"大联合"。应该说这是一个相当全面严密的策略——既是面对古代文论的阐释策略，也是面对现实需要的现代文论的建构策

[①]　童庆炳：《中国古代文论的现代意义》，北京，北京师范大学出版社 2001 年版，第 3 页。

略。但是这里依然还隐含着操作上的难点：第一，如何确保我们可以把古代文论的资料放回到文化的与历史的语境中去？我们能够看到的历史实际上是历史叙事，是文本，这是毫无疑问的。我们能够把握的文化历史语境实际上也同样是历史叙事，是文本。这样一来我们甚至难以确定作为古代文论的文本与作为文化历史语境的文本谁更具有历史的客观性，如何可以用后者作为前者的客观性依据呢？第二，诚如前引陈伯海先生所言，古人与今人在言说方式、思维方式、价值观念、感受方式都存在着根本性差异，在上述各方面今天的中国人更多地是接受了近代以来西方人的影响，如此则在尚未弄清楚今人与古人、现代生活与古代生活、中国古代文化与西方文化之间究竟存在着怎样的一致与差异，究竟在哪些层面上存在着可以沟通与融会的可能性等根本性问题的情况下，我们是否真的能够在交流、沟通、碰撞中完成对古代文论的现代转换以及现代文论的重建？第三，古代文论基本上都是直接建基于古人实际的文学经验之上，而今天的文学理论却主要来自于西方文论话语的移植而与当下文学经验存在着明显的错位，甚至格格不入。这就是说，我们用来和古人对话的"话语"主要不是来自文学经验的而是来自西方的，如此则即使建立起某种新的文学理论话语系统，它又如何面对我们当下的文学实际呢？文学经验的差异往往比理论观念的差异要大得多，因为文学经验直接联系到人们的现实生命感受，而现实总是在构成中的，是瞬息万变的。

这些问题说明"古代文论的现代转换"是一个极为复杂的、难以实际操作的艰巨任务，也许正是由于这个原因，在讨论中就有许多学者明确否定这一提法或策略的合理性，而他们的主要理据正是认为"转换"没有实际的可行性，因而很可能是一个没有意义的"伪命题"。

在一篇题为《伪命题：中国古代文论的现代转型》的文章中，尹奇岭先生认为"中国古代文论和中国现代文论属于不同的类型。中国古代文论是建立在深厚的民族文化基础上的，有她自己鲜明的特点。具体的样式有评注、评点、批注、序跋或以诗评诗等，总的来说是感受式的、体验式的、有很强的随机性。"而"中国现代文论几乎可以看作是西方文论这棵大树的一个侧枝。中国古代文论与西方文论的种种不同和区别，几乎同样适用于中国古代文论和现代文论的不同和区别。不完全相同的是中国现代文论与古代文论在民族文化深层生活上是有种种的联系的，这是来自母体的遗传因子，这种遗传因子的沟通和呼应需要现代文论的本土化后才能实现。"因此他得出结论说：

> 由以上中国古代文论和现代文论不同特点的对比中，我们已经得出两种文论属于不同的类型的结论。这两种不同的文论包含着不同类型的价值内

核，在价值取向上两者在很多方面是迥异其趣的，没有商量的余地。休谟认为由于价值不能从事实推导出来，因此，它完全是主观的。也就是说，中国古代文论是在中国古代文学中培育、提炼出来的一种结晶，蕴涵着自己独特的价值观念系统，有自己独特的表现形式，具有独特的价值，它与现代文论中所蕴涵的价值观念系统及表现形式是完全不相似的，两者不可以转换的。①

这里认为中国古代文论与现代文论是两种不同的价值系统，以及中国现代文论主要来自西方话语的见解都是可以成立的。但是两种不同的价值系统之间是否不存在任何相互转换或者相互沟通、融会、重组的可能性呢？我认为这是值得深入探讨的问题，也只有在深入探讨之后我们才能得出比较合理的结论。

王志耕先生是从另一个角度对"转换"提出否定性观点的。他认为由于中国现代与古代文化语境的巨大差异，就使得古代文论与现代文论之间的"转换"成为不可能，他说：

> 笔者认为，中国古代文论在今天看来，只能作为一种背景的理论模式或研究对象存在，而将其运用于当代文学的批评，则正如两种编码系统无法兼容一样，不可在同一界面上操作。有人试用之进行批评，如黄维樑先生《重新发现中国古代文化的作用——用〈文心雕龙〉"六观"法评析白先勇先生的〈骨灰〉》，证明是失败的。②

在一般话语形式或者表述的层面上这种观点是合理的，古代文论那种感悟式的、随机评点式言说方式如果和现代文论的逻辑论证式的言说方式摆在一起的确是不伦不类，难以"兼容"的，但是这并不意味着古代文论与现代文论、中国传统文论于西方文论在各个层面上都处于"不兼容"状态，因此还是要深入考察才可以得出比较合理的结论来。

王志耕提出的建设中国文学理论的策略是这样的：

> 我认为，与其说我们已被这种话语（指西方文论——引者）的权力所征服，不如说我们对这种话语接受得还不够。所谓"够"，不是说要学得像，而是要学通，从而摆脱倾听者的身份，而与之建立起真正的对话关系，

---

① 尹奇岭：《伪命题：中国古代文论的现代转型》，《理论与创作》，2003 年第 3 期。
② 王志耕：《"话语重建"与传统选择》，《文学评论》，1998 年第 4 期。

立足于中国的本土文化，最终化为己有，生成中国自己新的文论话语。在这个问题上，我想我们没有任何理由丧失信心。人人都知道"桔生淮南则为橘，生于淮北则为枳"的道理，那么西方文论在中国的土壤上，也必将形成为我所用的新的形态，成为"有中国特色的"，正如佛教从汉魏时期传入中国，至隋唐前后有禅一宗化为中国特有的一样。①

这也是不得已的办法，既然西方文论是当今世界的一种强势话语，我们自然不能装作看不见，不带偏见地虚心学习的确是上策。但是如果仅仅是"学通"西方文论而没有"学通"中国文论，那如何能够建立起"对话关系"呢？依靠"自然转换"显然是不够的，因此这里依然存在一个中国传统文论与西方文论的关系问题，因而也就存在着古代文论与现代文论的关系问题。可见王志耕先生基于语境转换、"知识型"改变而对"转型"做出的否定性判断也还是可以质疑的。

除了上述对于"转型"问题的否定性观点之外，还有一种颇有声势的观点也有必要顺便一提，这是一种主要来自古代文论研究内部的声音，认为研究古代文论就是目的本身，不应该再有其他目的。至于西方文论、现代文论并不在他们的视野之中。这类论者往往还自以为是研究古代文论的嫡传正宗，经常用鄙视的眼光斜睨着"转型"论者和其他一切试图在中西文论之间建立对话关系的人。在他们看来，由于引进了西方文论的视角，中国古代文论的研究被搞得"面目全非"了，不那么原汁原味了。这是一种典型的"鸵鸟战术"——将头扎到沙堆之中，就当外面什么都没有发生过一样。如果作为个人爱好自然也无不可，作为一种普遍的学术倾向则是危险的。

现在可以亮出我们的观点了："中国古代文论的现代转换"问题、"中国文论与西方文论的对话"问题、"中国古代文论与现代文论的对话"问题都是具有学理意义与现实意义的真正的重要学术问题，都值得深入研究。中国当代文学理论建设无论如何也不可以且不可能摒弃中国古代文论这一重要理论资源，当然也不可以且不可能拒斥西方文论这一重要理论资源，于是中国古代文论与西方文论的相遇就是不可避免的。

2. 中西文论对话之学理依据

古代文论的现代转换暗含着一个中西对话的问题，因为只有恰当处理了中国古代文论与西方文论的关系才有可能使中国古代文论进入现代文论话语建构的过程。在正式进入问题的讨论之前，我们必须重申这样一个逻辑关系：中国当代文

---

① 王志耕：《"话语重建"与传统选择》，《文学评论》，1998 年第 4 期。

论的建设应该向两个方面汲取理论资源，一是中国古代文论，二是西方文论。[①]
因此建设中国当代文学理论的关键点之一是如何处理这两大理论资源的问题，也就
是王志耕教授所忧虑的中西文论的"不兼容"问题。在这里"古"与"今"的问
题与"中"与"西"的问题即使不是可以相互置换的同一问题，至少也是紧密相
连，无法分拆的。如此，则寻找中西文论话语之间，具体说是中国古代文论与西方
现代文论之间的"可兼容性"就成为当今文学理论建设的前提性工作了。

在中西文化关系未来走向的问题上，我们大体上同意张祥龙博士的一种观
点，即在西方学术术语和方法论充斥今日中国学界的语境中，"中国哲学只有与
西方哲学，特别是激变之后的现代西方哲学进行更深入和多维的对话，缘构发
生，方有希望摆脱目前仍然存在的'被征服'状态"。[②] 而这种能够与中国哲学
"多维对话"与"缘构发生"的主要对象，亦即与中国哲学"比较有缘分的思想方
式"，"决不会是概念形而上学的方式"，因为"任何一种还依据现成概念模式——
不管它是唯理论的还是经验论的，唯心论的还是实在论的——的哲学思想都极难
与东方哲理思想，特别是中国古学进行有效的对话。但是到了现象学阶段情况就
大不一样了。它的思想方式是构成的而非概念抽象化的，在根本处要求着像
'边缘域'、'时机化'、'无'这些与具体的和变异着的境况相关的思路，因而
在无形中消除了中西哲学对话中的最硬性的，也是最大的障碍。"[③] 张祥龙博士
的观点是很有见地的。事实上自从亚斯贝尔斯所说的"轴心时代"结束之后，
西方的哲学思想与中国的哲学思想就走向了方向不同的两条路。在柏拉图和亚里
士多德的影响下，西方人开始了用概念、命题、推理、逻辑判断来重构现实世界
的庞大工程。他们试图通过主体的知识建构来造成一个与真实世界相对应的概念
世界，从而彻底把握真实世界。这种或者是出于对世界无限性的"恐惧"（沃林
格），或者是出于"交换"（马克思）的需要而产生的"抽象的冲动"导致了一
种根深蒂固的知识论模式，这就是以主客体二元对立为基本框架、以主体契合客
体为真理标准的知识构成规则。中国人从孔孟、老庄以降，却形成了完全不同的
知识论模式，这是一种悬置人世间之外的存在，全神贯注地营构人世间的法则与
个体精神空间，以直觉洞见、经验归纳与自我反省为基本方法，以改造社会与提
升人格为目的的知识形态的构成规则。这两种知识论模式无论在运思方式上还是
在根本目的或价值指向上都是大异其趣的，因此很难找到真正的契合之点。

---

① 诚如钱中文先生所言，中国当代文论的建设面临三大传统，除了中国古代文论与西方文论之外，
还包括 20 世纪中国现代文论。（参见钱中文先生《会当凌绝顶——回眸 20 世纪文学理论》一文，《文学
评论》，1996 年第 1 期。）但在笔者看来，20 世纪中国现代文论根本上也还是中西文论的碰撞与交汇的问
题。马克思主义文学理论也是西方文学理论发展过程的一个环节。

②③ 张祥龙：《从现象学到孔夫子》，北京，商务印书馆 2001 年版，第 191 页。

西方哲学到了德国古典哲学那里就开始了对两千年的西方哲学之路的总结与反思。康德对传统形而上学的深刻反思，使他明白了自文艺复兴以来的西方现代哲学对运用理性重构世界的能力过于乐观了，似乎世界的真理就在那里，人们把握到它只是个时间问题。于是康德深入地审视了人类的诸种精神能力，并极为清醒地为不同的主体能力划了界限，从而深谋远虑地对世界的神秘性或神秘领域保持了应有的尊重，同时又适当坚持了近代哲学对人的理性能力的那份自信。这在西方近现代哲学中是难能可贵的。在康德之后，谢林将康德对客观世界神秘性的尊重进一步推演为信从和膜拜；费希特则将康德对人的主体能力的自信推演为对主体自我的绝对推崇。到了黑格尔，却又将西方哲学史上的本体论追问、认识论思考、伦理学建构等几乎所有方面的成就兼收并蓄、融会贯通，借助于一种称为"辩证法"的强有力的逻辑方法将之统一为一个看上去很严密的、自洽的庞大系统。黑格尔是德国古典哲学的集大成者，也是整个西方两千年哲学的集大成者，同时也是那种试图依靠"概念形而上学"来彻底掌控外在世界的无比狂妄的知识论模式的最忠实、最充分地实践者。但同时，黑格尔所采用的方法，即辩证法，特别是将一切存在都理解为一个流动的过程的观点，也暗含了消解自身体系的可能性。

从黑格尔之后西方盛行了两千年的知识论模式开始从顶点降落。费尔巴哈是一个重要转折。这位哲学家的学理性或许并不很强，看上去远没有其他德国古典哲学家们那样深刻。但是他在西方哲学史上的伟大作用却绝不亚于他们中的任何人。用恩格斯的话说，他是德国古典哲学的"终结者"；按照我们的观察视角，费尔巴哈标志着一个伟大的转折——西方哲学从对宇宙本体的追问、对人的思维方式与认识能力等主体精神的追问到对人自身存在方式的追问的转折。费尔巴哈认为上帝和"异化了的人的理性"即"唯一实体"、"绝对同一性"、"绝对精神"等存在的彼岸世界是最缺乏诗意的世界，因而是应该彻底抛弃的。只有人生存的世界，人的生存本身，有血有肉的人、饱饮人血的理性才是最具有诗意的存在。人们应该关注人本身，应该讴歌人的现实存在，而不应该将哲学变成一种"思辨神学"去建构虚无缥缈的彼岸世界。费尔巴哈要建立一种以人的当下存在、人本身为思考中心的"新哲学"，从而完成哲学从"神"（宗教之神与思辨神学之神）到"人"的还原——这是极为伟大的哲学洞见。

但是费尔巴哈的确有其浅薄之处：他只是提出了问题却没有找到解决问题的方法。他知道哲学应该关注人的活生生的现实存在而不应该编织"概念形而上学"的逻辑宏图，但是他却不知道如何才能在哲学的层面上关注具体存在的人。在他的身后站出了两位巨人以不同的方式完成了费尔巴哈没有完成的事业，即将哲学从"彼岸世界"（异化了的人的本质或理性存在的逻辑世界）还原到人的生存世界。这两个巨人也都是德国古典哲学的传人，他们是马克思和海德格尔。

马克思的哲学思考大大受惠于其政治经济学以及社会主义政治学说的知识以及当时整个欧洲风起云涌的社会政治运动。他一开始（在《巴黎手稿》时期）就把人的现实存在与人的可能存在之间的矛盾作为自己思考的核心。他发现了这种矛盾，这是他超越费尔巴哈的关键之处。因为后者只是看到了人的精神的异化而没有看到人的生存方式的异化，因此无法找到切近人的问题的途径。为了切实解决人的现实存在与可能存在之间的矛盾，马克思发现必须将人置于社会关系之中来考察才能真正发现人的复杂性；而当他开始关注决定人的存在的社会关系时，他又敏锐地发现只有将社会关系置于社会经济结构的自我运动过程中才是可以理解的。于是在社会关系中来考察人的诸特性，在经济结构的自我运动中来考察社会关系的变迁就成为马克思思考人的问题的两个基本视角。我们应该明白，在马克思这里只有人的存在问题才是核心问题，此外关于社会历史的思考、关于商品与经济关系以及社会革命的思考都是第二位的、从属于对人的存在问题的思考的。我们更应该明白，马克思关于人的存在问题的全部思考都丝毫不是出于"主体契合客体的"认识论冲动，马克思是要在实践的层面上真正解决人的实际存在与可能存在之间的矛盾。所以，实践的品格乃是马克思超越西方传统哲学的关键所在。马克思这种关于人与社会的思考方式以及与之伴随的实践指导性，迄今为止并没有任何一家哲学可以超越。

海德格尔是从另外一个完全不同的角度完成哲学向人的还原的。如果说马克思找到了人们在物质生产过程中建立的实际社会关系作为研究人的社会属性，寻求人与社会、人与人之间、人与自然之间矛盾冲突的彻底解决的切入点，那么海德格尔关于人的追问直接指向了"存在"本身。在他看来，存在应该是全部哲学问题的核心，西方哲学在苏格拉底之后就误入歧途：离开了人的存在问题而转向对所谓客观世界的追问，这样人们的认识就被存在者所遮蔽而遗忘了存在本身。尽管哲学家们依然大谈"存在"，但他们实际上谈论的是具体的"存在者"而不是存在本身。海德格尔一方面继承了自费尔巴哈和马克思、尼采以来将人的生命存在作为主要关注对象的传统，一方面接受了胡塞尔现象学的思考路径，摆脱掉了以往知识谱系的纠缠，悬搁了与人的意识不发生联系的一切外在事物，直接从人的当下性入手来考察存在问题。只不过，海德格尔并不满足于胡塞尔那样仅仅将追问的起点设定为"先验主体"，将追问本身仅仅限定在意识构成的层面。海德格尔将"此在"，即人的当下的、无时无刻不处于构成之中，或者说处于具体的时间性之中的存在状态作为追问的起点，从而把胡塞尔的"意向性"，即人与对象在意识层面的构成性关联，推展为"此在"通过"烦"、"畏"等基本情绪以及各种工具与世界建立起的存在层面的构成性关联，从而将认识论的问题成功地置换为存在论问题。与马克思相比海德格尔似乎更加具体，更加切近人本身了：他描述的人，即"此在"在具体性、当下性方面甚至超越了马克思的社会生产关系，而落实为处在每一分一秒中的人。人似乎真正处于永不停息的构成之中了。那么究竟海德格尔是否真的超越了马克思呢？二者关于人的思考应该如何比较呢？

马克思所说的"人的本质不是单个人所固有的抽象物，在其现实性上，它是一切社会关系的总和"① 的著名观点实际上已经摧毁了此前西方哲学关于人的本质一切定义与界说，人成为一种具有无限开放性与可能性的存在者。社会关系的流动性与构成性也就决定了人的本质的流动性与构成性，在人身上那种一成不变的所谓本质规定性是不存在的。马克思说：

> 甚至当我从事科学之类的活动，即从事一种我只是很少情况下才能同别人直接交往的活动的时候，我也是社会的，因为我是作为人活动的。不仅我的活动所需的材料，甚至思想家用来进行活动的语言本身，都是作为社会的产品给予我的，而且我本身的存在就是社会的活动；因此，我从自身所做出的东西，是我从自身为社会做出的，并且意识到我自己是社会的存在物。②

这里揭示了人的存在的社会性：这种社会性并不仅仅是因为人生活于各种社会关系之中从而受到社会的制约，而且是因为人的存在本身就是一种社会活动。对于个体的人来说，"社会"具有先在的性质。这是十分正确的观点。那么海德格尔关于人的思考能够超出马克思给出的范围吗？我们来看他的观点：

> 我们所说的东西，我们意指的东西，我们这样那样对之有所作为的东西，这一切都是存在着的。我们自己的所是以及我们如何所是，这些也都是：存在着的。在其存在与如是而存在中，如实在、现成性、持存、有效性、此在中，在"有"中，都有着存在。我们应当在哪种存在者身上破解存在的意义？我们应当把哪种存在者作为出发点，好让存在开展出来？……这种存在者就是我们向来所是的存在者，就是除了其他存在的可能性之外还能够发问存在的存在者，我们用此在这个术语来称呼这种存在者。③

---

① 马克思：《关于费尔巴哈的提纲》，《马克思恩格斯选集》第 1 卷，北京，人民出版社 1979 年版，第 56 页。

② 马克思：《1844 年经济学哲学手稿》，《马克思恩格斯全集》第 42 卷，北京，人民出版社 1979 年版，第 122 页。

③ ［德］海德格尔：《存在与时间》，陈嘉映、王庆节译，北京，生活·读书·新知三联书店 1987 年版，第 9～10 页。

此在是这样一种存在者：它在其存在中有所领会地对这一存在有所作为。这一点提示出了形式上的生存概念。此在生存着，另外此在又是我自己向来所是的那个存在者。①

从这两段话中我们就可以看出，海德格尔哲学思考的核心是"存在"问题，而"存在"则是只有"此在"能够追问东西，因此可以说"存在"是一切存在者相对于"此在"时才呈现出来的那种东西，换言之，世上的一切，包括人本身，都只有对于"此在"而言才可能"存在"，因为按照海德格尔的追问方式，"存在"并不是任何一种具体的存在物，而是一切存在物包括人本身对于"此在"的意义，或者意义的当下呈现。"存在"是一种意义，真理就是意义的被揭示。但"此在"毕竟也是一种"存在者"，因此一方面具有当下性、变动性，一方面也具有稳定性或恒常性。同时海德格尔也意识到"此在"的存在并不是孤立的，也就是说，"此在"所能呈现的意义具有某种普遍性质。他说：

世界不仅把上手的东西作为世内照面的存在者开放了，而且把此在，把他人也都在他们的共同此在中开放了。但这种在周围世界中被开放的存在者，按其最本己的存在意义来看，却是在同一世界中的"在之中"；而这个向着他人照面的存在者就在这个世界中共同此在。②

在这里"世界"指"此在"处身于其中那个场所，是存在显现之处；这里的"世内照面"和"开放"都是指人与物或人与人在世界之中建立起某种联系，而"共同此在"这个提法应该是从胡塞尔的"主体间性"演化而来③，指作为当下存在的人由于都在世界之中而具有的相通性。其与马克思所强调的社会关系都是指涉着人实际上的存在方式，也指涉着世界构成的基本方式。

从以上的引文以及对引文的分析中我们可以看出，海德格尔的思考的确较之前人更为深入而细密了。将哲学追问的出发点定在一切事物相对于"此在"即人的当下存在时所展现的意义，即"存在"上，的确更加切近了人本身，毫无疑问是对费尔巴哈哲学向人的还原工程的进一步发展。但是海德格尔与马克思这

---

① ［德］海德格尔：《存在与时间》，陈嘉映、王庆节译，北京，生活·读书·新知三联书店1987年版，第65页。

② 同上，第151页。

③ 但是胡塞尔用这个词来指人们在认识形成过程中表现出的某种共通性，要解决的是独立的先验主体和独立的意向性活动何以会产生共同的意识和知识系统的问题。而海德格尔的"共同此在"则是讲"存在"的共通性问题。

两位思想大师的思考有哪些主要的异同呢？应该承认，就追问人的当下处境，并且为着彻底地解决人的生存问题这一点而言，海德格尔与马克思的确具有某种相通之处。二者的区别在于马克思是在人的社会经济关系中来寻找制约人生存的基本因素，而海德格尔却是在人的日常生活中来寻找这种因素，而且不是在日常的社会关系中而是在人们日常的个体性心理体验中来寻找的。马克思所关注的实际上是人的可能存在与现实的实际存在之间的矛盾，目的是寻求使可能的存在变为现实的存在的可行途径，例如"自由自觉的活动"以及由此而来的"全面发展的人"就是人的可能的存在，而"异化"的人就是现实的存在，克服异化而实现人的"复归"就是使可能性变为现实性的途径，具体言之，马克思对于社会经济结构、发展规律以及无产阶级革命和政党的研究都是为此而进行的探讨；海德格尔关注的是"存在"被遮蔽，因此人忘记自己的本真意义的问题，是对西方"概念形而上学"思维方式主导西方思想的古老传统以及现代科技所导致的人的异化状态的双重反思，目的是寻找使人关注存在本身的意义，从而在当下生存的时时刻刻去享受生活、获得幸福体验，即所谓"诗意地栖居"。毫无疑问，在克服异化、以人为目的而不是把人当作手段这一点上，这两位思想大师有着深刻的一致性。

但是他们的区别毕竟是明显的：马克思主张通过系统有序的社会革命改变人的现实生存条件，从而使人的固有潜能得以展现，最终完成"人的自我复归"；海德格尔却未能给出使存在之光澄明的具体办法。体味海氏的意思，存在的意义或真理的显现以及与之相伴随的"诗意地栖居"等都有赖于人的理智的领悟与洞见，靠人的智慧而不是社会变革。这种智慧表现在对传统思想的深刻反思之上。例如语言，在海德格尔看来本来是"存在之家"，是世界呈现自身意义，或存在者的存在被照亮的主要方式，但后来却沉沦为交往的工具。因此只有依靠反思来重新发现语言的原初意义并借助于艺术或诗歌来展现这种意义，人们才能重新获得存在的真理。

从二者的区别来看，马克思思想的实际效果显然是在社会实践的方面，它为实际的社会运动提供了具有可操作性的指导原则；而海德格尔思想的影响显然是在思想层面，它为现代人的哲学沉思开辟了新的视角与意义空间。马克思的思想已经得到百余年来的社会实践的检验，至今依然发挥着巨大的作用，海德格尔的思想则对半个多世纪以来的西方学术文化产生了重要影响，现在依然影响着。以消除人与自然、个人与社会根本矛盾以及人的全面发展为主要标志的共产主义理想还遥不可及；"诗意地栖居在大地上"也远没有成为人类当下的生存状态：两位哲人的理想目标都还远没有达到。但他们将哲学沉思指向人的存在这件事实本身就具有伟大的现实意义。这应该是人类思想发展的方向。就其根本区别而言，马克思主要是着眼于劳动阶级的社会解放，而海德格尔则主要着眼于知识阶层的精神解放。

让我们再重新回到与中国古代思想的对比中来。如果做一个或许并不十分恰当的比较，我们可以说马克思用先进理论来"掌握群众"，提高他们的觉悟，进而使之自觉地去改造社会、建立新的社会秩序，最终实现人性的自我复归的思路与儒家"修、齐、治、平"的"内圣外王"理路，的确有着某种形式上的相似性，他们都是在人的精神世界建构与社会秩序改造两个方面的互动关系中来思考问题的；而海德格尔对于人的当下体验和"诗意的栖居"的思考与老庄以及儒家心性之学乃至禅学所标举的生存智慧的确有着十分深刻的相通性，他们都是在人的心理体验和事物的构成性的视角来思考人生意义的——这正是我们站在今天的现代汉语语境中寻找中国古代文论话语之现代意义的出发点。

三、在中西对话中建构中国当代文学理论的可能途径

通过上述分析我们可以明了，在中西对话中建设当代中国文学理论首先要解决的问题就是确定一个可以构成"对话"的"平台"。这个平台可以说已经找到了，这就是中国传统哲学与西方现象学、存在主义和哲学阐释学乃至后现代主义思潮以来正在形成中的新的哲学传统。在这个平台上我们应该做的不是用西方文论话语来证明我们老祖宗的先见之明，更不是用我们老祖宗的智慧来印证西方现代文论的普适性，而是要在比较、沟通、总结的基础上建构起一种非西非中、亦西亦中的新型文学理论话语系统。这样我们所做的就不仅仅是建设中国文学理论了，而且也是建设全球化语境中的人类共享的文学理论。

1. 中国文论的现代意义问题

对于中国古代思想中蕴含的现代意义早已为许多西方学者所注意。存在主义大师海德格尔和亚斯贝斯都不约而同地对中国的道家学说产生过浓厚的兴趣，并且将其视为自己的思想资源之一。海德格尔在题为《语言的本质》的著名讲演中曾指出：

> 老子的诗意运思的引导词语就是"道"，"根本上"意味着道路。但是由于人们太容易仅仅从表面上把道路设想为连接两个位置的路段，所以人们就仓促地认为我们的"道路"一词是不适合于命名"道"所道说的东西的。

因此，人们把"道"翻译为理精神、理由、意义、逻各斯等。但"道"或许就是产生一切道路的道路，我们由之而来才能去思理性、精神、意义、逻各斯等根本上也即凭它们的本质所要道说的东西。①

这就是说，在海德格尔看来，老子的"道"并不是理性或者逻各斯一类的东西，而是在更深的意义上一个本体性范畴。海氏后期的思想受老子影响很大。亚斯贝斯也认为老子所代表的中国古代思想具有西方思想所不具备的独特魅力。他说：

> 老子赋予道这个词以新的含义，他用它来指存在的基础，虽然这个基础本身不可名状。它超越一切存在，超越世界万物，也超越作为世界秩序的道。……道在世界之先，因而也在一切分别之先。……道之所以是虚空，是因为它无差异，无对象，无对立。它不是世界。道自我完成，它在自身中产生对立面，产生世界。然而，道并不因此而被充满。我们应该这样解释，道是充满可能性的虚空，而不是单纯的世界现实；是非存在，而不是存在；是无差别的基础，而不是具体的、有区别、有规定的存在物。它就是大包。②

在这里亚斯贝斯把老子的"道"理解为使存在者得以存在的本体性因素，并名之以"大包"，可见老子对其影响之深，亦可见他已经认识到老子思想与自己的哲学思考在最深层的相通性。即"道是充满可能性的虚空"一句，就可以见出他对老子思想理解之深透。我们知道，在亚斯贝斯的思想体系中，"大包"（das Umgreifende 或译为"大全"），是一个略带神秘色彩的概念，它不是存在，不是对象，非人的认识能力所能够把握。亚斯贝斯认为"大包"有两种主要形式，即"围绕着我们的存在本身"和"我们所是的存在"。这就意味着这个本体性范畴具有两个方面的特性：一是涵盖万有，包含人的内在世界与外在世界；二是其所涵盖的一切都只是相对于人而言才具有意义。这与老子的"道"的确具有深刻的一致性。因为"道"既是"万物之始"、"万物之母"，又是万物自身；既是生成万物之"无"，又是万物总名之"有"。并且只有人，而且是具有大智大慧之人，即圣人才能够体会到道的奥妙并顺应大道而行之，这就意味道也只是相对于人的存在来说才具有意义。

从两位存在主义哲学大师对老子思想的热衷来看，他们实际上是力求在中国

---

① 海德格尔：《在通向语言的途中》，孙周兴译，北京，商务印书馆 1999 年版，第 165 页。

② 卡尔·亚斯贝斯：《大哲学家》，见何兆武、柳卸林主编：《中国印象——世界名人论中国文化》，桂林，广西师范大学出版社 2001 年版，第 325～326 页。

古代文化思想中寻求摆脱与超越西方哲学困境的理论资源，这就意味着在他们看来，中国传统文化思想与西方现代思想之间可以找到一种沟通的渠道，通过这条渠道有可能开拓出立足于中西融会基础上的新的哲学思考空间。这是极为深刻，也极富远见的观点。在我看来，这是人类未来哲学之思的出路所在。

在后现代语境中，这种试图在中国传统文化思想中汲取资源来改造西方"概念形而上学"思想传统的观点依然存在着。例如美国比较哲学家郝大为（David Hall）就曾经站在后现代主义立场上对西方形而上学传统进行过反思，并且将这种"在场哲学"与中国古代哲学进行了对比，在此基础上他提出了惊人之论：

> 由于种种原因，中国人在文化发展的源头处所作出的选择与这些原因有关，他们比我们更易于思考差异、变化和生存。……我想提醒大家注意这一事实，即儒家和道家哲学学说中有一些共同的东西，正如后现代问题是由旨在寻求一种思考差异的方式中所形成的。我的观点以最为强烈并充满悖论的形式说明，古代中国是非常真实意义上的后现代。[①]

郝大为先生的惊人之论绝对不是凭空而发的，他对中国古代哲学，特别是老庄与孔孟之学有着极为深刻的理解，其论道家学说云：

> ……从哲学上理解道家学说依赖于这样的认识，即西方传统中形而上学基础的两项对立——也就是"存在"与"非在"的对立，和"存在"与"生成"的对立——都无助于理解道家的感性。在道家学说中，惟一的事实就是过程或者生成。存在和非在是该过程的抽象形式。……道自身贯穿着生成以及生成自身的全过程。无名和有名的道在功能上分别类似于"非在"和"存在"。因此非在和存在是生成自身的一般过程的抽象。道是过程的名称，"有"与"无"是生成自身的相反的因素。
>
> 道在观念上不是有机的，因而一个单一的模式不能说明其过程的特性。它不是单一的全部而是众多的全部。它的体系不是理性化的或逻辑性的，而是美学的，也就是说，不可能有超验的形式决定该体系的存在或功效。

这种将道视为"过程的名称"，以及处处抓住道的"生成性"特征的阐释，说

---

① 郝大为：《现代中国与后现代西方》，冯若春译，见金惠敏主编《差异》第一辑，开封，河南大学出版社 2003 年版，第 43 页。以下引同篇文章不再注明出处。

明论者的确对老庄的道有十分深刻的理解，在相当程度上把握到了中国古代哲学思想的精湛与独到之处。也正是由于这个原因，郝大为先生才认为"英国——欧陆的思考者能够在古代中国发现弥补性资源，以发展宇宙论差异的视野以及清晰表述那种视野的语言。"而对于渐渐忘记自己的古老传统的中国人，郝大为则提醒说："中国可以根据其自身后现代的过去，自由地反思当前现代化进程中的种种难题。"这就是说，在郝大为看来，中国古代的"后现代"传统无论对于解决中国人在现代化过程中遭遇的种种难题，还是对于帮助早已进入后工业社会的西方摆脱所面临的困境，都具有重要意义。笔者认为，这绝不是虚妄之言。

我们知道，寻求中国传统文化与西方文化的契合点或者中国文化之于西方文化的弥补性一直都是现代以来中国文化建构的一个重要视域，也可以说这是中国文化现代性展开过程的一个独特景观。20世纪20年代欧游归来的梁启超大肆宣扬中国文化是拯救西方文化的法宝；梁漱溟则坚信中西文化各有各的价值取向与探究领域，本来就没有什么高下优劣之分，二者上可以互补；后来的海外新儒家以及其他锐意弘扬中国传统文化的学人们，或者在程朱理学与康德伦理学之间寻求共同之点，或者在老庄之学与怀特海的过程哲学之间寻求契合之处，或者将中国古人的天道观与柏格森的创化论相比较，或者把庄子与尼采放在同一语境中予以审视……种种做法，不一而足。这些比较的尝试都是有意义的。尽管其中或许蕴含了现代中国知识阶层的某种普遍焦虑，潜藏着文化认同的心理需求，但在纯学理的层面也肯定是有意义的。特别是中西方学者都看到了西方自现象学与存在主义以至后现代以来的新的哲学传统与中国传统思想之间深刻的一致性，这对于在同一"平台"上推进人类的哲学思考无疑是大有益处的。

2. 沟通中西文论的尝试

事实上，这种工作在美学层面上也早就存在了。这里我们可以以徐复观和叶维廉为例来考察一下中西美学对话、沟通、互动的可能性与发展空间问题。

据我的了解，徐复观先生是最早将老庄美学与现象学美学进行比较研究的中国学者。在20世纪60年代撰写的《中国艺术精神》一书中，徐先生就对比过现象学与庄子思想的异同问题。他指出：

> 现象学的归入括弧，中止判断，实近于庄子的忘知。不过，在现象学是暂时的，在庄子则成为一往而不返的要求。因为现象学只是为知识求根据而暂时忘知；庄子则是为人生求安顿而一往忘知。现象学的剩余，是比经验的意识更深入一层的超越的意识，亦即是纯粹意识，实有近于庄子对知解之心而言的心斋之心。心斋之心，是由忘知而呈现，所以是虚，是静；现象学的

纯粹意识，是由归入括弧、中止判断而呈现，所以也应当是虚，是静。①

这里揭示的现象学与庄子心斋思想的相近与相异之处，基本上是符合实际的。我们知道，现象学的主要目的就是要超越西方传统"概念形而上学"的思维方式，使运思的路向由概念的逻辑演绎转而为直接面向对象，即所谓"回到事物本身"。为达此目的，现象学要求放弃以往的知识与成见，以"先验主体"通过"意向性"关联直接面向对象。在现象学看来，现实不是外在于人的纯客观存在，而是存在于由各种感觉材料中。在认识过程中，主体将那些不断涌入的感觉材料划分为不同范畴，于是形成各种可以理解的现象。这也就是所谓"现象学还原"。（显然这与康德的二元论的认识论极为相似，只不过现象学不去管感觉材料的来源问题，连"物自体"都是不存在的。）一切意识的活动都是"意向性"的，就是说，是指向某种客体的意识。只是这个客体并不是外在事物本身，而是主体在意识中"设想"的事物。所以，这种意向性的意识活动并不是对外在世界的"反映"，而是参与了对世界的构成。外在世界是否存在是没有意义的问题，现象学所关心的是这个世界如何对人的意识来说存在着，即它是如何在人这里成为世界的。意向性的核心在于：对人来说，世界是在人的意识活动中被构成的。构成性是现象学的主要特点之一。所以对于主体来说，只有来自于意向性关系的经验才是有意义的，一切以往的结论、知识体系、外部世界都必须被"悬搁"起来（防进括弧中），这也就是所谓"回到事物本身去"的意思。实际上现象学的"事物"不是什么客观的事物，而是存在于经验中的事物。由于现象的构成乃是主体依据一定范畴对感觉材料的梳理，所以它已经不是纯粹个人的经验，而是某种普遍性的东西，所以现象的形成过程被称为"本质直观"。对这种普遍性或本质的关注又被称为"本质还原"。例如对某一红色物体的经验，主体一旦将这一经验归为"红色"范畴，也就是将感觉材料梳理为现象，这"红色"就作为一种普遍的本质被把握了。

在追问了现象的形成、本质的呈现之后，现象学又进一步追问最终的主体依据问题：是谁在进行着这一切？他称这个主体依据为"自我"，是他使杂乱无章的感觉材料变为井然有序的现象的。但"自我"又可以一分为二，一个是经验的"我"，即一切意向性活动的直接指挥者。另一个是隐蔽的"我"或"我自己"，他指挥着经验的"我"。毫无疑问这后一个"我"乃是先验的主体，是一个自明的、独断的设定（海德格尔对此极为不满）。于是，整个认识活动，也就是现象世界的构成过程是三部分因素组成的：意识活动主体（即后一个"我"）、

---

① 徐复观：《中国艺术精神》，上海，华东师范大学出版社 2001 年版，第 47 页。

意识活动（各种心理因素）、意识活动的对象（意识中存在的意识活动的对象）。意向性将三者连为一体。

从对现象学的基本精神的简要叙述中我们可以看出，其与庄子的对于"知"的颠覆的确具有惊人的一致性，而其"先验主体"也与庄子的"心斋"之心十分接近。徐先生关于庄子思想较之现象学更具有彻底性的见解也是成立的，盖现象学仅仅是为着解决人的知识构成的真确性问题，而庄子则是为了解决人的存在问题。另外，徐先生将庄子的"心斋"与现象学的"纯粹意识"或"先验主体"同视为审美观照的主体心理依据，从而将现象学的美学思考与中国古老的艺术精神置于同一"平台"上予以审视，也是极具启发性的洞见。

叶维廉先生凭借其精深的中国古典诗词修养和以现象学的方法以及存在主义立场为基础的哲学阐释学视域，对中国古代诗歌的解释传统进行了深入细致的研究，从而使这种解释传统获得了真正的现代意义。他是在具体的诗学研究中来沟通中西、打通古今的。他指出："首先，我们和外物的接触是一个'事件'，是具体事物从整体现象中涌现，是活动的，不是静止的，是一种'发生'，在'发生'之'际'，不是概念和意义可以包孕的。"① 又说：

> 中国古典诗的传释活动，很多时候，不是由我，通过说明性的策略，去分解、串连、剖析原是物物关系未定、浑然不分的自然现象，不是通过说明性的指标，引领及控制读者的观、感活动，而是设法保持使人接触物象、事象时未加概念前物象、事象与现在的实际状况，使读者能够，在诗人引退的情况下，重新"印认"诗人初识这些物象、事象的戏剧过程。……所以我们的解读活动应该避免"以思代感"来简化、单一化读者应有的感印权利，而设法重建作者由印认到传意的策略，好让读者得以作较全面的意绪的感印。②

这是中国古人在诗歌创作与诗歌解释时共同遵守的基本规则，也是中国古代哲学思考遵循的基本规则，同时这也是西方现代的现象学、存在主义和哲学阐释学极力论证和追求的解释方式。在这一点上，中国古人，根据自己的运思传统，自然而然地避免了概念化、抽象化的解释模式，从而为现代的哲学思考与美学思考提供了极为有益的思想资源。

叶维廉在庄子与海德格尔下面的话中找到了共同点：庄子主张"无思无虑始知道，无处无服始安道，无从无道始得道。"海德格尔主张："知识的渴求，

---

① 叶维廉：《中国诗学》，北京，生活·读书·新知三联书店1992年版，第22页。
② 同上，第35页。

解释的贪求，永远不会引发真思。好奇总是自我意识隐藏着的一种狂傲，依靠着自己发明的理路及其中的理性。"① 世界本来是生生不息、瞬间即逝的变化过程，从来就没有一成不变的东西，但是人们却"发明"出种种"理路"来使世界固定化、永恒化，这是人类理性的僭妄。中国古代的庄子和西方现代的海德格尔从各自的角度分别发现了这一奥秘，并告诫人们要保持对于那些确定的、明白说出的知识话语的怀疑，这无疑都是人类大智慧的体现，同时也预示出在当今世界以及未来世界的文化发展中中国传统与西方现代之间互相补充、彼此触发的可能性。

叶维廉还对哲学阐释学与中国古代诗学在方法论上的相通性进行了深入的比较研究。我们知道，孟子的"以意逆志"说乃是中国古代诗学阐释学的基本观点。对于其中的"意"字以往一般有两种不同解释，一是认为指诗歌文词所呈现的表面意义，二是认为指说诗者本人的见解。于是"以意逆志"就有了两种完全不同的含义：第一，通过作品字面之意来追问诗人本欲表达之意（志）。第二，通过说诗者自己对诗歌字面意义的理解来逆推诗人作诗之意。叶维廉先生选择了第二种解释，并以之与西方哲学阐释学的"对话"、"视界融合"等观点进行了比较，从而认为："'以意逆志'是关及读者与作者之间在作品上相遇所必需的'协调'、'调整'（英文即所谓 mediation）。"他进而指出：

> 协调、调整是传意、释意活动中无法避免的行为。诠释是一种协调。翻译也是一种协调。假如我们说作者把心象表达于作品（传意）是一种"写作"，那么读者去了解作品（诠释、释意）便是一种"重写"。在我们阅读的过程中，我们的心中因有不同的"己意"而会对眼前的作品（一个不断向我们"说话"的存在）作出种种的"钩考"。作者与作品的相遇是一种"对话"，是一种"交谈"。②

孟子曾提出以"知人论世"的方式来"尚友"，即与古人交朋友。按照这样的逻辑，孟子的解释观念中的确包含着通过诗书阅读与古人"平等对话"的思想。而以伽达默尔为代表的哲学阐释学的基本精神也同样是"对话"而不是单方面的"理解"或"揭示"。在伽达默尔看来，处于历史联系中的阐释者是无法置身于历史之外来对以往的文化文本进行阐释的，因此任何有效的阐释行为都必将是一种"视界融合"的产物，因而一切被人们书写出来的历史也就必然是"效果历史"而不可能具有绝对的客观性。这就意味着阐释过程本质上是一个

---

① 参见叶维廉：《中国诗学》，北京，生活·读书·新知三联书店 1992 年版，第 37、38 页。
② 叶维廉：《中国诗学》，北京，生活·读书·新知三联书店 1992 年版，第 139 页。

"对话"过程——成诗者本人的知识结构、社会经验、价值观念等等因素构成的"前理解"形成"对话"的一方,而阐释对象所提供的信息则构成"对话"的另一方。于是阐释活动的结果就必然是"对话"双方的一种融会与重构。在这里完全的主观性与完全的客观性都会受到拒斥。按照哲学阐释学的思路来看孟子的"以意逆志"之说,则这里实际上同样设定了对话的双方:说诗者之"意"与诗人之"志",而"逆"则是对话的过程。"不以文害辞,不以辞害志"是说不可纠缠于诗歌文本的文辞的表面意义之上而忽略了诗人于诗中暗含的意蕴,也就是说不可试图作客观意义的揭示者;"以意逆志,是为得之"是说只有经过"对话"的过程才能够真正完成对诗歌的阐释过程。"得之"并不意味着得到诗歌的客观意义,而是说完成了诗歌意义的重构,其中既包含着诗人所欲表达之意,也包含着说诗者自己的"价值介入"。我们只要看一看《孟子》一书中的引诗和解诗的实践,就可以明白这种"价值介入"对于孟子来说是如何普遍而且重要了。

揭示出孟子的"以意逆志"说与哲学阐释学的这种相通性当然并不是叶维廉先生的目的,而且这本身也的确没有什么实际的价值,正如一些浅薄的比较文学研究仅仅指出两种文学文本之间的相通性或差异性并没有什么价值一样。叶先生的目的在于找到一种切实可行的诗学解释学思路并使之运用于对古今中外诗歌的解释实践之中。构建一个"平台"来进行新的方法论建构——这才是中西比较的真正价值之所在。在这一目的面前,无论是中国古代圣贤的智慧,还是西方现代大哲的沉思,都只是建设新的方法论的材料而已。中西诗学比较本身并不是目的,通过比较而形成对话、交流、融会以至于重构才是应有的目的。事实上,叶维廉先生在解读中国古代诗歌、现当代诗歌、西方诗歌时所采用的方法就既不是纯粹中国式的,也不是纯粹的哲学阐释学的;同时既是中国式的,又是哲学阐释学的。这便是"重构"的产物了。所以他的经验是非常具有启发性的。

当然,真正建构起中西诗学对话的"平台"并且在此基础上有新的建树是非常困难的事情,因此迄今为止尽管有各式各样有益的尝试,却并没有十分成功的经验。实际的情形基本上是西方文学理论依然按照自己固有逻辑演变着,而中国的文学理论或者固守过去的传统,或者跟在西方诗学后面花样翻新、亦步亦趋。这样如何能够建设既融会了中西传统经验,又具有崭新的时代特色的新型文学理论呢?我们认为在下列几个方面或许存在着开拓新的意义空间的可能性:

其一,文学理论的基本知识形态上应将流动性、构成性作为贯穿始终的基本视角。以往的以"概念形而上学"为运思方式的文学理论总是预设了文学某种固定不变的本质规定性,然后通过若干核心概念支撑起一个基本理论框架,再借助于逻辑的演绎来完成知识体系的圆融自洽。这样的理论虽然看上去是一个严密的整体，比较易于把握，但却将复杂多变的文学现象简单化、抽象化了。这种文学理论正如"概念化的形而上学"一样，是对研究对象的一种"宰制"。我们要以中国传统文化与西方现代新的哲学传统为"平台"建构新的文学理论，首先就要抛弃那种"概念化形而上学"的思维模式，将文学现象看作永远处于流动、生成、演变过程的活动而不是一成不变的固定物。在这样的视角的审视之下，诸如什么是文学、文学与社会现实以及各种意识形态的关系、文学的创作、文学作品的构成、文学的接受、文学的历史演变、文学的传播与消费等等以往文学理论的基本问题都可以讨论，只不过这样的讨论是在充分尊重文学现象的复杂性的前提下进行的，是一种全新的知识形态。例如"什么是文学"的问题，在这种新的知识形态中，就不再是一个简单而独断的定义，而是会被置于具体的历史语境与文化语境中来考察，从而成为一个开放性话题。又如文学的创作问题，在这种新的知识形态中，就不会人为地规定出固定不变的"创作原则"，而是要全面地介绍各种创作类型与方式。

其二，在对文学现象的具体阐释过程中凸显体验之维。中国古代的文论或诗文评从来都不是架空立论，而是时时以体验为先导，在体验的基础上再进行归纳总结。例如论及诗文风格时，古人总是采用描述性的语言，而不用抽象的概念。这样可以给人以真切的感受，而不是纯粹概念的理解。凸显体验之维也就是突出对象的当下性与具体性。有人可能会认为这样的文学理论不可能具有普遍性，其实这是不成为问题的，人们面对文学作品的体验是一种"共通感"（康德）或具有"主体间性"（胡塞尔）的心理感受，因为人作为"此在"乃具有"共同此在"（海德格尔）的性质，或者是一种"社会的存在"（马克思）而不是孤立的单个人。文学是一种普遍的社会文化现象而不是个人的日常生活现象，因此在一定的时间与空间的范围内，文学体验就必然具有普遍性，这种文学体验的普遍性恰恰是文学理论可能存在的客观基础。如何将这种普遍体验转换为一种知识形态则是文学理论面临的主要任务。中国古代文论话语系统中的"风骨"、"神韵"、"滋味"、"含蓄"、"秀美"、"壮丽"、"雄浑"等都是基于体验的语词，它们同时都具有普遍性，既是当下呈现的，又是可以脱离具体文本而被理解的。西方现代美学或文论话语中也同样有这样的语词，例如本雅明的"灵韵"与"震惊"就是如此。也许有人会说这样的语词没有固定的含义，是说不清楚的，其实它们的价值正在于不可以简单定义，因为它们指涉的对象本身就是不可能用定义完全概括的，他们饱含着体验，也只能借助于体验而被理解。

其三，应该深入分析今日的文学经验与古代文学经验的异同，这样一方面可以确定那些基于相通的文学经验的理论话语的有效性，另一方面则可以通过总结新的文学经验来构成新的理论话语。人们常说，今日有今日的文学，与古代文学

317

迥然不同，所以基于古代文学的文论话语已经不能适用于今日。但是文学的这种古今差异究竟有多大？是不是大到了完全格格不入的程度？至今并没有人深入研究过。譬如，今日的散文、小说或诗歌的风格类型与古代的散文、诗歌或小说的风格类型有没有重合之处？今人的文学创作过程有没有与古人的创作过程一致之处？今人的文学欣赏心理有没有与古人的欣赏心理相通之处？凭经验我认为恐怕应该是有的。如此则古代文论话语系统中就必然有一些是可以用之于今日的，至少经过改造或重新解释之后是可以用之于今日的。至于那些古代未曾有过的全新的文学经验，则是我们建构新的理论话语的基础。这些问题都需要深入、细致的具体研究才能解决。

总之，我们认为既然许多中外学者都注意到了传统的中国文化于今日的西方文化存在越来越多的相通性，我们就应该超越"失语症"的恐惧与"本土化"的冲动，在中西文化互通处与新的文学经验的基础上寻找建构新的、不中不西、不今不古、属于人类共同精神财富的文学理论话语形态的可能性。

（李春青执笔）

第九章

中西之间：近30年中国文学批评

导论：中西碰撞频繁的 30 年

在考察中国现代文论建设过程中，新时期初至今的 30 年是不应忽略的。20世纪 70 代末、80 年代初至今，中国文学批评走过了 30 年历程。这 30 年，是我国社会、经济、文化结构发生巨大变化并经历了多次转型的 30 年，也是中西文化交流、碰撞日益频繁的 30 年。30 年来，中国文学批评在理论基础、思维方式、研究范式、概念范畴等诸多方面发生了显著而深刻的变化，这些变化是与中国的改革开放进程、与西方文学批评的影响分不开的。在这 30 年的发展中，在西方文学批评理论影响下的新时期中国文学批评究竟取得了哪些成果？又存在怎样的问题？面对当今全球化进程加快的态势以及整个人类社会文化的现状，中国文学批评将如何发展？本章将围绕新时期 30 年（1978～2008）中国文学批评与西方文学批评的交流历程，认真探讨和研究这些问题。

本章拟将新时期 30 年来中国文学批评分为三个阶段：1978～1989 年的引进与更新阶段，1990～1999 年的反思与转型阶段，21 世纪以来的回归与建构阶段。

一、引进与更新：中国文学批评的复苏

新时期中国文学批评的复苏是从"拨乱反正"开始的，这个时期一直持续到 20 世纪 80 年代结束。

20 世纪 70 年代末，随着"文革"的结束和对"文革"中错误的文艺思想的清算，中国批评界面临着价值论和认识论上的危机，急切地寻找新的理论支柱和动力。1978 年 12 月，党的十一届三中全会召开，确立了解放思想、实事求是的思想路线，并根据新的历史条件和实践经验，做出了改革开放的新决策。美国《时代》周刊 1979 年第 1 期序言中写道："一个崭新中国的梦想者——邓小平向世界打开了'中央之国'的大门。这是人类历史上气势恢宏、绝无仅有的一个壮举！"1979 年底，中国文学艺术工作者第四次全国代表大会在北京举行。邓小平在第四次"文代会"上代表中央宣布不再提"文艺为政治服务"，要求"从 30 年来文艺发展的历史中，分析正反两方面的经验，摆脱各种条条框框的束缚。根据我国历史新时期的特点，研究新情况，解决新问题。"并鼓励文艺工作者"都应当认真钻研、吸收、融化和发展古今中外艺术技巧中一切好的东西，创造出具有民族风格和时代特色的完美的艺术形式。"① 这些新的思想和政策为新时期的文学艺术的起步提供了保障，文学批评也随之迎来了发展的春天。随着国门的敞开，西方各种文学批评理论纷纷引进，从观念到方法全面冲击着中国当代文学批评的固有研究模式，使中国文学批评面临着前所未有的挑战和契机。

这里，我们以新时期对人道主义、人性论问题的讨论为例，20 世纪 80 年代初中国文学批评与西方文学理论的交流。

10 年"文革"造成了对人性的扭曲和压抑，"文革"结束以后，恢复和确立人的尊严成为文学艺术工作者首要的需求，表现在文艺创作和文艺批评上，就是对人性、人道主义的呼唤。而十一届三中全会后的思想解放运动则为人道主义研究提供了适宜的环境，人们开始探讨和争论以前不敢涉足的问题，展开了诸如人性、人道主义和异化等问题的论争。而马克思的早期思想和以萨特、弗洛伊德为代表西方现代思潮为新时期之初"人的重新发现"提供了重要的启示和理论资源。

（1）回到马克思。中国文学批评的发展演进与解放思想、改革开放的社会

---

① 邓小平：《在中国文学艺术工作者第四次代表大会上的祝辞》，《人民日报》，1979 年 10 月 31 日。

变革息息相关，思想解放使我们得以重新审视此前被遮蔽的问题。20 世纪 70 年代末，随着马克思的一些手稿、遗著和笔记等著作的出版，以及西方马克思主义理论的引进，国人看到了一种新型的马克思主义发展形态，开始关注"马克思思想中长期被遮蔽，未能注意和吸收的部分"①，其中一个重要方面就是马克思主义的人道主义思想。马克思早期著作《1844 年经济学哲学手稿》的重新出版，引发了人们探讨马克思主义经典作家有关人性、人道主义和异化理论的热情。1979 年朱光潜在《文艺研究》第 3 期上发表《关于人性、人道主义、人情味和共同美问题》，在文中他指出："当前文艺界的最大课题就是解放思想，冲破禁区，首先就是人性论这个禁区。"他认为马克思《1844 年经济学哲学手稿》整部书都是从人性论出发的，马克思之所以肯定人类物质生产和精神生产就是因为人在劳动中发挥了肉体和精神两方面的本质力量而感到乐趣。② 朱光潜的观点得到了程代熙、汝信等人的支持。汝信说："人道主义是马克思主义必不可少的因素"，马克思主义的人道主义是"人道主义的一种高级的科学的形式"③。也有学者认为人道主义与马克思主义是两种不同的思想体系，必须对抽象的人道主义进行批判④。这一次讨论以胡乔木的《关于人道主义与异化问题》⑤ 的发表告一段落。此后，关于《手稿》的研究仍是中国化马克思主义文论的重要话题之一，不断有论文和论著问世。关于马克思主义和人道主义关系的研究，尽管存在不同的观点，但大多数学者认为马克思主义与人道主义并非完全对立，要求对人道主义的历史观和价值观作具体分析。通过对马克思早期思想的介绍和讨论，客观上促进了中国当代文学批评对马克思主义文学批评、对人道主义的重新思考和认识。

在当时关于人性和人道主义的论争中，文艺批评界逐步认识到，人性与人道主义不是资产阶级的专利品，人就是马克思主义的出发点。可以说，这一时期关于人性和人道主义的讨论对文学创作的繁荣和文学批评的正常展开具有重要的理论意义，同时为萨特的存在主义和弗洛伊德的精神分析学说在中国的传播提供了有利条件，并成为后来关于文学主体性的讨论的先声。

（2）萨特研究。西方现代主义思潮的引进为新时期之初对"人的重新发现"提供了又一理论资源，其中首先受到国人关注的是以萨特为代表的存在主义思潮。兴起于 20 世纪 30 年代末鼎盛于"二战"后的存在主义原本在 20 世纪 40 年

① 冯宪光：《"西马"文论与中国当代文论建设》，《文学评论》，1999 年第 1 期。

② 参见朱光潜：《关于人性、人道主义、人情味和共同美问题》，《文艺研究》，1979 年第 3 期。

③ 参见程代熙：《马克思〈手稿〉中的美学思想讨论集》，西安，陕西人民出版社 1983 年版。

④ 参见陆梅林：《马克思主义与人道主义》，《文艺研究》，1981 年第 3 期。

⑤ 胡乔木：《关于人道主义与异化问题》，《人民日报》，1984 年 1 月 27 日；《红旗》，1984 年第 2 期同时发表。

代就被介绍到中国，1955 年萨特和波伏娃曾访问我国，20 世纪 60 年代出版过有关存在主义的概要和萨特文学作品选集等①。存在主义再次活跃于中国始于 1978 年对萨特和加缪等人文学作品的翻译。1980 年 4 月 15 日萨特的逝世使存在主义在西方重新激起回响，同年罗大冈在《世界文学》第 4 期发表《悼萨特》，介绍了萨特的生平及其成就；柳鸣九在《读书》第 7 期发表《给萨特以历史地位》对萨特给予高度评价，"我们相信，通过对萨特的研究人们将不难发现：萨特是属于世界无产阶级的，正如托尔斯泰是属于俄国革命一样。"及至 1981 年萨特的《脏手》在上海演出引起轰动，中国思想界遂掀起一股"萨特热"。此后，随着萨特著作在国内的翻译出版，中国学界逐渐开始深入和全面地译介和研究存在主义理论，由柳鸣九主持编译的《萨特研究》（中国社会科学出版社 1981 年）至今仍是国内萨特研究的重要文献。

萨特的文学作品和哲学思想在新时期之初受到广泛关注，与当时中国文坛的精神需求密切相关。对于文革所遗留的精神创伤，思想解放带来的最重要的启发是重新思考和追问人的生存意义与价值。萨特从二战后人类面临的困境、从人的主体性存在来探寻生存的意义与价值，并以之对抗世界的荒谬性。他的作品描写了人的异化、人与社会的格格不入，表现对人的命运的关怀，思考人如何摆脱异化的状态以及如何获得自由和恢复人的价值。这与当时中国文坛对人性的探讨十分契合；他提出的"存在先于本质"、"自由选择"等命题强调人在选择、创造自我本质的过程中享有充分的自由，这些思想对新时期文学创作、文学批评有着深刻影响，推动了新时期对人的重新发现，推进了对"人学"思考的深度。在萨特存在主义思想的感召下，文学创作中的人道主义得以恢复和张扬，作品中人的生存境遇成为文学批评思考和关注的重要方面。

（3）弗洛伊德热。这一时期同样受到关注的还有弗洛伊德的精神分析理论。早在五四时期至 20 世纪 30 年代，中国就出现过第一次"弗洛伊德热"。朱光潜、汪敬熙、罗迪先、高觉敷等人先后翻译了弗洛伊德的文章；鲁迅、郁达夫和施蛰存等人主动将弗洛伊德的理论运用于创作之中；郭沫若和潘光旦等人运用精神分析理论的理论分析我国古代文学作品和历史人物。但由于当时特殊的政治和社会环境，这股思潮仅限于知识分子和文人圈内。20 世纪 80 年代初，有关介绍弗洛伊德学说的论文和著作相继出现，1981 年《文艺理论研究》第 3 期发表了一组关于弗洛伊德文艺思想的译文，其中包括弗洛伊德的《创造性作家与昼梦》和国外学者写的《弗洛伊德》、《弗洛伊德与文学》。这三篇文章对弗洛伊德生平

---

① 参见《存在主义简史》和《存在主义哲学》（北京，商务印书馆 1962 年版），《厌恶及其他》（上海，作家出版社 1965 年版）等。

及其文艺思想作了简要介绍，并指出弗洛伊德的精神分析对于 20 世纪西方文学批评中的心理分析派的形成具有重要作用。弗洛伊德把作家的创作归入梦的范畴，要求描写无意识，包括写无意识的性心理，对西方意识流小说及现代派文学的发展有很大影响。此后，弗洛伊德的其他著作及相关研究著述分别通过港台译本和英译本被再次译介过来。到 20 世纪 80 年代中期，弗洛伊德本人差不多所有的重要著作以及国外对弗洛伊德研究评述，都陆续翻译介绍到中国。特别是随着弗洛伊德《梦的解析》和《精神分析引论》等著作的出版和再版，使人们的目光开始探寻人类心理的深处。如果说弗洛伊德在"五四"时期至 20 世纪 30 年代被关注的原因在于它为当时的中国作家反抗封建传统的禁锢、反抗吃人的礼教提供了一件强有力的武器的话，那么，新时期弗洛伊德的精神分析理论进入中国，则表现出中国学人重新认识人、重新认识人性和自我的迫切要求。

与对马克思早期思想和萨特存在主义的研究不尽相同，弗洛伊德的精神分析作为一种具体的批评理论和方法对中国文学批评理论与实践产生了直接的影响。精神分析对文学的本质和起源提供了新的解释，使批评家更加注重对作家深层的创作动机的探究和作品中人物心理的剖析。如王宁在《中国当代文学中的弗洛伊德主义变体》[①] 一文中，从精神分析的视角解读张贤亮、残雪和莫言的作品，指出张贤亮的《男人的一半是女人》描写了性压抑和扭曲，莫言的《欢乐》再现了生死本能的寓意，残雪的《苍老的浮云》展现了梦魇和神经质的世界。钱钟书先生在《谈艺录》和《管锥编》中多次引证弗洛伊德的著作和观点，试图揭示文学创作活动中的一些共同的心理规律。如他把弗洛伊德的欲望动力论与我国古代的著名命题"诗可以怨"联系起来，"假如说，弗洛伊德这个理论早在钟嵘的三句话里稍露端倪，那也许不是牵强拉拢，而只是请大家注意他们似曾相识罢了"（《诗可以怨》）。

弗洛伊德精神分析学说在人类认识自我的历史上是十分有意义的，他所揭示的人的心理活动的复杂性和层次性为我国文学批评开辟了一个新的广袤的空间。它使人们开始注意到作家的无意识心态，作品里所体现或暗示的各种心理因素，以及读者的欲望和快感。不过，相对于弗洛伊德对西方 20 世纪文学批评产生的巨大影响相比，精神分析理论对中国文学批评的影响还是有限的，一方面是由于精神分析本身的局限，另一方面，我国在接受和运用上也存在一些曲解、误读和和滥用的现象。20 世纪 80 年代弗洛伊德热潮过后，人们对精神分析的热情开始消退，但作为一种批评方法，弗洛伊德理论却是一件不但有助于理解文学而且有助于理解人性以及读者自身的宝贵工具。在随后的发展中，精神分析批评逐步成

---

① 王宁：《中国当代文学中的弗洛伊德主义变体》，《人民文学》，1989 年第 2 期。

为中国当代文学批评的一支劲旅。

（4）回归人性。新时期对人的重新发现和认识，与在思想解放、改革开放的背景下转向西方寻求精神支持分不开，同时也与这一时期人们对人生、对自我的追求联系在一起。这一时期关于人性的讨论对于中国文学批评理论和创作实践具有重大意义。

20世纪80年代对人性的认识打破了人性论和人道主义的理论禁区，清算以往对人性的压抑和扭曲，肯定和尊重人的尊严和价值。马克思《1844年经济学哲学手稿》对人的解放的阐述，萨特存在主义关于人的存在的思考，弗洛伊德精神分析理论对人的内心世界和无意识的揭示，有力地促使国人在观照社会现实时自觉地向内转，恢复与深化文学和文学批评中的人性意识。

在文学理论批评领域，对人的发现是对公式化、概念化的政治批评的反拨。随着"文学是人学"这一命题的恢复和确认，文学与政治的关系得以重新审视。人们认识到，人性具有丰富的内涵，除了阶级性外，人还拥有共同的人性，不能将人性同阶级性对立起来，更不能用阶级性否定、取代人性。文学不是为了说明某些政治概念，也不仅仅是表现人物的阶级属性，每个人都是"这一个"，一个有着各种欲望和需求的个体，因此，文学批评须走出对政治的依附，形成新的批评意识，将批评的目光投向更为广阔的社会生活，聚焦于人物的命运、处境特别是复杂的内心世界。同时，与"人"的主体性高扬相呼应，批评家的主体意识开始觉醒，这将有助于开启新时期文学批评的社会批判和反抗异化的功能。

20世纪80年代中国文学批评在接受西方文学批评的过程中，也出现了一些需要警惕和注意的问题，如盲目追随、消化不良，忽视本国的传统和现实语境等，对这些问题的反省对于中国当代文学批评的建设同样是非常重要的。

第一，亦步亦趋与食洋不化。新时期之初，我国在引进和接受西方文学批评的过程中有一种饥不择食的冲动。西方20世纪各种文学批评流派纷纷引进，令人目不暇接。正如有人形容的那样，20世纪80年代中国批评界"只是满足于引进一套又一套的批评理论"，"等西方更新的理论来了，便又放开旧有的，拿过新的介绍一通"。① 处于急剧的社会文化转折时期的中国学人在引进和借鉴西方众多文学批评时，抱着一种几近虔诚的态度学习和追随，且步履匆匆，缺乏从容的审视和认真的剖析，未能充分体会和消化。特别是到了20世纪80年代后期，各种批评方法蜂拥而至，整个批评界处于一种兴奋和焦灼状态。即使有人将西方的批评理论运用于批评实践中，虽有上乘之作，但多是简单的套用和图解，或因理论术语过多而晦涩难懂，造成阅读上的障碍。20世纪90年代初人们对这一现

---

① 刘挺生、张闳等：《当前文学批评的商业化倾向与双重贫困》，《文艺理论研究》，1993年第6期。

象作了反思，"关于方法论的讨论较多地停留在'方法'的观念和一般介绍的层面上，对于如何实践方法，拿出一种批评方法有成效的实践性成果，没有给予充分的注意。""方法无论就其本体意义还是存在价值而言，首先不是观念性命题而是具有强烈实践性的规范。"①

这种在引进和接受上的亦步亦趋与食洋不化，固然有传播方面的原因，初期对西方文学批评的引进主要限于一般介绍，比较零散和粗略，缺乏系统性。但更重要的原因则在于，在引进西方诸多批评理论和流派面前，人们缺乏足够的思想准备和知识结构的装备，因而多数停留在对流派、概念、范畴、原则的介绍和解释上，未能对西方批评理论作融会贯通的理解。王宁在20世纪90年代初回顾和总结西方文学批评思潮的影响时，指出"批评家总感到跟不上时代的步伐，新批评派的本文分析技巧还未弄清楚，就面临着结构主义的引进，而且还须补上'俄国形式主义'和索绪尔的结构语言学理论这两课；弗洛伊德开创的传统的以人为本的精神分析学批评方法尚未能来得及尝试，就又迎来了拉康学派的以文本为中心的重新阐释了的新精神分析学批评……"② 因此，要建构与西方同行对话的批评理论话语，还需要时间，还需要做艰苦细致的努力。而其中批评家先进的认知、独立的思考和扎实的研究均是十分重要的因素。

第二，传统被边缘化。20世纪80年代，当我们的目光聚焦于西方新的批评理论之时，中国传统文学批评被边缘化，或者说，中国传统文学批评在20世纪80年代处于被抑制的状态，人们在认同西方文学批评理论的话语逻辑时很少顾及自身的文化体验。如结构主义文学批评明显具有欧陆理性主义色彩，它与中国重感悟的文化传统是不一样的，而我们在引进和运用结构主义文学批评时却并没有充分考虑到这种差异性，因此在运用的过程中难免有南桔北枳之感。程千帆、张宏生在《文学批评要重视对作品本身的理论发掘》一文中就对用西方文学批评理论研究中国文学的倾向提出质疑："一方面，以中国当代的特定历史为背景的小说是否能成为对西方理论的验证？另一方面，也是更重要的，这种以移植的理论对中国当代小说所作的解释性的说明，对小说的进一步发展所起的作用究竟有多大呢？"③

应该说，中国古代传统文学批评拥有独特的审美形态和丰富的思想资源，在引进西方文学批评的过程中，如何与中国传统文学批评加以参照，是一个需要深入思考的问题。尽管有些著名学者做了一些颇有成效的工作，但未成气候。正是在这种背景下，到了20世纪90年代，中国学人提出了中国文论"失语症"、古代文论的现代转换、西方文论中国化等问题。

---

① 山风：《实践性：批评方法的意义和目的》，《上海文论》，1991年第4期。
② 王宁：《西方文艺思潮与新时期中国文学》，《北京大学学报（哲学社会科学版）》，1990年第4期。
③ 程千帆、张宏生：《文学批评要重视对作品本身的理论发掘》，《文艺理论研究》，1993年第2期。

20世纪80年代在引进西方文论的过程中不仅忽略了中国古代文学批评传统，而且也相对忽略了现代以来的"新传统"，甚至对"五四"以来形成的如"政治"、"典型性"、"真实性"、"再现"等概念都有所批判或加以重新言说。事实上，五四以来形成的传统正是中西结合的产物，童庆炳先生指出，"中国现代文论经过一代又一代人前赴后继的努力，已经形成了一个新的传统。尽管可能我们较多地借用了西方的一些文论术语，但其内涵已经根据中国的民族精神、中国正在发展的现实和中国正在发展的文艺实际而具有中国的特色"①。其实，"五四"以来形成的文学批评如"审美"、"现实主义"等还是一个未竟的事业，仍有其理论价值。漠视五四以来的这些成果，构建的中国文学批评体系将是不完善的。

纵观20世纪80年代中国文学批评发展的轨迹，我们看到，在西方文学批评的渗透下，中国文学批评经历了回归人性、走向文本的历程，出现了多种文学批评流派和方法。在这个过程中，文学批评的面貌发生了根本性的变化，文学批评已日益摆脱它作为文学作品附庸的地位，一跃成为一种独立的力量，在文坛上占据了突出的位置。在批评活动中，文学批评凭借理论优势，在分析和阐释中生产出一个新的文本，从而使文学批评变成一种创造活动。这些是20世纪80年代中国文学批评的重要成果。因此，不论人们对20世纪80年代我国大规模翻译、介绍西方近百年文学批评理论的现象持何种态度，这种引进和传播毕竟改变了人们传统的思维模式，拓展了中国文学批评的研究视野，极大地促进了新时期中国文学批评的变革与兴盛。新时期10年将会在中国文学批评史上留下浓墨重彩的一笔，这是一个有激情、有创造欲望的时代，是新时期文学批评史上的一个精彩的开局。

二、反思与转型：20世纪90年代文学批评

20世纪90年代，中国的文学批评在经历了20世纪80年代的红火和高潮迭起之后显得较为平和。随着中国改革开放的进一步深化，这一时期中西文学批评的交流与互动在延续20世纪80年代大规模地翻译介绍西方文学批评理论的基础上呈现出纵向深入的态势。20世纪90年代中国的文学批评一方面进一步消化20世纪80年代引进的各种西方文学批评理论，另一方面继续关注着西方文学批评新的趋势和变化。这一时期西方文学批评中的思维方式、理论方法乃至一些概念开始逐渐渗透到当代中国文学批评的各个层面，一些20世纪80年代处于批评边

---

① 童庆炳：《在"五四"文艺理论新传统基础上"接着说"》，《文艺研究》，2003年第2期。

缘位置且与形式主义批评主张不尽相同的批评流派如女性主义文学批评、新历史主义批评受到青睐，由此显示出我国文坛文学批评方法的更替和拓展。与此同时，西方各种后学理论思潮的输入对中国文学批评产生了深刻的影响，潜移默化地影响着 20 世纪 90 年代中国文学批评的性质。

与新时期头 10 年相比，20 世纪 90 年代中国文学批评在西方文学批评理论和中国社会转型双重影响下，出现了一些新的特点，一是在了解西方各种形式主义文学批评理论和方法的基础上出现了多方位的反思，既有对西方各种形式主义批评理论的反思，又有对 20 世纪 90 年代中国文学批评现状的反思；二是新的范畴和论题逐步进入中国文学批评的视野，并由此形成了多样的价值取向和表达方式；三是中国文学批评出现了文化转向。所有这些使 20 世纪 90 年代中国文学批评呈现多元发展的态势。

1. 对形式主义批评的反思

进入 20 世纪 90 年代，中国文学批评在接受、梳理和消化 20 世纪 80 年代引进的各种西方文学批评的同时，也有了自己的思考，可是对西方各种形式主义批评流派的辨析。具体说来，主要是对新时期以来引进的俄国形式主义、新批评、结构主义批评等以文本为中心的批评流派的反思。

与 20 世纪 80 年代对西方文学批评亦步亦趋的态度不同，中国学界在 20 世纪 90 年代明显表现出一种相对冷静和清醒的态度，开始对西方形式主义批评理论加以梳理和辨析，出现了一批有特定立场和史料价值的论著和论文。这些著述中既有对形式主义批评理论在西方发展线索的清理，也有对其在中国接受和发展的研究。如方珊《形式主义文论》（山东教育出版社 1999 年）一书，就对俄国形式主义、新批评和结构主义批评理论作了全面梳理，并对它们在中国的接受情况作了具体分析。李思孝《俄国形式主义简论》（《求是学刊》1992 年第 3 期）也对从俄国形式主义到结构主义的发展线索和理论渊源作了深入思考。这一时期中国批评家对西方文学批评在中国的流传情况作了系列研究，特别是仔细辨析了中国在接受西方文学批评的过程中产生的差异。如严锋的《结构主义在中国》、张岩冰的《接受美学研究在中国》、季桂保的《解构主义在中国》[①]、郑敏的《20 世纪大陆文学评论与西方解构思维的撞击》[②] 等文，这些论文在研究中提出了一些富有启发性和规律性的见解。

---

① 严锋：《结构主义在中国》、张岩冰：《接受美学研究在中国》、季桂保：《解构主义在中国》，见《上海文论》，1992 年第 2、3、5 期。

② 郑敏：《20 世纪大陆文学评论与西方解构思维的撞击》，《当代作家评论》，1992 年第 4 期。

西方形式主义批评流派构建出一种以文本为中心和以语言分析为重点的批评模式。这些批评流派进入中国后，无疑给长期受着工具论影响的中国学人带来了一股清风。不过，随着研究的深入，中国批评界开始意识到西方这些形式主义批评流派的局限或者说"片面的深刻"。这些形式主义批评流派存在着难以克服的矛盾，它们将文学视为一个封闭的领域，主张不研究符号以外的现实世界，其主张有明显的偏执之处，特别是对文本的推崇将使它的批评视野出现某种死角。而正是这些特点和局限导致了这些批评流派的衰亡。

中国学界对文本自足性的反思固然受到西方新的文学批评思潮的影响，也出自国内学者自身的思考。在梳理和消化西方文学理论批评的研究范式和概念范畴的过程中，中国文学批评意识到西方形式主义批评的内在矛盾和局限性。形式主义批评将文学文本视为有着自身结构的自足存在，主张不研究符号以外的现实世界，割裂文学与社会生活，与作者、读者的联系。这一主张固然凸显了文学文本的本体地位，但其局限性也是显而易见的。钱中文先生指出："文学就是文学，它是纯粹的、独立的，但它总要指向社会，并将社会、历史、政治、伦理、道德哲理、宗教思想化为自己的血肉而成为一个有机体。而'内部的'研究却剔去了作品的血肉，只使作品剩下一副骨架。这样做，文学好像纯洁了、独立了，回到自身了，但最终发现这与文学实践并不相符。"① 这一分析十分中肯。形式主义批评倾力于文本的语义阐释，但这种对语义分析的刻意追求往往会损害文学艺术的浑圆，文学作品中丰富的肌质和含蓄的韵致将在这种外科医生式的解剖中丧失殆尽。

国人在对形式主义批评的反思中也包括对中国接受层面的反思。如李俊玉的《当代文论中的文本理论研究》② 一文探讨了文本理论"中国化"的途径和问题。王锺陵的《新批评派诗学理论研究》③ 一文也指出，只有克服食西不化、过多颂扬和浅层次地转述西方文论的偏向，深刻剖析西方文论的得失，并与中国传统文论作扎实的比较，才能与西方文论、特别是现代西方文论深入对话，才有助于兼具现代形态和民族特色的文学理论的建设。

总之，20 世纪 90 年代中国学界对形式主义批评理论的反思一方面表明中国文学批评界对形式主义批评研究的深入，另一方面也为其他批评理论的引进腾出了空间。这种反思并非是西方文学批评演进的翻版，而是加入了中国人的思考。当然，形式主义批评理论对文学批评的贡献是不容怀疑的。以整体辩证的方式探讨一种既立足文本、又具有文化和意识形态因素的文学批评模式将成为建构中国

---

① 钱中文：《会当凌绝顶——回眸 20 世纪文学理论》，《文学评论》，1996 年第 1 期。
② 李俊玉：《当代文论中的文本理论研究》，《外国文学评论》，1993 年第 2 期。
③ 王锺陵：《新批评派诗学理论研究》，《中国社会科学》，1998 年第 5 期。

文学批评的新的起点。

2. 批评视野的扩展和批评话语的多样

20 世纪 90 年代，随着西方女性主义批评、新历史主义批评和后殖民批评等批评思潮的输入，中国文学批评的视域不断受到冲击。女性主义批评等质疑和否定男权话语、线性历史和西方中心论，努力使受到压抑和处于边缘的文学现象"浮出历史的地表"。西方这些理论观念及其核心术语如性别、种族和文化进入文学批评领域，为中国的文学批评带来了多样的价值取向和表达方式。

这里重点介绍女性主义批评的理论。女权运动在西方已有百余年的历史，而关于女性主义文学与批评的介绍在中国 20 世纪 80 年代初已散见于一些论著和文章中。比较系统的译介女性主义批评理论则在 20 世纪 80 年代末和 20 世纪 90 年代。这一期间，国内翻译出版了具有女性主义批评奠基意义的英国批评家伍尔芙的《一间自己的屋子》，书名所说的"自己的屋子"实际上是对妇女生存状况的隐喻，代表的是女性写作所必需的物质环境和文化空间。另一部西方女性主义经典著作法国作家波伏娃的《第二性》也被介绍到中国。在书中，波伏娃认为，法国和西方社会都是由男性控制的家族式社会，女性在社会中是第二性，是"他者"，女性要成为一个完整的人必须要中止这种家族统治，并将男性作为"他者"。西方女性主义批评经典作家所揭示的性别压迫对中国女性主义文学批评的形成具有重要的启示作用。

这一时期出版了一批女性主义批评的译著和文集，如英国玛丽·伊格尔顿选编，胡敏、林树明、陈彩霞合译的《女权主义文学理论》（湖南文艺出版社 1989年），莫依·陶丽的《性与文本政治——女权主义文学理论》（林建法、赵拓译，时代文艺出版社 1992 年）、张京媛主编《当代女性主义文学批评》（北京大学出版社 1992 年），鲍晓兰主编的《西方女性主义研究评介》（三联书店 1995 年）等。西方女性主义批评的这些译著和文集的出版，使中国学人对西方女性主义批评流派的基本概貌有了比较具体的了解。这里我们特别要提到的是《社会性别研究选译》（王政、杜芳琴主编，三联书店 1998 年）和凯特·米利特的《性的政治》（社会科学文献出版社 1999 年），这些研究将身份和"性别政治"引入女性批评，从而将女性主义批评置于一个更大的社会网络之中。给中国女性主义批评建设以多方面的启迪。

20 世纪 90 年代中国女性主义批评在吸纳西方女性主义批评思想成果的基础上，联系中国文学批评现状，产生了一批中国女性主义批评的重要成果。如康正果著《女权主义与文学》（中国社会科学出版社 1994 年）、李小江等主编的《性别与中国》（1994 年）、李银河《妇女：最漫长的革命》（三联书店 1995 年）、林树明《女性主义文学批评在中国》（贵州人民出版社 1995 年）、刘慧英《走出男权的藩篱》、张岩冰《女权主义文论》（山东教育出版社 1998 年），陈晓兰的《女性主义批评与文学诠释》（敦煌文艺出版社 1999 年）等。与此同时，一些理论刊物《文学评论》、《外国文学评论》、《上海文论》、《文艺报》、《文艺理论研究》等也加强了对西方女性主义批评的评述。

进而可以看到，随着西方女性批评理论思潮的全面登陆和中国女性意识的觉醒，性别和社会性别成为 20 世纪 90 年代中国文学批评的一个重要视域，性别批评在中国初步确立。

性别进入文学批评，首先带来的是对以往各种批评方法的反思和对以女性经验为基础、有女性特色的批评模式的呼唤。在引进女性主义批评思想的过程中，人们特别是中国的女性学者发现以往的文学批评是"纯然基于男性经验而又作为普遍规律"推出的文学阐释的概念和批评准则，这些批评理论包括结构主义、精神分析等都是以其优越的姿态、典型的家长式术语统治着文坛，女性只是作为被压抑的因素留存其中。这种文学批评不能根据女性特有的审美经验考察女性创作心理过程，也不能从女性生活的角度揭示女性作品的内涵，对女性形象的评价也往往有失偏颇。因此以往的批评并不是一种"中性"批评，而是排斥女性的男性偏见。因此，建立一种用女性意识观照文学作品，具有女性价值标准和审美追求的文学批评，就成为 20 世纪 90 年代批评的一种自觉诉求。而中国文学批评中的性别意识的建立又与政治因素密切联系在一起，它通过对传统文化的重新认识，以实现社会文化的变革。在这个意义上，性别批评更侧重的是社会批判。

女性主义批评理论引入中国后，为中国文学批评带来了一种女性眼光。在性别批评中，中国学者努力用女性的感悟和见识探视文学，致力于发现文学作品中的女性经验、女性意识和女性感觉的独特性，不仅重新评价男性作品中的女性形象，而且对通过重新审视历史，挖掘整理中国女性文学传统。康正果的《风骚与艳情：中国古典诗词的女性研究》（河南人民出版社 1988 年），孟悦、戴锦华的《浮出历史地表：现代妇女文学研究》（河南人民出版社 1989 年）、盛英、乔以钢主编《20 世纪中国女性文学史》（天津人民出版社 1995 年）、陈顺馨的《中国当代文学的叙事与性别》（北京大学出版社 1995 年）、林丹娅的《当代中国女性文学史论》（厦门大学出版社 1995 年）、乔以钢的《低吟高歌——20 世纪中国女性文学史论》（南开大学出版社 1998 年）等都是国内较早出版的具有女性主义批评特色的批评论著，在书中她们向男性文学传统提出诘难，将矛头直接对准父权制意识形态，试图通过对女性文学传统的挖掘、清理，寻找中国女性文学的发展轨迹，使女性主体性得以凸显。1995 年第四届世界妇女大会在北京召开，中国的女性批评进一步形成高潮，出版了"红罂粟丛书"、"她们丛书"、

"红辣椒丛书""女性研究丛书"、"莱曼女性文化书系"等多套女性文学丛书。

性别作为 20 世纪 90 年代文学批评的重要话语，给中国文学批评带来了革命性和破坏力。如今性别批评呈交叉态势，如何处理性别意识与政治意识、文化意识乃至种族意识的关系，性别批评如何体现中国文化和批评意识上的特色等等，这些是中国性别批评需要进一步思考的问题。

3. 文学批评的"文化转向"

西方后现代理论的输入和文化研究的兴起成为 20 世纪 90 年代中国文学批评的另一重要景观，直接影响到文学批评的话语与范式乃至日常生活的各个方面，并促使 20 世纪 90 年代文学批评的"文化转向"。这一转向有时特指文化研究的兴起，但从更大的层面来看，"文化转向"是与后现代主义思潮联系在一起的。因此这里将后现代思潮和文化研究放在一起探讨，旨在表明是二者的合力促成了文学批评进一步走向开放，即文学批评中的"文化转向"。

（1）文学批评与后现代思潮。"后现代"概念于 20 世纪 80 年代初见于中国。1980 年，《外国文学报道》第 3 期发表了巴思的《后现代小说》（曹风军摘译），介绍了几位美国后现代小说家。董鼎山在《读书》杂志 1980 年第 12 期发表的《所谓"后现代派"小说》一文中，也提到了"后现代"这个概念。《世界建筑》杂志 1981 年第四期，发表了张钦楠的一封来信，为"Postmodernism"正名。他指出"Postmodernism"是对现代主义的否定，应译为"后现代主义"而不是"后期现代主义"。至此，"后现代主义"这一译法被认可并沿用下来。直到 1985 年詹姆逊在北京大学讲学，中国学者才对后现代有了一定程度的认知。詹克斯《后现代建筑语言》（中国建筑工业出版社，1986 年）是我国较早翻译出版的后现代著作，这也许与后现代的发生是从建筑开始的有关。

20 世纪 90 年代初期，我国学界对后现代主义理论的译介和研究多是通过对后现代主义文化思潮的描述来把握的。王宁翻译的佛克马和伯顿斯编选的后现代文集，汉译名为《走向后现代主义》（北京大学出版社 1991 年），王岳川、尚水编选了《后现代主义文化与美学》（北京大学出版社 1992 年）。这些读本收入了最具代表性的后现代理论文本，为中国读者了解后现代的理论概况提供了入门之作。

此后，后现代思潮迅速兴盛于我国学界，编译和撰写了数十种后现代的译著、著作和数百篇关于后现代的论文。福柯、利奥塔、德里达、詹姆逊、吉登斯、鲍德里亚等一些后现代理论家的著作被系统引进，甚至其最新的研究成果很快被译成中文。特别要提到的是以詹姆逊为顾问，以王逢振、米勒为主编的《知识分子图书馆》系列丛书，其中多是与后学相关的理论著作，为中国学界提供了许多重要的理论参考资料。在大量译介西方后现代论著的同时，我国学界也对后现代理论表现出极大的研究兴趣，出现了一批研究后现代主义的著述，并开始了对一些后现代理论家的专门研究。如《后现代主义文化研究》（王岳川，北京大学出版社 1992 年）、《扑朔迷离的游戏——后现代哲学思潮研究》（王治河，社科文献出版社 1993 年）、《在边缘外追索》（张颐武，作家出版社 1993 年）、《无边的挑战——中国先锋文学的后现代性》（陈晓明，时代文艺出版社 1993 年）、《走向后现代与后殖民》（徐贲，中国社会科学出版社 1996 年）等等。人们已认识到，后现代不仅仅是一个学术问题，而是涉及整个社会、经济和文化的现象。

在 20 世纪 90 年代的中西互动中，尤以后现代理论对中国文学批评的影响最为深远。尽管有的学者认为后现代只是高度发达的资本主义文化现象，但实际上后现代思潮以变体的方式对中国文学批评的价值取向和思维方式产生了极大的影响。

首先，后现代的矛头所向直指西方形而上学传统中理性的绝对权威、超时空的普遍性及其所遵循的一系列尺度和法则。后现代主义这种怀疑精神和否定精神恰恰是中国文学批评长期以来十分缺乏的。在当今中国社会转型过程中，中国文学批评需要借鉴后现代那种深刻的反思力，在对西方文化、中国传统文化以及对处于日益商品化氛围中的中国文坛现状保持清醒的认识。作为一种文化策略，后现代思潮适应了 20 世纪 90 年代中国社会语境的需要。这种反思性正是中国文学批评走向成熟的重要阶段。

其次，后现代所倡导的多元、平等、边缘等价值，为文学批评话语的多样化提供了理论支持，促使中国文学批评对多种价值观念的探讨。后现代还为中国知识分子注入感性的眼光，从而使那些自觉谨慎的中国学者获得了某种活力和生气。

当然，后现代拒斥任何先验的、传统的、自我建构的批判范式，使它们又陷入一个困境，我国学界已认识到后现代的局限，"后现代主义在思维论层面上的批判否定精神和异质多样的文化意向是值得肯定的，但对其在价值论层面上的虚无主义观念和'零度'艺术观必须保持清醒的批判意识；后现代主义思潮自 20 世纪 80 年代进入中国以后，促进了包括写作观、语言观、阐释观、批评观和价值观的中国当代文化批评的转型，同时也带来了批评主体的复杂性、批评的缺席和游击状况等诸多问题，为此必须重建新的学术规范和更合理的文化批评体系。"[①]

（2）文学批评与文化研究。"文化研究"（Cultural Studies）的主要理论来源是 20 世纪中期英国伯明翰文化研究学派，以威廉斯、霍加特、霍尔为代表。成立于 1964 年伯明翰大学当代文化研究中心（CCCS）是第一个专门的"文化研

---

① 王岳川：《后现代主义与中国当代文化》，《中国社会科学》，1996 年第 3 期。

究"机构，此后，文化研究学派成为挑战西方传统文学研究的重要力量。威廉斯认为文化不应当与总体社会生活相分离，文化研究的对象不仅应该包括学术和想象性作品，还应该包括被以前狭隘的文化定义所排斥的领域：日常生活方式、生产机制、家庭结构、社会机构等。文化研究的另一理论渊源是法兰克福学派的社会批判理论。文化研究吸取了其理论中的社会政治批判的价值取向，关注文化与权力、文化与意识形态的关系，批判大众文化的商业性、娱乐性和消费性倾向。

20 世纪 90 年代中期，风行于英语国家的文化研究作为一门跨学科的学术理论话语，进入了中国的批评理论界。1994 年《读书》杂志连续登载李欧梵、汪晖的文章，《什么是"文化研究"？》及《文化研究与地区研究》，以谈话形式介绍了"文化研究"的理论背景、缘起和发展，以及传入美国之后所发生的变形和扩张，探讨了文化研究在中国文学批评中运用的可能性，提出以此为契机革新旧有研究范式的观点①。1995 年 8 月，由北京大学、美国弗吉尼亚大学等联合主办的"'文化研究：中国与西方'国际研讨会"在大连举行，会议议题主要包括文化研究在西方的历史演变和现状，中国当代文化研究的可能性探讨以及文化研究与文学理论的未来等。同年 10 月，北京大学比较文学和比较文化研究所成立了"文化研究工作坊"，专门对形式日益丰富的当代大众文化进行研究。主要成果有《隐形书写——20 世纪 90 年代中国文化研究》（江苏人民出版社 1999 年）、《书写文化英雄——世纪之交的文化研究》（江苏人民出版社 2000 年）等。他们的工作对文化研究在中国的传播起到了推动作用。

在 20 世纪的最后几年间，文化研究逐步引起中国学界的重视，其中大众文化和当代审美文化成为中国文化研究的"重头戏"，出版了一批研究论著，如陈刚的《大众文化与当代乌托邦》（作家出版社 1996 年）、肖鹰的《形象与生存：审美时代的文化理论》（作家出版社 1996 年）、黄会林主编的《当代中国大众文化研究》（北京师范大学出版社 1998 年）、王德胜的《扩张与危机：当代审美文化研究》（中国社会科学出版社 1996 年）、姚文放的《当代审美文化批判》（山东文艺出版社 1999 年）等。1999 年 12 月首都师范大学主办的"文学理论与文化研究"研讨会，在会上，人们就西方文化研究的特征与历史、文化研究方法在中国文学研究中的适用性等问题作了深入研讨。这些研究成为 21 世纪文化研究热潮的预演。

短短几年间，中国学界经历了最初对文化研究的界定、起源、流变、发展等方面的译介与研究，到将文化研究的诸种理论运用到对中国当代文化现象的具体

---

① 李欧梵、汪晖：《什么是"文化研究"？》、《文化研究与地区研究》，《读书》，1994 第 7、8 期。

阐释中，和文化研究的前沿成果的汲取等文化研究的传播历程。在这一过程中，中国知识分子的声音出现分化，"原本占据中心位置的精英文化和把握话语权的主流文化都受到了大众传媒和大众文化的冲击，知识分子的身份书写面临前所未有的尴尬，批评者的立场在多方权力交汇的文化场域中产生分化，一方有学人坚决抵制，一方有学人参与合谋，一方还有学人时而批判时而鼓吹，文化研究的理论旅程成为了意义分延的轨迹。"由此展示了文化研究在中国播撒中的"旅程变形"。①

"文化转向"为20世纪90年代中国文学批评开辟了新的领域，它不仅促使人们对传统意义上的文学批评重新思考，而且推动了文学批评与与现实的更为密切的联系。首先，文化研究扩展了文学批评的研究视野，带来文学批评方法和文学观念的变革。20世纪90年代的文学批评抛弃了那种过于精细和孤立的文本细读范式，越来越重视在更为广阔的文化语境下考察文学的构成和意义。并且在文化研究的刺激下，文学批评已不再仅限于纯文学文本，大众文化、消费文化、区域文化研究等都成为文学批评的研究对象。

其次，文学批评的文化转向不仅仅是对西方文化研究的移植与套用，而是直接与中国社会在这一时期全面转型相关，体现了中国学人对于社会文化现实的关注和思考。随着商品经济的发展，中国的社会文化结构发生了很大的转变，旧有的文学批评话语体系和研究范式在一定程度上失去现实的针对性，在这个意义上，文化研究给文学批评带来了重新阐释当代社会文化的话语和契机。戴锦华说，"对我个人说来，选择文化研究作为新的课题，并非由于西方的文化研究理论旅行到了中国，而是在于我们所经历并面对的现实迫使我们必须从事并推进这一命题。"② 文化研究促使中国文学批评直面当代生活，参与、介入乃至批判成为中国学者的自觉选择。在文化研究的影响下，中国文学批评的焦点下移，以往被忽视的日常生活和大众文化进入批评者的视野。关注文化中潜含的权力关系和意识形态内涵，通过对流行文化和大众文化的制作、传播与接受过程的研究，充分揭示了其中蕴含的意识形态内涵，成为中国文学批评的新视角。

文学批评的"文化转向"，在促使文学批评进一步开放的同时，也引发了文学批评自身发展方向与学科边界的问题。中国文学批评将何去何从？对这些问题的思索与论争将一直持续到21世纪。

4. 20 世纪 90 年代文学批评的困境

20世纪90年代是中国社会发生急剧变化的十年。随着市场经济的进一步确

---

① 杨俊蕾：《"文化研究"在当代中国》，《北京大学学报》（哲学社会科学版），2002 年第 1 期。
② 李陀、戴锦华、宋伟杰、何鲤：《漫谈文化研究中的现代性问题》，《钟山》，1996 年第 5 期。

立和西方各种后学理论的输入，整个社会的文化需求发生巨大变化，中国文学批评呈现多元化和多样化趋势。这一时期，20 世纪 90 年代中国文学批评既取得了可见的实绩，也出现了一些困境和问题。首先，在社会转型和价值多元的大背景下，中国文学批评面临着价值空洞和意义消解的问题。其次，在中西关系上，由于急切的"为我所用"，也带来了一定程度的对西方文学批评的曲解和误用。这些都需要我们进一步反省，这些思考对于中国文学批评学的建设同样具有重要的意义。

（1）价值空洞与意义消解。20 世纪 90 年代，在西方后现代思潮和市场经济的双重夹击下，人们的价值追求、心理状况发生变化，人们对经济、物质生活的追逐在某种程度上超过了对知识、精神的追求。传统的道德理想和审美尺度遭到消解。后现代提倡价值的多元，反对中心和权威，这一思潮在提供宽松的精神环境的同时，也导致了批评上的相对主义和虚无主义，并逐步演化为一种拒绝理性价值、消解中心意义的趋势。而市场经济大潮更使社会的文化需求趋向于娱乐性的文化消费，大众文化的兴起、文学创作的商品化与市场化等社会现实，正改变着整个社会的文化需求与格局。

在这个大背景下，中国文学批评面临着价值失范的困惑和话语权的焦虑，它无力评判当下的文学现象以及问题，也无法跟随着市场化的潮流来转换自身的发展机制。有人指出文学批评的四种精神——求真的精神、审美的精神、批判的精神和实证的精神——在 20 世纪 90 年代都面临着巨大的考验，甚至严重缺失。[1] 如果说 20 世纪 80 年代的文本批评还在追求某种人文关怀和审美价值的话，那么，20 世纪 90 年代中国的有些文学批评似乎与市场达成合谋，为迎合大众消费者而躲避崇高走向媚俗，放弃了对精神层面的揭示和价值上的评判，这是需要警惕的。

（2）"各取所需"与理论创意匮乏。与 20 世纪 80 年代相比，20 世纪 90 年代虽然在对西方批评理论的引进上反思意识增强，但引进的"为我所用"与理论创意的缺乏仍是学界的问题。20 世纪 90 年代批评理论和批评话语更趋纷杂，而中国文学批评对这些批评理论的运用仍存在着消化不足和生搬硬套等问题。具体表现为一是对西方批评理论上"各取所需"，导致理解上的片面乃至误解。有人指出，国内对后现代的接受"重视了消费社会和大众文化的后现代，轻视了作为思维方式的后现代和启示着全球化新意的后现代"。[2] 二是在急切的"为我所用"的同时，未能考虑这些批评理论在中国本土的适应性问题。一些批评理论家过分依赖西方文学批评理论，缺乏对本土实际情况的考察，常常有削足适履之嫌。

---

① 吴义勤：《20 世纪 90 年代的中国文学批评》，《文艺研究》，2002 年第 5 期。

② 张法：《后现代与中国的对话：已有的和应有的》，《文艺研究》，2003 年第 4 期。

中国文学批评建设中理论创意的匮乏是最突出的问题，心态上的急切和现实之间的落差又进一步加深焦虑。在 20 世纪 90 年代中国文学批评中，一方面，西方批评理论术语和新名词充斥其间，批评日益抽象化，甚至成为一种高智商的文字游戏，另一方面，大多缺乏原创性和思想力量。正如有学者指出的那样，尽管"各种理论满天飞，似乎是理论过剩。但其实，中国当代批评却经受着真正的理论饥荒"。① 并且，忽视对当今具体文学和相关文化现象的研究，"周边话语的繁荣与本体话语的荒芜同在，需要重新建构的文学话题在很大程度上遭遇冷落弃置，批评管天管地却懒得也无力过问文学自身的管理。"② 对本土文学和文化现象的关注和研究不够是造成阻绝创新的重要原因之一。

20 世纪 90 年代中国文学批评的困境与反思表明，"中西之间"的关系进入新的阶段。西方文学批评的神话慢慢退去，20 世纪 90 年代中国文学批评开始思考自身发展的问题。而其间盛行的西方各种批评理论如后学理论和文化研究对边缘话语的强调为中国文学批评谋求自身的发展提供了策略和话语。新时期以来，"中西之间"已经走过了 20 年，20 世纪 90 年代的反思为 21 世纪中国文学批评的构建打下了厚实的基础。

三、回归与建构：21 世纪头 10 年中国文学批评

进入 21 世纪，随着我国国力增强和国际地位的提高，中西关系正悄然发生着变化，文学批评领域也不例外。中国文学批评在经历了 20 世纪 80 年代对西方文学批评的追逐和 20 世纪 90 年代的转型后，如今在对待西方文学批评的态度上渐趋清醒和自信。立足于中国现实，与西方展开沟通与对话，在融会中西的过程中探索一些富有建设性的构想，日益成为中国文学批评自觉的理论诉求。

与新时期前 20 年相比，近十年中国文学批评具有一些新的特点。首先表现在对西方文学批评的态度和立场上，中国学者逐渐由引进、反思转变为批判性的对话。其次，由对批评理论和方法的研究转入对中国现实问题的关注，中国学者对西方理论思潮的接受更倾向于与中国现实和文化的关联，逐步形成自己的问题意识。随着"读图时代"和"日常生活审美化"等议题的提出，中国学者对当代中国的现实问题有了更为清楚的认识，文学观念日趋开放，文学批评的对象和

---

① 王彬彬：《回顾与前瞻》，《作家》，1993 年第 8 期。
② 陈晓明：《走出 90 年代文学批评的迷雾》，《长江文艺》，2001 年第 3 期。

范围随之有所拓展。第三，在西方文学批评的参照下，中国文学批评立足本土，开始形成了以马克思主义文学批评为主导的多样的批评理论建构，由此展示出21世纪中国文学批评的生机和活力。本文依据中国文学批评的具体现象，勾勒近十年中国文学批评的变化与特点，并由此展望21世纪中国文学批评的发展趋势。

1. 回归与融会

近10年来，中国文学批评在对西方文学批评的接受上发生了深刻变化。在全球化语境下，中国学者努力走出西方影响的"焦虑"，有效地将西方文学批评资源融入本土，开始了融会中西的尝试。

新世纪伊始，中国的知识分子表现出一种向本土回归的趋向，坚持民族的差异性成为中国学人应对全球化浪潮的策略之一。2002年4月北京师范大学文艺学研究中心和湖南师范大学文学院在长沙共同举办的"全球化语境中的文学民族性问题"研讨会，在会上代表们明确表示，在追随西方文学批评潮流的时候不能迷失自我和丧失民族个性，希望寻找回家的路，"重返民族性"，并表示在全球化语境下促进民族文化的发展和复兴是我们的责任①。"开放的民族性要求文化的发展必须保持文化的民族个性，不要在全球化的过程中泯灭文化的民族个性"②。当代中国的文化建设和文论建设应当坚持"以我为本"、"为我所用"、"合而不同"、"优化组合"的原则③。强调在中国文学批评的建构中发扬民族的精神和民族的个性，形成富有民族特色的既具有当代性，又具有世界性的新文论。

与此同时，西方学者"传道者"角色受到挑战，中国学者积极寻求与西方学者的对话。2002年7月，美国著名马克思主义批评家詹姆逊第三次来到中国，在上海作了题为《现代性的幽灵》的演讲，演讲最初以摘要形式发表在2002年9月19日的《社会科学报》上，旋即引发中国一些中青年学者的不满，人们开始质疑这位自1985年以来一直受到中国学界青睐的批评大师的观点。王岳川尖锐地指出："詹姆逊这位认同全球话语权力结构的学者，尽管曾经同情过第三世界，但还是终于将立场转移到了西方中心主义上。"④尽管也有学者为詹姆逊辩护，但这个论争给人们的信号是，中国学者已开始"背叛师门"了。2004年6

---

① 参见陈雪虎：《全球性与民族性的悖立与共生——"全球化语境中的文学民族性问题"研讨会综述》，《文学评论》，2002年第4期，第190~191页。

② 童庆炳：《全球性语境中的民族文学性问题》，《湖南师范大学社会科学学报》，2002年第4期。

③ 陆贵山：《全球化背景下当代中国的文化建设和文论建设》，《深圳大学学报》，2003年第2期。

④ 参见《社会科学报》2002年9月19日、11月7日、12月26日关于詹姆逊的讨论。

月，由中国人民大学中文系和中国人民大学出版社共同主办的"'詹姆逊与中国'学术研讨会"上，笔者作了"理论仍在途中——詹姆逊批判"的发言，与詹姆逊在会上展开了现场交流。笔者认为，詹姆逊的主要理论观点存在内在矛盾。詹姆逊的元评论在展示马克思主义批评的包容性的同时，多种视角的并存所产生的张力可能导致马克思主义批评的泛化；而詹姆逊的"历史"观有将马克思主义关于存在与意识的反映认识论转换成叙事认识论的危险；詹姆逊文学批评中的政治性理解则有图解文学和把有限经验普遍化的倾向。[①] 申丹与费伦关于后经典修辞性叙事理论的交流也体现了一种很友好的交流。申丹认为，"费伦的模式关注的并非'不稳定因素'与'紧张因素'本身，而是读者（作者的、叙述的、理想的叙述的、有血有肉的读者）在阐释过程中对于这些动态因素的动态反应。费伦对此表示了赞同，并指出自己之所以用'进程'一词来取代'情节'一词，就是为了突出对读者阐释经验的关注。"[②]。从这些交流中，中国学者的自尊、自信已露端倪。

新世纪以来，随着国际交往的频繁，西方学者参加中国学术会议的人数增多。同时也出现了一个颇有意思的现象，这些西方学者来中国开会，已不再像以往那样以传播学术为己任，而是带着他们的思考，到中国来获取理论灵感和寻求解决全球性问题的途径的，就像有些北美学者定期到欧陆汲取新的理论营养一样。西方学者认为，西方的问题在影响中国，中国的问题也在影响世界，他们希望与中国学者一起探讨问题，互相倾听，互相交流。美国学者J·希利斯·米勒在武汉召开的"文学理论三十年——从新时期到新世纪"学术研讨会上就指出，当今越来越多的人生活在一个全球化的共同体中。国外代表不再是来传播学术的，而是来学习和研究问题的。[③] 中国要向西方学习，西方也应该向中国学习，中国学者与西方学者需要共同面对当代社会的危机和挑战。

中国学者提出的"发现东方"和"文化输出"则是21世纪中西关系发生重大变化的新战略。

2. 中国语境与当今问题

立足本土语境，关注中国现实，在研究中国问题和文学事实中生成研究的焦点，并在这个过程寻求和建构自己的问题意识，是21世纪文学批评的又一个特

---

① 胡亚敏：《理论仍在途中——詹姆逊批判》，《外国文学》，2005年第1期。

② 申丹：《多维 进程 互动——评詹姆斯·费伦的后经典修辞性叙事理论》，《国外文学》，2002年第2期。

③ 李恒田：《中西学者的平等对话："文学批评与文化批判"国际学术研讨会综述》，《外国文学研究》，2005年第4期。

点。以 2000 年到 2008 年《文学评论》发表的文章为例，纯粹翻译和介绍西方文学批评理论的文章仅 10 余篇，绝大多数文章都是研究中国的具体文学现象和问题。即使有些话题来自西方，也是与中国现实密切相关。并且这次关注的现实问题也不再是宏大叙事或人的存在的形而上意义，而多是现实中的"小叙事"，回到生活本身，关注人的日常"感性存在"。"现实向我们提出了新的问题和问题群：文学必须重新审视原有的文学对象，越过传统的边界，关注视像文学与视像文化，关注媒介文学与媒介文化，关注大众文学与大众流行文化，关注网络文学与网络文化，关注性别文化与时尚文化、身体文化"① 等等。

（1）"文学终结"与"读图时代"。21 世纪伊始，"文学终结"的呼声成为中国文学批评关注的重要话题。2000 年金秋，在北京召开的"文学理论的未来：中国与世界"国际学术研讨会上，美国学者 J·希利斯·米勒教授做了个长篇发言，他关于"电子媒介时代的到来文学将要终结"的观点引起与会者的震动和争论。米勒将此观点以《全球化时代文学研究还会继续存在吗?》的文章发表，他指出，"文学研究的时代已经过去了。再也不会出现这样一个时代——为了文学自身的目的，撇开理论的或者政治方面的思考而单纯去研究文学。"② 我国学者童庆炳撰文对米勒的观点提出不同的见解："文学虽然有这样或那样的改变，但文学不会消失，因为文学的存在不决定于媒体的改变，而决定于人类的情感生活是否消失……如果人类需要文学来表现自己的情感的话，那么文学和伴随它的文学批评就不会消亡。"③。

"文学终结"的论争反映了在新的语境下如何看待文学存在状态的问题。与前 20 年相比，21 世纪以来文学批评的对象发生了很大变化，如果说以往人们将目光主要集中在以语言为媒介的文学作品（形式主义、新批评、结构主义更是将批评对象限制在文本本身）的话，那么，如今随着文学边界的扩张，一切具有文化意义的符号都成了"文学"文本，大众文化、消费文化、广告、时装、玩具等等都成了文学批评的对象。文学边界的扩张冲击了传统的文学观念，也引起了文学批评疆界拓展和"文学性"扩散问题。论争双方都认为文学的边界是不确定的，问题在于如何为文学划界。"坚守边界的一方划出的界线是审美自主性，而主张突破边界的一方划出的界线是文化、文学的开放性。因此，有无边界

---

① 金元浦：《文艺学的问题意识与文化转向》，《中国人民大学学报》，2003 年第 6 期。

② ［美］J·希利斯·米勒：《全球化时代文学研究还会继续存在吗?》，国荣译，《文学评论》，2001 年第 1 期。也许米勒并非说文学就真的不存在，而是文学研究的一种转型，一种文学理论的新形态，一种"文学的、文化的、批评的、理论的混合体"。——笔者注。

③ 童庆炳：《全球化时代的文学和文学批评会消失吗?——与米勒先生对话》，《社会科学辑刊》，2002 年第 1 期。

的问题被转换成了以什么为界线的问题。"[1] 争论并没有得出一个明确结论，它的意义在于引发了如何认识当今文学的性质的思考。

与"文学终结"相关联的是"读图时代"的盛行。在 20 世纪 90 年代末，学术界对"读图时代"的讨论多集中于图书装帧，或摄影、电影、电视等新媒体技术。21 世纪以来，"读图时代"真正成为了中国文学批评界十分关注的问题。彭亚非在《图像社会与文学的未来》[2] 一文中曾对于"图"作了解释和划分。他将"图"分为视像部分和图画部分，前者包括"摄影、摄像、电影、电视以及由真实影像所拍摄而成的各种广告等等"，后者则主要包括"漫画、动漫、卡通制品、电子游戏等等"。如何看待以往处于边缘的电视文学、电影文学、图像文化、网络文学与网络文化进入文学批评，在中国文学批评界出现了不同的声音。

21 世纪之初，有些学者将读图时代置于消费文化的语境下思考，表达出对其背后潜在的拜物教危险的忧虑。他们认为，读图时代不应该由"优"、"劣"来二元地划分，应该警惕读图时代可能带来的视觉消费方式，警惕人们在这样一种消费方式中不仅仅忘却阅读，消灭思考，也忘却了图像本身的意义。读图时代背后是资本主义生产方式的延续，最根本的还是对于现代资本主义商品经济的批判。并且，读图代表着一种新的话语霸权。在当时的语境下，这个霸权不是政治赋予而是经济赋予的，它直指消费化。[3] 2005 年《文学评论》杂志发表了一批有关"读图时代"的文章，比较全面地探讨"读图时代"的利弊及价值。赖大仁从"文学是人学"这个命题出发，强调"文学救赎"。在他看来，真正的文学危机是"文学性"的危机，是"阅读"的危机。当读者变成了观众，阅读变成了观看，审美变成了消费，这样，真正的文学也就终结了。主张坚守文学精神，并将这种精神向图像的版图上扩张。[4] 接下来周宪则认为，"读图时代"的到来，标志着图像主因型文化取代传统的语言主因型文化。"读图"的流行也意味着文化正在告别"语言学转向"而进入"图像转向"的新阶段。他认为不仅是看到这种变化，而且是理解这一变化根源，从容地面对这一变化。[5] 吴圣刚则看到了读图时代给文学和文学批评带来的革命意义。"文学创作工具的变化不仅仅是对文字文学生产方式和程序的改变，最重要的是改变着文字文学的思维程式、结构形态、内在品格、存在方式等"，原有的"基于纸质文字文学批评的原则、标准以及批评的思维方式、话语体系无疑需要新的构成和变更。譬如文字语言的表达

① 李勇：《文艺学与文学理论：学科内外的知识生产》，《文艺争鸣》，2006 年第 1 期。
② 彭亚非：《图像社会与文学的未来》，《文学评论》，2003 年第 5 期。
③ 杨小彦等：《话说读图时代》，《天涯》，2001 年第 1 期。
④ 赖大仁：《图像化扩张与"文学性"坚守》，《文学评论》，2005 年第 2 期。
⑤ 周宪：《"读图时代"的图文"战争"》，《文学评论》，2005 年第 6 期。

能力和图像语言表达能力的评判问题、文字作品与图像作品的抒情方式问题、文字作品和图像作品的叙事、思想人文内涵揭示的异同问题等，既有的理论已经不可能完全阐释"①。

（2）"日常生活审美化"论争。日常生活审美化的论争是 21 世纪文学批评的又一热门话题，且褒贬不一。作为一种话语，"日常生活审美化"（Aestheticization of Everyday Life）产生于西方发达国家消费社会的大背景之下，由德国人韦尔施提出来，后散见于西方后现代社会学家和哲学家的理论著作之中。中国学者对这一命题的移植和运用则与中国当代现实密切相关，是为了解决当代文学批评疏离现实所导致的困境，解释中国当代复杂社会生活状况。

在中国，"日常生活审美化"这个话题虽然在讨论其他问题时已经出现，但明确提出这个问题则出自 2002 年陶东风发表在《浙江社会科学》第 1 期的《日常社会的审美化与文艺研究的兴起——兼论文艺学的学科反思》一文。在该文中，他主张加强文艺学研究和现实的关系，认为"日常生活审美化"是当下一个已经存在的现实，认为"文艺学如果回避日常生活的审美化以及审美泛化的事实，只讲授与研究历史上的经典作家作品；如果坚持把那些从经典作品中总结出来的特征当作文学的永恒不变的'规律'，那么它就无法建立与日常生活与公共领域的积极的建设性的关系，最后导致自己的萎缩与枯竭。"由此拉开"日常生活审美化"讨论的序幕。

2003 年以后，关于"日常生活审美化"的讨论热闹起来，《文艺争鸣》、《文艺报》等报刊发表了一大批有关"日常生活审美化"文章，论争十分激烈，赞成者有之，反对和质疑者也有之。朱国华认为，在中国，所谓"诗意的栖居"尚未成熟。"日常生活审美化"并不能算作普遍的问题，如果将少数人的话语置换为普遍的话语，"不仅仅有可能使我们的话语场成为西方话语的跑马场，而且会有可能使我们成为中国小资的同路人：因为通过谈论他们的文化，我们与他们建立了一种同谋关系，我们的这种研究本身甚至也可能成为小资文化的一部分，成为一种时髦、有趣的文化消费品。"②，赵勇和陶东风在 2004 年的论争颇具代表性③。赵勇认为陶东风没有对"日常生活审美化"进行清理和鉴定，仅仅停留在事实判断的层面上指认这一现象，从而取消了对它的价值判断。陶东风在回应

---

① 吴圣刚：《读图时代文学理论的变革》，《宁夏社会科学》，2008 年第 6 期。

② 朱国华：《中国人也在诗意地栖居吗？——略论日常生活审美化的语境条件》，《文艺争鸣》，2003 年第 6 期。

③ 赵勇：《谁的"日常生活审美化"？怎样做"文化研究"？——与陶东风教授商榷》，《河北学刊》，2004 年第 5 期；陶东风：《研究大众文化与消费主义的三种范式及其西方资源——兼谈"日常生活的审美化"并答赵勇博士》，《河北学刊》，2004 年第 5 期；赵勇：《再谈"日常生活审美化"——对陶东风先生一文的简短回应》，《文艺争鸣》，2004 年第 6 期。

中继续坚持自己的立场和主张。童庆炳先生于同年在《人文杂志》上发表《"日常生活中审美化"与文艺学的"越界"》，认为把文艺学的研究中心转移到对于"日常生活的审美化"问题的研究上，"把这种所谓日常生活的审美化，诸如城市规划、街心花园、购物商场、时尚杂志、健身房、模特走步、广告设计、美女图片等的研究，来取代文艺学、美学原有的研究对象"，都是脱离现实的表现，都是不可取的。

针对"日常生活审美化"的相关问题，一些学者提出了自己的看法。凌继尧在《对"日常生活审美化"研究的反思》（东南大学学报，2007年11月）中认为"日常生活审美化"这一现实和趋势是客观存在的，是当代中国社会的一个表征。"应当分清富人们消费主义倾向与广大消费者在选择物质产品时日益增长的审美需要的区别。"并要求从中国本土现实出发，以实证的角度以及一些具有说服力的数据扎实地探讨了"日常生活审美化"在中国的本土现状。艾秀梅从历史发展的角度对"日常生活审美化"做了辩证分析。[①] 她指出"日常生活审美化"在具体的使用过程中有被狭隘化、庸俗化的倾向，它经常被局限于指大众消费文化带来的物质生活景观，而忽略其更为广阔和深刻的内涵。但并不应该将日常生活审美化视为洪水猛兽，"事实上，使日常生活充满审美意味，使人发展为理性与感性和谐的自由主体，这始终是人类发展前进的方向。……日常生活的绝对自由和绝对审美实际上是一个人类自古就有的梦想，它带有乌托邦的性质，而不是一个可以考量的具体可见的目标。我们只能说，日常生活的审美化是一个未完成的规划，人类将始终前进在日常生活审美化的征程上，无限接近审美生存的目标。"

尽管"日常生活审美化"这一命题来自西方，但在这场论争中有一点是应该肯定的，那就是中国学者不再完全讲西方的故事，而主要关注的是"中国的语境"，即全球化语境下中国的社会现实，是针对中国当下现实来思考的。在中国，随着"读图时代"和"日常生活审美化"等议题的提出和论争，文学批评的对象和范围有所拓展，文学观念也随之日趋开放。

3. 新世纪文学批评走向

21世纪以来，中国文学批评在西方文学批评的参照下，立足本土，逐步呈现出多样的批评理论建构。与20世纪相比，今天的文学批评视野更加开阔，学术胸怀更加宽容，各种文学批评方法应运而生，而有中国特色的马克思主义文学批评更是独树一帜，显示出21世纪中国文学批评的生机和活力。

---

① 艾秀梅：《"日常生活审美化"考辨》，《南京大学文学院学报》，2004年第3期。

（1）中国马克思主义文学批评的建构。近 10 年来，中国马克思主义文学批评有了新的发展，研究的问题既有上世纪的延续，又有新的历史语境下对新的问题的思考与探索。其中，加强马克思主义文学批评的当代性研究，构建有中国特色的马克思主义文学批评成为显著的标志。在 2000 年举办的 "'面向新世纪的马列文论研究'暨全国马列文论研究会第十七届年会"上，"马克思主义文艺学的当代性"和"建设有中国特色的马克思主义文艺学"成为会议的重点议题。2004 年中央决定实施"马克思主义理论研究和建设工程"，再一次表明中国坚持马克思主义的主导地位的决心。

与当代社会"以人为本"的执政理念相呼应，马克思主义经典作家的人学思想再次进入人们的视野。与 20 世纪 80 年代初从人性、异化那种反思性和批判性的角度不同，这一次更注重阐发马克思主义经典作家关于人的全面解放的思想。人们在马克思恩格斯的《1844 年经济学哲学手稿》、《德意志意识形态》、《共产党宣言》以及《社会主义从空想到科学的发展》等著作中发现了大量关于人的自由全面发展的论述。有学者指出，马克思主义经典作家的这一思想不仅体现了对资本主义和一切私有制及其意识形态的否定和超越，而且深刻揭示了文艺的人学本质，鲜明地体现了马克思主义文艺理论的价值取向。不仅如此，这一思想还超越了把文艺仅仅看成社会现实的客观反映的认识论思路，在性质和功能、个体与人类的统一上重新阐释文学艺术的精神性、超越性和审美性的动态本质。①

在当代市场经济条件下，马克思的艺术生产理论得到进一步关注。人们对马克思艺术生产的内涵及意义，艺术生产与艺术消费等问题作了广泛的讨论。② 在研究中人们发现，中国当今市场经济条件下的文学的生产方式和运营模式与马克思所说的那种为资本创造价值的具有商品特性的艺术生产比较接近。文化市场的勃兴对于今天的作家和批评家来说，既是挑战又是机遇。面对当代文学生产范式的深刻变化，需要把握马克思艺术生产的理论，以新的理念参与文化市场的运作和文学产品的策划过程中，正视艺术生产的商品性质，发挥艺术消费对艺术生产的制约和推动作用，把握艺术生产作为精神生产的特殊性，实现文化产业中精神品格和市场需求的协调发展。③

今天的中国对马克思主义文学批评的坚持，并不是出于一种行政干预，而是出自一种理论的自觉，人们从学理和实践中明确认识到马克思主义文学批评具有其他文学批评所不具备的优势和视野，马克思主义研究问题的历史意识和辩证思

---

① 朱立元：《略谈马克思主义文艺理论的人学基础》，《文艺争鸣》，2006 年第 6 期。

② 参见陈定家：《艺术生产论的发展及当代意义》，《中国社会科学院研究生院学报》，2001 年第 3 期；李益荪：《试析马克思"艺术生产"理论的基本要点》，《西南民族大学学报》，2003 年第 3 期。

③ 胡亚敏、袁英：《马克思艺术生产理论的当代价值》，《华中师范大学学报》，2008 年第 3 期。

维为全面考察文学的产生、存在和发展提供了先进的理论工具和思想武器，使文学研究真正成为一门科学。并且，马克思主义是从超越资本主义生产方式的高度批判资本主义的，至今仍具有阐释的权威性和现实的针对性。

（2）21世纪中国文学批评的多元发展。坚持马克思主义文学批评的主导地位，并不是将马克思主义文学批评定于一尊。21世纪中国文学批评呈现了以马克思主义批评为主导的多元发展趋势，中国批评家在西方各种批评模式中寻找和选择一些新的批评模式，以贴近中国文学现实，其中生态批评、文化批评和伦理批评等批评模式在21世纪的兴盛体现了中国当代文学批评方法论建构的自觉。

生态批评。生态批评作为"探讨文学与自然环境之关系的批评"，其理念最初来自西方[1]。1978年，威廉·鲁克特在论文《文学与生态学：一次生态批评的实验》中首次使用"生态批评"（ecocriticism）这一术语，提出"把生态学以及和生态学有关的概念运用到文学研究中去"[2]。生态批评传入中国后，这种新的视角与方法逐渐引起学界的兴趣。新世纪以来，中国生态批评受到更为广泛的关注，有多部论著出版，其中代表性的论著有鲁枢元的《生态批评的空间》（华东师范大学出版社2006年），张艳梅、吴景明、蒋学杰的《生态批评》（人民出版社2007年）等，并有近百篇学术论文发表，此间还召开了多次有关"生态批评"的学术会议。[3] 如今中国的生态批评除进一步引进和追踪西方生态批评理论，保持与国际学术界的前沿研究的联系外，更多的是将西方学者的研究成果作为参照系，探讨建构有中国特色的生态批评。

中国的生态批评在进行体系化建构时，十分注意发掘中国古代生态思想。中国古代有着非常丰富的生态话语资源，"中国古代儒家有着'天人合一'、'和而不同'、'民胞物与'等重要生态思想。道家古典生态智慧的内涵就更为丰富：'道法自然'的宇宙万物运行规律理论，'道为天下母'的宇宙万物诞育根源理论，'万物齐一'的人与自然万物平等关系理论"[4] 等等，都具有一定的生态价值。充分发掘中国古代以来丰富的生态话语资源，这是建设中国生态批评的深厚的文化根基。特别是中国的生态批评吸收了中国古代丰富的生态智慧，高扬一种和谐的思想，具有"人文主义与绿色研究的并存与协调"的特点[5]。既坚持"以人为本"，通过文学关注人类的生存发展，同时又坚持与自然的整体性、和谐性

---

[1] 转引自张艳梅、蒋学杰、吴景明：《生态批评》，北京，人民出版社2007年版，第3页。

[2] William Rueckert, "Literature and Ecology: An Experiment in Ecocriticism," Lowa Review 9.1（Winter 1978），p71—86.

[3] 曾繁仁主编的《中国新时期文艺学史论》对中国生态批评的发展状况作了具体的梳理，此处不再赘述。

[4] 刘文良：《当前生态批评理论研究的缺失》，《云南社会科学》，2007年第5期。

[5] 张艳梅、蒋学杰、吴景明著：《生态批评》，北京，人民出版社2007年版，第14页。

的生态观念。即既不能以毁灭自然为代价强调人的发展，也不能以阻碍人类经济发展为代价过分强调自然。

在全球化时代，人们在人与自然的关系上面临一些共同的问题，气候变暖，环境恶化，生态批评体现了对这种发展方式与生存方式的焦虑和批判，这正是中西生态批评的共同基础。而中国传统的生态思想则是对西方生态批评中的生态中心主义的矫正和补充。在这个意义上，生态批评是连接中西交流的平台，中西方生态批评的融合也许是生态批评发展的必然趋势。

从中国语境出发，以中国的文学和现实为研究对象，是新世纪中国文化批评的又一特点。与西方语境中产生的西方文化研究关注"阶级"、"性别"、"种族"不同，当今中国文化批评关注的重点则是转型期中国人的日常生活和文化心理。如文学中出现展示边缘的、日常的、身体的、底层写作、"个人"写作等，以及文学所表现的当代人的心灵和信仰危机，都成为中国文化批评关注的对象。文化批评在中国具有很大的发展空间，但也存在不少问题。中国的文化批评在理论体系和具体运用上都有进一步探讨和开拓的空间。

文学伦理学批评。作为一种批评方法，文学伦理学批评的实践在国内外早已有之，但我国学者则对它做出了一种新的理论阐释。文学伦理学批评"从伦理道德的角度研究文学作品以及文学与作家、文学与读者、文学与社会关系等诸多方面的问题，对存在的文学给以伦理和道德阐释。"[①] 这种批评是立足于中国现实问题，在吸收和借鉴已有成果的基础上建构的一种批评方法。2004 年在"中国的英美文学研究：回顾与瞻望"全国学术研讨会上，聂珍钊作了"文学批评方法新探索：文学伦理学批评"的发言，"文学伦理学批评"就此被提出。《外国文学研究》于 2005 年第 1 期至第 5 期中，连续推出了五个"文学伦理学批评"专题文章，国内外学者也纷纷发表"文学伦理学批评"的学术论文，[②] 使之成为新世纪文学批评发展的又一增长点。

文学伦理学批评的提出具有现实的针对性，与当今伦理道德在文学中的缺失有关。聂珍钊认为，"艺术和文学的产生源于一种伦理的目的，源于一种道德的价值"[③]，文学伦理学批评就是"以实现文学伦理道德价值的回归"为重要目标的重要途径。[④] 在科技发达时代，文学伦理学批评对伦理道德的强调，必然会对人类精神世界的塑造和社会文明的进步起到一定作用。并且，文学伦理学批评强

---

① 聂珍钊、杜娟、唐红梅、朱卫红等：《英国文学的伦理学批评》，武汉，华中师范大学出版社 2007 年版，第 6 页。

② 参见《外国文学研究》于 2005 年第 1 期至第 5 期中"文学伦理学批评"栏目。

③ 黄开红：《关于文学伦理学批评——访聂珍钊教授》，《当代文艺理论与思潮》，2006 年第 5 期。

④ 聂珍钊：《关于文学伦理学批评》，《外国文学研究》，2005 年第 1 期。

调回到文本，这将有助于推动中国文学批评与实践的联系。目前，文学伦理学批评还处于起始阶段，在理论体系建构和具体操作方面还存在着一些有待解决的问题，但作为一种新的尝试，文学伦理学批评具有积极的现实意义。

中国马克思主义文学批评的建设以及生态批评、文化批评、伦理批评等批评模式的发展显示了中国当代文学批评理论建设的实绩。应该说，中国文学批评学的建设是无止境的。社会、文化、历史、地域、种族、性别、生命等都可以进入文学批评的视野。我们应允许各种批评理论和方法的实验，并允许其可错性和变异性。中国的马克思主义文学批评将以其历史意识、辩证精神和与时俱进的品格走在其他批评的前列，主导与多元并存，反思与建设同在，中国文学批评的活力正在于探索过程之中。

小　结

中国新时期文学批评走过了 30 年，这期间中国当代文学批评的发展与西方文学批评在中国的传播和影响交织在一起，是一个从"互通"、"互动"再转向"互生"的过程。中国当代文学批评虽然获得了一些长足的进步，开始形成有中国特色的当代文学批评的雏形，但不可否认，文学批评并未取得骄人的成就，国人对当今中国的文学和文学批评的现状不尽满意，而长期以来学者们基于全球化的压力和苦于对宏大叙事的执著也常常表现出某种躁动和不安。从容地探讨和总结了新时期以来中国文学理论批评发展历程中的种种问题，这是中国文学理论批评走向成熟和自信的表现，说明我们有能力看到自己的问题，有决心突破自身的局限。

也许现在我们还不足以对 30 年做出科学的总结，任何年代都存在异质性，任何概括都有例外。总结过去是为了展望未来，我们相信，未来的文学批评将处于一个更加宽容、更加开放的环境中，中国的文学批评如何介入当代人的精神生活，如何通过促进文学的繁荣和发展丰富和提升人们的精神境界，如何以更加积极、更加自信的姿态走向世界理论的前沿，提出一些既有现实的针对性又具有普遍意义的理论构想，这些都需要当今从事中国文学批评的学者的共同努力。

（胡亚敏执笔）

第十章

中国现代文论中的比较诗学

导论：中国现代文论的比较诗学维度

比较诗学，又称比较文论，在中国现代文论建设中具有一种特殊的地位和作用，这集中表现在：它的诞生、存在及发展本身就是中外文论对话的产物。正是在"西方文论中国化与中国文论建设"这一特定的论题领域，比较诗学或更具体的中西比较诗学可以突出地体现中国现代文论建设者的一种特殊的视野和选择：他们常常不得不在中西对话语境中探索中国现代文论建设的途径。比较，既是中国现代文论面临的一种不由自主的挑战，更是它不能不实施的一种主动的选择。正是在这个意义上可以说，比较诗学可以视为中国现代文论建设的一个特定的维度或环节。

一、比较诗学的海外生成

华裔学者在西方学术语境下操用英语展开比较诗学研究，代表着中国现代文论中的比较诗学的海外生成。几十年来，美国学界崛起了一个重要的华裔比较诗学研究族群，如刘若愚、夏志清、高友工、梅祖麟、叶维廉、刘绍铭、李欧梵、孙康宜、张错、张隆溪、王德威、刘禾、唐小兵、刘康、张英进等学人。

1. 华裔比较诗学的跨文化特质

华裔比较诗学研究族群的著作，是在西方学术语境下操用英语为西方学者介绍中国诗学的研究读本，如果我们顺沿着从陈钟凡、罗根泽、朱东润、郭绍虞、顾易生、王运熙与张少康等中国大陆学者所凝铸的中国古代文学批评史研究路数，来检审华裔学者撰写的比较诗学研究汉译读本，就不难发现，华裔学者对中国诗学的介绍与研究都是在比较基础的层面上展开的，并且思考的路数完全不同于中国大陆学者在汉语本土语境下所从事的中国古代文学批评研究。

研究路数不一样，说到底，也就是研究视域的不同。问题在于，不能把汇通于比较诗学研究中的中西诗学在互见与互识的自恰性思考中剥离开来，分别给予国别文论研究的原教旨主义评判。比较诗学与国别诗学的科学理念在研究视域上的确存在着差异性。倘若把整合于比较诗学研究文本中所涉及的中西诗学各自剥离出来，中西学者在各自的美学价值分立中检视其所属的本土诗学，都可能会感觉其比较基础且浅显。

但是，在跨语言、跨民族、跨文化与跨学科的学术视域下，用英文（或德语、法语等）思考与研究中国诗学思想，并使自己的思考与研究在英文的书写中学理化、逻辑化、准确化与文本化，使基础的中西诗学理论在多元汇通性思考中整合起来成为具有普世性的世界文学理论，这种汇通性的比较诗学研究在思路的展开及其研究的过程中都大大提高了这一学科的学理难度。

在刘若愚从事比较诗学研究的盛年时代，由于当时欧美学者对中国古代诗学的了解还处在一个启蒙的时段，因此刘若愚把潜藏于文献典籍中的中国古代诗学思想介绍给西方学界的是比较基础的批评范畴、批评思想及批评思潮。如在《中国文学理论》一书中第二章《形上理论》中，刘若愚用英语讨论了"道"与"文"这两个范畴，描述了这两个范畴在 "*Book of Changs*"（《周易》）、"*Record of Music*"（《乐记》）中的 "*Book of Rites*"（《礼记》）、挚虞的 "*Records of and Discourse on the Ramification of Literature*"（《文章流别志论》）、陆机的 "*Exposition on Literature*"（《文赋》）及刘勰的 "*The Literary Mind：Elaborations*"（《文心雕龙》）、萧统的 "*Literary Anthology*"（《文选》）等文本中的历史演变，并以此把中国古代诗学的形上理论与西方诗学模仿理论、表现理论进行整合性比较研究。刘若愚关于"道"与"文"发展历程的介绍，从汉语学术界的单边学术文化视角来检视的确是比较基础与浅显的，但是，从比较诗学的研究视域来审观，刘若愚关于跨文化与跨语言的中西诗学汇通性思考是具有相当难度的，也给予中西学者无尽的启示性。说到底，不能用国别诗学研究的单边文化主义之路数来评判比较诗学研究的著作及其多元文化的研究视域，但是，国别诗学研究无疑是从事比较诗学研究的基础，而比较诗学研究给予国别诗学研究的启示又是令人深省且撼人心魄的。

2. 华裔比较诗学的两种现象

需要进一步阐明的是，华裔比较诗学研究族群的英语著作其在被接受的阅读过程中可能会遭遇两种现象。第一种现象在于西方学者在印欧语境下对华裔比较诗学研究族群英语读本的接受及学术信息的提取。如对于西方本土学者来说，在张隆溪的 "*The Tao and The Logos*：*Literary Hermeneutics*，*East and West*"（《道与逻各斯：东西方文学阐释学》）的比较诗学研究中，德里达以解构主义策略抵抗逻各斯中心偏见对西方哲学及其诗学的弥漫，这是他们所熟悉的本土理论，因此在阅读的过程中，西方诗学体系对于他们来说不具有一定的学术难度。但是，当他们遭遇张隆溪比较诗学讨论的道家诗学及如下阐释时，是必然遭遇一定的理解难度的："老子明确地指出：道的全部只有在沉默中保持其完整性，因此才有这一著名的悖论：知者不言，言者不知"①。因为，中国道家诗学对他们来说是东方异域文化空间中他们所陌生且充满兴趣的异质诗学理论，是由英语在译介式的思考中转换过来的一种崭新的他者诗学批评现象。他们对《道与逻各斯：东西方文学阐释学》学理意义的阅读，只是通过德里达的解构主义诗学体系而达向对中国道家诗学思想的基本理解与初步接受的。

当然，张隆溪关于道与逻各斯的比较思考，在文献的片断性汇通上还关涉到《周易》、孔子、孟子、《陌上桑》、陆机的《文赋》、陶潜、刘勰的《文心雕龙》、王维、白居易的《琵琶行》、李商隐的《锦瑟》、司空图、辛弃疾、仇兆鳌等和柏拉图、亚里斯多德、莎士比亚的《十四行诗》、席勒、施莱尔马赫、马拉美的纯诗、里尔克的《哀歌》、厄内斯特·费诺洛萨、埃兹拉·庞德、路德维希·维特根斯坦、米歇尔·福科、保罗·德·曼、伽达默尔的《真理与方法》、斯皮瓦克、宇文所安等。张隆溪正是在他所拣选的经典性与片断性中西文献中诉求着具有普遍性的世界文学理论。而西方学者的阅读兴趣与学理诉求也正是定位于张隆溪投入在这部比较诗学研究读本中的关于中国道家诗学的思考与研究，以及张隆溪在中西诗学的汇通性研究中所营造的那种具有互文性与普适性的国际性研究视域。

---

① ［美］张隆溪：《道与逻各斯：东西方文学阐释学》（Zhang Longxi：*The Tao and The Logos*：*Literary Hermeneutics*，*East and West*，Duke University Press Durham and Longdon，1992. p. 27.）

349

西方学者对中国古代诗学那种感悟性与直觉性的批评心理充满着跨文化与跨语言的研究兴趣。除去少数汉学家能够凭借他们所掌握的汉语直接阅读中国古代文献典籍之外，如浦安迪（Andrew H. Plaks）、宇文所安（Stephen Owen）、史景迁（Jonathan D. Spence）、顾彬（Wolfgang Kubin）等，大多数西方学者还是要凭借华裔比较诗学研究族群的英语著作而进入对中国诗学的了解与研究。

第二种现象是中国学者在汉语语境下对华裔比较诗学研究族群汉语译著的接受及学术信息的提取。华裔比较诗学研究族群的英语读本是写给西方学者阅读的，曾任职威斯康辛大学的刘绍铭在夏志清的《中国现代小说史·再版序言》中则认为："中国学者用外文写的研究中国学术的著作，早晚都应该有个中文本藏诸名山的。"① 其实当学界把这些著作翻译为汉语读本，译介到中国汉语学术语境扩张其影响后，中国汉语学者便成为这些著作的主要阅读族群。华裔学者比较诗学英语读本的汉译及其在汉语学界的影响是比较诗学研究领域中的一个重要现象。

华裔比较诗学研究者把有关中国诗学的诸种学术信息翻译成英语后，并在英语思考与写作的比较研究中，把学术信息汇通到相关的西方诗学语境中组构成英语文本。当学界把这些文本再度翻译回汉语后，交汇在相关西方诗学中的中国诗学思想及其学术信息已经历经了从汉语翻译为英语，又整体地从英语翻译为汉语的双重语言译介过程。赛义德曾讨论了跨语际译介文学理论的旅行问题，而比较诗学研究其中一方的诗学至少要经历过双重跨语际的学术思想旅行。也正是这种双重语言译介的旅行过程，使这种国际多元对话的文学批评与文学理论问题复杂化起来。其中汉语学术思想的创造性增益与递减、误读与过度性诠释，不仅表现在华裔比较诗学研究族群的英语写作中，也呈现在从英语读本译回的汉译文本中，同时也更突显在汉译文本读者的理解中。孙康宜的"*Six Dynasties Poetry*"其在命题上就是如此被国内中国古代文学研究者钟振振翻译为汉语读本《抒情与描写：六朝诗歌概论》的。

从20世纪70年代以来，国际比较文学研究的理论性倾向加重，因此这一态势制导着比较文学走向比较诗学。关于这一倾向，美国比较文学会主席查尔斯·伯恩海默（Charles Bernheimer）曾在《1993年伯恩斯坦报告：世纪转型期的比较文学》中指出："关于对比较文学基本评估的第三个主要威胁可以在格林（Greene）报告的字里行间阅读到：文学理论研究在作为竞技场的七十几个比较文学系中有显著增长的态势。虽然最好在英语系与法语系鼓励理论的繁荣，但是

---

① 刘绍铭：《中国现代小说史再版序言》，见［美］夏志清：《中国现代小说史》，刘绍铭等译，上海，复旦大学出版社2005年版，第27页。

比较文学研究者的外语知识不仅提供了一个直接阅读有影响的欧洲理论家原初文本的路径，并且也提供了一个直接阅读他们所分析的哲学、历史与文学著作的原初版本的通道。这一发展中的问题对于比较文学的传统观点而言，在于文学的历时性研究已受到威慑，蜕变为下一步的大规模的理论共时性研究。格林对理论覆盖这个领域的潮流进行暗示性指责时写道：'比较文学作为一门学科不可变更地被搁置在历史的知识上。'"① 在这里，文学的历时性研究是指涉文学发展史的研究，而共时性研究是指涉理论研究；正是如此，孙康宜的 "*Six Dynasties Poetry*" 在比较的汇通性研究上也有着相当强的共时理论研究化倾向。

3. 比较诗学中的中外对话

对中国汉语学者来说，这些汉译比较诗学研究读本中关于中国诗学的某些学术信息可能是比较基础的，反过来，这些基础的中国诗学思想也成为中国学者步入西方诗学体系的路径与窗口了，中国汉语学者也正是借助于这一路径与窗口，可以递进一步深化地透视与透析西方诗学理论。作为比较诗学研究展开的一个阿基米德点在于，中国汉语学者以此能够使用自己跨出本土诗学研究的文化部落主义心态，可以持有一种敞开且坦荡的学术心理接受外域的西方诗学理论，再反过来用他者的视域重新透视自己所熟悉的中国诗学思想；此刻，中国汉语学者对自己所熟悉的中国诗学思想获有一种崭新的理解，这种理解构成了中西诗学的互动与对话，这种理解与汉语语境下纯粹的国别诗学研究者以本土原教旨主义批评的眼光所给出的评价与结论，可能在双边诗学共通的审美价值评判中呈现出不尽相同的文化差异性。这也正是汉语学者在汉语语境下阅读华裔比较诗学研究族群的汉译读本而从事比较诗学研究所获得的启示。曹普在《抒情与描写：六朝诗歌概论》这部著作所属丛书的《总序》中也明示到这一点："六朝诗歌的研究在中国有相当丰富的成果，但海外汉学家的见解对国学研究仍是弥足珍贵的借鉴，同样的题材，西方汉学家的论述与切入点会别开生面。"②

又如中国汉语学者在阅读汉译《中国文学理论》时不难发现，刘若愚认为对艾布拉姆斯关于柏拉图的评论稍加修正即可以适用于对孔子诗学思想的批评，并且我们可以顺沿着艾布拉姆斯关于柏拉图的评论再度发现刘若愚启用西方诗学

---

① ［美］查尔斯·伯恩海默：《1993 年伯恩海默报告：世纪转型期的比较文学》（Charles Bernheimer：'The Bernheimer Report, 1993: Comparative Literature at the Turn of the Century'），见［美］查尔斯·伯恩海默：《多元文化主义时代的比较文学》（Charles Bernheimer：*Comparative Literature in The Age of Multiculturalism*, edited by Charles Bernheimer, the Johns Hopkins University Press, 1995. p. 41.）

② 曹普：《当代女学者论丛·抒情与描写：六朝诗歌概论·总序》，见［美］孙康宜：《抒情与描写：六朝诗歌概论》，钟振振译，上海，上海三联书店 2006 年版，第 3 页。

的实用主义理论为透镜，从《诗大序》开始追问中国古代诗学发展历程上儒家实用主义的文学批评思想，从"故正得失，动天地，感鬼神，莫近于诗。先王以是经夫妇成孝敬，厚人伦，美教化，移风俗"的文献中，① 挖掘且澄明出《诗大序》富含的儒家诗学实用主义精神所崇尚的审美功利性、道德感与政治性；并把儒家诗学的实用主义从《诗大序》历经王充、郑玄、曹丕、陆机、刘勰、韩愈、周敦颐、程灏、程颐及沈德潜，一直追溯到国立北京大学的中国诗学教授黄节。刘若愚在基础且准确的陈述中，透视与追问了儒家诗学实用主义精神发展的脉络。中西诗学各自的基本理论在刘若愚的比较视域中升华为一种汇通中西的学术难度。

实际上，比较诗学研究所展开的基本要求就是，对中外诗学作为国别文学理论知识的各自摄取，应该是在没有争议的基本知识上所完成的。倘若提取中外诗学各自最为前沿且充溢相当争议性的双边文学理论问题进行整合性比较研究，这样所给出的结论很少具有稳定性与普适性。比较诗学所追问的世界性文学理论及其放之四海皆准的审美批评原则，在学理上必须逻辑地建立在中外诗学各自少有争议的基础理论汇通的比较研究层面上。

需要强调的是，倘若中国汉语学者没有顺沿着刘若愚陈述的西方诗学实用主义理论并以之为透镜来检视儒家诗学传统，作为一位纯粹的汉语本土国别诗学研究者无法看视与提取到蕴涵在儒家思想中这脉丰富的实用主义文学批评思想。理解了这一点，也就可以接受普林斯顿大学的比较诗学研究者高友工是怎样以结构主义文学批评的视域来诠释中国唐诗的美学思想，也就可以理解他的专著《唐诗的魅力》其中精彩的诗学批评思想。

华裔比较诗学研究族群在西方学术语境下操用英语从事的比较诗学研究，他们栖居在美国学术界，操用英语所撰写的关于中国诗学、中国文学思潮及中国艺术思潮的读本对西方学者看视和了解中国学术有着巨大的影响，并且其中一些读本被译介为汉语，带着西方异质文化的眼光回馈于中国学界并产生了很大的影响。无疑，他们是一批在美国留学后栖居在国际学术界的语际精英学者。

二、比较诗学的本土生成

比较诗学作为一门现代意义上的文论学科，形成于 20 世纪 60 年代的西方，

---

① 《诗大序》，见于《十三经注疏》中华书局 1980 年影印世界书局阮元校刻本，上册，第 270 页。

自 20 世纪 70 年代起被先后引入中国学界。由于在漫长的中国古代历史上存在着规模宏大、影响深刻的中外异质文化交流与碰撞事实，其中还包含了广泛的诗学内容。因此可以说，在跨文化、跨民族、跨语言的比较视域下所进行的诗学比较研究，其实很早就开始了。下面，主要阐述现代中国比较诗学的本土生成及其理论内涵和方法论贡献。

1840～1949 年间，严格意义上的诗学比较之作数量不多。据《中国比较文学研究资料》（1919～1949）所附"资料索引"的统计，在 30 年间近 200 篇比较文学论文里，以中外文艺理论问题作为比较研究对象的文章甚少，而 39 部著述中则只有钱钟书的《谈艺录》堪称"比较诗学"。① 在 1840～1919 年这一阶段，这类研究便更少了。故我们在此将近现代合在一块来讨论。不过，数量很少不等于成果不大，恰恰相反，近现代时期的比较诗学研究成果所达到的思想与认识高度迄今为止仍然难以逾越，其致思之路径与方法论也依然具有重要的理论启示意义。其代表人物，近代是王国维，现代是钱钟书。② 相比于上述第一个阶段，这两位学者的诗学比较研究具有非常明确的跨语言特色，即自觉地把中西诗学问题置放在双重语境的透镜之下来加以质询和探究，从而拥有了质地新颖而又宏阔高远的比较视域。

（1）王国维的比较诗学研究。陈寅恪曾经指出，王国维所从事的学术研究重要方面之一即"取外来之观念，与固有之材料互相参证"，具体内容主要是"文艺批评及小说戏曲之作，如《红楼梦评论》及《宋元戏曲考》、《唐宋大曲考》等"。③ 这种学术取向与比较文学的阐发研究完全合拍，皆属比较诗学。

王国维对于中西学术之关系以及西学冲撞之下的国学发展未来，具有高瞻的眼光与精辟的见识。在国人斤斤于中西学术优劣之争时，他指出"言学无中西"，因为："世界学问，不出科学、史学、文学。故中国之学，西国类皆有之；西国之学，我国亦类皆有之。所异者，广狭疏密耳。即从俗说，而姑存中学西学之名，则夫虑西学之盛之妨中学，与虑中学之盛之妨西学者，皆不根之说也。……余谓中西二学，盛则俱盛，衰则俱衰，风气既开，互相推助。且居今日之世，讲今日之学，未有西学不兴，而中学能兴者；亦未有中学不兴，而西学能兴者。"④ 以哲学而论，他认为，西方哲学不仅可有助于治解"难解之古

---

① 北京大学比较文学研究所编：《中国比较文学研究资料》（1919～1949），北京，北京大学出版社 1989 年版，第 454～465 页。

② 其实，宗白华的比较美学也值得重视。

③ 陈寅恪：《王静安先生遗书序》，见《金明馆丛稿二编》，上海，上海古籍出版社 1980 年版，第 219 页。

④ 王国维：《〈国学丛刊〉序》，见傅杰编校：《王国维论学集》，北京，中国社会科学出版社 1997 年版，第 404 页。

学"，更重要的是，他坚信"异日昌大吾国固有之哲学者，必在深通西洋哲学之人无疑也。"① 此论自然亦适用于美学与文艺理论，因为借西学来重建、繁荣、昌大中国固有之学，这是王国维所期望的中国学术的发展之路。他本人在这一方面所做的工作，已被公认为现代美学的奠基和开端。

概括而论，王国维的比较诗学研究包括以下四方面的内涵：

第一，把美学与文艺理论置放在与哲学、伦理学的相互关系之中来定位、了解。这样一来，"通西洋之哲学"与"伦理学"也就成为美学与文艺理论研究的必要前提。王国维自己基本上是根据康德、叔本华以及尼采的学说来建立了解此三者关系的知识架构，择要而言：在哲学、伦理、美学（真、善、美）三大领域之下，确立理性、悟性（今通译"知性"）、感性三种能力，超验、经验两重世界，抽象（先天而普遍）、具体的认知"形式"，直观、概念的知识类别，主观、客观的事物性质等知识层级。美学在此构架中处于连接哲学与伦理学的中介位置，也就是说，美学（含文艺理论）的性质兼具认知的普遍性与实践的特殊性，美同时具有认知（真）与实践（善）的功用。对于美学的这种认识与定位，在比较哲学、比较诗学的具体展开中特别重要，因为这种定位能够作为一种学术参照，清楚地反衬出中国美学（含文艺理论）在中国固有知识体系中的不同定位、性质和内涵。这一点可谓王国维对于现代比较诗学研究的一个最重要的贡献。

第二，根据他对西学的了解，王国维对一些重要的中国文论概念和命题做出了全新的诠释。这些诠释不是拿中国的材料对西学作表面的印证，而是建立在中西互释基础之上的理解与汇通。以西释中，如以先天/后天、善/恶二元对立思维论"性"，以叔本华充足理由原则及直观/概念、主观/客观之二分法释"理"；以中释西，如引张载《正蒙·太和篇》之"有象斯有对，对必反其为；有反斯有仇，仇必和而解"释"海额尔"（即黑格尔）之辩证法"所谓由正生反、由反生合者也"②。再如以"太极"、"玄"、"道"释柏庚（即培根）的"种落之偶像"与康德的"先天之幻影"③。在此互释互证的基础上，又对中西旧说有所

---

① 王国维：《哲学辨惑》，见傅杰编校：《王国维论学集》，北京，中国社会科学出版社1997年版，第219页。

② 王国维：《论性》，见傅杰编校：《王国维论学集》，北京，中国社会科学出版社1997年版，第226页。

③ 王国维：《释理》，见傅杰编校：《王国维论学集》，北京，中国社会科学出版社1997年版，第238页。按：所谓"种落之偶像"（"idols of the tribe"），今译通常作"种族幻想"、"族类假象"，出自培根的《工具论》（第1卷第1章第39、41节），是指人类把自己的主观感知掺杂到事物之中，然后又把它视为事物本身的客观性质，从而造成了对客观事实的歪曲；康德的"先天之幻影"，通常译为"先验幻相"，出自《纯粹理性批判》第二编导言，是指知性应用到超经验的领域（如以有限之知去追逐无限、整体、绝对之"本体"）所造成的二律背反现象（尤其指主观性与客观性的背反）。

充扩，如《释理》一文以"理由"（因果关系）和"理性"（构造概念之推理能力）二义释"理"，否定中西文籍中所广泛弘扬的"理"之伦理学蕴含。在文学概念与命题的新诠方面，王国维创获更丰，如以"文学者，游戏的事业也"来申论文学之本质，阐述其超功利性、天才之游戏、伟大人格之产物等内涵，并以之重释固有文学现象，这与儒家素来强调的"文以载道"观明显不同。

第三，吸收西学，但自铸新词，使西学消融于无形，又不损新见风韵。这一方面，《人间词话》最为典型，如"造境"／"写境"出自西方"理想与写实"之二分法，"无我之诙谐"与"严重"（以"热心"对待"游戏"）、"无二人之胸襟而学其词，犹东施之效捧心也"（"无高尚伟大之人格，而有高尚伟大之文学者，殆未之有也"①），等等，均含有西学的成分，但其具体蕴涵，只有在参较他篇，仔细琢磨之后才能有较真切的体味。这个特点及其所臻达之层次，正是比较诗学应当追求的最高境界。

第四，基于西方美学理念来阐发固有文学之精义②。这一方面，《〈红楼梦〉评论》堪称典范。该作名义上是批评鉴赏，实际所论则全是美学理论问题。王国维全然以西释中，难免在判断上削足入履，但这种新的尝试却已透露出了浓浓的现代韵味，因为中国美学的现代诉求，本就是在西学风潮的剧烈冲撞之下才得以产生的。

（2）钱钟书的比较诗学研究。王国维之后的现代时期，代表比较诗学研究最高水准的著作是钱钟书的《谈艺录》（1948年初版）及其数篇论文。其内容与特点可条述如下：

其一，从方法论上讲，钱钟书较早注意到中西文学文论之间的"貌同心异"现象，并力图在具体研究中避免表层比附及似是而非的论断。《中国固有的文学批评的一个特点》（1937年）堪称此种方法论的一个成功尝试。

其二，《谈艺录》的论域极广极杂，其中也包括对一些重要的文论概念和命题的深入论析，由于此著"颇采'二西'之书"，故时时带有比较的视野。在此试以《谈艺录·一一》"长吉用啼泣字·附说九（心与境）"③对古代文学中心

---

① 王国维：《文学小言》，见傅杰编校：《王国维论学集》，北京，中国社会科学出版社1997年版，第310～312页。

② 此言出自《文学小言》，见傅杰编校：《王国维论学集》，北京，中国社会科学出版社1997年版，第312页。此可与胸襟论互相发明。

③ 按：在比较文学学科框架中，此类研究也被归属于"阐发研究"。夏中义称《〈红楼梦〉评论》为"红学史上的石破天惊之作"，但是也认同叶嘉莹的批评（"其破绽在想完全用叔本华的哲学来解说《红楼梦》"）。详见夏中义：《世纪初的苦魂》，上海，上海文艺出版社1995年版，第58、159页。其实两位学者所婉责于王国维者，也正是当今中国学界"阐发研究"的通病所在，即以西释中，难免生硬"格义"。

物关系的研究来略作演绎。一般谈心物关系，主要是用主观/客观、刺激/反应、主动/被动等视角来讨论，牵涉到哲学、宗教、美学、心理学等领域。钱钟书则依情景内外之关联程度而把心物关系分析为三个层次：

一是所谓"设想"，即："象物宜以拟衷曲，虽情景兼到，而内外仍判。只以山水来就我之性情，非于山水中见其性情；故仅言我心如山水境，而不知山水境亦自有其心，有待吾心为映发也。"这种"推性灵及乎无生命知觉之山水"的创作现象，实即德国美学家费肖尔（Robert Vischer）、立普斯（Theodor Lipps）等人所总结的"移情作用"，钱钟书认为，这种现象所体现的心物关系，虽然"情景兼到"，但是"情"只是"心"对"物"的投射，"物"自身并无"性情"，故心是心，物是物，二者之间，仍然"判然有别"。

二是"同感"，即："流连光景，即物见我，如我寓物，体异性通。物我之相未泯，而物我之情已契。相未泯，故物仍在我身外，可对而赏观；情已契，故物如同我衷怀，可与之融会。"这种心物关联，如孔子论"知者动"，故"乐水"，"仁者静"，故"乐山"，于游山玩水之旨，最为直凑单微。仁者、知者于山静水动中，见仁见智，彼此有合，故乐。其境界之迥异于"设想"者在于，"乐山乐水，则物中见我，内既通连，无俟外人之捉置一处"。钱钟书认为，《子华子·执中篇》所云"观流水者，与水俱流，其目运而心逝者欤"，"几微悟妙"道出了此中真境：死物看作活，静物看成动，无生者如人忽有生，不是人强"移"情感，而是"物"自有情，"我"与"物"性情各具，双向契合。不过，对于此境，钱钟书又指出，其内外、主客关联仍未达到物我俱忘、形相泯灭的地步，也就是说，内外、主客仍然相互对待、各有分际。

三是既"有我有物"、又"非我非物之境界"：

> 李太白《赠横山周处士》诗，言其放浪山水，有曰："当其得意时，心与天壤俱，闲云随舒卷，安识身有无。"苏东坡《书晁补之藏与可画竹》第一首曰："与可画竹时，见竹不见人。岂独不见人，嗒然遗其身。其身与竹化，无穷出清新。庄周世无有，谁知此凝神。"董彦远《广川画跋》卷四《书李营丘山水图》曰："为画而至相忘画者"；……又《书李成画后》曰："积好在心，久而化之。举天机而见者山也，其画忘也。"罗大经《鹤林玉露》卷六记曾无疑论画草虫云："不知我之为草虫耶，草虫之为我也。"曰"安识身有无"，曰"嗒然遗其身"，曰"相忘"，曰"不知"，最后得出有我有物、而非我非物之境界。

这种"有我有物"、又"非我非物之境界"，一方面包含了物态万殊，因而具有无穷的生动鲜活性，同时"我"之心意无处不在，又丝毫不沾染执著斧凿痕迹，主客相泯于无形，物我超越了对峙，体现了艺术境界美的极致。

上述对中西文学中心物关系问题的思考，既自觉运用了西方的诗学和美学理论，同时，又在细细体会中国诗学之独特蕴含的基础之上，以汉语古典文献为体式对心物关系的三重内涵做出了有根底、有创见的总结归纳，以少总多，言简意赅。这种研究，既显示了著者深厚的中西学养，又体现了概括理论、总结规律的运思能力，因而也堪称比较诗学的典范。

其三，《谈艺录》虽以中国诗学为本位，但是"凡所考论，颇采'二西'之书"，其意图不仅在于使中西之学相互阐发印证，而且更有试图打通中西，寻求"东海西海，心理攸同"之"理"，会通"南学北学，道术未裂"之"学"的高远抱负。[①] 后者，在《管锥编》（1979 年初版）里得到了更透彻的印证。

《管锥编》的问世，不仅是比较文学在中国内地复兴的标志，而且其学识之博、视野之远、见地之高、气势之大，至今仍然罕有其匹。一方面它秉承了《谈艺录》的高远视界，坚信各民族文学、诗学之异端纷呈的现象下面有"道术未裂"的共同"诗心"在，另一方面也继续搜隐抉微，穷究中外古今，试图在"针锋粟颗"处，寻求"放而成山河大地"的共同"诗心"。不过，相比《谈艺录》，《管锥编》汇列的材料更加丰赡，视野更加宏阔，见解更加圆熟。

此试以"象论"为例来阐述该著的研究仪范与特色："形象"，堪称文学艺术之核心，文艺"形象"之生动鲜活与否，直接关系到文艺本身的表现力和生命力。《管锥编》"周易正义"之一、二两节，对中外诗学中的"象"问题，进行了深入思考。这里试循其脉络纹理，条述如下：

钱钟书首先谈到的是"象"的性质与概念的问题：

> 象曰："天行健"；《正义》："或有实象，或有假象。实象者，若地上有水、地中生木升也；皆非虚言，故言实也。假象者，若天在山中、风自火出；如此之类，实无此象，假而为义，故谓之假也。"按《系辞》上："圣人有以见天下之赜，而拟诸形容，象其物宜，故谓之象。"是"象"也者，大似维果所谓以想象体示概念。[②]

钱钟书借意大利哲人维果（今译维柯）的看法来概括"象"，要指明的是，"虚象"也罢，"实象"也罢，其实质，都是用语言形象来表达思想观念。故

---

① 详见钱钟书：《谈艺录》，北京，中华书局 1988 年版，第 53～57 页。
② 钱钟书：《谈艺录·序》，北京，中华书局 1988 年版，第 1 页。

"与诗歌之托物寓旨，理有相通"，此即南宋陈骙《文则》所言："《易》之有象，以尽其意；《诗》之有比，以达其情。文之作也，可无喻乎？"亦即章学诚《文史通义》所云："《易》象虽包六艺，与《诗》之比兴，尤为表里。"

陈、章二人所言，认为《易》之象与《诗》之喻（比兴）本质相通，都是表情达意的工具手段。但是，钱钟书却认为此二者"貌同而心异"、"不可不辨"：

> 《易》之有象，取譬明理也，"所以喻道，而非道也"（语本《淮南子·说山训》）。求道之能喻而理之能明，初不拘泥于某象，变其象也可；及道之既喻而理之既明，亦不恋着于象，舍象也可。到岸舍筏、见月忽指、获鱼兔而弃筌蹄，胥得意忘言之谓也。词章之拟象比喻则异乎是。诗也者，有象之言，依象以成言；舍象忘言，是无诗矣，变象易言，是别为一诗甚且非诗矣。故《易》之拟象不即，指示意义之符（sign）也；《诗》之比喻不离，体示意义之迹（icon）也。不即者可以取代，不离者勿容更张。①

在此，钱钟书对《易》之象与《诗》之喻做出了本质上的区别：前者可与义理"不即"，因为它们不过是说理陈义者的权宜方便，一旦义理明晓，便可将其置换取代甚至抛却舍弃，故"《说卦》谓乾为马，亦为木果，坤为牛，亦为布釜；言乾道者取象于木果，与取象于马，意莫二也，言坤道者取象于布釜，与取象于牛，旨无殊也"②。

后者则与诗歌本身"不离"，因为它们就是"文情归宿之菀裘"、"哭斯歌斯、聚骨肉之家室"。如果取《车攻》之"马鸣萧萧"，《无羊》之"牛耳湿湿"，易之为"鸡鸣喔喔"，"象耳扇扇"，"则牵一发而动全身，着一子而改全局，通篇情景必随以变换，将别开面目，另成章什。毫厘之差，乖以千里，所谓不离者是矣"。③ 不过，二者之间虽有本质差异，却也并非完全互不相干。钱钟书引苏轼诗"慎勿困蜈蚣，饥蛇不汝放！"以蜈蚣、蛤蟆、蛇"三物聚而为一，虽有相吞噬之意，无敢先之者；盖更相制服，去一则能肆其毒焉"的道理，来阐发《易》之象与《诗》之喻虽"相消不留"，却也能"相持并存"："哲人得意而欲忘之言，得言而欲忘之象，适供词人之寻章摘句、含英咀华"，但是，若反其道而行，"以《诗》之喻视同《易》之象，等不离者于不即，于是持'诗无通诂'之论，作'求女思贤'之笺；忘言觅词外之意，超象揣形上之旨；丧

---

① 钱钟书：《管锥编》第一册，北京，中华书局1986年版，第11页。
②③ 同上，第12页。

所怀来，而亦无所得返。以深文周内为深识底蕴，索隐附会，穿凿罗织；匡鼎之说诗，几乎同管辂之射覆，绛帐之授经，甚且成乌台之勘案"。① 不可以得象忘言、得意忘象的哲学致思方式来强解诗歌寓意。

最后，钱钟书指出，说理陈义，须资象喻，然而深思明辨者，于此宜有"戒心"。为什么？因为象喻之于义理，同时具有遮蔽与彰显的双重功用：象喻一方面固然是"致仁之方"、"致知之具"和"穷理之阶"，能够以浅显明白之语彰显义理，另一方面，它也常常会使义理更加含混模糊，最终造成"以词害意、以权为实、以假为真"的结果。钱钟书在讨论"衣"的双重功用时所提出的精辟见解，可以帮助我们更深入地了解象喻的这种双重功用：

> 隐身适成引目之具，自障偏有自彰之效，相反相成，同体歧用。诗广譬喻，托物寓志：其意恍兮跃如，衣之隐也、障也；其词焕乎斐然，衣之引也、彰也。一"衣"字而兼概沉思翰藻，此背出分训之同时合训也，谈艺者或有取欤？②

象喻的双重功用，恰如"衣"的障与彰、隐与引，既有歧出之对立，也有合训之统一，相生相克，相反相成，反而可造成更加丰富的表达力。

上述"象"论思想及其分疏，是在跨文化的视域下展开的，若拘束于单一民族视野，其论断不可能如此远阔深邃。论述过程中所撷取的例证，除了出自中国古籍，还来自包括上自古希腊、古罗马，下迄德国、意大利、法国的各种文献，广收博览，见解超伦，同样堪称比较诗学研究上品。

三、比较诗学与文学理论

我们此前曾在别的地方简单地勾勒过比较诗学的两大领域：即国际诗学关系史和跨文化诗学研究。前者研究跨文化之间的理论的事实联系，包括一国理论对他国文学和理论的影响，或曰"理论旅行"，以及诗学的翻译、流通等，如考察别林斯基对黑格尔美学的使用、佛教对中国诗学的影响、王国维诗学中的康德叔本华思想的印迹等等，不妨以"国际诗学关系史"来命名这个领域；后者是对

---

① 钱钟书：《管锥编》第一册，北京，中华书局1986年版，第14~15页。
② 同上，第6页。

理论的跨文化的平行研究，这是对没有事实联系的国别诗学之间的差异、类同、偶合等问题的研究，如钱钟书的跨文化、跨文类的诗学研究，孟尔康（Earl Miner）基于三大文类的比较诗学研究等，这种跨文化诗学研究不是国别诗学之间的诗学概念或总体特征的简单僵硬的比较，而是围绕着某个理论问题的汇通研究，比较只是其中的一种方法而已。① 比较文学除了这两大领域外，还存在跨学科的理论研究这个更广大的领域，这个领域可称作跨学科的理论诗学（Theoretical Poetics）。在描述这个领域的同时，我们将论证在全球化的今天比较诗学与文学理论实质上异名同谓。

1. 比较诗学的走向

正如比较文学先有其实后有其名一样，比较诗学也是先有实践后有名称。而具体到"比较诗学（comparative poetics）"这个名称，究竟是谁先使用的呢？这也许是个无关紧要的问题。"诗学"一词从亚里士多德就开始使用了，而"比较诗学"一词的出现不会早于 19 世纪。韦勒克从 19 世纪晚期找到了最初使用这个词的谢雷尔②。德国学者克劳斯指出，俄国比较文学之父在同一时期也有"比较诗学"的著述③。他们所谓的"比较诗学"，实际上是对各民族诗歌之间的类似性的研究，应该属于传统的"比较文学"研究领域，而不是今天意义上的"比较诗学"，而且他们对后世的比较诗学研究也没有实质性的影响。真正有影响力的是法国学者艾田伯（René Etiemble）。

在 1963 年出版的《比较不是理由：比较文学的危机》一书中，艾田伯提出了"走向比较诗学"的说法："历史研究和批评的或审美的反思自认为是完全对立的两种方法，其实二者必然是互相补充的，两者的结合将使比较文学不可阻挡地走向比较诗学（poétique comparée）。"④ 学者们普遍把艾田伯这段文字视为比较诗学崛起的标志，其实这是一个有意的误读。

从字面上看，法语的 poétique 跟英文的 poetics 一样来自于亚里士多德的 peri poiētikēs（关于诗的艺术），Poiētikēs 的本义为"制作"，古希腊人认为写诗是一

---

① 见周荣胜：《比较诗学不是诗学比较》，《人文杂志》，2008 年第 1 期。

② Réne Wellek, *A History of Modern Criticism*, Volume Ⅳ：The Later Nineteenth Century, Yale University Press, 1955, p. 298.

③ Urrich Weisstein, *Comparative Literature and Literary Theory*, Indiana University Press, 1973, p. 176.

④ René Etiemble, *The Crisis In Comparative Literature*, Michigan State University Press, 1966, p. 54. 英译本书名采用了原书的副标题即"比较文学的危机"，这段文字的英译文如下： "By combining the two methods which consider themselves diametrically opposed but which, in fact, must complement each other—the historical inquiry and the critical or aesthetic reflection—comparative literature would then be irresistibly drawn towards comparative poetry."

种技艺，亚里士多德关注的也主要是怎样制作出好诗，因此，把亚里士多德的 Peri Poiētikēs 这个书名译为《诗艺》可能最接近本义，但是，亚里士多德也从哲学高度探讨了什么是诗歌、怎样才是好的诗歌以及诗歌具有什么样的伦理作用等理论问题，这样一来，他的 Poiētikēs 的确不仅仅停留在实践层面，还进入到了形而上学的反思层面，因此，将其译为《诗学》也是准确的。《牛津英语百科全书辞典》（*The Oxford Encyclopedic English Dictionary*）对英文的 poetics 给出的恰恰就是这两个义项：1. the art of writing poetry（写诗的艺术）；2. the study of poetry and its techniques（诗歌及其技巧的研究）。法语的 poétique 一词作为名词同样有"诗艺"和"诗学"两个涵义，而艾田伯主要是在"诗艺"层面上使用该词的，所以，该书的英译者将 poétique comparée 翻译为 comparative poetry，相应的汉语翻译应该是"比较诗艺"。从艾田伯的具体行文中可以看出，他所谓的 poétique comparée 还不是"比较诗学"，而是"比较诗艺"。艾田伯并没有对 poétique comparée 下定义，这个词组在他的书中其实只出现过两次，除了上引文字外，在另一处他推荐了一些比较文学的题目，其中提到"能乐和悲剧的比较诗学"①，从上下文看，他指的是对日本能乐和西方悲剧的艺术特征的比较研究，而不是能乐理论和悲剧理论的比较研究，因此，这里的 poétique comparée 应该被理解为"比较诗艺"。poetry 最主要的两个义项是"诗歌作品"和"作诗法"即"诗艺"，poetry 和 poetics 都有"诗艺"的含义，英译者取 poetry 不取 poetics，原因就在于 poetics 更趋向理论层面的"诗学"，而艾田伯关注的是实践层面的"诗艺"。

可以说，在 20 世纪 60 年代，比较学者心目中还缺乏自觉的比较诗学意识，当时 comparative poetics 作为固定搭配的专名还没有流通开来。② 30 年之后，孟尔康在《比较诗学》（1990）第一章题记和最后一个段落里两次引用了艾田伯的这段文字，都将 comparative poetry 改为 comparative poetics，他在注释中标明"对

---

① 艾田伯：《比较文学之道》，胡玉龙译，北京，生活·读书·新知三联书店 2006 年版，第 44 页。

② 正是在 20 世纪的 70～80 年代，一批具有跨文化背景的学者如刘若愚，叶维廉和孟尔康等人开始从事"文学理论的比较研究"，刘若愚的《中国文学理论》（1975 年）应该是现代意义上的比较诗学的开端，之后比较诗学才进入自觉时代，以"比较诗学"直接为书名的有 Claudio Guillen 主编的 *Comparative Poetic*（1982 年国际比协第 13 届大会主题，1985 年结集出版）、叶维廉的《比较诗学》（1983 年）和孟尔康 *Comparative Poetic*（1990 年）。叶维廉在《比较诗学》的前言中有段回忆文字谈到了美国比较文学界 20 世纪 60 年代对"比较诗学"没有自觉的状态："美国大学里虽然开有东西比较文学的课，但大都仍然受限于西方文学批评模子中的美学假定。我个人虽曾从五四的一些学者，如前述的宗白华、朱光潜、钱锺书及后来认识的陈世骧先生的文章里得到不少启示，但作为纯学理上方法上对于两个文化美学据点同异识辨的自觉，当时还没有人提出，中英文都没有。"（东大图书有限公司，第 6 页）

361

译文有修改"。① 可见，到了 1990 年比较学者们心目中的 comparative poetics 已经特指关于文学理论的比较研究了。

艾田伯这段文字中的"历史研究"当指注重事实联系的传统法国学派的观点，而"批评的或审美的反思"当指以文本批评为中心的美国学派的观点，作者在前文中使用四个小节即"两个流派"、"历史主义和批评主义"、"历史主义派"以及"批评派"详细阐述了他对法美两个学派的认识。他对法国学派持严厉批评的态度，对美国学派则基本肯定："文学是人类加给自己自然语言的形式体系，文学的比较研究不应该局限于事实联系的研究，而应该尝试探讨作品的价值，对价值进行判断，甚至可以参与提出价值。"这个观点跟韦勒克他们强调文学批评是完全一致的②。艾田伯接着说："如果法国学派和苏联学派很有理由加以重视的历史研究不着眼于使我们终于能够专门谈论文学，甚至谈论一般的文学、美学和修辞学，那么比较文学就注定永远也不能成其为比较文学。"③ 作者认为比较文学不仅仅是文学的研究（不能作成历史的研究），而且是对文学的艺术特性、审美特征的研究，主要包括比较文体学、比较格律学、意象的比较研究、结构和翻译艺术等五个方面的探讨。阐述完这五个方面（五节）之后，作者随后用一节"从比较文学到比较诗学（poétique comparée）"做了总结，可见，他的 poétique comparée 主要就是包括这五个方面的比较诗艺研究，而不是对文学理论即诗学的比较研究。这里是不是可以提出异议呢？比如，他谈到了"一般文学"（littérature générale，general literature），④ 而一般文学不就是对文学理论的探讨吗？作者自己可能也看出了这一点，于是，他补充说："我立即发现采用这样一个新的术语会带来麻烦，它会使人想到要研究的一般特征，而不再是生动的作品间的具体联系。"⑤ 显然，艾田伯关心的不是抽象的文学理论的探讨，而是具体作品的比较研究，他个人的具体研究，如对短歌、小说的研究都不是诗学的比较，而是诗艺的比较。总之，艾田伯不是将理论而是将作品作为研究对象，而

---

① Earl Miner, *Comparative Poetics: An Intercultural Essay on Theories of Literature*, Princeton University Press, 1990, p. 12, p. 33.

② 如韦勒克在《比较文学的危机》中说"在文学的学术研究中，理论、批评和历史协同合作，以完成其中心任务即描述、解释和评价一件或一组艺术作品。比较文学，至少在正统的理论家们那里，一直回避了这种协作，局囿于'事实联系'、来源和影响、媒介和声誉这一类有限的研究课题；今后它必须设法回到当代文学学术研究和批评的主流中去。"见 René Wellek, *Concepts of Criticism*, New Haven and London: Yale University Press, 1963, p. 292. 中译文参考《比较文学译文集》，张隆溪译，北京，北京大学出版社 1982 年版，第 30 页，略有改动。

③ 艾田伯：《比较文学之道》，胡玉龙译，北京，生活·读书·新知三联书店 2006 年版，第 24 页。

④ general literature 的本义就是一般文学，或文学一般，与具体的文学相对应，汉语译者不恰当地翻译为"总体文学"。

⑤ 同③，第 25 页。

比较诗学始终是将理论作为对象的，虽然，作品分析和评价在理论研究中也占有重要的地位，如孟尔康的《比较诗学》就处理了东西方大量的诗歌戏剧和小说的实例。

与当时的法美学派不同，艾田伯的视域彻底突破了欧洲中心主义，试图进入到一个真正的世界文学的境界，他理想中的比较研究是对包括地球五大洲所有民族在内的文学作品的汇通研究。艾田伯的"比较诗艺"虽然不是我们今天强调的"比较诗学"，但同样是有价值的，其比较诗艺观所蕴涵的跨文化的全球视野也正是比较诗学兴起的必要条件，所以，孟尔康等跨文化的比较诗学的开拓者总是善意地将他的 poétique comparée 误读为 comparative poetics。又如刘若愚在《中国文学理论》的导言里也引用艾田伯的这段文字，并在脚注里辩护说："他说的 poétique comparée 一定应是指 comparative poetics（比较诗学），而不是他的英译者所谓的 comparative poetry（比较诗歌）"。①

在法国真正倡导比较诗学的是谢弗奈尔（Yves Chevrel）的《比较文学》，这是法国著名的"我知道什么？"丛书里有关比较文学的最新版本。之前，这个丛书已经有过一个版本的《比较文学》，就是基亚 1951 年初版（一直发行到 1978 年的第六版）的《比较文学》，此外，1983 年布吕奈尔修订的比叔瓦和卢梭的《什么是比较文学》也是颇有影响力的比较文学教材，前者是倡导传统法国学派只重事实联系的教科书，后者融合了美国学派注重非事实联系的以及跨学科的文学比较的思想。对"比较诗学"，前者根本不提及，后者也只是只言片语，停留在艾田伯的"比较诗艺"层面。他指出，比较诗学并不想说"文学形式的一般理论，而是说一种文学本文的实践，或者是几种文学本文的更具体的情况下的实践"②，这是一种结合多种跨文化的作品探讨某些共同的诗艺的方法。③

谢弗奈尔的《比较文学》出版于 1989 年，虽然只比布吕奈尔本晚出几年，却有很多思想突破了法国传统，尤其是长达 13 页的最后一章《走向比较诗学？》④。作者将比较诗学处理为对各种理论的汇通研究，而不仅仅是针对具体作品的比较研究。他谈到了西方诗学和东方诗学的比较研究，如孟尔康和于连的研究，认为这对理解他种文化的诗学是一种有效的途径，但是，有待进行的工作还

① 见［美］刘若愚：《中国文学理论》，杜国清译，南京，江苏教育出版社 2006 年版，第 4 页。

② ［法］布吕奈尔等：《什么是比较文学》，葛雷、张连奎译，北京，北京大学出版社 1989 年版，第 147～148 页。

③ 感谢孟华教授指出对法国比较文学现状的认识偏差，并提请注意："布吕奈尔、谢夫莱尔合作主编 Précis de littérature comparé，（PUF，1989），该书由 13 位法国著名学者参与写作，在法国影响较大。书中亦有 'Poétique comparée' 一章，且作者基本上继承了艾田伯对该词的理解。"

④ Yves Chevrel, *Comparative Literature Today*：*Methods & Perspectives*，Trans. by Farida Elizabeth Dahab, The Thomas Jefferson University Press，1995. p. 60－72.

很多，尤其是不能只限于西方和远东这两端，因为"一般文学没有缩减到西方和远东两极"。我们从事跨文化诗学研究的学者应该留意这个忠告。作者接着重点阐述了比较诗学的六个问题：风格学、叙事诗学、表演诗学、空间诗学、虚构诗学以及女性写作。其中，风格学接近于艾田伯所提出的五个方面的比较诗艺，但是，作者关注的不是具体作品的风格比较，而是对风格本身的理论反思，如雅克布森、托多罗夫和斯皮策等理论家对风格的观点；叙事诗学讨论的是当代西方的叙事理论，卢卡奇和巴赫金的小说理论、热奈特的"叙事话语"、艾柯的"开放的结构"以及保罗·利科的"叙事与时间"等；表演诗学和叙事诗学相对应，讨论当代学者对戏剧的认识；空间诗学强调了法国哲学家巴什拉个人的贡献，他结合现象学和心理分析开创了一种场所分析（topo-analysis）的诗学；虚构诗学（poetics of fiction）与前面的叙事诗学不一样，它讨论的是文学的虚构性问题，例如作者指出托多罗夫的《幻想文学导论》不仅仅是对一个文类的讨论，更重要的是借此讨论了文学的虚构与现实的关系，并且最终试图回答什么是文学这个本体论问题；最后作者讨论了女性写作（écriture féminine），这个术语虽然与法国女性主义思想家西克苏密切相关，但是，20世纪60年代以来众多西方学者都在询问是否存在一种特殊的女性写作方式，以及围绕这样一种可能的写作方式产生的种种诗学和哲学问题，性别诗学无疑冲击了传统文学思想中的男性中心主义。作者最后认为："像它所评价的文学一样，比较诗学的研究范围是没有边际的。它最终可导致产生一种真正的'文学理论'：一种对文学的理论探讨，一种建立在广阔而坚实的基础上的文学理论。"① 这样一些话题的比较诗学不就是比较文学理论或者比较理论诗学吗？这些话题从表面上看并没有多少比较的特色，更多的是关于各个理论问题的综合研究，而这些话题随着理论的不断创新的确是无边际的，它们给文学研究带来了新的眼光和方法。至于作者提到比较诗学最后可以导致"一种真正的文学理论"的说法，则是十分乌托邦的。

出版于2006年的《比较文学在法国》现状报告提到了一个变化：在法国一般文学与比较文学学会（SFLGC）编辑的季刊《比较文学杂志》（*Revue de Littérature Comparée.*）中，每年都有一期是针对高等教师资格会考（agrégation）而设计的专题，指导考生准备有关比较文学两个方面的话题，最近的两个话题是欧洲的自然主义小说和唐璜主题，这都没超出法国学派的传统视域，而现在学会计划用一个新的系列取代这期专题杂志，这个系列取名为《比较诗学》（*Poétiques comparatistes*），这个年度专题系列的论题将是国际性的和理论性的，以考察当代理论的进展为宗旨，以法语为主，也发表英德意西等语的论文，每期

① *Comparative Literature Today*：*Methods & Perspectives*，p. 72.

一个专题，论文都要求提供有关论题的研究史的批评概要，最初两卷的主题分别是"文学与人类学"（Literature and Anthropology）以及"性身份"（Sexual Identities）。① 显然，这些主题正是谢弗奈尔在十多年前的《比较文学》中呼吁走向的比较诗学主题，也就是我们所说的理论诗学，其研究视域远远超越了艾田伯的"比较诗艺"。这个诗学专题系列无疑是对传统的《比较文学杂志》的一个理想的补充，可以说作为理论诗学的比较诗学在体制上（教师资格会考和专门杂志系列）得到了承认。

2. "文学理论" 的崛起

"文学理论"（Literary Theory）在西方作为一门学科，是在 20 世纪 60 年代末～70 年代初才出现的。1990 年，国际比较文学学会组织世界学者编写了《文学理论：问题与观点》一书，谢弗奈尔认为这是目前比较诗学取得的重要成果，是"比较研究方法的示范之作"②。在前言里，作者描述了文学理论在法国兴起的过程：法国大学及大学之外对于文学的理论思考开始于 20 世纪 50 年代之初，以罗兰·巴特为代表人物；发展于 20 世纪 60 年代，通常都反对文学研究的传统观点，1968 年 5 月事件之后的大学课程改革一般都考虑到了文学理论问题，然而还没有把文学理论作为文学研究的一个特殊领域。社会科学高等研究院通过聘任罗兰·巴特，格雷马斯，热奈特，法兰西研究院先是通过聘任罗兰·巴特后又聘任了伊夫·博纳夫瓦，这些学者对建立文学理论教学作出了极大贡献。③ 同时，活跃在思想舞台上的德里达、福柯、拉康和阿尔都塞等人或直接讨论文学作品或间接启发文学研究，最终帮助文学理论取得了独立的话语形态。从学科体制上看，新兴的文学理论通过教学和著述有了独立的生存形态；就其话语构成而言，杂糅了符号学、现象学、心理分析、系谱学以及马克思主义等理论话语；就其与文学的关系而言，它挣脱了对文学文本的寄生性，自成一种相对独立的文类，比如，罗兰·巴特的《恋人絮语》本是针对《少年维特之烦恼》的研讨课程，却是完全可以脱离原文本而阅读的理论表演。因此，与传统的文学批评依附于文本不同，新兴的理论文本是生产性的，它的解释力越强大，它的生命力也就越强大，它就越能跨越学科的界限和国家的界限到处旅行，产生出世界性的现象，即使在今天身处所谓"后理论"的时代，德勒兹、巴迪约（Alain Badiou）、

---

① Alain Montandon's *Comparative Literature in France：A Status Report*，in *Comparative Critical Studies* 3.1 - 2（2006）p. 70.

② *Comparative Literature Today：Methods & Perspectives*，p. 72.

③ 参见［加］马克·昂热诺，［法］让·贝西埃等编：《问题与观点——20 世纪文学理论综论》，史忠义等译，天津，百花文艺出版社 2000 年版，第 3～4 页。

让－吕克·南希（Jean-Luc Nancy）以及拉库－拉巴特（Lacoue-Labrthe）这些新锐的法国思想家的著作依然是文学研究者们竞相阅读的"理论"。

詹姆逊在《后现代主义与消费社会》（1982 年）一文中认为，西方从 20 世纪 60 年代进入晚期资本主义时期以来，旧的伟大哲学体系终结了，取而代之的是各色各样的"理论"（theories）：

> 现在，我们越来越有一种直接叫做"理论"的书写，它同时是，又不是所有那些东西。这种新的话语，一般而言和法国有关而且被称作法国理论，正在逐渐扩散并标志着哲学本身的终结。例如福柯的作品是否应称为哲学、历史、社会理论或政治科学？正如他们现在所言，难以定夺；而我会建议把这些"理论话语"也归入后现代主义现象之列。①

詹姆逊指出了这种"理论"书写的一个显著特点，那就是它的后现代性。如果传统的哲学作为一种主导语言（Master Language）总是自居为一套真理的体系的话，那么，新兴的"理论"则是市场上流通的一些有使用价值的商品，使用者可以从一种理论语言跳到另一种理论语言，刚刚说着马克思主义语言，可是一转眼又说雅各布森的语言，或列维－斯特劳斯的语言，或拉康的语言。置身于多元化的、差异化的后现代处境中，人们不得不同时操起各式各样的理论语言。詹姆逊的这种认识对我们把握当代理论的格局很有帮助。虽然个别的理论还想成为一种主导语言，比如拉康学说，德里达称之为"真理的供应商"，但是，它必然会暴露出自己是在一定的时间空间点上说话的，理论本身不会与任何一个固定位置认同的。它可以随时因地制宜、跨越到其他位置上去，理论最终会意识到自身是有位置的、策略性的和功用性的，而不再自封为一套客观的、自然的和真理的话语。作为有局限的理论，其效用也是有限的，必然需要其他角度的理论进行补充，从而形成一个多元异质的理论格局，与多元异质的现实相对应。

理论在美国究竟是怎么崛起的呢？这与美国二次大战以来的知识背景密切相关。20 世纪初，分析哲学一扫晦涩的形而上学传统而占据了英国哲学的舞台，美国本土的实用主义哲学本来就拒绝传统的形而上学，一批分析哲学家因为战争纷纷移民美国，相继在著名大学任教，并逐渐掌握学术刊物，他们的学生也分散到二三流的学校任教，继续传播分析哲学。由此，分析哲学终于成为美国哲学的主流。分析哲学家们控制了名校、刊物、会议而独享获霸权，拒绝对人生、社

---

① 见［美］詹明信：《晚期资本主义的文化逻辑》，张旭东编，北京，生活·读书·新知三联书店1997 年版，第 399 页。

会、宇宙、存在做终极思考，而这些维度的思考正是大陆哲学的特色所在。但20世纪60～70年代民权、女权、学生、反战等激进运动在大学内外引起深切反省，给主张社会批判和追求终极意义的大陆哲学带来了反攻的机会。反攻首先发自分析哲学势力薄弱的比较文学系也就不难理解了。看上去像哲学、社会学、心理学、人类学等等的"文学理论"最终取代了新批评而主宰了文学研究的空间，"文学理论宣称脱离'文学'而独立，并将自身确立为自足的学科。"① 这已经是一个不争的事实了。

理查德·罗蒂（Richard Rorty）是当代美国著名的哲学家，他的学术生涯可以视之为这一段美国知识运动的"征兆"。他在分析哲学的背景中步入学术舞台，可是他受到"理论"潮流的冲击，钟情于海德格尔、德里达、福柯等大陆思想家，随着更换工作，他的身份从普林斯顿大学的哲学教授变成弗吉尼亚大学的人文讲座教授，然后在20世纪90年代又成为斯坦福大学的比较文学教授。比较文学界能拥有罗蒂这样重要的哲学家的确可以说是本学科的胜利。为回应美国比较文学学会的最新报告，罗蒂在《回顾"文学理论"》一文中，既回顾了这段历史，又为跨学科的"理论"生存在比较文学学科中的合法性地位做了辩护，他认为即便到了2050年，比较文学系的学生要获取博士学位也必须通过一门"理论"课的考试，就像哲学系的学生要通过符号逻辑一样。②

虽然分析哲学在哲学系直到今天仍保持强大的生命力，把持着大部分系科、会议、刊物等，但是，它阻挡不了大陆哲学从文学系（比较文学系为主，包括英文系）挺进哲学系的潮流。大陆哲学的课程在很多学校的哲学系受欢迎的程度也不亚于分析哲学，而比较文学系的学生依然兴致勃勃地聆听着大陆哲学的课程。

但是面对理论主导的课程表也难免让人寻思："这堂课里有文本吗？"对"理论"的抵制之声没有消歇。1982年美国著名的《批评研究》（Critical Inquiry）杂志发表了一篇名为《反对理论》（Against Theory）的文章，作者宣称"批评理论的全盘计划都是一种误导"，因而"应该结束"。③ 保守派阿兰·布鲁姆（Allan Bloom）在畅销书《走向封闭的美国精神》一书中也不遗余力地攻击理论，甚至将今天美国大学的道德荒原归诸这些理论的"泛滥"：

　　　　现在的比较文学在很大程度上落在了这样一批教授的手中，他们深受巴

---

① Steven Cassedy, *Flight from Eden: The Origins of Modern Literary Criticism and Theory*, University of California Press, 1990, p. 2.

② Haun Saussy ed. *Comparative Literature in an Age of Globalization*, Baltimore: Johns Hopkins University Press, 2006. p. 65

③ Steven knapp and Watter Benn Michaels, "Against Theory", in *Critical Inquiry*, 1982, No. 8.

黎凤格的海德格尔主义者、尤其是后萨特一代的德里达、福柯与巴尔特的影响。这一学派可称为解构主义。可以预料，它的兴起标志着在哲学的名义下对理性的压抑、对真理的可能性的拒斥已进入一个新阶段。他们主张解释者的创造活动远比文本更重要；根本不存在什么文本，只有人们的各种解释。①

在比较文学内部，理论的统治势力也使重视文学文本研究的韦勒克、雷马克、奥尔德里奇等人大为不满，他们纷纷指责新的文学理论脱离现实、瓦解作品、否认美感经验，只是一种文字游戏而已，是利用作品当跳板以遁入空谈。雷马克在《比较文学：再次处于十字路口》（1998 年）一文中认为比较文学学科遭受到了"各种理论的猛烈冲击"，于是导致"该学科虚饰自身，以深奥的编码文字和理论将自己掩饰起来，不仅使其想要改变的同行和学生们更难于接受，而且也使改革者们想要对具有好奇心的公众进行启蒙的愿望难以实现。"②

反对理论的这种态度是很情绪化的，他们只抓住文学理论家们忽视文本的表面现象，而无视"理论"给文学研究产生的积极推进作用：传统意义上的作者、读者、主体、意义、美感、整体等概念无不受到质疑而获得新的意义，而各种新启用的范畴诸如 jouissance，intertextuality，différence，carnival，discourse，imaginary，alterity 等等都给文学研究带来了新鲜的启示。伦特里夏（Frank Lentricchia）将这种反对理论的态度称之为"反知识论的观点"（anti-intellectualism）是很有道理的，因为反对理论就是反对自我反思，反对探讨有关作品、自我和社会等是如何形成、维持以及究竟为谁的利益而存在的问题。这是一种将每件事物的价值等同其表面且不加深究的自然态度，而一切自然态度在哲学意义上都是理应受到质疑的。

比较文学转向理论有其内在的根据，保守学者的愤激之言并不能对它有所动摇，主要原因就是当代的理论本身就是"比较性"的，今天的理论内在地就是比较诗学。

卡勒《文学理论》一书第一章以《理论是什么?》为题对理论做了深入的分析。他也认为传统的文学批评已经被各种新兴的"理论"击退，"理论"作为一种独立的文类（theory as genre）兴起于 20 世纪 60 年代晚期③。这些理论出自哲

---

① Allan Bloom，*The Closing of the American Mind*：*How Higher Education Has Failed Democracy and Impoverished the Souls of Today's Students*，Simon and Schuster，1987，p. 379.

② ［美］亨利·雷马克：《比较文学：再次处于十字路口》，姜源译，见《中国比较文学》，2000 年第 1 期。

③ "Theory"，we are told，has radically changed the nature of literary studies，but people who say this do not mean literary theory。参见 Culler，Jonathan，*Literary Theory-A Very Short Introduction*. Oxford University Press，1997，p. 1.

学、心理分析、符号学、性学、艺术史、政治学、人类学以及种种自然科学等领域，是一长串不同国籍的人名书写的一系列性质各异、学科不同的著作，诸如马克思、弗雷泽、弗洛伊德、索绪尔、海德格尔、德里达、拉康、库恩等人的著作，它们本身不是关于文学性质和文学分析方法的系统解释，要想从性质上给这些理论一个统一的界定几乎不可能。但是，卡勒从实用主义观点出发给出了一个界定，认为使这些著作成为"理论"的惟一因素是它们都具有跨学科的能力，"称为理论的作品具有超出自身领域的影响力"。[①] 只要能突破自身领域给其他学科产生启示效果，为其他学科的人所推崇，这样的作品就是"理论"。卡勒以福柯的《性史》和德里达的《论文字学》为例详细分析了理论如何通过对其他学科产生颠覆性影响而生成的过程。

对文学研究而言，这些著作究竟能施加什么影响呢？理论的效果主要在于它能批驳和全面质疑我们对文学、作品、经验、意义的"常识"看法，例如文学是虚构；言语或文本即是言语主体大脑中所想的东西；作品是一种表达，所表达的是潜藏在某个地方如内心的真实体验；现实就是在一给定时间的"在场"等。按照卡勒的总结，"理论"有以下四个涵义：

> 1. 理论是跨学科的——一种具有超出其原学科的效用的话语。
> 2. 理论是分析的和思辩的——它要找出在我们所谓的性、语言、文字、意义，或主体之中究竟包含了什么。
> 3. 理论是对我们视为天经地义的种种常识和概念的批评。
> 4. 理论是反思性的，是关于思想的思想，是对我们在探讨事物的意义时使用的范畴，以及在文学与其他话语实践中使用的范畴进行的再探讨。[②]

其实，后三项可以合并为两项：其一，理论不是对事物的思考，而是对思考的思考，是一种元理论。至于"分析的和思辩的"，这是理论的本义，从其诞生于希腊哲学时开始就是在这个意义上被使用的。其二，这样的理论当然对我们视为自然而然的常识观念给予颠覆，这也是理论一词本来具有的批判含义。而理论的跨学科的含义才是今天理论独有的特征，也正是这个特征说明了理论在比较文学领域产生的合理性，因为比较文学也正是以超学科、超国家的界限为一己特征的。

我们知道这些理论不仅跨越学科的界限，而且也总是不带护照做跨国旅行，这就是萨义德以"理论旅行"命名的现代理论的特征。理论旅行不仅仅可以用

---

① Culler, Jonathan, *Literary Theory*, p. 3.
② 同上，pp. 14 – 15.

来描述理论穿越意识形态和文化因素等构成的国家界限行为，也可以用来描述理论在学科间穿越时因为翻译、移置以及适应而产生的变形，当一本著作能够进行这种跨越学科的旅行时，我们就可以认定它就是"理论"。

当这些理论的影响力在文学领域发生效用时，就是我们今天所说的文学理论"literary theories"①。作为跨学科、跨国界的理论旅行的结果，这些概念和思想可以被恰当地称之为比较诗学。今天谈论文学不可能依然停留在模仿与表现、言志与缘情等古典概念的层面，今天流通的文学理论本身就是具有世界性的文学理论。而跨文化的比较诗学研究也必须以今天的理论视域去把握国别诗学、民族诗学，进行解释学的视域融合，进而形成有解释力的可流通的诗学观念，最终汇入到多元化的流动性的世界诗学的潮流中。

比较文学自身的领域和问题是开放的，应该理直气壮地大力发展比较诗学即理论诗学。比较诗学不仅仅是比较文学的一个充满能量的组成部分，而且对比较文学其他领域的健康发展有着不可替代的推动作用：它对比较文学赖以工作的各种理论前提和范畴提出质疑和改进。比如，接受美学的出现修改了影响研究的单线思维，"文学性"的种种理论探讨动摇了既有的文学观念，而无边界的文学作品、文学经验以及文学观念则是比较诗学赖以生长的基础。比较诗学的健康发展脱离不开以文学作品为中心的比较文学研究，一味强调理论独立于文学的观点以及全然抵制理论的观点，都是极端片面的态度。在美国比较文学学会 2004 年的新报告中，我们看到既有苏源熙（Haun Saussy）对文学性的大力呼吁，也有罗蒂对（文学）理论的积极推崇，这恰恰不是比较文学的分裂和危机、而是比较文学的活力和希望所在。只有坚持比较文学学科应该固守一种本质（如"事实联系"、"文学性"等等）的观点才会产生所谓的"危机"说，正如罗蒂在报告中指出，"学科只有历史，没有本质"（academic disciplines have histories，but no essences）。目前在美国大学实际的教学和研究工作中，我们看到的也是两者并行不悖的情况，既有哈佛大学比较文学系侧重世界文学的一面，也有纽约州立大学比较文学系侧重（文学）理论的一面。正处于发展中的中国比较文学，更没必要固着所谓"文学性"的本质而抵制理论。在比较文学内部本来是不应该有矛盾的，基于作品的比较文学研究和基于理论的比较诗学研究，只是研究领域和话题的不同分配而已。不同的学者可以做不同的问题，同一个学者也可以做不同的问题，何况这些问题本来就是互渗性的。

---

① 这也说明"文学理论"和"理论"没有本质的区别，只是运用范围的区别而已，在比较文学内做的理论可以与文学没有多少关系，同样，在哲学等学科做的理论也可以纯粹是关于文学的，这只是做理论的人临时居有的位置而已，不可能对比较文学和哲学等学科的存在构成任何威胁，相反，是相互的激励和推动。

　　中国现有的学术建制将比较诗学和文学理论分别归属在比较文学和文艺学两个学科之下，这本身就是很成问题的。文艺学除了文学理论即文学概论外，一般还有中国古代文论、马克思主义文论、西方文论、文艺美学等科目。中国古代文论其实也可以归属在中国古代文学学科之下。马克思主义文论只是西方文论中的一个论题，自然不该单独存在，余下的都可以"理论"的名义归属在文学理论这一学科之下，从而最终纳入到比较文学学科之内。这种学科归属可以避免建制的重复，更有利于理论诗学的发展。前面曾提到国际比较文学学会组织编写了新时代的《文学理论》一书，作者在前言中为文学理论在比较文学领域内产生的现状和必然性作了说明："其一，在北美和欧洲，大学的辩论会一般都在比较文学的范围内组织（与民族文学的系、专业和科研单位的情况相反），而且理论探索的分量愈来愈重。其二，作为跨语言、跨民族和跨文化研究，比较文学研究总体上似乎比民族文学研究更易于滋养普遍概括性的理论思考。"①

　　鉴于比较诗学和文艺学在目前中国的学科建制，更应该强化文学理论对比较诗学的指导性。国际诗学关系史的研究离不开现代理论的引导，不能仅仅停留在影响接受的事实考察层面，如对王国维的境界论的批评，至少需要联系康德叔本华关于直观、无利害性等的思考以及当代世界学者对这些美学问题的再思考；跨文化的诗学研究也不是对两种文化中的两个范畴或总体风貌的对比分析，仅仅辨异求同是形成不了任何有解释性的理论的，因为世界上任何两个事物或同时或历时地都具有同一性和差异性，可是，这说明不了任何问题，每一个研究都需要构想出一个相关的理论问题来切入不同文化的诗学经验，再进行多重的视域融合（研究对象的多种文化的视域以及研究主体所使用的相关理论的视域），最后才有某种理论诗学产生的可能。

　　另一方面，也应该意识到文学理论对比较诗学的依附性。在一个全球流通的世界文学时代，任何理论的形成都必须是跨文化的，只有不能流通的地方知识才局限于地方材料和视域，从这个意义上说，立足于传统诗学概念和精神的理论制作是不能适应现代的文学生产和消费的。在一个全球流通的世界文学时代，任何理论的形成也必须是跨学科的，如果像哈罗德·布鲁姆（Harold Bloom）一样诉诸普通读者的审美情感、留恋于所谓的文学性，那更是远离社会和时代的个人趣味了。流通性强的理论必须能够解释复杂多变的现代感性，怎么可能离开心理分析、符号学、现象学、知识谱系学等现代理论去解释诸如媚美（kitsch）、颓废、恐怖、荒诞等感性呢？

---

　　①　［加］马克·昂热诺、［法］让·贝西埃等编：《问题与观点——20世纪文学理论综论》，史忠义等译，天津，百花文艺出版社2000年版，第5页。

最后，让我们再次回到所谓"保守的"法国学派，如果连崇尚事实联系的法国学派都在鼓励比较诗学的自由研究，我们对理论的"入侵"还有什么可忧虑的呢？确如谢弗奈尔所说"像它所评价的文学一样，比较诗学的研究范围是没有边际的。它最终可导致产生一种真正的'文学理论'：一种对文学的理论探讨，一种建立在广阔而坚实的基础上的文学理论。"① 当比较诗学走向理论诗学的形态，它的研究范围是无边无际的；它也在营造一种文学理论，但是，这样的文学理论不可能是"一种"大写的理论（THEORY），而是复数的理论（theories），各种多元异质的文学理论，世界流通的文学理论。

（周荣胜、杨乃乔、刘耘华、王柏华执笔）

---

① Yves Chevrel, *Comparative Literature Today*: *Methods & Perspectives*, Trans. by Farida Elizabeth Dahab, The Thomas Jefferson University Press, 1995. pp. 60 – 72.

第十一章

中国当代文论中的文化研究/批评

一、从"内转"到"外突"

中国当代文论中出现"文化研究"具有必然性。新时期中国文艺学自拨乱反正、为文艺正名开始，经过关于人道主义的讨论以及伤痕、反思和改革文学的实践，一直在沿着人本主义本体论（文学是人学）和形式主义本体论（文学是语言）的道路向前迈进，至20世纪80年代中期形成了主体性文艺学思潮和自主性文艺学思潮（文学研究"向内转"）。

"向内转"之说肇始于鲁枢元发表在1986年10月18日《文艺报》上的《论新时期文学的"向内转"》一文。但其思想源头可以追溯到刘再复1985年初发表的那篇广有影响的文章《文学研究思维空间的拓展》。文章指出，中国文艺学研究在20世纪80年代初期出现了深刻的"转机"，其首要一条即是所谓"研究重心从文学的外部规律转到内部规律"。转向文学的"内部规律"可以说是"向内转"的第一层含义，也是其最重要的含义，即从政治、社会生活等"非文学"领域转向文学的"自身"（所谓自身即文学的审美层面和形式层面）："我们过去的文学研究主要侧重于外部规律，即文学与经济基础以及上层建筑中其他意识形态之间的关系，例如文学与政治的关系、文学与社会生活的关系……近年来研究的重心已经转移到文学内部，即研究文学本身的审美特点，文学内部各要素的相互联系，文学各种门类自身的结构方式和运动规律等等，总之，是回复到自身。"①

刘再复的文章引起了评论家和作家的共鸣，以至于形成了关于文学审美本质的讨论热潮。此后不久，鲁枢元于 1985 年发表了《用心理学的眼光看文学》，②使得"向内转"的内涵大大地心理学化。鲁枢元认为"向内转"即从物质世界（"外宇宙"）转向心理世界（"内宇宙"）。也就是说，在当时自主性的倡导者看来，所谓文学的"内在本质"并不如欧美新批评或形式主义者所理解那样的存在于文学形式法则或语言规则中，而是存在于人的心理、情感、精神世界中。又因为"主体性"的内核偏向人的精神 – 心理层面，故而"向内转"实际上意味着主体性的高扬，它是文学主体性理论的延续和变种。③ 这样，文学艺术的自主性诉求就与人的主体性与自由解放（主要是指思想与精神的自由）诉求内在勾连起来，审美与艺术活动的自由几乎被直接等同于主体心灵的自由（"美是自由的象征"）。这就毫不奇怪，与英美国家形式主义、新批评等把情感（无论是作家的还是读者的）等心理因素排除在外、在语言层面上谈论文学的"内部规律"不同，20 世纪 80 年代中国文艺学界的主流不但不把情感、心灵等心理因素与文学的所谓"内在性"、"文学自身"对立起来，而且认定回归情感、心理正是回归文学"本身"的标志。这表明，20 世纪 80 年代中期文学自主性诉求的提出具有与西方以形式主义、新批评以及结构主义等为代表的"内部研究"等有非常不同的文化语境和具体内涵。④

在《论新时期文学的"向内转"》一文中，鲁枢元用"向内转"概括了他对新时期文学发展总体态势的看法。从其概括的向内转的诸特征，如题材的心灵化、语言的情绪化、情节的淡化等来看，他所谓的"向内转"依然是主要侧重在心理层面而不是语言形式层面。相比于西方形式主义理论，鲁枢元的"向内转"和否定主体性的"语言论转向"关系不大，相反则一味高扬人的主观精神。

文艺学中真正符合西方意义上的形式自主性含义的，是 20 世纪 80 年代中后期兴起的先锋批评。先锋批评的出现一方面和西方语言论转向的影响，与结构主义、符号、叙事学以及后结构主义的引入相关，这是它的理论资源，同时也与国内以马原、余华、格非、苏童、孙甘露等所谓先锋实验小说的兴起相关，这是它的创作资源。一时间中国文论界"能指"飞舞，所指隐匿，"小说就是叙事"、

---

① 刘再复：《文学研究思维空间的拓展》，《读书》，1995 年第 2、3 期。
② 鲁枢元：《用心理学的眼光看文学》，《文学评论》，1985 年第 4 期。
③ 刘再复在批评"过去"的文学理论具有机械唯物主义与"客体绝对化"倾向时指出："我们必须加强主体的研究，使研究重心从外向内移动，从客体向主体移动"参见：《文学研究应以人为研究中心》，《文汇报》，1985 年 7 月 8 日。可见，"内"等于"主体"，"外"等于"客体"。
④ 参见陶东风：《80 年代文艺学主流话语的反思》，《学习探索》，1999 年第 2 期。

"能指的狂欢"、"文本之外一无所有"等口号和宣言响彻云霄。

但从 20 世纪 90 年代后期直到新世纪初,中国文艺学界出现了新一轮反思热潮,有人名之为"外突"或"外扩":再一次强调文学和社会文化的关联。这从根本上源于中国本土社会问题的凸显与知识分子社会现实关怀的回归,而且也与西方文化研究(包括大众文化研究、女性主义批评以及后殖民批评等)在中国的兴盛有紧密关系。

正是"外突"趋势构成了本章要考察的所谓"文化转向"及其主要表现形式——文化研究与文化批评。

二、文化研究(批评)的出现语境

在 20 世纪与 21 世纪交替的历史性时刻,中国乃至整个世界的文学研究(包括文学理论、文学批评与文学史)都面临深刻的转型。这种转型的动力既来自文学学科内部的知识更新动力,更源于文学和文学研究所置身的社会文化语境的深刻变化。随着产业结构的转型(服务产业、文化产业、文化经济、知识经济等的兴起),随着文化的生产方式、传播方式、消费方式的变化,文学活动的性质、文学在整个文化活动中的位置、功能也已今非昔比。现代传播技术的发展与普及、大众消费文化的兴起、日常生活的审美化等,已经导致文学艺术与日常生活之间的距离日益缩小乃至渐趋消失。此外,从全球眼光看,在经济、文化全球化的语境中,中国文学的民族性与现代性之间的紧张关系也再次凸显出来。所有这些都构成了中国当代文艺学的深刻的反思性语境。

毋庸讳言,与急剧变化的社会文化现实相比,当前文艺学的知识更新显得步履维艰,不仅有大量文艺学研究人员仍然在沿用传统的研究方法,而且即使是一些新观念的提出、新范式的尝试也常常招致激烈的批评。与此形成鲜明对照的,是文化研究与文化批评在中国(实际上也是全球范围)的迅速兴起。[①] 当代西方文化研究的理论与实践在 20 世纪 80 年代末、特别是 20 世纪 90 年代以降被陆续介绍到中国,并被运用于当代中国文学与文化研究,成为 20 世纪 90 年代以来社会——文化批评的主要话语资源之一。它一方面催生了中国大陆的文化研究热潮,同时也对于传统的文学观念与文学研究方法产生了极大冲击,并引发了文化研究

---

① 这里说的"文化研究"(Cultural Studies)并不包括所有对于文化的研究,而是特定意义上的研究文化的一种视角与方法。它肇始于 20 世纪中期的英国,以英国伯明翰大学当代文化研究中心(CCCS)为机构标志。

（批评）与文学研究（批评）之关系的重大论争（参见下文）。可以说，20世纪90年代以来中国人文学术（包括文学研究）之所以呈现出许多不同于20世纪80年代的新特点，文化研究（文化批评）视野的引入是重要的原因之一。

文化研究与文化批评在当代中国的出现不是偶然的。其中既涉及文艺学学科知识更新问题，更不能回避社会文化环境的深刻变化；既有中国本土的原因，也离不开西方文化研究的影响。谁都不能否定，中国的文化研究与"后－"批评在20世纪90年代兴起，与西方文化理论的跨国"旅行"存在非常直接的关系。但是，与其他因素相比，中国本土的社会与文化现实的挑战以及中国文化在全球文化格局中定位的变化，却无疑是导致文化批评历史性出场的更为根本性的原因。

从国内方面看，首先值得指出的是：20世纪90年代市场化、世俗化进程的加速发展，大众文化与消费主义的兴盛，成为文化研究与文化批评出现的最重要的社会文化背景。众所周知，20世纪90年代初期，中国的改革开放经一段时间的停滞以后重新起步、并用一种变化了的方式以更快的速度发展（其直接标志是1992年邓小平的南方谈话），市场经济引发的社会转型加深、加剧。这一世俗化潮流同样也反映在文化艺术界：被称为"痞子文人"的王朔等所谓"后知识分子"的大红大紫；各种文化产业与大众文化的兴盛；"文人下海"、演员走穴等文化领域的商业化、文人的商人化倾向。这是引发"人文精神"讨论的最直接原因。这一语境的锚定启示我们：文化研究与文化批评作为一种批判性话题的出场，不是、或至少不完全是知识自身发展的纯自律的结果，毋宁说它是知识分子对当今的社会文化转型的一种值得关注的回应方式。市场经济的迅速发展、文化市场和文化工业突然"崛起"、大众文化的全国性蔓延，这种种新的文化景观对人文学者提出了急需回答的问题，而具有深切的现实关怀并突出跨学科性的文化研究在这方面恰恰拥有自己明显的优势。

其次，从研究队伍的情况看，文学与文学研究的边缘化使得相当数量从事文艺学与文学批评的研究人员转向文化研究与文化批评。大众文化、特别是影像娱乐产业的兴起，文化的视觉化、图像化趋势，使得文学在很大程度上不再是文化与意义的生产与消费中心。影视、广告、互联网、大众畅销读物等新兴媒体文化已经取代文学成为新的主导性意义生产载体，这个情形与20世纪80年代非常不同。① 现实世界日益复杂化，新的社会形式、生活方式与文化形态层出不穷，对此中国人文知识分子生产了"阐释的焦虑"，他们迫切需要能够解释这

---

① 20世纪80年代的情形是文学一头独大，其他的媒体文化或刚刚起步，或者根本没有出现，文学承担了反映现实问题、参与政治、启蒙大众、娱乐大众等繁复功能。

个变化着的世界以及知识分子在其中的新位置的思想武器与知识资源，而局限于内部研究的传统文学研究范式显然已经很难胜任这项任务。① 面对这样的情形，一些从事文学研究的学者干脆离开文学领域进入对广义的"文化"（大约相当于威廉斯说的"作为生活方式"的文化）的研究；而另外一部分人则试图把文化研究的视野与方式引入文学研究，产生了文学研究中的文化批评方法。于是我们看到：现在中国大陆的文化研究主要表现为两种形态：一种已经完全离开文学研究的传统对象，转而研究一些诸如城市空间建构（广场、酒吧、咖啡馆、民俗村、购物中心）、广告、时装、电视现场直播、节庆仪式等社会文化现象；② 还有一种是把文化研究的视野、方法、范式引入到文学研究与批评中，我们把它称为狭义的文化研究或"文化批评"，并作为文学批评的一种而加以讨论（详下）。

第三，文化产业的兴起、文化与经济的日益融合，使得包括文学在内的文化生产与传播的技术、机构、实践、物质方面/层面的重要性变得越来越突出。众所周知，传统的文学研究比较多地集中于解读文学文本，分析文学生产的精神 - 观念属性以及作家的个体才能与创造力，而不太注重文学活动的物质的、机构的、技术的维度（实际上它不是把文学当作一种文化活动或文化实践看待，而是当作作品或产品看待）。这种研究范型随着新的大众媒介与大众文化生产的兴起而显示出了自己的局限性。因为今天包括文学在内的文化艺术生产的突出特点正是它的物质化、技术化与机构化（各种文化媒介机构与文化媒介人在其中起了巨大作用），文学艺术在很大程度上已经成为产业，其物质属性、技术属性和商业属性变得越来越突出。我们以为这一变化同样是文化研究兴起并受到欢迎的重要原因之一。③ 因为传统的文学研究一直不怎么关注文学艺术的物质性、技术性和产业性，也不怎么研究文化机构、文化媒介人等在文学艺术生产和传播中的作用。于是我们看到，从事文学研究的学者，开始了对于各种文化生产机构的关注（比如对于商务印书馆的研究、对于《新青年》的研究、对于《南方周末》

---

① 所谓"传统"在此是指 20 世纪 80 年代初、中期形成的文学理论的主导范式。关于这个范式之所以不能阐述当前的文化艺术现象的原因，参见拙作：《大学文艺学的学科反思》，《文学评论》，2001 年第 5 期；《日常生活的审美化与文化研究的兴起》，《浙江社会科学》，2002 年第 1 期。

② 关于香港回归的报道的研究见《文化研究》第一辑；关于北大校庆的研究见《文化研究》第二辑；关于金鸡奖颁奖仪式的研究见《文化研究》第三辑；关于城市广场的研究参见倪伟《空间的生产与权力敞视——透视当代中国的城市广场》、关于酒吧的研究参见汪亚明《上海酒吧——空间的生产与文化想象》，关于深圳民俗村的研究参见倪伟的《符号消费的文化政治——以深圳民俗村为例》，此三文均见王晓明主编：《在新意识形态的笼罩下》，南京，江苏人民出版社 2000 年版。关于轿车的文化研究参见孟悦：《轿车梦酣》，《视界》第三辑。

③ 关于文化媒介人的作用，参见《中国图书商报》2003 年 2 月 28 日《把艺术做起来》的报道，对于王林、黄专、栗宪庭等著名的策展人进行了采访，高度评价了策展人在艺术生产中的巨大作用。

文化版的研究、对于电视台的某个节目的研究等）。①

第四，知识分子的社会责任意识与参与意识的重新突显。在 20 世纪 80 年代中后期的中国文坛，由于国内政治气候与国外文论思潮影响等多重原因，一度出现了对于文学形式的迷恋与关注，作家们热衷于编织"叙述的迷宫"，批评界则大谈所谓"文本的快乐"、"能指的狂欢"，文学创作与批评一度疏离了社会现实（所谓先锋实验小说与批评是其代表），淡化了知识分子的社会批判意识。经过 1990、1991 年的短暂冷寂，随着 1992 年邓小平"南方谈话"引发新一轮经济大潮，知识分子由于自身的边缘化而开始重新思考中国当代的社会文化问题，特别是自己在新的社会现实中的身份认同问题，知识分子的角色意识开始得到强化，强调知识分子的社会批判职能。这种思考一开始集中于知识分子与市场的关系问题（关于"文人下海"的讨论是其标志），后来延伸到对于"市场化"、"商品化"、"大众文化"等问题的讨论，乃至进一步扩展为关于中国的现代化模式、全球化等的反思，以及对于贪污腐败、道德滑坡、贫富分化、农民工权利保障、教育公平、环境污染等现实问题的关注。② 在这样的语境下，以强烈的政治性、参与性、实践性以及跨学科性为特征的文化批评，为知识分子的社会批判提供了一种非常有利的视角与方法。

最后，还必须考虑 20 世纪 90 年代开始出现的新的国际关系背景，其中最重要的是全球化与地方化的互动。随着市场经济的深入，随着中国加入 WTO 等世界性的经济合作组织，中国的社会经济文化都更深的卷入了全球化进程，与国际（西方）经济与文化的融合程度空前加深。与此同时，全球化也引发了知识分子的文化认同危机以及民族文化寻根渴望，民族主义情绪有所抬头。这对于第三世界批评以及后殖民主义批评的兴起具有直接的影响。③

总体而言，当代文化批评的出现与兴盛并不是偶然的，也不是局限于文论内部的一种自我逻辑发展，而是复杂的社会文化现实与文论发展的内在需要共同促成的。假如不对于这些复杂语境予以认真的分析，就很难对之作出准确的评价。

---

① 这个变化反映在研究生教育中则是越来越多的文艺学研究生热衷于选择文学机构研究为自己的学位论文题目。比如近几年首都师范大学文艺学研究生就有选择《萌芽》杂志和新概念作文大赛、《故事会》、百家讲坛、《诗刊》等作为硕士学位论文的选题。四川大学、北京师范大学的研究生也有选择茅盾文学奖、《时尚》杂志为学位论文题目的。

② 比如人文学界关于"人文精神"的讨论、关于现代性的反思乃至于关于国企改革、下岗等具体社会问题的讨论。一个值得注意的现象是：知识分子的社会批判近年来有越来越具体化、务实化的倾向，在许多人文知识分子主办的学术网站已经出现越来越不"专业"的倾向，我们可以在那里发现关于非典问题、高考招生腐败问题、"宝马案"等非常具体的社会现实问题的讨论。这似乎表明知识分子的批判话语已经越来越具体化。

③ 另外，文化研究出现的另外一个重要原因是日常生活的审美化。当代社会与文化的一个突出变化是审美的泛化或日常生活的审美化。

三、关于文化批评与文学批评关系的争论

面对文化研究（批评）的兴起，学术界出现了相当热烈的争论。有人在悲叹 20 世纪 80 年代文学批评黄金时代的逝去，也有人在欢呼文化研究（批评）新时代的到来；有人认为文化研究（批评）扩展了文学研究的空间，并为它注入了新鲜活力，也有人指责它滑向了"无边的现实"，迷失了文学"本体"，乃至倒退到了我们已经抛弃的庸俗社会学批评，使得文学的自主性重新面临危机。除去一些比较情绪化的言论不谈，更加具有学理性的问题也同时提了出来。比如：文化批评与文学批评的关系是什么？文学批评向文化批评的转化是文学批评的转机还是文学批评的迷失？文化批评会取代文学批评么？文化批评是不是一种社会学批评或所谓"外在批评"？如果是的话，它与审美批评的关系又如何？它是向庸俗社会学批评的倒退么？等等。

文化批评与文学批评的关系，无疑是这场争论的焦点。对文化研究与文化批评持质疑或批判立场的人大多沿用原先由英美新批评派提出、流行于我国 20 世纪 80 年代的"二分法"，认为文化研究（批评）是一种与"内部研究"相对的"外部研究"，有人甚至把它看作是庸俗社会学批评的回潮。他们认为，文化研究（批评）背离了文学的"审美"本质、甚至根本与文学无关；也有人认为文化研究（批评）可以存在，却不能取代文学批评，尤其是不能取代文学的审美研究/内部研究。比如《南方文坛》1999 年第 4 期上发表了"关于今日批评的答问"的长篇访谈，其中第一个问题即是"为什么当下的文学批评逐步转向文化批评？您认为文学批评还能否回到文学？"（其实这个问题预先已经设定文化批评与文学批评是两回事，才有所谓"能否回到"的发问）。在回答这个问题的时候，相当多的学者都把文化批评视作与"内部批评"相对的"外部批评"，或与审美批评相对的社会学批评，并希望文学批评回到"文学"。比如"……文化批评说到底仍是一种外在研究，从批评思维上说，它与先前的社会学批评并无本质的差别，因此它仍然存在着强加给文学太多的'意义'、'象征'，从而使得文学非文学化的危险"（吴义勤语）；"文学批评的'场'，归根结底还是文学，……我不希望太多的批评家一头扎进'文化'、'思想'或'精神'而走失"（施战军语）。显然，这些批评者在很大程度上坚持 20 世纪 80 年代的审美/艺术自主性立场，其理论资源也是 20 世纪 80 年代比较流行的俄国形式主义、英美新批评等。

在这方面，阎晶明与吴炫的观点是比较典型的。① 阎晶明指出："90 年代的文学批评是一个更加缺少学术规范的时代，20 世纪 80 年代活跃于文坛的批评家，在这一时期纷纷转向，把目光转向更加庞杂的目标，就文学而言这是一个虚化了的目标。批评家们的注意力被转移和分散到了更大的文化问题上。"作者以人文精神与后现代的讨论为例责问道："这些学术主张在多大程度上属于文学批评？"作者认为这两者都已经在"目标上偏离文学"。这"偏离了目标的批评"就被作者指认为"文化批评"，文学作品在其中成了被批评家随意搬弄的"小小旁证"。作者忧心忡忡地写道："文学批评就这样被文化批评取代，成为无足轻重的唠叨陪客，对作家作品的具体阐释成为不入潮流和缺少思想锋芒的可怜行径。"作者呼吁：文学批评应当回到"自身"，回到"文本阐释"，"这是文学批评不做文学附庸、不被文化批评淹没的必经之路。"②

吴炫的文章列举了文化批评的"五大问题"，是笔者见到的最集中、最系统地质疑中国当代文化批评的文章。"五大问题"中首当其冲的即"当前文化批评对文学独立之现代化走向的消解"。在作者看来，"文学独立"不仅顺应了文化现代化的"人的独立"之要求，也成为新文学告别"文以载道"传统、寻求自己独立形态的一种努力。吴炫认为，这样的文学现代性进程似乎被新兴的文化研究（批评）给阻扼了："文化批评不仅已不再关注文学自身的问题，而且在不少学者那里，已经被真理在握地作为'就是今天的文学批评'来对待了。"可见，文化批评是非现代形态或反现代形态的文学批评，因为它"不再关注文学自身的问题。"作者的逻辑在这里表现为：文学的现代性或现代化就是文学的自主性，违背它就是违抗现代性的合理历史进程。

在笔者看来，这些对文化研究（批评）的批评，有些属于严肃的学术探讨，但更多是建立在对"文化批评"这个概念以及它与"文学批评"之关系的不同程度的误解上。同时，有关文化批评已经或将要"取消/取代"文学批评的"受虐狂想症"，常常来源于过分夸大文化批评的"神通"，从而也过分夸大了它的"危害"。因此，澄清"文化批评"与"文学批评"的关系在此就非常必要。

在西方，对文化研究与文化批评一般是从它的特征，如批判性、跨学科性、边缘立场与实践性等角度进行描述的，很少从研究对象角度对之做出划分（因为文化研究或文化批评的对象几乎没有边界）。也就是说，决定一种研究是不是文化研究不是看它研究什么而是看它怎么研究。也就是说，一种研究是否属于文

---

① 分别参见阎晶明：《批评：在文学与文化之间》，《太原日报》，1999 年 9 月 6 日；吴炫：《文化批评的五大问题》，《山花》，2003 年第 6 期。

② 对文学非历史的普遍本质表示怀疑的，见陶东风：《大学文艺学的学科反思》，《文学评论》，2001 年第 5 期；《日常生活的审美化与文化研究的兴起》，《浙江社会科学》，2002 年第 1 期。

化研究（批评），并不取决于它的研究对象是不是文学，而是取决于其研究的旨趣（比如是以审美为旨趣还是以政治为旨趣?）但就中国的情况看，由于卷入论争的是文学理论界，因此，所谓文化研究（批评）常常并不包括对文学以外的社会文化现象（从生活方式到流行时尚，从电视剧到广告，几乎无所不包）的研究，而是指文学研究内部那种以政治批评为旨趣的研究路径和研究范式，即以文学作品为研究对象的文化批评。

既然我们讨论的文化研究（批评）实际上是文学研究和批评内部的一种，属于文学研究（批评）范围，是研究、解读与评价文学现象（尽管有时候"文学"的界限也不易确定）的一种独特视角、途径，那么，与它相对的不可能是"文学批评"，而是"审美批评"或"内部批评"。说文化研究（批评）会取代文学批评，就像说诗歌会取代文学、油画会取代绘画一样，是不合逻辑的（且不说可能不可能）。我们或许可以说在文学批评内部，文化批评目前比审美批评显得更活跃，更能够介入当代文学问题的争论，而不能说文化批评会取代文学批评。其实，被众多的批评者所诟病的是文学研究出现了一种与他们熟悉和心仪的范式和路数不同的类型，它有突出的政治学旨趣、跨学科方法、实践性品格、边缘化立场与批判性精神。

这样，对文化研究（批评）持质疑或嘲讽态度的人所真正担心的其实是：文学研究（批评）内部的一种范式和路径，即文化研究（批评），会否及应否取代另一种范式和路径，即"审美批评"。或者说他们担心的是自己的内部"敌人"（对传播学、广告学等领域的文化研究，文艺学中审美派人士一直很少置喙）。但由于他们常常把"审美批评"、"内部批评"理解、表述为"文学研究（批评）自身"、"文学本身"等带有全程的、排他色彩的本质主义术语，才有所谓"文化批评取代文学批评""文化研究取代文学研究"的似是而非的提法，并给人这样的感觉：只有审美批评或内部批评才是真正的文学批评或文学研究，其他的都是旁门左道。在这里，有必要声明的是，文学批评的方法历来是多种多样的，审美批评或内部研究只是其中之一。审美批评不是文学批评的同义词，把文化批评、社会历史批评以及道德—伦理批评排除出文学批评，有悖于历史事实且缺乏宽容精神。

在澄清了上述问题以后，现在再来看看文化批评与所谓"文学批评"（正确地说是"审美批评"、"内部批评"）之间到底是什么关系。

首先，必须承认，作为与审美批评相对的文化研究（批评），不管其对象是否是文学，也不管借助了哪些理论资源，其批评旨趣始终是政治性的，不同于以"文学性"为对象的"内部研究"。作为文学批评的不同方法与范型，两者各有优劣，可以互补而不能取代。文化研究（批评）不可能取代"文学批评"（审美批评/内部批评）、"文学批评"（审美批评/内部批评）也不可能垄断文学研究。历史地看，文学研究从来不是只限于审美研究，也不只是以揭示"文学性"为唯一目的。自觉的审美研究或内在研究是在特定的历史时期出现的一种批评方法，而不是文学批评的普遍方法或唯一方法。在不同的批评方法之间也不存在高低等级，只能说在文化研究（批评）与审美（内部）研究（批评）之内，均有水平高下之别，但两种批评方法则各有所长，无所谓优劣。真正值得探讨的问题是：为什么在特定的历史时期特定的研究/批评方法占据主要地位？什么样的社会文化力量与批评家的利益诉求在这里起作用？也就是说，应该用知识社会学的视角而不是本质主义的视角看问题，或者说，关于审美批评与文化批评的关系之争应该是学理之争而不是信仰之争。

值得指出的是，文化批评虽然不是以揭示文本的"文学性"为目的，但却不是脱离文本的"离弦说像"。这里涉及另外一个误解与混淆：审美研究或"内部研究"就是文本分析，而文化研究（批评）则是脱离文本的。如果"内部"指的是文本的形式方面（语言组织机理、文本结构、叙述方式等），"内部研究"指的是批评家对于形式方面的解读，那么，真正具有学术价值的文化研究/批评从来不反对形式分析，不反对文本细读。事实上，文化研究/批评在很大的程度上借鉴了审美/内部批评中的所谓"内在研究"方法。从知识谱系上看，当代的文化研究/批评产生于西方20世纪中期以后，其思想与学理资源除了马克思主义以外，还包括20世纪各种文学与其他人文科学的成果，如现代语言学、符号学、结构主义、叙述学、精神分析、文化人类学，等等。对于文化研究/批评来说至关重要的是，20世纪西方思想界的一个重要共识就是对于经济决定论的扬弃，认识到政治、经济与文化之间存在复杂的相互关系，认识到语言在建构社会文化以及人的主体性方面的决定性作用。由索绪尔的《普通语言学教程》为标志的语言论转向的成果固然集中体现在包括形式主义、结构主义、后结构主义、新批评、符号学、叙事学等学科中，但同时也渗透到了其他研究领域，包括文化研究/批评。不夸张地说，文化研究/批评极大地得益于在文学批评的所谓"内部研究"中发展起来的、被认为是"文学的本体批评"的分析工具与分析方法。事实上，许多文化批评家都是文学批评家出身，他们通晓20世纪发展出来的文本分析方法。巴尔特用符号学的方法对广告的分析就是这方面的经典之作。对此可以从两个角度理解。首先，文化研究中一直存在一种集中于文本形式分析的分支，它对语言学、符号学等多有借重。正如伯明翰文化研究中心第三任主任约翰生指出的："主要的人文科学，尤其是语言学和文学研究，已经发展出了文化分析所不可或缺的形式描述手法。"① 特别是文化研究中结构主义范式"极具形式

---

① ［英］理查德·约翰生：《究竟什么是文化研究？》，见罗钢等主编：《文化研究读本》，北京，中国社会科学出版社2000年版，第29页。

主义特色，揭开语言、叙事或其他符号系统生产意义的机制"，如果说文化主义范式根植于社会学、人类学或社会—历史，那么，结构主义范式则"大多派生于文学批评，尤其是文学现代主义和语言学形式主义传统。"①

其次，语言学与结构主义等对文化研究/批评的影响还不只是体现在影响了其中的结构主义范式，而是导致了对于人的主体性乃至整个社会现实之建构本质的理解。约翰生曾经指出："形式"是文化研究中三个关键词之一（另外两个分别是"意识"与"主体性"），并认为：正是结构主义强调了"我们主观地栖居于其中的那些形式的被建构的性质。这些形式包括：语言、符号、意识形态、话语和神话。"② 这表明文化研究已经把形式与结构等概念应用到对于社会生活与主体经验的内在本质的理解，从而把形式与文化、内在研究与外在研究有机结合起来。形式分析能够提供详细而系统的对于主体形式的理解，使我们能够把叙事性视作组织和建构主体性的基本形式。人的主体性以及整个文化与社会生活都是被建构的，而不是自然的、现成给予的。这个结构主义的洞见可以说是文化研究的重要哲学基础之一。

可见，说文化批评不重视文本分析是没有道理的，它与形式主义或审美批评的真正差别在于：它们解读文本的方式、目的、旨趣是不同的。约翰生在肯定了文化研究对语言学、结构主义、符号学等的借重以后颇有深意地指出：文学批评虽然为文化研究发展出了强有力的分析工具，但是在这些工具的应用上"缺少雄心大志"，比如语言学，"对文化分析来说，语言学似乎是无可置疑的百宝箱，但却被埋藏在高度技术化的神话和学术专业之中。"③ 这话当然不见得是绝对中肯之论，因为约翰生本人是文化研究学者，但是它的确点出了文本分析在文化研究和文学研究中的不同旨趣：文化批评不把文本当作一个自主自足的客体，不满足于只是从"审美"或"艺术"的角度解读文本，其目的也不是揭示文本的"审美特质"或"文学性"。文化研究通常也不作审美判断。在文化研究中，文本分析只是手段，文化研究的最终目的不是停留于此，而是要进一步走向政治批评。文化批评是一种"文本的政治学"，旨在揭示文本的意识形态，以及文本所隐藏的文化—权力关系，它基本上是伊格尔顿所说的"政治批评"。

---

① ［英］理查德·约翰生：《究竟什么是文化研究?》，见罗钢等主编：《文化研究读本》，北京，中国社会科学出版社 2000 年版，第 19 页。
② 同①，第 13 页。
③ 同①，第 29 页。

四、文化研究/批评与文学的自主性问题

当然，文化研究/批评的非议者之所以如此捍卫"审美批评"或"内部研究"的"正宗地位"并不是没有原因的。考虑到"文革"期间"工具论"文艺学给文坛造成的灾难，考虑到中国现代文学的自主性道路之艰难曲折，考虑到20世纪0年代知识分子争取文学自主性的艰难历程，这种捍卫就尤其可以理解。然而，尽管我也是文学自主性的捍卫者，却并不认为文化研究与文化批评会危及文学的自主性，因为它与"文革"时期的工具论文艺学不可同日而语。

如果说大多数批评者还只是从一种批评方法的角度非难文化批评遗忘了"文学自身"，那么，上引吴炫的言论则把这个问题提到了一个更高的高度：文学的现代化或现代性（文学的自主独立性是现代性的内在组成部分），而文化批评既然挑战这种自主性与自律性，因而就是阻断了中国文学的现代性进程。

要深入阐明这个问题，首先必须从两个不同的层面上来理解自主性。一个是制度建构的层面，一个是文学观念与方法的层面。从制度建构的意义上说，文学的自主性的确是现代性的核心之一。在西方，这个建构过程出现于18世纪，它导源于一体化的宗教意识形态的瓦解，以及社会活动诸领域——实践/伦理的、科学的、艺术/审美的——的分化自治。在中国，文学场的自主性建构开始于19世纪末20世纪初，主要表现为一体化的王权意识形态的瓦解，文学摆脱了"载道"的奴婢地位。但中国20世纪文学场的自主性一直是不稳固的，在众所周知的相当长的一段时间，文学自主性的威胁一直来自一体化的政党意识形态。但是尽管存在差异，无论在西方还是在中国，作为文学场的自主自律都表现为文学场获得了自我合法化（自己制定自己的游戏规则）的权力，而这本质上是通过制度的建构得到保证的，或者说，它本身就是一种制度建构。

作为文学观念与文学批评方法的自主性则只是一种知识——美学观念、立场或关于文学（以及文学批评）的主张，是一种理论。这种作为文学主张的自律论——比如"为艺术而艺术"——与作为独立的文学场的自主性之间并不存在必然的对应关系，它既可能出现在一个自主或基本自主的文学场中（比如法国19世纪的"为艺术而艺术"的主张，20世纪英美的形式主义批评与新批评）；但也可能出现在一个非自主的文学场中。在后一种情况下，自律论的主张表现为一种受到主导意识形态甚至政治力量、法律制度压制的、不"合法"的声音，但并非绝对不可能存在。同样，他律论的文学主张与他律的文学场之间也不存

机械的对应关系。一种他律论的文学主张可以出现在一个不自主的文学场中，比如中国"文革"时期就是这样。这个时候，它表现为"文学只能为政治/阶级斗争服务"；但他律的文学主张/观念/方法也可能出现在一个自律的文学场中，比如在文学场的自主性相对较高的当代西方国家，同样可以发现相当多的他律论的文学主张与文学研究方法，其中包括各种各样的马克思主义与新马克思主义，当然也包括文化批评。

可见，一个自主的文学场就是一个多元、包容的文学场，一个允许各种主张自由表达、自由竞争的制度环境，在其中既可以捍卫"纯艺术"，可以听到"为艺术而艺术"的声音，也可以听到"文学应该为政治服务"的声音，而且这种"政治"本身就是多元的，可以是各种党派政治，也可以是性别政治、种族政治等。甚至可以说，文学场的自主性、独立性恰恰表现为它允许包括"工具论"在内的各种文艺学主张的多元并存。从制度建构的角度看，任何通过政治或其他非文学的力量干预文学场的自由——多元格局的制度建构，都是对于文学自主性的践踏。新中国成立后相当一段时间内文学场没有自主性，根本原因在于没有制度意义上的自主文学场。历史地看，早在 20 世纪 20～30 年代，就存在文学为政治服务之类主张，但是这种主张却没有获得一统天下的霸权，原因是那个时期的文学场依然是多元的、自主的。可见，可怕的不是存在什么样的文学主张，而是在政治力量的主宰下迫使人们只能奉行一种文学主张（不管是他律论的主张还是自律论的主张）。打一个极端的比方，如果由非文学的力量来规定一个国家只能有"工具论"的文艺学当然是一种文化专制主义，大家对之有切肤之痛；但是如果人为地规定只能奉行"为艺术而艺术"，不允许"文学为政治服务"，不同样是一种文化专制主义么？这样，争取文学的自主性或现代性应该被理解为争取（如果还没有的话）或捍卫（如果已经有的话）文学场在制度上的独立与自主，捍卫制度意义上的文学自主性，至于这个场中流行什么观念则大可不必也不能加以强力干预。其实，文学场的独立性不过是言论自由的现代民主精神在文学领域的制度化表现而已。

现在让我们来看看文化批评是否威胁到文学的自主性或现代性。稍有常识的人都不会认为当今的文化研究、文化批评威胁到了文学场的自主性，因为它只是身处政治权力场域外的知识分子的一种批评主张与批评方法而已，根本不可能成为强力压制其他不同声音的权力话语。关于这一点的最好证明，就是在各种报刊杂志上随处可以见到对于文化研究与文化批评的批评。

与此相关的一个逻辑结论是：并不是所有主张文学为政治或某种意识形态、"主义"服务的文论或文论思潮，均可以视作"非现代"、"反现代"或"前现代"的，否则我们就只能把西方的心理分析、马克思主义、女性主义批评、后殖民主义批评（包含西方马克思主义）等现代甚至后现代的文学批评、把中国的梁启超、鲁迅等，都"遣送"回"前现代"。如上所述，我们应该分辨的是作为制度建构的文学自主性与作为理论主张的自主性的差异。不能说凡是提倡文学的政治参与或社会文化使命的他律论文论就都是前现代的或反现代的。作为文学理论，自主性或自律性理论只是现代文论的一种形态而已。功利性的文学理论只要不是表现为借助于制度而行使权力的霸权话语（如"文革"时期的工具论文艺学）就不能说是前现代的或反现代的。今天的文化研究/批评显然都不拥有这样的霸权。

五、关于文化研究/批评与文学社会学

上面我们已经论证了文化研究/批评与形式主义批评、审美批评的关系以及文化研究/批评与文学自主性的关系问题。为了深入澄清这方面的理论问题，有必要把文化研究/批评与传统的文学社会学进行进一步的分辨。①

很多学者不加分辨地把文化批评与外在研究等同起来，认为文化批评意味着对于传统社会学批评的回归。这是简单化的皮相之见。就文化批评与文学社会学（不管是传统的还是现代的）都反对封闭的"内部研究"、"审美研究"，致力于揭示文学艺术与时代、与社会文化环境的紧密联系而言，两者的确存在相似之处。或者说，它们均属于文学——社会研究模式。但是它们之间的区别在今天可能是更加重要的。

我们通常理解的传统的文学社会学模式，诞生于西方 19 世纪。其中尤其以泰纳为代表的实证主义兼进化论的社会学模式与马克思主义的社会学模式对我国影响最大。传统社会学模式诞生在科学主义与理性主义获得支配性地位的启蒙时代，深深地带上了科学主义与理性主义的色彩。关于泰纳的社会学模式，韦勒克曾经分析说："泰纳代表了处于 19 世纪十字路口的极复杂、极矛盾的心灵：他结合了黑格尔主义与自然主义心理学，结合了一种历史意识与一种理想的古典主义，一种个体意识与一种普遍的决定论，一种对暴力的崇拜与一种强烈的道德与理性意识。作为一个批评家，从他身上可以发现文学社会学的问题所在。"② 这段话指出了泰纳文学社会学的要点：1. 与孔德的实证主义哲学与兰克的实证主

---

① 关于文化批评与传统的庸俗社会学的区别，参见陶东风：《日常生活的审美化与文艺社会学的重建》，《文艺研究》，2004 年第 1 期。

② R. Wellek：*A History of Modern Criticism*，Ⅳ，Yale University Press，1965，p.57.

义史学一样，它相信"客观规律"的存在。这反映了19世纪自然科学的进展及其方法对于人文科学的渗透，崇尚客观主义与经验方法，具有机械论特征；2. 受当时以黑格尔为代表的理性主义历史哲学的影响，崇尚"时代精神"决定论。相信通过人的"理性"可以把握历史的总体过程，相信历史的必然性，从理论模式出发而不是从经验事实出发，但是又把这个理论模式当作"客观规律"；3. 在达尔文进化论的影响下，泰纳的艺术（史）社会学相信环境决定论与"适者生存"法则，坚信适合于环境的艺术类型会得到发展，否则被淘汰。他的《艺术哲学》频繁地使用生物学术语，用生物学"优胜劣汰"的原理来比附文学艺术的发展。泰纳的《艺术哲学》由著名的翻译家傅雷先生翻译，早在20世纪60年代就由人民文学出版社出版，后一再重版，在文学/艺术理论界生产了相当大的影响。其机械决定论色彩与伪装在自然科学外表下的理性主义倾向在中国的文艺社会学中都有相当严重的反应。

马克思主义的文艺社会学（不包括20世纪的西方马克思主义）的真正的学科形态是在前苏联建立的，它建立在基础与上层建筑的二元论这个基本的社会理论构架上。在这个基本框架中，物质/精神、经济基础/上层建筑、存在/意识构成了一系列二元对立关系。文化/艺术被列入精神、上层建筑、意识的范畴。尽管马克思主义的创始人曾经有过对文化/意识形态的相对独立性的强调，但在西方马克思主义以及许多当代的社会理论家看来，马克思主义社会理论的基本框架（经济基础/上层建筑的二元论）决定了任何关于上层建筑的特殊性、文化的自主性、文学艺术的相对独立性的言论，在根本上都不能弥补其经济主义的弊端。在马克思主义的创始人那里，文化没有被视作一种基本的、同样具有物质性的人类实践活动，没有来得及充分思考文化在建构社会现实与人性结构中的重要作用。这一点已经引起西方马克思主义者的普遍警惕，而且西方的文化研究从一开始就带有既继承马克思主义、又超越马克思主义（主要是它的经济主义）的双重特征。[①] 威廉斯、葛兰西、阿多诺、阿尔都塞以及苏联的文论家巴赫金等，都在力图克服经典马克思主义的经济还原论方面做出了极大努力。传统文学社会学存在的机械决定论、实证主义、进化论倾向，已经成为西方当代形态的文学－社会研究范式（包括各种类型的西方马克思主义、文化研究等）试图超越的局限。马克思主义的文学社会学在前苏联文论界被极大地庸俗化简单化，而对我国文论界产生支配性影响的恰恰就是这种庸俗的马克思主义文艺社会学。

在澄清了传统文学社会学的缺陷以后，文化研究/文化批评与它的差别就显

---

① 参见［英］理查德·约翰生：《究竟什么是文化研究？》，罗钢等主编：《文化研究读本》北京，中国社会科学出版社2000年版，第4页。

得十分明显了。从知识谱系上看，文化批评属于当代形态的文艺社会学。文化批评固然是对于文本中心主义的反拨，它要重建文学与社会的关系，但是这是一种否定之否定，它吸收了语言论转向的基本成果。这种吸收除了借鉴与改造语言学与结构主义的分析方法以外，最重要的是：文化研究/批评非常强调语言与文化是一种基本的社会实践，它具有物质性。比如英国著名的文化研究者斯图亚特·霍尔指出："文化已经不再是生产与事物的'坚实世界'的一个装饰性的附属物，不再是物质世界的蛋糕上的酥皮。这个词（文化，引注）现在已经与世界一样是'物质性的'。通过设计、技术以及风格化，'美学'已经渗透到现代生产的世界，通过市场营销、设计以及风格，'图像'提供了对于躯体的再现模式与虚构叙述模式，绝大多数的现代消费都建立在这个躯体上。现代文化在其实践与生产方式方面都具有坚实的物质性。商品与技术的物质世界具有深广的文化属性。"① 法国著名社会学家图雷纳在《现代性与文化多样性》中也指出："当前我们正目睹超越工业社会的社会的出现；我们把它们称为'程序化社会'，其主要投资包括大批量生产和批发象征性货物。此种商品具有文化的属性，它们是信息、表征和知识，它们不仅仅影响劳动组织，而且影响有关的劳动目标，从而也影响到文化本身。"② 当法兰克福学派把现代大众文化、特别是电影命名为"文化工业"（或译"文化产业"）的时候，他们已经充分意识到文化的产业性质。

其次，在文学与阶级、文学与社会权力关系问题上，文化研究/批评与马克思主义的社会学也存在重要的差异。文化研究/批评认为，不能把社会关系简单、机械地还原为阶级关系，进而把人际之间的支配与被支配、压迫与被压迫关系简单地还原为资本家与工人阶级的关系。机械的阶级论势必忽视社会关系/权力关系的复杂性与多元性以及人的社会身份、社会关系的超阶级维度，比如民族维度、性别维度等。而布迪厄则指出：阶级不只是由人的经济状况决定的，而是由人所拥有的各种类型的资本决定的，而"资本"不只是经济资本，还存在文化资本、教育资本、法律资本、社会资本等资本类型，它们是可以相互转化的并且都对阶级的形成产生影响。③ 从社会实践角度看，西方的文化研究/批评受到20世纪60年代以降新社会运动（如女性主义运动、反种族主义运动、绿色和平运动、同性恋权利运动等）影响并与这些运动紧密配合，倡导"微观政治"以及对于社会权力关系的更细微复杂的认识，从而超越以无产阶级与资产阶级的阶级

---

① See Eduardo de la Fuente：'Sociology and aesthetics'，European Journal of Social Theory，Vol. 3，No. 2，May，2000，p. 245。

② ［法］图雷纳：《现代性与文化多样性》，见《中国社会科学》杂志社编：《社会转型：多文化多民族社会》，北京，社会科学文献出版社2000年版，第17页。

③ 参见［法］布迪厄与华康德：《实践与反思——反思社会学引论》，李猛、李康译，北京，中央编译出版社1998年版。

斗争为核心的宏观政治视角。女性主义批评的一个著名的口号就是："个人的就是政治的"。①

虽然西方的微观政治理论出现于西方的特殊社会文化背景（比如：福利国家政策大规模地提高了大众的生活水平，激进的左派理论与大众的脱节），不能机械搬用到中国文化分析，但是我们也应该看到，忽视政治斗争与阶级问题的复杂性，机械套用阶级论的模式来分析作家以及作品中人物的身份、立场，是前苏联文艺社会学、也是深受其影响的我国很长一个时期的文学社会学之所以显得庸俗并给广大知识分子造成重大伤害的重要原因。传统社会学中的政治分析与阶级斗争分析，常常体现为单一的宏观政治视野——有组织的、以无产阶级与中产阶级、农民与地主的斗争为核心的社会运动、民族国家的建构问题等，而社会——政治关系的其他维度（如性别、种族等）一概没有得到考虑。如果我们把文化研究发展出来的微观政治理论批判性地应用于中国文学研究，就可以在作家与作品分析中，避免机械的阶级论取向与宏观政治视角，考虑到阶级关系与性别维度、族性维度之间的复杂的冲突、交叉、遮蔽、穿越关系，关注被宏观政治分析所忽视的日常生活中的权力问题，组织化的社会政治运动（如"文革"、"反右"）与个人日常生活之间的微妙关系。

（陶东风执笔）

---

① 从微观政治角度对大众文化的抵抗性的著名分析，可以参见［美］费斯克：《理解大众文化》第7章"政治"，王晓珏、宋伟杰译，北京，中央编译出版社2001年版。费斯克认为宏观政治体现为组织化的社会革命行动，而"微观政治"则体现在个人的和日常生活的层面。

第十二章

中国文论现代性传统

导论：中国文论现代性传统的生成

经过前面各编各章的分析，到这里需要对中国现代文论的传统问题予以集中探讨了。前面的分析曾从不同方面涉及或靠近这个问题，但由于其论题限制而未能达到显豁，所以这里有必要作专门的讨论。中国现代文论是中国文论传统的一个组成部分，确切地说，是中国文论传统中与古典性传统有所不同的现代性传统。要了解中国文论现代性传统，就需要对传统、文论传统以及现代性传统本身做出大致的阐明。

1. "传统"的古今演变

"传统"一词，《辞源》未予收录。《汉语大词典》1997年版收录了"传统"词条，其含两个主要义项：第一义项"谓帝业、学说等世代相传"，所举例子有《后汉书·东夷传·倭》："自武帝灭朝鲜，使驿通于汉者三十许国，国皆称王，世世传统。"还有南朝梁沈约《立太子恩诏》："守器传统，于斯为重。"第二义项是指"世代相传的具有特点的风俗、道德、思想、作风、艺术、制度等社会因素"。第二义项所举词源来历中无一例出自古代典籍，而列举的都是现代的，如作家孙犁散文集《秀露集》中的《耕堂读书记（一）》："这种传统，从庄子到柳宗元，我以为是中国散文的非常重要的传统。"该散文写于 1980 年，1981年由百花文艺出版社出版。可见第二义项只属于现代义项，在古代没有。《汉语大词典》还指出"传统"也指"世代相传的，旧有的"，如杨沫《青春之歌》第一部第五章："这些作品的主题全是反抗传统的道德，提倡女性的独立的。"①这里的归纳是基本准确的，但第二义项的词源出处应该更早。

早在 1902 年，梁启超的思考就已触及现代义项意义上的"传统"问题了，尽管他那时还没使用这词语。他在《新民从报》发表中国《新史学》系列论文，对中国文化传统作了分析和批判。其中的《论正统》一文就对与传统密切相关的"正统"作了新的考辩。"中国史家之谬，未有过于言正统者也。言正统者，以为天下不可一日无君也，于是乎有统；又以为天无二日、民无二王也，于是乎有正统。统之云者，殆谓天所立而民所宗也；正之云者，殆谓一为真而余为伪也。千余年来，陋儒断断于此事，攘臂张目，笔斗舌战，支离蔓衍，不可穷诘。一言蔽之曰，自为奴隶根性所束缚，而复以煽后人之奴隶根性而已。"② 他认为，中国"正统"词义主要是从统治者的"一"统角度去说明的，尊"正统"其实也就是尊"一"统。统治者的"正统"来自于两方面，"（其一）则当代君臣自私本国也。……（其二）由于陋儒误解经义，煽扬奴性也。"③ 这就揭示了"正统"的"自私"与"奴性"实质。梁启超转而以"敢翻数千年来之案"的勇气，从"民主宪政"角度去重新伸张"正统"的内涵："然则正统当于何求？曰：统也者，在国非在君也，在众人非在一人也。舍国而求诸君，舍众人而求诸一人，必无统之可言，更无正之可言。"④ 现在梁启超看来，现代"正统"之实施的关键立足点不在"君"而在"国"，即要以"国"代"君"；不在"一人"而在"众人"，即要以"众人"代"一人"。可见，那时的梁启超力图抛弃君王一人统治的古代正统制度而建立众人治国的现代民主宪政。也正是在此过程中，他剥露出中国古代社会中由君臣关系及其礼仪制度构成的"正统"的症候。值得注意的是，在他这里，"正统"一词存在着正面与负面、肯定与否定、褒义与贬义等双重可能性。

在陈序经于 1933 年撰写、1934 年出版的《中国文化的出路》一书中，现代义项的"传统"概念及其问题受到了高度重视，但主要是在否定性意义上。这位引发激烈争议的"全盘西化"论者，在论证中国文化"全盘西化"的必要性时认为，中国固有的"传统"的因袭过于深重，阻碍了个性的生成和发展，所

① 罗竹风主编：《汉语大词典》，缩印本，上卷，上海，汉语大词典出版社 1997 年版，第 688 页。
② 梁启超：《论正统》，《饮冰室合集点校》第三集，昆明，云南教育出版社 2001 年版，第 1639 页。
③ 同上，第 1641 页。
④ 同上，第 1643 页。

以需要"全盘西化"。他甚至直接把"传统"等同于"旧文化"、"复古"或"文化停滞"："复古是中国人的传统思想，而且是中国思想上的一个特点。"①正是为了打破"传统思想"的束缚，他大力"提倡"来自西方近代的"个人主义"："文化的停滞，既由于传统思想的压迫个性的发展，则提倡个人主义，不但在消极方面，可以打破传统思想；在积极方面，可以促进文化的进步。西洋近代之文化之所以能于三二百年内发展这么快，主要由于个性的发展，和个人主义的提倡。"② 显而易见，其时的陈序经主要是在负面、否定或贬义上使用"传统"一词的，认定必须"打破传统"以寻求"彻底全盘西化"，现代中国文化才有出路。他甚至断言："可惜中国人的传统思想已深入骨髓，结果是轻轻的一针注射的个人主义，敌不住什么堂皇的思想统一的注射……"如此一来，他提出的结论自然就是，以"个人主义"为基础的"全盘西化"论："彻底的全盘西洋化，是要彻底的打破中国的传统思想的垄断，而给个性以尽量发展其所能的机会。但是要尽量去发展个性的所能，以为改变文化的张本，则我们不得不提倡我们所觉得西洋近代文化的主力的个人主义。"③

在陈序经对"传统"做了一边倒的否定性运用后，张君劢在 1936 年对什么是中国"传统"则作了较为持平的解释："国人在思想上以孔孟之经籍为宗，在政治上有专政帝王，在宗教上有本土之拜祖先与后来之道教及印度之佛教；合此种种，可名之曰传统。在此传统之空气中，各个人之精神自由，即令有所表现，亦必托之孔孟之名。"张君劢出于维护中国本土文化的立场，赋予"传统"一词以肯定、正面或褒义内涵，所以又说："中国人之传统，详载于《二十四史》中，可谓世界诸大奇迹之一，此艰辛之工作，即中国自造之永久之纪念碑。"他还从"中国人之传统"的现代发展角度，又提出"旧传统"一词以有别于发展的"传统"："吾以为今后此等遗产中之应保存者，必有待于新精神之发展；无新精神之发展，则旧日传统亦无由保存。何也，旧传统之不能与欧西文化竞争，证之近百年之历史已甚显著……"。④ 张君劢的上述"传统"概念，是他自 20 年代以来的"旧文化"与"新文化"概念的一种发展的结果："吾国今后新文化方针，当由我自决，由我民族精神上自行提出要求。……中国旧文化腐败已极，应由外来的血清剂来注射他一番。"此外他还有"旧学说"等提法。⑤

---

① 陈序经：《中国文化的出路》，北京，中国人民大学出版社 2004 年版，第 62 页。

② 同①，第 123 页。

③ 同①，第 129 页。

④ 张君劢：《明日之中国文化——中印欧文化十讲》，北京，中国人民大学出版社 2006 年版，第 86 页。

⑤ 张君劢：《欧洲文化之危机及中国新文化之取向》（1922），《东方杂志》第 19 卷第 3 号，据罗荣渠主编《从"西化"到现代化》，北京，北京大学出版社 1990 年版，第 81 页。

现代义项的"传统"一词之所以在 20 世纪 30 年代"新文化"论战时期受到重视，恰是由于那时中国文化正面临古今转变的关键点上。现代知识分子需要在与西方文化的激烈对话中辨别中国文化的古代与现代特征、精神等，以便确立自己的认同范式，因此不得不创用"传统"的现代义项。当时不管是以胡适和陈序经为代表的"西化论"者，还是以梁启超、张君劢为标志的"中国本位文化论"者，都要面临对中国文化自身的认同问题。

2."传统"在西方

在西方，据英国文化批评家雷蒙·威廉斯（Raymond Williams，1921 ~ 1988）在《关键词》（1976）里考辨，"传统"（tradition）是个"特别复杂难解"的词语。它来自拉丁文 tradere，意指"交出"、"递送"。它的具体含义有：（1）递送、交付；（2）传递知识；（3）传达学说、教义；（4）让与或背叛。"传统"的基本含义是指"代代相传的事物"，包含"年代久远"、"礼仪"、"责任"和"敬意"等含义。另一方面，在"现代化理论"里，它往往又被视为贬义词，"具有负面意涵并且缺乏特殊性"。例如，traditionalism（传统主义）就专指"妨碍任何改革的习惯或信念"。①

真正对"传统"作了专门研究的是美国社会学家爱德华·希尔斯（Edward Shils，1911 ~ 1995）。他在积 25 年之功写出的开拓性著作《论传统》（1981）中把"传统"（tradition）简要地定义为"代代相传的事物"，认为"传统意味着许多事物。就其最明显、最基本的意义来看，它的涵义仅只是世代相传的东西（traditum），即任何从过去延传至今或相传至今的东西。"换言之，传统的"决定性的标准是，它是人类行为、思想和想象的产物，并且被代代相传"②。与前人相比，希尔斯适度扩展了传统的内涵，认为传统可以有四类：第一是物质实体，第二是人们对各种事物的信仰，第三是关于人和事件的形象，第四是惯例和制度。"它可以是建筑物、纪念碑、景物、雕塑、绘画、书籍、工具和机器。它涵括一个特定时期内某个社会所拥有的一切事物，而这一切在其拥有者发现它们之前已经存在。"③希尔斯进一步揭示了"传统的实质"所在："几乎任何实质性内容都能够成为传统。人类所成就的所有精神范型，所有的信仰或思维范型，所有已形成的社会关系范型，所有的技术惯例，以及所有的物质制品或自然物质，在延传的过程中，都可以成为延传对象，成为传统。"也就是说，"传统就

---

① ［英］威廉斯：《关键词：文化与社会的词汇》，刘建基译，北京，生活·读书·新知三联书店 2005 年版，第 491 ~ 493 页。

② ［美］希尔斯：《论传统》，傅铿、吕乐译，上海，上海人民出版社 1991 年版，第 15 页。

③ 同②，第 16 页。

是历经延传而持久存在或一再出现的东西。"①

在希尔斯的论述中，传统具有若干基本特征。其中主要的有如下四点：第一是"相传事物的同一性"，这是指传统中的基本元素在其延传变体中会保持同一性。第二是"持续性"，这是指传统需要逐代延传，"至少要持续三代人"才能成为传统。② 第三是"规范性"，这是指传统固有的可以指导人们言行的那种规范因素。"传统远不止是相继的几代人之间相似的信仰、管理、制度和作品在统计学上频繁的重现。重现是规范性效果——有时则是规范性意图——的后果，是人们表现和接受规范性传统的后果。正是这种规范性的延传，将逝去的一代与活着的一代连接在社会的根本结构中。""老年社会成员将他们从前辈那里所继承的信仰的范型传授给年轻的社会成员，这样死去的人仍发挥着巨大的影响力"。"传统的规范性是惯性力量，在其支配下，社会长期保持着特定形式。"③ 第四是变迁性，这是指传统在延传中会由于内部和外部原因而发生变化和迁移，但不失其特征。"传统是不可或缺的；同时它们也很少是完美的。传统的存在本身就决定了人们要改变它们。……传统并不是十全十美的，从而它们发生了变化。"④

值得注意的是，希尔斯认为，传统的变迁很大程度上依赖于想象力，而这与"卡里斯马"（或"感召力"，charisma）有关。他援引韦伯的"卡里斯马"概念来解释想象力在传统变迁中的作用，认为"想象力是一种真正的卡里斯马式天赋，是宗教创始人、先知、伟大的立法者、企业家、发明家、科学家、学者和文人骚客以极为相同的方式所具有的。"⑤ 而在韦伯那里，"卡里斯马"用来"表示某种人格特质：某些人因具有这个特质而被认为是超凡的，秉赋超人的，或至少是特殊的力量或品质。这是普通人所不能具有的。它们具有神圣或至少表率的特性。"⑥ 韦伯认为"卡里斯马"由于具有超凡素质，因而与理性的支配和传统的支配相比，具有特殊的支配力——感召力。这种感召力赋予卡里斯马以一种"革命"力量："卡里斯马是一特别革命性的力量。"⑦ 尤其"在传统型支配的鼎盛时期，卡里斯马乃是一个伟大

① ［美］希尔斯：《论传统》，傅铿、吕乐译，上海，上海人民出版社1991年版，第21页。
② 同①，第17~21页。
③ 同①，第32页。
④ 同①，第285页。
⑤ 同①，第305页。"卡里斯马"此书译作"克里斯玛"。
⑥ ［德］韦伯：《支配的类型》，《韦伯作品集》第2卷，康乐等译，桂林，广西师范大学出版社2004年版，第353页。"卡里斯马"此书译作"卡里斯玛"。
⑦ 同⑥，第358页。

的革命力量。"①看得出,与韦伯突出卡里斯马的超凡性不同,希尔斯在移植这个理论时更强调它特有的想象力在传统变迁中的作用,"所有这些传统变异的不同根源都与想象力的发挥有关"②。想象力作为"卡里斯马式天赋"的作用体现在,正是依赖于卡里斯马式人物、符号系统等的特殊的感召力,有力地促使传统赖以建立的信仰范型和行动环境等发生重大变革。"没有想象力,提供信仰范型并控制行动环境的诸传统的重大变革就不可能实现。……想象力是诸传统直接的或间接的巨大变革因素。"③

同样重要的是,希尔斯用"卡里斯马"不仅指具有超凡感召力的人物或领袖,而且还扩展开来指具有同样魅力的行动范型、制度、角色、象征符号、观念和物质等。"先知和卡里斯马人物用伦理戒令和他们的示范行为来改变他们社会的传统。他们的语言和人格形象进入了象征建构的世界;他们以此直接影响了自己时代和地区的其他人的行为,或通过无数的空间和时间上都遥远的中间环节而间接地影响了其他人。"④

希尔斯特别对外来传统在本土文化中的影响发表了看法:"某些外来传统之所以被人接受,必须归因于它们明显的优越性。"⑤不过,他同时看到,外来传统在被他国本土化的过程中会发生变化:"传统在输出的过程中会发生变化。接受一种外来传统必然会改变这种传统,尤其是那些不能纳入系统形式、其内涵难以去除的传统。"在希尔斯看来,文学、艺术和宗教传统正是如此,"它们与当地的同类传统相遇后具有更大的可塑性。"⑥

传统如何分类?希尔斯发现,历史地看,西方社会已经和正在经历如下三种传统:第一种叫做"实质性传统(substantive tradition)",这是指崇尚过去的成就和智慧、尊崇渗透着传统的制度、并把世传范型当作现在生活指南的那种意向或态度。这种传统包括孝敬祖先、尊敬家庭和其他机构中的权威、基督教信仰等。他认定这种传统十分重要:"实质性传统是人类的主要思想范型之一,它意味着赞赏过去的成就和智慧以及深深渗透着传统的制度,并且希望把世传的范型看作是有效指导。"⑦第二种叫做"理性传统",这是指以启蒙运动为代表的以理

① [德]韦伯:《支配的类型》,《韦伯作品集》第2卷,康乐等译,桂林,广西师范大学出版社2004年版,第361页。
② [美]希尔斯:《论传统》,傅铿、吕乐译,上海,上海人民出版社1991年版,第304页。
③ 同②,第305页。
④ 同②,第347页。
⑤ 同②,第323页。
⑥ 同②,第326页。
⑦ 同②,第27页。

性和科学精神为核心的意向或态度，充当了"实质性传统的主要对抗者"①。第三种可以称为"进步主义传统"，这主要是指 20 世纪以来那些同样敌视"实质性传统"、与理性和科学毫不相干、追求生活的绝对进步和自由的意向或态度。② 希尔斯争辩说，以启蒙运动为代表的"理性传统"对"实质性传统"的批判固有其合理性，但也显得肤浅，付出了沉重的代价。"现代社会，尤其是西方现代社会，之所以一直在破坏实质性传统，其中的原因之一是，它们已经以多种形式培育了某些或明或暗，或直接或间接有害于实质性传统的理想，而这些理想已经反过来成了传统。人们一直用这些理想来督促统治者和公共舆论。"③

3. 传统与中国现代文论

从上面的讨论可见，传统是在中外都受到高度关注但又众说纷纭的概念。要对它给出一个精准的界说是不可能的、也是不必要的，不过，毕竟需要对它在这里的基本用法给出一个带有操作性的规定。这样，传统是指代代相传的事物，或者说是历经延传而持久存在的事物，包括风俗、道德、思想、作风、艺术、制度等。传统往往具有同一性、持续性、规范性和变迁性等特征。

由此看，所谓中国文论现代性传统，作为中国文论传统之一种形态，就应该具有中国文论传统所独具的同一性、持续性、规范性以及变迁性。从传统角度考察中国现代文论，就需要发现中国现代文论中所可能具有的与中国文论传统相同一、相延续而同时又有所变迁的方面。即便是有所变迁，也依然能让人见出它原有的同一性和延续性。这样，考察中国文论现代性传统，意味着从中国现代文论进程中发掘出那些能被归属于中国文论传统的方面，确切点说，是那些虽然有着种种变迁但仍然能被归属于中国文论传统的那些方面。

考察中国文论现代性传统，在当前中国文论发展中具有重要的意义。进入现代以来，我国学者对传统问题作了非同一般的肯定与否定性阐释。尤其是在当前，当我们认真回顾和清理过去百年来中国现代文论的发展足迹时，我们会更加深切地感到传统的重要。因为，传统并没有随风而逝，而是以形形色色的方式深嵌入现在之中。

关于传统的作用，马克思曾经作过精辟的论述。他指出："人们自己创造自己的历史，但是他们并不是随心所欲地创造，并不是在他们自己选定的条件下创造，而是在直接碰到的、既定的、从过去承继下来的条件下创造。"传统首先是作为马克思这里所说的"直接碰到的、既定的、从过去承继下来的条件"而存

---

①② ［美］希尔斯：《论传统》，傅铿、吕乐译，上海，上海人民出版社 1991 年版，第 30 页。
③ 同①，第 384 页。

在并影响新的创造的。这样意义上的传统，无疑是任何新的创造性行为得以产生的必要的历史条件。同时，传统也常常作为某种无意识的东西而对新的"革命"产生"梦魇"般的影响：

> 一切已死的先辈们的传统，像梦魇一样纠缠着活人的头脑。当人们好像刚好在忙于改造自己和周围的事物并创造前所未闻的事物时，恰好在这种革命危机时代，他们战战兢兢地请出亡灵来为他们效劳，借用它们的名字、战斗口号和衣服，以便穿着这种久受崇敬的服装，用这种借来的语言，演出世界历史的新的一幕。例如，路德换上了使徒保罗的服装，1789～1814年的革命依次穿上了罗马共和国和罗马帝国的服装，而1848年的革命就只知道拙劣地时而模仿1789年，时而又模仿1793～1795年的革命传统。就像一个刚学会一种新语言的人总是要把它翻译成本国语言一样；只有当他能够不必在心里把新语言翻译成本国语言，当他能够忘掉本国语言来运用新语言的时候，他才算领会了新语言的精神，才算是运用自如。①

如果说上述"梦魇"般影响仅仅体现了传统的负面影响力，那么，马克思则针锋相对地提出了纠正的方略："使死人复生是为了赞美新的斗争，而不是为了拙劣地模仿旧的斗争；是为了在想象中夸大某一任务，而不是为了回避在现实中解决这个任务；是为了再度找到革命的精神，而不是为了让革命的幽灵重行游荡。"② 传统的真正生命力，来自于让它效力于"赞美新的斗争"、"在想象中夸大某一任务"、特别是有助于"再度找到革命的精神"。也就是说，传统的积极的影响力，主要来自于现代人出于未来革命与建设需要而展开的能动的运用：

> 19世纪的革命不能从过去，而只能从未来汲取自己的诗情。它在破除一切对过去的迷信以前，是不能开始实现自己的任务的。从前的革命需要回忆过去的世界历史事件，为的是向自己隐瞒自己的内容。19世纪的革命一定要让死人去埋葬他们的死人，为的是自己能弄清自己的内容，从前是辞藻胜于内容，现在是内容胜于辞藻。③

---

① ［德］马克思：《路易·波拿巴的雾月十八日》，《马克思恩格斯选集》第1卷，北京，人民出版社1995年版，第585页。
② 同①，第586页。
③ 同①，第587页。

在马克思看来，只有当革命者"从未来汲取自己的诗情"并"破除一切对过去的迷信"时，传统才会起到真正积极的和能动的作用。

从马克思的论述回看中国现代文论进程，不难发现，中国现代文论的一个特殊性在于，现代文论家们更多地是在对中国古典性文论的"断裂"中重建传统的，即以同过去断裂的方式而试图重建新的现代传统，并以此特殊方式回归于中国文论传统的。这就需要我们认真考察中国现代文论之成为传统的特定方式及其历程。

4. 探索中国文论现代性传统

中国文论现代性传统的开创，与中国文论古典性传统权威的失落和新的文论构架的建立有关。也就是说，随着那据以支撑中国文论古典性传统的基本构架丧失威信，整个中国古代文论体系也就随之土崩瓦解了，逼迫现代人不得不另起炉灶，探索并建构现代文学所需要的新的文论构架，从而导致新的中国文论现代性传统的发轫。

这样，考察中国文论现代性传统，需要揭示中国文论传统从古典性传统到现代性传统的转变，在此基础上，对中国文论现代性传统之区别于中国文论古典性传统的内涵和特征予以分析。要实现这一目标，就需要大体设置中国文论现代性传统的论述构架，而现在首先对此加以简要说明是必要的。探讨中国文论现代性传统，涉及如下方面：知识型、表述文体、思维范式、文类价值系统、基本命题、主要的原创理论家等。知识型是任何现代性传统所据以建立的基本的话语系统。表述文体则是这种文论传统的生存土壤和基地。思维范式正代表这种传统的存在方式。文类价值系统属于这种传统的审美理想之具体审美形态。基本命题是这种传统的审美理想之具体的理论形态。主要的原创理论家则代表这种文论传统的人格风范。

一、中国现代文论知识型

要认识中国文论现代性传统，可以从若干不同层面或视角。这里拟选择知识型层面。具体地说，就是在马克思历史学说指导下，适度吸纳"知识型"等当代相关理论，从历史发展推动文论知识型转变这一视角，去作宏观的概略性分析。

1. 中国现代历史视野中的文论知识型

根据马克思关于物质生产制约精神生产的学说，任何现代文学思想或文论思潮总是受制于现代特定的生产方式并同它相适应的。马克思指出：

> 要研究精神生产和物质生产之间的联系，首先必须把这种物质生产本身不是当作一般范畴来考察，而是从一定的历史的形式来考察。例如，与资本主义生产方式相适应的精神生产，就和与中世纪生产方式相适应的精神生产不同。如果物质生产本身不从它的特殊的历史的形式来看，那就不可能理解与它相适应的精神生产的特征以及这两种生产的相互作用，从而也就不能超出庸俗的见解。①

进一步看，现代的种种文论中总存在着占统治地位的强势的或主流的基本文论模型，而这归根到底是由中国现代的生产方式所决定的。在这方面，马克思曾用"普照之光"这一隐喻去表述："在一切社会形式中都有一种一定的生产决定其他一切生产的地位和影响，因而它的关系也决定其他一切关系的地位和影响。这是一种普照之光，它掩盖了一切其他色彩，改变着它们的特点。"② 这意味着说，即使一个时代存在着多种文论思潮，但它们的背后总有一种占主导或支配地位的基本文论模型，正是它以"普照之光"的强势力量统治着所有形形色色的文论思潮。

同时，马克思进一步指出："要了解一个限定的历史时期，必须跳出它的局限，把它与其他历史时期相比较。"③ 这样，要了解现代文论和文论模型，就需要有一种把若干特定的历史时期包罗在内的更加宏大的历史视野，在这种宏大历史视野中通盘地和比较地把握具体的历史联系。

可以说，中国现代文论是在中西方汇通的现代世界历史的具体环境中生长的，有着与其历史状况相适应、而又与古典性传统和西方文论传统都不尽相同的特定"知识型"。这里的"知识型"概念主要化用自福柯（Michel Foucault，1926～1984）。在他那里，在特定知识的下面或背后存在着一种更加宽广、更为

---

① ［德］马克思：《剩余价值理论》，《马克思恩格斯全集》第 26 卷［上］，北京，人民出版社 1972 年版，第 296 页。

② ［德］马克思：《经济学手稿（1857～1859 年）》，《马克思恩格斯全集》第 46 卷［上］，北京，人民出版社 1972 年版，第 44 页。

③ ［德］马克思：《18 世纪外交史内幕》（1856 年 6～8 月），《马克思恩格斯全集》第 44 卷，北京，人民出版社 1972 年版，第 287 页。

基本的知识关联系统，这就是"知识型"（episteme，或译"认识阈"）。他指出：

> 认识阈（即知识型——引者）是指能够在既定的时期把产生认识论形态、产生科学、也许还有形式化系统的话语实践联系起来的关系的整体；是指在每一个话语形成中，向认识论化、科学性、形式化的过渡所处位置和进行这些过渡所依据的方式；指这些能够吻合、能够相互从属或者在时间中拉开距离的界限的分配；指能够存在于属于邻近的但却不同的话语实践的认识论形态或者科学之间的双边关联。①

换言之，"认识阈"是"当我们在话语的规律性的层次上分析科学时，能在某一既定时代的各种科学之间发现的关系的整体。"② 尝试用马克思的历史学说去适度改造"知识型"，就可以把它视为与特定时代生产方式相适应的、具体的知识系统或"范式"所赖以成立的更根本的话语关联总体，正是这种话语关联总体为特定知识系统的产生提供背景、动因、框架或标准。

可以把"知识型"概念同库恩（Thomas S. Kuhn）的"范式"（paradigm）理论比较起来理解。"范式"在库恩那里是指"一个科学共同体成员所共有的东西"。"反过来说，也正由于他们掌握了共有的范式才组成了这个科学共同体，尽管这些成员在其他方面并无任何共同之处。"③ 在他看来，自然科学的"革命"往往不是来自局部的渐进的演变过程，而是由这种"范式"的转换引发的整体转变。如果说，"知识型"概念突出特定知识系统得以构成的由众多话语实践系统及其关系组成的那种非个人的或无意识的关联性根源的话，那么，"范式"概念则相当于注重建立在上述"知识型"基础上的特定知识系统与特定科学共同体成员的紧密联系。不妨说，"知识型"相当于特定时代的具有话语生产能力的基本话语关联总体，而"范式"则相当于建立在它之上的有助于特定话语系统产生的话语系统模型。打个比方说，"知识型"好比绵延广阔的高原，"范式"则宛如高原上隆起的一座座高地或高峰。以具体的文论状况为例，如果说，"知识型"是指或明或暗地支配整个长时段的种种文论流派的更基本的知识系统总体，那么，"范式"则应是指受到其支配的具体文论流派或思潮。由此看，"知识型"所涉及的领域比"范式"更为宽阔而基本。"知识型"作为特定历史时代

---

① ［法］福柯：《知识考古学》，谢强、马月译，北京，生活·读书·新知三联书店1998年版，第248～249页。

② 同①，第249页。

③ ［美］库恩：《必要的张力》，纪树立、范岱年、罗慧生等译，福州，福建人民出版社1981年版，第291页。

众多知识系统所赖以构成的更基本的话语关联总体，将决定知识系统的状况及其演变，并且在特定知识共同体成员的知识创造与传播活动中显示出来。

可以说，文论知识型是指特定文论所据以生成的基本的知识系统总体。要弄清特定文论的究竟，需要认真考察这种文论所据以生成的基本的知识系统总体即知识型。

2. 中国现代文论知识型的"革命"背景

中国现代文论知识型的生成，是中国现代历史演进的产物。这种现代历史的特殊情形在于，中国现代文论知识型是在古典性知识型衰败的危机情势中，通过同这种本土知识型实施激进的断裂并向属于异型文化的西方文论知识型寻求借鉴，才得以建立起来的。[①] 也就是说，当知识分子对中国文化危机的自觉发展到不得不采取激进或激化行动的极端地步时，"革命"就成为几乎是当时的唯一必然的选择了。正是毛泽东精辟地指出了中国革命的性质及其必然性："帝国主义和中国封建主义相结合，把中国变为半殖民地和殖民地的过程，也就是中国人民反抗帝国主义及其走狗的过程。从鸦片战争、太平天国运动、中法战争、中日战争、戊戌变法、义和团运动、辛亥革命、五四运动、五卅运动、北伐战争、土地革命战争，直至现在的抗日战争，都表现了中国人民不甘屈服于帝国主义及其走狗的顽强的反抗精神。"重要的是，这种革命的历程还是"未完结"的："中国人民的民族革命斗争，从一八四零年的鸦片战争算起，已经有了整整一百年的历史了；从一九一一年的辛亥革命算起，也有了三十年的历史了。这个革命的过程，现在还未完结，革命的任务还没有显著的成就，还要求全国人民，首先是中国共产党，担负起坚决奋斗的责任。"[②]

中国革命如果放在当时世界史的背景下去分析，正是属于近现代世界"三大革命"之一。在张灏看来，革命有两种：一种是"小革命"或"政治革命"，指的是"以暴力推翻或夺取现有政权，以达到转变现存的政治秩序为目的的革命"，例如 1776 年的美国革命和 1911 年的中国辛亥革命。另一种是"大革命"或"社会革命"，"它不但要以暴力改变现存政治秩序，而且要以政治的力量很迅速地改变现存的社会与文化秩序"，例如 1789 年法国革命和 1917 年俄国革

---

① 关于晚清中国知识分子对于"危机"的自觉及应对方式，见王尔敏著《清季知识分子的自觉》和《近代中国知识分子应变之自觉》两文，据《中国近代思想史论》，北京，社会科学文献出版社 2003 年版。

② 毛泽东：《中国革命和中国共产党》，《毛泽东选集》第 2 卷，北京，人民出版社 1991 年版，第 632 页。

命。① 中国革命属于后一种，即那种同时改变政治、社会和文化秩序的"大革命"："1895 年以后，改革的阵营逐渐分化为改革和革命两股思潮，也因此展开了百年来革命与改革的论战。在这场论争的过程中，革命派很快取得了压倒性的优势。在本世纪初年，中国思想界开始出现革命崇拜的'五四'后期，20 年代初，这激化已经相当普遍，终而形成中国文化界、思想界在 20～40 年代间大规模的左转。"②

导致这种思想激化或革命的原因，是多方面的和复杂的。张灏在论述中突出了其中的三层原因。在他看来，第一层来自思想层面，就是西学大规模输入导致了思想激化。第二层来自非思想层面，就是空前的内忧外患的政治危机、一连串失败的现实政治改造，以及文化取向的危机同时出现并形成互动关联，这大大加剧了思想激化。"政治与文化两种危机交织互动的结果是各种激情和感愤变得脱序、游离而泛滥，非常容易把当时人对各种问题与大小危机的回应弄得情绪化、极端化。这种趋势自然也是助长激化的一个因素。"第三层则在于中国现代知识分子的特殊的政治与社会困境。"1905 年以后，也就是转型时代初期，考试制度被废除了，诚如余英时先生指出，现代知识分子参加中央与地方权力结构的管道也因此被切除了，他们的政治社会地位被边缘化了。同时我要进一步指出，知识分子的文化地位与影响力并未因此而降低，反而有升高的趋势，这主要是因为透过转型时代出现的新型学校、报纸杂志以及各种自由结社所形成的学会和社团，他们在文化思想上的地位和影响力，较之传统士绅阶级可以说是有增无减。因此形成一种困境：一方面他们仍然拥有文化思想的影响力，另一方面他们失去以前拥有的政治社会地位与影响力。这种不平衡，自然造成一种失落感，无形中促使他们对现存政治社会秩序时有愤激不平的感觉，也因而无形中促使他们的思想激化。所以中国知识分子走上激化思想的道路，是由文化思想层面上与政治社会层面上好几种因素结合起来促成的。"③可以说，在西学大规模输入的背景下，由于政治危机与文化危机的相互作用，加之现代知识分子的特殊政治与社会困境的促成，思想激化或"大革命"的出现是不可避免的。

由此看，中国现代文论知识型，应当与此前囿于本土文化内部的任何一次知识型转变不同，而属于一种与本土固有文化及其知识型实施激进性或革命性断裂后，在一种新的基础上获得再生的新知识型。中国现代文论知识型的革命性，突

---

① 张灏：《中国近百年来的革命思想道路》，《张灏自选集》，上海，上海教育出版社 2002 年版，第 292 页。

② 同①，第 292～293 页。

③ 同①，第 293～295 页。

出地表现在，它毫不踌躇地敢于同古典性知识型实施坚决的和彻底的断裂。在庚子事变至五四时期的梁启超、王国维、鲁迅、胡适、陈独秀等那里，革命似乎就是自然而然的事情，根本无需加以学理论证。梁启超在《论小说与群治之关系》（1902 年）中开宗明义地指出："欲新一国之民，不可不先新一国之小说。故欲新道德，必新小说；欲新宗教，必新小说；欲新政治，必新小说；欲新风俗，必新小说；欲新学艺，必新小说；乃至欲新人心，欲新人格，必新小说。何以故？小说有不可思议之力支配人道故。"[①] 这里的"新"，可以说是在革命的意义上去使用的。

3. 中国现代文论知识型与"世界学术"

由于以革命方式同古典性传统实施断裂，因而中国现代文论知识型就必然地需要寻求一个全新的文化基础假定，这就是想象的全人类或全世界各种民族文化共同体都共通的"世界学术"模型。这样，中国现代文论知识型的一个显著特质在于，它是一种在激进的"革命"背景下、依托新的"世界学术"模型而建构起来的新知识型。

确实，在甲午中日战争、特别是庚子事变后，敏感于中国古典文化的风雨飘摇，梁启超、王国维、鲁迅等知识分子处心积虑地酝酿、探索或发动现代文论的"革命"运动，他们所依据的正是内心所信仰的全人类通识的"世界学术"模型。

梁启超在《论小说与群治之关系》中强调："吾今且发一问：人类之普通性，何以嗜他书不如其嗜小说？答者必曰：以其浅而易解故，以其乐而多趣故。是固然。"这里明确地以"人类之普通性"的名义发问，并不考虑我们今天自然而然地需要设限或追问的"中"与"西"之类文化前提问题，所信仰的显然正是普遍的世界学术视野。作者正是凭借这种"人类之普通性"视野，得以纵横潇洒地说"中"道"西"："吾书中主人翁而华盛顿，则读者将化身为华盛顿；主人翁而拿破仑，则读者将化身为拿破仑；主人翁而释迦、孔子，则读者将化身为释迦、孔子，有断然也。"通过如此一番证明而得出结论说："故今日欲改良群治，必自小说界革命始！欲新民，必自新小说始！"[②] 这样的论证方式显然包含了一种似已不证自明的在全球都具普遍意义的知识范型。

王国维在 1906 年就以开放的"世界学术"眼光自许："异日发明光大我国

① 梁启超：《论小说与群治之关系》，《饮冰室文集点校》第 2 集，昆明，云南教育出版社 2001 年版，第 758 页。

② 同①，第 758～760 页。

之学术者，必在兼通世界学术之人，而不在一孔之陋儒固可决也。"又说："夫尊孔孟之道，莫若发明光大之。而发明光大之之道，又莫若兼究外国之学说。"①这里明确地表述了把中国固有学术放到包括中国"孔孟之道"和"外国之学说"在内的"世界学术"平台上加以"兼通"或"兼究"的主张。正是基于有关"世界学术"的自觉，他在《国学丛刊序》里提出"学无新旧、无中西、无有用无用之说"②的鲜明主张。特别是就"学无中西"加以论证："世界学问，不出科学、史学、文学。故中国之学，西国类皆有之；西国之学，我国亦类皆有之。所异者，广狭疏密耳。即从俗说，而姑存中学西学之名，则夫虑西学之盛之妨中学，与虑中学之盛之妨西学者，均不根之说也。中国今日，实无学之患，而非中学西学偏重之患。京师号学问渊薮，而通达诚笃之旧学家，屈十指以计之，不能满也；其治西学者，不过为羔雁禽犊之资，其能贯串精博，终身以之如旧学家者，更难举其一二。风会否塞，习尚荒落，非一日矣。余谓中西二学，盛则俱盛，衰则俱衰，风气既开，互相推助。且居今日之世，讲今日之学，未有西学不兴，而中学能兴者；亦未有中学不兴，而西学能兴者"。③"故一学既兴，他学自从之，此由学问之事，本无中西。"④

在发表于1903年的《论教育之宗旨》中，王国维指出："德育与智育之必要，人人知之，至于美育有不得不一言者。盖人心之动，无不束缚于一己之利害，独美之为物，使人忘一己之利害，而入高尚纯洁之域。此最纯粹之快乐也。孔子言志独与曾点，又谓兴于诗，成于乐。希腊古代之以音乐为普通学之一科，及近世希痕林、敬尔列尔等之重美育学，实非偶然也。要之，美育者，一面使人之感情发达，以美完美之域，一面又为德育与知育之手段，此又教育者所不可不留意也。"⑤他在这种平常的学理论述过程中，同样似乎习以为常地把"孔子言志"及"兴于诗"的中国传统同古希腊及德国的谢林和席勒代表的西方美育理论并举、互释。显然，支撑这种学术习惯的仍然是一种想象的共通的"世界学术"模型。

正由于有此"世界学术"模型假定，王国维才会在1904年发表首次运用德国美学家叔本华观点去分析《红楼梦》的论文《红楼梦评论》。王国维开篇首先援引中国典籍："《老子》曰：'人之大患在我有身'。《庄子》曰：'大块载我以形，劳我以生。'忧患与劳苦之与生相对待也久矣。"但随后笔锋一转，似乎自

---

① 王国维：《奏定经学科大学文学科大学章程书后》，《王国维文集》第3卷，北京，中国文史出版社1997年版，第71、72页。

② 王国维：《〈国学丛刊〉序》，《王国维文集》第4卷，北京，中国文史出版社1997年版，第366页。

③ 同②，第366～367页。

④ 同②，第367页。

⑤ 王国维：《教育之宗旨》，《王国维文集》第3卷，北京，中国文史出版社1997年版，第58页。

然而然地就转向论证叔本华的生命哲学思想："夫生者人人之所欲，忧患与劳苦者，人人之所恶也。然则诅不人人欲其所恶而恶其所欲欤？将其所恶者固不能不欲，而其所欲者终非可欲之物欤？人有生矣，则思所以奉其生。饥而欲食，渴而欲饮，寒而欲衣，露处而欲宫室，此皆所以维持一人之生活者也。然一人之生少则数十年，多则百年而止耳，而吾人欲生之心，必以是为不足，于是于数十年百年之生活外，更进而图永远之生活，时则有牝牡之欲，家室之累。进而育子女矣，则有保抱扶持饮食教诲之责，婚嫁之务。百年之间，早作而夕思，穷老而不知所终。问有出于此保存自己及种姓之生活之外者乎？无有也。百年之后，观吾人之成绩，其有逾于此保存自己及种姓之生活之外者乎？无有也。又人人知侵害自己及种姓之生活者之非一端也，于是相集而成一群，相约束而立一国，择其贤且智者以为之君，为之立法律以治之，建学校以教之，为之警察以防内奸，为之陆海军以御外患，使人人各遂其生活之欲而不相侵害。凡此皆欲生之心之所为也。夫人之于生活也，欲之如此其切也，用力如此其勤也，设计如此其周且至也，固亦有其真可欲者存欤？吾人之忧患劳苦，固亦有所以偿之者欤？则吾人不得不就生活之本质熟思而审考之也。生活之本质何？欲而已矣。欲之为性无厌，而其原生于不足。不足之状态，苦痛是也。既偿一欲，则此欲以终。"在这里，打通中西似乎根本就不需要任何前提论证，这正是由于王国维对中西之间共通的"世界学术"模型深信无疑。

应当看到，后人对于王国维的这种以西释中的做法，是有不同意见的。李长之于 1934 年在首先"承认王国维是中国第一个批评家"[1] 前提下，肯定《红楼梦评论》"不失为一篇重要的作品"[2]，并指出其具有四点"优长"："有组织、有根据、有眼光、有感情"[3]。但同时，他又指出其也具有四点"缺点"：一是在人生态度上没有"肯定生活"；二是在艺术看法上没有认识到艺术对人生"有绝对的价值"；三是在文艺批评上采取"硬扣"态度："关于作批评，我尤其不赞成王国维的硬扣的态度。了解一个作品，须设身处地，跳入作者的世界，才能得到真相。把作品来迁就自己，是难有是处的。"四是对《红楼梦》的批评是"不对"的，原因在于"上了叔本华的当"。[4]

与李长之对王国维的《红楼梦评论》持优点与缺点并重的辩证评价不同，钱钟书的批评是相当严厉的和没有保留的："王氏于叔本华著作，口沫手胝，

---

① 李长之：《王国维文艺批评著作批判》，《李长之文集》第 7 卷，石家庄，河北教育出版社 2006 年版，第 208 页。

② 同①，第 210 页。

③ 同①，第 212 页。

④ 同①，第 213～214 页。

《红楼梦评论》中反复称述，据其说以断言《红楼梦》为悲剧之悲剧。……然似于叔本华之道未尽，于其理未彻也。苟尽其道而彻其理，则当知木石姻缘，侥幸成就，喜将变忧，佳耦始者或以怨耦终；遥闻声而相思相慕，习进前而渐疏渐厌，花红初无几日，月满不得连宵，好事徒成虚话，含饴还同嚼蜡"①。他的结论是："王氏附会叔本华以阐释《红楼梦》，不免作法自弊也。"同时，又评论道："盖自叔本华哲学言之，《红楼梦》未能穷理窟而抉道根；而自《红楼梦》小说言之，叔本华空扫万象，敛归一律，尝滴水知大海味，而不屑观海之澜。夫《红楼梦》，佳著也，叔本华哲学，玄谛也；利导则两美可以相得，强合则两贤必至相厄。"② 钱钟书在此得出了"强合则两贤必至相厄"的尖锐的批评，可以说直指王国维的《红楼梦评论》的要害：牵强附会的文学批评必然导致"两贤相厄"。虽然我们可以指出李长之的辩证评价说比钱钟书的全盘否定论更具合理内涵，但这里的真正关键在于看到，那时的王国维如此醉心于"世界学术"模型的共通性幻觉，以致根本想不到首先需要在中西文化之间、中西学术之间以及文学作品与其批评方法之间展开冷峻的区分工作。他只是在激烈的革命意识驱使下，坦然地在幻想的"世界学术"平台上闲庭信步，每当自己需要时便信手拈来顺手就用起来了，想不到应事先慎重考虑批评工具与作品之间是"利导"而"相得"还是"强合"而"相厄"之类前提问题。

从鲁迅早期的《摩罗诗力说》（1907 年），也可以见出相同的"世界学术"观念的驱使。鲁迅开篇就引用德国哲学家尼采《查拉图士特拉如是说》（中译或为《苏鲁支语录》）第三章"旧的和新的墓碑"部分第 25 节，其中"新生之作"正是"新民族的兴起"之意。全文更是大量征引和评述西方"摩罗诗人"，把他们作为中国社会与文化革命的楷模加以推崇。鲁迅还在回忆早年在日本译印"域外小说"的经历时写道："我们在日本留学时候，有一种茫漠的希望：以为文艺是可以转移性情，改造社会的。因为这意见，便自然而然的想到介绍外国新文学这一件事。……"③ 这里的有关文艺"可以转移性情，改造社会"的信念，无疑正是他当时内心汹涌的文艺革命理念的一种写照。至于"自然而然的想到介绍外国新文学"，正是出于这样一种观念："外国"的文学也能在中国找到共鸣者，在他们心中唤起"转移性情、改造社会"的冲动，至少可以获得肯定性理解。鲁迅本人即使多年后回头再看，也坚信不疑这种翻译工作在其"本质"

---

① 钱钟书：《谈艺录》，北京，中华书局 1984 年版，第 349 页。

② 同①，第 351 页。

③ 鲁迅：《〈域外小说集〉序》，《译文序跋集》，《鲁迅全集》第 10 卷，北京，人民文学出版社 1981 年版，第 161 页。

上具有不容置疑的世界共通的启蒙价值："我看这书的译文，不但句子生硬，'诘屈聱牙'，而且也有极不行的地方，委实配不上再印。只是他的本质，却在现在还有存在的价值，便在将来也该有存在的价值。其中许多篇，也还值得译成白话，教他尤其通行。"① 鲁迅当然知道外国文学中"描写"的外国事物"在中国大半免不得很隔膜"，有的甚至"更不容易理会"，这是由于"时代国土习惯成见，都能够遮蔽人的心思"；但是，他又认为，"幸而现在已不是那时候"、"大约也不必虑"，也就是 20 世纪 20 年代的中国社会同世纪初时相比已不一样了。② 显然，在鲁迅心里，根本点不在民族之间在文学理解上有不同，而在于文化启蒙的程度上有不同，而这程度又是可以因时间而改变的。这里显然也有同样的普遍性的"世界学术"模型在支配。

可以说，在梁启超、王国维和鲁迅等知识分子那里，在我们今天看来属于他们主观想象的全人类共通的"世界学术"模型，在他们自己那时却仿佛就是实实在在的。当他们在自身的激进的革命意志驱使下毫不费力地建造起"世界学术"模型并在上面自在地舞蹈时，新的现代文论知识型搭建起来了。

4. 中国现代文论知识型的内涵和特征

依托于革命的和世界共通的现代学术模型，中国现代文论知识型得以建立起来。那么，其内涵和特征何在？

王国维在 1903 年认识到："余非谓西洋哲学之必胜于中国，然吾国古书大率繁散而无纪，残缺而不完，虽有真理，不易寻绎，以视西洋哲学之系统灿然，步伐严整者，其形式上之孰优孰劣，故自不可掩也。……且欲通中国哲学，又非通西洋之哲学不易明也。"在他眼里，与中国古典知识型具有"繁散而无纪，残缺而不完，虽有真理，不易寻绎"等缺点不同，西方知识型呈现出"系统灿然，步伐严整"的优点（这种对比在今天看来显然过于简单化，既无视中国古典知识型自身的长处，又过分夸大西方知识型的长处）。由于如此，他断言说："异日昌大吾国固有之哲学者，必在深通西洋哲学之人，无疑也。"③ 中国学人只有"深通西洋哲学"，才可能"昌大"自身"固有之哲学"。他在 1905 年进一步指出："抑我国人之特质，实际的也，通俗的也；西洋人之特质，思辨的也，科学的也，长于抽象而精于分类，对世界一切有形无形之事物，无往而不用综括（generalization）及分析（specification）之二法，故言语之多，自然之理也。吾

① 鲁迅：《〈域外小说集〉序》，《译文序跋集》，《鲁迅全集》第 10 卷，北京，人民文学出版社 1981 年版，第 162 页。

② 同①，第 163 页。

③ 王国维：《哲学辩惑》，《王国维文集》第 3 卷，北京，中国文史出版社 1997 年版，第 5 页。

国人之所长，宁在于实践之方面，而于理论之方面则以具体知识为满足，至分类之事，则除迫于实际之需要外，殆不欲穷究之也。"① 这里更是出现了如下鲜明的中西特质对比：中国人是"实际的"和"通俗的"，长于"实践"和"具体知识"；西方人则是"思辨的"和"科学"的，长于"抽象而精于分类"，对事物善于运用"综括"及"分析"二法去研究。由此他判断说："故我中国有辩论而无名学，有文学而无文法，足以见抽象与分类二者，皆我国人之所不长，而我国学术尚未达自觉（Selfconsciousness）之地位也。"② 这里直陈"我国学术尚未达自觉之地位"，尽管在今天看来堪称妄自菲薄之论，但其借西方学术特质分析而对中国学术现状展开自我批判的意图，应当是更值得重视的。王国维还提及西方"形而下学"和"形上之学"相继"侵入"我国的事实："言语者，思想之代表也，故新思想之输入，即新言语输入之意味也。十年以前，西洋学术之输入，限于形而下学之方面，故虽有新字新语，于文学上尚未有显著之影响也。数年以来，形上之学渐入于中国，而又有一日本焉，为之中间之驿骑，于是日本所造译西语之汉文，以混混之势，而侵入我国之文学界。"③ 特别是西方的"形上之学"为中国古典知识型所未具备，这应当是他所谓"我国学术尚未达自觉之地位"的一个重要标志。

王国维所理解和借鉴的上述"综括"及"分析"法，其实正是西方学界自身所概括的那种现代性"分类"研究机制。对此，福柯曾经有过明确的论述。他在《事物的秩序》中指出：直到 19、20 世纪之前，西方社会还习惯于运用"分类"方式去理解事物，而不是用"生命"去理解事物。因此，研究自然史总是将自然分为属、种，研究文化与语言领域则是运用文法的分类范畴，而研究经济学则有的也是用字、词去分类事物。这里指出的情形，正符合王国维对西方"分类"研究传统的理解。但王国维那时并不知道，当时的西方社会其实已经和正在发生重大的转变，这就是对以往的现代性"分类"研究模式展开反思和批判，并开始实施重大转型：从以往的"分类"研究转向新的"生命和有机体"研究。英国社会学家拉什在援引福柯的上述论述后指出：转变在现代性进程进展到 19 世纪时出现了。"到了 19 世纪的现代性时期，只要哪里有过分类法存在，那里就有生命和有机体。"④ 无论如何，王国维等中国现代知识分子通过借鉴西方 19 世纪反思和批判时期之前盛行的现代性"分类"研究模式，为中国现代文论知识型的建立做出了奠基性工作。

---

① 王国维：《论新学语之输入》，《王国维文集》第 3 卷，北京，中国文史出版社 1997 年版，第 40 页。

②③ 同①，第 41 页。

④ ［英］拉什：《信息批判》，杨德睿译，北京，北京大学出版社 2009 年版，第 30 页。

从王国维到 20 世纪末，中国现代文论知识型体现了自身的特点。对此，不妨从层次角度去做简要考察。中国现代文论知识型呈现出如下主要层次：

一是专业化。古典文论是不存在现代才有的具体专业分工的。现代文论从一开始就受到来自西方的现代性分类体系影响，自觉地按照文学、历史、哲学、经济学等的专业分类体系，成为文学学科下面的一个子学科，具有自身的不同于其他学科的独特对象、方法和目标。王国维就这样指出："今之世界，分业之世界也。一切学问、一切职事，无往而不需特别之技能、特别之教育，一习其事，终身以之。治一学者之不能使治他学，任一职者之不能使任他职，犹金工之不能使为木工，矢人之不能使为函人也。"① 这里的"分业"，实际上就相当于今天所谓学术的专业化、分类化或合理化，这正体现了早期现代性学术体制的一个基本特质。

二是本质论。与古典文论不问事物本质而只问其特征不同，现代文论总是力求追问事物的唯一本质。这种本质论特征表现在具体文论论著中，就体现出两个特点：第一，论者总是从一个已有的理论前提或预设去演绎或推导论点及结论。第二，论者总是从对具体现象的分析中归纳出一个统一的结论。王国维的《红楼梦评论》就是运用叔本华的生命意志之说去解析《红楼梦》，把这部中国长篇小说纳入叔本华的理论前提中去，证明了这一西方美学理论的权威性及其放之四海而皆准的普适性。同时，这篇论文还通过对《红楼梦》的具体分析，归纳出一个统一的和先入为主的结论："《红楼梦》一书，与一切喜剧相反，彻头彻尾之悲剧也。"尽管王国维的具体做法和结论都难免失之于简单化，但这种本质论方式本身确实在现代文论知识型发展中开了一种先河。

三是思辨式。中国古典文论常常是以感悟、直觉的方式去论说，尽管要说理和论证，但都同感悟和直觉交织在一起。而现代文论则总是思辨式的，对于事物总是依据一定的思想前提开展严格的综合与分析，由此寻求明晰的和统一的结论。

四是体系化。中国古典文论常常不追求统一的理论体系，而是按自身的理论表述逻辑行进，总是针对具体问题发言和论述。钟嵘的《诗品序》、严羽的《沧浪诗话》、叶燮的《原诗》等，都可以代表古典文论的这种常态表述方式。至于被推崇为"体大思精"之作的《文心雕龙》，其实只能被视为少见的体系化之作，因其受到来自印度的佛教典籍思维与表述方式影响。现代文论则不同，文论家们总是勇于借鉴西方现代性知识型中的体系化方式，并且善于把各种理论话语整理为一个严整而有序的有机构造，再从这个严整而有序的有机构造去处理各种

---

① 王国维：《教育小言十三则》，《王国维文集》第 3 卷，北京，中国文史出版社 1997 年版，第 84 页。

话语材料，这就是体系化。原因不难理解：现代文论家把运用现代知识型去思考，视为拯救中国现代文学和文化的必由之路。

为了说明上述四方面特点，下面不妨把陈独秀《文学革命论》（1917 年）同古代文论代表作之一曹丕《典论·论文》作一简要比较，因为两者在中国古代与现代文论发展中分别具有重要的纲领性意义。

曹丕的文章大致论述了四个问题。第一，作家的才气与文体的关系。他认为作家才能各有所偏，通才、全才少见，"文非一体，鲜能备善"。他据此批评了文坛"各以所长，相轻所短"的"文人相轻"习气。第二，提出以四科八体说为标志的文体论："奏议宜雅，书论宜理，铭诔尚实，诗赋欲丽。"他还把问题分成四科八体：奏、议，书、论，铭、诔，诗、赋，并认为体裁不同，风格也随之各有不同，这当是中国古代文论中现存最早的文体特质论。第三，标举"文以气为主"之说："文以气为主，气之清浊有体，不可力强而致。……虽在父兄，不能以移子弟。"第四，主张文章有大用于国家和个人。他的"盖文章，经国之大业，不朽之盛事"对后世影响久远。尽管这些论述在条理上是清晰的，逻辑上是严谨的，但毕竟不讲究现代文论论著中那种理论前提、中心论点与结论等的统一性和体系化。这里论述的四个问题是并非精确到不能随意增减的，其实也许可以伸缩为三个或六个问题。

陈独秀的《文学革命论》一开始就提出如下确切的中心议题并予以明晰的回答："今日庄严灿烂之欧洲，何自而来乎？曰，革命之赐也。"进而解释这种"革命"的性质与古代不同："为革故更新之义，与中土所谓朝代鼎革，绝不相类"。这就为全文论述设置了明确的和统一的思想前提："今日庄严灿烂之欧洲，乃革命之赐也"，而如果我们要想有"庄严灿烂的中国"，就必然需要开展欧洲意义上的"革命"。随后，他提出并阐述了全文的中心思想——"文学革命"论，这就是"三大主义"："推倒雕琢的阿谀的贵族文学，建设平易的抒情的国民文学；推倒陈腐的铺张的古典文学，建设新鲜的立诚的写实文学；推倒迂晦的艰涩的山林文学，建设明了的通俗的社会文学。"作者随即从中国古代文学发展历程中提取论据，说明"际兹文学革新之时代，凡属贵族文学、古典文学、山林文学，均在排斥之列"，从而论证了打倒"三大主义"的三大论敌（"贵族文学、古典文学、山林文学"）的必要性和可行性。① 这里的论述套路表现在，集中探讨文学而非笼统的文史哲问题，体现了专业化思路。同时，论文首先设立思想前提、进而标举"三大主义"、接着回到古代文学史讨伐"三大文学"，这一论证过程正体现了本质论、思辨式和体系化的作用和力量。正是借助现代性知识

① 陈独秀：《文学革命论》，《独秀文存》，合肥，安徽人民出版社 1987 年版，第 95～98 页。

型的力量，这篇论文宛如中国现代"文学革命"的宣言书，为中国现代文学革命的发展起到了巨大的引领作用。

二、中国现代文论的现代性品格

中国现代文论在何种意义上成为属于中国的现代文论呢？这就要考察中国现代文论的既区别于中国古典性传统、也区别于西方文论的特殊品格。

1. 关于中国现代文论的现代性品格

百余年前，当不甘变法失败的梁启超在《夏威夷游记》（1899 年）中呼唤"诗界之哥伦布"及"20 世纪支那之诗王"，并大力推崇"时彦中能为诗人之诗而锐意欲造新国"的黄遵宪时[①]，他可能并没有想到，他所发出的声音会在后来被视为一种前所未有的新文论——中国现代文论的初始长啸。但在 20 世纪这沉重的一页翻过去后，人们还是不得不问：中国现代文论称得上一种独立的文论形态吗？它真的具有自己的现代性品格么？我们理解的品格是指人在为人处事中显示的独特人品和风格。这个词移用到现代文论上，不妨问：现代文论在自己的理论和批评过程中呈现出了独特的学品和风格吗？一种声音可能会回答：当然，这难道还用说吗？中国现代文论怎能不算一种独立的文论形态、怎能没有自己的现代性品格！其实不然：这个看来简单的问题实在是多年来争论不休、并且至今仍在持续论争的敏感问题。因为，对它的论证不得不与多年来聚讼纷纭的另一话锋相交：一些学者判定，中国现代文论不过是"西化"的畸形后果，或者说是所谓"失语症"的痼疾所在，哪配谈独立的现代性品格？其给出的理由似乎简单而充分：倘若中国现代文论果真是现代的，那么这种现代性不就等于与中国文论传统背道而驰的西方性？其开出的救治药方似乎也顺理成章："数典忘祖"的中国现代文论的唯一出路就是"改弦更张"、回到中国古典文论去；要不至少是起而寻求中国古典文论的现代"转换"，这种"转换"才有可能救治病入膏肓的现代文论。诚然，谁也不会怪异到轻易否认中国现代文论的现代性，而这些偏激观

---

① 梁启超：《夏威夷游记》，梁启超《饮冰室合集》附录《新大陆游记》，引自王运熙主编《中国文论选》，近代卷（下），南京，江苏文艺出版社 1996 年版，第 286 页。

点也确实受到了学者们的反驳和申论①，但现在确实必须进一步回答的是：中国现代文论是否具有自己的独立品格？

要回答这个问题，需要就中国现代文论的现代性作出明确描述，因为现代文论如果真的堪称独立形态的文论，就必然具有现代性品格。但讨论现代性又绕不开另一问题：现代性是否就简单地等同于西方性？即便现代性可以幸免等同于一向被人鄙夷或唾弃的西方性，那么这又算哪门子现代性呢？这里尝试探讨如下话题：中国现代文论究竟能否具备现代性品格？如果能，又具备了怎样的现代性品格？这种探讨为的是进一步辨明中国现代文论的究竟，或许可以为发展当代文论提供一些可能的参照路径。

2. 中国现代文论的现代性品格的生成语境

要进行这项讨论，需一开始就考察中国现代文论所赖以产生的具体语境缘由。这涉及至少三个方面：中国现代文论与现代文学、西方文论和中国古典文论三者之间的关系。考察这三组关系，有助于弄明中国现代文论的现代性品格的生成缘由及其具体表现形态。

中国现代文论是与中国现代文学一道生长的，既是它的内在一部分，又是它的一个特殊部分。这首先表现在，现代文论是出于文化干预的强烈需要而"定制"现代文学的。现代文论常常传达来自更广泛的文化领域的强烈呼唤，直到向现代文学发出新的开拓指令。黄遵宪、梁启超、胡适、陈独秀等总是在现实的文学进程发生前就预先提出新的文学指令，如"诗界革命"、"文界革命"、"小说界革命"、"八不主义"等，借此要求现代文学为着更广泛的文化现代性需要而展开创造。在他们的慧眼中，陷入困境的中国文化现代性进程似乎只有仰仗文学革命才能转危为安。李大钊在创办《晨钟报》时（1916 年）就有意掀起一场"新文艺"革命运动："由来新文明之诞生，必有新文艺为之先声，而新文艺之勃兴，尤必赖有一二哲人，犯当世之不韪，发挥其理想，振其自我之权威，为自我觉醒之绝叫，而后当时有众之沉梦，赖以惊破。"② 如果文化现代性意味着一种"新文明"，那么，它就必须依赖"新文艺为之先声"。"新文艺"的作用不

---

① 有关论争可参见：曹顺庆《文论失语症与文化病态》，《文艺争鸣》，1996 年第 2 期；李思屈、曹顺庆《重建中国文论话语的基本路径及其方法》，《文学评论》，1996 年第 2 期；钱中文《文学理论现代性问题》，《新理性文学精神论》，武汉，华中师范大学出版社 2000 年版，第 25～81 页；童庆炳：《关于文学理论、文艺学学科的若干思考》，《文艺理论研究》，2002 年第 4 期；童庆炳：《中国文学理论现代性转型的标志与维度》，《社会科学辑刊》，2003 年第 1 期；童庆炳：《在"五四"文学理论新传统上"接着说"》，《文艺研究》，2003 年第 2 期；熊元良：《文论"失语症"：历史的错位与理论的迷误》，《中国比较文学》，2003 年第 2 期。

② 李大钊：《〈晨钟〉之使命》，《李大钊文集》第 1 卷，北京，人民出版社 1999 年版，第 168 页。

在于一般地娱乐读者，而在于通过表现崭新的"理想"、振奋"自我之权威"、呼唤"自我觉醒"，去"惊破"蒙昧的广大民众的"沉梦"。显然，现代文学革命的动机直接地并非发自文学内部，而是首先来自文学外部——即是来自比文学更广泛而深厚的文化地基。让文学去扮演革命先锋角色，为的就是文化现代性本身。而正是在现代文学革命的呼唤或呐喊中，中国现代文论诞生了。可见，现代文论的发生实在是为了开启现代文学，而后者恰是要服务于现代文化的宏伟大业。在这个意义上，说现代文论常常理论先行、创作紧跟，其实并不过分。由此看，执意主动干预文学创作与阅读、并通过这种干预进而干预更广泛而根本的文化现代性进程，正是中国现代文论的一种通常品格。同时，另一方面，现代文论还出于社会变革需要而求助于现代文学。这具体表现在，它有时在文学研究中表露出更加主动的行动愿望——通过影响文学创作和阅读而试图影响现实的人的社会变革行动，从而呈现出突出的社会行动品格。鲁迅有如下名言："文艺是国民精神所发的火光，同时也是引导国民精神的前途的灯火。"他据此大声疾呼："世界日日改变，我们的作家取下假面，真诚地、深入地、大胆地看取人生并且写出他的血和肉来的时候早到了；早就应该有一片崭新的文场，早就应该有几个凶猛的闯将！"① 沈从文甚至让自己的创作应合于"社会必须重造，这工作得由文学重造起始"的宗旨②。这种社会行动品格在瞿秋白、周扬、胡风等的阶级论文论中则有着更显著的表现。再进一步看，现代文论有时也出于个体感兴愿望而建构现代文学，也就是在致力于文化干预和社会行动时，常常并不忘记为现代个人建造审美体验空间，表达出个体感兴品格。宗白华相信诗是"一种美的文字"、"音律的绘画的文字"，旨在"表写人的情绪中的意境"，所以"诗人最大的职责就是表写人性与自然"，"表写天真的诗意与天真的诗境。"③ 可以说，现代文论在现代文学中扮演着文化干预、社会行动和感兴建构等多重角色。

至于中国现代文论与西方文论的关系，就要复杂而微妙得多。前面说过，中国现代文论给人的通常印象是"西化"即西方化，有人甚至据此指责它就是"全盘西化"的严重后果，丧失掉自身的独立自主品格。这一指责并非完全空穴来风，因为它毕竟接近这样一个事实：中国现代文论受西方文论的巨大影响。其实，不仅现代文论如此，而且现代文学也如此。只要稍稍浏览或回顾中国 20 世纪历史，就不能不看到：包括文学、音乐、绘画、戏剧、学术、教育在内的整个文化界，几乎处处都能见到对于外来西方文化（含文论）的欣赏、羡慕和仿效情景。单就 20 世纪初年的"晚清小说"而论，根据阿英的统计，"翻译多于创

---

① 鲁迅：《论睁了眼看》，《鲁迅全集》第 1 卷，北京，人民文学出版社 1981 年版，第 240～241 页。
② 沈从文：《从现实学习》，《沈从文全集》第 13 卷，太原，北岳文艺出版社 2002 年版，第 375 页。
③ 宗白华：《新诗略谈》，《艺境》，北京，北京大学出版社 1987 年版，第 20～22 页。

作"。"翻译书的数量，总有全数量的三分之二，虽然其间真优秀的并不多。而中国的创作，也就在这汹涌的输入情形之下，受到了很大的影响。"①

与西方文学影响中国现代文学相应，西方文论也随之涌入并发生深刻的影响，这集中地体现在，现代文论是以西方理论为总体参照系和逻辑框架而建立起来的，这是毋庸置疑的事实。这可以简要归纳为如下几方面：

第一，在基本的话语系统上，挪用西方概念，也就是直接移植西方文论观念系统来分析中国现象，如现代文论家们竞相运用形象、真实、典型、内容与形式、主题与题材、现实主义与浪漫主义等阐释中国文学现象，梁启超从日本借用西方小说观念把古代位卑的小说抬高到"文学之最上乘"的崇高位置，蔡仪在引进基础上独创"美在典型"之说。

第二，在表述文类上，论文与专著体。与古典文论采用以诗论诗、评点等表述文类不同，现代文论选用了来自西方的论文体和专著体，它们成为现代文论的主流文类。

第三，在思维方式上，与论文体和专著体相应的概念、判断与推理方式风行开来。

第四，在更根本的知识型上，来自西方的现代学术分类体制和分析机制等为文论确立了新的文化位置。

这就是说，现代文论被同时归属于文学体制、艺术体制、美学体制和教育体制等专门领域去生存和发展，并且又与政治、经济、传媒等体制交互渗透，从而在一个错综复杂的多重体制关联场中扮演着十分活跃的调节者角色。现代文论正是通过这些方面使自己走上一条与中国古典文论迥然不同的新的现代性道路。

但如果仅此就断言中国现代文论没有自己的独特品格，也是片面的，没有同时看到现代文论所必然地呈现的自身品格，例如它生成的中国本土因子以及携带的传统性因子。只谈一点而不谈另一点必然是片面的。归结到基本的理据上，上述片面观点导源于一种错误的知识预设：似乎世界上存在着发源于西方、并因而必然地也等同于西方的那种唯一的现代性。正像美国学者罗丽莎所批评的那样，这种观点假定现代性是来自西方的一个"普遍模型"，而其他后发的现代性不过是这个"普遍模型"的"简单翻版"而已；同理，似乎这个西方主导的普遍主义的"现代性在任何地方都能导致同样的实践和效果"。② 好像你既然是现代的，就不得不是西方的。实际上，这种普遍主义的现代性模型忽略了一个基本的事实：任何一种后发现代性进程或国度都会对现代性的普遍主义导向作出激烈抵抗

---

① 阿英：《晚清小说史》，北京，东方出版社 1996 年版，第 210 页。
② ［美］罗丽莎：《另类的现代性：改革开放时代中国性别化的渴望》，黄新译，南京，江苏人民出版社 2006 年版，第 2 页。

和拆解，或者更确切点说，都会在惊羡中传达激烈的怨恨情结。这表明，不存在真正的普遍主义的现代性模型，有的只是在本土语境的抵抗中发生变异的多种现代性或他者现代性，从而现代性具有必然的本土依存性和本土具体性。

正是这种本土依存性和本土具体性决定了中国现代文论不可能完全模仿西方而缺乏自主性，更不可能与古典传统彻底隔绝而丧失自身根基，因而所谓现代文论已经"全盘西化"或患"失语症"之类断言是站不住脚的。现代文论虽然自觉地承受西方文论的巨大影响并以之为参照系，但往往自觉地或不自觉地、或显或隐地孕育着自身本土气质并让其与中国文论传统融汇生长，从而出现现代理论与古典传统的现代融汇形态。我在《中国现代文论的传统性品格》中指出的现代文体——古典遗韵型、古典文体——现代视角型和现代文体——古典精神型三类现代文论的文体形态，正可以证明：中国现代文论具有自身的独特气质和传统性品格。

如上所述，中国现代文论与现代文学、西方理论和中国古典传统都同时具有深厚的关联。尤其值得注意的是，它既从西方理论中获取参照系但又不同于后者，同时，它既拥有深厚的传统渊源又体现强烈的现代性特征。这样，中国现代文论就不能仅仅从"西化"视角或"本土化"立场分离地加以把握，而应同时看到其固有的并一直相互交融着的传统性与现代性特征。

3. 中国现代文论的现代性品格的呈现

当然，中国现代文论毕竟与古典文论有着不同，具有独特的现代性品格。这就是说，与古典文论体现出古典性传统特点不同，现代文论具有自身的属于现代的现代性品格。这种现代性品格不是来自于古典性传统的简单断裂，而是来自上述现代语境中的一种新融汇。这种新融汇的主要资源有如下方面：现代文化变革的特殊压力、西方文论的权威感召、现代文学变革的要求、自身古典文论传统的影响等。这些文论资源交织一体，根据中国文化语境对现代文学的特定要求，重新熔铸成新的文论，这就是中国现代文论。可以集中地说，中国现代文论的现代性品格在于，它是在现代文化变革的强大压力、西方文论的权威感召和中国古典文论传统的暗中渗透等多方影响及交融下，根据现代文学变革要求而产生的一种文论形态。具体地看，中国现代文论的现代性品格主要呈现为以下几个特征：大众白话性、学制性、显在文化性、激进革命性、西方骨架性、隐在传统性。

第一，大众白话性。谈论现代文论的现代性品格，需要首先关注它的传播媒介和表述语体，正是它们为现代文论提供了预定的传播渠道和表述方式，而这正与现代文论的现代性品格的生成密切相关。由于这一点似已属司空见惯的事实，常常容易为论者所忽略或误解，因此下面不妨多说几句。正像现代文学所体现的

415

那样，中国现代文论总体上是借助现代大众传播媒介（报纸、杂志、书籍、广播、电视等）传输的，并且以现代白话文为表述语体，这使它明显地不同于以口头媒介和印刷媒介为传输主渠道、以文言文为通用语体的古代文论，从而具备大众性与白话性。但应当看到，这种大众白话性并不仅仅源自胡适等少数文化精英的个人偏见，而恰恰正是现代大众传媒本身所赋予的，要求现代文论适应大众媒介传输的特定要求。例如，在《新青年》杂志刊登文论论文，就需要考虑如何面对现代大学体制培养成的知识分子受众群体，如何运用现代白话去表达，如何阐述新的文学观念，如何借此阵地展开新文化运动所需的社会动员，以及如何回应受众群体的及时反馈和新的期待视野的要求等。而以现代白话语体取代文言语体，并不仅仅代表文论表达工具的转换，更重要的是恰恰意味着文论的新的品格的养成：与文言文面对古代文学发论不同，现代文论面对的是新的现代白话文文学问题，因而需要相应的现代白话语体去探讨。试想，如果以文言语体去探讨白话新诗问题，在表意上如何匹配？而对这些白话文学新问题的新的白话语体探讨，实际上正构成现代文论的温床。由此看，如果忽略了大众传媒和白话语体，就等于遗忘了现代文论得以产生的一条最基本的缘由。所以，鉴于大众传媒和白话语体的重要作用，我在这里斗胆尝试把大众白话性列为现代文论的现代性品格之首（对此如有争议也是正常的）。当然，金圣叹以来的文学批评家们已经在白话小说评点中注意运用白话语体了（如金圣叹《读第六才子书西厢记之七十五》说："总之，世间妙文原是天下万世人人心里公共之宝，决不是此一人自己文集。"这已接近于现代汉语句式了），而且那也是或多或少带有了今天回头追认的大众传媒特性，不过，同晚清以来机械印刷媒介和现代白话语体相比，那毕竟只属早期萌芽形态（当然也富有价值）。以钱钟书为代表的极少数现代文论家偏爱以文言语体去表述现代文论，如《谈艺录》和《管锥编》，其行其趣都值得尊重，其探险精神也应嘉许，并可作为现代文论遗产予以保护，但鉴于其文言语体在当代公众学习与理解上的高难度，毕竟无法成为现代文论主流，也无法供青年一代大量仿效（除非现代文学都一律改回到古代那种文言语体，甚至学生从幼儿发蒙起就回到文言语体）。因而学习钱氏品格可以，但大量仿效或全面回归不足取也不现实。

第二，学制性。与大众白话性紧密相连的是，现代文论并不单纯地只是现代文学普遍问题的学理探究，这种学理探究其实也是古代文论所具备的；而是属于更大的现代学术体制的一部分，而这就是古代文论所缺乏的了。因而学制性是现代文论的现代性品格的一个鲜明标志。在现代学术体制下，现代文论是现代文学、艺术、美学、教育等体制相交叉的体制成分，它们共同地都属于文化现代性的组成部分。正是在这种交叉体制中，现代文论的研究主体（即文学理论家或文学批评家）往往不出如下三类人物：第一类是作家、诗人、散文家、剧作家，如鲁迅、周作人、郭沫若、巴金、曹禺、郁达夫、田汉、艾青等，他们在文学创作过程中遭遇新问题而需要及时总结和探索，从而建构起贴近现代文学创作实际的文论。第二类是属于特定团体或机构的职业的文艺理论与批评家，如瞿秋白、茅盾、周扬、胡风等，他们置身文艺社团、出版机构或政党组织，从各自的团体立场和理论视角出发去探讨现代文学问题，其文论的政治性、论争性、论战性较为鲜明。第三类是高校文学专业教师，例如王国维、李长之、朱光潜、宗白华、沈从文等，他们在现代教育体制内以其稳定的学术教职、从现代学术传承的角度向大学生传授古今中外文论知识，在此过程中建构具有现代学理特色的文论。这三类在古代虽都有存在（仅在类比意义上说），但在现代重心已变得不同：古代文论以第一类为主流，第二类为支流，第三类相对过于涓细；而现代文论则大为不同：在三类齐头并进的情况下，以第二类为主流，辅之以第一类，再以第三类为独具形态。第三类既可以与前两类并存，同时也把对它们的研究和传授作为自己的当然任务。可以说，第二类文论的主流作用及第三类文论的独特存在，正构成现代学术体制的特殊作用的集中体现，也成为现代文论的现代性品格的鲜明印记。

第三，显在文化性。由于一开始就选择大众传媒传输、运用白话语体表述、纳入现代学术体制，因而现代文论的动力源或引力就变得复杂起来。如前所述，这种动力源主要地不是来自现代文论内部，而是来自其外部，即它以现代文化变革为动力源或引导力量。因此，现代文论具有明显的文化依托性格，简称显在文化性。也就是说，现代文论的创新常常并不仅仅来自现代文学变革的要求本身，而是更多地和主要地来自外在的远为广泛而深厚的现代文化变革需求。古典文论诚然也有其文化性特点，但恰恰正是在现代，文论才被如此集中和经常地要求承担起常常陷入危机的文化变革的先锋重任，或如李大钊所说起到"先声"作用。每当文化变革受挫或需要更强大动力时，文学和文论就被明确地要求承担起文化变革的先锋重任。而这种对于文论的文化变革先锋的要求本身正构成现代文论的重要品格。现代文论的那些曾产生过重大影响（无论好与坏）的理论主张，往往可以从这种显在文化性获得一种理解。例如，无论是梁启超的急切的"小说界革命"，还是胡适的激进的"八不主义"，抑或是"文革"时期的"三突出"与"高大全"理论，都可以从文化的引导或支配上获得解释。它们可能曾经带有与文学本身的变革不合拍的方面，但那确实是来自文学界以外的强劲号令。而如果要在这种显在文化性内部作进一步细分的话，那么可以说，政治性在其中尤其扮演了活跃的角色，从而这种显在文化性之说或可以改称为显在政治性。从黄遵宪、王国维、梁启超到陈独秀、胡适、鲁迅、李大钊，再到周扬、胡风等，文

417

论活动都被赋予了或明或暗的政治性特征。在中国古代，一种文论的提出当然也有可能染上政治性（如柳宗元的"文以明道"说与其政治改革主张、明代前后七子的文论与其群体的政治权力角逐都多少有关），但只是在现代，文论才如此经常地、必然地和难以分离地与文化或政治交融在一起，以致这外在因子似乎已被内化了，成为现代文论的一种见惯不怪的当然品格（要让现代文论远离文化或政治才真有点见怪呢）。

第四，激进革命性。回顾百余年来的文论轨迹并把它与古代文论比较可见，现代文论具有明显的激进革命性。这是同上一点紧密相连的，或者说不过是它的不同侧面而已。由于时常接受来自更广泛的文化变革力量的强势拉动，现代文论往往具有激进的和不妥协的革命性品格。与古代文论的相对说来属于渐进的变革相比，现代文论总是善于激荡起异常激进的革命风暴，与现代文学一道承担起广泛的社会动员或启蒙的超常任务。光梁启超一人就在短短几年时间里先后发起过"诗界革命"、"文界革命"和"小说界革命"等革命主义呐喊。从"五四"文学革命到20年代后期的革命文学、再到后来的无产阶级文艺、社会主义文艺、先锋主义等潮流，激进的革命性或革命主义品格成了中国现代文论的主旋律。这种激进的革命主义得以发生的缘由，主要地来自上面所论显在的文化性，即来自外在的更为广泛而深刻的文化现代性变革需要。现代人文知识分子一次次痛感中国现代性进程的艰难性和曲折性，并深知这种艰难和曲折的症结就在于广大普通民众的愚昧，认识到如果不首先唤起他们的理性觉悟，就无法真正推动越来越沉重的现代性车轮。同时，在广大普通民众的愚昧后面，还有更深厚的文化无意识原因：中国人的根深蒂固的文化优越感和自我中心幻觉阻碍着中国人轻松地弃旧图新。英国历史学家霍布斯鲍姆也看到这一点：中国在现代的"落后"，"事实上并非由于中国人在技术或教育方面无能，寻根究底，正出在传统中国文明的自足感与自信心"。所以"中国人迟疑不愿动手，不肯像当年日本在1868年进行明治维新一样，一下子跳入全面欧化的'现代化'大海之中"。只有等到局势变得不可收拾了，即古典文化传统无可挽回地走向没落时，中国人才能猛醒过来；但这时，渐进的改良道路已经断绝，只剩下激进的革命这唯一生路了。"因为这一切，只有在那古文明的捍卫者——古老的中华帝国——成为废墟之上才能实现；只有经由社会革命，在同时也是打倒孔老夫子系统的文化革命中，才能真正展开。"[①] 甚至连知识分子们要唤醒愚昧的民众，也不得不运用文学革命或艺术革命的激进手段。

第五，西方骨架性。现代文论的现代性品格突出地表现在，它往往以西方文

---

① ［英］霍布斯鲍姆：《极端的年代》下册，郑明萱译，南京，江苏人民出版社1999年版，第688页。

论为基本参照系，打个比方，也就是以西方文论为自身的基本骨架。西方骨架性，正是现代文论的一个尤其鲜明的总体特征。正如上面所论述的四点，在基本话语系统、表述文类、思维方式和知识型方面，现代文论不折不扣地表露出"西方"特征。这在全球各种文化都不得不被纳入由西方发动的现代性及全球化进程的语境中是必然的①，不以特定民族意志为转移的。但是，正是在这种全球各种民族文化都被迫卷入并形成新的关联场的现代性及全球化过程中，这种"西方"特征其实已不能简单地等同于原初的西方本身了，而是各民族本土语境对西方扩张加以强势过滤或变形的结果。全球化形成了新的全球关联场和整合作用，使得不仅作为被扩张对象的"第三世界"如中国、而且就连扩张主体西方本身，也都同处这风雨飘摇的关联场中。在这里，它们双方或多方都不得不相互依存而不能分离，也即扩张者和被扩张者都有可能轮番或交替地扮演被动者或能动者角色。在此过程中生成的中国现代文论，就不能被误认为西方文论本身，而不过是参照西方而在中国本土生成的新文论。切不可轻易把在中国发生影响并存活下去的西方文论，与在西方存在的原初西方文论本身划等号（果真那样，西方会接纳你吗）。因为，中国本土语境的特殊需要宛如一个能量和效力惊人的过滤器或变形器，它制约着西方文论在中国的影响方位、轨迹及程度。从西方裂岸涌入中国频频闯关的文论产品可能有很多，但中国海关却不会来者不拒地一概予以放行，而是要看哪些适合于自己的特定需要。这就是说，究竟是哪些西方文论能在中国流通，以及在何时流通，还包括怎样流通，往往不取决于西方文论本身，而是中国海关说了算，即取决于中国本土语境的特殊需要。对此，说两个一远一近的例子就清楚了。远的是"典型"理论的影响事实。当典型论在20世纪20年代陆续进入中国并从40～80年代发生长时间的巨大影响时（鲁迅、瞿秋白、周扬、胡风、蔡仪等），在西欧和美国却并未汇入文论主流。这并不是说中国现代文论如何落后于西方，而只是说它总是有自身的特殊语境需要及其问题：当这块土地孕育出的文学作品需要一种新理论，以便解释那种前所未有的在个性中蕴含共性的新的英雄人物时，来自西方的"典型"理论恰好能填补这种解释的空白，满足其解释的需要。近的就是后现代理论在中国影响滞后这一例子。西方后现代主义文论兴盛的20世纪80年代中期，美国著名后现代主义理论家杰姆逊就来到中国讲学、参加学术会议，他在北京大学的讲演录《后现代主义与文化理论》也在1986年及时出中文版。但如果以为该书在中国一出版就即发生热烈反响，那就错了。因为，那时的中国本土语境正热切地张臂拥抱现代主义理论

---

① 吉登斯认为"现代性的根本性后果之一是全球化"。见［英］吉登斯《现代性的后果》，田禾译，南京，译林出版社2000年版，第152页。

呢！尼采、弗洛伊德、海德格尔、马尔库塞、卡西尔等是那个年代文论界的明亮星座。当人们的全副热情都为现代主义美学而激荡时，对后现代主义的频频叩关就漠然置之了，缺乏接受的准备。直到90年代初时起，也就是过了几年，经历过80年代末那场"风波"与转变的中国知识界，才逐渐地、继而急切地抛弃现代主义而争"后"恐"现"地拥戴后现代主义。但此时接纳的后现代主义，由于必然地在中国扮演起与在西方不同的特殊作用，因而被烙上了深深的中国本土印记。可以说，本土语境的特殊需要才是西方文论能够在中国发生影响的最致命原因（如果原因有多重、而我们又不得不从中找出那最致命的原因的话）。如此说来，在中国存活下来的西方文论，尤其是那些存活多年并已容易被误以为原产自中国本土的文论，即便属于西方的原创，但实际上业已被中国本土语境浸染或变形，变得中国化了，成了中国现代文论的一部分。例如上面所举的典型论已经成为中国现代文学和文论传统中的当然组成部分。所以，说中国现代文论具备西方骨架性，并不简单地意味着全盘模仿西方或跟在其后面亦步亦趋地爬行，而往往意味着鲁迅意义上的"拿来主义"思维在能动地发生选择作用，即是为着解决中国现代文学与文化问题而在过滤或变形中利用西方。

第六，隐在传统性。提到本土语境对外来西方文论的过滤或变形作用，就必然牵扯出本土文论传统的传承问题。指责现代文论"全盘西化"、"数典忘祖"或"失语症"的人们所容易忽略的一个关键点是，现代文论诚然具有西方骨架性，即以西方文论为总体参照系和逻辑框架，但由于受到中国本土语境的强大过滤或变形作用，必然总是以各种不同方式流溢出中国传统风貌，而这种传统风貌更多地往往是隐在的，在隐性层面起微妙而关键的作用。这种微妙而关键的作用表现在，正是这种隐性传统风貌的存在有力地体现了如下容易被忽视的事实：西方原生现代性在其试图把全球各种民族文化都加以普遍化的扩张过程中，遭遇到来自中国本土文化语境的必然的和强有力的抵抗与变形作用。全球化普遍性牵引力有多大，来自本土的抵抗与变形的反弹力量就有多强！而隐在传统性正是在这扩张与抵抗过程中顽强而又蓬勃地生长起来的。所以，隐在传统性可视为现代文论的现代性品格的最深厚的内质所在。这种隐在传统性的具体表现很多，这里可举"意境"论为例。当来自西方的"典型"论在中国生长时，在古代本来并不那么显要的"意境"论却在席勒、叔本华、尼采等西方理论的激发下，在王国维和宗白华等手中获得再生，显示出与古代不可同日而语的新的强势风貌，并在与"典型"论的争长较短中确立了自身的无可替代的现代品格。"意境"论当然来自古代，却仅仅是在现代语境中才获得了崭新的生命力。还可以再提及我在《中国现代文论的传统性品格》中分析过的现代文论的三种文体类型中的两种就够了：无论是现代文体——古典遗韵型，还是现代文体——古典精神型，它们都在其现代文论的洋装下透露出无需掩饰的黄皮肤气息。至于学贯中西的钱钟书先生选择古典文体——现代视角型去撰写《谈艺录》等则属传统风貌较显性的罕有例子，而更多地出现的则是其他两类文体即朱光潜《诗论》和宗白华《美学散步》之类，它们代表中国现代文论的浩荡主流，更能体现这里所谓隐在的传统性：表面上和总体上都属于现代，但内在隐性气质上却难掩中国传统风尚。可见，无论以何种方式存在，中国现代文论都与中国传统有着这样那样的必然联系，流溢出意味深长的传统品貌。

4. 未来：从显西隐中到以中化西

上面六方面当然远不能涵盖中国现代文论的现代性品格的全貌，而只能约略和示例地显露其大体轮廓。如果硬要从中拈出一点来极概略地描摹迄今为止中国现代文论的现代性品格的总特征，我想到的是：显西隐中。显西隐中是说中国现代文论在其显的表面呈现西方状貌而在其隐在的内部却暗藏中国品质和风格。其实这只是一种并非恰当的比喻性表述，它不过是要表明如下基本事实：中国现代文论诚然移植了西方文论的基本骨架及其他方面，但却是以来自本土语境的强势过滤或变形方式实施这种移植；同时，这种移植诚然难掩西方骨架的状貌，却实实在在地跃动着中国血肉。由此可进一步见出"西化"与"失语症"等说法的偏颇处。

承认中国现代文论的现代性品格，不是要回头孤芳自赏或闭门造车，而不过是要在这种承认的前提下辨析和正视自身面临的问题，以更加扎实而有力的步伐迈向未来。我认为首先需要对中国现代文论采取一种"长时段"眼光："中国诗学现代性，也称中国文学理论现代性，是与中国诗学古典性不同的新的诗学形态，它立足于在新的全球化境遇中探索中国文学的现代性问题。中国诗学现代性应是一个本身包含若干中短时段的长时段或超长时段进程，它不仅有第一期即现代1，还有第二期即现代2，以及可能的第三期即现代3等。……如今，初期现代1已经终结，我们正置身在新的现代2时段。"可把20世纪80年代作为大致的分界线，之前属中国现代文论的现代1时段，之后则属其现代2时段。"从现代1到现代2，中间不存在绝对的断裂或连续，而是断续，即既有断裂也有连续，在连续中断裂、在断裂中连续。"[①] 以这种长时段眼光在分时段意义上探究现代文论，有助于分梳现代文论在不同时段存在的问题或问题重心，从而以历史主义的态度分别予以应对。如果说，中国文论现代1体现了显西隐中的总特征的话，那么，其现代2则要在延续现代1所携带的现代性精神的同时实现新的重心

---

① 王一川：《中国诗学现代2刍议——再谈中国现代性诗学》，《北京师范大学学报》，2003年第3期。

转移，这就是进而寻求以中化西。以中化西，不是要针锋相对或反其道而行之地显中隐西，仿佛已到强力彰显中国气派而全隐西方印记的时段（这是显而易见的误解）。以中化西，是要继续顺应已有的现代性及全球化大趋势，在显西隐中的时段之后"接着说"未完成的现代文论故事，即以全球化语境中现代中国本土建构为基点去更加主动地融化或化合西方文论及文化影响，力求在全球化世界上努力兴立属于中华民族自我的独特文论个性。以中化西不是要以似乎全然纯洁的本土去排斥西方（这样的本土其实不存在），而是要以早已成为现代性和全球化之一环的本土去化合西方；由于这种本土已是现代性进程中的相对意义上的地缘文化身份表征，因而以中化西就意味着在坚持承接西方影响的同时更加注重这种西方影响下的本土文化的个性建构需要，并把它置于文论探索的导向位置。中国现代文论的现代2时段还有很多工作要做，这里只是初步涉及。

三、中国现代文论的传统性品格

如果把中国现代文论归属于中国文论传统，那么，问题乃至尖锐质疑就随之而来：中国现代文论凭什么资格挤入中国文论传统呢？它难道不是以"反传统"或"反正统"的"革命"自居的吗，有什么资格成为中国传统？这个问题问得好，必须予以正面回应。要证明中国现代文论属于中国文论传统，而且是它的现代性传统，就需要认真考察中国现代文论在哪些方面具有中国传统品格或属性。

1. 中国现代文论的传统性

四分之一世纪前，其时名动学界的李泽厚先生为宗白华老人的首部论文集《美学散步》（上海人民出版社 1981 年版）写下这样的序言："……朱先生更是近代的，西方的，科学的；宗先生更是古典的，中国的，艺术的……"[①] 把朱光潜先生规定为"现代的"而把其同龄人宗先生指认为"古典的"，这一别出心裁的精妙评语在当时产生了很大的影响，"现代的"和"古典的"两标签自此就分别紧随两位美学宗师左右了。今天回看这一判断，不免生出些疑惑：中国现代文学理论或美学究竟有着怎样的品格？它们到底是现代的还是古典的，或者在哪种意义上是现代的或古典的？

近20多年来的一种流行见解在于，从中国现代文论的现实状况看，判定它

---

① 李泽厚：《〈美学散步〉序》，《美学散步》，上海，上海人民出版社 1981 年版，第 3 页。

总体上属西方文论在中国影响的产物，没有中国文论应有的独创性和精神气质，从而等于是从其"现代"品格角度予以几乎是完全的否定。而另一种流行见解则是，虽然也赞美宗先生、钱钟书先生等文论的罕见的略带"古典"意味的特殊品格，但更主要是从现代文论应有的理想状况出发，主张抛弃以往的西化偏向而转身寻求古典文论的现代"转换"，这样做也包含着对百年现代文论的现代性的某种批判性反思。这两种流行见解各有其合理处和侧重点，前者虽然承认中国现代文论的现代性品格，但在价值上予以否定；后者虽然有肯定也有批判，但重心还是落脚在古典的现代"转换"上（"转换"一词有其合理性，但在使用中已引发一些歧义和争议，之所以如此，我以为原因之一是这个词本身尚不足以揭示现代生存境遇和文化语境中的创造性内涵，尽管使用时可以做出补充解释）。这样，问题仍然存在：我们如何看待和评价中国现代文论的品格？在面向 21 世纪新语境建构文论的今天，我们需要对中国现代文论的品格做出阐明。其目的不在于简单地辨清它的姓现姓古或姓中姓西，而在于在探明它的历史和现状的基础上更加镇定地走向未来。因为弄明白历史和现状，恰恰有助于为走向未来确立必需的价值框架、目标和任务。

出于上述考虑，我在这里不揣冒昧地提出一种看法：中国现代文论在总体上是现代的，具有属于中国的现代性品格，但同时也是中国文学理论传统链条上的一环，具有特定的传统性品格。也就是说，它虽然自觉地以西方现代文论为参照系、形成中国自身的现代性性质，但内在深层次里自觉或不自觉地、或显或隐地传承着中国文论传统，呈现出总体上的现代性与深层次的古典传统性相融汇的复杂品格。

如果这一判断大体成立，那么，要考察这一点则需要做许多探究工作，这里仅仅从现代文论的几个要素或方面入手，予以初步讨论。中国现代文论的几个要素是：文体、视角、精神和遗韵。所谓文体，在这里是指现代文论的表述文类，也就是它是运用什么样的文章或著作形态表述出来的，例如究竟是用古代文章体、韵文体还是现代论文体；视角则是指它的观照问题的思维方式，是中国古典式还是借鉴西方现代论文体？精神则是指它的基本价值取向，它所谋求的价值指标是中国传统的"三纲五常"还是现代科学、民主和自由？遗韵是它的更隐性的深层次风范，可由此探明它的民族精神或文化蕴藉。这四要素可以分别从现代或古典加以借鉴，再根据现代需要加以匹配，从而汇合成形态各异的现代文论形态。简要说来，现代文论的传统性特征主要表现为如下方式：现代文体——古典遗韵型、古典文体——现代视角型、现代文体——古典精神型。

2. 中国现代文论传统性特征之一：现代文体——古典遗韵型

第一类，现代文体——古典遗韵型。这类现代文论在明显地参照西方理论并采用现代文体时，往往或明或暗地流露出某种古典文论传统的遗韵。这类文论的特点在于，其文体是现代论文体或著作体，视角和精神也主要是现代的，由此判断，显然其现代性是显性的；但其中却流溢出某种古典遗韵，让我们想起自己的古典文论传统，这又表明古典性是隐性的。朱光潜、李长之、李健吾、梁宗岱等大体如此。这应当是现代文论的一种取得成功的主流类型。朱光潜以现代视角和立场，主张散文讲究"声音节奏"："领悟文字的声音节奏，是一件极有趣的事。普通人以为这要耳朵灵敏，因为声音要用耳朵听才生感觉。就我个人的经验来说，耳朵固然要紧，但是还不如周身肌肉。我读音调铿锵，节奏流畅的文章，周身筋肉仿佛作同样有节奏的运动；紧张或是舒缓，都产生出极愉快的感觉。如果音调节奏上有毛病，我的周身筋肉都感觉局促不安，好像听厨子刮锅烟似的。我自己在作文时，如果碰上兴会，筋肉方面也仿佛在奏乐，在跑马，在荡舟，想停也停不住。如果意兴不佳，思路枯涩，这种内在筋肉节奏就不存在，尽管费力写，写出来的文章总是吱咯吱咯的，像没有调好的弦子。我因此深信声音节奏对于文章是第一件要事。"[①] 他把人在"兴会"与"意兴"中创造的特殊的声音节奏，提到了文学的"第一件要事"的高度，这既显示了他对于语音层面的极度重视，更突出了他对于感兴修辞或兴辞的独特理解。正是在"兴会"与"意兴"中，人能够创造出平常无法创造的美妙的"声音节奏"。且不说他在其他地方如何注意引证古代朱熹、刘大櫆等的论述以支持自己，即便是上面的看来字面上与古代并无直接关联的引文，其实也暗含了古典文论遗韵："兴会"、"意兴"正是中国古代文论的重要概念。李泽厚先生把朱先生归结为"现代的"，当然不无道理；但如此简单的判断毕竟忽略了现代总体中的古典遗韵这一隐层意味。直接地讲，朱先生的诗论在其现代性的总体框架中，实际上涌动着中国古典文论遗韵。

批评家李长之这样评论《水浒》和《红楼梦》："《水浒》的人物是男性，甚至于女性也男性化。看一丈青，看孙二娘，都是如此。《红楼梦》则不然，它是女性的，宝玉、秦钟、贾蓉们本来是男子，也女子化了！表示男子的感情，大都是'怒'，《水浒》整部都是怒气冲天的，……代表女性感情的是'哭'，贾母见了黛玉，哭！宝玉见了黛玉，哭！……就美的观点说，《水浒》是壮美，是雕刻，是凸出的线条，健壮坚实，全属于单纯的美。而《红楼梦》是优美，是绘画，彩色繁复，与前者大不相同。"[②] 上面的品评在表述语言上完全是现代白话文，在表述方式也是现代论文体，同时运用了新的西方理论术语和视角，如"男性化"与"女性化"、"壮美"与"优美"。但是，另一方面，其拈出"怒"

---

① 朱光潜：《散文的声音节奏》，《艺文杂谈》，合肥，安徽人民出版社1981年版，第82页。
② 李长之：《水浒传与红楼梦》，据中国艺术研究院红楼梦研究所编：《红楼梦研究稀见资料汇编·下》，北京，人民文学出版社2001年版，第963页。

与"哭"分别评点《水浒》和《红楼梦》的方式，显然令人想到金圣叹那种《水浒》评点："写鲁达为人处，一片热血，直喷出来，令人读之深愧虚生世上，不曾为人出力。孔子云：'诗可以兴'。"① 以古典"感兴"阐释鲁达形象塑造，言简意赅。又说："天汉桥下，写英雄失路，使人如坐冬夜。紧接演武厅前，写英雄得意，使人忽上春台。"② 以富于文学性的评点方式直接书写个人阅读感受——读者感觉自己似乎与水浒英雄们一道时而苦尝冬夜无情，时而领略春日融融。李长之的评论虽然归根到底是现代的，但毕竟暗溢出明清小说评点的某种风范，可以说构成了古典文论传统的一种现代再生形态。

3. 中国现代文论传统性特征之二：古典文体——现代视角型

第二类，古典文体——现代视角型。这类现代文论索性直接运用古典文言文文体加以表述，但论述视角却具有现代特色。这种现代文论有个鲜明特点：其古典性是显性的，而现代性是隐性的。古典文体成功地包裹起了颇为隐秘的现代特色。它在一定程度上可以纠正第一类过于"西化"的偏向，满足现代人的古典传统诉求。最典型和最极端的实例莫过于钱钟书《谈艺录》和《管锥编》了，它们从表述语言、表述方式到思考方式等全面仿效古典文论。尤其是当沿用被抛弃的文言文文类时，这种传统风貌就表露得尤其突出。不过，由于其中自觉地运用现代文论视角以及中西比较立场，所以总体上仍属于现代文论著述，却是不能否认的事实。钱钟书《谈艺录》第91节这样写道："一手之作而诗文迥异，厥例甚多，不特庾子山入北后文章也。如唐之陈射洪，于诗有起衰之功，昌黎《荐士》所谓'国朝盛文章，子昂始高蹈'者也。而伯玉集中文，皆沿六朝俪偶之制，非萧、梁、独孤辈学作古文者比。宋之穆参军，与文首倡韩柳，为欧阳先导；而《河南集》中诗，什九近体，词纤藻密，了无韩格，反似欧阳所薄之'西昆体'。英之考莱（Abraham Cowley）所为散文，清真萧散，下开安迭生（Addison）；而其诗则纤仄矫揉，约翰生所斥为'玄学诗派'者也。"③ 在阐述"一手之作而诗文迥异"这一理论观察时，作者先后援引庾信在南朝和北朝时的风格变化、陈子昂的"兴寄"与"俪偶"共存、穆修在首倡韩柳与自作仿西昆体之间的不协调来证明，同时还似乎信守拈来英国考莱的实例加以比较。表述语言是古典"之乎者也"体，但又善于中西比较、旁征博引，形成古典式文言与现代比较诗学视角的奇特糅合。这类实例在五四以后的年代里不仅本身少见，而

---

① 金圣叹：《第五才子书施耐庵水浒传》第二回总批，据中华书局影印本。
② 金圣叹：《第五才子书施耐庵水浒传》第十一回总批，据中华书局影印本。
③ 钱钟书：《谈艺录》，北京，中华书局1984年版，第302页。

且成功者如钱钟书实属凤毛麟角。要在现代汉语的总体环境中推广和普及这种古典文体是不现实的，它不过成为古典文体在现代的一种具有一定保留和示范价值的珍贵风景而已。

4. 中国现代文论传统性特征之三：现代文体——古典精神型

第三类，现代文体——古典精神型。这可以说是介乎上述两类之间的一种居中形态，在承认现代文化与留恋古典精神之间寻求一种平衡和融汇。这种现代文论形态一方面采用现代论文体，另一方面竭力张扬古典文论乃至古典文化传统的精神。宗白华先生就是其中的成功者。他的理论表述方式既非朱光潜先生那种严谨的现代论文体，也非钱钟书先生那种古典文言文体，而是一种独创的"散步"型论文体。这种独创的现代散步型论文体的特点在于，其论文体是现代的，但其具体表述方式却是零散的和非系统的，不寻求严谨的概念、判断和推理方式，而是类似日常生活中的随意散步。这实际上是古典评点体和现代论文体的一种现代综合形式，具体地说，是现代论文体框架中对于古典精神的重新复现。这种散步型论文体追求的正是现代框架中的古典精神复归。在《美学散步》中，宗白华自己这样写道："散步是自由自在的、无拘无束的行动，它的弱点是没有计划，没有系统。看重逻辑统一性的人会轻视它，讨厌它，但是西方建立逻辑学的大师亚里士多德的学派却唤做'散步学派'，可见散步和逻辑并不是绝对不相容的。中国古代一位影响不小的哲学家——庄子，他好像整天是在山野里散步，观看着鹏鸟、小虫、蝴蝶、游鱼，又在人间世里凝视一些奇形怪状的人……散步的时候可以偶尔在路旁折到一枝鲜花，也可以在路上拾起别人弃之不顾自己感兴趣的燕石。无论鲜花或燕石，不必珍视，也不必丢掉，放在桌上可以做散步后的回念。"[1] 散步正体现了自由的无拘无束的超功利姿态，这样的姿态正有助于古典文化精神的继承。不妨来看看他的一段美学散步：

中国人与西洋人同爱无尽空间（中国人爱称太虚太空无穷无涯），但此中有很大的精神意境上的不同。西洋人站在固定地点，由固定角度透视深空，他的视线失落于无穷，驰于无极。他对这无穷空间的态度是追寻的、控制的、冒险的、探索的。近代无线电、飞机都是表现这控制无限的欲望。而结果是彷徨不安，欲海难填。中国人对于这无尽空间的态度却是如古诗所说的："高山仰止，景行行止，虽不能至，而心向往之。"人生在世，如泛扁舟，俯仰天地，容与中流，灵屿瑶岛，极目悠悠。中国人面对着平远之境而

---

[1] 宗白华：《美学散步》，上海，上海人民出版社1981年版，第1页。

很少是一望无边的，像德国浪漫主义大画家菲德烈希（Friederich）所画的杰作《海滨孤僧》那样，代表着对无穷空间的怅望。……"红日晚天三四雁，碧波春水一双鸥。"我们向往无穷的心，须能有所安顿，归返自我，成一回旋的节奏。我们的空间意识的象征不是埃及的直线甬道，不是希腊的立体雕像，也不是欧洲近代人的无穷空间，而是潆洄委曲，绸缪往复，遥望着一个目标的行程（道）！我们的宇宙是时间率领着空间，因而成就了节奏化、音乐化了的'时空合一体'。这是'一阴一阳之谓道'。①

宗白华在这里从空间意识的差异入手展开中西文化精神比较，在表述上合乎逻辑、观点明确，但同时，在论证上并不追求概念预设和细密证据，而是向往古典评点式的简洁明快；在本应提交论据的关节处，只是引用古诗断片或德国绘画予以颇带个人体验色彩的即兴阐发。再看他这样阐述"艺术意境"："以宇宙人生的具体为对象，赏玩它的色相、秩序、节奏、和谐，借以窥见自我的最深心灵的反映；化实景为虚境，创形象以象征，使人类最高的心灵具体化、肉身化，这就是艺术境界，艺术境界主于美。"② 他用现代美学的"美"的观念去解释"意境"，从而让其同功利、伦理、政治、学术、宗教等境界并列为生命境界。"世界是无穷尽的，生命是无穷尽的，艺术的境界也是无穷尽的。……历史上向前一步的进展，往往地伴随着向后一步的探本穷源。……现代的中国站在历史的转折点。新的局面必将展开。然而我们对旧文化的检讨，以同情的了解给予新的评价，也更显重要。就中国艺术方面——这中国文化史上最中心最有世界贡献的一方面——研寻其意境的特构，以窥探中国心灵的幽情壮采，也是民族文化的自省工作。希腊哲人对人生指示说：'认识你自己！'近代哲人对我们说：'改造这世界！'为了改造世界，我们先得认识。"③ 这里的文体、句式乃至视角都无疑是现代的，但至关重要的中心概念"意境"却不折不扣地取自中国古代文论。这正构成现代论文体与古典文化精神的一种奇特融汇方式。对于这种融汇，宗白华自己是从中西文化"菁华"的"总汇"去解释的："一方面保存中国文化中不可磨灭的伟大庄严的精神，发挥而重光之，另一方面吸收西方新文化的菁华，渗合融化，在这东西两种文化总汇基础之上建造一种更高尚、更灿烂的新精神文化，作为世界未来文化的模范，免去现在东西两方文化的缺点、偏处。"④ 他是要在东西方文化融会基础上建造更加美好的"新精神文化"。

---

① 宗白华：《美学散步》，上海，上海人民出版社 1981 年版，第 94 页。
② 同①，第 59 页。
③ 同①，第 58 页。
④ 宗白华：《宗白华全集》第 1 卷，合肥，安徽教育出版社 1994 年版，第 102 页。

427

有意思的是，由于在现代语境中竭力张扬古典文化精神，因而这种现代文论往往容易给人以"古典"印象：似乎它的根本特点就在其"古典性"。李泽厚先生的上述"误解"正由于此。其实，如果宗白华的文论确实有着"古典"特色的话，那么，这种古典性不过就是现代中的古典、或者现代性中的古典性，因为，它代表了现代性语境中探寻古典文化精神的一种方式。而如果简单地把它划归入"古典"，那就会把现代性与古典性混为一谈了。

除了上述现代文体——古典遗韵型、古典文体——现代视角型和现代文体——古典精神型三类外，现代文论还有更复杂多样的具体形态，这里就不一一涉及了。探讨现代文论上述几类呈现方式，正是为了显示中国现代文论所具有的传统性品格，以及这种传统性品格本身的多样性。今天我们在新世纪语境中寻觅中国现代文论的进一步建构思路，不妨先回头看看，朱光潜、宗白华、李长之、钱钟书等前辈曾经踩出了何种脚步，这种脚步在多大程度上会成为我们迈向新路程的示范。

四、中国现代文论的核心范畴

——以"典型"论为个案

这里拟对中国现代文论所使用的核心范畴予以探讨。考虑到百余年来中国现代文论曾用过的范畴多种多样，其中哪些属于核心范畴，必然是见仁见智、莫衷一是，因此，这里不打算直接摆出一系列核心范畴来加以综论，而是仅仅从中挑出公认的核心范畴"典型"来予以举例性探讨。早在20世纪30年代，文学评论家胡风就指出："文学创造工作的中心是人，即所谓'文学的典型'，这已经成了常识。"[1] 到40年代，美学家蔡仪把这认识扩展到整个艺术领域："艺术的创作就是典型的创造，典型实是艺术的核心"[2]。这里探讨"典型"范畴在中国现代文论中的情形，可以借"一斑"而窥见中国现代文论核心范畴的总体运行状况和基本特质的"全貌"。

从鲁迅于1921年在我国文学界首度使用"典型"一词时算起[3]，直到20世

---

[1] 胡风：《什么是"典型"和"类型"——答文学社问》，《胡风全集》第2卷，武汉，湖北人民文学出版社1999年版，第104页。

[2] 蔡仪：《新艺术论》，《蔡仪文集》第1卷，北京，中国文联出版社2002年版，第91页。

[3] 鲁迅：《译了〈工人绥惠略夫〉之后》，《鲁迅全集》第10卷，北京，人民文学出版社1981年版，第107页。

纪80年代末、90年代初，"典型"理论在我国文论界已风行达70年。而在这70年中，它作为主流理论雄踞文坛也至少已长达40载。这一理论的中国化及其在中国的主流化进程曾是如此成功并如此富有权威，以致许多人容易忘记一个本来事实："典型"原是产自西方的美学与文学理论范畴，只不过被中国化了。这一点至少表明，在西方异域生长的"典型"理论已成功地完成其东渐使命，在原本陌生的中国土地上生根、发芽、开花和结果，并且还一度成为中国现代文论家族中的一个不可或缺的重要成员。

但与此同时，也必须看到，进入20世纪80年代末、90年代初以来，"典型"在中国的影响力却呈现持续下降趋势，直到近几年来在文学理论与文学批评中竟已变得芳踪难觅了。"典型"的中国化进程虽不足百年时间，竟已历经盛衰起伏的奇妙转变。这一事实应当引人深思。现在回头对"典型"的东渐轨迹作一番简要的追踪是必要的，想必应有助于冷静而全面地梳理西方文论中国化的历程，在此基础上对中国现代文论建设做出新的反省和思考。

1."典型"在西方

在重返典型的中国化进程前，有必要对我们所讨论的"典型"在西方的本土状况作点必要而又粗略的辨识。

据朱光潜先生的研究，"典型"（Tupos）来自希腊文，原意是铸造用的模子，与希腊文Idea为同义词，同有模子、原型、形式、种类等含义，引申而有印象、观念、思想和理想等含义。[①]"典型"作为美学与文论概念，在西方诚然有着久远的历史，例如从亚里士多德起就发生了并出现复杂的演化，但从其在美学与文论界的影响力或领导权来说，主要地还是一个盛行于前现代主义（浪漫主义和现实主义）时期的现代范畴，即主要的活动舞台在18~19世纪欧洲美学与文论中。其主要的代表性理论家为黑格尔和别林斯基，以及马克思主义创始人。

正是黑格尔在前人基础上为艺术典型概念注入了新的唯心辩证法内涵，使其成为一般与特殊、感性与理性、丰富与整一、现象与本质等多组对立关系的辩证统一范畴。尽管黑格尔的典型论拥有更多的原创性和更令人信服的权威性，但真正在我国文学界有着更高知名度并发生过显赫影响的却是在文学界忠实而出色地推演他的理论的俄国文学批评家别林斯基。作为著名的俄国民主主义者，别林斯基从"典型"的高度，对以果戈理为代表的19世纪俄罗斯文学的现实主义精神作了及时、尖锐而深刻的批评，给我们留下了广为传颂并至今印象深刻的一系列著名论断："典型性是创造的基本法则之一，没有它就没有创造。……必须使人

---

① 朱光潜：《西方美学史》下卷，北京，人民文学出版社1979年第2版，第695页。

物一方面成为一个特殊世界人们的代表，同时还是一个完整的、个别的人。"①
他又指出："创作的独创性的，或者更确切点说，创作本身的显著标志之一，就
是这典型性"；典型性是"作者的纹章印记"；"在一位真正有才能的人写来，每
一个人物都是典型，每一个典型对于读者来说都是熟识的陌生人。"② 从别林斯
基在此的高屋建瓴般的论述可见，活跃的文学批评家比之严谨的理论家，更善于
从肥沃的文学土壤中直接吸纳养料，从而铸造出更富有生命活力的词语去推演
"典型"理论，因为，他的身后正是富于感召力、可以名垂千古的活灵活现的
"典型"形象画廊。正是凭借对于文学"典型"人物在现实干预中的巨大感召力
的高度洞察和热切期待，别林斯基才敢于跨越其宗师黑格尔而把它一举提升到艺
术创作的"一条基本法则"这一前所未有的美学顶点，闪耀着"伟大"或"崇
高"的美学光环。难怪朱光潜会评价说："在近代美学家中，别林斯基是第一个
人把典型化提到艺术创作的首要地位。"③

更值得重视的是，马克思和恩格斯运用原创的先进的唯物主义思想武器，对
以黑格尔为代表的唯心典型观做了空前的富于革命性的转型式改造。恩格斯要求
"现实主义"文学"除了细节的真实外，还要真实地再现典型环境中的典型人
物"。④ 现实主义要求对现实关系予以真实描写，同时更要塑造出典型环境中的
典型人物。马克思和恩格斯都把是否塑造出生动感人的典型人物看作是叙事文学
成败得失的关键环节。马克思称欧仁·苏的《巴黎的秘密》中的主人公鲁道夫
是"艺术形象"，而称小说中一个不怎样显要的人物为"典型"："在欧仁·苏的
小说里，阿娜斯塔西娅·皮普勒是巴黎看门女人的典型。"⑤ 皮普勒太太之所以
被视为"典型"，是由于她以自己独特的带有"嘴上刻薄"的个人特点和"独
立"的思想行为方式，体现了 19 世纪上半叶法国社会中的看门女人这一特定阶
层人物的生活和思想性格的普遍特征。巴尔扎克是马克思和恩格斯都十分推崇的
创造艺术典型的大家。马克思说："巴尔扎克不仅是当代的社会生活的历史家，
而且是一个创造者，他预先创造了在路易·菲力浦王朝时还不过处于萌芽状态，
而直到拿破仑第三时代，即巴尔扎克死了以后才发展成熟的典型人物。"⑥ 他特

① ［俄］别林斯基：《评〈现代人〉》，《别林斯基论文学》，查良铮译，上海，新文艺出版社 1958 年
版，第 121 页。

② ［俄］别林斯基：《论俄国中篇小说和果戈理君的中篇小说》，《别林斯基选集》第 1 卷，满涛译，
北京，人民文学出版社 1959 年版，第 161 页。这里的"熟识的陌生人"原译"似曾相识的不相识者"。

③ 朱光潜：《西方美学史》下卷，北京，人民文学出版社 1979 年第 2 版，第 543 页。

④ ［德］恩格斯：《致玛·哈克奈斯》（1888 年 4 月初），《马克思恩格斯选集》第 4 卷，北京，人
民出版社 1995 年版，第 683 页。

⑤ ［德］马克思、恩格斯：《神圣家族》，《马克思恩格斯全集》第 2 卷，北京，人民出版社 1957 年
版，第 94～95 页。

⑥ ［法］拉法格：《忆马克思》，《回忆马克思恩格斯》，北京，人民出版社 1973 年版，第 6 页。

别喜欢莎士比亚创造的典型人物："莎士比亚塑造的典型在 19 世纪下半叶开出了灿烂的花朵"。① 恩格斯也说："我觉得刻画一个人物不仅应表现他做什么，而且应表现他怎样做；……古代人的性格描绘在今天已经不够用了，而在这里，我认为您原可以毫无害处地稍微多注意莎士比亚在戏剧发展史上的意义。"② 马克思批评拉萨尔在创作上的最大缺点在于人物缺乏鲜明生动的个性，变成"时代精神的单纯的传声筒"。恩格斯批评拉萨尔、敏·考茨基和玛·哈克奈斯，同样也是由于他们没有"真实地再现典型环境中的典型人物"。列宁也把典型视为社会主义文艺发展的一个重要环节，认为"在小说里全部的关键在于个别的环节，在于分析这些典型的性格和心理"。③ 他强调作家到生活中去"观察人们怎样以新的方式建设生活"，④ "缜密地研究新的幼芽，极仔细地对待它们，尽力帮助它们成长，并'照护'这些柔弱的幼芽"⑤。这种观察的目的，就是在创作中特别注意捕捉一些个别的、偶然的瞬间，从中发现生活中出现的新的共产主义幼芽。

由此看，马克思、恩格斯及列宁在对典型概念加以革命性的转型式改造的过程中，体现了两方面的关键点：一是把黑格尔的唯心辩证论理解转变为唯物辩证论阐释，引申出凭借"典型"去认识世界、认识生活的美学主张；二是进一步把"典型"同现实生活的革命性改造目标联系起来，翻转出"典型"所蕴含的新的审美地认识和改造现实的美学价值。这两方面主要表现在，他们出于"歌颂倔强的、叱咤风云的和革命的无产者"这一崭新意图，去强调典型应是与"个性"统一的艺术整体，要"真实地再现典型环境中的典型人物"，以及要"按照美的规律"去塑造等。⑥ 他们心仪的能够创造上述"典型环境中的典型人物"的作家是后来在中国产生巨大影响的莎士比亚、巴尔扎克等。

可以说，回顾"典型"理论在西方发生、发展与演化的历程可知，它主要地是 18、19 世纪欧洲美学与文论的一项富有代表性的重要成果⑦，尤其是紧紧依托浪漫主义和现实主义艺术，为文艺提供了有效的理论与批评资源，产生了很大的影响。但是，同样要看到，进入 20 世纪以来，随着俄国形式主义、英美新

① ［德］马克思：《啤酒店主和礼拜日例假。——克兰里卡德》，《马克思恩格斯全集》第 10 卷，北京，人民出版社 1962 年版，第 659 页。

② ［德］恩格斯：《致斐·拉萨尔》（1859 年 5 月 18 日），《马克思恩格斯选集》第 4 卷，北京，人民出版社 1995 年版，第 558 页。

③ ［俄］列宁：《论文学艺术》（二），北京，人民文学出版社 1960 年版，第 711 页。

④ ［俄］列宁：《致阿·马·高尔基》（1919 年 7 月 31 日），《列宁选集》第 4 卷，北京，人民出版社 1995 年版，第 44 页。

⑤ ［俄］列宁：《论文学艺术》（二），北京，人民文学出版社 1960 年版，第 568 页。

⑥ 有关马克思和恩格斯的典型观的汇集和阐述，见李衍柱：《马克思主义典型学说史纲》，济南，山东文艺出版社 1989 年版，第 192 ~ 302 页。

⑦ 朱光潜：《西方美学史》下卷，北京，人民文学出版社 1979 年第 2 版，第 702 ~ 707 页。

批评、结构主义等陆续登上文坛，"典型"理论在西方逐渐衰落并最终趋于沉寂，这是不以个人的意志为转移的。有趣的是，当"典型"在西方本土日趋没落时，却正值其在中国东渐过程中愈加风光时，这一种错时又错位的兴衰更替现象不能不耐人寻味。

2. "典型"东渐踪迹

来自西方的"典型"观念是从晚清时起逐渐传入中国的，这个东渐过程先后经历大体上的发生、发展、高潮和退潮四阶段，与此相对应的则是"典型"在中国文论界的登陆期、勃兴期、高潮期和衰落期。

把"典型"的登陆期指认为始于20世纪20年代初，这恰是根据本章开头提到的鲁迅的那篇文章。从20年代初年起到20年代中期，"典型"理论在中国登陆。围绕鲁迅本人创作的阿Q等后来被恰当地命名为"典型"的新型人物形象的批评，沈雁冰、成仿吾、郑振铎等在寻找新的合适的美学理论去解读的过程中，紧紧抓住来自西方的"典型"新说，在论争中使其正式顺利登陆中国文坛。可以说，"典型"登陆中国时的第一个文学"港口"便是鲁迅和他的创作。继鲁迅之后，1924年，成仿吾在分析鲁迅创造的阿Q等人物群像时第一次使用"各样的典型的性格（typical character）"、"这一个的典型"等表述，并把这种"典型"视为衡量文学创作成就的重要的美学标尺（尽管他对鲁迅的理解存在片面性）[①]。1926年初，郁达夫在《小说论》第五章《小说的人物》中说："这'典型的'三字，在小说的人物创造上，最要留意。大抵作家的人物，总系具有一阶级或一社会的特性者居多。……但这一种代表特性的抽象化，化得太厉害的时候，容易使人物的个性失掉，变成寓话中的人物"，"使读者感不出满溢的现实味来，这一层是小说家创造人物最难之点，也是成功失败的最大关头"[②]。郁达夫以小说家的敏锐，揭示了典型创造中抽象性与个性的关系，并把它看作小说创作的最具难度和最能关系成败的关键环节。这些标志着"典型"自此开始成为我国现代文学理论与批评中的一个重要范畴。

随后的勃兴期则属于大约30年代。那时，伴随马克思主义的广泛、深入和成功的中国化进程，马克思和恩格斯在五封书信等著述中表述的"典型"理论迅速传布、影响日盛。回头看，许多人为"典型"理论尤其是马克思主义"典型"理论的中国化做出了努力，但首功应属于以瞿秋白为代表的中国马克思主义者。在领导武装斗争经历严重挫折后，瞿秋白在1931年被迫重新拿起笔杆子，

---

① 成仿吾：《〈呐喊〉的评论》，据李何林编《鲁迅论》，上海，上海北新书局1930年版，第229页。

② 郁达夫：《小说论》，《郁达夫全集》第4卷，杭州，浙江大学出版社2007年版，第171~172页。

在与鲁迅合作领导左翼文学运动的过程中，大力译介和阐发马克思主义典型观，同胡风、周扬、冯雪峰等文艺理论家一道努力开创中国化"典型"理论的道路。胡风的《什么是"典型"和"类型"》（1935年）、周扬的《现实主义试论》（1936年）及《典型与个性》（1936年）、冯雪峰的《鲁迅与中国民族及文学上的鲁迅主义》（1937年）等论文及其参与的论争，有力地推动了中国化"典型"理论的生成。

具体地说，1935年，胡风在《张天翼论》、《什么是"典型"和"类型"》等文章中对典型论作了阐述。1936年初，周扬发表《现实主义试论》对此加以批评。而胡风又以《现实主义底一"修正"》作了反驳。周扬随后又写《典型与个性》，胡风再以《典型论的混乱》予以回应。胡风说："艺术活动的最高目标是把捉人的真实，创造综合的典型。这需要在作家本人和现实生活的肉搏过程中才可以达到，需要作家本人用真实的爱憎去看进生活底层才可以达到"。① 胡风强调的重心是典型化中的"综合"或概括。在如何创造典型上，胡风突出的是先"提取"出"个别"，把它"抽象"化，再加以"具体化"："为了写出一个特征的人物，得先从那人物所属的社会的群体里面取出各样人物底个别的特点——本质的阶层的特征，习惯，趣味，体态，信仰，行动，言语等，把这些特点抽象出来，再具体化在一个人物里面，这就成为一个典型了"。这一方法实质上还是"综合"："这创造典型的过程，我们叫做综合（Generalization）或艺术的概括。一个典型，是一个具体的活生生的人物，然而却又是本质上具有某一群体的特征，代表了那个群体的。"② 胡风进而规定了典型的五项含义：第一，典型既是普遍的又是特殊的。典型的普遍性，是对那人物所属的社会群里的各个个人而说的；典型的特殊性，是对别的社会群或别的社会群里的各个个体而说的。第二，典型意味着从特定的社会群里的各个个体中抽出共同的特征来。第三，典型的艺术概括具有历史界限，只能从处于大同小异的社会环境下的同一社会群的个人里抽出本质的特点来，概括成一个特定的典型。第四，文学上的典型同时一定是这个人物所由来的社会关系之反映。第五，典型具有时代性，新的性格不断产生，旧的性格不断灭亡。③

周扬抓住胡风在张扬普遍性及综合而对特殊性及个性语焉不详这一缺陷，不失时机地大力标举典型的个性内涵："个人的多样性并不和社会的共同性相排斥，社会的共同性正通过各个个体而显现出来。一个典型应当同时是一个活生生

① 胡风：《张天翼论》，《胡风全集》第2卷，武汉，湖北人民文学出版社1999年版，第39页。

② 胡风：《什么是"典型"和"类型"——答文学社问》，《胡风全集》第2卷，武汉，湖北人民文学出版社1999年版，第105页。

③ 同②，第105~106页。

433

的个体。"① 他以"果戈理笔下的地主"为例说："虽然都具有以吮吸'灵魂'们的血为生的地主的共同的本质，玛尼罗夫在感情，气质等等方面和梭巴克维奇之类有不小的距离。两个伊凡在保守，顽固，贪欲之点上并无二致，但两人的个性是可惊地相反，一个文雅到肉麻的程度，另一个却粗暴不堪。两种个性的强烈的对照却并没有抹煞他们那种地主的共同的特性，反而使那些特性更加明显和凸出起来。"②

其实，胡风和周扬在典型论上的分歧远远没有两人之间的论战架势和锋芒来得明显，只不过他们各自为了张扬各自的思想倾向而分别更加突出共性与个性而已。客观上讲，正是通过这场论战，"典型"理论在中国文论界的影响力加大了。

如果说，勃兴期"典型"理论往往伴随着一种开拓性激情和神秘感的话，那么，进入40年代直到80年代中期，中国化"典型"理论进入主流期或高潮期，在我国现代文学界体现出一种无可争辩的美学权威性。以毛泽东《在延安文艺座谈会上的讲话》（1942年）为代表，中国化"典型"理论获得了系统表述并拥有主流地位。毛泽东出于让文艺作品承担感染和动员群众的目的，要求文艺作品注重"典型性"，走"典型化"的创作道路，因为他认为"文艺作品中反映出来的生活却可以而且应该比普通的实际生活更高，更强烈，更有集中性，更典型，更理想，因此就更带普遍性。"。在他看来，文艺作品的"典型化"极大地有助于动员群众投身于"改造自己的环境"的"斗争"："革命的文艺，应当根据实际生活创造出各种各样的人物来，帮助群众推动历史的前进。例如一方面是人们受饿、受冻、受压迫，另一方面是人剥削人、人压迫人，这个事实到处存在着，人们也看得很平淡；文艺就把这种日常的现象集中起来，把其中的矛盾和斗争典型化，造成文学作品或艺术作品，就能使人民群众惊醒起来，感奋起来，推动人民群众走向团结和斗争，实行改造自己的环境。"③

同样在40年代，继毛泽东之后，蔡仪在自己的美学体系中有机地输入了"典型"范畴，并把它作为自己的整个美学体系的基石。在1942年出版的《新艺术论》中，他规定说："在个别里显现着一般的艺术的形象，就是所谓典型。""艺术的创作就是典型的创造，典型实是艺术的核心"④。他在中国现代美学与文论史上首次明确地规定："美的就是典型的，典型的就是美的。这就客观现实来说是如此，就艺术来说也是如此。……艺术的美就在于艺术的典型，艺术的典型

① 周扬：《典型与个性》，《周扬文集》第1卷，北京，人民文学出版社1981年版，第164页。
② 同①，第165页。
③ 毛泽东：《在延安文艺座谈会上的讲话》，《毛泽东选集》第3卷，北京，人民出版社1991年版，第861页。
④ 蔡仪：《新艺术论》，《蔡仪文集》第1卷，北京，中国文联出版社2002年版，第91页。

形象就是美的形象"。他甚至更直接地说："美就是典型，典型就是美。"① 在随后的《新美学》（1948 年）中，蔡仪界定说："美的东西就是典型的东西，就是个别之中显现着一般的东西；美的本质就是事物的典型性，也就是个别中显现种类的一般。"② 一句话，"美是客观事物显现其本质真理的典型。"③

以 1949 年中华人民共和国成立为标志，"典型"理论开始成为国家文学理论的核心范畴，由此上升为全国文艺创作和批评的纲领性规范。这种情形不仅是来自延安的解放区文学观念实现全国扩张的结果，也是来自苏联的文学理论实现中国化的产物。被苏联委派来中国指导高校文学理论教学与研究的毕达可夫，在北京大学讲授的《文艺学引论》中，就明确地指出："创造典型的性格，这是古典的俄国文学和世界文学进步代表们的第一个训条。这个任务对苏联作家来说也是十分必要的。"④ 由于被上升到"第一个训条"的高度，典型论就具有了超乎寻常的重要地位。"作家在艺术形象中概括现实的重要方面，即典型化，是现实主义艺术的最重要的标志。"⑤ 毕达可夫在列数马克思主义创始人及列宁等的"典型"理论的过程中，特别引用了毛泽东为代表的中国马克思主义者的典型论："毛泽东同志指出文艺创作中典型的巨大意义，他结合中国条件发展了马克思列宁主义关于典型的原理，指出只有把生活中的矛盾和斗争典型化了的作品，'能使人民群众惊醒起来，感奋起来，推动人民群众走向团结和斗争，实行改造自己的环境'。"⑥ 可以说，由于来自解放区的典型观同来自苏联的"典型"理论实现互动，典型论通过中国文艺领导机构、高校教学体系的大力传播，终于成为国家化的文学理论核心范畴了。

进入 60 年代，蔡仪在周扬领导下主编的高校统编教材《文学概论》中，主张创造既有鲜明、生动的性格特点又有普遍的社会意义的文学"典型"，并把"典型性"作为文学形象的一个基本规定。文学形象当其"有可能描写出鲜明而生动的现象、个别性以充分地表现它的本质、普遍性，使它具有突出的特征而又有普遍的社会意义"时，就具有了"典型性"。⑦ 这部教材还进一步标举文学形象的"典型化"：这是创作中那种"概括一定阶级的、一定人群的性格的本质特征而具现于一个人物身上，使他既有一定的代表性又有完全独特的个别性"的

---

① 蔡仪：《新艺术论》，《蔡仪文集》第 1 卷，北京，中国文联出版社 2002 年版，第 161 页。

② 蔡仪：《新美学》，《蔡仪文集》第 1 卷，北京，中国文联出版社 2002 年版，第 235 页。

③ 同上，第 244 页。

④ ［俄］毕达可夫：《文艺学引论》，北京大学中文系文艺理论教研室译，北京，高等教育出版社 1958 年版，第 51 页。

⑤ 同④，第 60 页。

⑥ 同④，第 61 页。

⑦ 蔡仪：《文学概论》，北京，人民文学出版社 1979 年版，第 23 页。

过程①。这部教材在一定程度上可以代表"典型"理论在中国现代文论中的最后的完成态表述。②

正是在这个时期，以毛泽东为代表的中国现代文论家把中国化"典型"理论推向成熟的顶端。马克思和恩格斯还只是在理论和批评著述中主张一种积极的和革命性的典型观，而毛泽东则可以把它根本性地转变成全国文艺界的一整套实实在在的国家体制化举措，包括文学创作、文学批评、文学运动等体制运作过程。

"典型"理论在中国走向边缘期或衰落期，是在大约 20 世纪 80 年代中后期至 80 年代末、90 年代初。正是在这一被称为"新时期"的改革时段里，文论界和创作界的兴奋的中枢神经区却再也容不下曾经显赫一时、风光无限的"典型"的身躯了，转而张开双臂去纵情接纳"朦胧"说、"积淀"说、"文学主体性"论、"向内转"论、"先锋主义"、"新写实"论等与"典型"范畴难以兼容（也有的主张兼容）的种种新学，使得曾经位居主流的"典型"理论逐渐被冷落一边，不得不向边缘移位直到走向衰落。

3. "典型"在中国的兴衰

"典型"在中国的兴衰的原因是什么？全面而深入的分析有赖时日，但这里不妨做出一种初步的简明扼要的概括：它在中国的兴衰更替根本上是取决于中国现代文学从文学革命到文学改革的转型，其背后依托的则是中国社会更为宏大而深厚的从社会革命到社会改革的转型。

与文学改革或改良的渐进、温和和稳定等追求不同，文学革命总是激进的、激烈乃至断裂的。正是文学革命这一特定情势，要求文学创造出能小中见大、一中见多地呈现中国社会危机及其普遍本质的特殊人物，这类特殊人物形象远比其他普通人物形象更具有真实性、生动性和感染力，从而更有助于中国人深刻地认识中国现实社会危机及其拯救途径。这样的文学革命吁求，就为文学创作的"典型化"转向铺平了道路。这样，"典型"论在中国的兴盛主要取决于两方面的原因。一方面，是出于那时期正日益高涨的中国文学现代性在新的文学形象阐释上的特殊的美学需要：对内力充满失望而对外力满怀期待的中国现代文学家，敏锐地捕捉到来自俄苏的"典型"论有助于阐释现代文学中以阿 Q 为代表的一种特殊的新型人物现象，于是大胆加以借鉴，从而才有力地促成"典型"的东

---

① 蔡仪：《文学概论》，北京，人民文学出版社 1979 年版，第 227 页。
② 与此书几乎同时撰出版的高校教材还有以群主编《文学的基本原理》（1964 年版），同样把典型置于中国现代文论的核心范畴地位。

渐的成功。可以说，正是依靠来自西方的新范畴"典型"，中国作家和文学理论家找到了借以洞悉中国现代文艺与中国现实生活之间的必然联系的一束强光。当然，另一方面，同时也需要看到，那时的前苏联和第三国际主动向中国输出革命，而"典型"理论不过是那时输入我国的种种革命理论和实践武器中的一种罢了。回顾典型论在这两个时期的演进动因，可以说前苏联因主动输出马克思主义而充当了主要的外因，而日本马克思主义者则扮演次要的辅助角色。可以总起来说，一方面是中国现代文学界把握以鲁迅为代表的新形象创作的迫切需要，另一方面是"典型"这一富有理论威力的西方理论的及时输入，这两方面的合力才终于确保"典型"在中国文艺界平稳着陆、直到登上主流宝座。

到 20 世纪 70 年代末期，随着"文革"结束和改革开放时代的到来，当整个中国社会从社会革命的时代转向社会改革的时代时，文学革命的时代必然终结，取而代之的是文学改革的时代。这时，作为文学革命时代的核心范畴的"典型"，必然地不得不趋于衰落。具体地看，不妨重点关注如下三方面：

第一，"典型"走向衰落其实是它的自我解构的一种必然后果。随着《部队文艺座谈会纪要》（1966）及其标举的"三突出"、"高大全"等理论对"典型"论的过度滥用，"典型"在"文革"10 年终于走向恶性膨胀的极端，随之而来的必然是重新觉醒的"新时期"人们对它的激烈质疑和冷酷抛弃，这就把它推向自我解构的绝境。这一点与其说出于一种清晰的理论推导，不如说更出于一种无需证明的素朴的情感判断。

第二，这种衰落更是出于"新时期"创作出现新变化、并由此发出新挑战的结果。"伤痕文学"、"改革文学"、"反思文学"、"寻根文学"等文学思潮一再对"典型"作为认识和改造世界的"镜子"的权威性，以及对"典型化"作为文艺创作的基本法则的权威性均构成严峻的挑战，从而迫使文学批评家们无法再像别林斯基及周扬等当年那样充满自信地运用"典型"武器了，转而探索前面曾提及的"朦胧"、"积淀"、"文学主体性"和"向内转"等新理论。这一点背后的推手其实正是中国社会从社会革命时代到社会改革时代的转变。改革时代必有专属于改革时代的文学理论范畴。

第三，需要同时看到来自外部和内部两方面的合力作用：一方面，20 世纪 80 年代以来，不再是苏俄而是来自美英等西方国家的文论思潮如存在主义、弗洛伊德主义、结构主义、解构主义等先后抢滩中国，这等于竭力冲击或消解"典型"的王座地位；另一方面，我国文学理论家们面对这场以"语言论转向"为标志的新的欧风美雨而展开新的回应，尝试借机加紧耕种自己的新的文论园地，包括寻求自身文论传统的积极的现代性变革。正是这两方面的汇合，促使"典型"逐渐地让出理论体系的中心而退居边缘。

4. "典型"东渐的启示

在"典型"东渐过程告一段落的时候，对这个不平常的段落加以回顾是必要的，这种回顾可以帮助我们更清晰地辨识脚下继续延伸的新道路。我首先想到的一点是，移位就意味着变形。当"典型"离开"泰西"本土东渐时，东方黄土地必然会以自身特有的生态环境去接纳新客人。这种新生态环境下的接纳对陌生的西方客人来说，势必意味着一种本土未有的新变形。也就是说，中国新语境必然会导致"典型"发生一种在其本土未遇的变形过程。理解西方"典型"理论的原貌对借鉴诚然十分必要，但真正根本性的却是，中国理论家们总是为着自身的新需要而创造性地运用它的。没有鲁迅和他的不朽创作阿Q，何来"典型"这理论之需？不是"典型"理论需要阿Q去证明，而是阿Q需要"典型"理论去把握。正由于这种中国现代文学形象与莎士比亚、巴尔扎克、狄更斯、果戈理等创造的艺术典型颇为不同，因而阐释过程中生成的"典型"及其内涵就与西方原有"典型"出现特定的差异。这就是说，新的阐释对象必然导致原有理论内涵发生变形。

如果从积极方面去理解这种变形就可知，移植的外来理论也能生成民族的和原创的品格。由于中国理论家们在阿Q等形象的阐释中对西方"典型"作了能动的变形，因而这种"典型"理论已经打上了中国民族特色文学理论或具有原创因素的中国现代文学理论的明显烙印。如果中国现代文学理论确实存在的话，那么，"典型"就应当是这个理论家族中的一个当然成员。诚然它起初是外来的而非民族的，但正是在中国化的过程中逐渐地被赋予了民族的和原创的内涵。阿Q形象创造之初，人们对它感到震惊和陌生，一时显出阐释的困窘。但由于创造性地移植这一外来理论，阿Q才终于获得了民族的可理解品格。在这个意义上可以说，中国化"典型"理论不失为中国现代文论的一次富有民族性和原创性的理论建树。

同时要看到，"典型"在中国的盛衰历程与在西方本土之间存在着明显的错时现象，即当其在中国兴盛时恰是在西方衰落时，这决定了"典型"理论的持续的外来资源供给会出现匮乏。这种错时本身正宛如一把同时插向盛与衰的双刃剑，它既能促成"典型"由边缘向中心的迅猛位移，因为新的异域土地有着新的强烈渴求；同时又埋藏着令其资源匮乏的种子，因为，当虚心好学的国人在重新开放时一旦发觉"典型"在西方已零落成明日黄花，那么其抛弃的冲动想必同当初接纳时的冲动一样来得势不可挡。这也提醒我们，外来理论种子当其尚未深深扎根于中土时，必然会出现这种后果。

　　作为西方理论在中国的一次成功的旅行，"典型"在中国畅行大约70年后衰落了，但不妨尝试加以揣摩：它不大可能会就此轻易退出中国现代文学的历史舞台。或许，当浩瀚黄土地的某一角落在某一天发出低沉而有力的呼唤时，它还会重新被唤醒，以新的适当方式去发挥其作用。或许这种声音已经响起来了，夹杂在众声喧哗中，需要我们以超常的耐心去静心倾听和辨别。只是它的新的作用方式究竟是什么，是全新的再生整体，还是被肢解的碎片，或是多种异质美学范畴的碎片式重组？尚不便妄加预测。

五、中国现代文论中的若隐传统

——以"感兴"论为个案

在探讨中国文论的现代性传统，把目光聚焦于那些显而易见的大传统、同时也偶尔余光一瞥那些不够显明的隐性的小传统时，不应当忽略，在这些显明的大传统和隐性的小传统的缝隙间，还可能隐藏着更加隐晦而又蕴含深意的传统——我尝试把它称为若隐传统。这里在这个新概念名义下拟提出并探讨的，是一个容易在热闹中被遗忘的来自古典文论的范畴："感兴"。

1. 中国现代文论传统三层次与若隐传统

在百年来中国现代文论发展中，存在过众多的文学思想或观念，这些文学思想或观念可以共同组成至今仍对当代文论发生这样或那样影响的中国现代文论传统。这一点应当毋庸置疑。不过，这里想说的是，在这种现代文论传统内部，还交织着更为多样而复杂的传统线索，而这些传统线索是可以加以分层理解的。

对此，美国人类学家雷德菲尔德（Robert Redfield，1897～1958 年）在 20世纪 50 年代提出的两种传统论值得重视。他认为，西方社会的"乡民社会"（peasant societies）的文化形态有两种：一种是以都市为中心的上层知识分子所代表的"大传统"（great tradition），另一种是广布于都市之外的乡间民众所传承的"小传统"（little tradition）。① 这样两种不同传统共存的理论确实富于见地，有助于认识我国现代文论中多种传统并存的现实可能性。但如果直接套用来解释我国现代文论传统却不尽契合，原因在于，在拥有高度发达的现代传媒条件的我国现代文论中，几乎不可能存在这种所谓民间"小传统"。理由并不复杂：来自民间的文论"小传统"即使可能存在，也缺乏赖以滋生和繁衍的传媒生态语境，

---

① Robert Redfield, *Peasant Society and Its Culture*, Chicago: The University of Chicago Press. 1956.

尤其是在过去半个世纪的高度集中和统一的社会语境中。这样，对于"大传统"与"小传统"之说，不妨略加改造：在中国现代文论传统中，存在着主流传统与支流传统或边缘传统，或主传统与亚传统。同时，还应当看看英国学者波兰尼（Michael Polanyi，1891～1976 年）关于显性知识（explicit knowledge）与隐性知识（implicit knowledge）或静默知识（tacit knowledge）的论述。他在《人的研究》（1959 年）中指出："……人类有两种知识。通常所说的知识用书面文字、地图或数学公式来表述，这仅仅是知识的一种形式。而还有一种知识是不能系统表述的，如我们有关自己行为的某种知识。如我们将第一种知识称为显性知识（explicit knowledge），而将第二种知识称为静默知识（tacit knowledge），那么，我们就可以说，我们始终是在静默中知道我们确实拥有显性知识。"[1] 在波兰尼看来，那种不能清晰地反思和表述的知识叫隐性知识，而那种能够清晰地反思和表述的知识叫显性知识或静默知识。[2] 这种知识二分法用来揭示知识传承或教育中的两种方式确实富于启迪。而我们对此如果略加调整和变通，则可以在现代文论传统领域表述两种分别处于主导与从属、正统与非正统地位的文论传统：显性传统与隐性传统。

出于把握中国文论现代性传统的需要，一旦把"大传统"与"小传统"理论和"显性知识"与"隐性知识"理论组合起来看，就可能对理解中国文论现代性传统提供一种新的阐释框架。可以看到，中国文论现代性传统中存在着三种层面：显性主流传统、隐性边缘传统和若隐若显传统。具体地看，是这样的：第一层传统为显性主流传统，简称显传统，是指那些显耀的主流文学思想或理论。如清末到"五四"及其后的"小说界革命"论、"审美"论、"境界"或"意境"论、"文学革命"论、"为人生"论、"典型"论等。第二层传统为隐性边缘传统，简称隐传统，是指那些一度淡隐的或非主流的文学思想或理论。如 20世纪 50～70 年代被忽略或不被重视的沈从文、钱钟书等的创作及其文学思想。这两种文论传统层面之间的区分并不绝对，而可以相互转化。显传统当其耗竭自身能量后可能会归于隐传统，例如"典型"论从 20 世纪 90 年代起逐渐淡出；而隐传统中某些因素也可被接纳或整合到显传统中，如"境界"或"意境"论在沉寂了若干年后从 20 世纪 80 年代起逐渐成为解释古典抒情文学的一个基本范畴。第三层为若隐若显传统，简称若隐传统。这里想特别指出的是，就中国文论现代性传统而言，在上述两个引人注目的传统层面之间，还可能存在着第三层面的传统，这种传统常常可能在上述两层传统中都若隐若显地存在但又不被注意，

---

[1] Michael Polanyi, *The Study of Man*, Chicago and London: The University of Chicago Press, 1959, p. 12.

[2] 参见石中英：《知识转型与教育改革》，北京，教育科学出版社 2001 年版，第 222 页。

带有某种居间的或间性的特质，不妨称为若隐若显传统，简称若隐传统。在这个意义上，若隐传统是指那些在显传统和隐传统中若隐若显地存在却不被重视的文学思想或理论。这种若隐若显和不被重视，甚至也适用于提出或主张这种文学思想的作者本人。而有意思的是，这种若隐传统常常恰恰就存在于显传统中的不显眼处，宛如被暂且隐匿或忽略的奇花异草或奇风异景。这种若隐若显传统中的某些部分，由于在显传统和隐传统之间具有居间的或间性的功能，因而在现代文论传统的新的演进中有可能成长为具有重要潜能的创造性质素。

若隐传统的一个显著特征在于隐而显。这就是似乎被隐藏起来，但实际上一直显露着，简捷地说，就是似隐实显，反过来说也一样，似显实隐。也就是说，它曾经被隐藏起来但又实际上显露着，曾经被显露出来但又实际上隐藏着，总之，尽管存在着但没有受到真正的正视或重视。同时，若隐传统还有一个特征，就是具有可显性，也就是有可能被显露，进而被融合进显传统之中。

2. "感兴" 在现代的若隐若显

我在这里想探讨的一种若隐传统，正是在古代长久辉煌但在现代一直若隐若显的"感兴"论，即一种关于文学来自作家的"感兴"并能激发读者"兴会"的文学思想传统。

在中国古代文论中风光无限的"感兴"，在现代文论的百余年时光里，常常是处在若隐若显状况中的。从孔子提出"兴于《诗》"、"《诗》可以兴，可以观，可以群，可以怨"的思想时起，中国历代文论家和文学家陆续把"兴"、"感兴"或"兴会"等视为文学的一种基本质素或特质加以提倡，由此而形成了中国古代文论中的一种连绵不绝的传统。[1] 但清末或 20 世纪初年以来，这种"感兴"传统在西方文论的强势输入中且战且退直到潜隐下去。确实，随着梁启超、王国维等以充分地开放的文化襟怀大力引进新的西方文论，以西方现代知识型为依托的各种欧美文论就竞相登陆中国文论舞台，成为中国现代文论家开创和建构新的现代文论传统的锐利武器。尽管如此，"感兴"论在现代文论中却没有真正退场，而是以不显眼的方式隐蔽地存在下来，也就是成为中国现代文论中的一种若隐传统。

（1）梁启超："忽发异兴"。大力倡导并带头从西方文论中输入一系列新词语的梁启超，在其论述的字里行间实际上并没有完全割断古代文论传统。《夏威

---

[1] 有关研究参见以下论文。张晶：《审美感兴论》，《学术月刊》，1997 年第 10 期；袁济喜：《论"兴"的审美意义》，《文学遗产》，2002 年第 2 期；陈允锋：《论初盛唐诗人的感兴观》，《北方交通大学学报》，2002 年第 2 期；袁济喜：《诗兴活动与中国传统审美心理》，《江苏大学学报》，2004 年第 3 期；陈伯海：《释"诗可以兴"——论诗性生命的感发功能》，《华中师范大学学报》，2006 年第 3 期。

夷游记》（1899）这样写道："二十五日，风稍定，如初开船之日。数日来偃卧无事，乃作诗以自遣。余素不能诗，所记诵古人之诗不及二百首。今次忽发异兴，两日内成十余首，可谓怪事！"① 正是在这篇首次倡导"诗界革命"的游记散文中，梁启超自述作诗来自"忽发异兴"，可见他在自身意识与无意识的深层，还是信奉中国古代文论中的"感兴"范畴及其传统的。"异兴"的使用，正点明了梁启超之与中国古代文论传统的若隐若显的关联。

（2）王国维："无限之兴味"。王国维是以美学、美育、"红楼梦"评论、"境界"说等享誉现代文论领域的，但少有人知道，在这些如今早已成为现代文论的显性传统的深层，却若隐若显地活跃着来自古代的"感兴"论传统。这种传统对他的影响是那样深入，以致他在自己的非文学与美学论文中，常常习惯于运用"兴味"一词："其对形而上学非有固有之兴味也"，"人之对哲学及美术而有兴味者"②。而在美育著述中，他甚至注意阐发古代儒家的"兴"的思想。在发表于1903年的第一篇探讨美育的论文《论教育之宗旨》中，王国维指出："德育与智育之必要，人人知之，至于美育有不得不一言者。盖人心之动，无不束缚于一己之利害，独美之为物，使人忘一己之利害，而入高尚纯洁之域。此最纯粹之快乐也。孔子言志独与曾点，又谓兴于诗，成于乐。希腊古代之以音乐为普通学之一科，及近世希痕林、敬尔列尔等之重美育学，实非偶然也。要之，美育者，一面使人之感情发达，以美完美之域，一面又为德育与知育之手段，此又教育者所不可不留意也。"③ 他以中西比较视野阐发美育观，将"孔子言志，独与曾点"及"兴于诗"的中国传统同古希腊及德国的谢林和席勒代表的西方美育理论并举、互释，显示了"感兴"传统的现代性转化思路。在次年据信是他所作的《孔子的美育主义》中，王国维以西方现代美学和美育理论来阐述孔子的以"兴"为核心的美育思想："其（孔子）审美学上之理论虽不可得而知，然其教人也，则始于美育，终于美育。《论语》曰：'小子何莫学乎诗。诗可以兴，可以观，可以群，可以怨。迩之事父，远之事君。多识于鸟兽草木之名。'又曰：'兴于《诗》，立于礼，成于乐。'"正是从这种基于"兴"的美育传统出发，他进一步指出，孔子的"始于美育，终于美育"的美育理论除了采用诗教和乐教外，"尤使人玩天然之美"以"涵养其审美之情"。④ 他把孔子率弟子在《诗经》的吟诵中兴起、在自然中吟咏的境界比作叔本华式"无利无害，无人无

---

① 梁启超：《夏威夷游记》，据《饮冰室文集点校》第三集，昆明，云南人民出版社2001年版，第1826页。

② 王国维：《论哲学家与美术家之天职》，《王国维文集》第3卷，北京，中国文史出版社1997年版，第7页。

③ 王国维：《教育之宗旨》，《王国维文集》第3卷，北京，中国文史出版社1997年版，第58页。

④ 王国维：《孔子之美育主义》，《王国维文集》第3卷，北京，中国文史出版社1997年版，第157页。

我"、席勒式"美丽之心"等，还用席勒的"在法则中获得自由"等观点来加以阐释。从今天的眼光看，这些阐发难免有牵强处，因为中国的以"兴"为核心的诗教传统同西方现代美学与美育传统相比毕竟有不同，但这也恰恰说明，孔子开创的古典"诗兴"传统成了王国维吸纳西方现代资源而建构中国现代文论的一把隐性而又有用的钥匙。

正是出于对"兴"的"感发"作用的深层笃信，王国维在同年发表的《〈红楼梦〉评论》中，直接用"感发"去解读亚里士多德的悲剧诗学："昔雅里大德勒于《诗论》中谓：悲剧者，所以感发人之情绪而高上之，殊如恐惧与悲悯之二者，为悲剧中固有之物，由此感发，而人之精神于焉洗涤，故其目的，伦理学上之目的也。叔本华置诗歌于美术之顶点，又置悲剧于诗歌之顶点，而于悲剧之中又特重第三种，以其示人生之真相，又示解脱之不可已。故美学上最终之目的，与伦理学上最终之目的合。由是，《红楼梦》之美学上之价值，亦与其伦理学上之价值相联络也。"他在这篇论文末尾还强调"吾国人之对此书之兴味之所在"①。这种对"兴味"的重视还体现在《屈子文学之精神》（1906）一文中："诗歌者，描写人生者也。用德国大诗人希尔烈尔之定义。此定义未免太狭。今更广之曰'描写自然及人生'，可乎？然人类之兴味，实先人生，而后自然。故纯粹之模山范水，流连光景之作，自建安以前，殆未之见。"② 在《古雅之在美学上之位置》（1907）中，王国维明确主张文学创作依赖于作家的"神兴"："真正之天才，其制作非必皆神来兴到之作也。以文学论，则虽最优美、最宏壮之文学中，往往书有陪衬之篇，篇有陪衬之章，章有陪衬之句，句有陪衬之字。一切艺术莫不如是。此等神兴枯涸处，非以古雅弥缝不可。"虽然他在这里强调的重心是天才之作"非必皆神来兴到之作"，以便为"古雅"的"弥缝"功能提供合理缘由，但毕竟还是把"神兴"当作文学创作的基本规律去认识。

王国维对"兴"的重视，尤其集中地体现在他的文论代表作《人间词话》（1908）中，尽管这一著作中的"境界"或"意境"说常常遮掩了"兴"的光芒："严沧浪《诗话》谓：'盛唐诸人，唯在兴趣。羚羊挂角，无迹可求。故其妙处，透彻玲珑，不可凑泊。如空中之音、相中之色、水中之月、镜中之象，言有尽而意无穷。'余谓：北宋以前之词，亦复如是。然沧浪所谓兴趣，阮亭所谓神韵，犹不过道其面目，不若鄙人拈出'境界'二字，为探其本也。"③ 他这里

① 王国维：《〈红楼梦〉评论》，《王国维文集》第1卷，北京，中国文史出版社1997年版，第13～14、23页。

② 王国维：《屈子文学之精神》，《王国维文集》第1卷，北京，中国文史出版社1997年版，第30～31页。

③ 王国维：《人间词话》，《王国维文集》第1卷，北京，中国文史出版社1997年版，第143页。

的"境界"说虽然自以为高于严羽的"兴趣"说和王渔洋的"神韵"说,但实际上是对两者的一种创造性综合的结果。① 而在其他部分,他还论及近体诗的"寄兴言情"功能②。在《〈人间词话〉删稿》中,王国维大力称赞说:"长调自以周、柳、苏、辛为最工。美成《浪淘沙慢》二词,精壮顿挫,已开北曲之先声。若屯田之《八声甘州》,东坡之《水调歌头》,则仟兴之作,格高千古,不能以常调论也。"还评论说:"宋直方《蝶恋花》:'新样罗衣浑弃却,犹寻旧日春衫著。'谭复堂《蝶恋花》:'连理枝头侬与汝,千花百草从渠许。'可谓寄兴深微。"又指认"飞卿《菩萨蛮》、永叔《蝶恋花》、子瞻《卜算子》,皆兴到之作"③。

在《文学小言》中,王国维索性直接用"兴"去阐发文学的超功利的功能:"《三国演义》无纯文学之资格,然其叙关壮缪之释曹操,则非大文学家不办。《水浒传》之写鲁智深,《桃花扇》之写柳敬亭、苏昆生,彼其所为,固毫无意义。然以其不顾一己之利害,故犹使吾人生无限之兴味,发无限之尊敬,况于观壮缪之矫矫者乎?若此者,岂真如汗德所云,实践理性为宇宙人生之根本欤?抑与现在利己之世界相比较,而益使吾人兴无涯之感也?则选择戏曲小说之题目者,亦可以知所去取矣。"④ 这里标举的是文学由于"不顾一己之利害",因而可以"使吾人生无限之兴味,发无限之尊敬","使吾人兴无涯之感"。

总之,王国维虽然是以"境界"说、"美学"或"美育"观等享誉学界的,但他的理论的深层却仍回荡着"兴"的传统,只不过这种古典性传统在他这里已经移位为一种现代若隐传统而已。

(3)鲁迅:创作发自"感兴"。鲁迅的思想,是以同旧传统实施断裂并对外主张"拿来主义"而著称的,这使得他对古典"感兴"论的兴趣和运用常常不大被人关注。实际上,鲁迅自始至终都是相信"兴"的传统并深受其影响的,只不过出于策略的考虑,他常常更多地强调作家不能过分依赖"感兴"而已(详后)。早在《摩罗诗力说》(1907)中,他就明确主张:"由纯文学上言之,则以一切美术之本质,皆在使观听之人,为之兴感怡悦。"(《坟》)在《"硬译"与"文学的阶级性"》(1930)中指出:"但于我最觉得有兴味的,是上节所引的梁先生的文字里,有两处都用着一个'我们',颇有些'多数'和'集团'气味了。"(《二心集》)直到临终前一年(1935),仍然这样对后辈作家叶紫写道:

---

① 叶嘉莹:《王国维及其文学批评》,石家庄,河北教育出版社1997年版,第300页。

② 王国维:《人间词话》,《王国维文集》第1卷,北京,中国文史出版社1997年版,第155页。

③ 王国维:《〈人间词话〉删稿》,《王国维文集》第1卷,北京,中国文史出版社1997年版,第160、162、163页。

④ 王国维:《文学小言》,《王国维文集》第1卷,北京,中国文史出版社1997年版,第29页。

"以后应该立定格局之后，一直写下去，不管修辞，也不要回头看。等到成后，搁它几天，然后再来复看，删去若干，改换几字。在创作的途中，一面练字，真要把感兴打断的。"（《鲁迅书信集》）他显然相信"感兴"是支配创作过程的重要力量。

鲁迅自己的小说和散文创作就贯穿着令人难以忘怀的"感兴"。《野草》里的《腊叶》（1925 年）就刻画了"将坠的病叶的斑斓"。而这一对于"病叶"的体验和描写则包含了鲁迅自己的一则隐秘的"感兴"。据孙伏园回忆，鲁迅这样向他解释创作动因说："许公很鼓励我，希望我努力工作，不要松懈，不要怠忽；但又很爱护我，希望我多加保养，不要过劳，不要发狠。这是不能两全的，这里有着矛盾。《腊叶》的感兴就是从这里得来，《雁门集》等等却是无关宏旨的。"① 孙伏园认为，这里的"许公"当是指许广平。正是在由"病叶"引发的"感兴"中，鲁迅对自我的反省终于找到了一个合适的艾略特式"客观对应物"，从而使得"病叶"成为鲁迅自己命运和形象的一种自况式刻画。

（4）宗白华："诗兴勃勃"。现代诗人、美学家宗白华在回忆自己 17 岁时在青岛和上海的体验时说："青岛的半年没读过一首诗，没有写过一首诗，然而那生活却是诗，是我生命里最富于诗境的一段。"对这位青年诗人来说，仁兴的过程其实同时就是生命体验的过程——生活被诗化了，诗成为生活本身的旋律，所以构成他"生命里最富于诗境的一段"。宗白华继续回忆道："秋天我进了上海同济，同房间里一位朋友，很信佛，常常盘坐在床上朗诵《华严经》。音调高朗清远有出世之概，我很感动。我欢喜躺在床上瞑目静听他歌唱的词句，《华严经》词句的优美，引起我读它的兴趣。那庄严伟大的佛理境界投合我心里潜在的哲学冥想。我对哲学的研究是从这里开始的。庄子、康德、叔本华、歌德相继地在我的心灵的天空出现，每一个都在我的精神人格上留下不可磨灭的印痕。'拿叔本华的眼睛看世界，拿歌德的精神做人'，是我那时的口号。"他的诗兴的发动以及他的哲学兴趣的发端都同这次体验有关。"有一天我在书店里偶然买了一部日本版的小字的王、孟诗集，回来翻阅一过，心里有无限的喜悦。他们的诗境，正合我的情味，尤其是王摩诘的清丽淡远，很投我那时的癖好。"② 这里记录的是青年宗白华对诗歌的"兴趣"的发生过程。而这里的"兴趣"一词是可以同"诗境"、"情味"相换用的。这实际上阐述了宗白华的无意识仁兴与有意识仁兴相交织的仁兴过程。这些富于青春朝气的诗意充满的仁兴过程，为他后来写诗提供了厚实的感兴储备。

---

① 孙伏园：《鲁迅先生二三事》，上海作家书屋 1942 年版，转引自孙伏园、许钦文等：《鲁迅先生二三事——前期弟子忆鲁迅》，石家庄，河北教育出版社 2000 年版，第 60 页。

② 宗白华：《我和诗》，《美学与意境》，北京，人民出版社 1987 年版，第 172～173 页。

宗白华的有名的《流云小诗》，正诞生于他的"诗兴"发动：

> 1921 年的冬天，在一位景慕东方文明的教授夫妇的家里，过了一个罗曼蒂克的夜晚；舞阑人散，踏着雪里的蓝光走回的时候，因着某一种柔情的萦绕，我开始了写诗的冲动，从那时以后，横亘约摸一年的时光，我常常被一种创造的情调占有着。黄昏的微步，星夜的默坐，大庭广众的寂寞，时常仿佛听见耳边有一些无名的音调，把捉不住而呼之欲出。往往是夜里躺在床上熄了灯，大都会千万人声归于休息的时候，一颗战栗不寐的心兴奋着，静寂中感觉到窗外横躺着的大城在喘息，仿佛一座平波微动的大海，一轮冷月俯临这动极而静的世界，不禁有许多遥远的思想来袭我的心，似惆怅，又似喜悦，似觉悟，又似恍惚，无限凄凉之感里，夹着无限热爱之感。似乎这微妙的心和那遥远的神秘的暗道，在绝对的静寂里获得自然人生最亲密的接触。我的《流云小诗》，多半是在这样的心情中写出的。往往在半夜的黑影里爬起来，附着床栏寻找火柴，在烛光摇晃中写下那些现在人不感兴趣而我自己却借以慰藉寂寞的诗句。《夜》与《晨》两诗曾记下这黑夜不眠而诗兴勃勃的情景。[①]

旅欧的宗白华在时常处在发兴情境中，"黑夜不眠而诗兴勃勃"，在此诗兴大发的情境中，他得以行云流水般地写出自己青年时代的佳作《流云小诗》。对古人来说，发兴是有条件的，即诗人应适当摆脱"俗"务纠缠而沉入"虚静"之境。"诗也者，兴之所为也。兴生于情，人皆有之，唯愚人无兴，俗人无兴。天下唯俗人多，俗人之兴在乎轩冕财贿，而不可以法之于诗，其所为诗率剿袭模拟，若优孟之于孙叔敖也。"[②] 如果整天专注于"轩冕财贿"这四样世俗功利目标，是断不可能随处发兴的。

（5）郭沫若："灵感"与"诗兴"。作为诗人的郭沫若，是既相信西方人所谓"灵感"，也相信古人所谓"诗兴"的。他在《诗歌底创作》（1941 年）一文里指出："灵感这东西到底是有没有呢？如有，到底是需要不需要呢？在我看来是有的，而且也很需要。不过这种现象并不是什么灵鬼附了体或是所谓'神来'，而是一种新鲜的观念，突然使意识强度集中了一种新鲜观念而又累积地增强着意识的集中的那种现象。这如不十分强烈的时候，普通所谓诗兴，便是这种东西。如特别强烈可以使人作寒作冷，牙齿发战，观念的激流如狂涛怒涌，应接

---

① 宗白华：《我和诗》，《美学与意境》，北京，人民出版社 1987 年版，第 177 页。
② （明）赵南星：《三溪先生诗序》，《赵忠毅公文集》卷八。

不暇。"在郭沫若心目中，外来词语"灵感"完全是可以用古代术语"诗兴"去替换或互译的，这仿佛就是自然而然的事情。

郭沫若自己的诗歌创作，就经常是在充满"诗兴"的状态中进行的。关于《地球，我的母亲！》一诗的写作，他自己回忆说，那是 1919 年寒假中的一天，他正在福冈图书馆看书，"突然受到了诗兴的袭击"，于是乘兴便出了图书馆，在馆后僻静的石子路上，激动地脱掉木屐，"赤着脚踱来踱去"，"时而又率性倒在路上睡着，想真切地和'地球母亲'亲昵，去感触她的皮肤，受她的拥抱。"[①]显然，他相信"诗兴"正是自己做诗的直接动因。郭沫若还回忆说，正是由于《学灯》编辑宗白华的鼓励，在 1919 年到 1920 年之交，"我的诗兴被煽发到狂潮的地步"[②]。这里的"诗兴"基本上沿用的就还是那种来自古代传统的"感兴"意味。他自己常常怀念《女神》时代的"那种火山爆发式的内发情感"，那种表现出"最高潮时候的生命感"[③]的诗兴的畅快。他作于 1968 年的一首词就题为《水调歌头·追忆游采石矶感兴》，显然直到晚年，他做诗仍然相信"感兴"或"诗兴"的推动。这首词的下阕是："君打桨，我操舵，同放讴。有兴何须美酒，何用月当头？《水调歌头·游泳》，畅好迎风诵去，传遍亚非欧。宇宙红旗展，胜似大鹏游！"从"有兴何须美酒"看，诗人突出的仍是"诗兴"的感发作用。

(6) 沈从文："文学兴味"。在中国现代文坛，沈从文是以通过美的人生形象和人生理想去感染读者而著称的影响力巨大的作家。他自己的惯常的理论表述，也确实加强了这一印象。他的《新的文学运动与新的文学观》这样写道："一个作家在写作观念上，能得到应有的自由，作品中浸透人生的崇高理想，与求真的勇敢批评态度，方可望将真正的时代精神与历史得失，加以表现。能在作品中铸造一种博大坚实富于生气的人格，方能启发教育读者的心灵。"[④] 这种以美的人生来批评和改造现实世界的信念，无疑是沈从文文学创作的一个宏大抱负。

但是，同样应当看到，在他进行这种表述和论证的过程中，也就是在他所有意识或无意识地使用的术语中，就有在古代（尤其是魏晋以来）盛行的"兴味"或"感兴"之说。具体地说，在他自己的创作和理论文字里，经常使用的词语除"兴味"和"感兴"外，还有"兴致"、"兴趣"、"余兴"、"尽兴"等。例如，正是在上面这篇申论把新文学从"商场"和"官场"中解放出来的文字里，

---

① 郭沫若：《我的作诗的经过》，《郭沫若文集》第 11 卷，北京，人民文学出版社 1961 年版，第 143 页。

② 郭沫若《凫进文艺的新潮》，《文哨》1945 年第 1 卷第 2 期。

③ 郭沫若：《序我的诗》，《沫若文集》第 13 卷，北京，人民文学出版社 1957 年版，第 121 页。

④ 沈从文：《新的文学运动与新的文学观》，《抽象的抒情》，上海，复旦大学出版社 2004 年版，第 6 页。

他也使用了"兴趣"一说:"作品既以商品房市分布国内,作者固龙蛇不一,有好有坏,读者亦嗜好酸咸,各有兴趣。……非职业作家,且有不少人已近中年,尚有兴趣在个人所信所守一个观点上,继续试验他的工作的。"这里把作家创作和读者阅读都纳入"兴趣"左右的范围里。又说:"在什么集会中有贵宾要人莅临时,大家也凑和一场,胡乱畅谈文学艺术,或照老文人方式,唱唱京戏作为余兴,或即席赋诗相赠。"① 又使用了"余兴"来加以支持。可以说,沈从文在其思想的显传统层面不折不扣地运用了现代文论术语,但在深层里却有意无意地受到古代"兴味"范畴的支配。

这种情形,在他创作的文学作品里就有流露。1930 年发表的短篇小说《灯》借助叙述人"我"表述出对乡土题材的"兴味":"平常时节对于以农村因经济影响到社会组织来写成的短篇小说,是我永远不缺少兴味的工作"②。在他作于1932~1939 年的《凤子》中,更可以读到下面这样的描写:

> 那一对不相识的男女,一点谈话引起了他一种兴味,这年青人希望认识那个有趣味的中年男子的欲望,似乎比相看看那年青女人的心情还深切。

> 一种希奇的遇合,把海滩上两粒细沙子粘合到了一处。一切不可能的,在一个意外的机会上,却这样发生了。当两人把话尽兴的说下去,直到分手时,两人都似乎各年轻了十岁。

> 绅士对于这个对白发生了一种思索的兴味,他愿意接续到这一点问题上,思想徘徊逍遥。

> 显然的,这个人在路上触目所见,一切皆不习惯,皆不免发生惊讶,故长途跋涉,疲劳到这个男子的身心,却因为一切陌生,触目成趣,常常露出微笑,极有兴致似的,去注意听那个同伴谈话。

> 那时正是八月时节,一个山中的新秋,天气晴而无风。地面一切皆显得饱满成熟。山田的早稻已经割去,只留下一些白色的根株。山中枫树叶子同其他叶子尚未变色。遍山桐油树果实大小如拳头,美丽如梨子。路上山果多黄如金子红如鲜血,山花皆五色夺目,远看成一片锦绣。

---

① 沈从文:《新的文学运动与新的文学观》,《抽象的抒情》,上海,复旦大学出版社 2004 年版,第2、3 页。

② 沈从文:《灯》,《沈从文全集》第 9 卷,北岳文艺出版社 2002 年版,第 146 页。

路上的光景，在那个有教育的男子头脑中不断的唤起惊讶的印象。曲折无尽的山路，一望无际的树林，古怪的石头，古怪的山田，路旁斜坡上的人家，以及从那些低低屋檐下面，露出一个微笑的脸儿的小孩们，都给了这个远方客人崭新的兴味。

那个城市中人，大半天来就对于同伴的说话，感到最大的兴味。①

这里先后使用"兴味"一词多达4次，还使用与之相关的"兴致"和"尽兴"各1次。像这样在创作的文学作品中使用古典术语"兴味"、"兴致"、"尽兴"等术语的，还有不少处。可见来自古代的"兴味"一词已经渗透入沈从文的创作情态中去了，成为他有意识和无意识地进行创作的一把经常的自我标尺。

沈从文不仅在文学创作中，而且更在文学理论与批评文字中，在自觉的理性层面经常使用"兴味"及其相关词语。他的《论中国创作小说》（1931）意在帮助"关心新文学"的人了解当时的创作状况，以便摆脱"恶化的兴味"的束缚，而获得真正健康的文学"兴味"。他这样评论鲁迅创作产生之原因及其特色：

写《狂人日记》，分析病狂者的心的状态，以微带忧愁的中年人感情，刻画为"历史"所毒害的一切病的想象。在作品中，注入嘲讽气息，因为所写的故事超拔一切，同时创作形式，文字又较之其他为完美，这作品，便成为当时动人的作品了。这作品的成功，使作者有兴味继续写下了《不周山》等篇，后来汇集成为《呐喊》，单行印成一集。且从这一个创作集上，获得了无数读者的友谊。其中在《晨报副刊》登载的一个短篇，以一个诙谐的趣味写成的《阿Q正传》，还引起了长久不息的论争。在表现成就上，得到空前的注意。当时还要"人生的文学"，所以鲁迅那种作品，便以"人生文学"悲悯同情意义，得到盛誉。

沈从文显然相信，鲁迅是在"兴味"驱使下写作《狂人日记》的，而正是其成功"使作者有兴味继续写下了《不周山》等篇"。那么，小说集《呐喊》呈现了怎样的文学"兴味"呢？沈从文继续分析说："因为在解放的挣扎中，年轻人苦闷纠纷成一团，情欲与生活的意义，为最初的睁眼与眩昏苦恼，鲁迅的作品，混合的有一点颓废，一点冷嘲，一点幻想的美，同时又能应用较完全的文字，处

---

① 沈从文：《凤子》，见《沈从文文集》第四卷，广州、香港，花城出版社、生活·读书·新知三联书店香港分店1982年版，第333页。

置所有作品到一个较好的篇章里去，因此鲁迅的《呐喊》，成为读者所喜欢的一本书了。时代促成这作者的高名。"① 在沈从文看来，鲁迅作品的"兴味"突出地表现为四方面要素的融合：一点颓废、一点冷嘲、一点幻想的美，以及文字与篇章上的融合能力。

沈从文对"创造社"的文学活动，仍然从"兴味"角度去持作积极评价："从微温的、细腻的、怀疑的、淡淡寂寞的朦胧里离开，以夸大的、英雄的、粗率的、无忌无畏的气势，为中国文学拓一新地，是创造社几个作者的作品。郭沫若、郁达夫、张资平，使创作无道德要求，为坦然自白，这几个作者，在作品方向上，影响较后的中国作者写作的兴味实在极大。同时，解放了读者的兴味，也是这几个人。"② 他清醒地认识到，"创造社"在"影响较后的中国作者写作的兴味"和"解放了读者的兴味"方面起了"极大"的作用。

沈从文对诗人徐志摩的评价，运用的还是"兴味"标准。在《论徐志摩的诗》（1932）里，沈从文直接使用"文学兴味"一词去描述1923年以来"中国新文学运动"的"新的展开"："凡为与过去一时代文学而战的事情，渐趋于冷静，作家与读者的兴味，转移到作品质量上面后，国内刊物风气，皆有沉默向前之势。创造社以感情的结合，作冤屈的申诉，特张一军，作由文学革命而演化产生的文学研究会团体，取对立姿式，《小说月报》与《创造》，乃支配了国内一般青年人之文学兴味。"又说："新的文学由新的兴味所拥护，渐脱离理论，接近实际，独向新的标准努力。"③ 沈从文着力分析在新的"文学兴味"条件下，徐志摩的诗对新诗的独特贡献：

> 基于新的要求，徐志摩以他特殊风格的新诗与散文，发表于《小说月报》。同时，使散文与诗，由一个新的手段，作成一种结合，也是这个人。（使诗还元朴素，为胡适。从还元的诗抽除关于成立诗的节，成完全如散文的作品，为周作人。）使散文具备诗的精灵，融化美与丑劣句子，使想象徘徊于星光与污泥之间，同时，属于诗所专有，而又为当时新诗所缺乏的音乐韵律的流动，加入于散文内，徐志摩的试验，由新月印行之散文集《巴黎鳞爪》，以及北新印行之《落叶》，实有惊人的成就。到近来试检察作者唯一之创作集《轮盘》，其文字风格，便具一切诗的气分。文字中糅合有新的灵魂，华丽与流畅，在中国，作者散文所达到的高点，一般作者中，是还无一个人能与并肩的。

---

① 沈从文：《论中国创作小说》，《抽象的抒情》，上海，复旦大学出版社2004年版，第60~61页。
② 同上，第64页。
③ 沈从文：《论徐志摩的诗》，《抽象的抒情》，上海，复旦大学出版社2004年版，第180~181页。

沈从文还进而对徐志摩作出了如下评价："作者所长是使一切诗的形式，使一切由文中不习惯的诗式，嵌入自己作品，皆能在试验中契合无间。"原因在于，徐志摩善于通过崭新的语言"组织"去带给读者以"极大的感兴"："如《我来扬子江边买一把莲蓬》，如《客中》，如《决断》，如《苏苏》，如《西伯利亚》，如《翡冷翠的一夜》，都差不多在一种崭新的组织下，给读者以极大的感兴。"① 这里又于不知不觉间换用了"感兴"一词，可见"兴味"与"感兴"在沈从文内心本来就是同一范畴的不同表述方式而已。八年后，沈从文对徐志摩诗歌的"兴味"特色作了进一步理解："徐志摩作品给我们感觉是'动'，文字的动，情感的动，活泼而轻盈，如一盘圆台珠子，在阳光下转个不停，色彩交错，变幻炫目。他的散文集《巴黎的鳞爪》代表他作品最高的成就。写景，写人，写事，写心，无一不见出作者对于现世光色的敏感，与对于文字性能的敏感。"② 他在这里以"如一盘圆台珠子，在阳光下转个不停，色彩交错，变幻炫目"去比喻徐志摩的诗歌语言的特色，可谓独出心裁，形象而传神，至今仍令人回味。

此外，沈从文还在其他许多场合使用"兴味"、"感兴"等词语。他对焦菊隐的《夜哭》这样说："若我们想从一种时行作品中，测验一个时代文学的兴味高点，《夜哭》是一本最相宜的书。"③ 他还用"感兴"评价诗人朱湘："在《草莽集》上，如《猫诰》，以一个猫为题材，却作历史的人生的嘲讽，如《月游》，以一个童话的感兴，在那诗上作恣纵的描画。"④ 他在比较自己和废名（冯文炳）时，这样说废名："同样去努力为仿佛我们世界以外那一个被人疏忽遗忘的世界，加以详细的注解，使人对于那另一世界憧憬以外的认识，冯文炳君只按照自己的兴味做了一部分所欢喜的事。"如果说废名只按照个人的文学"兴味"去书写，那么，他沈从文自己就不一样了："使社会的每一面，每一棱，皆有一机会在作者笔下写出，是《雨后》作者的兴味与成就。用矜慎的笔，作深入的解剖，具强烈的爱憎有悲悯的情感，表现出农村及其他去我们都市生活较远的人物姿态与言语，粗糙的灵魂，单纯的情欲，以及在一切由生产关系下形成的苦乐，《雨后》作者在表现一方面言，似较冯文炳君为宽而且优。"⑤ 他自己的"兴味"则可以"写出"全"社会"的方方面面面。也就是说，废名只是"按照自己的兴

① 沈从文：《论徐志摩的诗》，《抽象的抒情》，上海，复旦大学出版社 2004 年版，第 181～182、190 页。

② 沈从文：《从徐志摩作品学习抒情》，《抽象的抒情》，上海，复旦大学出版社 2004 年版，第 146 页。

③ 沈从文：《论焦菊隐的〈夜哭〉》，《抽象的抒情》，上海，复旦大学出版社 2004 年版，第 199～200 页。

④ 沈从文：《论朱湘的诗》，《抽象的抒情》，上海，复旦大学出版社 2004 年版，第 219 页。

⑤ 沈从文：《论冯文炳》，《抽象的抒情》，上海，复旦大学出版社 2004 年版，第 105～106 页。

味做了一部分所欢喜的事",而真正能"使社会的每一面,每一棱,皆有机会在作者笔下写出"的,则无疑是他自己的"兴味与成就"。这里,比较文学成就时所使用的标尺,仍然是"兴味"。

可以这样说,沈从文堪称中国现代文学界在理论与创作层面上自觉地传承中国"感兴"传统的第一人,如果要说杜甫是中国古代文学界在理论与创作层面上自觉地传承中国"感兴"传统的第一人的话。

其实,在现代文学界,倡导"感兴"的还大有人在。例如,毛泽东就在这方面留下不少印迹。他在1950年10月即兴作《浣溪沙·和柳亚子先生》:"长夜难明赤县天,百年魔怪舞翩跹,人民五亿不团圆。一唱雄鸡天下白,万方乐奏有于阗,诗人兴会更无前。"这里就特地使用了"诗人兴会"这样的表述。毛泽东诗的视野极为广阔,相对而言,更偏爱李白、李贺、李商隐,而对杜甫诗也圈点多达69首,占他圈阅过的唐诗10%。他尤其喜欢宋词中豪放派苏轼、辛弃疾、陈亮的词。他的兴趣是:"偏爱豪放,不废婉约。"他在1957年致女儿李讷的信中说:"词有婉约,豪放两派,各有兴会,应当兼读。"

3. "感兴"在现代淡隐的原因

从上面的描述可见,"感兴"在现代虽然被压制,但毕竟依然以淡隐的方式存在着。那么,导致"感兴"在现代淡隐的原因是什么呢?不妨从客观与主观两方面去看。就客观因素来看,新的现代"文学革命"语境的压力与"世界学术"模式的幻觉,为接纳和创造现代文论提供了远为合适的土壤。就主观因素来看,现代文论家们往往有意或无意间把自己原本喜爱或认同的"感兴"淡隐起来。这里可见区分出两种情形:一是有意识淡隐,二是无意识淡隐。

有意识淡隐,是指现代文论家为了某种目的,把自己原本信奉的"感兴"隐匿起来。鲁迅正是这种有意识淡隐的例子。一方面,他相信文学创作依赖于"感兴",所以有时会情不自禁地流露出这一点,这一点已如前述。但另一方面,他却在更多场合、在更理性的层面上,尽力否认文学"感兴"的作用。他的《并非闲话》(1925)说:"至于所谓文章也者,不挤,便不能做。挤了才有,则和什么高超的'烟士披离纯'呀,'创作感兴'呀之类不大有关系,也就可想而知。"他一面明确否认"创作感兴",一面强调"挤"的作用。这种"挤"在他这里显然带有某种理性控制色彩,体现了作家的富于社会责任的有意识作用。"这也算一篇作品罢,但还是挤出来的,并非围炉煮茗时中的闲话,临了,便回上去填作题目,纪实也。"(《华盖集》)对这种不信"感兴"而信"挤"的情形,鲁迅总是一再加以申辩的。他在《〈阿Q正传〉的成因》(1926)里说:"我常常说,我的文章不是涌出来的,是挤出来的。听的人往往误解为谦逊,其实是真情。我没有什么话要说，也没有什么文章要做，但有一种自害的脾气，是有时不免呐喊几声，想给人们去添点热闹。"如果这里的"挤"是指理性控制，那么，"涌"则是指"感兴"说的。"阿Q的影像，在我心目中似乎确已有了好几年，但我一向毫无写他出来的意思。经这一提，忽然想起来了，晚上便写了一点，就是第一章：序。"（《华盖集续编》）

鲁迅这样竭力掩盖"感兴"而突出"挤"的作用，为的是什么？可以说，最为直接的作用之一在于，号召人们不要脱离生活地等待什么创作灵感，而应首先做一个"革命人"。他的《革命文学》（1927年）这样指出："我以为根本问题是在作者可是一个'革命人'，倘是的，则无论写的是什么事件，用的是什么材料，即都是'革命文学'。从喷泉里出来的都是水，从血管里出来的都是血。'赋得革命，五言八韵'，是只能骗骗盲试官的。"（《而已集》）与鲁迅有意识地掩藏"感兴"而突出做"革命人"不同，沈从文的"感兴"谈论则更多地属于一种无意识淡隐。这是因为，沈从文的创作"感兴"是与他的创作旨趣完全一致的：对美的人生形象和理想的想象和礼赞，往往来自个体的"感兴"。

4. 中西比较中的"感兴"再生

在20世纪上半叶，"感兴"在文学创作界被挤压成为若隐传统时，在文学研究界也只是受到过少许有限的关注，这种关注更多地仅仅局限在民间歌谣及其古代渊源问题领域。

那是"五四"新文化运动高潮过后的1925年，顾颉刚发表题为《起兴》的文章，试图从民间歌谣回头考察《诗经》及其表现手法赋比兴，从而使"兴"的研究出现了一次热潮。顾颉刚赞同地援引郑樵《读诗义法》中的观点指出："'关关雎鸠'……是作诗者一时之兴，所见在是，不谋而感于心也。"他由此得出结论说："凡兴者，所见在此，所得在彼，不可以事类推，不可以理义求也。"他看到了"兴"中"所见"与"所得"之间存在的差异，指出这种差异在于"不可以事类推，不可以理义求"，而属于"一时之兴"中才可以产生的一种"不谋而感于心"的东西。同时，在"兴"的表现功能上，他做出了如下比较："'关关雎鸠'的兴起淑女与君子便不难解了。作这诗的人原只要说'窈窕淑女，君子好逑'，但嫌太单调了，太率直了，所以先说一句'关关雎鸠，在河之洲'，它的最重要的意义，只在'洲'与'逑'的协韵，至于雎鸠的'情挚而有别'，淑女与君子的'和乐而恭敬'，原是作诗的人所绝没有想到的。"[①] 这里等于指出"兴"具有一种

---

① 顾颉刚：《写歌杂记·起兴》，转引自朱自清《古诗歌笺释三种·附录》，据《朱自清全集》第7卷，南京，江苏教育出版社1996年版，第176～177页。

音韵上的"协韵"功能。刘大白先生进一步指出:"其实,简单地说讲,兴就是起一个头,借着合诗人底耳鼻舌身意相接构的色声香味触法起一个头。换句话讲,就是把看到听到嗅到尝到想到的事物借来起一个头。这个起头,也许和下文似乎有关系,也许完全没有关系。总之,这个借来起头的事物,是诗人底一个实感,而曾经打动过诗人底心灵。"① 钟敬文《谈谈兴诗》则把"兴"分作两种:第一种"兴"是只借物以起兴,和后面的诗句含义并无直接关联,可以叫做"纯兴诗"。第二种"兴"是借物以起兴,隐晦地暗示后面的诗句含义,可以叫"兴而带有比意的诗"。② 这个区分是有意义的。这次探讨虽然没有直接涉足古代"感兴"传统的现代传承问题,但毕竟可以间接地唤起人们对此的关注。朱自清后来在研究中发现,"兴"的意义由两部分合成:"《毛传》'兴也'的'兴'有两个意义,一是发端,二是譬喻;这两个意义合在一块儿才是'兴'。"在他看来,由"发端"与"譬喻"的组合即成为"即事言情"③。

上述有关赋比兴的讨论并没有对中国现代文论的发展产生多少直接的推动力,因为中国现代文论其时急于吸纳的,主要是来自西方文论的影响力。进入1949年,中国文论界更是致力于借鉴苏联文论范式而发展中国现代文论,自然就无暇顾及中国古代文论遗产、特别是"感兴"传统了。好在初出茅庐的青年美学家李泽厚在1957年撰写了《"意境"杂谈》一文,旗帜鲜明地呼唤"需要深入到中国古典艺术理论和作品的遗产中去追寻探索,而且还更需要结合今天艺术创作和理论批评工作中的许多问题去探索",从而在传承中国古典美学与文论传统方面发出了有力的呼唤。他把"意境"与其时被格外推崇的"典型"范畴相提并论,从而在中国马克思主义文论框架中输入了古代传统范畴"意境"的地位,这也就是等于大大提升了"意境"在中国现代文论中的范畴地位。他认为,"意境"包括了生活形象的客观反映和艺术家情感理想的主观创造,后者就是所谓"意",前者则是所谓"境"。"意"与"境"的统一,就是"情"、"理"与"形"、"神"的有机的融合。他相信,"在情、理、形、神的互相渗透、互相制约的关系中或可窥破意境形成的秘密。"特别应当指出的是,李泽厚引用了严羽《沧浪诗话》中论述"兴趣"的段落:"诗者,吟咏情性也。盛唐诸人,惟在兴趣,羚羊挂角,无迹可求。故其妙处,透彻玲珑,不可凑泊,如空中之音,相中之色,水中之月,镜中之象,言有尽而意无穷。"④ 这些援引以及论述⑤,在当时

---

① 刘大白:《白屋说诗》,北京,中国书店据开明书店1935年版影印版,第3~4页。
② 钟敬文:《谈兴诗》,据《兰窗诗论集》,北京,北京师范大学出版社1993年版,第123页。
③ 朱自清:《诗言志辨·比兴》,据《朱自清全集》第7卷,南京,江苏教育出版社1996年版,第180、192页。
④ 李泽厚:《"意境"杂谈》,《光明日报》,1957年6月9、16日。
⑤ 还可参见李泽厚稍后在相近领域的论文《虚实隐显之间》,《人民日报》,1962年7月22日。

条件下，可以启迪人们注意向中国古典美学与文论遗产（包括"兴趣"论）中去寻求支持。

从李泽厚的上述论述到下面即将描述的海外学者的研究可知，进入 20 世纪下半叶，中国现代文论研究者在与西方文论的对话中，陆续体认到一个事实：建设中国现代文论不能仅仅依赖于借鉴西方文论，而需要适当传承我们民族自身的文论传统。当中国大陆文论界尚处于关门师法苏联文论而对西方文论冷拒之时，一些海外学者在西方文论语境中通过中西文论比较，逐渐发现了古典"感兴"传统对于中国现代文论的重要性。旅美学者陈世骧（1912～1971 年）的"原兴"研究正是一个突出代表。

陈世骧在《原兴：兼论中国文学特质》（The Shih-Ching：Its Generic Significance in Chinese Literary History and Poetics，1969）一文中，大力标举和诠释"兴"为中国文学之本的观点。他认为，在美学的范畴里，"'兴'或可译为 motif，且在其功用上可见有诗学上所谓复沓（burden）、叠复（refrain），尤其是'反覆回增法'（incremental repetition）的本质。如果我们能详细探究出'诗'和'兴'这两个字的意义，并把这两个字结合讨论，即有希望求得三百篇的原始面目。"他希望透过对于"诗兴"的字源学探究，发现《诗经》乃至整个中国古典诗歌的本源。他的做法是，从字源学角度分析"诗"和"兴"的本义，发现早在"诗"出现以前，"兴"就早已成为文学的创作根源。"'兴'在古代社会里和抒情诗歌的萌现大有关系，至于这种抒情作品被称为'诗'，已是晚期变化的结果。"他随即分析说：

> "兴"乃是初民合群举物时所发出的声音，带着神采飞逸的气氛，共同举起一件物体而旋转；此一"兴"字后来演绎出隐约多面的含意，而对我们理解传统诗意和研究《诗经》技巧都有极不可忽视的关系。这是古代歌乐舞即"诗"的原始，"诗"成了此后中国韵文艺术的通名。但我们可以把"兴"当做结合所有的《诗经》作品的动力，使不同的作品纳入一致的文类，具有相等的社会功用，和相似的诗质内蕴；这种情形即使在《诗经》成篇的长时期演变过程里也不见稍改。原始的歌呼转化润饰而成为诗艺技巧和风尚，产生各种不同的意思，但我们仍体会得出那是最原始"曲调"的基本成分。①

---

① ［美］陈世骧：《原兴：兼论中国诗的特质》，见台北"中央"研究院史语所集刊第三十九本，1969 年正月刊，引自《陈世骧文存》，沈阳，辽宁教育出版社 1998 年版，第 155～156 页。

陈世骧的这一分析的重要性和贡献在于，第一，把"兴"理解为原始人的带有强烈的巫术仪式意味的产物，从而寻到了这个范畴的原始生活基础；第二，进而认定"兴"蕴含着后来作为歌乐舞结合的艺术的"诗"的萌芽因子，这就为中国古典诗歌找到了一个集中的源头；第三，把"兴"当做所有的《诗经》作品乃至艺术作品所必需的共通的动力因子，其包含艺术所需的文类、社会作用和诗质内蕴，这就为整个中国文学乃至艺术寻找到一种可能的共同原始模型。他指出："'兴'保存在《诗经》作品里，代表初民天地孕育出的淳朴美术、音乐和歌舞不分，相生并行，糅合为原始时期撼人灵魂的抒情诗歌。它是后世所冥想憧憬的艺术典型，也是后世诗人所竞相鼓舞来追求的艺术目标，只是遽尔企及那个境界却是已不可能的事。"① 他认为"兴"是中国古典诗歌乃至古典文学和古典艺术所据以发端的原始范型。作为这种原始范型，"兴"成为后世中国文学所不断回溯和发挥作用的源头："谁都知道《红楼梦》是中国文学史里登峰造极的小说，但它显然还保留着民间说书的色彩。我们发现这个人才具与民间传统的结合仍然保留着明显的俗世的辛酸和欢畅。所以这个高度加工的艺术品里正显示洪荒以来基本人性的活生生的面貌。用这个眼光看中国文学，基于这种认识，我们对中国文学的欣赏有增无减；本文以初民'上举欢舞'时'兴'的呼声来研究《诗经》，希望是个发展式的同时也是个还原式的研究。"② 在他看来，即便是《红楼梦》这样的"登峰造极"之作，也保留着来自原始"兴"的传统血脉。这是因为，根据他的研究，《红楼梦》乃至其他中国文学作品都不过是原始"诗兴"的"发展"的产物而已。如此，他的这种研究才既是一种"发展式"研究，也是一种"还原式"研究。

旅加学人叶嘉莹在 1976 年发表的论文《论〈人间词话〉境界说与中国传统诗说之关系》中，发现王国维的"境界"说同古代严羽的"兴趣"说和王士禛的"神韵"说之间存在着紧密的渊源关系，由此而明确地追溯出一条中国古典诗歌之重视"兴发感动之作用"的评诗传统。她这里的所谓"兴发感动"，其实正就是我们这里所谓"感兴"或"兴会"（或其他相关词语）。她认为，严羽的"兴趣"说重视"感发作用本身之活动"，王士禛的"神韵"说重视"由感发作用引起的言外之情趣"，而王国维的"境界"说重视的则是"感受作用在作品中具体之呈现"。由此她得出如下通盘性结论："在中国诗论中，除了重视声律、格调、用字、用典等，偏重形式之艺术美一派的各家艺术主张外，其他凡是从内

---

① ［美］陈世骧：《原兴：兼论中国诗的特质》，见台北"中央"研究院史语所集刊第三十九本，1969 年正月刊，引自《陈世骧文存》，沈阳，辽宁教育出版社 1998 年版，第 159 页。

② 同①，第 178 页。

容本质着眼的，盖无不曾对此种兴发感动之力量有所体会和重视。只是因为不同之时代各有不同之思想背景，因此各家诗论当然也就不免各有其偏重之点。"① 应当讲，她的这一看法是大体符合《诗大序》以来、特别是魏晋以来中国诗论的传统的。她还由此出发，主张让这种古典性传统在现代获得传承。这就是为什么，她特别重视王国维在西学东渐时代条件下借助西方视野而对中国"兴发感动"传统的弘扬之举。

叶嘉莹明确地认为，王国维的"境界"说是他在新时代借助西学而对中国古典"兴发感动"传统加以新体认的结果："至于静安先生之境界说的出现，则当是自晚清之世，西学渐入之后，对于中国传统所重视的这一种诗歌中之感发作用的又一种新的体认。故其所标举之'境界'一词，虽然仍沿用佛家之语，然而其立论，却已经改变了禅宗妙悟之玄虚的喻说，而对于诗歌中之由'心'与'物'经感受作用所体现的意境及其表现之效果，都有了更为切实深入的体认，且能用'主观'、'客观'、'有我'、'无我'及'理想'、'写实'等西方之理论概念作为析说之凭借，这自然是中国诗论的又一次重要的演进。"② 根据她的分析，王国维的"境界"说贡献在于，一是在传统上"沿用佛家之语"；二是在"立论"上把禅宗的"妙悟之玄虚的喻说"改造为可信的分析；三是对于古人有关诗歌中的兴发感动作用的论述有了"更为切实深入的体认"；四是能够运用"西方之理论概念"去予以大致合理的阐发。据此，她对王国维的"境界"说作了很高的评价，认为它代表"中国诗论的又一次重要的演进"。可以说，这种"重要的演进"其实正是指中国诗论或文论的一次现代性演进。

至于叶嘉莹本人，其独特的理论贡献在于，通过中国诗论传统与西方诗论传统的比较，以清醒的自觉姿态指出"感兴"正代表中国诗歌的"基本生命力"："兴发感动之作用，实为诗歌之基本生命力。"③ 对中国诗歌中的这种"兴发感动之作用"，她有时又用别的相关术语表示："诗歌创作的一种基本要素"、"诗歌原始的生命力"④，以及"在本质方面……某些永恒不变之质素"⑤。她还进一步对"兴发感动"从诗人感受和读者效果两方面加以分析："至于诗人之心理、直觉、意识、联想等，则均可视为'心'与'物'产生感发作用时，足以影响诗

① 叶嘉莹：《谈古典诗歌中兴发感动之特质与吟诵之传统》，据叶嘉莹《我的诗词道路》，石家庄，河北教育出版社 1997 年版，第 181～182 页。又见叶嘉莹：《王国维及其文学批评》，石家庄，河北教育出版社 1997 年版，第 299 页。

② 叶嘉莹：《王国维及其文学批评》，石家庄，河北教育出版社 1997 年版，第 300 页。

③ 同②，第 301 页。

④ 同②，第 284、286 页。

⑤ 叶嘉莹：《古典诗歌兴发感动之作用》，据《迦陵论词丛稿》，石家庄，河北教育出版社 1997 年版，第 3 页。

人之感受的种种因素，而字质、结构、意象、张力等，则均可视为将此种感受予以表达时，足以影响表达之效果的种种因素。如果用《人间词话》中静安先生的话来说，则前者应该乃属于'能感之'的种种因素，后者则是属于'能写之'的种种因素。"① 同时，她进一步指出："如果就中国古典诗歌之以兴发感动为其主要之特质的一点而言，则私意以为'兴'字所代表的直接感发作用，较之'比'的经过思索的感发作用，实更能体现中国诗歌之特质。"② 相比而言，她认为"兴"比"比"更能体现"中国诗歌之特质"。这一点确实抓住了中国诗歌之根本。

另一位旅加学者高辛勇则主要从现代修辞学角度重新考察"兴"的内涵和渊源，提出了相近的看法："中国诗所强调的则是'兴'而不是'比'。《文心雕龙》论比兴时说：'毛公述转，独标兴体'。兴的运作机制到底怎样，一二千年来众说纷纭，一是一个具体的外在事物，另一则是与主题或情感有关的内在事物，两者之间存在着某种关系。"到底应该如何理解"兴"呢？比之陈世骧和叶嘉莹，高辛勇的更进一步和独特的研究在于，认识到"比"大体相当于西方的"隐喻"（metaphor），而"兴"则是属于中国诗歌特有的一种传统，又可称"兴体"，有着特殊的宇宙观渊源。他指出，"比"所显示的"二个事物之间的关系是明显的"，如"我心非石，不可转也"；而"在兴的情形下，两者关系则不明显也不明确"，如"关关雎鸠，在河之洲。窈窕淑女，君子好逑"③。"兴"或"兴体"的独特处何在？他发现，与"比"或隐喻中的确定性代替关系相比，"兴"或"兴体"中的关系具有一种特殊的不确定性或"暧昧性"："但也正因它的这种暧昧性，兴才受重视、才有价值。……一般认为比的意思明确但狭窄，兴则是含义暧昧但深广。"这种来自《诗经》的"含义暧昧但深广"的"兴"，在后世不断生发、演进："兴这种伸缩的主客（或'此'与'彼'）的关系，后来发展成情景的诗观，兴代表的正是中国诗所强调的价值，如含蓄、微隐、取义广远、意味无穷等等。"④ 高辛勇等于是把"兴"视为中国文学的基本审美价值系统的源头活水，而后世的"含蓄、微隐、取义广远、意味无穷等等"价值无疑正是这个原始系统的越来越波澜壮阔而又顺理成章的拓展、衍生而已。

需要追问的是，中国人何以信奉"兴"或"兴体"所标明的这整套审美价值系统呢？高辛勇认识到，在这整套文学审美价值体系的背后或下面，应当还有

---

① 叶嘉莹：《王国维及其文学批评》，石家庄，河北教育出版社 1997 年版，第 301 页。

② 叶嘉莹：《谈古典诗歌中兴发感动之特质与吟诵之传统》，据叶嘉莹《我的诗词道路》，石家庄，河北教育出版社 1997 年版，第 183 页。

③ 高辛勇：《修辞学与文学阅读》，北京，北京大学出版社 1997 年版，第 68 页。

④ 同③，第 69 页。

着中国人特有的远为宽广而深厚的宇宙观系统作基础，这一基础正是李约瑟所谓"有机宇宙观"（organic cosmology）。他发现，"兴"是依托于中国人信奉的"有机宇宙观"这一深厚基础的："兴的兴趣在于从不同的事物、经验看出它们的'类同'，使它们能通感相应，而不在于它们之间的断裂与距离。西方汉学家称此同类相感的说法为 correlativism，建筑在 correlativism 上的宇宙论，李约瑟（Joseph Needham）称之为 organic cosmology，并认为中国哲学家设想的正是这种有机的宇宙论。"① 或许我们可以就这里引用的"有机宇宙观"概念提出争辩，但高辛勇如此深探"兴"的中国宇宙观基础的做法，无疑是对头的，因为假如没有这种独特宇宙观作支撑，"感兴"的心理机制及效果是不可理喻的。由于如此，高辛勇对"兴"的这些看法，对今天重新认识和把握"感兴"是富于启迪意义的。

在中国大陆，进入"新时期"以来，美学家李泽厚继 20 年前的"意境"研究后，又通过《美的历程》一书再次呼吁重视中国古典美学与文论传统。学者赵沛霖有关"兴"的源起的研究陆续引起美学与文论界关注，并于 1987 年出版《兴的源起——历史积淀与诗歌艺术》一书，从远古图腾角度及其历史积淀去理解"兴"的源流，在源头上做了一些考辨和阐发工作。笔者在 1985 年深圳中国比较文学学会成立大会暨首届学术研讨会上提交一篇论文《中国"诗言志"论与西方"诗言回忆"论》②。该文在杨树达、闻一多和朱自清等研究基础上进一步展开中西诗学比较，提出了如下几点新看法：第一，从中西诗学比较看，"志"既然是指"停留在心上"的东西，那就应是"记忆"或"回忆"，如此，"诗言志"就应被理解为"诗言回忆"，也就是说诗表现人的回忆，从而与西方"诗言回忆"论相通；③ 第二，但对中国诗学来说，这种让人非"手之舞之、足之蹈之"而不足以尽情表现的"志"毕竟不同于一般回忆，而应是指"兴"，"诗言志"就是指"诗言兴"；第三，正是这种源自古代《诗经》传统的"兴"，实际上成为后世中国诗歌乃至整个中国文学的原始范型以及美的范型，由此可窥见中国诗歌乃至整个中国文学的特质。随后，有关"感兴"或"诗兴"的研究在文艺理论界和古代文学研究界形成新的热点领域。

从上面的讨论可见，"感兴"不仅在古代成为一种源远流长的传统，而且在现代已经和正在成为一种传统——若隐传统。今天，这一若隐传统能否破土而出上升成为一种显传统？

---

① 高辛勇：《修辞学与文学阅读》，北京，北京大学出版社 1997 年版，第 70 页。

② 该文随后发表于《文化：中国与世界》丛刊第 5 辑，北京，生活·读书·新知三联书店 1987 年版。

③ 有关不同意见，见杨瑰瑰：《中国的"诗言志"不同于西方的"诗言回忆"——读〈文心雕龙·明诗〉篇兼与王一川先生商榷》，《湖北成人教育学院学报》2008 年第 3 期。

5. "感兴"论与新世纪中国文论现代性传统建设

提出上面这个问题是由于，进入新世纪以来，一个问题变得越来越重要而又迫切：如何在已有基础上进一步建设中国现代文论？这必然牵涉到如下两个需要加以重新认识的关联性问题：一是如何重新认识西方文论在中国参与中国现代文论建设的历程？二是如何重新认识中国文论传统的现代传承？有关这两个问题的争论，已经持续较长时间了（有"现代转换"说、"改弦更张"说、"失语症"说等）。这里不想直接介入这场争论，而是集中探讨如下问题：在当前语境中如何进一步建设中国文论现代性传统？中国文论现代性传统，意味着中国现代文论是现代的，它既不同于它所反叛的中国古代文论、也不同于它所借鉴的西方文论；同时，中国现代文论又是传统的，它既不同于它所传承的中国古代文论、也不同于它所与之对话的西方文论。为了使探讨集中而不分散，这里仅仅打算从"意境"与"典型"范畴的引退和"感兴"的现代传承角度去作初步分析。

在过去百余年中国现代文论发展历程中，有两个范畴是受到格外重视的：一是来自古代文论的"意境"（含"境界"）说，二是来自西方文论的"典型"说。这一点是由李泽厚在《"意境"杂谈》（1957年）里率先确认的："意境"与"典型"应是"美学中平行相等的两个基本范畴"①。这里对于"感兴"的讨论需要在此基础上展开。

首先来看"意境"说。面对西方文论的进入，王国维《人间词话》借鉴尼采的"醉境"与"梦境"之说等，率先重新发现并阐发了古代概念"意境"（或"境界"）的现代力量，随后有宗白华（在20世纪30、40年代）和李泽厚（在50年代）相继接力似地加以响应。到20世纪80年代，"意境"终于成为进入中国现代文论主流的一个重要范畴。不过，在今天看来，"意境"范畴虽在现代取得了可与"典型"范畴"平行相等"的地位，但其实并不必然地代表对中国现代文学审美品格的承认，也不代表古代人对古代文学审美品格的确认（古代人不曾像现代人这样起劲地把"意境"或"境界"视为一个重要范畴去运用），而主要地是代表现代人对中国古代文学审美品格的一种回头重新承认。也就是说，"意境"范畴应当属于现代人所追认的一种用以规范古代文学的范畴。换言之，"意境"不过是现代人从古代借鉴的在现代条件下重新阅读和体验中国古代文学遗产的特有范畴。这一借鉴是重要的，有助于面临丧魂落魄困窘的现代人得以回头从自身传统中找到在全球化时代据以安身立命之根。至于那种用"意境"去阐释中国现代文学如诗歌的作法，虽然可以尝试，但毕竟无法抓取中

---

① 李泽厚：《"意境"杂谈》，《光明日报》1957年6月9、16日。

国现代文学的真正特质。

与"意境"说主要承担规范中国古代文学审美品格的任务不同，现代人更需要一种据以阅读和体验新生的中国现代文学审美品格的特有范畴，这就首推借鉴自西方文论、特别是其中的马克思主义文论的"典型"说。鲁迅、胡风、周扬、蔡仪等相继在这方面做出了突出的努力和建树。"典型"说的确立，及时地和有效地满足了现代人规范现代文学中的英雄人物形象创造的理论渴求。创造新的英雄人物以便承担拯救民族国家危亡使命，是中国现代文学长时间里承担的使命，这一点从 20 世纪初梁启超的"英雄"呼唤开始，直到 80 年代"改革英雄"和"新人形象"创造止，已经形成了一种现代形象传统。

进入 20 世纪 90 年代，"意境"说和"典型"说都遭遇困境：它们都从中国现代文学创作主流中急速退却，取而代之的则是受到西方现代主义和后现代主义文学影响的诸种不尽确定的灵活范畴，包括分别来自西方现代主义的"象征"范畴系列（含"荒诞"等）和后现代主义的"类像"范畴系列（含"反艺术"、"反审美"等），这里不妨统称为"后典型"范畴，即是"典型"范畴在中国退出主流、而"意境"又继续仅限于规范古代抒情文学之时，而新崛起的诸种新兴范畴或范畴系列。

在这样的"后典型"语境中，中国现代文论何为？确切点说，它如何从新的核心范畴的建构角度，为身处当今全球化语境中的中国现代文学，寻找到安全而合身的美学寓所？也就是说，当一度如日中天的"典型"渐次引退、古老的"意境"仅仅钟情于古典文学、而新的"象征"和"类像"也需要在中国现代文学的活的土壤中入乡随俗时，中国现代文论如何寻觅到新的富于活力的美学范畴？这种新的美学范畴应当既来自对中国当前文学创作与鉴赏活动的总结，又归属于中国文论传统血脉中，即应当既是现代的，又是传统的。这样的新范畴建构路径可以有若干条，但显然，根据我们上面有关现代文论家的"感兴"阐发综述，古老而常新的"感兴"应当是其中尤其富有吸引力的一条。

"感兴"论所代表的中国文学传统中的那些价值观，至今仍富于现代意义和活力。第一，文学创作不是来自理性推论或思想阐发，而是来自个体的活生生的人生体验。中国作家创作讲究"感兴"或"诗兴"，正是如此。第二，作家开展创作活动的基础，不在于一时浮光掠影之"感兴"，而在于多次自觉或不自觉的"感兴"贮备即"伫兴"。第三，由于如此，文学作品中的形象不是一般的形象或形体，而是在"感兴"中抓取的特殊形象，即是"兴"中之"象"，是"兴象"。第四，文学作品中最令读者宝贵的东西，不是那种显而易见的显在意义，而是蕴藉深长的"兴"中之"味"，即"兴味"。第五，读者或批评家的阅读不仅要体会"兴味"，而且还要尽力追寻那在个体记忆中绵延不绝而令人感动不已的剩余兴味，即"余兴"。由于如此，不妨尝试重新激活古典"感兴"论，将其用于当前文论建设中。

从上面的讨论可知，"感兴"不仅在古代成为一种传统，而且在现代已经成为一种若隐传统。那么，问题在于，在当前条件下，"感兴"可否上升成为一种显传统呢？

6. 汉语文学的兴辞性

上面这个问题的提出，等于要求考虑如下问题：如何在当前条件下重新激活汉语文学中的"感兴"传统呢？与通常讲中国文学相比，这里特意提汉语文学而非通常使用的中国文学，是考虑到以汉语为媒介的中国文学在表意上对汉语有着特殊的依赖性。当前汉语文学的一条可行之道在于，让古典"感兴"与现代"修辞"范畴实现一种新的融合。具体地说，从古典"感兴"传统与现代"修辞"相结合的角度，可以把汉语文学视为一种"感兴"中的"修辞"，也就是说，汉语文学是一种感兴修辞，简称兴辞。古典"感兴"加上现代"修辞"，正有兴辞。[①]

需要说明的是，"兴辞"一词古已有之，通常含两义：一是起立辞谢之意，如《礼记·曲礼上》说"客若降等，执食兴辞"，唐代孔颖达疏："兴，起也。客既卑，故未食，必先捉饭而起，以辞谢主人之临己也。"二是告辞之意，如清蒲松龄《聊斋志异·娇娜》："酒数行，叟兴辞，曳杖而去。"进入欧阳予倩《桃花扇》第二幕："陈定生、吴次尾二人兴辞。"我们这里的"兴辞"虽然与上述含义存在一定的联系，但直接地来自古代术语"感兴"与现代术语"修辞"的新的融合。当然，这种"兴辞"含义其实已内含于某些古代表述中。汉代经学家郑众《毛诗·关雎传·正义》说过："兴者托事于物，则兴者起也，取譬引类，起发己心。诗文诸举草木鸟兽以见意者，皆兴辞也。"宋代朱熹《诗经集传·关雎》也说："兴者，先言他物以引起所咏之辞也。"这里实际上已内含有"兴"可生"辞"、"辞"可发"兴"的含义了，只是缺乏那捅破薄纸的最后一戳而已。

（1）汉语文学的复联性与主导性。感兴修辞或兴辞，是从中国文论传统的古今融汇角度新造的、用来表述当今汉语文学的主导属性的范畴。为了说明这一点，有必要对汉语文学属性概念首先作出说明。使用文学"属性"是扬弃以往"本质"概念的结果。如果本质是指文学之所以为文学的唯一的最终原因，那

---

① 本节引用了王一川《文学理论》（成都，四川人民出版社 2003 年版）中的论述并做了必要的改动，特此说明。

么，属性就是指文学在社会中可能具有的多重相互关联的特性。本质只能是单数概念，而属性则可以是复数概念，是表示文学可以同时存在着多重不同的但有可能相互联系着的特性。这样，汉语文学在属性上具有复联性和主导性特点。这就是说，一定的汉语文学过程或生活往往同时包含媒介、语言、形象、体验、修辞和产品等多重属性。这表明，汉语文学属性实际上是一个多重属性共存的复合而又联系的结构。不妨把汉语文学的这种由媒介、语言、形象、体验、修辞和产品等多种属性组成的复合而又联系的情形，称为汉语文学属性的复联性。具体地说，一方面，汉语文学的属性不是单一的而是复合的；另一方面，这些复合属性不是彼此孤立的而是联系的。就现代汉语文学的总体情形而言，汉语文学不可能仅仅只有上述属性中的任何一个，而必须同时拥有它们全部，正是它们之间的相互联系和渗透形成了现代汉语文学过程的丰富性和复杂性。

汉语文学属性在其复联性中，还会体现出一种主导性——这就是感兴修辞性或兴辞性。在汉语文学的多重属性中，感兴与修辞性可能是主导性的。感兴属性可以将形象属性涵摄进去，因为感兴是必须由形象去激发的、始终与形象不可分离的。所以，谈论感兴实际上应始终不离形象。而修辞属性则可以涵摄媒介、语言和产品属性，因为无论是媒介选择、语言创造还是产品制造，都不只单纯地是它们本身，而是体现出人调达现实矛盾的努力，也即都需要从修辞性上去把握。修辞一词本身就包含了语言及其对人与现实的关系的调达过程。所以，汉语文学的主导属性在于感兴修辞性。说汉语文学具有主导性属性——感兴修辞性，意味着说汉语文学主要是人的感兴修辞，是一门感兴修辞艺术。感兴与修辞在汉语文学中是紧密联系、不可分割的东西，是人的社会符号实践的一部分。

（2）汉语文学与感兴。感兴（有时又作兴、兴起、兴会等）原本出自中国古典文论。署名贾岛的《二南密旨》说："感物曰兴。兴者，情也。谓外感于物，内动于情，情不可遏，故曰兴。"这正点明了感兴的基本意思：它是外感事物、内动情感而又情不可遏这一特殊状态的产物。感兴的基本意思就是感物起兴或感物兴起。感兴就是说人感物而兴，也就是指人由感物而生成体验。简言之，感兴是指人在现实中的活生生的生存体验。感兴，作为人的现实生存体验，是人对自己生活的意义的深沉感触和悉心认同方式。感兴是一种直接触及人的生存意义或价值的特殊感触。遍照金刚说得十分明白："感兴势者，人心至感，必有应说，物色万象，爽然有如感会。"[①] 感兴被视为人的一种"至感"。"至"有到达极点或顶点、程度最高的意思。显然，"至感"就是到达顶点的和程度最高的感

---

① ［日］遍照金刚：《文镜秘府论·地卷·十七势》，据遍照金刚撰、卢盛江校考《文镜秘府论汇校汇考》（一），北京，中华书局2006年版，第393页。

受。由此可见，感兴作为"至感"，是人对现实生活的一种到达顶点和程度最高的感受。

这里不妨从内在构成和层面构造两方面去简略说明。从内在构成看，感兴不只是普通的心理反应或心理过程，也不只是单纯的物质生活状态，而是它们的复杂的融汇——一种存在——体验。可以说，感兴是人的实际生存与心理感受、意识与无意识、情感与理智等要素的多重复合体。从层面组合看，感兴具有多层面结构。而这里需要指出至少三个层面：第一层，日常感兴。这是人在日常生活中的兴会际遇。平常或琐碎的油盐酱醋、功名利禄、恩怨纠缠乃至生老病死等，都可以在人的心中掀起感兴波澜。这一层面的感兴既可以为高雅文化、主导文化提供素材，更可以为大众文化和民间文化提供取之不竭的日常生活资源。第二层，深层感兴。这是人超越日常境遇而获得的富于更高精神性的兴会际遇，涉及人对生活的超越、提升、升华等需要，与对阴阳、有无、虚实、形神、美丑、悲喜剧等审美价值的体认相连。这一层面的感兴尤其可以为高雅文化的写作和阅读提供直接的支持。第三层，位于这两层面之间的种种感兴，即日常感兴与深层感兴之间的转换地带。这一层面是相对而言的和变动不居的，往往成为日常感兴与深层感兴之间发生对立、渗透、过渡或转化的中介，属于主导文化、高雅文化、大众文化和民间文化等不同文化类型之间的复杂关联域。

当然，对感兴在文学中的作用不能简单化。首先，中国古典文论家从万物相反相成和氤氲化生的古典宇宙观出发，认识到并且坚持感兴同时也来自日常生活。正如清代袁守定在《谈文》中所说，"文章之道，遭际兴会，摅发性灵，生于临文之顷者也。然须平日餐经馈史，霍然有怀，对景感物，旷然有会，尝有欲吐之言，难遏之意，然后拈题泚笔，忽忽相遭，得之在俄顷，积之在平日。"这里把"餐经馈史"与"对景感物"联系起来看待，同样视为"兴会"之基，而并没有做出高下之别，表明日常感兴与深层感兴之间并不存在天然鸿沟，而是可以相互转化和渗透。第二，同理，文学的感兴并不一定是高雅的，而也可以是世俗的，作用于日常生活。清代袁枚在《随园诗话》中说过："圣人称诗'可以兴'，以其最易感人也。王孟端友某在都取妾，而忘其妻。王寄诗云：'新花枝胜旧花枝，从此无心念别离。知否秦淮今夜月？有人相对数归期。'其人泣下，即挟妾而归。"一首诗可以感化一个因取妾而遗忘妻子的人，使他翻然悔悟，立即"挟妾而归"。这足以说明，一首富于感兴的诗通过有力地感发心灵，而可以有效地帮助人们调整日常生活。第三，从文学活动中高雅文化与大众文化和民间文化相互共存和渗透的现状看，如果单纯标举深层感兴或感兴的深层性而忽略日常感兴或感兴的日常性，就势必把大众文化和民间文化排斥在文学理论和批评视野之外。所以，有必要全面地认识和把握感兴的多层面性，这使我们能够切实地从感兴修辞概念入手而达到对诸种文化文本的全面阐释。

（3）感兴与修辞关联。中国古典文论家并不愿意孤立地谈论"感兴"，而总是习惯于把它与文学的具体修辞环节联系起来讲：人感物而兴，兴而修辞，从而生成感兴修辞即兴辞。清代叶燮有关"兴起"与"措辞"的论述，可以帮助我们正视文学的这种感兴与修辞结合的特性。他在《原诗》中指出："原夫作诗者之肇端，而有事乎此也，必先有所触以兴起其意，而后措诸辞，属为句，敷之而成章。当其有所触而兴起也，其意、其辞、其句劈空而起，皆自无而有，随在取之于心；出而为情、为景、为事，人未尝言之，而自我始言之。故言者与闻其言者，诚可悦而永也。"这段话明确地凸现了感兴与修辞或"兴"与"辞"的不可分割特性。第一，文学写作发端于"兴起"——即"感兴"。"有所触"就是"触物"或"感物"，由"感物"而"兴起"，这是指诗人从现实生存境遇中获得活生生的体验，从而产生精神的飞升或升腾。第二，文学写作继之以"兴意"的生成，"兴发意生"。这是说"感兴"勃发时往往伴随着"意"的生成。叶燮的"兴起其意"，应正取此意。诗人由"兴起"获得新的诗"意"，这是指在感兴的瞬间产生艺术发现和最初的语言与形象火花，激发写作的冲动。这里的"意"是包含着活生生的"感兴"的诗"意"，因而应是"兴意"——在感兴中生成的诗意。第三，文学感兴始终伴随着"措辞"即修辞，与修辞紧密交融，通过它呈现出来。"措诸辞，属为句，敷之而成章"正是说文学写作不是直接呈现感兴，而是要以原创的语言修辞去重新建构它，即把它重新建构为原创性的语言修辞形式。第四，读者阅读依需要由修辞指引到感兴。文学作品凭借原创性的修辞，可以使读者激发同样原创性的感兴，并且令作者和读者都获得精神愉悦，"故言者与闻其言者，诚可悦而永也"。

这种感兴修辞的重要特点和价值之一在于审美上的原创性。无论是感兴还是修辞都具有原创性。原创性，是指前所未有的原初的创造特性。叶燮所谓"其意、其辞、其句劈空而起，皆自无而有，随在取之于心；出而为情、为景、为事，人未尝言之，而自我始言之"，正是指文学中的感兴和修辞具有前所未有的原初的创造特性。他在《原诗》中还说过："……其仰观俯察，遇物触景之会，勃然而兴，旁见侧出，才气心思，溢于笔墨之外。"他明确地看到，"勃然而兴"的瞬间可以产生平常生活中无法产生的特殊的艺术创造力量。

可以说，由于叶燮在上述论述中明确地把"感兴"与"措辞"紧密结合起来考虑，这就把"感兴"与"修辞"（它不过是叶燮的"措辞"概念的拓展而已）之间此前早已内含的必然联系豁然开放出来了。这使得我们可以毫无迟疑地说，就汉语文学而言，感兴修辞或兴辞正是其主导属性。这样我们可以说，汉语文学就是一种兴辞，具有兴辞性。

（4）兴辞的古今范例：杜甫与鲁迅。叶燮心目中最富于兴辞性、也即符合他如上理论要求的"千古诗人"，正是杜甫。这一点其实不仅出自叶燮的理论推导，而首先正是源于杜甫本人的自觉的诗歌美学追求。可以说，进入唐代，从"诗兴"角度去创作和鉴赏已成为一种自觉地时代风气，而杜甫正是其集大成者。

正是杜甫，善于将丰富的生活感兴积累与惊人的修辞锤炼完美地统合在"诗兴"中。他的不少诗题都标明来自"兴"，如《遣兴》、《遣兴三首》、《绝句漫兴九首》、《敝庐遣兴奉寄严公》、《秋兴八首》，正显示了他本人对兴辞境界的有意识开拓和自觉追求。他的《寄张十二山人彪三十韵》说："静者心多妙，先生艺绝伦。草书何太古，诗兴不无神。曹植休前辈，张芝更后身。"正是在"诗兴"勃发状态中，下笔如有神助，就像曹植那样超越前辈，真可称做张芝的后身。杜甫晚年在《峡中览物》中回忆说："曾为掾吏趋三辅，忆在同关诗兴多。"我曾身为一名小吏趋奔于三辅（指京兆、扶风、冯诩）之间，回想在潼关时诗兴尤多啊。他的许多诗正是这样，来自他的活生生的诗兴，从而成为兴辞的结晶。《上韦左相二十韵》："感激时将晚，苍茫兴有神。为公歌此曲，涕泪在衣中。"这里的"苍茫兴有神"正是指诗人的感兴勃发的状态。王嗣奭《杜臆》把此释作"意兴勃发之貌"，确实有道理。《独酌成诗》："醉里从为客，诗成觉有神。"这也表达了相近的意思。仇兆鳌注说："诗觉有神，喜动诗兴也。""诗兴"无疑是杜甫诗获得成功的一个关键。[①] 正是在"诗兴"中，平常难以实现的感兴与修辞的完美统一如有神助地获得了实现。杜甫诗的这种感兴与修辞完美融汇的境界，为今天我们理解感兴修辞的实质及其中感兴与修辞的关系，提供了一个恰当而又绝妙的古典范例。

如前所述，鲁迅作为现代作家，也自觉地把文学写作视为"感兴"过程，例如他自述《蜡叶》的创作就来自自己与许广平之间围绕"工作"与"保养"之间的平衡而产生的"感兴"。正是在这种特定的"感兴"情境中，蜡叶形象实际上充当了作家自己的一种自我形象或自我象征。可以说，汉语文学创作讲究感兴，古今一致，师承着同一个感兴传统。

（5）汉语文学的兴辞性。感兴与修辞在汉语文学中实际上是紧密结合在一起的东西，是感兴修辞即兴辞。感兴修辞，意思是说感物而兴、兴而修辞，也就是感物兴辞。换言之，感兴修辞就是富于感兴的修辞，是始终与体验结合着的修辞。文学正是这样一种感兴凝聚为修辞、修辞激发感兴的艺术。文学的感兴修辞性，正是指文学具有感物而兴、兴而修辞的属性。单说感兴，它是指人对自身的

---

① 以上讨论参考了张少康、刘三富：《中国文学理论批评发展史》上册，北京，北京大学出版社1995年版，第330~331页，特此说明并致谢。

现实生存境遇的活的体验；单说修辞，它是指语效组合，即为着造成特殊的社会效果而调整语言。但感兴与修辞组合起来，则生成新的特殊含义：感兴属修辞型感兴，而修辞属感兴型修辞。在这里，感兴本身内在地要求着修辞，而修辞则是感兴的生长场。感兴修辞是指文学通过特定的语效组合而调达或唤起人的活的体验。简言之，兴辞是指以语效组合去调达或唤起活的生存体验。

作为感兴与修辞相互涵摄的形态，文学的兴辞性可以包含两层意思。一层是指感兴型修辞。这是说汉语文学这种修辞具有感兴内涵，它是由感兴转化而成并可以引发感兴的修辞。这是强调汉语文学修辞的特殊的现实感性属性。人们说文学语言世界并非独立自足或与现实无关，而是蕴涵着独特而丰富的人生意义，正可以从这一层去理解。另一层则是指修辞型感兴。这是说汉语文学这种感兴具有修辞性内涵，即是由修辞加以传达并始终不离修辞的感兴。这是突出汉语文学感兴的普遍的语言效果属性。人们相信看来独特的文学感兴由于与修辞不可分离因而具有普遍可理解性，正可以从这一层面去考虑。无论如何，汉语文学的兴辞性是感兴与修辞相互涵摄的整体。

兴辞看来是个人的生活体验和语言表达行为，但决不是单纯的个人所有物。文学作为人的兴辞行为，实际上是人类符号实践的一种形式。实践是人有意识地改造世界的创造性活动，如制造生产工具或符号以改造自然、创造产品等。按照马克思的学说，人类实践具有如下特点：第一，它是"有意识的"生命活动。"有意识"，就是从盲目的机械世界和动物的本能世界中解放出来，形成对于自然和自我的理性掌握能力。人类由此超越自身的原初动物本能。第二，它是"自由自觉的"生命活动①。作为"有意识的存在物"，人类实践具有"自由自觉"的特性。"自由自觉"是指人类作为主体，在把握、控制和改造自然世界中体现出来的能动性和目的性。第三，它是"按照美的规律来造型"的活动。"美的规律"来自人类实践对客观存在的规律的认识和把握，是人类支配自然世界的内在主体尺度。马克思以人与蜜蜂的对比说明这个道理：尽管蜜蜂建造蜂房的本领能让人间建筑师"感到惭愧"，但是，"最蹩脚的建筑师从一开始就比蜜蜂高明的地方，是他用蜂蜡建筑蜂房以前，已经在自己的头脑中把它建成了"②。人比蜜蜂高明的地方，正在于蜜蜂的工作只是本能性的，而人的创造则是有意识的和自由自觉的。第四，它总是符号实践。如果从马克思逝世以后的学科进展去进一步理解和丰富马克思主义，就必然要看到和重视有关符号与文化研究的新成果。符号（英文作 symbol，也可译为象征）通常有两个含义：一是指一件事物

---

① ［德］马克思：《1844 年经济学——哲学手稿》，刘丕坤译，北京，人民出版社 1979 年版，第 50 页。

② ［德］马克思：《资本论》第 1 卷，《马克思恩格斯全集》第 23 卷，北京，人民出版社 1979 年版，第 202 页。

可以表达一定的意义，二是指一件事物暗示着另一件事物或某种意义。按照德国哲学家卡西尔（Ernst Cassirer，1874～1945年）的看法，人的特点在于通过劳作制造"符号"，形成人类文化的世界，这就是"符号的宇宙"。"人不再生活在一个单纯的物理宇宙之中，而是生活在一个符号的宇宙之中。语言、神话、艺术和宗教则是这符号宇宙的各部分，它们是组成符号之网的不同丝线，是人类经验的交织之网。"① 因此，人在本性上与其说是"理性的动物"、"言语的动物"、"使用和制造工具的动物"，不如说是"符号的动物"。正是符号提示了人的本质，符号化思维和行为构成人类生活中最富代表性的特征。按照马克思的观点，人类的符号活动归根到底是人类社会实践的具体形态，因而应当理解为符号实践。符号实践是人类创造和运用符号以便认识和改造世界与自我的社会过程。

作为兴辞的文学，应当被理解为人类符号实践的一种形式。汉语文学是一种兴辞，它的任务是在汉语这种符号组织中去创造性地建构人的独特而又具有可理解性的个体体验，从而帮助人认识世界与自我，沟通个体与社会，并转而微妙地影响社会。李白作为诗人，虽自以为拥有宰相之才，但其真正本领却不是治理国家或领兵打仗，而是创造奇妙动人的汉语符号去传达他的独特体验。"黄河之水天上来"用看来违反地理常识的表述，却准确地写出了黄河的冲决万里的雄伟气势，可谓神来之笔！"相看两不厌，只有敬亭山"，表达出人与自然亲如知己的关系及其喜悦。"床前明月光……"这样平易浅显而又脍炙人口的诗句，把中国人的思乡情怀与"明月"紧紧联系起来，更是早已成为我们民族在符号实践中共同拥有的象征物了。李白是以富于感兴修辞的符号体系去加入到社会实践中的。他的独特诗句已经成为我们民族的汉语符号实践传统的一部分了。人类符号实践具有若干形式，如语言、神话、宗教、科技、艺术等，而文学只是其中特殊的一种。它的特殊性在于，作为中国人的语言符号与艺术符号的结合形式，它将个体感兴与语言修辞行为紧密结合起来，通过创造富于兴辞的语言作品去认识和改造世界。

无论如何，文学中的兴与辞是密不可分的，所以合说兴辞性。从读者的角度看，文学的审美价值在于，辞如何激发兴，即原创性修辞如何把读者牵引到对原创性感兴的领悟和享受上。把文学视为兴辞，这不过是从古今融汇的角度对汉语文学的主导属性作出的初步思考。兴辞还可以同今天的其他若干概念联系起来考虑，从而进一步体现出兴辞在阐释当今中国文学现象时的特殊活力和广泛的应用前景，以及来自传统而又能融入现代的深厚力量。

（王一川执笔）

---

① ［德］卡西尔：《人论》，甘阳译，上海，上海译文出版社1985年版，第34～35页。

西方文论中国化与中国文论建设

结　语

在以上各编各章讨论的基础上，我们现在有必要来考虑：如何从总体上回顾和评价既往"西方文论中国化与中国文论建设"历程，以及如何认识它的现在并把握其未来？诚然，有关中国现代文论的质疑与批评声音至今不绝于耳，特别是当把它同卓然屹立于世界文论之林的中国古代文论相比时，对它的指责乃至不屑更是见惯不怪，但是，应当看到，中国现代文论毕竟是在古代中国从未遭遇的极其特殊而又艰难的新形势和新条件下创生和发展的，毕竟做出了自身的艰苦卓绝的努力，并且或多或少取得了一些成绩或推进，留下了一些经验和教训。即便是那些教训，也应当成为当前中国现代文论建设需要记取的宝贵财富。因此，现在再来简要地回顾既往百余年来中国现代文论历程，尤其是其中在中西文论对话与汇通中开展中国现代文论建设的经验与教训，无疑有助于中国现代文论带着对自身过去的清醒认识，更加坚定和务实地走向未来。

一、中国现代文论建设的历史经验

中国现代文论在其发展进程中留下了一些值得重视的历史经验。对此，可以围绕如下几组关系（远不止此）去概括：中与西、古与今、个与群、上与下、心与物、思与艺、制与学。

第一，在中国与西方的关系上，中国现代文论留下了以中化西这一历史经验。以中化西，不是一味地跟从西方文论范本走，而是以中国文学活动自身的现实需要和发展目标去富于主见地化用西方文论资源。现代中国人要追求自己的现代生活、表达自己的现代体验，就需要在新的历史语境中提出自己的问题意识，表现在文论领域，就是要以现代历史主体的独立自主姿态去吸收和消化西方文论资源。以中化西，首先需要明确我们要什么。毛泽东文艺思想在中国的成功，正集中体现了中国化马克思主义者的以中化西的魄力和智慧。回看新时期文论中勃兴的文学审美论，虽然大量吸收了康德的无功利美学思想，但并没有简单地认同其审美绝对化偏向，而是以注重社会实际关系的中国文论传统去加以化合，满足了新时期面临的拨乱反正、建设社会主义精神文明的时代需要。这些以中化西经验突出地表明，中西文论对话与汇通的关键在于以我为主，在于适合现代中国历史主体的新需要。这就使得"我们是谁"、"我们要什么"成为现代文论建设的一个根本性问题。

第二，正是在"我们是谁"、"我们要什么"的问题上，中国现代文论必然地遭遇古代与现代的关系缠绕。对此，既往中国现代文论提供了以今活古的成功范例。以今活古，就是既非厚今薄古、也非厚古薄今，而是以现代自主的和民族的文论建设为基点，去激活和活用古典文论，由此，中国现代文论将为建构中国文明的现代性新传统而添砖加瓦。传统，不等于静止不动的实体，而是一个不断流动的变化与创造过程。中国现代文论的使命，是在现代中国民族命运这一共同意义上去创造和运用古代文论的各种资源。无论是厚古薄今论者还是厚今薄古论者，之所以在中国现代文论史上都没能留下成功的范例，就是由于都没有将古代中国和现代中国看作是同一个生死不离的共同体。林纾及学衡派的某些复古思想，对中国现代文论而言，留下的是类似图书馆或资料室的意义。而王国维的"境界"说、宗白华的"艺术意境"说、沈从文等的"兴味"说等，之所以能成为值得借鉴的现代文论建设范例，恰恰是因为它们更加敏锐和准确地捕捉到现代中国人的彷徨无依的心灵及其审美拯救需要。它们的范本虽然都采自古代，但更代表和满足了现代中国人的内在需要。

第三，同样是在"我们是谁"这个问题上，个人与群体的关系成为中国现代文论的一个重要问题。我们首先是个体还是首先归属或附属于集体或群体，这不仅在"五四"时期文论中发生过激烈论争，而且直到新时期文论也没有得到真正解决。周氏兄弟的文论思想之间正是在此问题上显出了差异，创造社与文学研究会在此也大异其趣。当然，还曾出现过个群关系极度紧张乃至个性被扼杀的时候，例如"文革"时期文论。不过，中国现代文论确实曾有过个群相融的成功经验。个群相融，就是既不是一味地崇尚个人主义，也不是全盘地非个人化，而是把个人或个性诉求同群体或民族的整体需求紧紧相连，达成个体与群体、个人与整体的相互融合。"五四"新文化运动中的文学革命运动及其理论建树（胡适、陈独秀、鲁迅等）的成功，正体现了文论家的个性诉求与中华民族在民族危亡关头的群体需求的相互融合。

第四，在"我们要什么"的问题上，现代中国的一个基本着眼点在于对民众的关注，具体表现为同时需要上层文学和下层文学，并达成上下通贯、雅俗共赏。这种眼光向下、上下通贯的文学及文论取向，构成中国现代文论区别于中国古代文论的一个根本特征和重要经验。这主要出现在两个时期：一是"五四"新文化运动时期，既有上层为主的文学革命论者（胡适、陈独秀、鲁迅等）在吸纳和改造下层白话文并使之成为现代文学主流方面的成功，又有同样来自上层（顾颉刚、钟敬文等）但渗透到下层的民间歌谣活动的成果；二是 20 世纪 40 年代延安等地，应社会变革需要及毛泽东《讲话》感召而出现的知识分子与工农结合的解放区文艺活动及相应的文论与美学建树（赵树理、李季、贺敬之、周扬、周立波、何其芳、王朝闻等）。而到 20 世纪 90 年代至今的新时期文论时，上层文学与下层文学之间再次出现隔阂，并引发近几年文化研究与文学研究的论争。上与下或雅与俗的交流和碰撞，极大地改变了中国文论的知识型构架，出现了中国古代文论所没有的新面貌，从一个侧面强化了现代中国人不同于古代中国人的内心世界和情感维度。这已经成为中国现代文论的一个重要传统。

第五，在物质与精神的关系上，中国现代文论取得了物先于心的宝贵经验。物先于心，是说在承认物质先于精神或物质决定精神的前提下，承认现实的社会物质生活是文学过程的源泉和基础。这一点是中国化马克思主义文论对中国现代文论的一条突出的和基本的贡献。这意味着中国现代文论形成了一种主导性思想传统：文艺发展必须立足于并服务于特定的社会现实。这样，无论是过于注重内心的"新感觉"理论，还是过度政治化和僵化的"文革"时期文论，任何唯心论或脱离中国具体国情的文艺思想，都不可能在现代中国茁壮生长。相反，鲁迅为代表的现实主义文论及中国化马克思主义文论，正是由于深深地扎根于中国现实沃土，才能在中国现代文论发展史上展现出强大生命力。这使得中国现代文论显示出中国古代文论难以比拟的植根大地的朴实之风，也让西方文论中"新批评"之类孤绝傲世之花无缘在东方结出同样丰硕的果实。

第六，与物质与精神的关系相应，在思想与艺术（或思与艺）或内容与形式的关系上，中国现代文论建立了思艺共生并侧重思想内容的审美经验，这具体表现为对思想内容重于艺术形式的自觉追求和维护。这跟中国近现代历史际遇直接相关。过于讲究形式，容易导致忘却现实苦难和抵抗之责。在民族危亡时刻，文论首先需要考虑的是如何团结人们共赴国难，而不是流连于个人的浅吟低唱。文学研究会、左翼文论、解放区文艺大众化实践以及建国后中国化马克思主义文论之所以能被普遍认可，恰恰因为它们在注重形式感的同时更加关注民风民俗、社会秩序、道德伦理、政治革命、民族解放等思想内容的创造。它们虽然在艺术上有时显得粗粝，但更加具有现实生活的鲜活质感和生命热度，更加符合现代中国的眼光向下、心系民生疾苦的价值需求。

第七，中国现代文论的可持续发展很大程度上取决于特定社会知识制度与特定学术发展的协调关系。就此而言，中国现代文论取得的一条经验是：内在知识制度和外在知识制度之间只有保持适度的张力，才能最大限度地促进学术发展。真正有效的文学制度（建制）应是近乎无形的制度，可以保障文学的自由及其合法性。晚清以来，内在知识制度的逐步确立保证了学者自治和学术自由的实现，由此积极推动了文学研究的成熟、现代文论学科的建立及发展；而外在知识制度则借助于国家、执政党的力量，通过学科制度的合法化途径，包括通过设置课程、鼓励出版、立项资助等学术机制，巩固了本来只属于知识共同体内部的制度，减少了文学知识传承的无效劳动，赋予文学知识以合法性。如果这种内在知识制度和外在知识制度之间保持合适的张力，和谐相处，就能为文学理论提供生成空间和生产场所，发挥激励结构的功能，保障和促进文论研究的稳定增长。

二、中国现代文论建设的历史教训

与中国现代文论取得的历史经验相比，它所留下的历史教训同样引人注目，值得关注。下面围绕严重影响其顺利发展的几个较为显明的思维定势或思想症结来讨论。

第一，偏向思维定势。中国现代文论常常遭遇非此即彼、非西即中、非今即古、非个即群、非上即下、非物即心、非思即艺、以制抑学等偏向，相互平衡或协调的格局有时远远少于偏激的格局。从"五四"时期的周作人、学衡派到创造社，到建国后社会主义现实主义观念及"文革"时期文论，再到新时期文学主体论及文化研究热等，或多或少都存在着某种偏向思维，如西化、复古、排外、封闭等偏激思潮，对现代文论的健康发展产生了不利的影响。

第二，思先于在定势。中国现代文论源自清末民初启蒙思潮的"借思想文化以解决问题"的渴望①，有时过分相信思想或精神层面的力量而遗忘现实的社会存在层面的力量。这一点在"五四"新文化运动时期、20世纪30、40年代多元文论范式共生时期及80年代"美学热"期间，都有着一定程度的表现。超凡脱俗的审美精神如果不牢牢地扎根在现实土壤中，势必陷于缥缈微茫的绝境。

第三，过度挪用定势。作为语言艺术的文学，虽然有时可以被挪用去充当社

① 参见林毓生：《中国意识的危机》（贵阳，贵州人民出版社1986年版）和《中国传统的创造性转化》（北京，生活·读书·新知三联书店1988年版）。

会变革的工具，但过度的挪用，例如试图让文学创作直接配合社会革命与建设进程等，必然会导致它成为马克思所批评的那种"时代精神的单纯的传声筒"。这一点在 20 世纪 50 ~ 70 年代末的国家文艺管理过程中不时地出现，其深刻教训和惨重代价不能遗忘。文学具有相对独立性的特征必须得到尊重，否则，付出的代价比忽略文学还要巨大。

第四，闭关排外定势。同样是在 20 世纪 50 ~ 70 年代期间，中国现代文论被只允许模仿苏联文论模式，完全关闭了向世界上其他文论如西方文论学习的窗口。这几乎导致新时期中国人在再次打开眼界时完全丧失自信，并在此后很长时间里心态失衡。现代中国的世界环境、内部社会变化及文学变革，都不允许中国文论闭门造车。在相互学习和比较中，创造更好更高的文明，这也是现代中国应有的胸襟和气魄。

第五，以制抑学定势。在知识制度建立过程中，外在知识制度只应是内在知识制度的结构化和正规化，而不能脱离或压制内在知识制度的自主生长要求。如果外在知识制度过分干预或压制内在知识制度的作用，就会以制度抑制或代替学术本身的发展，从而对学术研究造成严重损害，导致学术危机乃至社会危机的爆发。以"文革"时期文论为例，当那时的知识制度中的外在制度严重压抑乃至取消内在制度的角色，甚至出现特殊权力集团如"四人帮"凌驾于学术共同体及其学术自主性之上时，知识制度就丧失掉制衡与更新的活力，不合理地阻碍文论领域的学术自律，从而对文论发展起到遏制乃至扼杀的作用。

三、中国现代文论建设的当前问题

进入 21 世纪的中国现代文论，不仅携带着上述历史经验和教训，而且更面临新形势下文学与文论变革的新挑战。总起来看，中国现代文论建设在当前面临以下几个突出问题：

第一，以中化西的经验没有得到足够重视和消化。盲目模仿西方文论范本而忽视中国文论传统的偏向，不仅在整个新时期 30 年里没有得到根本扭转，而且在今天仍在持续。虽然许多学者致力于中国现代文论建设并取得可喜成绩，但无论是 20 世纪 80 年代中期"方法论"热，还是 90 年代后现代主义流行，抑或 21 世纪初文化研究的引进，都在不同程度地染上"食洋不化"症候。不加区分地用西方文论思路和方法硬套中国文学和文化现象，这种做法根本上缺乏对现代中国基本特征的认识，会严重影响中国现代文论建设脚步。

第二，复古偏向仍然有其萌生的土壤。中国现代文论诚然可以求助于古代文论遗产，但却不能因此而偏激地主张彻底回到古代文论。古代中国与现代中国之间存在联系，但更存在差异。无论是有关中国现代文论患"失语症"的责难还是全盘抛弃中国古代文论的主张，都有失偏颇，没有看到现代中国的特定历史任务和现实成果。我们不可能走复古之路，不只是因为古代中国文论有种种缺陷，而且是因为现代中国面临与古代中国迥然不同的新的内外局势和任务。文论的复古之声往往把对文论现状的不满统统归因于以往政策的失败，却没有看到，不少新问题恰是由于文论的成就而带来的新前景。对于这些新问题和新前景，复古不仅不能解决问题，而且反而导致问题的混淆或遮蔽。

第三，群体对个体的必要规范受到抑制。如果说新中国成立以来头30年文论更注重个体对群体关系的归属感，并由于过于强调群体感而有时难免导致个体活力的丧失；那么，新时期30年文论则从1980年代强调个体自由、主体意识，发展到今天的状况，已经常常变得过于排斥群体对个体的必要的规范了。尤其是引入批判宏大叙事的后现代主义及后结构主义以来，中国现代文论已很难再次找到能够凝聚人心的共通的理论话语了，这已直接影响到现代中国作为共同体的合法性，也必将进而影响到中国现代文论的建设之途。

第四，上层文学及文化传统被轻视。对个群关系的不妥当处理，会投射到上层文学和下层文学的关系方面。中国现代文论史不缺乏对下层文学的关注，这正是现代中国的一大优良传统。但是，目前文论界却存在以下层文学及文化之名抑制和贬低上层优良文学与文化传统的偏向。这尤其表现在当前文化研究对文学研究的挑战之中。宗白华的"艺术意境"追求等上层文化诉求似乎被遗忘了，而大众文化、通俗文化、网络文学等受到非同一般的高度关注。它们并非没有价值，但因此而淡忘或鄙弃上层文学传统，那不仅仅是某一部分人的损失，而更是现代中国的整体价值系统的损失，是整个现代中国文明心灵空间的萎缩和沦陷。

第五，对物质与精神关系的处理出现僵化苗头。强调物质现实、抑制精神空谈，是"五四"以来中国现代文论的一条基本经验。它帮助中国现代文论成功地克服唯心论及唯意志论的偏颇，尤其是在新时期文论的拨乱反正过程中获得了较大成功。但这一经验毕竟有着特定的历史针对性和有效性。在现代中国的文明建设还需要更为开阔的精神空间和局面时，特别是在当前物质文明建设已经具备一定基础、需要更加生动活泼或悠扬高远的文艺来开辟或拓展精神境界时，过分执持于现实物质需要层面，势必缺乏昂扬开朗和独立自主的精神气度了。确实，当前文论中存在过于关注实用层面的倾向，"文化研究"盲目扩张，有可能阻止面向更为高远舒缓的心灵空间拓展。这与文论中过分强调下层意识、抛弃上层文学及高雅文化传统的僵化思路有直接关系。

第六，过度推重艺术形式而弱化思想内容。虽然为了消除"文革"的巨大阴影和实现个体精神启蒙，文论界不无道理地一面消解与宏大叙事紧密相连的思想内容制约艺术形式的旧套路、一面醉心于新的特异形式的创造和接受，但如果单纯为了形式美感而过分淡化思想内容，势必损害艺术的整体价值。当前文论往往在大力突出艺术形式的同时遗忘掉"现代中国"的精神指向和丰富内涵。最突出的体现，就是过于注重对对象的形式分析而淡化其性质及价值分析。这也与当前中国文论界在引入西方当代文论时，缺乏对其进行基于中国历史主体立场的中国化考辨及清理有关。

第七，外在知识制度有可能不是促进而是限制文论的发展。当前的外在知识制度在学科建设、学术评估、专业技术岗位聘任、学术期刊等级划分和立项资助等方面有很多作为，但这些是否都有利于文论研究以及学术的发展，还是一个需要认真分析和反思的复杂问题。近年来，一些论者和社会公众就如何避免学术内耗、惩治学术腐败、抑制学术泡沫以及减少学术急功近利等问题，发出了种种质疑、批评和改进的呼声，这些都是及时的和有益的警醒。

四、中国现代文论建设的未来思虑

对中国现代文论未来的忧虑和构想，既非凭空虚构的玄谈，也并非全然与现实妥协的实用诉求。对中国现代文论的未来展开构想，如同登临高山绝顶，由此回望与前瞻，才能同时对中国现代文论的既往足迹和未来指向做出相对清晰的判断和构想。下面不妨以建构现代中国文明为中心，就中国现代文论的未来建设谈谈几点初步意见及建议：

第一，坚持以中化西的思想路线。以建设现代中国文明的目标和需要为主体，既敢于大胆地和有分析地吸收有益于我的西方文论资源，也敢于大胆地摒弃那些不利于我的西方文论资源。在这方面，毛泽东的文艺思想表现出过人胆识，获得宝贵经验。即便是对于马克思主义文论经典，毛泽东也敢于将之中国化，不僵化，不教条，随物赋形地灵活运用于中国文论实践。显然，只有这样明确自身作为"现代中国"的历史主体，明确自身的历史责任，才能不盲信权威，不盲从时势，也才能自尊自重地屹立于世界文论之林。当前对于西方流行文论，必须要同时深入分析西方社会的问题意识和理清中国社会的当务之急，只有这样，才能分清是非、分辨良莠，明确哪些东西对西方是良药、是美食而对中国却是毒药、是秕谷。西方后现代主义及后结构主义理论中有关秩序解构思想的强调，虽在一定程度上有利于认识个体的独立，但如果不加分析地运用于中国社会分析，就可能会不适当地加重道德涣散、伦理冷漠的社会局面。以中化西，是对中国文论现代性的一次再度定性。这意味着中国现代文论既要全力顺应当今全球化新趋势，又要奋力显示中国文化自身的独特品格，也就是以全球化语境中现代中国的自体建构为基点，更加积极地融汇与化合西方文化、文论的影响，力求在全球化的世界上参照人类普适价值而确立中国现代文论的独特个性。

第二，弘扬以今活古的思想原则。有鉴于现代中国的特征虽然受到西方影响，但更主要地还是铭刻着来自古代中国的深刻印记并受到其思想的牢固牵制，因此我们既不能无视中国古代文论的丰富的理论资源，又不能完全照搬它，而只能以现代中国的新需要去重新激活它们，从而遵循以今活古的法则。毕竟，现代中国要建设的是古代中国所不可能有的新格局。以今活古，意味着只有首先明确现代中国文明的目标和设计，才能在中国现代文论建设中确立自己对于古代资源的具体需要，以及具体方法和做法。宗白华等现代学者的文论思想堪称以今活古的典范。我们需要悉心洞察现代中国人在新的历史时期的心灵动向和情感需求，为其不断开辟出新的精神空间。

第三，灵活处理个群关系。从中国现代文论在个群关系上的变动历史看，我们在处理个人与群体关系时必须灵活、灵活再灵活。这关系到将来的文论是死水一潭还是生机盎然。我们需要警惕一放就散、一收就死的尴尬局面再度出现。一方面不能无限度地释放个体，导致混乱和一盘散沙，那将是中国现代文论不负责任的表现；另一方面也不能过度放纵行政的严密管制乃至全盘监控，那将导致文论枯萎、个性单调。如何焕发出个体参与公共事务的热情，激励人们关注社会正义，是中国文论建设的一项长远任务。

第四，加强以雅导俗。要激励普通读者，就需要了解他们的文学趣味，关注他们的爱恨悲欢。但这并不等于说只能迎合公众的通俗或庸俗趣味。如果中国现代文论单纯为了迎合公众而决然抛弃上层文学的高尚性，那将使整个现代中国文明陷入无药可救的困境。一个平庸的社会怎么可能吸引人们全身心地热爱和投入呢？所以，在上层文学和下层文学关系的处理上，中国现代文论应当在提高自身高雅趣味的同时，积极参与、引导并逐渐影响和改变大众的喜恶。这就要求中国现代文论不能抛弃高雅文学的研究，而是必须加强研究如何将大众性情引导向高尚品格。这不可能是一个一劳永逸的工作，而是一门处理情境迥异、变化繁复的文论奇观的艺术。这本身也会焕发中国现代文论的活力和动感。

第五，既重物质现实而又趣味高远。正由于要灵活处理个群关系和大众情趣，中国现代文论还应注意，不能在物质与精神关系上僵化和教条，特别是不能只注重现实需求而不注重精神引导，那样会导致文论界陷入只关注日常审美及大众文化的琐细格局，而忽略精神审美及高雅文化。注重物质现实，并不意味着将目光低伏，而是要注重每一历史时刻情境的变化。在唯心主义和唯意志论大行其道，置人们的日常欢乐需求于不顾时，中国现代文论需要以人性论警告文坛，关注百姓的生活疾苦；在大众文化被市场化和商品化控制的历史时期，中国现代文论则必须坚守高雅品位，呼唤和引领人们奋身向前。后者正是中国现代文论建设要格外关注的。

第六，形式配合思想。在思想内容与艺术形式的关系上，从"五四"到新时期，中国现代文论发展过程中一直不缺乏注重形式感、乃至标举形式第一的理论思想，它们曾在中国现代文论史上有过一定的作用，但毕竟在百年文论史中无法升入主流。跟注重物质现实相似，中国现代文论主流历来注重思想内容远甚于语言形式，认为沉溺于形式的文论思想会导致个体从群体中孤立和分离出去。偏重形式的静穆优雅的艺术，对背负现代中国历史重担的主体来说，却仿佛成为一种不能承受之轻。为形式而形式，并非没有价值；在某些特殊历史时期，甚至是最有效的解毒剂。但如果将之作为中国现代文论的长远主导，则会有损于现代中国文明建设。所以，艺术形式并非不重要，但在中国现代文论中，却需要作为最重要的次要因素与作为主导因素的思想内容相匹配，共同完成现代中国的塑造和书写使命。

第七，知识制度保障学术健康发展。现代知识制度、特别是外在知识制度的建立应当为学术自律、学术发展服务，而不是相反。应该努力在维护制度权威与坚持学术自由之间保持一种"必要的张力"，以便尽可能维护和完善内在知识制度，促进学术健康发展，真正让知识制度成为学术的保障而不是限制。

回望历史，立足当下，展望未来，我们已经同时看到了中国现代文论的成果、不足和希望。中国现代文论的成就尚不敢说巨大，但它的气象格局和胸襟抱负却是雄阔的。历史中的成就需要牢记，因为我们体内奔腾的血脉来自那里，那是无数前辈为现代中国宏大景象书写的伏笔，在黑夜里也把我们激励；同时，历史中的教训更需铭记，但那不是为了束缚我们的心灵，而是为了在当今全球多元文化时代迈向更加坚韧不拔的个体思想解放与民族精神自由，因为每一个历史挫折都会使我们身负更多的责任和驰骋更高远的想象：一定要不断创造出属于中国现代文论独有风景和品格的新天地！

（王一川执笔）

附 录

当代文学理论教材的回顾与反思

如果要把民国初年到 1949 年看作是中国现代文学理论的"起",那么从 1949 年至今就是它的"承"与"转"的时期。从教材编撰的角度回顾和反思这一时段的文学理论及其知识体系的发展,总结其中的经验与教训,对于文艺学的学科建设无疑是有强烈的现实意义。为便于论述,我们把当代文学理论教材的发展分为以下几个阶段:

一、移植期（1950～1960 年）

新中国成立后,文学理论被教育部确定为高校中文系的统设课。使用哪种文学理论教材,成了各高校中文专业首先遇到的问题。虽然新中国成立前已正式出版的各种文学理论教材多达 82 种之多,[①] 但多是英美和日本的文论译本,或是高校学者的个人专著,可供选择的理想教材并不多见。伴随着苏联式的教育体系和学术体系的正式建立,苏联文论教材成为了中国学界最主要的学术资源和普遍选择,苏联学者撰写的教材先后被引进中国,如蔡特林《文艺学方法论》（光明书店,1950 年）、阿拉伯莫维奇等的《文艺学教学大纲》（东北教育出版社,1951 年）、季摩菲耶夫的《文学原理》（平明出版社,1955 年）、《苏联大百科全

---

① 参见程正民、程凯:《中国现代文学理论知识体系的建构》,北京,北京大学出版社 2005 年版,第 264～270 页。

书》中的"文学与文艺学"（人民文学出版社，1955 年）、依·萨·毕达可夫的《文艺学引论》（高等教育出版社，1958 年）、谢皮洛娃的《文艺学概论》（人民文学出版社，1958 年）、维·波·柯尔尊的《文学概论》（高等教育出版社，1959 年）等等。

苏联文论教材以哲学反映论为出发点，把文学当作一般的意识形态加以阐释，突出文学为政治服务的功能，这种文论同当时在中国文学理论界已占上风的文学工具论一道，掌握了文学理论的话语权，也直接影响了我国学者于 20 世纪 50 年代末期撰写的各种文学理论教材，比如，我国学者霍松林、冉欲达等创编了 4、5 种文学理论教材，这些教材或者是在苏联专家授课的基础上撰写的教材，或者基本上都是按照苏联文论的基本思路撰写的。

二、形成期（1961～1980 年）

进入 60 年代，随着中国与苏联关系的改变和国内文艺政策的调整，文学理论研究和教学出现了变化。当时的教材编写虽然没有脱离开社会政治思潮的制约，也没有完全摆脱苏联文论体系的影响，但它力图摆脱文学工具论的束缚，闯出建构新的文学理论体系的尝试却不容否定，以群主编的《文学的基本原理》上、下册（1963～1964 年）就是其中的典型的例子。

以群版的《文学的基本原理》是一部带有鲜明社会主义政治特征的文学理论著作。它在考察文艺基本问题的时候始终以马列主义和毛泽东思想为指导，以马克思主义经典作家的文论观点构成了本书的框架。这本教材突出强调了文学与社会关系的问题，认为这是关于文学的产生和发展的原理中的一个根本问题。它以马克思主义哲学认识论为出发点对历史上各种文学观点进行归类，将其分为唯心的和唯物的文学观，确立以马列主义为哲学基础的唯物的文学观才是正确的文学观。显然，《文学的基本原理》没有摆脱苏联文论的影响，仍然把文学的本性框定在一般意识形态上，在根本上仍然置文学于从属地位，仍然使用社会学方法来研究文学，但毕竟它也呈现出新的体系面貌，揭示出了文学与生活的多种联系，也开始利用中国古代的文学和文论资源，并且借鉴了西方文学理论，增加了探讨文学自身规律的内容，围绕文学形象、文学创作、文学批评等问题作出了有价值的论述和阐释。

以群版教材问世后，得到了文学理论界和高校师生的欢迎，或被直接用作教材，或被当作编写新教材的蓝本，中国文学理论教学出现了一个良好局面。然而

479

好景不长，"文革"开始后，文学理论研究被迫搁置，文学理论教学带上了鲜明的工具色彩，文论教材建设也随之陷入低谷。

新时期以来，随着我国文艺事业和教育事业开始复苏，文论教材的编写也开始出现蓬勃局面。1979 年，蔡仪主编的《文学概论》出版，这是本时段最具影响的文学理论教材。在蔡仪版《文学概论》的体系结构中，建立在哲学反映论基础上的文学本质论部分占据了核心地位。这本教材主张文学是反映社会生活的意识形态的结论，认为"所谓文学是社会生活的反映，社会生活是文学的唯一源泉，这正是马克思列宁主义反映论的原则在文学问题上的运用。"① 与此相应地，文学的"阶级性"原则也被确定。文学本质论和文学阶级性这两条线索贯穿始终，它们的共同基础是唯物论和反映论。

蔡仪版教材和以群版教材修订版成为当时最有影响的文论教材。对政治的强调成了两部文学理论教材的主色。在内容上，两部教材都强调文学的政治作用，把文学看作是一种意识形态，并将之贯彻到每一部分。如蔡仪教材强调"文学为政治服务，也就是为阶级斗争服务"，而山水田园诗也是具有阶级性的。从这两方面可以看出旧文学理论所确立的文艺本体论主要是从机械唯物论的反映的角度来解释文艺的，从而忽视了文艺本身所具有的特殊性，即文艺的审美特征；上面提到文艺是对社会生活的反映，这种反映只是摹写。将反映等同与认识，这样的文艺认识论就脱离了人的主体性，孤立地考察文艺与生活的关系，把文艺活动理解为孤立的刺激——反映生活，这就使得人们对文艺本质的认识离开了实践的基础，从而退回到旧唯物主义的轨道。

这两本教材还建立了我们所熟知的文论教材的"五大板块"体系框架，"五大板块"即本质论、发展论、作品论、创作论、批评论，分别体现如下：

	文学概论	文学的基本原理
本质论	第一章文学是反映社会生活的特殊的意识形态 第二章文学在社会生活中的地位和作用	绪论：第一节文学来源于社会生活 第一章：第三节文学对社会生活的作用 第二章文学与政治
发展论	第三章文学的发生与发展	第一章：第二节文学发展与社会发展的关系 第三章文学的继承、革新与各民族文学的相互影响

---

① 蔡仪主编：《文学概论》，北京，人民文学出版社 1981 年版，第 4 页。

	文学概论	文学的基本原理
作品论	第四章文学作品的内容和形式 第五章文学作品的体裁	第四章文学的形象和典型 第六章文学作品的内容和形式 第七章文学语言 第八章文学的体裁 第九章文学的风格、流派和民族特点
创作论	第六章文学的创作过程 第七章文学的创作方法	第五章文学的创作方法
批评论	第八章文学欣赏 第九章文学批评	第十一章文学欣赏 第十二章文学批评

这种以"五论"为框架的编写体系成为了其后很多文艺理论教材的基本模式。

三、革新期（1981～1999 年）

1980 年以后，与整个思想、政治和文化等领域的拨乱反正全面展开相同步，文学理论界向"左"倾思潮及其设置的禁区发起了全面冲击，人性论、审美论等问题重新成为人们关注的热点，文学主体论、新的美学原则、文学的审美特性等话题相继提了出来，西方现代文论和美学论著如韦勒克、沃伦的《文学原理》、伊格尔顿的《文学原理引论》（又译为《20 世纪西方文学》）和艾布拉姆斯的《镜与灯——浪漫主义文论及批评》等西方文论著作强烈吸引了人们的目光，被广泛地加以研讨和借鉴，成为建立新体系的重要参照，这无疑给文学理论教材领域的革新和重建带来了前所未有的契机和活力。

新时期文学理论教材建设始终是以破旧立新为其基本主题，几乎每一部新教材的编写都努力于消除苏联文论教材的影响，摆脱"左倾"思维方式及庸俗社会学方法的束缚，积极探索新的研究途径、视角和方法，以求使文学理论教学回归自身，或者把探索的触角从文学外部转向内部，或者把审视的目光从抽象的文学规律转向具体的文学活动，或者告别传统的文学反映论而转向文学审美反映论。

本时期的一部重要教材是十四院校编写的《文学理论基础》，这部教材由边疆十四院校从 1978 年 4 月开始合作编写的，于 1981 年出版的。全书共有十二章，除第九章对文学的民族特点有所强调外，其余十一章基本是按照五大板块撰写的。这部教材在阐述马克思主义文学原理，吸收近年来文艺理论研究的新成果，以及结合我国各民族文艺创作的实际等方面，做出了一定的努力，论述简明通俗，适于教学和自学之用。因而颇受师生的欢迎，在它问世后的 10 年多时间里，印刷册数高达 116 万。①

其后，1981 年 12 月北京师范大学中文系编印的文学概论教学大纲推动了教材的革新工作，发出了冲破旧的思想观念束缚的信息。其后，破除旧观念、创建新体系的呼声遍及全国文艺学学界，凭着大胆创新的精神，人们或个人或集体开始编写新教材，于是，一部又一部教材相继问世，其速度之快和数量之多创有史以来最高纪录。

由于高校原有文学概论课程的理论体系相对滞后和对学生实践活动的轻视，使文艺学教学与学生思想实际出现较大的距离。如何有效地引导青年学生选择和鉴别当今各种文化和文学现象，培养学生健康的审美趣味，帮助学生建立开放的文学观念，提高学生参与文学批评实践的能力，是摆在高校文艺学教学乃至文科教育面前的重大课题。对此，一些高校的文艺理论教学也作了一系列探索，在文艺学课程体系和教材建设上取得了一定成果。如华中师范大学将"文学概论"课程分解为"文学文本解读"、"文学理论"和"文学批评"三门，后来于 1999 年出版了《文学文本解读》、《文学理论》、《文学批评原理》等教材（均由华中师范大学出版社出版）。《文学文本解读》主要目的是激起、诱发学生对文学的浓厚的纯正的审美趣味，培养学生基本的艺术感受力和文学阅读能力，《文学理论》以讲授文学的基本范畴和基础理论为重点，《文学批评原理》具体讲述了各种文学批评方法的基本特征和操作步骤，如社会——历史批评等计十二种。这套教材获得一定的好评，2002 年获教育部优秀教材一等奖。

这一时期最具代表性的文学理论教材是童庆炳先生主编的《文学理论教程》（高等教育出版社，1992 年第一版，1997 年修订版，2004 年修订二版）。这本教材进行了大胆的开拓与创新：以文学审美论为基本立论依据和出发点，搭建起了崭新的文学理论讲述框架。以"活动论"框架取代"反映论"框架，"文学不是以成品这种形式而存在，文学是以活动的方式而存在的。"② 教材通过艾布拉姆斯关于"世界、作家、作品、读者"四因素的结构关系来说明，将旧文学理论教材中的名词术语进行了整体性的置换，不再以意识形态、上层建筑、经济基础、反映论、社会性、阶级性、党性、人民性、世界观，倾向性等为核心词汇，

---

① 十四院校编写组编写的《文学理论基础》于 1979 年 6 月内部铅印，在部分高等院校试用，1981 年 1 月上海文艺出版社出版，1985 年 2 月出修订版，被列入高校文科教材。

② 童庆炳主编：《文学理论教程》，北京，高等教育出版社 1992 年版，第 5 页。

而是替换为文学活动、审美意识形态、话语、蕴藉、人文关怀、表层结构、深层结构、节奏、隐喻、象征、文学消费、文学传播、文化市场等。该教材认为，文学的审美意识形态性质是对文学活动特殊性质的高度概括，指文学是交织着一种功利和无功利、形象和理性、情感和认识等综合特性的语言活动。这一科学的论断不但将文学与其他社会意识形态区别开来，而且也从使用媒介的角度将文学与其他艺术区别开来。

《文学理论教程》彻底告别了苏联文论的桎梏，使文学研究达到了回归自身，在文学审美论上贯彻得更为彻底。教材一出版即受到普遍欢迎，被许多院校选用，成为我国文学理论教材发展过程中的"换代"产品，是新时期文学理论研究与教学界历经多年的探索和进步的标志。

四、反思期（2000 年至今）

20 世纪 90 年代中期以后，随着后现代主义、全球化以及文化研究的引入，大众文化的兴起，促进了我国文学理论的新的转向，文学理论研究及教材的讲述发生了明显的变化，中国当代文学理论进入了反思时期，其中最明显的、影响最大的，当属文学理论的反本质主义对中国文学理论界的持续影响。

反本质主义以对"本质"、"规律"、"真理"的怀疑和解构为出发点，不承认存在着一个本质同一的、统一的、独特的可以描述和传授的知识领域。这里不得不提及 1997 年乔纳森·卡勒的《文学理论》的出版，这本书于 1998 年被翻译到中国，直接推动了文论教材的反本质主义。卡勒在这本书中将理论的跨学科性、理论的反思性作为一种智力挑战的对象，卡勒重组了文学理论的知识体系。在"文学是什么"问题上，卡勒放弃了对文学唯一的本质属性的追求，但却将各门各派对文学的本质性定义视为思考"文学是什么"这一问题的视角。

卡勒的《文学理论》成为中国文学理论体系创新和反思的强大动力。其后，南帆主编的《文学理论（新读本）》（浙江文艺出版社，2002 年），王一川的《文学理论》（四川人民出版社，2003 年），陶东风主编的《文学理论基本问题》（北京大学出版社，2004 年）先后出版，这些教材体现出了强烈的学科本位意识，用"文学观念"取代了原有的"文学本质"的位置。

南帆的《文学理论新读本》从一开始就确立了"开放的研究"的学术立场，在理论话语方面进行全方位的重组。教材共分为四编：文学的构成，是对文学本体的研究；历史与理论，是对文学历史形态的研究；文学与文化，是文

483

学的外部研究；批评与阐释，是文学的接受研究。教材的突出特点是运用西方文化理论进行意识形态分析强调文化（或意识形态）与文学或隐蔽或显著的关系，将文学置于社会文化语境中加以考察，这使文学理论体现出文化理论的倾向和特点。

在《文学理论（新读本）》中，南帆的历史主义文学观是在对文学理论中的两条线索的梳理中得以伸张的。在导言部分，他分别以韦勒克和伊格尔顿为典型代表，具体分析了本质主义与历史主义两种截然不同的文学理论路向。前者倾向于认为文学是独立的、纯粹的强调"跨越历史语境的限制而概括某种普遍性的结论"，其目的在于"揭示文学的终极公式，① 后者否定文学具有固定的本质和经久不变的客观性，主张通过分析文学与历史之间的关系来解释文学"。教材体现的是对本质主义的思维方式、文学观念的反思、质疑和批判，将"本质"的思考转化为一种文化语境或实践活动。它的方向是强调文学与文化的新型关联："发现文学语言、社会历史、意识形态相互关系的交汇地带，最终阐释它们之间的秘密结构和持久的互动。现今，这是历史赋予文学理论的深刻使命"。② 这一特点被学者概括为"以世界最先进的文学理论为最后定论来重新整理先前中国文学理论的理论。"③

王一川先生的《文学理论》是一部个人专著型的教材。这本教材立足于丰富的文本分析，尝试从文学作品出发来建立和验证自己的理论，利用自己对文学作品的深刻而丰富的体验，提出了具有本土色彩的文学理论。作者的指导思想是："我编写教材不应单纯参照过去套路或西方路子，而应当注意按中国现代文论自己的逻辑演进，在此基点上激活古典传统。"④ 在这一思想指导下，作者试图构建一种有个人特色的"感兴修辞诗学"的理论框架，将古今中西的文学理论和观念融会。感兴修辞论是中国古典的"感兴"范畴与西方的"修辞"范畴的一种新的融合。这本教材的另一个突出贡献还在于提出"文学媒介"，以及细化了文学的文化属性。它提出：文学不仅存在于一定的语言形式中，这语言形式还存在于一定媒介形式中，通过媒介形式（口传、竹册、帛布、纸质、电子），文学的存在方式呈现了出来。而且通过对文学媒介的考察，与一定的时空和文化联系了起来。

陶东风主编的《文学理论基本问题》的理论目标是要把文艺学知识"历史

---

① 南帆主编：《文学理论（新读本）》，杭州，浙江文艺出版社 2002 年版，第 2~3 页。
② 同上，第 14 页。
③ 张法：《走向前卫的文学理论的时空位置——从三本文学理论新著看中国文学理论的走向》，《文艺争鸣：理论综合版》2007 年第 11 期。
④ 王一川：《文学理论后记》，成都，四川人民出版社 2002 年版，第 453 页。

化"和"地方化",要建立一个具有历史性和地方性的文艺理论知识体系。陶东风希望该教材"可以使学生明白就有无限多元的解释与理解",还文学"以多元开放的面目。"① 教材使用的是中西平行比较的方法。除导论外,全书共有七章,即什么是文学,文学的思维方式,文学与世界、文学的语言、意义和解释,文学传统与创新,文学与文化、道德及意识形态,文学与身份认同。教材对于每一问题的阐发总是遵循"历史优先"的原则,即尽可能充分地展示前人和他人的观点,将它们呈现在读者面前,让读者自己去思考和阐发,保持了对文学理解的多元开放性。从全书的编写意向看,《文学理论基本问题》是明确反本质主义的,但全书的内容选择以及某些具体论证,又包含本质主义的倾向。如在论述"文学与文化、道德及意识形态"时,将文学与文化、道德和意识形态关系的共识建立在对西方文论的叙述基础之上,把本属不同话语系统与世界的概念纳入到超越历史与地方的叙述当中,并试图给出本质性的结论,然而由于中西文学理论在演进逻辑和知识背景上的巨大差异,"导言"中的目标和方法遭到了下面各章的强烈抵抗。②

综上所述,新中国成立后,特别是新时期以来,文学理论教材的讲述经历了一个体系不断演变和革新的过程。我们的文学理论教材在倒向和摆脱苏联文学理论模式的过程中都显得非常匆忙,在吸纳西方文论的过程中又显得有些局促,因此在教材中西方文论、古代文论和马克思主义文论的三大理论来源不能有机融合在一起,教材食洋不化和食古不化的缺点至今依然存在。以群的《文学的基本原理》和蔡仪的《文学概论》超越了工具论的文学阐释模式,在总体上仍把文学界定为一种意识形态,初步实现了文学理论教材知识表达的系统化和模式化。童庆炳主编的《文学理论教程》在文学的本质、理论框架、理论资源和概念表述上呈现出新体系新思路、新面貌。新世纪以来,南帆主编的《文学理论新读本》、王一川的《文学理论》、陶东风主编的《文理论基本问题》是反本质主义思潮的代表教材,在文学的本质问题上,它们采取以文属性或文学观念代替文学本质,凸显浓重的学科意识,具体内容的阐述重结合全球视野和时代特点,强调开放式研究,这些教材都对我们的文学理论教材建设和文艺学学科建设有着有益的借鉴。

应该强调的是,如果承认文学不是具有普遍规律和固有本质的实体,那么,文艺学教材如果仍然热衷于生产普遍有效的文艺学绝对真理,会使得我们既丧失了学科的自我反思能力,又无法回应日新月异的文艺实践提出的问题。同时,文

① 陶东风主编:《文学理论基本问题》,北京,北京大学出版社 2004 年版,第 25 页。
② 张法:《走向前卫的文学理论的时空位置——从三本文学理论新著看中国文学理论的走向》,《文艺争鸣:理论综合版》2007 年第 11 期。

艺学教材如果缺乏自觉的中西对比意识，忽视中国文论的独特性，就会导致教材中西方的文学理论观点唱主角，中国文论只处于配角地位的局面。

当代文学理论教材的建设是随着文学理论研究的不断深入而不断发生变化的，而及时和不断的反思，无疑是推动教材的编写向更加科学化方向发展的积极力量。

参考文献

报刊：

1. 《小说林》
2. 《小说月报》
3. 《民报》
4. 《国粹学报》
5. 《河南》
6. 《新青年》
7. 《文讯》
8. 《文学杂志》
9. 《大公报》
10. 《造季刊》
11. 《文学杂志》
12. 《诗刊》
13. 《人民日报》
14. 《光明日报》
15. 《文艺报》
16. 《中国社会科学》
17. 《当代作家评论》
18. 《中国现代文学研究丛刊》
19. 《新文学史料》
20. 《文学遗产》
21. 《文心雕龙研究》
22. 《读书》
23. 《上海文论》

24.《外国文艺》

25.《世界文学》

26.《国外文学》

27.《鲁迅研究》

28.《人民文学》

29.《哲学研究》

30.《文艺争鸣》

31.《文艺评论》

32.《文艺理论研究》

33.《文艺理论与批评》

34.《文艺研究》

35.《鲁迅研究月刊》

36.《学人》

37.《社会科学研究》

38.《文学评论》

39.《当代外国文学》

40.《外国文学评论》

中文著作：

41. 马克思、恩格斯：《马克思恩格斯选集》，北京，人民出版社1995年版。

42. 列宁：《列宁选集》，北京，人民出版社1995年版。

43. 列宁：《论文学艺术》，北京，人民文学出版社1960年版。

44. 毛泽东：《毛泽东选集》，北京，人民出版社1991年第2版。

45. 邓小平：《邓小平文选》，北京，人民出版社1994年版。

46. 江泽民：《江泽民文选》，北京，人民出版社2006年版。

47. 胡锦涛：《在中国文联八次全国代表大会、中国作协七次全国代表大会上的讲话》，《高举中国特色社会主义伟大旗帜，为夺取全面建设小康社会新胜利而奋斗——在中国共产党十七次全国代表大会上的报告》，《中国共产党十七次全国代表大会文件汇编》，北京，人民出版社2007年版。

48. 梁启超：《清代学术概论》，上海，上海古籍出版社1998年版。

49. 梁启超：《饮冰室诗话》，北京，人民文学出版社。

50. 王国维：《王国维遗书》，上海，上海古籍出版社1983年版。

51. 王国维：《王国维文集》姚淦铭、王燕编，北京，中国文史出版社1997年版。

52. 章太炎：《訄书·订文》，徐复注《訄书详注》，上海，上海古籍出版社 2000 年版。

53. 章太炎著，庞俊、郭诚永注：《国故论论衡疏证》，北京，中华书局 2008 年版。

54. 陈寅恪：《支愍度学说考》，《金明馆丛稿初编》，上海，上海古籍出版社 1980 年版。

55. 陈寅恪：《金明馆丛稿二编》，上海，上海古籍出版社 1980 年版。

56. 刘师培：《中国中古文学史·论文杂记》，北京，人民文学出版社 1959 年版。

57. 谢无量：《中国大文学史》，北京，中华书局 1918 年版。

58. 任访秋主编：《中国近代文学史》，开封，河南大学出版社 1988 年版。

59. 陈序经：《中国文化的出路》，北京，中国人民大学出版社 2004 年版。

60. 张君劢：《明日之中国文化——中印欧文化十讲》，北京，中国人民大学出版社 2006 年版。

61. 钱钟书：《管锥编》，北京，中华书局 1986 年版。

62. 钱钟书《谈艺录》，北京，中华书局 1988 年版。

63. 启功：《汉语现象论丛》，北京，中华书局 1997 年版。

64. 瞿秋白：《瞿秋白文集》，北京，人民文学出版社 1985 年版。

65. 《周扬文集》1 卷，北京，人民文学出版社 1981 年版。

66. 《沫若文集》，北京，人民文学出版社 1957 年版。

67. 《沈从文全集》，北岳文艺出版社 2002 年版。

68. 《朱自清全集》，南京，江苏教育出版社 1996 年版。

69. 《鲁迅全集》，北京，人民文学出版社 1981 年版。

70. 《胡适文集》，北京，北京大学出版社 1998 年版。

71. 《朱光潜全集》，合肥，安徽教育出版社 1987 年版。

72. 《宗白华全集》，合肥，安徽教育出版社 1994 年版。

73. 《胡风全集》，武汉，湖北人民出版社 1999 年版

74. 《郁达夫全集》，杭州，浙江大学出版社 2007 年版。

75. 周作人：《周作人批评文集》，珠海，珠海出版社 1998 年版。

76. 李健吾：《李健吾批评文集》，珠海，珠海出版社 1998 年版。

77. 梁实秋：《梁实秋批评文集》，珠海，珠海出版社 1998 年版。

78. 叶公超：《叶公超批评文集》，珠海，珠海出版社 1998 年版。

79. 梁宗岱：《梁宗岱批评文集》，珠海，珠海出版社 1998 年版。

80. 梁宗岱：《保罗梵乐希评传》，中华书局 1933 年版。

81. 梁宗岱：《诗与真二集》，商务印书馆 1936 年版。

82. 李长之：《德国的古典精神》，成都，东方书社 1943 年版。

83. 李长之：《司马迁之人格与风格》，北京，生活·读书·新知三联书店 1984 年版。

84. 李长之：《李长之批评文集》，珠海，珠海出版社 1998 年版。

85. 张灏：《张灏自选集》，上海，上海教育出版社 2002 年版。

86. 蒋寅：《古典诗学的现代诠释》，北京，中华书局 2003 年版。

87. 周振甫：《文心雕龙今译》，北京，中华书局 1986 年版。

88. 蔡镇楚：《中国古代文学批评史》，长沙，岳麓书社 1999 年版。

89. 何文焕：《历代诗话》，北京，中华书局 1981 年版。

90. 严羽：《沧浪诗话》，北京，中华书局 1981 年版。

91. ［日］遍照金刚：《文镜秘府论》，据遍照金刚撰、卢盛江校考《文镜秘府论汇校汇考》，北京，中华书局 2006 年版。

92. 金圣叹：《五才子书施耐庵水浒传》二回总批，据中华书局影印本。

93. 叶嘉莹：《王国维及其文学批评》，石家庄，河北教育出版社 1997 年版。

94. 夏晓虹：《晚清文学改良运动》，北京，北京大学 1995 年版。

95. 龚鹏程：《近代思潮与人物》，北京，中华书局 2007 年版。

96. 朴雪涛：《知识制度视野中的大学发展》，北京，人民出版社 2007 年版。

97. 李正风：《科学知识生产方式及其演变》，北京，清华大学出版社 2006 年版。

98. 金耀基：《从传统到现代》，北京，中国人民大学出版社 1999 年版。

99. 王元化：《沉思与反思》，上海，上海辞书出版社 2007 年版。

100. 贺麟：《五十年来的中国哲学》，沈阳，辽宁教育出版社 1997 年版。

101. 参见张祥龙：《当代西方哲学笔记》，北京，北京大学出版社 2005 年版。

102. 艾恺：《世界范围内的反现代化思潮——论文化守成主义》，贵阳，贵州人民出版社 1991 年版。

103. 林伟民：《中国左翼文学思潮》，上海，华东师范大学出版社 2005 年版。

104. 北京大学、北京师范大学、北京师范学院中文系中国现代文学教研室主编：《文学运动史料选》，上海，上海教育出版社 1979 年版。

105. 刘永明：《左翼文学运动与中国马克思主义文艺理论的早期建设》，北京，中国文联出版社 2007 年版。

106. 朱寨主编：《中国当代文学思潮史》，北京，人民文学出版社 1987 年版。

107. 艾晓明：《中国左翼文学思潮探源》，北京，北京大学出版社 2007

年版。

108. 林毓生：《中国意识的危机——五四时期激烈的反传统主义》，穆善培译，贵阳，贵州人民出版社1986年版。

109. 黄晋凯等主编：《象征主义·意象派》，北京，中国人民大学出版社1989年版。

110. 张灏：《幽暗意识与民主传统》，台北，联经出版事业公司1989年版。

111. 朱东润：《中国文学批评史大纲》，上海，上海古籍出版社2001年版。

112. 夏中义：《新潮学案》，上海，上海三联书店1996年版。

113. 郭绍虞：《中国文学批评史》，上海，上海古籍出版社1979年版。

114. 罗根泽：《中国文学批评史》，上海，上海古籍出版社1984年版。

115. 张少康、刘三富：《中国文学理论批评发展史》，北京，北京大学出版社1995年版。

116. 刘若愚：《中国文学理论》，杜国清译，南京，江苏教育出版社2006年版。

117. 阿英：《晚清小说史》，北京，东方出版社1996年版。

118. 叶维廉：《中国诗学》，北京，生活·读书·新知三联书店1992年版。

119. 徐复观：《中国艺术精神》，上海，华东师范大学出版社2001年版。

120. 周予同：《中国经学史讲义》，上海，上海文艺出版社1999年版。

121. 蔡仪：《文学概论》，北京，人民文学出版社1979年版。

122. 童庆炳等：《中国现代文学理论价值观的演变》，北京，北京大学出版社2005年版。

123. 童庆炳：《文体与文体的创造》，昆明，云南人民出版社1994年版。

124. 童庆炳：《中国古代文论的现代意义》，北京，北京师范大学出版社2001年版。

125. 童庆炳主编：《艺术与人类心理》，北京，北京十月文艺出版社1991年版。

126. 童庆炳：《文艺心理学教程》，北京，高等教育出版社2001年版。

127. 程正民：《俄国作家创作心理研究》，广州，百花文艺出版社1990年版。

128. 程正民：《20世纪俄苏文论》，广州，百花文艺出版社1994年版。

129. 胡经之：《胡经之文丛》，北京，作家出版社2001年版。

130. 洪子诚：《问题与方法——中国当代文学史研究讲稿》，北京，生活·读书·新知三联书店2002年版。

131. 王一川：《修辞论美学》沈阳，东北师范大学出版社1997年版。

132. 王一川：《中国形象诗学》，上海，三联书店1998年版。

133. 王一川：《中国现代性体验的发生》，北京，北京师范大学出版社

2001 年版。

134. 蒋原伦、潘凯雄：《历史描述与逻辑演绎——文学批评文体论》，云南人民出版。

135. 赵勇：《整合与颠覆：大众文化的辩证法》，北京大学出版社 2005 年版。

136. 曹卫东：《交往理性与诗学话语》，天津，天津社会科学出版社 2001 年版。

137. 李春青：《在审美与意识形态之间》，北京，北京大学出版社 2006 年版。

138. 陈雪虎：《"文"的再认：章太炎文论初探》，北京，北京大学出版社 2008 年版。

139. 谢桂华主编：《20 世纪的中国高等教育：学位制度与研究生教育卷》，北京，高等教育出版社 2003 年版。

140. 张晴初：《中国研究生教育史略》，长沙，湖南师范大学出版社 1994 年版。

141. 教育部教育年鉴编撰委员会编：《二次中国教育年鉴》，商务印书馆 1948 年版。

142. 程正民、程凯：《中国现代文学理论知识体系的建构：文学理论教材与教学的历史沿革》，北京，北京大学出版社 2005 年版。

143. 陈太胜：《象征主义与中国现代诗学》，北京，北京大学出版社 2005 年版。

144. 蔡元培：《蔡元培学术论著》，杭州，浙江人民出版社 1998 年版。

145. 张辉：《审美现代性批判》，北京，北京大学出版社 1999 年版。

146. 朱狄：《当代西方美学》，北京，人民出版社 1983 年版。

147. 朱立元主编：《法兰克福学派美学思想论稿》，上海，复旦大学出版社 1997 年版。

148. 高辛勇：《修辞学与文学阅读》，北京，北京大学出版社 1997 年版。

149. 参见方汉奇：《中国近代报刊史》，太原，山西人民出版社 1981 年版。

150. 龚书铎主编《中国近代文化概论》，北京，中华书局 1997 年版。

151. 刘增人等：《中国现代文学期刊史论》，北京，新华出版社 2006 年版。

152. 《教育部公布修正大学令》，璩鑫圭、唐良炎：《中国近代教育史资料汇编：学制演变》，上海，上海教育出版社 2007 年版。

153. 吴民祥：《流动与求索：中国近代大学教师流动研究》，杭州，浙江教育出版社 2006 年版。

154. 谢泳：《逝去的年代——中国自由知识分子的命运》，北京，文化艺术出版社 1999 年版。

155. 舒新城编：《近代中国教育史料（中册)》，北京，人民教育出版社 1961 年版。

156. 璩鑫圭、唐良炎主编：《中国近代教育史资料汇编：学制演变》，上海，上海教育出版社 2007 年版。

157. 张静庐辑注：《中国近现代出版史料》乙编，北京，中华书局 2003 年版。

158. 朱寿桐：《中国现代社团文学史》，北京，人民文学出版社 2004 年版。

159. 见刘炎生：《中国现代文学论争史》，广州，广东人民出版社 1999 年版。

160. 熊月之主编：《西学东渐：近代制度的嬗变》，长春，长春出版社 2005 年版。

161. ［英］佩里·安德森：《西方马克思主义探讨》，高铦等译，北京，人民出版社 1981 年版。

162. ［英］托尼·比彻、保罗·特罗勒：《学术部落及其领地——知识探索与学科文化》，唐跃勤等译，北京，北京大学出版社 2008 年版。

163. ［英］吉登斯《现代性的后果》，田禾译，南京，译林出版社 2000 年版。

164. ［英］伊格尔顿：《美学意识形态》，王杰等译，桂林，广西师范大学出版社 1997 年版。

165. ［英］伊格尔顿：《历史中的政治、哲学、爱欲》，马海良译，北京，中国社会科学出版社 1999 年版。

166. ［英］伊格尔顿：《后现代主义的幻象》，华明译，北京，商务印书馆 2000 年版。

167. ［英］伊格尔顿：《20 世纪西方文学理论》，伍晓明译，北京，北京大学出版社 2007 年版。

168. ［英］伊格尔顿：《文化的观念》，方杰译，南京，南京大学出版社 2003 年版；另，《文化的观念》，林志忠译，台北，巨流图书公司 2002 年版。

169. ［英］伊格尔顿：《理论之后：文化理论的当下与未来》，李尚远译，台北，商周出版社 2005 年版。

170. ［英］伊格尔顿：《瓦尔特·本雅明，或走向革命批评》，郭国良等译，南京，译林出版社 2005 年版。

171. ［英］特里·伊格尔顿：《甜蜜的暴力——悲剧的观念》，方捷、方宸译，南京，南京大学出版社 2007 年版。

172. ［英］拉什：《信息批判》，杨德睿译，北京，北京大学出版社 2009 年版。

173. ［英］威廉斯：《关键词：文化与社会的词汇》，刘建基译，北京，生活·读书·新知三联书店 2005 年版。

174. ［英］霍布斯鲍姆：《极端的年代》，郑明萱译，南京，江苏人民出版社 1999 年版。

175. ［法］蒂博代：《六说文学批评》，赵坚译，北京，生活·读书·新知三联书店 1989 年版。

176. ［法］布迪厄与华康德：《实践与反思——反思社会学引论》，李猛、李康译，北京，中央编译出版社1998年版。

177. ［法］皮埃尔·布迪厄：《艺术的法则：文学场的生成和结构》，刘晖译，北京，中央编译出版社2001年版。

178. ［法］福柯：《知识考古学》，谢强、马月译，北京，生活·读书·新知三联书店1998年版。

179. ［美］库恩：《必要的张力》，纪树立、范岱年、罗慧生等译，福州，福建人民出版社1981年版。

180. ［法］爱弥尔·涂尔干：《教育思想的演进》，李康译，上海人民出版社2003年版。

181. ［法］萨特：《存在主义是一种人道主义》，周煦良、汤永宽译，上海，上海译文出版社1988年版。

182. ［法］萨特：《死无葬身之地》，沈志明译，载于《萨特文集》，北京，人民文学出版社2005年版。

183. 柳鸣九编：《萨特研究》，北京，中国社会科学出版社1981年版。

184. ［法］贝尔纳·亨利·列维：《萨特的世纪——哲学研究》，闫素伟译，北京，商务印书馆2005年版。

185. ［德］荷尔德林：《荷尔德林文集》戴晖编译，北京，商务印书馆1999年版。

186. ［德］哈贝马斯：《公共领域的结构转型》，曹卫东等译，上海泽文出版社1994年版。

187. ［德］马克斯·韦伯：《学术与政治》，冯克利译，北京，生活·读书·新知三联书店1999年版。

188. ［德］本雅明：《发达资本主义时代的抒情诗人》，张旭东等译，北京，生活·读书·新知三联书店1989年版。

189. ［德］韦伯：《支配的类型》，《韦伯作品集》，2卷，康乐等译，桂林，广西师范大学出版社2004年版。

190. ［德］卡西尔：《人论》，甘阳译，上海，上海译文出版社1985年版。

191. ［波兰］弗·兹纳涅茨基：《知识人的社会角色》，郑斌祥译，南京，译林出版社2000年版。

192. ［以色列］约瑟夫·本－戴维：《科学家在社会中的角色》，赵佳苓译，成都，四川人民出版社1988年版。

193. ［美］拉尔夫·科恩：《文学理论的未来》序言，北京，中国社会科学出版社1993年版。

194. ［美］詹姆逊：《后现代主义与文化理论》，唐小兵译，西安，陕西师范大学出版社 1986 年版。

195. ［美］艾尔曼：《从理学到朴学——中华帝国晚期思想与社会变化面面观》，赵刚译，南京，江苏人民出版社 1995 年版。

196. ［美］库恩著：《必要的张力》，纪树生译，福州，福建人民出版社 1981 年版。

197. ［美］约翰·S.布鲁贝克：《高等教育哲学》，王承绪译，杭州，浙江教育出版社 1987 年版。

198. 黑格尔：《历史哲学》，王造时译，上海，上海世纪出版集团，上海书店出版社 2001 年版。

199. ［美］华勒斯坦等：《开放社会科学》，刘锋译，北京，生活·读书·新知三联书店 1998 年版。

200. ［美］巴伯：《科学与社会秩序》，顾昕等译，北京，生活·读书·新知三联书店 1991 年版。

201. ［美］萨义德：《文化与帝国主义》，李琨译，北京，生活·读书·新知三联书店 2003 年版。

202. ［美］罗兰·罗伯逊：《全球化社会理论和全球文化》，梁光严译，上海，上海人民出版社 2000 年版。

203. ［美］乔纳森·卡勒：《文学理论》，李平译，沈阳，辽宁教育出版社/牛津大学出版社 1998 年版。

204. ［美］王德威著：《重读夏志清教授〈中国现代小说史〉》，见于［美］夏志清著，刘绍铭等译：《中国现代小说史》，上海，复旦大学出版社 2005 年版。

205. ［美］夏志清著，胡益民等译，陈正发校：《中国古典小说史论》江西人民出版社 2003 年版。

206. ［美］孙康宜著，钟振振译：《抒情与描写：六朝诗歌概论·中文版序》，上海，上海三联书店 2006 年版。

207. ［美］孙康宜著，钟振振译：《抒情与描写：六朝诗歌概论·中文版序》，上海，上海三联书店 2006 年版。

208. ［美］萨义德：《东方学》，王宇根译，生活·读书·新知三联书店 1999 年版。

209. ［美］希尔斯：《论传统》，傅铿、吕乐译，上海，上海人民出版社 1991 年版。

210. ［美］罗丽莎：《另类的现代性：改革开放时代中国性别化的渴望》，黄新译，南京，江苏人民出版社 2006 年版。

211. ［加］马克·昂热诺、［法］让·贝西埃等主编：《问题与观点——20世纪文学理论综论》，史忠义等译，天津，百花文艺出版社 2000 年版。

212. 梁盛志：《中国文学与日本文学》（下编），国立华北编译馆，民国31 年。

213. ［日］野家启一：《库恩——范式》，毕小辉译，石家庄，河北教育出版社 2002 年版。

214. ［日本］加藤周一：《日本文学史序说》，叶渭渠、唐月梅译，北京，开明出版社 1995 年版。

215. 韩侍桁：《文学评论集·杂论现代日本文学》，上海，现代书局 1934年版。

216. ［日本］高山樗牛：《作为文明批评家的文学家》，载《日本现代文学全集8》，东京，讲谈社昭和 1955 年版。

217. ［日本］高山樗牛：《作为文明批评家的文学家》，载《日本现代文学全集8》。东京，讲谈社昭和 1955 年版。

218. ［日本］高山樗牛：《作为文明批评家的文学家》，载《日本现代文学全集8》。东京，讲谈社昭和 1955 年版。

219. ［日本］德富芦花：《谋反论》，载陈德文编译《德富芦花散文选》，天津，百花文艺出版社 1994 年版。

220. ［俄］毕达可夫：《文艺学引论》，北京大学中文系文艺理论教研室译，北京，高等教育出版社 1958 年版。

221. 别林斯基：《别林斯基选集》，满涛译，北京，人民文学出版社 1959年版。

222. ［美］张隆溪著：《道与逻各斯：东西方文学阐释学》（Zhang Longxi：The Tao and The Logos：Literary Hermeneutics，East and West，Duke University Press，1992.）.

223. ［美］查尔斯·伯恩海默：《1993 年伯恩海默报告：世纪转型期的比较文学》（Charles Bernheimer：'The Bernheimer Report，1993：Comparative Literature at the Turn of the Century'），见于 ［美］查尔斯·伯恩海默：《多元文化主义时代的比较文学》（Charles Bernheimer：Comparative Literature in The Age of Multiculturalism，edited by Charles Bernheimer，the Johns Hopkins University Press，1995.）.

224. ［美］刘若愚著：《语际批评家：中国诗歌的阐释》（James J. Y. Liu，The Interlingual Critic：Interpreting Chinese Poetry，Bloomington，Indiana University Press，1982. p. XV）.

225. ［美］刘若愚著:《中国文学理论》（James J. Y. Liu, Chinese Theories of Literature, The University of Chicago Press, Chicago and London. 1975. ）.

226. ［美］M. H. 艾布拉姆斯著:《镜与灯: 浪漫主义文论及批评传统》（M. H. Abrams, The Mirror and the Lamp: Romantic Theory and the Critical Tradition, Oxford University Press. ）.

227. Philip G. Altbach, Academic: Freedom in Asian. Far Eastern Economic Review June 16, 1988.

228. William Rueckert, "Literature and Ecology: An Experiment in Ecocriticism," Lowa Review 9. 1 （Winter 1978）.

229. Robert Redfield, Peasant Society and Its Culture, Chicago: The University of Chicago Press. 1956.

230. Michael Polanyi, The Study of Man, Chicago and London: The University of Chicago Press, 1959, p. 12.

231. Réne Wellek, A History of Modern Criticism, Volume IV: The Later Nineteenth Century, Yale University Press, 1955.

232. Urrich Weisstein, Comparative Literature and Literary Theory, Indiana University Press, 1973.

233. René Etiemble, The Crisis In Comparative Literature, Michigan State University Press, 1966.

234. 巴塔耶的文集《过度的幻觉: 1927～1939 年作品选》（Vision of Excess: selected writings, 1927～1939）编者为阿兰·斯托艾克尔, 英译者为阿兰·斯托艾克尔、卡尔·R·洛维特和唐纳德·M·勒斯利埃, 明尼苏达大学出版社 1985 年版。

法文著作:

235. Sartre, Qu'est-ce que la littérature? （什么是文学?）, Gallimard, 1948, folio, le 1er dépôt légal dans la collection: 1985.

236. Roland Barthes, Critique et vérité, Paris, le Seuil, 1966, repris dans œuvres complètes, édition établie et présentée par éric Marty, t. II, Paris, le Seuil, 1993.

237. Roland Barthes, 《Introduction à l'analyse structurale des récits》, Communications, novembre 1966, repris dans Euvres complètes, op. ct. , t. II.

238. Communications °8, réédition sous le titre L'analyse structurale du récit, Paris, le Seuil, coll. Points, 1981.

239. Antoine Compagnon, Le Démon de la théorie. Paris, le Seuil, 1998.

240. Michel Foucault, 《L'homme est-il mort?》 (entretien avec C. Bonnfoy), Arts et Loisirs, n°38, 15 – 21 juin 1966, p. 8 – 9. Repris dans Dits et écrits, édition é tablie sous la direction de Daniel Defert et François Ewald avec la collaboration de Jacques Lagrange, cette version regroupe en deux volumes les quatre volumes parus dans la "Bibliothèque des sciences humaines" en 1994. Coll. Quarto, Paris, Gallimard, v. I.

241. Michel Foucault, 《Qu'est-ce qu'un auteur?》, Bulletin de la Société française de philosophie, 63e année, n° 3, juillet-septembre 1969. Paris, Gallimard.

242. Michel Foucault, L'ordre du discours, Leçon inaugurale au Collège de France prononcée le 2 décembre 1970, Gallimard, 1971.

后 记

　　本报告是教育部哲学社会科学重大课题攻关项目"西方文论中国化与中国文论建设"的最终成果。

　　本项目写作过程执笔情况如下：前言：王一川；第一章：陈雪虎；第二章：邱运华、胡疆锋；第三章：陈太胜、胡继华、石天强；第四章：石天强；第五章：钱翰、梁刚、何浩；第六章：吴泽霖、方珊、李正荣；第七章：王向远；第八章：李春青；第九章：胡亚敏；第十章：杨乃乔、周荣胜、王柏华、刘耘华；第十一章：陶东风；第十二章：王一川；结语：王一川、何浩、胡继华、胡疆锋等。最后由王一川、陈太胜、陈雪虎、胡疆锋等完成统稿工作。胡疆锋承担项目结项及结项鉴定后再修改的总协调工作。

　　参加本项目前期申报和研究工作的还有张法、李壮鹰、王柯平、周小仪、季广茂、曹卫东、赵勇、刘洪涛等。

　　研究生唐宏峰、罗成、冯雪峰、金浪、张新赞、郭海伦等先后参与课题组辅助工作。文艺学研究中心陈连伟秘书负责项目经费管理工作。

　　本项目申报和研究工作始终得到北京师范大学资深教授童庆炳先生的关怀、支持和指导。程正民教授、陈传才教授、刘恪先生等也提出过宝贵的意见和建议。

　　本项目的结项鉴定工作，得到教育部社科司领导和哲学社会科学重大课题攻关项目评审组专家的热情指导和支持。我们根据专家组的鉴定和修改意见，又对结项报告作了修改和增补。

　　需要特别说明的是，本课题的结项报告原为70万字，鉴于出版字数限制，不得不作了大幅度删节、压缩。如果不少章节显得过于粗疏、简陋甚至残缺不全，确实令人抱憾。只能留待日后另出完整版或修订版予以弥补了。这是应向读者说明和致歉的。

在此谨向参加和支持本项目的各位合作者、师长、领导和评审专家等，致以衷心的感谢。

王一川

教育部哲学社會科学研究重大課題攻關項目
成果出版列表

书 名	首席专家
《马克思主义基础理论若干重大问题研究》	陈先达
《马克思主义理论学科体系建构与建设研究》	张雷声
《马克思主义整体性研究》	逄锦聚
《改革开放以来马克思主义在中国的发展》	顾钰民
《当代中国人精神生活研究》	童世骏
《弘扬与培育民族精神研究》	杨叔子
《当代科学哲学的发展趋势》	郭贵春
《面向知识表示与推理的自然语言逻辑》	鞠实儿
《当代宗教冲突与对话研究》	张志刚
《马克思主义文艺理论中国化研究》	朱立元
《历史题材文学创作重大问题研究》	童庆炳
《现代中西高校公共艺术教育比较研究》	曾繁仁
《西方文论中国化与中国文论建设》	王一川
《楚地出土戰國簡册〔十四種〕》	陳 偉
《近代中国的知识与制度转型》	桑 兵
《中国水资源的经济学思考》	伍新林
《京津冀都市圈的崛起与中国经济发展》	周立群
《金融市场全球化下的中国监管体系研究》	曹凤岐
《中国市场经济发展研究》	刘 伟
《全球经济调整中的中国经济增长与宏观调控体系研究》	黄 达
《中国特大都市圈与世界制造业中心研究》	李廉水
《中国产业竞争力研究》	赵彦云
《东北老工业基地资源型城市发展接续产业问题研究》	宋冬林
《转型时期消费需求升级与产业发展研究》	臧旭恒
《中国金融国际化中的风险防范与金融安全研究》	刘锡良
《中国民营经济制度创新与发展》	李维安
《中国现代服务经济理论与发展战略研究》	陈 宪
《中国转型期的社会风险及公共危机管理研究》	丁烈云
《人文社会科学研究成果评价体系研究》	刘大椿

书　名	首席专家
《中国工业化、城镇化进程中的农村土地问题研究》	曲福田
《东北老工业基地改造与振兴研究》	程　伟
《全面建设小康社会进程中的我国就业发展战略研究》	曾湘泉
《自主创新战略与国际竞争力研究》	吴贵生
《转轨经济中的反行政性垄断与促进竞争政策研究》	于良春
《面向公共服务的电子政务管理体系研究》	孙宝文
《中国加入区域经济一体化研究》	黄卫平
《金融体制改革和货币问题研究》	王广谦
《人民币均衡汇率问题研究》	姜波克
《我国土地制度与社会经济协调发展研究》	黄祖辉
《南水北调工程与中部地区经济社会可持续发展研究》	杨云彦
《产业集聚与区域经济协调发展研究》	王　珺
《我国民法典体系问题研究》	王利明
《中国司法制度的基础理论问题研究》	陈光中
《多元化纠纷解决机制与和谐社会的构建》	范　愉
《中国和平发展的重大国际法律问题研究》	曾令良
《中国法制现代化的理论与实践》	徐显明
《农村土地问题立法研究》	陈小君
《生活质量的指标构建与现状评价》	周长城
《中国公民人文素质研究》	石亚军
《城市化进程中的重大社会问题及其对策研究》	李　强
《中国农村与农民问题前沿研究》	徐　勇
《西部开发中的人口流动与族际交往研究》	马　戎
《现代农业发展战略研究》	周应恒
《中国边疆治理研究》	周　平
《中国大众媒介的传播效果与公信力研究》	喻国明
《媒介素养：理念、认知、参与》	陆　晔
《创新型国家的知识信息服务体系研究》	胡昌平
《数字信息资源规划、管理与利用研究》	马费成
《新闻传媒发展与建构和谐社会关系研究》	罗以澄
《数字传播技术与媒体产业发展研究》	黄升民
《教育投入、资源配置与人力资本收益》	闵维方

书 名	首席专家
《创新人才与教育创新研究》	林崇德
《中国农村教育发展指标体系研究》	袁桂林
《高校思想政治理论课程建设研究》	顾海良
《网络思想政治教育研究》	张再兴
《高校招生考试制度改革研究》	刘海峰
《基础教育改革与中国教育学理论重建研究》	叶 澜
《公共财政框架下公共教育财政制度研究》	王善迈
《农民工子女问题研究》	袁振国
《处境不利儿童的心理发展现状与教育对策研究》	申继亮
《学习过程与机制研究》	莫 雷
《WTO主要成员贸易政策体系与对策研究》	张汉林
《中国和平发展的国际环境分析》	叶自成
*《中国抗战在世界反法西斯战争中的历史地位》	胡德坤
*《中部崛起过程中的新型工业化研究》	陈晓红
*《中国政治文明与宪法建设》	谢庆奎
*《地方政府改革与深化行政管理体制改革研究》	沈荣华
*《知识产权制度的变革与发展研究》	吴汉东
*《中国能源安全若干法律与政府问题研究》	黄 进
*《我国地方法制建设理论与实践研究》	葛洪义
*《我国资源、环境、人口与经济承载能力研究》	邱 东
*《产权理论比较与中国产权制度变革》	黄少安
*《中国独生子女问题研究》	风笑天
*《当代大学生诚信制度建设及加强大学生思想政治工作研究》	黄蓉生
*《边疆多民族地区构建社会主义和谐社会研究》	张先亮
*《非传统安全合作与中俄关系》	冯绍雷
*《中国的中亚区域经济与能源合作战略研究》	安尼瓦尔·阿木提
*《冷战时期美国重大外交政策研究》	沈志华

······

* 为即将出版图书